BASTEI
LÜBBE
TASCHENBUCH

Weitere Titel der Autorin:

Der Fluch der Maorifrau
Im Tal der großen Geysire
Das Geheimnis des letzten Moa
Der Schwur des Maorimädchens
Die Maori-Prinzessin
Die Spur des Maori-Heilers
Das Erbe des Maori-Häuptlings
Melodie der Zauberbucht

Das Versteck am Ende der Klippen

Über die Autorin:

Laura Walden studierte Jura und arbeitete einige Jahre als Rechtsanwältin in Hamburg. Doch auf die Dauer siegte ihre Leidenschaft für das Erzählen spannender Geschichten, und so entschied sie sich, die Schriftstellerei zu ihrem Beruf zu machen. Ihr größtes Hobby, das Reisen, ist ihr dabei ebenfalls sehr nützlich: Mit Neuseeland und Schottland machte sie ihre beiden Lieblingsziele zu den Schauplätzen ihrer äußerst erfolgreichen Romane, bei denen es immer um dunkle Familiengeheimnisse vor atemberaubender Landschaft geht.

LAURA
WALDEN

Die Macht des Maori-Amuletts

Neuseelandroman

BASTEI
LÜBBE
TASCHENBUCH

BASTEI LÜBBE TASCHENBUCH
Band 17729

MIX
Papier aus verantwortungsvollen Quellen
FSC® C083411

Dieser Titel ist auch als E-Book erschienen

Originalausgabe

Textredaktion: Petra Lingsminat, Dietfurt
Titelillustration: © mauritius images/age; © shutterstock/
Filip Fuxa; © balasingh cremer rajan/shutterstock
Umschlaggestaltung: Tanja Østlyngen
Illustration: © annarepp/Shutterstock
Satz: hanseatenSatz-bremen, Bremen
Gesetzt aus der Adobe Garamond
Druck und Verarbeitung: CPI books GmbH, Leck – Germany
ISBN 978-3-404-17729-5

2 4 5 3

Sie finden uns im Internet unter
www.luebbe.de
Bitte beachten Sie auch: www.lesejury.de

Es gibt bei den Maori unzählige Legenden, die sich um den Grünstein ranken, den Pounamu. Die bekannteste ist die romantische und zugleich tragische Geschichte von Poutini: Der Wassergeist Poutini verliebte sich einst unsterblich in die schöne Waitaiki aus dem Norden. Er floh mit ihr, denn sie erwiderte seine Liebe, war aber bereits verheiratet. Der rasende Ehemann verfolgte die beiden. Die Rache des Ehemannes fürchtend, verwandelte Poutini seine Geliebte in ihrem Bett, der Mündung des Flusses Arahura, schließlich in einen Pounamu. Und ihre Tränen wurden ebenfalls zu Grünsteinen. Deshalb findet man diese Steine noch heute so zahlreich und ganz besonders an dieser Stelle.

Prolog

Hokitika, Januar 1951

Der Twist, der in seiner Form an eine Acht erinnerte und von den Ahnen Pikorua genannt wurde, war schon von jeher Hines Lieblings-Maori-Symbol. Jedes Mal, wenn Hine ein Amulett aus Grünstein herstellte, tat sie dies mit großer Leidenschaft. Allein der erste Schritt, sich die unbearbeiteten Grünsteine, die man auch als Nephrit-Jade bezeichnete, aus dem Wasser zu holen, versetzte sie in einen regelrechten Rausch. Wer war auch schon in der privilegierten Lage, den begehrten Edelstein vom Grund eines namenlosen Nebenarms des großen Flusses auf dem eigenen Grundstück zu »ernten«? Bisher war dieser Strom dunkelgrünen Goldes noch nie versiegt. Das Anwesen der Familie lag ein paar Meilen nördlich von Hokitika am Ufer des Flusses Arahura, der auf Neuseelands Südinsel als der Fluss mit dem höchsten Aufkommen von Nephrit-Jade galt. Grünstein gab es in allen Schattierungen von hell bis ganz dunkel. Im Flussarm auf dem Grundstück war er fast schwarz, was ihn in bearbeitetem Zustand – beispielsweise als Amulett – besonders edel aussehen ließ.

Nach diesem magischen Jadestein waren sowohl dieses Stück Land als auch das Hotel benannt, das Hines Familie seit vier Generationen betrieb: Pounamu, wie der Stein bei den Maori hieß. Hines Urgroßmutter, die legendäre Maata, über die mehr wilde Geschichten überliefert waren als über den Rest der Familie zusammen, hatte während des Goldrausches aus einer kleinen

Pferdestation eines der ersten Häuser am Platz gemacht. Da es ein paar Meilen außerhalb der Boomtown lag, zu der Hokitika in der großen Zeit des Goldrauschs herangewachsen war, war es bei den etwas wohlhabenderen Glückssuchern sehr beliebt gewesen. Der Hotelname war noch heute über dem Eingang zu lesen. An dem Schild war die Zeit scheinbar spurlos vorübergegangen. Sonst erinnerte kaum mehr etwas an den Glanz, den das Hotel in der Mitte des 19. Jahrhunderts besessen hatte. Die Farben an der Fassade des Haupthauses waren abgeblättert, und die Nebengebäude, in denen zu Maatas Zeiten ein Großteil der Fremdenzimmer gelegen hatte, machten einen baufälligen Eindruck. Das Hotel war noch in Betrieb. Seine acht Gästezimmer befanden sich in einem Anbau des Haupthauses, der sich sehr romantisch bis zum Ufer des Flussarmes erstreckte. Als Speisesaal für die Gäste diente heutzutage das frühere Esszimmer, das Hine und ihr Mann kaum benutzten. Zu Maatas Zeiten hatte die Familie dort gemeinsam mit den feineren Gästen gespeist. Trotz der edlen Einrichtung, die unverändert geblieben war, war vom einstigen vornehmen Flair des Hauses kaum mehr etwas spürbar. Im Gegenteil, über dem Anwesen wehte der Hauch von verblichenem Charme.

Wie eine Naturgewalt war der Goldrausch über diesen gottverlassenen Landstrich hinweggefegt. Aus dem unbedeutenden Ort Hokitika war über Nacht eine glitzernde Metropole geworden, mit all den Schattenseiten, die ein Goldrausch so mit sich brachte: Gier und Gewalt, Tod und Verderben. Aber endlich wusste man – und das nicht nur in Neuseeland –, wo dieses Hokitika überhaupt lag. Doch als der Spuk vorüber war, versank es wieder in der Bedeutungslosigkeit. Mehr denn je schien dieser an der rauen Westküste gelegene Flecken Erde vom restlichen Land wie abgehängt zu sein. Da half auch die berauschende Natur nicht, und selbst die malerischen Blicke auf die gigantischen schneebedeckten Berggipfel im Süden zogen selten Reisende an.

Wenn sich doch einmal Fremde ins Pounamu verirrten, dann bot Hine Turner ihnen voller Hingabe eines der letzten noch vorzeigbaren Zimmer an und versorgte sie kulinarisch wie die Könige. Leben konnten ihr Mann Jack und sie jedoch nicht von den paar Gästen. Jack hatte nach dem Tod seiner Eltern deren Pub an der Hauptstraße von Hokitika übernommen, die mit ihren salonartigen niedrigen Holzhäusern immer noch aussah wie dem Wilden Westen entsprungen. Die Kneipe warf zwar kein Vermögen ab, aber für ein einfaches Leben reichte es allemal.

Hine liebte Pounamu, wenngleich sie den heruntergekommenen Zustand des Anwesens stets bitter beklagte. Wenn es nach ihr gegangen wäre, hätten sie das Hauptgebäude, das an eine viktorianische Villa erinnerte, längst renovieren und die Nebengebäude bis auf ihre Werkstatt abreißen lassen. Doch dazu hatte sie ihren Mann, der zunehmend zu seinem besten Kunden geworden war, nicht bewegen können. Außerdem fehlte es an den erforderlichen finanziellen Mitteln. Und nun wäre es sinnlos, sich den Kopf darüber zu zerbrechen, was aus dem Land und dem Haus ihrer Ahnen werden sollte: Hine hatte sich dazu durchgerungen, es Jack zu überlassen. Sozusagen als Preis – als hoher Preis! – für das, was sie ihm würde antun müssen. Das Stück Land, auf dem Maata das Hotel errichtet hatte, hatte ihren Maori-Vorfahren vom Stamm der Ngai Tahu gehört und war von ihnen wie ein Heiligtum verehrt worden. Jeder Stein für sich galt bereits als magische Gabe der Natur – ein eigener Flussarm, in dem sie einfach so wuchsen, war daher an Reichtum nicht zu überbieten. Der Familienlegende nach hatten auf dem Land Generationen von Steinhauern und -schnitzerinnen gelebt, die nicht nur Schmuck hergestellt hatten, sondern auch Waffen, Kämme und viele andere Dinge des Alltags, die man aus dem stahlharten Stein schaffen konnte, wenn man wusste, wie! Dass Hine diesen Schatz nun einem Pakeha überließ, galt als Frevel. Doch Hine tröstete sich damit, dass auch im Glauben der Maori der Mensch noch vor dem Land kam. Und schließlich ging sie nicht mit einem Fremden fort, sondern mit dem Vater ihrer Kinder!

Hine hielt mit ihrer Arbeit, dem Polieren ihres perfekt gelungenen Liebesamuletts, kurz inne. Der Gedanke an Jack und was aus ihm wohl werden würde, wenn sie erst einmal für immer fortgegangen wäre, machte sie traurig. Jack war doch kein mieser Kerl, auch wenn er sich nicht immer wie ein Gentleman benahm. Hine suchte die Schuld dafür allerdings bei sich, dass er von einem fröhlichen, gutmütigen jungen Mann zu einem unberechenbaren Trinker geworden war. Kein Mann konnte auf Dauer ertragen, dass seine Frau ihn nicht liebte, sondern sich wie von Sinnen nach einem anderen verzehrte. Letzteres konnte Jack zwar nicht wissen, sorgsam wie Hine dies vor ihm verbarg, aber manchmal wurde sie das Gefühl nicht los, dass er etwas von ihrem Doppelleben ahnte. Sie musste nur an die latent aggressiven Blicke denken, mit denen er ihren Sohn Benjamin immer dann musterte, wenn er sich unbeobachtet fühlte. Hine befürchtete zwar nicht, dass er dem Jungen je etwas Schlimmes antun würde, aber es genügte völlig, dass er ständig an ihm herumnörgelte und ihn maßregelte. Nichts konnte er ihm recht machen. Hine war sich sicher, dass der Sechsjährige spürte, wie sehr ihn der Mann hasste, den er Vater nannte. Warum sonst nässte sich der Junge nachts wieder ein, nachdem er sogar sehr früh trocken geworden war? Und er redete kaum mehr. Aus dem kleinen Rabauken war ein großer Schweiger geworden, der seiner Mutter regelrecht am Rockzipfel hing. Das wiederum brachte ihm ständig Jacks Häme ein. Bislang hatte Hine die durchnässten Laken vor ihrem Mann verbergen können. Wenn er davon Wind bekäme, würde er Ben sicher bestrafen. Sie lehnte entschieden ab, den Jungen mit Ohrfeigen zu erziehen. Die Heftigkeit, mit der Jack Benjamin drangsalierte, hatte sich in den vergangenen zwei Jahren dramatisch verschlimmert. Lange vorbei waren die Zeiten, in denen sie und Jack dem Kleinen voller Entzücken beim Schlafen zugesehen hatten. Vorbei die gemeinsamen Bootsfahrten über den Fluss bis hinunter zur Mündung mit anschließendem Picknick am Strand. Vorbei die sonntäglichen Fahrten hinauf in die Berge. Nein, Jack ließ Benjamin einfach links liegen, wenn er nicht gerade mit ihm schimpfte. Hine glaubte den Grund zu kennen: Es war die zunehmende Ähnlichkeit Benjamins mit seinem leiblichen Vater! Benjamin hatte mittlerweile dessen dunkles Haar und dieselben strahlend blauen Augen. Als Baby und Kleinkind war er blond gewesen, so wie Jack. Zwar waren sich die beiden Männer niemals persönlich begegnet, aber es lag sicher auch für Jack auf der Hand, dass der Junge dieses Aussehen von seinem leiblichen Vater geerbt hatte. Hine befürchtete, dass er inzwischen zutiefst bereute, sie zur Frau genommen zu haben, obwohl sie das Kind eines anderen Mannes erwartet hatte. Ja, dass er sich damit grenzenlos überfordert hatte. Und auch sie bereute bitterlich, einen Mann geheiratet zu haben, den sie wie einen Bruder liebte und nicht mehr. Daran war nicht nur Jack zerbrochen, sondern auch sie selbst.

Doch nun bot sich ihr die einzigartige Gelegenheit, dem tristen Leben an der Seite dieses Mannes zu entfliehen, dessen Nähe sie nicht länger ertragen konnte.

Der Weg in die Freiheit hatte einen Namen: Alexander! Allein der Gedanke an ihn ließ ihr Herz höherschlagen.

Es war purer Zufall gewesen, dass Alexander und sie einander vor zwei Jahren wiederbegegnet waren. Bei dieser Gelegenheit erfuhr sie, dass er sie damals gar nicht schwanger hatte sitzen lassen, wie sie all die Jahre geglaubt hatte … Hine war an jenem Tag ins ferne Dunedin gereist, um dort einen Händler zu treffen, der ihre Amulette im großen Stil vertreiben wollte. Für Hine eine vielversprechende Chance, Geld hinzuzuverdienen, denn mit dem

Pub war es stetig bergab gegangen, seit Jack vor Kummer darüber, dass sie seine Liebe nicht erwiderte, an der Whiskyflasche hing.

Hines Herzschlag beschleunigte sich erneut, als sie nun daran dachte, wie sie in dem elegant gekleideten Herrn, den sie auf der Hauptstraße nach dem Weg fragen wollte, Alexander erkannt hatte. »Warum?«, hatte er sie nach einer Schrecksekunde gefragt: »Warum hast du mich verlassen?« Sie hatte nur gestammelt: »Ich dich? Du, du wolltest nichts mehr von mir wissen! Du, du wolltest doch eine andere heiraten!«

Und dann hatte sie ihm alles erzählt: wie sie damals nach Dunedin gekommen war, um ihm höchstpersönlich die Nachricht von ihrer Schwangerschaft zu überbringen. Dass seine Mutter ihr Geld in die Hand gedrückt und ihr ins Gesicht gelogen hatte, Alexander sei bereits mit einer anderen Frau verlobt. Und sie solle ihren Sohn in Ruhe lassen. Wie sie der Mutter das Geld vor die Füße geworfen und tief verstört nachhause zurückgereist war. In ihrer Verzweiflung und um ihren Stolz zu wahren, hatte sie ihm schließlich einen Brief geschrieben und ihm mitgeteilt, sie liebe einen anderen und wolle ihn nie mehr wiedersehen.

Die beiden Liebenden hatten sich auf der Straße in Dunedin die Seelen über die verlorene Zeit aus dem Leib geschluchzt und weil sie sich damals nicht vergewissert hatten, ob das auch alles wirklich der Wahrheit entsprach.

Hine würde nie vergessen, wie sie sich schließlich in sein Hotelzimmer geschlichen und sich geliebt hatten, als gäbe es kein Morgen mehr. Damals hatte Hine Alexander noch beschworen, dass sich diese Liebesnacht aus Rücksicht auf ihre Ehepartner nicht wiederholen dürfe. Doch bei dem einen Mal war es nicht geblieben. Zuerst hatten sie sich heimlich in dem Hotel getroffen und dann in einer Hütte in den Bergen, die Alexander eigens für ihre Treffen gekauft und die Hine zu einem wahren kleinen Paradies gestaltet hatte. Ihr Liebesnest befand sich nahe dem Arthur's Pass.

Die leidenschaftliche Affäre mit ihrer großen und einzigen Liebe hatte Hines beschauliches und nur auf Benjamins Glück ausgerichtetes Leben völlig durcheinandergebracht. Offiziell fuhr sie alle vier Wochen nach Dunedin, um den neuen Geschäftspartner zu treffen, der ihre Amulette vertreiben sollte. Den Mann gab es zwar wirklich, aber sie waren bei ihrem Treffen geschäftlich dann doch auf keinen gemeinsamen Nenner gekommen. Das Geld, das sie angeblich mit diesem Nebengeschäft verdiente, steckte ihr Alexander zu. Natürlich hatte sie es anfangs nicht nehmen wollen, aber wie hätte sie Jack sonst glaubwürdig erklären sollen, dass sie so oft ins ferne Dunedin reisen musste? Und vor allem, wie sollte sie ihm plausibel machen, dass sie sich sogar einen alten Holden leisten konnte, um die Geschäfte mit den Amuletten auf diese Entfernung leichter abwickeln zu können?

Hine hatte seitdem nur noch für die Treffen mit Alexander gelebt. Zwischendurch hatten sie einander sehnsuchtsvolle Briefe geschrieben. Seine hatte er postlagernd nach Greymouth geschickt, weil es zu gefährlich war, solche Briefe im kleinen Hokitika zu empfangen. In dem Städtchen hätte sich schnell herumgesprochen, dass Hine ständig Post aus Dunedin erhielt. Manchmal glaubte Hine, an diesem Geheimnis ersticken zu müssen, denn sie hatte keinen Menschen, dem sie sich hätte anvertrauen können.

Ihr Blick fiel auf die Stelle, an der sie seine Briefe in einem Kästchen unter den Bodenbrettern verborgen hatte, und sie ermahnte sich, seinen letzten Brief zu ihrem nächsten Treffen unbedingt mitzunehmen. Manchmal vergaß sie das nämlich, und dann bekam sie jedes Mal Panik bei dem Gedanken, Jack könnte diese Beweise ihrer Affäre finden. Und nun sollte aus der Affäre endlich ein Neuanfang erwachsen für Hine, Alexander, Benjamin und das Kind, das sie unter ihrem Herzen trug!

Immer wenn Hine sich ihr künftiges Glück in allen Einzelheiten ausmalte, kam es ihr so ungeheuerlich vor, dass sie von einer unerklärlichen Panik ergriffen wurde. Die war so stark, dass sie jedes Mal befürchtete, jemand könnte ihre Pläne im letzten Moment durchkreuzen. Nur aus diesem Grund hatte sie Jacks sexuelle Avancen noch einmal über sich ergehen lassen. Das war an jenem Tag gewesen, an dem sie und Alexander den Entschluss zu einem gemeinsamen Neubeginn getroffen hatten. Als sie nach Hokitika zurückgekehrt war, hatte sie Jacks latent aggressive Stimmung in jeder Pore gespürt und gewusst, dass vorgeschobene Kopfschmerzen ihn dieses Mal nicht davon abhalten würden, sich sein Recht zu nehmen. Trotzdem war er nicht der Erzeuger ihres Kindes, wie sie im Nachhinein erleichtert errechnet hatte, dachte sie, während sie liebevoll über ihren Bauch streichelte. Es tat ihr zwar in der Seele weh, dass Alexanders andere Kinder nun ohne ihren Vater aufwachsen mussten, doch für dieses Kind der Liebe lohnte es sich sogar, das schlechte Gewissen zu ertragen, dass Alexander ihretwegen seine Familie verlassen würde. Sie wünschte sich von Herzen eine Tochter, die sie Omaka nennen würde, was so viel bedeutete wie »das Mädchen, das vom Wasser kam«. Einen Jungen würde sie gern Hakopa nennen. Alexander war mit ihren Namensvorschlägen völlig einverstanden. Auch dafür liebte sie diesen Mann: dass er ihr jeden Wunsch von den Augen ablas und selbst gegen Maori-Namen nichts einzuwenden hatte. Im Gegenteil, er fand, das wäre das Mindeste, was er tun konnte, damit Hine nicht das Gefühl bekam, ihm zuliebe ihre Wurzeln verleugnen zu müssen. Und schon wieder keimte diese diffuse Angst in ihr auf …

Hine drückte das Grünsteinamulett mit dem vollkommen geschliffenen Zeichen der unendlichen Liebe fest an ihr Herz und spürte, wie sie sich entspannte, was bei ihr der bloße Kontakt mit dem Edelstein auslöste.

Um ihre Panik in den Griff zu bekommen und die Wochen

durchzuhalten, bis sie Jack endlich verlassen würde, hatte sie sich den allerschönsten Grünstein vom Grund des Baches gefischt. Der Stein unterschied sich grundlegend von den anderen. Er schimmerte am unteren und oberen Rand goldfarben wie der edelste unter den Grünsteinen, der Marsden-Flower. Eigentlich konnte es ihn hier am Arahura gar nicht geben, weil der seltene Stein ausschließlich in der Marsden-Region zu finden war. Und diese befand sich viele Meilen nördlich, fast schon auf der Höhe von Greymouth, in den Bergen. Hine konnte sich partout nicht erklären, wie dieses besondere Stück in ihren Flussarm gelangt war, aber sie war überglücklich, es gefunden zu haben. Wie kein zweites war es dazu geeignet, das Amulett der ewigen Liebe herzustellen. Nun musste sie es nur noch in zwei Hälften teilen, eine für sie, die andere für Alexander. Sie würde ihn bitten, seine Hälfte ständig bei sich zu tragen, so wie sie es mit ihrer Hälfte tun würde. Zum Schutz, damit keine Macht der Welt ihrer Liebe etwas anhaben konnte. Hines Unruhe hatte sich in den letzten Tagen derart gesteigert, dass sie etwas hatte unternehmen müssen, um ihre angeschlagenen Nerven zu beruhigen. Und da war ihr die Idee mit den zwei Hälften des Liebesamuletts gekommen. So wie ihre Ahnin Maata, die in ihrem Tagebuch geschildert hatte, wie sie einst ein solches Amulett für ihren Liebsten und sich angefertigt hatte.

Hine war innerlich so aufgewühlt, dass sie den Stein zur Seite legte und ins Freie trat. Dort atmete sie einmal tief durch. Eine Mischung aus salzigem Wind und milder Bergluft breitete sich in ihren Lungen aus. Wie würde sie das im hohen Norden vermissen! Aber sie konnten es sich nicht aussuchen, wo sie sich niederlassen wollten. Man hatte Alexander in Auckland eine passende Stellung angeboten. Die dortige Chefetage wusste über seine Herkunft Bescheid und fühlte sich überaus geschmeichelt, dass der Eigentümer eines der größten Bankhäuser auf der Südinsel bei ihnen als Angestellter arbeiten würde. Ebenfalls bekannt war, dass er aus privaten Gründen ein neues Leben beginnen wollte. Einzelheiten hatte er nicht preisgegeben, aber wenn er den Herren in Auckland keinen Grund genannt hätte, hätten sie sich wohl gefragt, ob das solide Bankhaus Morris dem Untergang geweiht war. So aber würde Alexander die Bank seinem Neffen überlassen, der von seinem Glück noch nichts ahnte. Seine neue Stelle bei der Bank in Auckland würde Alexander allerdings erst im Juli antreten, aber so lange konnte und wollte Hine nicht mehr in Hokitika bleiben. Zu groß war die Gefahr, dass Jack Wind von ihrer Schwangerschaft bekam. Nach ihrer eigenen Schätzung war sie mittlerweile im dritten oder vierten Monat. Am Bauch hatte sie zwar noch nicht zugelegt, aber ihre Brüste waren wesentlich praller geworden. Mit viel Geschick hatte sie es in den vergangenen Monaten geschafft, sich Jack vom Leib zu halten, obwohl ihr die Ausreden bald ausgehen würden. Kurz, die Zeit zum Abschied drängte.

Hine ließ wehmütig ihren Blick über den Fluss schweifen, der an dieser Stelle sehr breit war und eine türkisgrüne Farbe besaß. Auf der anderen Seite gab es einen wilden Wald, in dem sie als Kind viel Zeit verbracht hatte. Nichts war schöner gewesen, als mit einem Floß über den Fluss zu setzen und sich dort im grünen Dschungel eine Höhle zu bauen. Zusammen mit ihrem Freund Jack. Der hatte sie schon als Junge grenzenlos bewundert und ihr bereits mit acht Jahren verkündet, er werde sie eines Tages heiraten. Hine hatte ihm damals ganz direkt erwidert, dass sie lieber auf einen Prinzen wartete, der sie auf seinem Pferd mit sich nehmen würde. Auf einem Pferd war Alexander Morris zwar nicht nach Hokitika gekommen, sondern mit einem alten Auto über den Highway 73.

Hine stieß einen tiefen Seufzer aus bei dem Gedanken an ihre erste Begegnung vor über acht Jahren. Ihre ganze Aufmerksamkeit hatte zunächst der in ihren Augen affigen Kleidung eines Städters gegolten. Insgeheim hatte sie ihn als Schnösel abgetan. Doch kaum hatte »der Schnösel« den Mund aufgemacht und mit seiner unglaublich wohlklingenden Stimme nach einem Zimmer für die Nacht gefragt, fand Hine alles an ihm umwerfend. Sogar den karierten Anzug mit Weste, den Hut, die gemusterte Krawatte und das lächerliche Einstecktuch. Am Abend, den sie dann gemeinsam in einem Lokal verbracht hatten, hatte er sie die ganze Zeit wie ein Weltwunder angesehen. Ob es drüben in Dunedin keine jungen Frauen gab, hatte sie sich gefragt, obwohl sie seinen Blick sehr genossen hatte. Hine war sich schon bewusst, dass sie eine ungewöhnliche Person war, weil sich bei ihr das Erbe der Maori mit ihrer britischen väterlichen Linie auf aparte Weise miteinander verbunden hatte. Sie besaß hellblondes Haar, ein schmales Gesicht und braune, ausdrucksstarke Augen. Doch nicht nur äußerlich war Hine Thompson, wie sie damals noch geheißen hatte, im kleinen Hokitika eine exotische Erscheinung gewesen, sondern auch von ihrem Wesen und Auftreten her. Wenn diese exotische Schönheit einen Raum betrat, war sie auf eine natürliche Weise präsent und bestach durch ihre Anmut. Sie war überdies eine außerordentlich begabte Schnitzerin und über die Maßen bildungshungrig. Es gab kaum einen Film, den Hine nicht gesehen, kaum ein Buch, das sie nicht gelesen hatte. Ihre Eltern hatten das stets mit einer Mischung aus Sorge und Stolz verfolgt. Sie waren in der Stadt sehr angesehen, ihr Vater war lange Zeit ihr Bürgermeister gewesen. Doch so tolerant ihre Eltern auch gewesen sein mochten, was die Zukunft ihres einzigen Kindes anging, waren sie ziemlich engstirnig gewesen: Hine sollte einen Mann von der Westküste heiraten und das Hotel übernehmen. Dabei hatte Hine sich in den Kopf gesetzt, in einer der großen Städte eine Lehre als Goldschmiedin zu machen, um mehr aus dem Pounamu zu zaubern als die üblichen Maori-Amulette.

Es war sehr schwierig, den Stein zu bearbeiten, doch ihre Ahninnen hatten das Wissen darum von Generation zu Generation weitergegeben. Hine hatte schon als junges Mädchen mit dem richtigen Werkzeug mit geradezu spielerischer Leichtigkeit Pounamu-Amulette herstellen können, die sie an die Maorifrauen in der Nachbarschaft verschenkte. Aber sie träumte davon, auch noch anderen Schmuck aus Grünstein herzustellen. Sie hatte ein ganzes Heft voller Entwürfe gezeichnet. Das missfiel ihren Eltern außerordentlich, und sie verlangten von ihr, dass sie ihre Arbeitskraft im Hotel einsetzte. Insgeheim sparte sie ihren Lohn, um ihr Ziel später mit eigenen Mitteln verwirklichen zu können. Sie hatte einen starken Willen, und wenn sie eine Vision besaß, war sie nur schwerlich davon abzubringen. Und dann war Alexander in ihr Leben getreten, und alles war ganz anders gekommen!

Nachdem sie hatte glauben müssen, dass er weder sie noch das Kind wollte, hatte sie aus Hokitika fortgehen wollen, um den Eltern die Schande zu ersparen. Doch Jack, der in ihren Plan eingeweiht war, hatte sie angefleht zu bleiben und ihr jenen fatalen Vorschlag unterbreitet, der ihnen beiden nur Unglück gebracht hatte. Und nicht nur ihnen, sondern auch Ben, obwohl Jack anfangs noch ganz und gar in seiner Vaterrolle aufgegangen war. Zuerst hatte er sich beim Anblick des blonden Jungen noch der Illusion hingeben können, er wäre sein Kind. Doch dann hatte sich der Kleine äußerlich total verändert und damit für Jack in unerträglicher Weise zur Schau gestellt, dass er von einem ihm verhassten Fremden war. Einem Fremden, den Hine so geliebt hatte, wie er von ihr geliebt werden wollte! Er aber war für sie immer nur der gute Kumpel aus Kindertagen geblieben. Der zuverlässige und einst immer gut gelaunte Jack, der gerade erst als neuseeländischer Soldat aus Afrika zurückgekommen war und mit den grausamen Erlebnissen psychisch zu kämpfen hatte. Hine hatte gehofft, dass sie ihn glücklich machen könnte, aber sie hatte sich Alexander trotz allem niemals aus dem Herzen reißen können. Offenbar hatte sie ihre heimlichen Gefühle nicht gänzlich verbergen können. So erklärte sich Hine, dass aus dem liebenden Vater ein unberechenbarer Mann geworden war. Sie wollte sich lieber gar nicht ausmalen, wie Jack reagieren würde, wenn er erfuhr, dass dieser Fremde nicht nur eine sehnsuchtsvolle Erinnerung seiner Frau war, sondern nun ganz konkret seine Ehe bedrohte.

Nicht einmal Hines Eltern hatten je erfahren, dass der leibliche Vater ihres Enkels ein reicher Banker aus Dunedin war. Wahrscheinlich hätte sie sich zu deren Lebzeiten wohl kaum dazu durchringen können, ihren Mann zu verlassen. Doch die beiden waren vor vier Jahren auf dem Highway 73 auf dem gefährlichen Stück zwischen Arthur's Pass und Otira in eine Schlucht gestürzt.

Hine atmete noch einmal tief durch, bevor sie in die Werkstatt zurückkehrte, um das perfekte Amulett fertig zu polieren. Sie hatte damit bereits voller Inbrunst begonnen. Die goldenen Ränder des Amuletts glitzerten im Sonnenlicht, das durch das kleine Fenster ins Innere der Werkstatt fiel. Hine betrachtete ihr Werk voller Stolz. Sie hatte schon viele Pikoruas hergestellt, aber noch keines, in dem das Zeichen der Unendlichkeit derart klar und ohne Schnörkel zur Geltung kam. Sonst arbeitete sie viel mehr mit Verzierungen. Aber bei dem Zeichen ihrer ewigen Liebe wollte sie so schlicht bleiben, wie es ihr nur irgend möglich war. Das Schwierigste stand ihr aber noch bevor. Sie musste das Symbol in der Mitte teilen, damit sie beide eine Hälfte besaßen, bis sie endlich vereint waren. Dann erst würde sie das Amulett bei Bedarf wieder zu einem zusammenfügen. Sie hatte einige Versuche mit anderen Steinen unternommen, um herauszubekommen, womit das nachhaltig funktionieren konnte, und sich für Kauriharz entschieden. Das schien so fest zu kleben, dass es die beiden Hälften für ewig zusammenhalten würde. Vielleicht aber würde später auch jeder von ihnen stets nur seine Hälfte bei sich tragen, so wie es Maata und ihr zweiter Mann getan hatten.

Nun wollte sie endlich zur Tat schreiten und es mittels der Steinsäge in der Mitte zerteilen, aber vorher machte sie noch ein Foto von dem ganzen Amulett. Die alte Leica hatte sie im Nachlass ihres Vaters gefunden, der leidenschaftlich gern fotografiert hatte. Die Kamera selbst sollte sie auch nicht mehr so leichtfertig herumliegen lassen, ging ihr durch den Kopf, denn auf dem Film, der in der Kamera eingelegt war, befand sich eine ganze Serie von Erinnerungsfotos an ihr letztes Treffen mit Alexander. Natürlich war sie nicht so blauäugig, ihre Bilder im kleinen Fotoladen in Hokitika entwickeln zu lassen, sondern gab die vollen Filme stets Alexander mit, der eine diskrete Möglichkeit gefunden hatte, die Bilder in der Stadt entwickeln zu lassen, ohne dass sein Verhältnis zu der exotischen Schönheit von der Westküste gleich in ganz Dunedin bekannt wurde. Mit dem Foto vom Amulett war der Film leider zu Ende. Wie gern hätte sie auch die zwei Hälften noch fotografiert. Sie nahm den Film heraus und steckte ihn in die kleine Dose, um sie bei ihrem Treffen Alexander zu übergeben. Sie hatte ihm schon am Telefon verraten, dass sie ihre Sehnsucht nach ihm mit der Fertigung eines Amuletts überbrückte, das ihre ewige Liebe symbolisierte und dessen eine Hälfte sie ihm so schnell wie möglich an die gewohnte Adresse schicken würde.

Hines Hände zitterten, als sie den Stein auf ihrer professionellen Steinsäge platzierte. Mit einem Bleistift hatte sie einen geraden, feinen Strich auf dem Amulett gezogen. Sie brauchte allerdings eine ruhige Hand, um exakt darauf zu schneiden. Hine rieb den Grünstein so lange zwischen ihren Fingern, bis sie sich innerlich etwas beruhigt hatte. Dann legte sie das Amulett erneut bereit und setzte die Säge an. Vor lauter Anspannung hielt sie die Luft an, doch sie traf genau die Linie. Fasziniert nahm sie Sekunden später eine der gleich großen Hälften zur Hand und betrachtete ihr Werk. Nachdem sie sich daran sattgesehen hatte, ließ sie seine Hälfte in einen Umschlag gleiten, den sie mit der Adresse der Bank beschriftete, an Mr Alexander Morris persönlich, wie sie es immer tat. Sie war fest entschlossen, den Brief noch heute zum Postkasten unten an der Straße nach Hokitika zu bringen. Dann nämlich würde das Amulett noch bei ihm eintreffen, bevor er sich auf den Weg zu ihrer nächsten Verabredung in der Hütte machte. Sie eilte zum Versteck unter den Bodenbrettern, holte ihre Blechkiste hervor, in der sie außer seinem letzten Brief auch ihr Heft mit den Schmuckentwürfen und den Schlüssel für ihr Liebesnest in den Bergen verwahrte, und legte in fast feierlicher Stimmung die Filmdose hinein. Die Kiste verschloss sie wieder sorgfältig und versteckte sie im Hohlraum unter den Bodenbrettern. Den Schlüssel verbarg sie in einer Werkzeugkiste. Danach kümmerte sie sich um ihre eigene Hälfte des Pikorua. Mittels eines professionellen Edelsteinwerkzeugs bohrte sie ein winziges Loch in den Grünstein und fädelte ein dünnes Lederband hindurch. Ich sollte sie unbedingt unter meiner Bluse tragen, sagte sich Hine und wollte die Kette gerade in ihrem Ausschnitt verschwinden lassen, als sie hinter sich eine klägliche Stimme vernahm. »Kann ich mich hier verstecken?« Hine fuhr herum und blickte in die schreckensweit aufgerissenen Augen ihres Sohnes.

Sie sprang auf und stürzte auf ihren Sohn zu. »Was ist passiert?«

Benjamin schluchzte laut auf. »Dad hat ein Pipi-Laken gefunden. Er hat mir angedroht, er wird mich windelweich schlagen, damit ich nicht wie ein Baby ins Bett pisse.«

Bevor Hine überhaupt reagieren konnte, kam Jack in die Werkstatt gepoltert.

»Na, du Feigling? Verkriechst du dich wieder unter den Rockschößen deiner Mutter? Aber dieses Mal wird sie dich nicht retten.« Drohend näherte er sich dem Jungen, aber da trat Hine vor ihr Kind und funkelte ihren Mann wütend an. »Du wirst ihn nicht anfassen! Kapiert?«

»Nein, nein, so nicht! Aus dem Weg! Los, sonst …« Er hob bedrohlich die Hand, und Hine merkte, wie betrunken er schon war. Normalerweise kam er nur nachts in diesem Zustand aus seiner Kneipe und trank nicht schon am Tag. Es wird höchste Zeit, dass ich gehe, dachte sie, dieser verdammte Alkohol macht ihn immer unberechenbarer.

»Dann schlag mich doch!«, forderte sie mit fester Stimme. »Aber dem Jungen tust du nichts zuleide!«

Jack stierte sie aus glasigen Augen verwundert an, während er die Hand ganz langsam sinken ließ.

»Ich kriege ihn noch, wenn er mal nicht zu seiner Mutter rennen kann. Das verspreche ich dir«, zischte er mit verwaschener Stimme, und Hine beschloss, ihren Sohn bis zur Abreise nicht mehr mit Jack allein zu lassen. Schützend legte sie Ben die Hand auf die Schulter, doch dann lief alles aus dem Ruder.

»Du machst ihn zu einer Memme. Das lasse ich nicht zu!«, brüllte Jack und funkelte Benjamin drohend an.

»Du hast ihm gar nichts mehr zu sagen!«, rutschte es Hine heraus. Sie hoffte noch, dass Jack nicht nachhaken würde, aber zu ihrem großen Entsetzen tat er genau das.

»Was soll das denn heißen? Solange ich ihn durchfüttere, hat er mir auch zu gehorchen!«

Statt seine Bemerkung klaglos hinunterzuschlucken, spürte Hine, wie in ihr heiliger Zorn aufbrandete, und zwar so heftig, dass ihr Verstand aussetzte. Es dauerte bei Hine lange, bis sie richtig wütend wurde, aber wenn dieser Punkt einmal erreicht war, gab es für sie kein Halten mehr. Wenn sie nur kurz nachgedacht hätte, wäre ihr aufgefallen, dass Jack sie nur provozieren wollte. Und noch etwas hätte sie bemerkt: dass er immer wieder auf ihren Ausschnitt mit dem halbierten Liebesamulett starrte, das sie wegen Bens Erscheinen nicht mehr unter ihrer Kleidung hatte verstecken können.

»Keine Sorge, wir werden dir nicht mehr lange zur Last fallen. Wir sind schneller weg, als du …« Ein Blick in Benjamins schreckensweit aufgerissene Augen machte ihr bewusst, was sie da soeben in ihrem Zorn preisgegeben hatte, aber jetzt war es zu spät. Hine ahnte, dass sie einen schwerwiegenden Fehler begangen hatte, und ihr Blick fiel auf den Umschlag mit dem Amulett. Wenn Jack das sehen würde, wäre alles aus. Hine klopfte das Herz bis zum Hals, während sie den Umschlag in Zeitungspapier wickelte und ihn Benjamin in die Hand drückte.

»Ben, bring das bitte sofort zum Postkasten. Das ist ein Amulett, das dringend in Dunedin erwartet wird.« Was ja nicht einmal gelogen war. Sie konnte nur beten, dass Jack nicht misstrauisch wurde und jetzt erst recht auf den Umschlag aufmerksam geworden war. »Entschuldige«, sagte Hine einigermaßen gefasst. »Aber der Händler wartet darauf!«

Ben zögerte. Ihm war sichtlich anzumerken, dass er seine Mutter jetzt auf keinen Fall mit dem Vater allein lassen wollte.

»Ben, bitte! Es ist wirklich wichtig!«, bat sie ihren Sohn, der schließlich mit dem Umschlag in der Hand die Werkstatt verließ. Hine atmete auf. Sie hoffte, dass Jack durch diese kleine Störung vergessen hatte, was sie ihm da eben an den Kopf geworfen hatte.

Doch aus Jacks Augen sprach das nackte Entsetzen. »Was hast du vor?«, fragte er mit bebender Stimme.

Hine kämpfte mit sich. Sollte sie ihm ins Gesicht lügen, oder sollte sie ihm in diesem Moment gestehen, dass sie ihn verlassen würde? Sie war gerade gar nicht in der Stimmung, diplomatisch zu sein, sondern wollte endlich alles hinter sich bringen und nicht länger in der Angst leben, dass er ihr womöglich auf die Schliche kam. Außerdem würde sie keinen Tag länger ertragen, wie er mit Benjamin umging.

»Ich werde dich verlassen und Ben mitnehmen«, erwiderte sie mit klarer Stimme. Sie befürchtete das Schlimmste, schloss nicht einmal aus, dass er handgreiflich werden könnte. Und da trat er auch bereits mit hocherhobenen Fäusten auf sie zu. Insgeheim hoffte sie, dass er zuschlagen würde, weil ihr das den Abschied wesentlich erleichtern würde, doch er ließ die Fäuste stöhnend sinken.

»Aber, aber, du kannst doch das Land deiner Väter nicht verlassen! Und wovon, ich meine, wovon willst du leben? Von mir bekommst du jedenfalls keinen Penny!«

»Wir werden ganz sicher nicht in Armut leben.«

»Aber du kannst doch nicht mit dem Kind allein …« Jack war so durcheinander, dass er nach Worten ringen musste, aber Hine kam ihm zuvor: »Wir werden nicht allein sein. Bens Vater wird mit uns gehen.« Kaum war ihr die Wahrheit über die Lippen gekommen, ahnte sie, dass sie einen unverzeihlichen Fehler begangen hatte.

Jack lief so rot an, dass Hine befürchtete, er stünde kurz vor einem Herzinfarkt. Sein Blick blieb an dem Amulett hängen.

»Du willst mit dem Schwein fortgehen, das dich damals schwanger hat sitzen lassen? Das kann doch nicht dein Ernst sein! Hast du denn gar keinen Stolz?«

»Es war eine Intrige, die uns getrennt hat«, entgegnete Hine schwach.

»Woher weißt du das?«

»Ich weiß es eben. Bitte, lass uns einfach gehen. Bitte!«

»Das kommt gar nicht in Frage«, zischte Jack.

»Ich bin nicht deine Gefangene, sondern ein freier Mensch!«

»Du bist meine Frau! Schon vergessen? Du wirst mich nicht verlassen!«

»Jack, bitte, du kannst mich nicht daran hindern, meinen Kindern eine glückliche Familie zu bieten.« Im nächsten Augenblick bereute sie zutiefst, dass sie im Plural gesprochen hatte, denn von ihrer Schwangerschaft sollte er um keinen Preis etwas erfahren. Sie zitterte am ganzen Körper vor lauter Angst, was jetzt geschehen würde, doch seltsamerweise musterte er sie nur durchdringend und stellte keine weiteren Fragen. Sie konnte ihr Glück kaum fassen. Jack hatte es offensichtlich überhört. Daran glaubte Hine jedenfalls in diesem Augenblick ganz fest, zumal Jacks Miene sich merklich entspannte.

»Unter einer Bedingung«, raunte er schließlich.

»Alles, was du willst, wenn ich nur mein Kind mitnehmen kann. Du darfst auch mit Pounamu machen, was du möchtest. Es gehört dir«, stieß sie erleichtert hervor.

»Gut, dann will ich dem Kerl in die Augen sehen!«

»Alex soll herkommen?«

»Ja, ich muss doch wissen, wer sich in Zukunft um dich und den Jungen kümmert.«

Obwohl Hine von einer unüberhörbaren inneren Stimme eindringlich gewarnt wurde, sich um keinen Preis der Welt auf diesen Handel einzulassen, nahm sie die Hand, die er ihr entgegenstreckte, und besiegelte damit ihr Schicksal.

»Ruf ihn sofort an«, befahl er ihr und trieb sie wie eine Gefangene vor sich her zum Haus. Das Telefon war im Flur. »Los, sag ihm, er soll sich auf den Weg machen!«

»Aber ich kann nicht einfach bei ihm anrufen. Seine Frau, ich meine, die weiß nichts von mir und …«

»Dir wird schon etwas einfallen. Du bist doch eine Meisterin im Lügen! Seit wann läuft das eigentlich?«

Hine stöhnte laut auf. »Jack, nun lass doch gut sein …«

»Seit wann?«

»Seit vier Wochen«, schwindelte sie.

»Und wo habt ihr euch getroffen? In einem Stundenhotel oder was?«

»Nein, bitte nicht.«

»Wo?«

»Ja, in einem Hotel. Ich finde, du solltest uns jetzt einfach gehen lassen und aufhören, mich auszufragen. Und warum willst du ihn überhaupt sehen? Das tut dir doch nur unnötig weh!« Hine fühlte sich in die Enge getrieben. Ihr war unwohl. Sie verspürte einen starken Fluchtimpuls. Jack wirkte nicht mehr betrunken, aber ganz bei Sinnen schien er auch nicht zu sein. In seinen Augen flackerte etwas, was sie nicht deuten konnte, was aber alles andere zu sein schien als die Bereitschaft, sie in Frieden ziehen zu lassen.

»Ruf ihn an!«, schnauzte er sie an und hielt ihr den Hörer hin.

Mit zitternden Fingern wählte sie seine Nummer. Sie betete, dass sie nicht seine Frau am Apparat hatte, doch sie hatte Glück. Es meldete sich eine Hausangestellte, die versprach, Mr Morris zu holen.

»Jack, wollen wir uns das nicht ersparen? Es wäre doch besser, ich packe jetzt meine Sachen und steige mit Ben in meinen Wagen«, versuchte sie ein letztes Mal beruhigend auf ihren Mann einzureden.

In diesem Moment hörte sie Alexanders Stimme fragen: »Hallo, hallo, wer ist da?«

»Ich bin es. Jack weiß Bescheid. Er will mich gehen lassen, aber nur, wenn du uns abholst. Er will dich unbedingt persönlich kennenlernen. Sagt er.« Das klang verzweifelt.

Alexander atmete schwer, doch dann antwortete er ihr mit leiser Stimme: »Pass auf. Ich fühle das bis hierher. Der Mann führt etwas im Schilde. Sag zu allem Ja und Amen und versuche, mit Ben unauffällig zum Wagen zu gelangen. Und nimm nur deine Papiere mit! Alles andere ist nicht wichtig. Wir treffen uns im Haus. Ich fahre los, sobald ich hier reinen Tisch gemacht habe. Das kann noch ein paar Tage dauern. In unserer Hütte seid ihr in Sicherheit. Und wenn du nicht dort bist, wenn ich komme, dann hole ich dich! Versprochen! Bringt euch bitte nicht in Gefahr! Und keine Sorge, ich beschütze euch.«

»Ja, genau, dann holst du uns also morgen ab«, entgegnete Hine in gepresstem Ton und beendete das Gespräch hastig. Spätestens in dem Moment, als sie sich zu Jack umwandte, hatte sie die Gewissheit, dass Alexander die Lage realistisch eingeschätzt hatte. Jack stand die pure Mordlust ins Gesicht geschrieben.

»Er kommt morgen. Dann werde ich schon mal packen. Ich würde gern ein paar von den Steinen mitnehmen. Ben kann mir beim Sammeln helfen«, stieß sie einigermaßen gefasst hervor.

Mit diesen Worten verließ sie den Flur und spürte seine Blicke förmlich in ihrem Rücken brennen. Sie suchte nach ihrem Sohn, aber der war noch unterwegs zum Postkasten. Hine fing ihn schließlich draußen ab. Sie wollte nicht riskieren, dass er noch einmal ins Haus ging, denn sie spürte die Gefahr für ihr Kind und sich in jeder Pore. Unter dem Vorwand, Grünsteine zu sammeln, lockte sie ihn in den Garten. Sie hatte zwar wirklich vor, ein paar Steine mitzunehmen, aber das war jetzt nachrangig. Wichtig war, dass sie Ben in ihren Fluchtplan einweihte. Der Junge war blass um die Nase, als er mit ihr über das Anwesen trabte. »Du musst keine Angst mehr haben. Wenn du nur alles genauso machst, wie ich es dir sage«, sagte sie beschwörend, kaum dass sie außer Hörweite der Werkstatt waren.

»Vater ist sehr böse auf mich, oder?«, fragte er ängstlich.

»Ben, hör mir gut zu. Wenn wir zurückkommen, versteckst du dich in meinem Wagen und verriegelst die Türen von innen. Aber bitte leg dich auf den Sitz, sodass dich keiner sieht. Ich komme nach, sobald ich kann. Und dann fahren wir beide fort von hier.«

»Und Vater?«, hakte er irritiert nach.

»Dein Vater wird dich nicht noch einmal bedrohen. Verstehst du? Wir gehen ohne ihn fort.«

Ben starrte sie ungläubig an.

»Bitte, Ben, tu, was ich dir sage. Sonst geschieht ein großes Unglück. Und das willst du doch nicht, oder?«

Hines Herz krampfte sich zusammen, als sie sah, was für eine Angst sie ihm mit ihren Worten eingejagt hatte, aber es ging nicht anders.

Sie konnte sich kaum auf die Steine konzentrieren, die sie nun in einem kleinen Sack sammelte, doch als Ben ihr einen Marsden-Flower-Stein in die Hand drückte, huschte ein Lächeln über ihr Gesicht. Das war ein Zeichen ihrer Ahnen, dass alles gut werden würde, redete sie sich ein. Als das Säckchen gefüllt war, gab sie es Ben und schärfte ihm ein, sich damit unauffällig im Wagen zu verkriechen, die Steine wie einen kostbaren Schatz zu bewachen und sie niemandem zu geben außer ihr.

Er sah seine Mutter mit ernster Miene an. »Ja, Mum, ich tue alles, was du sagst, aber ist es nicht besser, wenn ich bei dir bleibe? Wer soll dich denn sonst beschützen?«

»Liebling, bitte, bitte, verlass den Wagen um keinen Preis, ganz egal, was draußen vor sich geht, verstanden? Und für den unwahrscheinlichen Fall, dass ich nicht mehr zurückkommen sollte, schleichst du dich in meine Werkstatt, löst das auffällig helle Bodenbrett neben meinem Arbeitstisch und holst die Kiste hervor, die ich darunter versteckt habe. Mit der rennst du, so schnell du kannst, zur alten Mrs Kent und bittest sie, eine Nummer in Dunedin anzurufen. Mr Alexander Morris, von der Morris-Bank. Kannst du dir das merken, mein kleiner tapferer Schatz?«

»Mum, ich bin doch schon groß. Mr Alexander Morris«, erwiderte Benjamin mit fester Stimme, während er am ganzen Körper zitterte. Hine tat es in der Seele weh, dass sie den Jungen derart in Angst und Schrecken versetzte.

Unter Tränen riss Hine Ben in die Arme und drückte ihn fest an sich. Wenn sie gewusst hätte, dass sie weder ihn noch Alexander je wiedersehen würde, sie hätte ihn auf keinen Fall losgelassen und zum Wagen geschickt, damit sie erst ihre Papiere aus dem Schreibtisch und dann die Blechkiste unter den Bodenbrettern der Werkstatt hervorholen konnte. Obwohl Jack nun alles wusste, wollte sie keine Beweise ihrer Liebe zu Alexander in Pounamu zurücklassen. Noch wichtiger war ihr das kleine Heft mit den Entwürfen, denn nun würde sie endlich die Chance bekommen, ihre eigene Kollektion herzustellen. Doch das Entscheidende war der Schlüssel für das Haus, denn sie musste davon ausgehen, dass Alexander erst in ein paar Tagen zum Arthur's Pass kommen würde.

Und wieder überfiel sie diese diffuse Angst, dass ihr etwas zustoßen könnte. Mit einem mulmigen Gefühl löste sie sich aus der Umarmung mit ihrem Sohn und eilte in Richtung Werkstatt.

Der kleine Junge sah ihr unschlüssig hinterher. Er kämpfte mächtig mit sich: Sollte er ungehorsam gegen die Mutter sein und ihr doch folgen, um sie notfalls zu beschützen, oder sich in den Wagen flüchten, wie sie es ihm befohlen hatte?

Als der Vater in diesem Augenblick mit wutverzerrtem Gesicht aus dem Haus trat, machte er sich vor lauter Panik in die Hosen. Nachdem der Vater außer Sichtweite war, brachte er sich am ganzen Körper bebend im Inneren des Wagens in Sicherheit. Was ihn am meisten erschreckt hatte, war der Hammer, den sein Vater wie ein Irrer durch die Luft schwang.

1. Teil

Omakas Reise in die Vergangenheit

1. Kapitel

Der Harbourside Ocean Grill befand sich in der ersten Etage des alten Fährgebäudes direkt am Wasser. Er war bekannt für sein exzellentes Seafood, die guten Weine und den bezaubernden Blick, den man von der Terrasse über den ganzen Hafen von Auckland hatte.

An diesem frühen Abend fand in den Räumlichkeiten des Restaurants eine Party statt. Noch brannte die Sonne kräftig vom Himmel, sodass man es draußen nur unter einem der Sonnenschirme aushalten konnte. Die alljährlich hier stattfindende Weihnachtsfeier der Kiwi Jewellery Company gehörte zu den begehrtesten Veranstaltungen der Aucklander Kreativszene. Bei diesen Events trafen sich Schauspieler, Regisseure, Maler und junge Schmuckdesigner. Man trank reichlich, aß gut und tanzte auch mal die ganze Nacht hindurch. Wer eine Einladung bekam, gehörte dazu. Mila Parker gehörte schon seit dem vergangenen Jahr zu den Auserwählten, weil der Chef der Firma, Pit Myers, ein Studienfreund ihres Bruders Tim war. Seit Pit ein paar von Milas Schmuckstücken bewundert hatte, lag er Tim mit dem Wunsch in den Ohren, seine Schwester zu einem verlockenden Job bei der Kiwi Jewellery Company zu überreden, sobald sie ihre Ausbildung an der renommierten Schmuckdesign-Akademie abgeschlossen hatte. Nun war es so weit. Mila hatte nicht nur einen hervorragenden Abschluss gemacht, auch ihre Prüfungskollektion hatte unter den Juwelieren der Stadt für große Begeisterung gesorgt.

Die viel gepriesene Schmuckdesignerin stand etwas abseits des Trubels an das Terrassengeländer gelehnt und ließ ihren Blick verträumt bis zu den Inseln im Golf schweifen. Sie konzentrierte sich dabei auf die Sonnenstrahlen, die auf dem Wasser wie kleine Sterne glitzerten. Mila liebte diese Stadt inzwischen fast genauso sehr wie ihren Heimatort Hokitika. Und die Entscheidung, in welchem der beiden Orte sie nach dem abgeschlossenen Studium leben wollte, war ihr verdammt schwer gefallen. Für die Westküste sprach, dass dort ihre Wurzeln waren. Ein weiteres Plus war der Flussarm auf dem Grundstück ihrer Familie, von dessen Grund man den Jadestein quasi abpflücken konnte. Für eine Schmuckdesignerin gab es wohl kaum einen größeren Luxus, als die schönsten Grünsteine direkt hinter dem Haus sammeln zu können. Wobei sie nicht nur nach dem äußeren Eindruck ging, sondern auch prüfte, ob der Jadestein ihr etwas zu sagen hatte, wenn sie ihn erst einmal in der Hand hielt. Dass sie mit ihren Steinen kommunizierte, behielt sie vor den Kollegen in Auckland allerdings für sich. Das wusste nur ihre Großmutter Omaka, weil die es genauso machte. Es war Mila tatsächlich schon passiert, dass sie einen wunderschönen Stein aus dem Wasser geholt hatte, der einfach stumm geblieben war. Dann hatte er für ihre Arbeit keinen Wert. Sie brauchte eine Art spiritueller Beziehung zu ihrem Material, wenn das Ergebnis gelingen sollte. Sie hatte während ihrer Ausbildung an der Schmuckdesign-Akademie mit vielen Steinen experimentiert, aber mit dem Greenstone arbeitete sie am liebsten. Beim Grünsteinschnitzen hatte ihr keine der Mitstudentinnen das Wasser reichen können, denn Mila war der Umgang mit dem stahlharten Material quasi in die Wiege gelegt worden. Generationen ihrer mütterlichen Vorfahrinnen hatten schon Schmuck aus der Nephrit-Jade hergestellt. Aus schwarzer Jade und Silber war auch ihre Abschlussarbeit gefertigt, ein Ensemble, für das ihr ein reicher Aucklander ein hübsches Sümmchen geboten hatte, um es seiner Frau zu schenken. Doch Mila fand, dass diese edlen Stücke nur einer einzigen Frau gebührten: ihrer Großmutter Omaka, der sie so viel zu verdanken hatten. Es war bestimmt nicht immer leicht gewesen für Omaka, allein zwei kleine Kinder aufzuziehen. Immer wenn Mila daran dachte, was wohl aus ihnen geworden wäre, wenn ihre Großmutter Tim und sie nicht so beherzt bei Nacht und Nebel vom Gelände einer dubiosen Sekte entführt hätte, wurde sie von einer Welle der Liebe für diese mutige Frau erfasst. Wollte sie den Heldengeschichten Glauben schenken, so war die Großmutter mit ihrem Wagen bis in den entlegensten Zipfel der Nordinsel gerast, um die beiden Kinder aus den Fängen der Sekte zu retten, nachdem ihre Tochter Klara einen Hilferuf hatte absetzen können mit der Nachricht, dass ihr die Kinder weggenommen werden sollten. Omaka hatte dann wohl keine Minute gezögert, sich auf den langen Weg zu machen. Natürlich hatte sie ihre Tochter Klara auch mitnehmen wollen, aber die hatte sich geweigert, das »Camp des Schreckens«, wie es in der Presse später genannt wurde, zu verlassen. Diese Geschichte aber hatte Mila nicht aus dem Mund ihrer Großmutter erfahren, sondern von Omakas treuer Mitarbeiterin Manuka, einer waschechten Maori, die ebenso wie Omaka das Jadeschnitzen beherrschte. Sie war Omakas rechte Hand im Hotel und in der Werkstatt gewesen, bis sie überraschend an einer seltenen Krankheit gestorben war. Mila fehlte sie so sehr, weil sie der einzige Mensch gewesen war, der ein wenig Licht in das Dunkel ihrer Herkunft gebracht hatte. Ihre Großmutter verlor niemals auch nur ein Wort über die Vergangenheit. Auch nicht über Milas Mutter Klara. Dennoch war sie tagelang mit verweinten Augen über das Anwesen geschlichen, als der Anruf gekommen war, in dem man ihr mitgeteilt hatte, dass Klara sich das Leben genommen hatte. Am Abend vorher hatte Klara Omaka – laut Manuka – noch einmal angerufen und sie gebeten, ihr zu verzeihen. Da hatte sie wohl endlich begriffen, dass ihr Paradies auf Erden nichts anderes als eine Hölle von Missbrauch und Gewalt gewesen war. Auch das wusste Mila nur von Manuka. Die Großmutter hatte den Kindern, die damals vierzehn und zwölf gewesen waren, etwas von einem Autounfall ihrer Mutter erzählt, bis Mila über Ungereimtheiten gestolpert war und sich an Manuka gewandt hatte. Von ihr wusste sie auch, wie verzweifelt Omaka ihre Tochter in diversen Briefen angefleht hatte, nachhause zu kommen, doch da war es bereits zu spät gewesen – falls sie diese Nachrichten überhaupt jemals bekommen hatte. Klara hatte ihren letzten Frieden auf dem trostlosen Friedhof von Hokitika gefunden, aber ihr Grab war das ungewöhnlichste, denn Omaka hatte – auch das hatte Manuka ihr einst voller Bewunderung für ihre Großmutter berichtet – dafür gekämpft, es über und über mit Grünsteinen zu bedecken. Der Einwand der Friedhofsverwaltung, das wäre eher im Judentum üblich, Steine auf Gräber zu legen, hatte Omaka mit dem Argument vom Tisch gewischt, sie würde sich aber nicht vorschreiben lassen, Blumen auf das Grab ihrer Tochter zu pflanzen.

Nun meldete sich Milas schlechtes Gewissen, weil sie ihrer Großmutter diese unbeschwerte Kindheit in Freiheit damit dankte, dass sie das glitzernde Leben in Auckland einer Rückkehr in die Heimat vorzog. Doch welche Anfängerin bekam schon die Chance, auf Anhieb die Verantwortung für ihre erste eigene Kollektion zu übernehmen?

Eigentlich hätte das Ganze ein echtes Märchen sein können, wenn sie nicht zuvor schon ein Angebot der Jade Factory aus Hokitika bekommen und dort mündlich zugesagt hätte. Und wenn ihre Großmutter nun nicht fest damit rechnen würde, sie bald wieder in ihrer Nähe zu wissen. Ihre Granny war überdies sehr stolz auf Mila und ihren Job in der Jade Factory, wobei sie insgeheim hoffte, Mila würde sich später auf Pounamu selbständig machen. Das Zeug dazu besäße sie, hatte sie ihrer Enkelin stets versichert und ihr einst anvertraut, dass es früher ihr Traum gewesen sei, sich ganz auf das Entwerfen von Schmuck aus Greenstone zu verlegen. Aber wer hätte dann das Hotel führen sollen?

Mila wurde traurig bei dem Gedanken, wie enttäuscht ihre Großmutter wohl sein würde, wenn sie erfuhr, dass sie das Jobangebot, in ihrer Heimatstadt als Designerin anzufangen, nun doch ablehnen würde.

Sie hatte den Gedanken noch gar nicht ganz zu Ende geführt, als jemand neben sie ans Geländer trat. »Nicht erschrecken. Es ist nur dein neuer Chef.« Mila fuhr herum und rang sich ein Lächeln ab. »Hallo, Pit.«

»Ich will die Prinzessin auch gar nicht beim Träumen stören. Aber ich würde die Vertragsunterzeichnung gern noch vor den großen Ferien erledigen. Bist du morgen noch im Lande, oder bist du dann schon an der rauen Küste?«

»Nein, ich fahre erst übermorgen, damit ich zu Weihnachten bei meiner Granny sein kann. Ich fliege gemeinsam mit Tim, und der muss morgen noch arbeiten.«

»Wann passt es dir? Kommst du ins Büro, oder wollen wir hier auf der Terrasse auf unsere gemeinsame Zukunft anstoßen?« Pit konnte nicht verbergen, wie sehr es ihn freute, dass er sie nun doch noch als zukünftige Mitarbeiterin hatte gewinnen können. Sie hatte sich seinen Avancen zunächst widersetzt, weil sie befürchtete, dass sie als Fachfrau für schwarze Jade weder in Arbeiten aus Rosenquarz noch aus Achat je so viel Herzblut investieren würde wie in den Entwurf von Schmuckstücken aus Grünstein. Doch Pit hatte das als Ausrede abgetan und sein Glück weiter versucht. Seinen Freund Tim wusste er bereits auf seiner Seite. Er und Pit hatten zusammen Architektur studiert, waren dann aber völlig unterschiedliche Wege gegangen. Tim hatte ein Architektenbüro übernommen, während Pit in die Firma seiner Eltern eingestiegen war.

Tim hatte jedenfalls im Gegensatz zu ihr nicht die geringsten Skrupel, Großmutter Omaka in Zukunft allein an der Westküste zurückzulassen. Er wurde nicht müde, Mila zu versichern, ihre Granny wäre eine überaus fitte und autarke Person, die auch ohne ihre Enkel mit dem Hotelbetrieb zurechtkäme, zumal sie sich durchaus fähiges Personal leisten könnte. Natürlich verstand er, dass sich seine Schwester durch ihre Liebe zu dem Jadestein Pounamu weitaus stärker verbunden fühlte als er, der gar nicht schnell genug in die Stadt hatte flüchten können. Für ihn war ein Job in der Jade Factory, in der Maorischmuck für die Touristen gefertigt wurde, gar nicht zu vergleichen mit der Stellung als Designerin in einer international arbeitenden Firma wie der Kiwi Jewellery.

Mila tat es manchmal beinahe weh, ihren Bruder so abfällig über Pounamu reden zu hören. So als wäre das Anwesen der hinterletzte Flecken Erde, der nur zu einem taugte: ihn nach Omakas Tod schnellstmöglich loszuwerden! Ihm schien die Historie dieses Ortes herzlich wenig zu bedeuten. Immer wenn Mila ihm zu erklären versuchte, dass dieses Stück Land seit Generationen ihren Maori-Vorfahren gehört hatte und dass ihnen der Flussarm mit der Jade heilig wäre, winkte er nur ab mit der Begründung, er käme eher nach seinen männlichen Vorfahren, die allesamt englische und irische Gene hätten. In dem Punkt hatte er natürlich Recht. Schon ihre legendäre Ahnin Maata, die Begründerin des Hotels Pounamu, hatte ihren Maorimann wegen eines britischen Goldsuchers verlassen und mit ihm dann die Kinder bekommen. Seit der Zeit waren die Frauen der nachfolgenden Generationen streng genommen keine reinen Maori mehr, wohl aber von ihrer Haltung und dem Stolz auf ihr Erbe. Sie spürten die magische Kraft, die vom Grünstein ausging, und glaubten fest daran, dass die Mana, die spirituelle Kraft des Trägers, auf den Stein überging. Überdies verband der Stein die Kräfte der Erde mit denen des Himmels, und die der Sterne mit der des Wassers. Ja, davon war auch Mila überzeugt, doch damit musste sie ihrem Bruder gar nicht erst kommen. Er hatte keinerlei Antennen für die Tradition seiner Ahninnen und auch nicht für das Verdienst seiner Großmutter um das Land. Wie hatte Omaka sich dafür starkgemacht, dass der Flussarm im Besitz der Familie bleiben konnte, nachdem die neuseeländische Regierung 1997 festgelegt hatte, dass alle Grünsteine dem Stamm der Ngai Tahu, dem Stamm ihrer Ahninnen, gehören sollten. Schließlich war Omaka von Stammesvertreterinnen offiziell zur Hüterin des Schatzes von Pounamu gewählt worden, mit der Maßgabe, dass jedes Mitglied des Stammes sich jederzeit einen Stein aus dem Wasser holen durfte. Doch keiner hatte das Anwesen je betreten, um von diesem Recht Gebrauch zu machen. Für die Ngai Tahu gehörte dieser Fluss zum Erbe von Omakas und Milas Ahnen. Von dieser Magie und der Berufung, an dem geheiligten Flussarm zu leben, blieb Tim allerdings völlig unberührt. Für ihn waren das irgendwelche Steine, aus denen man im besten Fall Schmuck herstellen konnte, wenngleich ihm ein echter Diamant wesentlich lieber war. Mila zog ihn manchmal damit auf, dass ihn seine letzte feste Freundin sicher nicht verlassen hätte, wenn er ihr statt des Klunkers ein Pikorua-Amulett, das Zeichen unendlicher Liebe, geschenkt hätte. Und zwar aus Grünstein! Tim wies das weit von sich und schob das Scheitern der Beziehung allein auf den miesen Charakter seiner Ex. Außerdem weinte er ihr sowieso keine Träne nach. Eine Frau in seinem Leben – gleich ob als positive oder negative Erfahrung – hatte ihren Bruder emotional noch nie sonderlich tief berührt. Manchmal hegte Mila den Verdacht, ihr Bruder hätte um sein Herz eine undurchdringliche Mauer errichtet, aber sie liebte ihn dennoch über alles.

»Ich will dich dann mal nicht weiter stören«, sagte Pit wie aus einer anderen Welt. Mila zuckte regelrecht zusammen.

»Ich weiß auch nicht, wo ich heute mit meinen Gedanken bin. Das ist alles so aufregend für mich, und ich muss ständig daran denken, was meine Granny wohl sagen wird, dass ich mich für Auckland entschieden habe, zumal ich ihr dein Angebot bisher verschwiegen habe«, bemerkte sie entschuldigend.

»Die alte Dame wird das schon verstehen. Tim sagt, du machst dir ganz umsonst so einen Kopf. Er glaubt, dass eure Granny da viel pragmatischer rangeht als du.«

»Meint er das?«, entgegnete sie leicht säuerlich. Der Hang ihres Bruders, ihre Gefühle überspannt zu finden, missfiel ihr außerordentlich. Doch vielleicht hatte er in dieser Angelegenheit gar nicht so Unrecht, fügte sie in Gedanken selbstkritisch hinzu. Vielleicht würde ihre Großmutter sogar Verständnis für ihre Entscheidung aufbringen, wenn sie von ihrer gigantischen Karrierechance erfuhr. Das war schon immer eines von Milas größten Problemen gewesen: Sie machte sich viel zu viele Gedanken darüber, was andere denken und fühlen könnten.

Pit gab Mila nun überschwänglich ein Küsschen auf die linke und eines auf die rechte Wange. »Wir sehen uns später auf der Tanzfläche.« Mila nickte müde, denn sie hatte weder Lust auf Smalltalk, was ohnehin eine Qual für sie war, noch auf das Tanzen. Es sei denn, ein gewisser Jemand würde auf der Party vorbeischauen und sie zu einem Tanz überreden …

2. Kapitel

Omaka Parker war eine imposante Erscheinung. Sie war groß und hatte im Alter mächtig an Pfunden zugelegt, was ihr zumindest bei den Maorifrauen in der Gegend eher Respekt einbrachte. Hinzu kamen ihre tiefe, durchdringende Stimme und ihre Fähigkeiten im Umgang mit dem Jadestein. All das machte sie zu einer örtlichen Autorität. Die Maorifrauen ließen sich ihre Amulette ausschließlich von ihr fertigen, obwohl Hokitika sich in den letzten Jahren von einer vergessenen ehemaligen Goldgräberstadt zu einer Grünstein-Touristenattraktion gewandelt hatte. An jeder Ecke gab es Läden, die örtlichen Jadeschmuck anboten. Dort ließ Omaka die Amulette allerdings nicht verkaufen, die sie in ihrer raren Freizeit fertigte, sondern bot sie direkt im Hotel an. Sie betrachtete diesen Boom eher mit einer gewissen Skepsis, weil viel Schmuck aus der industriellen Fertigung stammte. Trotzdem profitierte auch Omaka von dem Aufschwung des kleinen Städtchens, weil ihr Hotel sehr beliebt bei den Touristen war. Es hatte sich herumgesprochen, dass es dort noch echt handgefertigte Amulette mit magischen Kräften zu kaufen gab.

Ihre Gedanken schweiften kurz zu Mila, und sie spürte die Vorfreude in sich aufsteigen. Vielleicht konnte Mila ihr sogar bei den Kursen assistieren, die sie neuerdings nicht nur ihren Hotelgästen anbot. Diese Kurse im Jade-Schnitzen hatten mehr Zulauf, als Omaka je erwartet hätte. Kopfschmerzen bereitete ihr nur der bauliche Zustand der alten Werkstatt ihrer Mutter, in der sie die Kurse veranstaltete, denn es stand zu befürchten, dass die alte Bretterbude irgendwann über den Köpfen der Gäste zusammenstürzen würde. Mit Milas Hilfe würde sie gern eine neue Werkstatt planen. Keine Frage, sie brauchte dringend die Unterstützung ihrer Enkelin.

Doch da holten sie ganz andere Gedanken ein, Gedanken, die sie am liebsten verdrängt hätte. Allein die Vorstellung, ihren Enkeln von dem »kleinen Zusammenbruch« zu erzählen, wie sie ihn insgeheim bezeichnete, um ihm seinen Schrecken zu nehmen, bereitete ihr schlechte Laune.

Seit Tagen quälte sie sich mit der Frage, ob sie es nicht irgendwie vermeiden konnte, den Kindern die Wahrheit zu sagen: Dass sie vor vierzehn Tagen in ihrer Werkstatt umgekippt war und ihre neue Mitarbeiterin Sara sofort Dr. Leyland geholt hatte, der sie nach einer intensiven Erstversorgung umgehend mit dem Notarztwagen nach Greymouth ins Krankenhaus hatte bringen lassen. Und vor allem, dass die kardiologische Untersuchung Leylands Diagnose bestätigt hatte. Sie wollte ihnen doch nicht das Weihnachtsfest verderben. Vor allem befürchtete sie, dass es die sensible Mila aus der Bahn werfen würde. Sie selbst hatte ja auch nicht mit diesem niederschmetternden Ergebnis gerechnet. Ein Infarkt! Darauf wäre sie im Leben nicht gekommen, als sie diese diffusen Schmerzen im Oberbauch bekommen hatte. Aber wenn sie ihrer Enkelin beichtete, dass man ihr dringend zu Stents riet, die ihre Koronargefäße stützen sollten, wie man ihr ausführlich erklärt hatte, würde die sofort mit ihr in die Klinik fahren und das gemeinsame Weihnachtsfest platzen lassen. Das passte Omaka nach allem, was sie kurz vor dem Infarkt hatte erfahren müssen, ganz und gar nicht. Sie wollte die gemeinsamen Tage mit beiden Enkeln nutzen, um ihnen zu erzählen, auf was für eine ungeheuerliche Familiengeschichte sie da gestoßen war. Es entsprach zwar ganz und gar nicht ihrer Art, Probleme mit anderen zu teilen, schon gar nicht mit ihren Enkeln, aber in dieser Sache wusste sie einfach nicht weiter und benötigte vor allem Tims Rat. Er betrachtete das Leben ähnlich realistisch wie sie. Und wenn er ihr riet, in dieser Angelegenheit weiterzurecherchieren, würde sie das auch tun. In ihrer Brust kämpften nämlich zwei Seelen: die Angelegenheit zu vergessen oder ihr nachzugehen. Ihr war durchaus bewusst, dass die Aufregung neulich ein Auslöser für den Herzanfall gewesen sein konnte, und sie redete sich ein, dass ihr Herz sich, sobald sie eine Entscheidung getroffen hatte, wieder beruhigen würde. In ihre Krankheitsgeschichte würde sie ihre Enkel vorerst jedenfalls nicht einweihen. Erst wenn sich Mila zuhause wieder eingelebt hatte und Omaka sich tatsächlich dazu durchringen konnte, sich solche künstlichen Zugänge einpflanzen zu lassen … Tja, dann würde ihr wohl auch gar nichts anderes übrigbleiben. Aber auch dann würde sie das Ganze natürlich herunterspielen und Mila auf keinen Fall verraten, was der Doktor in Greymouth ihr mit auf den Weg gegeben hatte: dass der nächste Infarkt ihr letzter sein könnte, wenn sie nichts unternähme! Ein Gedanke, der sie erschaudern ließ. Weniger der Gedanke an den Tod, sondern daran, diese Operation über sich ergehen zu lassen. Insgeheim hoffte sie inständig, dass sie diesen Eingriff würde vermeiden können, denn ein bisschen Zeit war ihr noch vorbestimmt. Das spürte sie genau – und auch, dass sie nicht endlos war. Neulich war ihr wieder ihre Mutter im Traum erschienen und hatte sie ganz liebevoll in den Arm nehmen wollen. So als wollte sie ihre Tochter zu sich holen. Sie hatte sogar mit sanfter Stimme zu ihr gesprochen und ihr versichert, dass sie nicht leiden würde. Omaka war das immer ein bisschen suspekt, wenn sie von ihrer Mutter träumte, weil sie im Traum so ganz anders als im wahren Leben war. Eher wie ein Engel und überhaupt nicht wie jene arme Kreatur, die zu nichts anderem in der Lage gewesen war, als stumm und verwirrt in einem Sessel zu sitzen. Der Gedanke, in absehbarer Zeit bei den Ahnen zu sein, machte Omaka allerdings keine Angst. Sie war viel zu vernünftig, um sich gegen die Macht des Schicksals aufzulehnen oder zu versuchen, es auszutricksen. Aber noch war es nicht so weit! Sie durfte sich eben nur nicht mehr so aufregen wie neulich, als sie auf die geheimnisvollen Unterlagen gestoßen war.

3. Kapitel

Mila stand immer noch draußen auf der Terrasse und ließ ihren Blick über den Hafen von Auckland schweifen: die vielen Schiffe, das türkisfarbene Wasser und die grünen Inseln … das fühlte sich fast schon ein wenig heimisch an. Ihre Gedanken kreisten nun um den zweiten Grund, der sie in Auckland hielt. Es war der gewisse Jemand, mit dem sie an diesem Abend sogar tanzen würde. Sie fand es ja selbst unverzeihlich, dass hinter ihrer Entscheidung, in Auckland zu bleiben, nicht nur ein verlockendes Jobangebot stand, sondern auch ein Mann.

Niemals würde Omaka es gutheißen, dass ein »Kerl« ihre Enkelin veranlasste, ihrer Heimat den Rücken zu kehren. Und schon gar nicht Jonah, Tims Kompagnon, auf den Omaka ohnehin keine großen Stücke hielt. Aber er war nicht der einzige Mann, den ihre Großmutter mit äußerster Skepsis betrachtete. Den tieferen Grund, dass Granny Omaka von Männern nicht unbedingt viel hielt, vermutete Mila in deren eigener Geschichte. Dunkel erinnerte sich Mila daran, dass es früher im Leben ihrer Großmutter immer wieder einmal Männer gegeben hatte, aber die waren so schnell wieder verschwunden, wie sie aufgetaucht waren. Omaka hatte auch nie ein Wort über diese Herren verloren. Nur über den einen, über Klaras Vater. Den nannte sie gern einen miesen Heiratsschwindler, weil er wohl bereits eine Familie besessen hatte, als er die schöne Omaka umworben und dabei ganz vergessen hatte, ihr von der Existenz seiner Ehefrau und der vier Kinder zu berichten. Sie hatte ihm, nachdem das herausgekommen war, sofort den Laufpass gegeben und ihre Tochter allein großgezogen. Aber aus den wenigen dürren Worten, die sie über Klara verlor, konnte Mila schließen, dass Omaka sich für eine schlechte Mutter hielt. Das mochte Mila kaum glauben, war Omaka doch die wunderbarste »Mutter«, die sie selbst je hätte haben können. Manchmal beschlich Mila der Gedanke, dass Omaka vielleicht versucht hatte, an ihrem Bruder und ihr etwas wiedergutzumachen, was sie bei ihrer eigenen Tochter versäumt hatte. Aber es war schwer, mehr darüber zu erfahren, denn Omaka neigte dazu, nur das von sich preiszugeben, was ihr passte. Schon auf vorsichtige Nachfragen ihrer Enkelin konnte sie sehr unwirsch reagieren. Mila hatte manchmal den leisen Verdacht, dass sich hinter der lebenstüchtigen, starken Fassade, die ihre Großmutter nach außen hin zeigte, irgendwelche Geheimnisse verbargen. Wie gern hätte sie sich darüber einmal mit Tim ausgetauscht, aber da rannte sie gegen eine Wand. Tim interessierte die Vergangenheit nicht die Bohne, wie er wortwörtlich behauptete. Er reagierte mit Abwehr, wenn seine Schwester zu psychologisieren anfing, wie er es abschätzig nannte, und wenn sie versuchte, der Vergangenheit auf die Spur zu kommen. Wenn es nach ihrer Großmutter gegangen wäre, hätten Tim und sie auch niemals im Leben erfahren, was sie für ihre Enkel auf sich genommen hatte. Aus ihrem Mund hatte es nur lapidar geheißen, ihre Mama wäre einfach fortgegangen. Davon, dass die kleine Mila nächtelang nicht schlafen konnte, weil sie glaubte, sie trüge die Schuld daran, hatte keiner etwas bemerkt. Bis auf Manuka, die sie eines Tages, als sie vielleicht zwölf Jahre alt gewesen war, gefragt hatte, was sie so schrecklich bedrücke. Da war es aus Mila herausgebrochen: Es müsste doch einen Grund haben, dass die Mutter sie verlassen habe! Ob Tim oder sie ihr etwas angetan hätten? Da hatte Manuka kein Blatt mehr vor den Mund genommen und Mila die Wahrheit erzählt, jedenfalls das, was sie dafür gehalten hatte. Dass sich ihre Mutter, nachdem »der Typ«, dessen Namen keiner kannte, sie mit den zwei kleinen Kindern hatte sitzen lassen, einer dubiosen Sekte angeschlossen hatte. Und sie hatte Mila in allen Einzelheiten von der heldenhaften Rettungsaktion berichtet. Mila hatte ihr fasziniert zugehört und es anfangs wie eine der spannenden Maori-Legenden aufgenommen, mit denen Manuka sie von frühster Kindheit an in ihren Bann gezogen hatte. Bis sie begriffen hatte, dass das alles kein Märchen war, sondern ihre Geschichte. Aufgeregt war sie zu ihrem zwei Jahre älteren Bruder gerannt, um ihm von dieser abenteuerlichen Geschichte zu berichten, doch der hatte sich die Ohren zugehalten und ihr erklärt, er wolle von dem Scheiß nichts hören. Erst nachdem Mila in ihrem ersten Jahr in Auckland wegen ihrer Schlafstörungen zu einer Psychologin gegangen war, war es ihr wie Schuppen von den Augen gefallen: Womöglich konnte er sich ganz dunkel an die Zeit bei der Sekte erinnern, denn schließlich war er schon drei oder vier Jahre alt gewesen, als Omaka sie dort weggeholt hatte. Das konnte der wahre Grund sein, warum er so abblockte. Er wollte es verdrängen! Daraufhin hatte Mila alles über diese Sekte gelesen und war zu ihrem Entsetzen auf den Vorwurf des Kindesmissbrauchs an Mädchen und den der Misshandlungen von Jungen gestoßen. In ihrer Verzweiflung hatte sie die gute Manuka auf dieses heikle Thema angesprochen. Manuka hatte auf diese Nachfrage nicht genervt reagiert, sondern fast erleichtert. Und durch sie hatte Mila erfahren, dass ihre Mutter Klara sie offenbar rechtzeitig vor potenziellen Übergriffen geschützt hatte. Aber Klaras Sorge um die Kinder hatte leider nicht ausgereicht, um sich selbst vor diesem »Monster«, wie ihn die neuseeländische Presse Jahre später gern bezeichnete, in Sicherheit zu bringen.

Mila schluckte bei dem Gedanken, dass sie Manuka nie wieder etwas fragen konnte. Immerhin hatte Manuka ihr damals ein paar Fotos von Klara geschenkt. Seitdem wusste Mila wenigstens, von wem sie das blonde Haar und die braunen Augen geerbt hatte. Ja, es war fast ein Schock gewesen, wie ähnlich sie ihrer Mutter sah, und sie hätte sich sehr gewünscht, wenn sie darüber wenigstens mit ihrem Bruder hätte sprechen können, wenn ihre Großmutter beim Thema Vergangenheit schon so abblockte. Aber an dem Punkt »Mutter« hatte Tim ein massives Problem! Darin war sich Mila sogar mit Jonah einig. Und damit war sie wieder bei dem Mann ihrer Träume.

Jonah Wagner, achtundzwanzig Jahre, dunkles Haar, Augen wie ein dunkelgrüner Jadestein, sinnliche Lippen, sportlich trainierter Körper und ein unwiderstehliches Lächeln …

Als sie Jonah von ihrem Plan erzählt hatte, nach Hokitika zurückzugehen, um einen Job bei der Jade Factory anzunehmen, war er sichtlich entsetzt gewesen. »Aber du kannst doch nicht einfach weggehen«, hatte er theatralisch ausgerufen. Jonahs wegen in Auckland zu bleiben war nach rein objektiven Erwägungen das Dümmste, was sie tun konnte. Jonah war ein attraktiver Kerl, dem die Frauen nur so zu Füßen lagen. Ständig war er in Begleitung irgendeiner Beauty, die ihn anhimmelte. Und wenn man Tims nüchterner Einschätzung Glauben schenken durfte, würde sich an diesem Zustand in den kommenden Jahren auch nichts ändern. Nachdem ihn seine Freundin aus Jugendtagen vor ein paar Jahren von einem Tag auf den anderen abserviert hatte, gefiel sich Jonah als Frauenheld. Dass er dabei immer wieder Frauenherzen brach, ließ ihn nicht kalt, aber er verteidigte sich damit, dass er stets mit offenen Karten spielte. Mila konnte sich allerdings lebhaft vorstellen, dass das eine verliebte Frau kaum abschrecken würde. Dazu musste sie sich doch nur an die eigene Nase fassen. Sie hatten genau dieselben Allmachtsfantasien: dass sie ihn würde retten können. Mila war in diesem Punkt nicht abgeklärter als andere, sondern eher aufgeklärter, weil ihr Bruder ihr stets versicherte, die Frau, die Jonahs Beziehungsangst knacken wollte, müsste erst noch geboren werden. Trotzdem hoffte sie insgeheim auf eine Beziehung mit ihm. Wenn sie sich nur in Geduld übte … Das war Milas größtes Geheimnis, von dem kein Mensch je erfahren sollte. Am wenigsten ihr Bruder! Sie konnte sich seine kritisch hochgezogenen Brauen geradezu bildlich vorstellen, bevor er ihr dann in sachlichem Ton erklärte, dass das keinerlei Zukunftsperspektive hätte. Nein, das wollte sie sich auf keinen Fall anhören, zumal Tim seinem Freund Jonah offenbar nacheiferte, was die Unverbindlichkeit Frauen gegenüber anging. Wobei es wahrscheinlich eher umgekehrt war, denn Jonah hatte immerhin eine große Enttäuschung hinter sich, während Tim schon zu Schulzeiten als der unwiderstehliche Herzensbrecher gegolten hatte. Bei ihm waren rein äußerlich die Maori-Gene, die er doch so leugnete, voll durchgebrochen. Das jedenfalls vermutete Mila. Er hatte pechschwarzes Haar und dunkle Augen, aber das gepaart mit einem eher schmalen Gesicht. Er wurde oft für einen Nachkommen italienischer Einwanderer gehalten, und da er kein besonderes Verhältnis zu seinen Wurzeln hatte, hatte er dem nie widersprochen, sondern es eher noch kultiviert. Mila hatte unter seinem Frauen-Verschleiß mächtig zu leiden gehabt. Ständig war eine ihrer Freundinnen in Tim verknallt gewesen und hatte ihr, nachdem er den Rückzug angetreten hatte, wochenlang die Ohren vollgeheult. Danach hatten diese Freundinnen irgendwann den Kontakt zu Mila abgebrochen, weil sie nicht mehr an »Don« erinnert werden wollten. Sein Spitzname leitete sich von Don Juan ab. Auf diese Weise hatte Mila viele beste Freundinnen verloren, aber auch viele dazugewonnen, auf die sie gern verzichtet hätte, weil diese den Kontakt zu ihr nur gesucht hatten, um »Don« näher kennenzulernen. Immerhin war ihr eine echte Freundin geblieben, die niemals den Schwur gebrochen hatte, sich nicht auf Tim einzulassen, den Mila schließlich jeder ihrer angeblichen Freundinnen abverlangt hatte. Aber nur Ruby hatte es geschafft. Sie war auch die Einzige, die von Jonah wusste. Auch sie wäre bitter enttäuscht, wenn sie ihr gestand, dass sie nach Auckland umsiedeln würde, war sie doch eine der letzten Freunde aus Kindertagen, die nicht von der Westküste geflüchtet war. Ruby war dort Lehrerin geworden. Gerade gestern erst hatte sie Mila eine WhatsApp geschickt mit einem Foto vom sonnenbeschienenen Strand von Hokitika und der Nachricht, dass sie sich auf ihre Rückkehr riesig freute.

Es war wirklich verhext mit ihren Gefühlen für Jonah. Das sah Mila durchaus kritisch, nur, was sollte sie tun? Sie hatte sich nun einmal entschieden, dass er es sein sollte. Und das ganz ohne Schmetterlinge im Bauch und weiche Knie, sondern weil sie der festen Überzeugung war, dass sie ihn würde zähmen können. Und nur, weil er sie vor ein paar Monaten nach einem Essen bei Tim nachhause begleitet hatte. An dem Abend hatte es furchtbar geregnet, und Jonah hatte im Gegensatz zu ihr einen Schirm dabeigehabt. Und wie schützend er ihn über sie gehalten hatte, auf die Gefahr hin, dass er selbst nass wurde. Nein, ein Egoist war Jonah sicher nicht. Im Gegenteil, er war eher ein aus der Zeit gefallener Gentleman, der seine Wünsche zugunsten der Frauen gern zurückstellte. Einer, der ihnen auch Türen aufhielt und in den Mantel half, ein Verhalten, das viel Stoff für Missverständnisse bot. Auch bei ihr! Mila hatte sich jedenfalls überhaupt nicht vorstellen können, dass ein Mann, der gar nichts von ihr wollte, freiwillig pitschnass wurde, damit sie trockenen Fußes nachhause kam, obwohl sie doch bereits wusste, was für ein Hallodri er war. Er hatte das in der Tat auch nicht ganz ohne Hintergedanken auf sich genommen, wie er ihr vor der Tür ihres Studentenwohnheims mit einem charmanten Lächeln auf den Lippen ganz unverblümt gestanden hatte. Im Normalfall hätte er sie jetzt aufs

Zimmer begleitet, aber eben nicht die kleine Schwester seines besten Kumpels Tim. Mila war in dem Augenblick herzlich egal gewesen, wie ihr Bruder das gefunden hätte, wenn er davon erführe. Deshalb hatte sie ihn direkt gefragt: »Was ist an mir so komisch, dass du nicht mit mir ins Bett gehen kannst?«

»Du bist entzückend, bildhübsch und wahnsinnig sexy in deinem Flatterkleid. Nichts an dir ist komisch. Du bist eine einzige Versuchung! Und nichts könnte mich davon abhalten, dich zu begleiten, bis auf eines: Tim hat mir angedroht, wenn ich mich jemals an dir vergreife und dich unglücklich machen sollte, würde er mir die Ei… ich meine, den Kopf abreißen.«

Mila hatte an dem Abend einige Gläser des unvergleichlichen Sauvignon Blanc aus der Marlborough-Region genossen und einen derartigen Lachkrampf bekommen, dass sie sich beinahe in die Hosen gemacht hätte. Jonah hatte schließlich gar nicht anders gekonnt, als in ihr ansteckendes Lachen einzustimmen.

»Sollte ich je in diesem Leben von meiner Bindungsmacke geheilt werden, werde ich dich heiraten«, hatte er unter Lachtränen verkündet.

Mila hatte mitgelacht, aber tief im Inneren hatte sie das als Versprechen verbucht. Seit jenem denkwürdigen Abend war sie felsenfest davon überzeugt, dass aus Jonah und ihr eines Tages doch noch ein Traumpaar werden könnte.

Obwohl sie eigentlich ein wenig sauer auf ihren Bruder war, weil der ihr mit seiner Drohung gegenüber Jonah eine wahrscheinlich sehr aufregende erste Nacht mit ihrem Traummann verdorben hatte, rührte sie diese ihr bislang unbekannte Seite Tims, ihren Beschützer zu spielen, auch ein wenig. War er gar nicht so obercool, wie er immer tat? Lag ihr Wohl ihm viel mehr am Herzen, als er es je zugeben würde? Wenn sie es recht bedachte, musste sie zugeben, dass ihr großer Bruder sie damit in der Tat vor einer großen Dummheit bewahrt hatte. Nicht auszudenken, wenn sie nun Tims Wohnung und sein Büro meiden müsste aus lauter Sorge, dort Jonah über den Weg zu laufen. In ihren Augen war es wesentlich angenehmer, unglücklich in einen Mann verliebt zu sein, mit dem man noch nicht im Bett gewesen war. Letzteres hatte sie nämlich schon mehr als einmal erleben müssen. Dass die Männer sich zurückgezogen hatten, nachdem sie eine wunderbare Nacht mit ihr verbracht hatten. Wahrscheinlich wäre sie schier daran verzweifelt und hätte sich langsam für unattraktiv gehalten, wenn ihr nicht einer dieser jungen Männer, die sie immer noch gut an einer Hand abzählen konnte, gestanden hätte, dass sie die tollste Frau sei, die er jemals kennengelernt habe.

»Und das ist der Grund, warum du gerade den Eindruck erweckst, als müsstest du ganz schnell gehen und nie wiederkommen?«, hatte sie ihn skeptisch gefragt. Er hatte genickt. »Dich möchte man einfach vom Fleck weg heiraten. Und man möchte Kinder mit dir, aber du bist viel zu schön, um bei mir zu bleiben.«

Mila hatte ihn fassungslos angesehen. »Heißt das, du willst mich nicht wiedersehen, weil ich dich möglicherweise verlassen könnte?«

Er hatte ihr Gesicht zärtlich in beide Hände genommen. »Du bist etwas Besonderes. Du hast eine unglaubliche Aura. Lach nicht! Aber ich habe tatsächlich das Gefühl, du wirst gehen, sobald ich mich auf dich eingelassen habe!«

»Super, dann sollten wir uns rein prophylaktisch nie wiedersehen«, hatte Mila ihm spöttisch erwidert. Erst hatte sie das für die perfideste Ausrede gehalten, die einem Mann einfallen konnte, wenn er sich nicht binden wollte, aber mit der Zeit hatte sie tatsächlich verinnerlicht, dass sie offenbar eine besondere Ausstrahlung besaß. Sie musste sich ja nur umsehen. Bestimmt waren auch jetzt wieder einige Augenpaare bewundernd auf sie gerichtet. Doch da gab es eine andere Seite in ihr. Mila konnte mit der Bewunderung der Männer kaum etwas anfangen, weil ihr komplett die Fähigkeit fehlte, mit ihnen zu flirten. Dieses federleichte Pingpong, das man bei Flirtenden in der Regel beobachten konnte, war ihr gänzlich fremd. Eine ihrer Bekanntschaften hatte einmal gesagt: »Du bist so ernst. Da bekommt ein Mann Angst.« Und wenn sie ehrlich war, war sie selbst auch für keinen dieser Männer, mit denen sie sich eingelassen hatte, je in wilder Leidenschaft entbrannt. Gut, das war bei Jonah auch nicht der Fall. Noch nicht, sagte sie sich, aber das würde mit Sicherheit kommen, wenn sie sich zum ersten Mal küssen würden. Da war sich Mila ganz sicher.

Auf jeden Fall waren Jonah und sie seit dem Abend so etwas wie gute Freunde. Manchmal testete sie allerdings auch aus, ob er nicht doch als Mann auf sie reagierte, und knutschte in seiner Gegenwart mit anderen Typen herum. Zu ihrer großen Befriedigung reagierte der Weiberheld recht eifersüchtig und hatte an jedem dieser Männer etwas auszusetzen. Mila verhielt sich wesentlich klüger, wenn Jonah wieder einmal mit einer neuen Flamme unterwegs war. Sie sagte nie etwas Schlechtes über ihre Konkurrentinnen, sondern ignorierte sie schlichtweg. Und wenn er dann neugierig nachfragte, tat sie so, als wüsste sie gar nicht mehr, von welcher Frau er da sprach, obwohl sie sich jedes noch so kleine Detail eingeprägt hatte. Er hatte wirklich ein Faible für schöne Frauen, aber Mila fand seine Begleiterinnen in der Regel viel zu langweilig. Sie sahen perfekt aus, benahmen sich perfekt, hatten den perfekten Beruf und waren auf der Suche nach dem perfekten Vater für ihre Kinder … zu perfekt für ihren Geschmack!

Manchmal spürte Mila auch, wie sie ungeduldig wurde. In solchen Momenten fragte sie sich, ob sie wirklich weiter auf seine Einsicht hoffen sollte, dass sie die einzig richtige Frau für ihn war. Was, wenn er eines Tages bei einer dieser Bellas strandete und gar nicht das Besondere suchte? Und was, wenn in Wirklichkeit sie das Problem war und ihn nur aus der Ferne anschmachten konnte?

Mila fuhr erschrocken herum, als ihr jemand von hinten auf die Schulter tippte. Sie blickte in Jonahs strahlende Augen. Im Nu waren ihre Zweifel wie fortgeweht, und sie war sich ganz sicher, dass er der Mann war, für den es sich lohnte, in Auckland zu bleiben.

4. Kapitel

Kaum hatte Omaka an den Fund der fatalen Dokumente gedacht, war es in ihrem Brustkorb wieder enger geworden. Seit Stunden saß sie schon regungslos in einem Korbsessel im Garten. Sie wagte nicht, sich zu rühren aus lauter Angst, dass ihr das Herz erneut den Dienst versagen könnte. Die Vorstellung, dass sie einen Bruder hatte, von dessen Existenz sie bis vor ein paar Wochen nichts geahnt hatte, hatte ihren Blutdruck in schwindelnde Höhen getrieben, und das trotz der Tabletten, die man ihr im Krankenhaus aufgenötigt hatte.

Dabei war es mehr einem dummen Zufall zu verdanken gewesen, dass sie auf seine Geburtsurkunde gestoßen war. Nur weil sie begonnen hatte, das Zimmer ihres Vaters in ein dringend benötigtes weiteres Fremdenzimmer umzufunktionieren. Zu dem Zweck hatte sie sich unter anderem darangemacht, seinen schönen alten Schreibtisch zu entmüllen, weil sie den im Zimmer belassen wollte. Leer natürlich! Und dabei war ihr das verräterische Dokument in die Hände gefallen. Die Geburtsurkunde eines Benjamin Parker, geboren in Hokitika. Mutter: Hine Parker, geborene Thompson, Vater: Jack Parker.

Nach dem ersten Schrecken gab es für sie nur eine logische Erklärung, warum man ihr den fast sieben Jahre älteren Bruder verschwiegen hatte: Wahrscheinlich war er kurz nach der Geburt gestorben, und ihre Eltern hatten ihn im Schmerz über diesen

Verlust aus ihrem Leben gestrichen. Fieberhaft hatte sie nach einer entsprechenden Sterbeurkunde ihres Bruders gefahndet. Vergeblich. Schließlich vermutete sie, dass diese Urkunde einfach verschwunden war. Immer noch hegte sie nicht den geringsten Zweifel daran, dass der arme Benjamin schon als Baby das Zeitliche gesegnet hatte, was sie sehr bedauerte. Wie sehr hatte sie sich als Kind Geschwister gewünscht, denn es war für sie manchmal gar nicht einfach gewesen, nur mit einem liebevollen, aber überforderten Vater und einer blinden und stummen Mutter aufzuwachsen.

Doch dann hatte Omaka beim Aufräumen ein weiteres Schriftstück gefunden, das ihr Weltbild ziemlich erschüttert hatte. Das Dokument stammte von einem Heim für schwer erziehbare Kinder in Auckland, und es bewies, dass dort ein Benjamin Parker lebte, für dessen Aufenthalt sein Vater sogar monatlich Geld zahlte. Als sie begriffen hatte, dass der Junge erst in ihrem Geburtsjahr in diesem Heim gelandet war, hatte sie das unter enorme Anspannung gesetzt. Natürlich fragte sie sich, was das zu bedeuten hatte und warum der Bruder fortgebracht worden war. Schließlich hatte sie sich dunkel daran erinnert, wie ihre Mutter manchmal wie in Trance den Namen »Benjamin« gemurmelt hatte. Und wie ihr Vater ihr in solchen Momenten gebetsmühlenartig erklärt hatte, dass ihre Mutter da oben nicht ganz richtig wäre. Das hatte ihr eingeleuchtet, denn eine Mutter, die meist stumm im Sessel saß und nur manchmal etwas Unverständliches vor sich hin brabbelte, konnte nur verrückt sein. Omaka hatte ihre Freundinnen glühend darum beneidet, dass sie Mütter hatten, die ihnen Essen machten, ihnen Kleider nähten oder einfach mit ihnen redeten. Omakas ganze Liebe hatte dem Vater gegolten, der sich unermüdlich um ihr Wohl sorgte. Er verwöhnte sie und las ihr jeden Wunsch von den Augen ab. Er war überhaupt ganz anders gewesen als die Väter ihrer Freundinnen. Er war nie in den Pubs der Stadt versackt, aus denen die Mütter einiger Freundinnen ihre Ehemänner manchmal hatten holen müssen. Im Gegenteil, er rührte grundsätzlich keinen Tropfen Alkohol an, sorgte dafür, dass sie jeden Morgen gepflegt in die Schule ging, ihre Schulaufgaben erledigte und immer satt wurde.

Heute würde Omaka sagen, dass sie nicht gerade wohlhabend gewesen waren, weil das Hotel damals nicht so gut lief, dass der Vater jedoch alles getan hatte, damit sie sich wie eine Prinzessin fühlte. Sogar einen Hund hatte er ihr erlaubt, der leider nicht sehr alt geworden war. Omaka schämte sich selbst heute noch ein wenig, dass sie ihre Mutter nie so geliebt hatte wie den Vater und deshalb auch nicht untröstlich gewesen war, als sie früh gestorben war. Es gab nur ein einziges einschneidendes Erlebnis, das sie mit ihrer Mutter auf fast unheimliche Art verbunden hatte. Es war an ihrem Todestag gewesen. An jenem Tag hatte Omaka – sie war vielleicht acht Jahre alt gewesen – einen dieser schönen grünen Steine aus dem Flussarm geholt und mit ins Haus genommen. Sie hatte sich mit dem Stein in der Hand pflichtbewusst neben ihre Mutter gesetzt, die so gern ihre Hand streichelte. Als ihre Mutter den Stein ertastet hatte, wollte sie ihn ihr wegnehmen, aber Omaka hatte ihn festgehalten. Da war ihre Mutter in ein unheimliches Geschrei ausgebrochen, sodass Omaka ihn vor Schreck fallen gelassen und ihren Vater zu Hilfe geholt hatte. Als der den auf dem Boden liegenden Grünstein gesehen hatte, hatte er ihn aufgehoben und seiner Frau in die Hand gegeben. Sie war sofort ruhig geworden. Und dann war etwas Sonderbares geschehen, dessen Sinn sich Omaka erst nach und nach erschlossen hatte: Ihr Vater hatte sie ohne weitere Erklärung mit der Mutter allein gelassen und war mit einem Korb voller merkwürdiger Werkzeuge zurückgekehrt. Dann hatte er seine Frau aus dem Sessel gehoben und an den Tisch geführt, auf dem er die Werkzeuge ausgebreitet hatte. Als er die Hand seiner Frau genommen und über diese Teile geführt hatte, war über das Gesicht ihrer Mutter ein überirdisches Strahlen gegangen, wie Omaka es nie zuvor bei ihr gesehen hatte.

»Schau dir genau an, was deine Mutter jetzt mit dem Stein macht«, hatte ihr Vater geheimnisvoll geraunt. Und dann hatte ihre Mutter angefangen, den Grünstein mit einem der Werkzeuge zu bearbeiten und etwas daraus zu schnitzen, das entfernt an eine Acht erinnerte. Das Ganze hatte lange gedauert, aber sowohl ihr Vater als auch sie hatten ihr fasziniert dabei zugesehen. Schließlich hatte ihre Mutter den Stein fest umklammert, einmal laut aufgestöhnt und war in sich zusammengesackt. Noch nie zuvor hatte Omaka ihren Vater so verzweifelt erlebt, während sie wie erstarrt gewesen war, unfähig, auch nur einen Laut von sich zu geben. Dass ihre Mutter ihr an jenem Tag gezeigt hatte, wie man Grünsteine bearbeitet, war ihr erst Jahre später bewusst geworden, als ihr Vater ihr von den legendären Schnitzkünsten ihrer Ahninnen erzählt hatte. Am selben Tag noch war Omaka in die Werkstatt geschlichen und hatte ihren ersten Grünstein bearbeitet. Wenn sie sich recht erinnerte, war sie da gerade einmal vierzehn Jahre alt gewesen.

Aber damals kurz nach dem Tod ihrer Mutter war sie beinahe erleichtert gewesen, nicht mehr in diese blinden Augen schauen zu müssen, die ihren Blick nicht erwiderten. Und sie war sehr froh darüber gewesen, als ihr Vater im Jahr darauf seine Haushaltshilfe Mary geheiratet hatte. Plötzlich schallte durch das Haus, über dem stets ein dunkler Schatten gelegen hatte, fröhliches Gelächter. Mary war für Omaka mehr wie eine große Schwester gewesen, und es hatte ihr in der Seele wehgetan, als Mary eines Tages wie vom Erdboden verschwunden war. Obwohl ihr Vater behauptete, sie sei einfach eine unzuverlässige Person, die ihn grundlos verlassen habe, ahnte die heranwachsende Omaka sehr wohl, dass sie gegangen war, weil ihr Vater die Gefühle der jungen Frau nicht erwiderte und insgeheim ihrer verstorbenen Mutter nachtrauerte. Doch Omaka hätte nie gewagt, ihren Vater solch persönliche Dinge zu fragen. Sosehr er auch um ihr Wohl besorgt war, über Gefühle sprach er nicht. Trotzdem war Omaka todtraurig gewesen, als ihr Vater eines Tages einen Schlaganfall erlitten hatte. Der war zwar nicht tödlich gewesen, hatte ihn aber völlig hilflos ans Bett gefesselt. Sie war damals achtzehn Jahre gewesen und hatte gerade die höhere Schule beendet. Mit der Pflegebedürftigkeit ihres Vaters waren ihre Träume, eine Ausbildung bei einem Juwelier in Christchurch zu machen, hinfällig geworden, denn sie hatte sich verpflichtet gefühlt, ihn zu versorgen und sein Lebenswerk zu erhalten. Er hatte sie nämlich stets glauben lassen, das Hotel gehöre seiner Familie. Von Maata und dem Umstand, dass auch das Hotel von einer ihrer Ahninnen errichtet worden war, hatte ihr Vater ihr nichts gesagt. Das hatte sie erst viel später durch ein Tagebuch der legendären Ahnin Maata erfahren. Auf jeden Fall hatte sie ihr Talent, Grünsteine zu Amuletten zu verarbeiten, nach dem Schlaganfall des Vaters zugunsten des Hotels zurückgestellt. Nach einem halben Jahr, in dem er mehr oder minder vor sich hin vegetiert hatte, war er gestorben. Sein letztes Wort war »*Vergebung*!« gewesen. Omaka erinnerte sich deswegen so genau daran, weil er sich zu dem Zeitpunkt sprachlich schon kaum mehr hatte verständlich machen können. Umso erstaunlicher war es gewesen, dass dieses letzte Wort glasklar geklungen hatte. Omaka hatte dann sein Erbe angetreten. Vom ersten Tag an hatte sie den Ehrgeiz entwickelt, das heruntergekommene Haus wieder in ein begehrtes Hotel zu verwandeln. Und tatsächlich hatte es seit den späten siebziger Jahren wieder mehr Touristen auch in diese Gegend verschlagen. Auf dem Weg zu einer Gletschertour legte man gern eine Pause in dem netten Städtchen ein.

Schwer gearbeitet hatte Omaka jedenfalls ihr ganzes Leben lang, und seit dem Infarkt quälte sie eine Frage: Wer sollte sich um ihr Lebenswerk kümmern, wenn sie tot war? Tim würde nie im Leben Hotelier an der Westküste werden. Was das Interesse ihres Enkels am Pounamu anging, machte sich Omaka keinerlei Illusionen. Das stimmte sie zwar ein wenig traurig, aber sie würde ihm auf keinen Fall Druck machen. Anders verhielt es sich mit Mila, die eine tiefe Liebe zu dem Erbe ihrer Vorfahren hegte und nun sicher mit Freuden in die Heimat zurückkehrte, aber nicht, um das Hotel zu betreiben, sondern ihr Schmuckhandwerk. Damit war noch immer nicht die Frage geklärt, wer wohl ihr Hotel übernehmen konnte. Aber irgendwann würde sie eine Nachfolgerin benötigen. Ihre neue Mitarbeiterin Sara würde diese Verantwortung jedenfalls nicht übernehmen können, weil sie schon jetzt wusste, dass sie in zwei Jahren mit ihrem Verlobten nach Wellington ziehen würde.

Dabei wäre Sara goldrichtig für diesen Job. Nachdem sie den Hotelbetrieb jahrzehntelang fast allein gestemmt hatte, nur unterstützt von einer Köchin und einer Reinigungskraft, hatte sie mit der jungen, ausgebildeten Hotelfachfrau Sara eine feste Kraft eingestellt. Und die war so engagiert, dass sie mit Sicherheit in der Lage wäre, ein Hotel eigenverantwortlich zu leiten. Sie war eine sehr handfeste Person, die zunächst einmal dafür gesorgt hatte, dass Omakas Privatbereich und der Hotelbetrieb strikt getrennt wurden. Es gab einen neuen Speiseraum für die Gäste, sodass sie den Privattrakt der Familie auch nicht zum Essen betreten mussten. Selbst im Garten hatte sie für die Einrichtung einer zweiten Terrasse gesorgt, die nur für die Hotelgäste vorgesehen war, während die private Terrasse versteckt am anderen Ende des Anwesens lag. Omaka ließ ihr in solchen Dingen freie Hand, wenngleich es sie bislang nicht gestört hatte, dass sie immer für ihre Gäste greifbar gewesen war.

Doch an diesem Tag genoss sie zum ersten Mal die himmlische Ruhe im Garten und begriff, dass es ein Geschenk war, dort die nächsten Tage ungestört mit ihren Lieben verbringen zu können. Zu ihrer großen Verwunderung setzte sie der Gedanke, dass Sara den Laden zur Not allein schmeißen könnte, nicht so unter Stress wie befürchtet. Im Gegenteil, sie war fest entschlossen, in Zukunft kürzerzutreten, um eben nicht schon gleich morgen tot umzufallen.

5. Kapitel

»Was treibst du denn ganz allein hier draußen? Du bist doch der Star des Abends«, lachte Jonah und nahm Mila ohne Vorwarnung in den Arm. Sie malte sich aus, wie es wohl wäre, wenn sie jetzt gemeinsam das Fest verlassen würden. Ihr wurde ganz heiß bei dem Gedanken, denn die Art, wie er sie im Arm hielt, glich einem Versprechen auf mehr. Er war zupackend und zärtlich zugleich. Doch da war der Moment der Glückseligkeit auch schon wieder vorüber. Stattdessen nahm er ihre Hand. »Komm, er spielt gerade Havana!«

Auf der Tanzfläche zog er sie dicht an sich, und sie tanzten eng zu dem Song der kubanischen Sängerin. Jonah war ein begnadeter Tänzer und führte in einer Art und Weise, die es seiner Partnerin ermöglichte, ihm leichtfüßig zu folgen, ohne groß auf die Schritte achten zu müssen. Mit ihm schwebte sie förmlich über die Tanzfläche. Bevor sie sich dem Rhythmus hingab, entdeckte sie Tim, der ihr von der Bar aus zuzwinkerte. In diesem Moment meinte sie, in seinen Augen eine gewisse Skepsis zu erkennen. Ob er doch mehr ahnte, als sie glaubte? Egal, sie genoss einfach den Tanz mit Jonah, bis sie eine Blondine auf Highheels wahrnahm, die direkt auf sie zukam und sich provozierend vor ihnen aufbaute.

»Darf ich mal meinen Mann wiederhaben?«, flötete die Fremde, und ehe sie es sich versah, hörte Mila sich in übertrieben freundlichem Ton sagen: »Dann sollten Sie ihn mal suchen gehen. Ich glaube, hier sind Sie an der falschen Adresse.«

Die Frau guckte derart perplex, dass Mila anfing zu lachen und Jonah einfiel. »Cloe, du siehst doch, dass ich gerade beschäftigt bin. Das ist übrigens Mila, meine beste Freundin.« Jonah deutete mit großer Geste auf sie. »Und wir würden gern weitermachen.«

»Deine beste Freundin, dass ich nicht lache. Männer und Frauen können keine Freunde sein«, erklärte sie in spitzem Ton.

»O doch«, entgegnete Mila schlagfertig. »Jedenfalls können sie eine ganze Weile Sally und Harry spielen, bis es endlich funkt.«

»Stimmt, das kommt bei uns bestimmt auch noch«, pflichtete ihr Jonah amüsiert bei und drückte sie noch fester an sich.

»Das machst du nicht mit mir, mein Lieber«, fauchte die Schöne angriffslustig. »Entweder tanzen wir jetzt, oder ich gehe.«

Mila hielt den Atem an. Sie war gespannt, wie ihr heimlicher Herzensmann auf diese kleine Erpressung wohl reagieren würde.

Jonah blieb abrupt stehen und musterte die Frau fast mitleidig. »Krieg dich mal wieder ein. Bitte! Ich finde solche selbstgemachten Dramen lächerlich. Wie ich schon sagte, ich tanze mit meiner Freundin Mila, und dann tanzen wir beide eine Runde, okay?«

Alle Achtung, dachte Mila, er bleibt freundlich, aber lässt sich nicht von der Frau vorführen. Ihr sah man regelrecht an, wie sie fieberhaft überlegte, ob sie weiter Gas geben oder einlenken sollte. Aus dem falschen Lächeln, das Cloe nun aufsetzte, schloss Mila auf Letzteres.

»Okay, tut mir leid, Schatz, ich habe wohl etwas übertrieben«, zwitscherte sie.

»Wir treffen uns gleich an der Bar«, entgegnete er in verärgertem Ton. Kaum war Cloe außer Hörweite, stöhnte Jonah laut auf. »Ich habe ihr doch deutlich zu verstehen gegeben, dass es vorbei ist.«

»Tja, deine Frauen hören einfach nicht auf dich. Wenn der

Meister befiehlt, zurück an den Hundeplatz, wollen sie nicht gehorchen. So was aber auch!«, spottete sie grinsend, obwohl ihr gar nicht so lustig zumute war. Sie fragte sich, ob dieser Mann je in der Lage sein würde, sich ernsthaft auf eine Frau einzulassen. Genau daran hegte sie gerade erhebliche Zweifel, doch da strahlte er sie schon wieder so gewinnend an, dass sie dahinschmolz und fest an ein Happyend glaubte. Allein, wie er jetzt mit beiden Händen ihre Hüften umfasste, um weiter mit ihr zu tanzen, riss sie derart mit, dass ihre Bedenken nur noch ein leises Hintergrundgrummeln waren. Mila war gewiss keine leichtgläubige Träumerin, aber sie stellte sich gern in allen Details vor, wie es wohl wäre, von diesem Mann geliebt zu werden. Ihre Vertraute Ruby, die aus ihren Zweifeln, ob der Typ jemals erwachsen werden würde, keinen Hehl machte, pflegte bei derartigen Zukunftsvisionen ihrer Freundin nur die Stirn zu runzeln. Sie fand, dass Mila endlich einmal einen richtig tollen Mann verdient hätte, der sich rettungslos in sie verliebte und mit ihr bis ans Ende der Welt gehen würde, und nicht so einen Feigling, für den Mila eine Nummer zu groß war. Ruby selbst hatte auch noch keinen Partner fürs Leben gefunden und verkündete mit ihrem umwerfenden Humor, dass dies im Kollegium der Highschool in Hokitika auch gar nicht so einfach sei.

Jedenfalls war Ruby kein Fan von Jonah, und Mila ahnte, dass die Freundin ihr dringend davon abraten würde, das schöne Jobangebot in der Jade Factory wegen so eines Weiberhelden abzulehnen.

»Kannst du nachher nicht an meiner Seite bleiben, damit Cloe denkt, dass du meine Neue bist?«, hörte sie Jonah nun flüstern. Mila blieb stehen, befreite sich aus der Umarmung und tippte sich gegen die Stirn. »Die Suppe löffelst du mal allein aus. Ich denke nicht daran, deine Alibifrau zu spielen«, erwiderte sie heftiger als beabsichtigt.

»Ach, Süße, in deiner Gegenwart fühle ich mich immer so wohl. Tja, ich muss dich wohl tatsächlich erst heiraten, damit du mich vor der Frauenwelt beschützt.«

»Ich bin auch eine Frau. Schon vergessen?«, konterte sie spitz.

»Wie könnte ich das? Nicht nur irgendeine, sondern die hübscheste, klügste und entzückendste weit und ...« Er unterbrach seine Rede und blickte fasziniert einer Mitstudentin Milas nach, Charlotte, die ebenfalls einen Job bei Pit ergattert hatte, wenn auch nicht mit dem von Mila zu vergleichen. Und die sehr neidisch darauf war, dass alle von Mila und ihrem Talent schwärmten. Kurz, sie war nicht gerade Milas beste Freundin, aber hübsch. »Kennst du die Lady?«, erkundigte sich Jonah interessiert. Mila gelang es ansonsten stets, die Contenance zu wahren, wenn ihr Schwarm sich den Hals nach anderen Frauen verrenkte, aber in diesem Augenblick fehlte es ihr an Gelassenheit. Wenn sie die Frauen nicht persönlich kannte, fiel es ihr leichter, eine unbeteiligte Miene aufzusetzen, aber bei Charlotte? Nein, das ging zu weit!

»Flüchtig, aber du wirst sie mit Sicherheit schneller kennenlernen, als du denken kannst«, fauchte Mila und ließ Jonah konsterniert auf der Tanzfläche stehen.

Sie wollte wieder zu ihrem ruhigen Terrassenplatz zurückkehren, aber sie kam nicht weit, weil sich ihr Tim in den Weg stellte. Seine finstere Miene verriet nichts Gutes. »Sag mal, Mila, läuft da irgendetwas zwischen Jonah und dir? Ich habe euch eben die ganze Zeit beobachtet. Wie du ihn anstrahlst, das ist doch nicht normal.«

Mila machte eine wegwerfende Handbewegung. »Du glaubst doch wohl nicht, dass ich mich mit diesem Casanova einlasse. Nicht als Dons leidgeprüfte Schwester. Keine Sorge, der kann bei mir nicht landen«, schwindelte sie, ohne rot zu werden.

Tim schien sich zu entspannen. »Dann bin ich beruhigt, denn

das würde mir gar nicht in den Kram passen. Er kommt nämlich am Weihnachtsabend zu uns nach Pounamu, weil wir am nächsten Morgen zu einer Wandertour starten wollen. Bis Neujahr wollen wir unterwegs sein. Erst der Gletscher und dann bis Queenstown. Da geht die große Party ab.«

»Weiß Granny das schon?«, fragte Mila hastig, damit er nicht merkte, wie nervös sie die Aussicht machte, Weihnachten mit Jonah zu verbringen. Wenn das Wetter mitspielte, würden sie wie jedes Jahr nachmittags schwimmen gehen und abends im Garten am Fluss ein Barbecue veranstalten.

»Hatte noch keine Zeit, aber es reicht doch, wenn ich ihr das übermorgen sage. Dann sind es noch drei Tage bis Weihnachten. Das sollte reichen. Granny ist in solchen Dingen doch völlig unkompliziert.«

»Schon, aber ich hätte gern Ruhe und Zeit, um ihr meine Aucklandpläne zu beichten«, seufzte Mila.

»Du tust ja gerade so, als würdest du ein Verbrechen planen. Zeig mir den Menschen, der dir von dieser Bombenstellung bei der Kiwi Jewellery abraten würde. Granny ist doch kein Pflegefall. Sie kommt bestens allein zurecht, und du bist ja nicht aus der Welt. Mit dem Flieger via Christchurch ist das doch ein Klacks.«

»Du weißt schon, dass sie nicht gern fliegt, oder?«, widersprach Mila ihm heftig.

»Aber du kannst doch so oft nach Hokitika fliegen, wie du magst.«

»So wie du? Einmal im Jahr zu Weihnachten, und dann haust du auch gleich wieder ab. Das finde ich übrigens nicht besonders nett!«

»Du tust immer so, als könnte Granny nicht ohne uns leben. Wir sind erwachsen und müssen unserer eigenen Wege gehen. Sie ist die Letzte, die an uns kleben würde.«

»Du vergisst nur zu gern, was sie alles für uns getan hat!«

Tim raufte sich stöhnend das Haar. »Sag mal, wie oft willst du diese Geschichte noch aufwärmen? Ich möchte daran überhaupt nicht mehr erinnert werden. Und Granny macht auch kein Gewese darum. Du bist die Einzige, die ihre Mitmenschen dauernd damit nervt. Du weißt, dass Granny das gar nicht leiden kann, oder? Kannst du mich nicht endlich mal mit dem alten Müll in Ruhe lassen?«

Mila zuckte zusammen, denn ihr Bruder war recht laut geworden. So laut, dass sich einige Gäste nach ihnen umdrehten.

»Trotzdem kein Wort zu Granny. Ich werde es ihr sagen, wenn ihr wieder weg seid«, erklärte Mila mit fester Stimme und fragte sich, ob sie vielleicht doch eine Nervensäge war, indem sie ständig alte Geschichten aufwärmte.

»Okay, ich stürze mich noch mal ins Getümmel«, murmelte Mila und nahm stattdessen zielstrebig Kurs auf ihren ungestörten Platz am Terrassengeländer, doch wieder kam sie nicht weit. Pit hielt sie auf und wollte sie unbedingt ein paar wichtigen Leuten vorstellen. Mila ließ sich widerstandslos von ihm mit ins Gewühl ziehen, um dort die von ihr verhassten oberflächlichen Partygespräche zu führen. Obwohl sie die Regeln des Smalltalks rein theoretisch beherrschte, wirkte sie immer eher hölzern, wenn sie es versuchte. Für sie wurde ein Austausch zwischen Menschen erst dann interessant, wenn es wirklich um etwas ging. Sie liebte politische Diskussionen oder persönliche Gespräche, in denen sie ihr Gegenüber näher kennenlernte. Mila war schon immer sehr ernsthaft gewesen und hielt Abstand zu oberflächlichen Menschen. So wie zu Charlotte, die sie jetzt kritisch aus dem Augenwinkel beobachtete, denn Jonah hatte es bereits geschafft, sie in ein Gespräch zu verwickeln. Mila wusste nur zu genau, warum sie sich an diesem Abend so über »seine manische Jagd nach Frischfleisch«, wie Ruby seinen Frauenverschleiß bezeichnet hatte, ärgerte. Wenn er auf solche Zicken stand, dann konnte das niemals was mit ihnen werden, ging es Mila verbittert durch den Kopf. An diesem Abend fand sie seine Macke, jede Frau erobern zu müssen, schlichtweg dämlich. Daran änderte auch sein jungenhaftes Lächeln nichts, das er ihr in diesem Augenblick zuwarf und das sie sonst hätte dahinschmelzen lassen. Am liebsten hätte sie das Fest auf der Stelle verlassen, aber das wäre ein Affront gegenüber dem Gastgeber gewesen, der nicht müde wurde, sie angeblich wichtigen Personen vorzustellen.

Ein paar Stunden später hatte sie Dutzende von fremden Händen geschüttelt, diverse Küsschen links und rechts über sich ergehen lassen und ein paar Gläser Champagner zu viel getrunken, zumal sie nicht ein einziges Mal von dem köstlichen Seafood-Buffet gekostet hatte.

6. Kapitel

Es wurde schon fast wieder hell, als Mila zu Fuß durch das noch schlafende Auckland zu ihrem Studentenwohnheim schlenderte. Morgen würde es bereits der Vergangenheit angehören, ihre privaten Dinge hatte sie schon in Tims Wohnung geschafft. Im neuen Jahr hatte sie noch zwei Wochen frei, weil überall in Neuseeland die großen Ferien begannen. Gleich nach Silvester wollte sie nach Auckland zurückkehren, um sich bei Tim einzurichten.

Sie spürte, dass sie leicht schwankte, aber noch drehte sich der Boden nicht, sodass sie es schaffte, heil in ihr Bett zu kommen. Sie hatte gehofft, dass ihr der Rausch ein schnelles, unkompliziertes Einschlafen bescheren würde, aber dann setzte das ihr bekannte und verhasste Grübeln wieder ein. Ihre Gedanken bewegten sich wie in einem Karussell endlos im Kreis und kamen nie an. Das war das erste Mal nach dem Abschluss ihrer Therapie, dass es wieder so zermürbend wurde. Sie fühlte sich nun stocknüchtern und warf sich von einer Seite zur anderen, während sie vergeblich versuchte, ihre Gedanken zum Schweigen zu bringen. Als Folge dieser inneren Unruhe kam auch ihr Körper nicht zur Ruhe. In keiner Position konnte sie es mehr als eine halbe Minute aushalten. Überall auf ihrer Haut juckte und kribbelte es. Diese Symptome hatten angefangen, kurz nachdem sie zum Studium nach Auckland gekommen war. Und alles nur, weil sie sinnlos über Dinge grübelte, die sie nicht ändern konnte. Meist über ihre eigene Geschichte und die Frage, ob sie je dahinterkommen würde, was so schwer auf ihrer Seele lastete. Und was der Grund dafür war, dass sie sich oft so einsam fühlte. Das hatte sie schon als kleines Mädchen gefühlt. Manchmal war sie nachts weinend aufgewacht und hatte festgestellt, dass sie allein im Zimmer war. Dann hatte sie in ihrer Verzweiflung nächtliche Unterhaltungen mit einer imaginären Schwester begonnen. Sie hatte sie Rita genannt. Mit ihr hatte sie ihre inneren Dialoge mit verteilten Rollen geführt. Sie vermutete, sie war der Ersatz für die Großmutter und den Bruder, die von alldem nichts hören wollten. Erst in der Therapie war Mila etwas ruhiger geworden, weil sie endlich mit jemandem über ihre Mutter und deren Geschichte sprechen konnte. Und damit natürlich über ihr Schicksal als wehrloses Kleinkind, das von seiner Mutter in gewisser Weise verlassen worden war, weil Klaras Bindung an den Guru stärker gewesen war. Endlich hatte sie ihren Gefühlen Ausdruck verleihen können. Und als sie es schließlich gewagt hatte, über den Selbstmord ihrer Mutter zu sprechen, waren alle Dämme gebrochen, und sie hatte den Schmerz über den Verlust ihrer Mutter herausgeschrien und endlich um sie trauern können. Danach hatte sie keine imaginäre Gesprächspartnerin mehr benötigt. Es war ihr wesentlich besser gegangen, auch wenn sie in einer der letzten Sitzungen hatte zugeben müssen, dass immer noch eine tiefe Verletzung in ihr wohnte, die sie nicht benennen konnte. Ihre Therapeutin Dr. Ryan konnte das sehr gut verstehen, schon allein deshalb, weil es noch einen weiteren blinden Fleck in Milas Geschichte gab: den namenlosen Vater. Erst in dem Augenblick war Mila klargeworden, dass etwas nicht stimmen konnte, wenn alle behaupteten, nicht einmal den Namen ihres Vaters zu kennen. Manuka hatte ihn wohl tatsächlich nie kennengelernt, aber was war mit ihrer Großmutter? Die musste doch wissen, wie der Mann hieß, der mit ihrer Tochter zwei Kinder gezeugt hatte. Die Frage hatte Mila derart beschäftigt, dass sie extra nach Hokitika gereist war, um eine Antwort zu bekommen. Doch sie war auf eine eisige Mauer des Schweigens gestoßen. Verzweifelt hatte sie ihrer Großmutter vorgehalten, wie unglaubwürdig es war, dass sie angeblich nicht einmal den Namen ihres Schwiegersohns kannte. Den »Schwiegersohn« hatte Omaka weit von sich gewiesen und behauptet, irgendein dahergelaufener Kerl aus dieser verdammten Sekte hätte ihre Tochter geschwängert. Und zwar mehrfach und ohne Trauschein! Auch bei dem Einwand Milas, immerhin müssten die beiden ja mindestens drei Jahre ein Paar gewesen sein, jedenfalls nach dem Altersunterschied zwischen Tim und ihr zu urteilen, war Omaka regelrecht in Rage geraten. Sie hatte vehement behauptet, in der Zeit gar keinen Kontakt zu ihrer Tochter gehabt zu haben, die damals bereits in Auckland gelebt habe. Es war zu einem heftigen Streit zwischen ihr und der Großmutter gekommen, in dessen Verlauf Mila ihr vorgeworfen hatte, einen Haufen Mist über die Vergangenheit zu erzählen. Doch nachdem Omaka geschworen hatte, die Wahrheit zu sagen, hatten sie sich wieder versöhnt, allerdings unter der Bedingung, dass Mila aufhörte, ihre Großmutter mit Fragen nach ihrem Vater zu löchern. Mila war darauf eingegangen. Die Therapeutin hatte ihr daraufhin angeboten, weiter mit ihr zu arbeiten, doch Mila hatte befürchtet, dass es ihr dann nur wieder schlechter gehen würde. Dr. Ryan hatte diese Entscheidung gut verstehen können und ihr versichert, sie dürfe jederzeit wiederkommen. Schließlich hatte sie Mila noch ein paar Gedanken mitgegeben, die sich ihr nachhaltig eingeprägt hatten. Dass es nämlich auch so etwas gab wie Familiengeheimnisse, die sich über eine oder auch mehrere Generationen auf die Psyche der Nachkommen auswirkten. Sie hatte es als »vererbte Narben« bezeichnet. Und genau das hatte Milas unbestimmten Ängsten entsprochen und dem Verdacht, dass ihr Vater nicht das einzige biografische Loch war, das es in ihrer Familie gab. Ganz bewusst hatte sie sich entschieden, es trotzdem erst einmal gut sein zu lassen, weil die Arbeit an ihrem Mutterthema sie schon wahnsinnig viel Kraft gekostet hatte.

Es war überdies sehr hart für Mila gewesen, dass Manuka sich gerade in dem Moment von der Welt verabschiedet hatte, als sie die Therapie begonnen hatte und lauter neue Fragen aufgetaucht waren. Und dass ihre Großmutter sich hinter einer undurchdringlichen Mauer verschanzte, die sie nicht durchbrechen konnte, ohne sich eine blutige Nase zu holen.

Ihre Symptome waren dann glücklicherweise während der Therapie immer weniger geworden, bis sie wieder normal hatte schlafen können. Bis heute! Mila quälte sich nun mit der Frage, was bloß der Auslöser gewesen sein könnte, dass sie ausgerechnet nach dieser durchfeierten Nacht so einen fiesen Anfall hatte. Diese Frage konnte sie sich genauso wenig beantworten wie all die anderen, die in ihrem Hirn Kapriolen vollführten. Schließlich stand sie auf und ging in die Gemeinschaftsküche. Ihre Mitbewohnerinnen waren bereits in die Sommerferien gefahren. Sie war also allein auf der Etage und fand im Kühlschrank noch eine halbvolle Flasche Wein. Nach den ersten Schlucken entspannte sie sich ein wenig. Trotzdem hörte das Grübeln nicht wie auf Kommando auf. Sie versuchte immer noch herauszufinden, warum die Symptome gerade heute zurückgekehrt waren. Eigentlich hätte sie doch überglücklich und zufrieden in ihr Bett sinken müssen bei dem großen Erfolg, den man ihr von allen Seiten bescheinigt hatte. Plötzlich durchzuckte sie ein ganz anderer Gedanke. Haderte sie vielleicht tief im Inneren, unabhängig von der möglichen Enttäuschung der Großmutter, selbst mit der Entscheidung, ihrer Heimat endgültig den Rücken zu kehren? Vielleicht hatte sie Angst, dass sie es nicht übers Herz bringen würde, Pounamu Lebewohl zu sagen, wenn sie übermorgen an die Westküste fuhr und alles noch einmal auf sich wirken ließ: das Anwesen, den Grünsteinfluss, die magischen

Steine, die steife Brise, den Blick auf die schneebedeckten Berge in der Ferne. Erst als sie einen salzigen Geschmack im Mund spürte, merkte sie, dass ihr stumme Tränen über das Gesicht liefen. Mit Schrecken dachte sie daran, dass sie morgen ihr Schicksal besiegeln und den Vertrag unterzeichnen würde. Eine klare innere Stimme signalisierte ihr, die Formalitäten erst nach ihrer Rückkehr aus Hokitika Anfang Januar zu regeln. Merkwürdigerweise machte sie diese Option sofort ein wenig ruhiger. Entschlossen ging sie in ihr Zimmer zurück. Dort griff sie sich ihr Smartphone und schrieb Pit eine kurze Nachricht.

Habe morgen so viel vor. Lass uns den Vertrag unterschreiben, wenn ich aus Hokitika zurück bin. Ich melde mich. Mila

Sie wollte das Telefon gerade zurücklegen, als sie sah, dass sie eine Nachricht bekommen hatte, und zwar von ihrer Großmutter. Das war ungewöhnlich genug, denn Granny Omaka hasste es, Nachrichten auf dem Mobiltelefon zu verschicken. Während Mila die Botschaft las, beschleunigte sich ihr Puls merklich.

Ich freue mich auf euch und mache euer Lieblingsessen, das Lamm mit Minze, obwohl es eigentlich im Moment zu warm dazu ist. Du glaubst gar nicht, wie glücklich ich bin, dass du wieder bei mir leben wirst. Ich habe dir schon zwei Zimmer leergeräumt, damit du genügend Platz hast, wie es sich für eine Pounamu-Schnitzerin in bester Stellung gehört. Ich bin so stolz, dass du am Ort deiner Ahnen die Familientradition auf eine wunderbare Weise fortsetzt. Deine Granny

Mila musste die Zeilen zweimal lesen. Noch nie hatte Omaka ihr derartig gefühlvolle Zeilen geschrieben. Von wegen, es ist egal, ob ich nach Hokitika zurückkehre oder nicht, dachte Mila bekümmert, und das Herz wurde ihr noch schwerer. Immerhin war die innere Unruhe verschwunden. Nun hatte sie wenigstens die Gewissheit, dass sie richtig lag mit ihrem Gefühl, Omaka könnte wegen ihrer Entscheidung für Auckland sehr enttäuscht sein. Überdies war ihr klar geworden, dass sie selbst noch große Ablösungsschwierigkeiten hatte. Zum ersten Mal, seit sie Pit zugesagt hatte, ließ sie überhaupt wieder die Frage zu, ob sie langfristig nicht doch glücklicher in Hokitika sein würde. Schließlich war ihre Seele dort zuhause. Sofort musste sie auch an Jonah und den heutigen Abend denken. Hatte er sich nicht auf der Party ein wenig entzaubert, als er ausgerechnet Charlotte abgeschleppt hatte? War es nicht sogar besser, wenn sie weit wegging, um nicht weiter Zeugin seiner willkürlichen Frauengeschichten zu werden? Und machte sie sich nicht eigentlich lächerlich damit, dass sie auf einen Mann hoffte, der weit davon entfernt war, sich wie ein Erwachsener zu benehmen? Wäre ein gebührender räumlicher Abstand zu diesem Casanova nicht die Lösung, um nicht weiter auf Sand zu bauen? Wäre es nicht an der Zeit, endlich dem bindungsfähigen Mann zu begegnen, den Ruby ihr von Herzen wünschte?

Das Geräusch einer ankommenden Nachricht auf ihrem Smartphone riss Mila aus ihren Gedanken. Während sie sich noch fragte, wer das wohl sein mochte, der ihr morgens um zwei Nachrichten schickte, sah sie, dass die Nachricht von Jonah kam. Sie atmete tief durch, als sie seine Zeilen las.

Süße, wo warst du denn? Ich habe dich überall gesucht, bis mir dein Bruder gesteckt hat, dass du schon los bist. Ich hätte dich doch nachhause gebracht. Der Star des Abends allein in den Straßenschluchten von Auckland. Das geht gar nicht! Und was diese Charlotte angeht, die habe ich abblitzen lassen, als sie versucht hat, über dich abzulästern. Na, da war sie bei mir aber an der richtigen Adresse. Der habe ich einen eingeschenkt. Ich freue mich übrigens riesig, Weihnachten bei dir zu sein. Tim sagt, du weißt inzwischen Bescheid. Was wünscht sich denn die tollste Frau auf Erden von mir? Einen Ring? Haha, ich glaube, ich bin etwas betrunken und muss jetzt ins Bettchen.

Ein zufriedenes Lächeln huschte über Milas Gesicht, während sie das Telefon aus der Hand legte, nachdem sie sich entschieden hatte, ihren ersten Impuls zu unterdrücken, ihm im Überschwang ihrer Gefühle zu antworten. Dabei war der Gedanke sehr reizvoll, mit ihm nun einen anregenden Chat zu beginnen. Das machten sie öfter, jedenfalls immer dann, wenn er allein in seinem Bett lag. Es fing meist damit an, dass er ihr eine gute Nacht wünschte, und dann unterhielten sie sich per WhatsApp manchmal bis in die Morgenstunden hinein. Doch nach einem lockeren Chat stand Mila gerade nicht der Sinn. Immerhin waren ihre schweren Gedanken mit seiner süßen Nachricht einfach davongeflattert und hatten einem wohligen Gefühl Platz gemacht. Etwas Schöneres hätte er ihr gar nicht schreiben können, als dass eine Frau, die über sie lästerte, keine Chance bei ihm hatte. Das versöhnte sie wieder ein wenig mit ihrer Entscheidung, in Jonahs Nähe zu bleiben, statt sich an der Westküste vor ihm zu verstecken. Und Pounamu war ja schließlich nicht aus der Welt. In diesem Punkt hatte Tim völlig Recht. Wenn sie wollte, konnte sie jedes Wochenende nachhause fahren. Mila schwebte förmlich in ihr Bett zurück und schlief, kaum dass sie lag, problemlos ein.

7. Kapitel

Seit Stunden lief Omaka nun schon nervös in dem dschungelartigen Garten auf und ab, weil sie bereits alles perfekt für die Ankunft ihrer Enkel vorbereitet und nichts mehr zu tun hatte. Sie hatte den Tisch draußen am Fluss festlich gedeckt und ihr berühmtes Lamm mit Minze zubereitet. Dass sie draußen im Garten essen konnten, war ein Glücksfall und dem außergewöhnlich guten Wetter zu verdanken. Spielte sich der Sommer in dieser Gegend ansonsten eher bei neunzehn Grad und unter einer Wolkendecke ab, strahlte zurzeit die Sonne vom blauen Himmel und ließ die Luft kochen. Wie Omaka im Wetterbericht gehört hatte, waren es angeblich nur dreiundzwanzig Grad, aber gefühlt waren es wesentlich mehr. Omaka hatte ihr schwarzes Lieblingskleid gegen ein weißes Leinenkleid getauscht, das noch aus schlankeren Zeiten stammte und ein bisschen eng anlag, aber das störte sie herzlich wenig. Eitelkeiten waren ihr fremd, seit sie die Sechzig überschritten hatte. Außerdem war sie sich sehr wohl bewusst, dass ihr faltenfreies Gesicht und das volle, dunkle Haar, das nur von einigen wenigen Silberfäden durchzogen war, all die überflüssigen Pfunde schnell vergessen machten.

Die Ungewissheit darüber, was aus ihrem Bruder geworden war, tat Omakas geschwächtem Herzen nicht gut. Das merkte sie jedes Mal schmerzlich, wenn sie über seinen Verbleib spekulierte. Jetzt, wo sie von seiner Existenz wusste, konnte sie sein

Schicksal wohl kaum ignorieren. Oder doch? Sie war jedenfalls fest entschlossen, in dieser Angelegenheit keine Alleingänge zu unternehmen, sondern erst einmal Tims Ratschlag abzuwarten. Nervöse Unruhe erfasste sie. Ihr Herz pochte so heftig, dass sie sich gezwungen sah zu handeln. Sie konnte gar nicht anders, als dieser Sache auf den Grund zu gehen, wenn sie ihr armes Herz nicht noch mehr belasten wollte. Aber wie sollte sie das anstellen? Immer wenn Omaka nicht weiterwusste, machte sie einen Gang zum Grünsteinfluss hinter dem Haus.

An diesem Tag musste Omaka sehr lange in das klare Wasser blicken und die Grünsteine zählen, bis sie eine Eingebung hatte, wie sie sich etwas mehr Klarheit verschaffen konnte. Sie musste herausbekommen, ob dieses Heim noch existierte, und wenn ja, ob es dort ein Archiv gab, in dem man nach Benjamin forschen konnte.

Omaka eilte in ihr Arbeitszimmer, setzte sich an ihren Rechner und gab den Namen des Heims in ihre Suchmaschine ein. Ihr wurde ganz flau im Magen, als tatsächlich die Webseite dieser Einrichtung aufploppte. Das Heim gab es also immer noch, aber es hieß nicht mehr »Heim für schwer erziehbare Kinder«, sondern »Sozialpädagogische Einrichtung für gefährdete Jugendliche«. Trotzdem zuckte Omaka leicht zurück und war versucht, die Seite schnell wegzuklicken und das Ganze zu vergessen. Doch dann siegte ihre Neugier. Sie starrte eine ganze Zeitlang unschlüssig auf die Kontaktnummer, bevor sie diese anrief, ohne sich groß zu überlegen, was sie sagen sollte. Deshalb fehlten ihr auch kurz die Worte, als die Frau am anderen Ende der Leitung nach ihrem Anliegen fragte.

»Ich, ich interessiere mich für den Verbleib, also das Schicksal eines Ihrer ehemaligen Bewohner, liegt schon länger zurück …«, stammelte Omaka, die sonst eigentlich sehr wortgewandt war.

»Moment, da müsste ich Sie verbinden«, sagte die Dame, und

Omaka versuchte hastig, sich ihre Worte zurechtzulegen, um nicht noch einmal derart herumzustottern. Als sich eine weitere freundliche Mitarbeiterin meldete, konnte Omaka sich bereits präziser äußern. Sie sagte, dass sie gern wüsste, ob man Auskünfte über ehemalige Bewohner per Telefon bekommen könnte.

»Eigentlich nicht«, entgegnete die Dame. »Wir haben zwar ein sehr gut geführtes Archiv, aber Sie werden verstehen, dass wir nicht einfach Auskunft über unsere Bewohner geben können. Da müssten Sie persönlich vorbeikommen und sich legitimieren.«

Omaka schluckte. War das ein Zeichen, das Unternehmen abzubrechen, oder sollte sie lieber an die Menschlichkeit der Dame appellieren? Omaka entschied sich für Letzteres. Sie atmete noch einmal tief durch, bevor sie der Dame ohne Umschweife schilderte, was sie in den Unterlagen ihres verstorbenen Vaters gefunden hatte und dass sie vor einem Rätsel stand, das nur ihr Bruder würde aufklären können, wenn er noch lebte. Aber dazu müsste sie erst einmal wissen, ob er wirklich in diesem Heim gewohnt und wohin man ihn von dort aus entlassen hatte. Omaka brachte ihr Anliegen vor, ohne noch einmal Luft zu holen.

»Puh«, stöhnte die Dame. »Da verlangen Sie aber einiges von mir. In welchem Jahr war das denn?«

»1951«, entgegnete Omaka reichlich entmutigt, denn sie konnte sich kaum vorstellen, dass die Dame, selbst wenn sie wollte, bei so alten Daten fündig werden würde.

»Und wie hieß der Junge?«, hakte die Dame nach.

Nachdem Omaka den Namen ihres Bruders genannt hatte, herrschte eine Zeitlang Schweigen in der Leitung. »Hören Sie? Ich glaube, ich verbinde Sie mal mit unserer Leitung.«

»Danke«, seufzte Omaka und verspürte den Impuls, einfach aufzulegen. Was, wenn sie tatsächlich etwas erfuhr und ihr das überhaupt nicht behagte? Schließlich musste es einen triftigen Grund gegeben haben, warum ein so wunderbarer Vater wie ihrer seinen Sohn in ein Heim steckte. Daran hatte sie noch gar keinen Gedanken verschwendet. Gerade als sie das Gespräch beenden wollte, meldete sich eine männliche Stimme. »John Hunter hier, hallo, Mrs …, äh, ich würde gern Ihren Namen wissen.«

»Ich bin Omaka Parker, ich bin aus Hokitika, mein Vater war Jack Parker, und ich habe in alten Dokumenten die Geburtsurkunde meines Bruders gefunden sowie ein Schreiben Ihres Heims.«

»Okay, ich möchte Ihnen gern unbürokratisch helfen, aber dazu hätte ich gern zumindest das Schreiben unseres Hauses. Ob Sie mir das eben mal einscannen und mailen könnten?«

»Ja, das kann ich, aber mögen Sie mir nicht wenigstens verraten, ob mein Bruder wirklich in Ihrer Einrichtung untergebracht war?«, bat ihn Omaka eindringlich.

»Ja, ja, die Infos liegen mir schon vor. Benjamin Parker hat hier von 1951 bis 1953 gelebt, bis er von einem Ehepaar adoptiert wurde.«

»Adoptiert? Aber er war doch kein Waisenkind …«

»Mrs Parker …«

»Miss Parker, ich war nie verheiratet«, verbesserte Omaka ihn hastig.

»Miss Parker, sobald uns der Beweis vorliegt, dass Ihre Angaben stimmen und Ihnen wirklich ein Dokument unseres Hauses vorliegt, melden wir uns. Und dann werden wir Ihnen die Informationen übermitteln, die Sie benötigen, um seinen momentanen Aufenthaltsort herauszufinden, obwohl wir in den alten Akten einen Sperrvermerk haben, dass wir keine Auskunft geben dürfen.«

»O Gott, was ist das nur für eine verworrene Geschichte«, stöhnte Omaka.

»Das tut mir ausgesprochen leid für Sie, dass Sie damit so brutal konfrontiert werden, aber es war auch für uns, das darf ich

Ihnen verraten, ein ungewöhnlicher Fall, wie ich den archivierten Akten entnehmen kann. Also, es wäre für alle Beteiligten das Beste, Sie würden uns ganz schnell das Dokument schicken.«

»Ja, das mache ich dann«, murmelte Omaka und beendete das Gespräch. Es gab immer noch eine Stimme in ihr, die ihr dringend davon abriet, die Sache weiterzuverfolgen, bevor sie in blinden Aktionismus verfiel. Aber wäre es wirklich gesünder, die Angelegenheit bis an ihr Lebensende zu verdrängen? Was Mila ihr wohl raten würde? Wie sie ihre Enkelin kannte, wäre es für sie keine Frage, dass man der Sache auf den Grund gehen musste. Wie oft war Omaka Milas neugierigen Fragen über ihre Eltern ausgewichen! Sie war sehr froh darüber, dass ihre Enkelin aufgehört hatte, sie damit zu löchern, denn eines war klar: In diesem Punkt würde sie ihr niemals die ganze Wahrheit sagen! Dazu hatte sie ein viel zu schlechtes Gewissen, dass sie den Kindern ihren Vater und … allein der Gedanke daran, was sie ihren Enkeln noch unterschlagen hatte, verursachte ihr einen unangenehmen Druck in der Brust. Jedes Mal, wenn sich ihr schlechtes Gewissen meldete, tröstete sie sich mit der Vermutung, dass Raffael inzwischen sicherlich eine neue Familie in Sydney gegründet und seine neuseeländischen Kinder längst vergessen hatte. Nein, dieses Geheimnis würde Omaka mit ins Grab nehmen! So wie ihr Vater das Geheimnis um Benjamin mit ins Grab genommen hatte, aber er hatte wenigstens Spuren hinterlassen, denen Omaka nun nachgehen konnte. Das würde ihr mit Sicherheit nicht passieren. In diesem Haus gab es nichts, was ihre Enkel je auf die Spur ihres Vaters führen würde, nichts, was die Schuld offenbaren würde, die Omaka ihm und allen anderen Betroffenen gegenüber auf sich geladen hatte.

Entschieden legte sie das Dokument in ihren Drucker und scannte es ein, um es, ohne zu zögern, an Mr Hunter zu senden.

8. Kapitel

Der Flughafen von Hokitika bestand aus nicht viel mehr als einer Start- und Landebahn und einem Gebäude, das aussah wie ein einfaches Motel und nicht wie ein Flughafenterminal.

Mila war ziemlich angespannt nach der Landung, während Tim nur Witze über das schöne Wetter riss und fand, sie hatten großes Glück, am einzigen Sonnentag des Jahres dort anzukommen. Sie hatten das Gebäude gerade verlassen, als jemand aufgeregt Milas Namen rief. Dass sie den alten Hausarzt nicht sofort erkannte, lag an seiner großen Sonnenbrille und dem Freizeitlook. Mit einer Baseballkappe auf dem kahlen Schädel hatte sie den Doktor noch nie gesehen.

»Dr. Leyland, wie schön, Sie mal wiederzusehen«, begrüßte sie ihn freundlich. Tim tat es ihr gleich, obwohl der Doktor ihn gar nicht erkannt hatte. Kein Wunder, ihren Bruder hatte er das letzte Mal wohl als Jugendlichen gesehen.

Der Doktor streckte auch ihm lachend die Hand entgegen. »Ich erspare mir jetzt Plattheiten à la: Du bist aber groß geworden. Aber als ich Sie das letzte Mal untersucht habe, waren Sie noch ein pickeliger Teenager.«

»Ich hätte Sie aber auch im Leben nicht erkannt. Ich kenne Sie nur mit weißem Kittel«, lachte Tim.

»Tja, ich bin auf dem Weg nach London, endlich mal Urlaub, meine Frau ist schon dort bei unseren Enkelkindern«, berichtete er und blickte prüfend von Tim zu Mila und zurück. »Das freut mich sehr, dass Sie Ihre Großmutter besuchen«, fügte er hinzu. »Einer muss sich ja mal um sie kümmern. Sonst kriegt sie es noch fertig und drückt sich vor der Klinik …« Er unterbrach sich, als er merkte, dass die beiden keine Ahnung hatten, wovon er sprach. Der Arzt wurde leicht hektisch. »Tja, dann will ich mal los. Und grüßen Sie Ihre Großmutter schön!«

»Dr. Leyland, was ist mit unserer Großmutter? Was wollten Sie sagen?«, hakte Mila nach.

»Meine, äh, Schweigepflicht, äh …«, murmelte der Arzt und versuchte, sich schnell an ihnen vorbeizudrücken, aber Tim hielt ihn am Ärmel fest. »Ich glaube, wir sollten schon wissen, wenn mit unserer Großmutter was nicht in Ordnung ist, denn sie bekommt es fertig und verschweigt es uns. Und wenn dann etwas passiert, machen Sie sich sicher Vorwürfe.«

Dr. Leyland kam mächtig ins Schwitzen. »Sie haben mich überzeugt, Tim. Das ist jetzt eine Interessenabwägung zum Wohle meiner Patientin. Sie scheinen wirklich völlig ahnungslos. Am liebsten würde ich Ihnen raten: Fragen Sie Omaka doch gleich mal selbst, aber Ihre Großmutter kriegt es tatsächlich fertig und tischt Ihnen irgendwelche Märchen auf.«

Mila wurde ganz schwindlig vor lauter Sorge um ihre Großmutter, aber sie wollte den Doktor, dem das Ganze entsetzlich unangenehm war, auch nicht unterbrechen. Um nicht umzukippen, hielt sie sich an einem Geländer fest. Dr. Leyland sah die beiden nun mit ernster Miene an. »Ihre Großmutter hatte vor vierzehn Tagen einen Infarkt und …«

»Um Gottes willen!«, unterbrach Mila ihn entsetzt.

»Und ich habe sie nach der Erstversorgung mit dem Notarztwagen gleich nach Greymouth bringen lassen. Die kardiologische Untersuchung hat meinen Verdacht bestätigt. Und wenn wir schon dabei sind, ich kann mir denken, warum Omaka Ihnen nichts davon gesagt hat. Sie hat sich mit Händen und Füßen gegen eine anschließende Stentimplantation gewehrt. Gegen den erklärten Willen der Ärzte hat sie die Klinik nach drei Tagen ohne OP verlassen. Immerhin hat sie zugesagt, sich gleich im neuen Jahr zwei Stents legen zu lassen. Ich habe allerdings den leisen Verdacht, dass sie sich davor drücken will. Sie ist ja ansonsten eine zähe Person, aber beim Thema Operation reagiert sie regelrecht panisch.«

»Vielen Dank, dass Sie uns die Wahrheit gesagt haben«, bemerkte Tim sichtlich geschockt. »Sie hätte den Infarkt höchstwahrscheinlich mit keinem Wort erwähnt und hätte nach unserer Abreise genauso weitergeschuftet wie eh und je.«

Der Arzt schien sichtlich irritiert. »Aber Sie bleiben doch sowieso in Hokitika, Mila, oder? Darauf freut sich Ihre Großmutter so sehr, und mich beruhigt der Gedanke, dass Sie in Zukunft auf sie achten können, doch sehr ...« Dr. Leyland warf einen verstohlenen Blick auf seine Uhr. »Sie müssen mich jetzt entschuldigen. Ich muss den Flieger nach Christchurch erreichen.«

Mila und Tim wünschten ihm einen guten Flug und sahen einander ratlos an.

»Und nun? Jetzt kann ich ihr doch unmöglich erzählen, dass ich in Auckland unterschreiben werde«, murmelte Mila.

»Tja, also da muss ich dir ausnahmsweise mal Recht geben. Damit solltest du sie gerade nicht belasten. Ob ich Jonah bitten soll, einen Tag später zu kommen?«

Mila rollte genervt mit den Augen. »Wenn das deine einzige Sorge ist. Vielleicht solltest du auf deinen ganzen Urlaub verzichten und dich lieber um Granny kümmern«, fauchte sie.

»Dass du immer gleich übertreiben musst!«, zischte er zurück. »Weißt du was, Schwesterherz? Keine voreiligen Schlüsse bitte. Wir fahren erst einmal zu ihr. Sie wird mir schon sagen, ob sie außer dir noch ein Kindermädchen braucht. Und auch, ob Sie der Besuch von Jonah für die eine Nacht so stört.«

»Mensch, Tim, das ist keine Grippe. Sie hatte einen Infarkt! Kapierst du das?«

»Ich kenne den Unterschied, meine Liebe, aber wem nützt es denn, wenn du wie immer maßlos übertreibst und dich als Oberglucke aufspielst. Komm, wir nehmen das nächste Taxi.«

Und schon steuerte er auf einen freien Wagen zu.

9. Kapitel

Die Fahrt nach Pounamu verlief schweigend. Mila hatte sich allein nach hinten gesetzt, blickte aus dem Fenster und ließ die vertraute Landschaft an sich vorbeiziehen. Doch sie spürte nichts von dem wohligen Heimatgefühl, das sie sonst immer überkam, wenn sie diese Strecke fuhr. Ihre Gedanken galten allein Omakas Gesundheit und der Frage, wie es nun weitergehen sollte. Sie konnten ihre Großmutter unmöglich allein zurücklassen. Einer musste doch aufpassen, ob sie wirklich ins Krankenhaus ging, um sich die Stents setzen zu lassen. Und sie ahnte auch schon, wer von ihnen beiden das sein würde. Tim war ja nicht einmal bereit, seinen Urlaub zu canceln, während Mila schon fest entschlossen war, die vierzehn Tage, die sie im Januar noch frei hatte, auf jeden Fall bei der Großmutter zu bleiben und dafür zu sorgen, dass sie ins Krankenhaus ging. Und sie würde sich überdies um eine Einrichtung kümmern, in der sich ihre Granny nach der Operation erholen konnte.

Ihr Herzschlag beschleunigte sich, als sie vor dem viktorianischen Haus mit den Türmchen hielten. In welchem Zustand würden sie ihre Großmutter antreffen? Die Antwort auf diese Frage kam in diesem Augenblick wild winkend vor das Haus gerannt. Nichts, aber auch gar nichts, wies darauf hin, dass ihre Großmutter einen Infarkt erlitten hatte. Sie strahlte und wirkte so, als wäre sie durch nichts und niemanden umzupusten. Ein Fels in der Brandung, wie eh und je.

Mila sprang aus dem Wagen und stürzte ihrer Granny in die weit ausgebreiteten Arme. Ihre Großmutter wirkte auch von Nahem kein bisschen geschwächt. Allein ihre Umarmung war fest und zupackend wie immer. Sie ließ Mila los, um Tim zu begrüßen.

»Kommt schnell in den Garten. Wir müssen das herrliche Wetter ausnutzen! Heute sitzen wir nicht auf der überdachten Terrasse, ich habe am Fluss gedeckt.«

Mila stieß einen tiefen Seufzer aus. Das war typisch für ihre Granny, dass sie Probleme mit nahezu ansteckendem Aktionismus zu überspielen versuchte. Tim und sie hatten sich gar keine Strategie zurechtgelegt, wie sie ihre Großmutter möglichst schonend auf das Treffen mit dem Doc am Flughafen ansprechen sollten. Mila nahm sich vor, es ihrem Bruder zu überlassen, die Sache zu thematisieren, obgleich es ihr sehr schwerfiel, sich an Grannys liebevoll gedeckte Tafel zu setzen, als wäre nichts geschehen.

Als ihre Großmutter ins Haus eilte, um den Braten aus der Küche zu holen, wäre sie ihr am liebsten gefolgt, obwohl ihre Großmutter in energischem Ton angeordnet hatte, dass sie sich setzen sollten.

»Wann wollen wir sie denn auf den Infarkt ansprechen?«, fragte sie, kaum dass ihre Großmutter außer Hörweite war.

Tim zuckte die Schultern. »Keine Ahnung. Sie läuft derart auf Hochtouren, um die Sache zu überspielen, dass es nicht einfach wird.«

Mila stieß einen bewundernden Pfiff aus. »Wow, du beschäftigst dich mit der Psyche unserer Großmutter. Das ist ja mal was ganz Neues.«

»Und du, mein Schwesterherz, fällst heute nicht gleich mit der Tür ins Haus. Das ist auch innovativ.«

»Eins zu null für dich, aber mal ganz im Ernst, ich finde wirklich, du solltest den Anfang machen. Deine sachliche Art kann ja manchmal auch ganz hilfreich sein.«

»Gut, ich übernehme das, aber nicht ungeduldig werden, wenn ich mir Zeit lasse.«

Sie hob die Finger zum Schwur. »Großes Ehrenwort, ich halte mich zurück.«

In diesem Augenblick kehrte Granny Omaka mit einem vollen Tablett zurück und servierte ihren Enkeln Lammbraten mit Minze und Süßkartoffeln. Dazu gab es ein selbstgemachtes Erbsenpüree, das erklärte Lieblingsessen der beiden. Während des Essens, zu dem sie einen guten Wein aus Nelson genossen, plauderten sie über alles Mögliche, nur nicht über das, was Mila in diesem Augenblick unter den Nägeln brannte. Sie hatte enorme Schwierigkeiten, ihre Ungeduld zu verbergen, und als Omaka sie nach ihrer Abschlussarbeit fragte, wurde sie einsilbig. Zu groß war ihre Sorge, dass sie sich verplappern und versehentlich ihren zukünftigen Job bei der Kiwi Jewellery erwähnen könnte.

»Warum seid ihr eigentlich nicht gleich mit einem Umzugswagen gekommen?«, fragte ihre Großmutter plötzlich.

»Wie meinst du das?«, erwiderte Mila, wohl wissend, was ihre Granny damit sagen wollte.

»Na ja, ihr hättet den Weihnachtsbesuch gleich mit deinem Umzug verbinden können. So musst du noch einmal nach Auckland fahren, oder hast du einen Transport beauftragt?«

»Nein, ich, ich, nein, also ich werde im Januar noch mal nach Auckland fahren«, stammelte Mila und wäre am liebsten auf der Stelle mit der ganzen Wahrheit herausgeplatzt, aber sie wollte nicht schuld daran sein, dass ihre Großmutter einen Rückfall erlitt. Sie warf ihrem Bruder einen flehenden Blick zu, die Sache jetzt endlich auf den Tisch zu bringen, aber Tim fragte seine Großmutter in aller Ruhe, ob sie etwas dagegen hätte, wenn Jonah sie zu Weihnachten besuchen würde.

»Ich weiß nicht so recht. Ich halte ihn für einen ziemlichen Filou. Nicht dass er Mila noch den Kopf verdreht.«

Mila wusste, dass das ein Scherz sein sollte, aber sie fand ihn gar nicht witzig. Bevor sie etwas erwidern konnte, sagte ihr Bruder: »Wohl kaum. Die Zeit wird nicht reichen, Milas Herz zu erweichen, denn wir werden gleich nach Weihnachten eine Wanderung machen. Erst zum Gletscher und dann nach Queenstown.«

Mila schäumte innerlich vor Wut. Nicht nur, weil Tim einen Witz auf ihre Kosten machte, sondern weil er nicht einmal in Erwägung zu ziehen schien, seine Reisepläne angesichts der gesundheitlichen Verfassung seiner Großmutter zu überdenken.

»Ach, du willst gleich wieder fort?«, fragte die Großmutter, und ihre Enttäuschung war unüberhörbar. Das musste doch selbst Tim bemerkt haben, schoss es Mila durch den Kopf.

»Wenn ich lieber bleiben soll, dann kann ich das auch absagen«, entgegnete Tim mit ernster Miene. Mila war sehr erleichtert, dass ihr Bruder immerhin in Betracht zog, in Hokitika zu bleiben.

»Nein, nein, ist alles gut. Mila ist ja bei mir. Fahrt ihr nur schön in die Berge«, entgegnete ihm Granny Omaka nachsichtig.

Statt seiner Großmutter zu widersprechen, straffte Tim die Schultern. Mila sah ihm förmlich an, dass seiner Ansicht nach der Zeitpunkt gekommen war, dem nichtssagenden Geplauder ein Ende zu bereiten.

»Granny? Ist dir wirklich egal, ob ich in die Berge fahre oder noch ein paar Tage hierbleibe?«, erkundigte er sich in strengem Ton.

»Natürlich. Ich muss zwar noch mal in Ruhe mit euch beiden reden, also mit Mila und dir, aber bis Weihnachten sind es ja noch zwei Tage. Da bietet sich noch jede Menge Gelegenheit«, erwiderte sie.

»Worum geht es denn da?«, fragte Tim lauernd.

Granny fuhr sich nervös durch das volle Haar. »Ach, wir wollen uns das schöne Wiedersehen nicht verderben. Es ist, ach ... es ist nicht so wichtig.«

Mila hielt den Atem an, als sie Tim mit fester Stimme sagen hörte: »Doch Großmutter, es ist uns sehr wichtig, aus deinem Mund zu erfahren, wenn du ein Problem hast.«

Granny blickte ihn sichtlich irritiert an. »Wie kommst du denn darauf, dass ich ein Problem haben könnte?«

»Weil wir am Flughafen Dr. Leyland begegnet sind!«

»Dr. Leyland, aber was hat der denn mit der ganzen Angelegenheit zu tun? Der weiß doch nichts von ...« Granny stockte und wurde blass. »Habt ihr etwa mit ihm gesprochen?«

»Ist das verboten?«, gab Tim zurück.

»Was hat er gesagt?« Grannys Lider flatterten vor lauter Aufregung.

»Granny, bitte hör auf mit dem Theater! Wir wissen, was mit dir ist. Und ab jetzt bleibst du in deinem Sessel sitzen und lässt uns alles machen«, stieß Mila mit tränenerstickter Stimme hervor.

»Ach, Kinder, das war doch nur die Aufregung. Ich bin nicht ernstlich krank. Die Ärzte übertreiben doch maßlos.«

»Und was ist mit den Stents, die dir gesetzt werden sollen?«, fragte Tim streng.

Granny Omakas Blick wanderte nervös von einem zum anderen, bevor sie eine wegwerfende Handbewegung machte. »Das ist doch Unsinn. Die Ärzte in Greymouth haben doch keine Ahnung. Nein, ich habe mich nur aufgeregt wegen dieser blöden Sache. Und wenn ich euch davon erst erzählt habe, werdet ihr schon verstehen, warum mein Herz ein wenig überlastet war.«

»Granny! Was auch immer der Grund für deinen Infarkt war, wenn es in der Klinik heißt, du brauchst Stents, dann sind deine Koronargefäße verstopft. Und das ist eine medizinische Diagnose«, erklärte Tim energisch.

»Und deshalb werde ich dich auch gleich im neuen Jahr in die

Klinik begleiten.« Mila nahm bei diesen Worten Omakas Hand und drückte sie fest. Ihre Großmutter schien wie erstarrt.

»Gut, und solange wirst du dich schonen«, befahl Tim, während er aufstand, um den Tisch abzuräumen. Als Granny Omaka Anstalten machte, ebenfalls aufzustehen, zog Mila sie sanft auf den Sessel zurück.

»Ich muss den Nachtisch holen. Ich habe extra einen Chocolate Mudcake gebacken, den esst ihr doch so gern«, protestierte ihre Großmutter.

»Den holen wir«, sagte Mila und folgte ihrem Bruder in Richtung Küche, obgleich er alles auf ein Tablett bekommen und sie leere Hände hatte. Aber ihr ging es vor allem darum, ihm ein Lob auszusprechen.

»Bruderherz, das war wirklich klasse. Danke!«

»Tja, aber eins ist klar: Den Infarkt hätte sie mit keinem Wort erwähnt, wenn wir den Doc nicht getroffen hätten. Sie wollte uns etwas anderes erzählen, aber was?«

»Das werden wir sicher gleich erfahren«, meinte Mila, während sie den Schokoladenkuchen aus dem Kühlschrank holte.

Als sie an den Tisch zurückkehrten, war die Weinflasche fast leer. Offenbar hat Granny ihre angeschlagenen Nerven etwas beruhigen wollen, dachte Mila und fragte sich, ob das wohl gut für ihr Herz wäre, doch es war mit Sicherheit nicht der richtige Zeitpunkt, ihrer Großmutter das eine Glas Wein zu viel vorzuhalten.

Sie sprachen kein Wort, während jeder ohne große Begeisterung sein Stück Kuchen aß. Mila liebte Grannys Mudcake, aber über dem sonnigen Tag lag nun eine unsichtbare dunkle Wolke, die ihr den Appetit gründlich verdorben hatte.

»Was wolltest du uns eigentlich vorhin erzählen?«, fragte Tim nach einer ganzen Weile in das bleierne Schweigen hinein.

Die Großmutter sah gequält von ihrem Teller mit dem halb gegessenen Stück Kuchen auf. »Ach, nichts«, murmelte sie.

Tim maß sie mit einem strengen Blick. »Granny, du hast keinen Grund, beleidigt zu sein. Wenn, dann wäre es an uns, sauer zu sein, weil du so wenig Vertrauen zu uns hast, dass du uns nichts von dem Infarkt gesagt hast und es auch nicht getan hättest, wenn wir den Doc nicht getroffen hätten.«

»Ach, Kinder, ich habe das doch nicht böse gemeint. Ich hatte nur Sorge, dass sich dann das ganze Weihnachtsfest nur um diese blöden Teile dreht, die man mir einpflanzen will. Dabei bin ich gar nicht so krank, wie ihr mich alle machen wollt. Ich hasse es, rumzujammern!«

Mila stand von ihrem Stuhl auf und umarmte die Großmutter. »Wir wollen doch nur dein Bestes. Wir haben Angst um dich. Verstehst du das nicht?«

»Doch, mein Kind, natürlich«, stöhnte Granny Omaka.

»Gut, dann müssen wir nicht weiter darüber diskutieren, ob du dir im Januar diese blöden Dinger einsetzen lässt, wie du sie nennst, sondern können dich gleich morgen für die Operation anmelden. Wenn es sein muss, nehme ich mir in der Woche Urlaub, um dich nach Greymouth zu fahren und wieder zurückzubringen. Oder besser noch, du lässt dich lieber gleich in Auckland operieren, wo Mila und ich uns am besten um dich kümmern könnten«, bemerkte Tim in strengem Ton.

Mila warf Tim einen strafenden Blick zu, doch die Granny schien nicht bemerkt zu haben, dass er sich damit eben verplappert hatte.

»Und ich kümmere mich um eine Reha-Klinik, in der du dich danach mal sechs Wochen erholen kannst«, ergänzte Mila eifrig. Sie hatte der Großmutter immer noch die Hände auf die Schulter gelegt, doch diese schüttelte sie jetzt unwirsch ab.

»Kinder, es reicht. Ihr seid nicht meine Erziehungsberechtigten. Ich werde das tun, was ich für richtig halte, und wenn ich mich dafür entscheide, dann dürft ihr mich gern hinbringen, aber ganz sicher werde ich danach nicht sechs Wochen mit lauter kranken alten Menschen verbringen. Dann werde ich nämlich erst richtig krank!«

»Okay, über die Reha können wir reden. Aber nur unter einer Bedingung: Wir melden dich morgen zur Operation an!«, sagte Tim versöhnlich. Mila wollte ihm gerade aufs Schärfste widersprechen, doch da streckte ihre Großmutter ihm bereits die Hand entgegen. »Abgemacht!«, murmelte sie.

Mila sah ein, dass es nicht der richtige Zeitpunkt war, auf einer anschließenden Kur zu bestehen. Granny Omaka zog nun eine Tablettenschachtel aus der Tasche ihres Kleides und hielt sie ihren Enkeln demonstrativ unter die Nase.

»Das nehme ich jetzt gegen den hohen Blutdruck, aber ich schwöre euch, das kommt alles wieder in Ordnung, sobald ich mehr über das Schicksal …« In diesem Augenblick klingelte das mobile Telefon, das die Großmutter vorhin beim Aufdecken neben ihren Teller gelegt hatte.

Hektisch griff sie nach dem Apparat, sprang von ihrem Stuhl auf und entfernte sich eilig in Richtung Haus.

»Sechs Wochen Reha, das glaubst du doch wohl selber nicht.« Tim schüttelte unwirsch den Kopf.

»Aber das ist üblich nach einer Herzoperation. Die Oma meiner Mitbewohnerin, die hat auch solche Stents bekommen, und der hat es sehr gut gefallen in der Klinik in Rotorua. Jeden Tag medizinische Schwefelanwendungen und …«

Tim brach unvermittelt in Gelächter aus. »Unsere Granny beim Schwefelbaden? Kannst du dir wirklich vorstellen, dass sie dafür ihr geliebtes Pounamu hinter sich lässt?«

»Nein, kann ich nicht!«, musste Mila kleinlaut zugeben. »Aber du mit deinem Vorschlag, dass sie die OP auch in Auckland machen könnte, das war auch nicht gerade toll. Wie gut, dass sie nicht nachgefragt hat«, fügte sie trotzig hinzu. Dann griff sie nach der Tablettenschachtel und holte den Beipackzettel heraus. »Betablocker!«

»Dass Granny keine kleine Erkältung hat, ist klar, aber die Frage ist doch, wie wir damit umgehen. Sie hasst Krankheiten, und deshalb ist es doch schon ein enormer Fortschritt, dass sie versprochen hat, sich die Zugänge legen zu lassen. Ich würde vorschlagen, wir lassen sie jetzt einfach mal mit der Krankheit in Ruhe und behandeln sie nicht wie eine Unmündige. Meinst du, das schaffst du?«

Mila zuckte die Schultern, während sie sich insgeheim fragte, ob das wohl gutgehen würde, wenn sie in dieser Sache nicht die Rolle der strengen Mutter übernahm. Wenn es um Krankheiten ging, war Granny Omakas Abwehr schon fast legendär. Voller Stolz hatte sie ihren Enkeln stets verkündet, sie wäre nie auch nur einen Tag wegen einer Krankheit ausgefallen. Ihre Großmutter hasste Krankheiten, weil sie für sie gleichbedeutend mit Schwäche und Versagen waren.

10. Kapitel

Als die Großmutter vom Telefonieren zurückkehrte, wies ihre Gesichtsfarbe plötzlich eine derart ungesunde rote Tönung auf, dass Mila am liebsten gleich einen Notarzt gerufen hätte.

Das schien sogar Tim aufgefallen zu sein.

»O Gott, nicht, dass sie gleich den nächsten Infarkt bekommt«, stöhnte Tim. »Ist dir nicht gut?«, fügte er besorgt hinzu, als die Großmutter sich auf den Stuhl setzte und ihre Enkel gar nicht wahrzunehmen schien.

»Kinder, er lebt«, stieß sie fassungslos hervor.

»Wer?«, fragten Mila und Tim wie aus einem Mund.

»Kannst du noch eine Flasche Wein aus dem Kühlschrank holen, Tim?«, antwortete sie.

Tim tat, was sie verlangte, während Mila ihre Großmutter aus schreckensweiten Augen beobachtete. Sie schien völlig abwesend zu sein, fast wie in Trance oder als ob sie gerade einen schweren Schock erlitten hätte. Doch Mila hielt es für besser, sie nicht anzusprechen, bis Tim zurück war.

In dem Augenblick kam er mit einer Flasche Wein in der Hand herbeigeeilt und schenkte erst Granny ein Glas ein, dann Mila und sich. Mila wollte eigentlich protestieren. Sie hatte noch immer genug von dem vielen Champagner auf der Party der Kiwi Jewellery, aber sie ließ ihn gewähren.

»Großmutter, willst du uns nicht endlich sagen, was dich

bedrückt und was du uns eigentlich die ganze Zeit schon sagen wolltest? Hatte der Anruf eben damit zu tun?«, fragte Tim mit fester Stimme.

Die Großmutter nickte gedankenverloren und nahm einen großen Schluck Wein, bevor sie den Blick hob und ihre Enkel durchdringend ansah. Erst zögernd und dann immer flüssiger berichtete sie von ihrem Fund im Schreibtisch ihres Vaters und von ihrer Nachfrage im Heim.

»Und eben hast du die Antwort bekommen, oder?«, fragte Mila aufgeregt, denn das würde wieder einmal ihre diffusen Vermutungen bestätigen, dass über der Familie ein düsteres Geheimnis lag. Wie hatte Dr. Ryan das noch genannt? Genau, vererbte Narben.

»Der Direktor hat mir bestätigt, dass mein Bruder Benjamin zwei Jahre in dem Heim gelebt hat, bevor ihn dann ein australisches Ehepaar adoptiert und mit nach Australien genommen hat. Und er hat gesagt, Ben würde noch leben. Jedenfalls hatte Benjamin angeblich noch lange Briefkontakt mit seinem Vorgänger auf dem Direktorenposten, einem Mr Warner, der damals noch ein einfacher Erzieher gewesen war und wohl in einem ganz besonders guten Verhältnis zu Benjamin gestanden hat. Der Direktor hat mir Warners Telefonnummer gegeben, weil mir der alte Herr viel mehr über Benjamin verraten könne als er. Das würde er als amtierender Leiter aus Rücksicht auf den Vermerk in den Akten, dass das Heim niemandem Auskunft über meinen Bruder geben dürfe, nicht so gern tun.« Die Großmutter hielt erschöpft inne.

»Worauf wartest du noch?« Tim hatte diese Neuigkeit offenbar auch nicht völlig kaltgelassen.

»Du meinst, ich sollte dort anrufen?« Granny Omaka fuhr sich nervös durch das Haar.

»Unbedingt! Der Mann ist dein Bruder! Da müssen wir doch wissen, ob er noch lebt und vor allem, wo und wie!«, erwiderte Tim.

Mila musste unwillkürlich daran denken, wie wenig Interesse er stets gezeigt hatte, etwas über seine eigenen Eltern zu erfahren, aber sie behielt den Gedanken für sich. Den Grund dafür konnte sie sich schließlich denken. Sich mit seiner Mutter und seinem Vater zu beschäftigen würde ihm nahegehen, während die Recherche nach einem verschollenen Großonkel seine Abenteuerlust anstachelte, ohne ihn emotional zu berühren.

Granny Omaka wandte sich direkt an Mila. »Und was meinst du? Wie ich dich kenne, bist du Tims Meinung, dass ich der Sache nachgehen soll, oder?«

»Das weißt du doch«, erwiderte Mila mit einem leicht spöttischen Unterton. »Ich liebe es, dunklen Familiendramen auf die Spur zu kommen.«

»Mir ist ein bisschen mulmig dabei zumute, denn nachher gefällt uns wirklich nicht, was wir erfahren«, gab Granny zu.

»Tja, es gibt keine Garantie, dass hinter einem Familiengeheimnis das Happyend lauert. Im Gegenteil, diese dunklen Flecken in Familiengeschichten gibt es ja überhaupt nur, weil die Nachgeborenen ihre Störgefühle zu verdrängen versuchen.« An den genervten Mienen ihrer Lieben konnte Mila unschwer erkennen, dass die beiden ihre Botschaft richtig verstanden hatten und sich nun angegriffen fühlten. Allerdings kommentierten sie Milas Bemerkung nicht.

»Wir sind bei dir, Granny, komm, ruf an, vielleicht ist es ja nur halb so schlimm«, versuchte Tim seine Großmutter zu ermutigen.

»Genau, wahrscheinlich ist das der Beginn eines wunderbaren Märchens«, rutschte es Mila heraus. Das tat ihr schon im selben Augenblick sehr leid. Sie wollte ihrer Großmutter auf keinen Fall noch mehr Kummer machen, obwohl sie keinen Zweifel daran hegte, dass dieser verlorene Bruder ein schönes Früchtchen gewesen sein musste, denn wer landete sonst schon im Erziehungsheim? Aber davon wollten sicher weder ihre Großmutter noch Tim irgendetwas wissen.

»Kannst du mal aufhören, Granny und mir durch die Blume Vorwürfe zu machen, weil wir uns nicht so gern in der Vergangenheit suhlen wie du? Was unsere Kindheitsgeschichte angeht, da gibt es kein Geheimnis, auch wenn du immer noch krampfhaft auf der Suche nach einem bist. Unsere eigene Mutter hat uns diesem Scheißkerl von Guru, diesem sadistischen Wichser, der einen Höllenspaß daran hatte, kleine Jungen zu verprügeln, ausgeliefert!« Tim hatte sich dermaßen in Rage geredet, dass sein Gesicht nun mit hektischen roten Flecken übersät war.

Mila tat es in der Seele weh, dass sie ihn derart provoziert hatte, obwohl er nun endlich zugegeben hatte, dass er sehr wohl noch eigene Erinnerungen an die Sektenhölle hatte. Sie stand auf und wollte ihn zum Trost umarmen, aber er fauchte sie nur an: »Lass mich! Bist du nun zufrieden? War es das, was du die ganzen Jahre herausfinden wolltest?«

»Nein, ich wollte eigentlich nur wissen, was für eine Rolle unser Vater gespielt hat«, murmelte sie entschuldigend.

»Von welchem Vater redest du da bloß? Wir hatten keinen Vater, höchstens einen namenlosen Erzeuger, dem wir scheißegal waren! So, und jetzt hör mir mal gut zu, meine Kleine. Sprich mich nie wieder auf diesen Mist an! Hörst du? Nie wieder!«

Mila nickte, während sich ihr Blick mit dem der Großmutter kreuzte. Und es war der Schmerz, der aus ihren Augen sprach, der Mila verriet, dass Granny weitaus mehr wusste, als sie ihr jemals verraten würde. Und dass es vernünftiger wäre, wenn sie, Mila, ihr Bedürfnis nach Aufklärung endgültig begrub.

»Schon gut, ich sag ja nichts mehr. Also, ich finde jedenfalls auch, du solltest jetzt endlich diesen Heimleiter anrufen, Granny«, erwiderte sie in betont lockerem Ton, um den inneren Vulkan zu unterdrücken, der in ihr brodelte. Wenn sie nicht aufpasste, würde sie ihre Lieben trotz aller guten Vorsätze mit glühender Lava überziehen, denn nun hatte sie die Gewissheit: Ihre Großmutter sagte nicht die Wahrheit, was den Vater ihrer Enkel anging, aber das schien ihr Bruder nicht einmal annähernd wahrhaben zu wollen. »Aber kann dieser Warner überhaupt noch am Leben sein? Wenn der 1951 dort tätig war, dann müsste er doch bestimmt schon über neunzig sein«, fügte Mila eifrig hinzu, um das innere Brodeln einzudämmen.

»Gut, ich versuche es«, seufzte ihre Großmutter und holte einen kleinen Zettel aus der Tasche ihres Kleides hervor, auf dem sie sich die Nummer notiert hatte.

Mila und Tim beobachteten gebannt, wie sie die Nummer wählte. Granny wirkte so angespannt, dass Mila leichte Zweifel verspürte, ob das wirklich die richtige Entscheidung gewesen war, sie dort anrufen zu lassen. Vielleicht wäre es besser gewesen, wenn Tim oder sie das erledigt hätten, aber es war zu spät, denn nun schien sich der Angerufene gemeldet zu haben. Mit dünnem Stimmchen stellte sich die sonst so wortgewaltige und unerschütterliche Omaka vor und brachte zögernd ihr Anliegen vor. Plötzlich huschte ein Lächeln über ihr Gesicht. »Ach, wirklich?«, fragte sie, doch dann wurde sie wieder ganz ernst. »Aber warum wurde er dann in Ihr Heim gegeben?«

Nun sah Mila die Großmutter nur noch nicken, aber nicht in der Art, die Zustimmung ausdrückte, sondern eher Fassungslosigkeit. Und die spiegelte sich im folgenden Verlauf des Gesprächs immer deutlicher in ihrem Gesicht wider. Granny sprach kein Wort mehr, sondern lauschte nur den Worten des ehemaligen Direktors. Erst zum Schluss fragte sie in fast verzweifeltem Ton, ob er ihr die Adresse sowie den Nachnamen ihres Bruders, den man ihm mit der Adoption verpasst hatte, wohl geben könnte. Tim zog geistesgegenwärtig einen Stift aus der Brusttasche seines Jacketts und deutete auf den Zettel, auf dem die Großmutter vorhin die Nummer des Mannes notiert hatte. Mit zittrigen Fingern schrieb Granny Omaka die Adresse auf und wiederholte sie vorsichtshalber noch einmal. »Benjamin Bedford, Lakestreet 118, Cairns, Australien.« Dann ließ sie den Mann am anderen Ende noch ein paar Worte sagen, bis sie sich unter Tränen bei ihm bedankte.

»Wie kann ich das je wiedergutmachen, dass Sie mir so geholfen haben? Verraten Sie mir vielleicht Ihre Adresse? Dann schicke ich Ihnen ein Dankeschön«, sagte sie, doch der alte Herr schien keinen Dank zu wollen, wie Mila den Worten ihrer Großmutter, dass sie ihm das nie vergessen würde, entnahm. Mila war vom bloßen Zuhören so angespannt, dass sie nervös an ihren Fingernägeln kaute. Eine schlechte Angewohnheit aus ihrer Jugendzeit, die sie sich eigentlich schon längst abgewöhnt hatte.

Nachdem die Großmutter das Gespräch beendet hatte, schauten sie zwei Augenpaare gleichermaßen voller brennender Neugier an.

»Granny, nun sag schon!«, stieß Tim ungeduldig hervor. »Was hat er gesagt?«

Die Großmutter aber goss sich ein Glas Wein ein und trank es fast in einem Zug aus. Mila hatte ihre Großmutter noch nie zuvor so viel Alkohol trinken sehen wie an diesem Tag, konnte das bei dem ganzen Stress jedoch ohne Wenn und Aber akzeptieren.

»Mr Warner sagt, Ben war ein verängstigter Bettnässer, als er mit sieben Jahren von seinem Vater im Heim abgegeben wurde …« Sie unterbrach sich, um sich eine Träne abzuwischen. »Aber das kann nicht sein, weil mein Vater der liebste Mensch auf Erden war und sein Kind nie im Leben weggegeben hätte!« Das klang kämpferisch.

»Vielleicht war dein Bruder eifersüchtig, als du geboren wurdest. Das gibt es ja durchaus, dass ältere Geschwister dann sogar gewalttätig werden.«

Tim tippte sich bei Milas Erklärungsversuch an die Stirn. »Ja, unsere Psychotante im Einsatz. Das ist doch Unsinn. Und das wüsste dieser Mr Warner ja wohl. Hat er denn einen Grund genannt, warum dein Bruder ins Heim musste?«

»Ja, mein Vater hat behauptet, Benjamin sei ein notorischer Lügner und er sei mit dem Kind überfordert, weil seine Frau, die einen Unfall gehabt habe, im Krankenhaus um ihr Überleben und das ihres ungeborenen Kindes kämpfte.« Granny Omaka brach in verzweifeltes Schluchzen aus. »Ich höre zum ersten Mal von einem Unfall meiner Mutter und dass sie damals mit mir schwanger gewesen sein soll. Ich habe aber auch niemals nachgefragt, warum meine Mutter blind und stumm gewesen ist …«

»Das hast du uns auch nie erzählt. Eigentlich hast du immer nur von deinem Vater geredet«, bemerkte Mila, was ihr einen warnenden Blick ihres Bruders einbrachte, der sie sofort verstummen ließ.

»Aber was ist aus ihm geworden? Das ist doch viel wichtiger. Wo lebt er? Lebt er überhaupt noch?«

»Mr Warner hatte bis vor zwei Jahren sporadischen Kontakt zu ihm. Er hat jedes Jahr eine Weihnachtskarte aus Cairns von ihm bekommen«, seufzte die Großmutter.

»Und das da ist seine aktuelle Adresse?«, fragte Tim ungeduldig und deutete auf den Zettel. Granny Omaka nickte.

»Ja, dann sollten wir doch gleich mal anrufen.« Und schon hatte er sein Smartphone gezückt und suchte im Netz nach dem Telefonbuch von Cairns.

»Tim, warte. Ich muss das erst mal verarbeiten. Vielleicht möchte ich ihn gar nicht kennenlernen, wenn er ein notorischer Lügner …«

»Granny, das ist doch Unsinn!«, unterbrach Mila ihre Großmutter unwirsch. »Selbst wenn das wirklich stimmen sollte, dass der Junge gelogen hat, ist das noch lange kein Grund, ihn in ein

Heim zu geben. Ich bitte dich! Das ist grausam! Dein Vater muss schlichtweg ein ziemlicher Arsch gewesen sein!«

»Mila, ich verbiete dir, so respektlos über meinen Vater zu reden!«, fuhr Omaka ihre Enkelin an.

Mila zuckte zusammen. So energisch hatte die Großmutter mit ihr noch nie gesprochen. Selbst als Kind nicht. Sie hütete sich, Granny zu erklären, dass nur derjenige so heftig wurde, der im Unrecht war. Aber sie hätte es eigentlich wissen müssen, so, wie ihre Großmutter stets von ihrem Vater geschwärmt hatte, als wäre er eine Art Halbgott gewesen, während sie ihre Mutter so gut wie nie erwähnt hatte. Sie hingegen war fest davon überzeugt, dass an der Heldenverehrung ihrer Großmutter etwas faul war, doch behielt sie diese Meinung lieber für sich. Insgeheim hegte sie nicht mehr den geringsten Zweifel daran, dass der Mann etwas auf dem Kerbholz hatte. Obwohl Mila ahnte, dass ihre Großmutter verbissen an einem Vaterbild festhielt, das wohl allein in ihrer Kleinmädchenfantasie existierte, entschuldigte sie sich bei ihr. Das fiel ihr nicht ganz leicht, denn sie kam sich wie eine Heuchlerin vor, und das ging ihr völlig gegen den Strich. Ein Seitenblick zu Tim signalisierte Mila, dass er ausnahmsweise einmal ihrer Meinung war. Ihm stand die Skepsis förmlich auf der Stirn geschrieben.

»Wir sollten aufhören, über die Motive deines Vaters zu spekulieren, sondern lieber herausfinden, ob dein Bruder noch lebt. Er wird doch am besten wissen, warum man ihn ins Heim gebracht hat. Schließlich war er damals bereits alt genug, um sich zu erinnern. So was vergisst man nicht. Und dann werden wir sicher auch erfahren, was es mit diesem seltsamen Sperrvermerk auf sich hat.«

»Du glaubst wohl auch, den hätte mein Vater angeordnet, nachdem er sich seines Kindes entledigt hat, oder?«, fauchte die Großmutter Tim an.

Tim rollte genervt mit den Augen. »Also, Granny, wirklich, jetzt übertreibst du aber. Was hätten Mila und ich für einen Grund, deinen Vater schlechtzumachen? Aber du wirst doch zugeben müssen, dass die Sache etwas merkwürdig ist, oder? Deshalb schlage ich vor, wir rufen diesen Onkel Benjamin jetzt an.« Erneut machte sich Tim an seinem Telefon zu schaffen. Dieses Mal mit Erfolg. »Schaut her. Der gute Onkel Ben hat folgende Nummer. Willst du die nicht mal aufschreiben, Granny?«

Die Großmutter aber schien ihm gar nicht zuzuhören, sondern blickte teilnahmslos in die Ferne.

»Okay, sag schon!« Mila griff sich den Stift und den Zettel ihrer Großmutter und notierte die Nummer. Daraufhin hielt Tim seiner Großmutter demonstrativ den Hörer unter die Nase, doch sie reagierte einfach nicht, sondern starrte weiter geradeaus.

»Okay, dann erledigen wir das. Willst du, oder soll ich?«, fragte Tim. Mila war zwar mindestens genauso neugierig wie Tim, aber sie hielt Tim für besser geeignet, eine möglichst sachliche Recherche zu betreiben.

»Granny! Ist es dir recht, wenn Tim jetzt die Nummer in Cairns anruft?«, wiederholte sie ein paar Mal, bis sich die Großmutter ihr zuwandte. Bei ihrem Anblick fuhr Mila der Schreck durch alle Glieder. Sie wirkte um Jahre gealtert.

»Ja, meinetwegen«, murmelte sie. Das klang nicht gerade ermutigend, ging es Mila durch den Kopf, während sich ihr Bruder bereits den Zettel geschnappt hatte und ungerührt die Nummer wählte.

11. Kapitel

Das Lake Hostel in Cairns befand sich in der gleichnamigen Straße und hatte keinen direkten Blick aufs Wasser. Immerhin gab es einen Pool im Garten, weil sich in diesem tropischen Klima selbst an Rucksackreisende kaum Zimmer ohne Schwimmmöglichkeiten vermieten ließen. Um die Attraktivität ihres Hostels zu steigern – was die Größe und Ausstattung der Zimmer anging, ließ die Unterkunft nichts mehr zu wünschen übrig –, hatte sich Sophie Bedford, nachdem sie das Haus von ihrem Großvater übernommen hatte, etwas Besonderes ausgedacht. Da sie nicht der Typ war und ihr überdies die Mittel fehlten, aus dem einfachen Hostel eine Luxusunterbringung zu machen, hatte sie alles auf eine Karte gesetzt und eine öffentliche Poolbar eingerichtet. In der Partyhochburg Cairns, in der sich junge Menschen aus aller Welt tummelten, die Spaß am Leben wollten, konnte es gar nicht genug Locations dafür geben. Mit Hilfe von Freunden hatte Sophie notdürftig eine Bretterbude mit Bambusdach zusammengezimmert und ein paar attraktive junge Weltenbummler eingestellt, die sich hier das Geld für die Weiterreise verdienten. Dass die »Hamburg-Bar« so gut angenommen würde, hatte nicht zuletzt mit Sophies Ausstrahlung zu tun. Sie war eine selbstbewusste und trinkfeste Frau, die jede Nacht höchstpersönlich bis zum Morgengrauen hinter dem Tresen stand. Angezogen durch den Namen der deutschen Großstadt, kamen sehr viele Gäste aus Deutschland. Sophie selbst hatte dort sieben Jahre gelebt. Mit zwölf Jahren hatte sie Cairns zusammen mit ihrer Mutter Susan verlassen, um in Hamburg mit ihrem Stiefvater und ihr ein neues Leben anzufangen. Clemens, der sich in Australien in ihre Mutter verliebt hatte, lebte in anständigen Verhältnissen, wie er immer betonte, und war davon überzeugt, dass man Susan und ihre Tochter unbedingt aus dem chaotischen Milieu der tropischen Aussie-Stadt retten müsste. Sophie aber hatte sich nie wirklich in dem ordentlichen Mittelreihenhaus mit Carport eingelebt. Immerhin hatte sie in Deutschland ihr Abitur geschafft, und das sogar mit guten Noten. Ihr Stiefvater war auch kein schlechter Mensch. Im Gegenteil, er verstand seinen Beruf als Pastor so, dass er Menschen auf den rechten Weg brachte, so auch Sophie. Sie war, bis sie zwölf war, eher sich selbst überlassen gewesen, hatte geraucht und getrunken wie viele ihrer gleichaltrigen Freunde, während ihre Mutter Tag und Nacht im Hotel ihres Vaters geschuftet hatte.

Trotz aller Dankbarkeit war Sophie gleich nach dem Schulabschluss nach Australien zurückgekehrt, um in einem Kinderheim in Brisbane ihr soziales Jahr zu absolvieren. An der dortigen Universität hatte sie schließlich studiert und war nach Abschluss ihres Studiums endgültig nach Cairns zu ihrem Großvater gezogen. Sie war nicht der Typ Mensch, der sein Leben bis ins letzte Detail plante, sondern sie ließ sich gern von dem inspirieren, was sich im Moment gerade richtig anfühlte. Und die Rückkehr nach Australien war damals eine Herzensentscheidung gewesen.

Sophie stand frisch geduscht und nur in ein Handtuch gewickelt an der offenen Terrassentür ihres Schlafzimmers und rauchte eine Zigarette, während ihr der Gedanke durch den Kopf ging, wie schwierig es war, von dem Hostel und der Bar zu leben. Seit knapp einem Jahr betrieb sie beides in Eigenregie. Als ihr Großvater erkrankt war und sein Hotel nicht mehr allein führen konnte, hatte sie ihren Job als wissenschaftliche Mitarbeiterin bei den Anthropologen aufgegeben, um sein Lebenswerk fortzuführen. Es gab Tage wie diesen, an denen sie das bitter bereute. Wenn sie sich richtig erinnerte, hatte sie die letzten drei Nächte kaum geschlafen, weil sie nachts in der Bar und morgens gleich wieder an der Rezeption gestanden hatte, um zwei ihrer Aushilfen zu ersetzen, die früher als geplant aus Cairns abgereist waren. Seit dem heutigen Tag arbeiteten zwei neue Kräfte für sie, und sie hatte sich den Tag freigenommen. Der erste seit Monaten, denn die Hauptreisezeit war von Juni bis Oktober gewesen, aber auch im November und Dezember war der Strom der Touristen nicht wirklich abgerissen, sodass die zwölf Zimmer fast durchgängig ausgebucht gewesen waren. Da Sophie nicht mehr als dreißig Dollar für eine Nacht nehmen konnte, reichte das gerade, um die Zinsen an die Bank zu zahlen und vom Rest bescheiden zu leben. In solchen Momenten dachte sie manchmal an das sorgenfreie Leben in Deutschland, wo sie einmal im Jahr sogar nach Mallorca in den Urlaub gefahren war. An Urlaube war bei ihrem Stressjob natürlich nicht zu denken. Hinzu kamen die finanziellen Sorgen, denn die monatlichen Belastungen waren nicht gerade gering. Neben den Kreditraten musste sie auch noch die Miete für das Haus stemmen. Wenn sie daran dachte, dass das Ganze einmal ihrer Familie gehört hatte, wurde sie wehmütig. Inzwischen gehörte es Damon, der es an sie vermietet hatte, doch an ihn wollte sie aus ganz privaten Gründen lieber gar nicht erst denken. Er war jedenfalls bekannt dafür, Grundstücke in Cairns aufzukaufen, wenn den Eigentümern die Mittel ausgingen. Wie bei ihrem Großvater, als er krank wurde.

Sophie drückte hastig die Zigarette aus und dachte flüchtig daran, wie oft sie sich das Rauchen schon hatte abgewöhnen wollen, weil ihr der Blick in den Spiegel zeigte, dass sie für ihr Alter mittlerweile zu viele Fältchen um die müden Augen hatte. Aber wie sollte sie das schaffen, wenn sie jede Nacht bis zum frühen Morgen von feierfreudigen Leuten umgeben war? Immerhin hatte sie in letzter Zeit versucht, keine neuen Cocktailkreationen zu erfinden, die sie dann im Selbstversuch hatte austesten müssen, sondern war auf Bier umgestiegen.

Sophie schloss die Schiebetür, damit es in ihrem Zimmer nicht noch heißer wurde und die Klimaanlage besser arbeiten konnte. Bisher hatte es an diesem Tag noch keinen tropischen Schauer gegeben, der für etwas Abkühlung gesorgt hätte. In der Regenzeit, die gerade begonnen hatte, prasselte manchmal wie aus heiterem Himmel sintflutartiger Regen zur Erde.

Ihre Wohnung lag im Obergeschoss über dem Hostel und bestand aus zwei kleinen Zimmern, einem Bad und einer Kochnische. Aus den übrigen ehemaligen Wohnräumen hatte ihr Großvater Gästezimmer gemacht.

Sophie schlüpfte in ihr Minikleid und die Flipflops. Vor dem Spiegel machte sie Halt und stellte missmutig fest, dass sie in dem ganzen Stress zu dünn geworden war. Sie hatte noch nie wirklich zu viel auf den Rippen gehabt, nur ab einem gewissen Punkt bekam ihr schmales Gesicht knochige Züge, und das machte sie in ihren Augen alt. Selbstkritisch musterte sie sich und fand, dass sie auch schon locker als Mitte dreißig durchgehen würde. Dabei war sie noch nicht einmal dreißig. Sie nahm sich vor, sich an ihrem freien Tag ein üppiges zweites Frühstück mit Toast, Spiegelei und Schinken an der Bar zu gönnen, nachdem sie heute Morgen nur ein Stück trockenes Brot gegessen und lieber weitergeschlafen hatte. Ein Blick auf die Uhr zeigte ihr aber, dass es bereits früher Nachmittag war und die Küche um diese Zeit geschlossen war. Also musste sie sich wohl selbst etwas machen. Im Kühlschrank fand sie ein paar Eier, sodass sie sich wenigstens Rührei zubereiten konnte.

Missmutig fiel ihr Blick auf eine Liste, in die sie alles eingetragen hatte, was sie erledigen musste, wenn sie endlich einmal einen freien Tag hatte, also heute. Die Liste war so ausführlich, dass sie das Stück Papier nach den ersten drei Posten hastig beiseitelegte.

Das Einzige, was sie wirklich nicht aufschieben konnte, waren der Großeinkauf und der längst fällige Besuch bei ihrem Großvater. Dass sie nicht einmal mehr das täglich schaffte, machte ihr ein schlechtes Gewissen, denn der Großvater hatte doch nur noch sie, und er blühte jedes Mal auf, wenn sie ihn besuchte.

Sophie stieß einen tiefen Seufzer aus und verspürte das dringende Bedürfnis, noch eine Zigarette zu rauchen, aber das Klingeln des Telefons hielt sie davon ab. Sie zögerte, den Anruf anzunehmen, denn seit Wochen schon versuchte der Direktor der Bank, bei der die Kredite liefen, ihren Großvater persönlich zu sprechen. Sophie hatte es bislang geschafft, Ausreden zu erfinden, warum das gerade nicht möglich war. Zu groß war ihre Angst, dass ihr die Kredite fristlos gekündigt würden, wenn die Bank erfuhr, dass ihr Großvater nur noch auf dem Papier der Betreiber des Hostels war, faktisch aber längst sie für die Geschäfte verantwortlich war. Sophie wusste, dass der Banker ihren Großvater schätzte und ihm niemals Schwierigkeiten machen würde, wenn seine Rate einmal zwei Monate später kam. Doch sie hegte ihre Zweifel, ob er ihr gegenüber ebenso viel Rücksicht zeigen würde, obwohl sie zurzeit nur einen Monat im Rückstand war. Der Geschäftsverkehr wurde zwar immer noch über das Konto ihres Großvaters abgewickelt, zu dem sie beide gleichermaßen Zugang hatten, doch ein kritischer Blick auf die Überweisungen würde zeigen, dass der Großvater faktisch nicht mehr am Zahlungsverkehr teilnahm. Zu ihrer großen Erleichterung verstummte das Klingeln. Sie nahm sich fest vor, nach dem turbulenten Weihnachtsgeschäft von sich aus ein klärendes Gespräch mit der Bank zu suchen.

Gerade als sie sich auf den Schreck hin, dass die Bank sie jetzt nicht mehr nur im Hotel, sondern auch schon privat anrief, eine weitere Zigarette anzünden wollte, läutete das Telefon erneut. Nicht dass noch eines Tages ein Bankmitarbeiter vor der Tür steht, dachte Sophie und nahm das Gespräch schließlich an. Statt sich namentlich zu melden, sagte sie nur unwirsch: »Lake Hostel. Hallo!« Auf diese Weise konnte sie sich im Notfall immer noch als Mitarbeiterin ausgeben, denn irgendwann wäre es wohl unglaubwürdig, wenn die Enkelin jedes Mal behauptete, der Großvater schliefe gerade und sie wolle ihn nicht wecken.

»Hallo, mein Name ist Tim Parker. Ich würde gern einmal mit Benjamin Bedford sprechen.«

Der Ton, den der Fremde anschlug, war ganz eindeutig der Ton eines Bankers, mutmaßte Sophie. Es war aber nicht die Stimme von Bankdirektor Miller. Jetzt hatte er tatsächlich einen Mitarbeiter auf sie angesetzt, dachte sie genervt und überlegte, welche Ausrede sie heute benutzen sollte.

»Tut mir leid, Mr Bedford liegt krank im Bett. Ich bin die Haushälterin und streng angehalten, ihn nicht zu stören«, erklärte Sophie.

»Okay, aber ich würde Ihnen gern eine Nummer geben, unter der er mich dringend zurückrufen möchte. Sagen Sie ihm, es ist wirklich ganz wichtig!« Das klang in Sophies Ohren nach Ärger. Der Typ schien besonders hartnäckig zu sein. Wenn sie sich seine Nummer geben ließe und ihr Großvater ihn dann nicht anriefe, würde dieser Mann sicher keine Ruhe geben.

»Mist, hören Sie? Hören Sie mich? Ich kann Sie nicht mehr verstehen. Das Telefon ist leider kaputt. Versuchen Sie es doch später noch mal …« Sophie hörte den Mann im Hintergrund verzweifelt rufen: »Aber ich verstehe Sie gut, ich will Ihnen nur die Nummer geben«, da legte sie einfach auf. Wie sie befürchtet hatte, war das ein ganz beharrlicher Bursche, denn es klingelte erneut. Sophie hielt sich die Ohren zu und stöpselte das Telefon aus, nachdem der letzte Klingelton verklungen war. Nun war diese Nummer zwar nicht mehr zu erreichen, aber damit war die Sache leider nicht aufgehoben, sondern nur aufgeschoben, dachte Sophie bekümmert.

12. Kapitel

Seit Tim das erste Mal in Cairns angerufen und die unfreundliche Dame ihn abgewimmelt hatte, war die Leitung tot, aber das hatte ihn erst recht dazu angestachelt, Grannys Bruder an die Strippe zu bekommen. Er meinte nämlich verstanden zu haben, dass die Frau sich mit *Lake Hostel* gemeldet hatte, und ein Hotel dieses Namens gab es in Cairns tatsächlich. Also hatte er die Rezeption angerufen, aber auch dort hatte man ihn diverse Male vertröstet. Immer wenn er nach dem alten Herrn gefragt hatte, waren die Leute am anderen Ende der Leitung ganz offensichtlich nervös geworden, bis ihm die Dame vom ersten Telefonat, die er an ihrer rauen Stimme wiedererkannte, schroff mitgeteilt hatte, Mr Bedford käme erst an Weihnachten von einer Reise zurück und die Familie hätte über die Festtage gern ihre Ruhe. Als Tim erneut versucht hatte, ihr seine Telefonnummer zu geben, war sie sehr unwirsch geworden und hatte ins Telefon gebellt, er solle sich gefälligst bis Anfang Januar gedulden. Daraufhin hatte die Großmutter kämpferisch verkündet, sie würde nicht aufgeben. Nicht jetzt, wo sie dem Ziel so nahe sei.

»Und was hast du vor?«, hatte Mila sie entgeistert gefragt.

»Ich werde ihn persönlich aufsuchen, sobald ich Zeit habe.«

»Also nie«, hatte Tim spöttisch kommentiert.

»Aber erst, wenn du wieder gesund bist«, hatte Mila eingewandt.

»Nein, ich muss ihn erst sehen, und dann gehe ich ins Krankenhaus. Nachher sterbe ich noch bei der OP, und dann ist es zu spät, meinen Bruder zu treffen.« Das hatte trotzig und entschieden zugleich geklungen.

»Das kommt gar nicht in Frage«, hatte Mila heftig protestiert.

»Erst Australien, dann Operation!«, hatte Granny Omaka energisch erwidert.

Der Streit war noch eine ganze Weile so hin und her gegangen. Tim hatte sich merkwürdigerweise völlig aus dem Disput herausgehalten. Warum, das sollte Mila noch erfahren. Aber erst später.

Granny Omaka und Mila frühstückten an diesem Morgen im Haus, weil über Pounamu tiefe graue Wolken hingen und es über Nacht deutlich kühler geworden war. Mila konnte dieser Wetterumschwung die Laune nicht verderben, weil sie sich insgeheim riesig auf Jonahs Ankunft freute. Sie hatten am gestrigen Abend bis in die Nacht hinein Dutzende von Nachrichten ausgetauscht, immer lustig und locker. Jonah aber hatte nicht verbergen können, dass er sich sehr auf seinen Besuch in Hokitika freute. Tim war nicht zum Frühstück erschienen, was Mila als Zeichen wertete, dass er bei dem Wetter lieber im Bett geblieben war. Überdies war er wohl recht frustriert darüber, dass er in Cairns nicht mehr erreicht hatte. Ihre Großmutter schien an diesem Morgen ein wenig bedrückt. Obwohl sich Mila vorgenommen hatte, sich nicht alle paar Minuten nach ihrem Befinden zu erkundigen, fragte sie schließlich, ob alles in Ordnung sei.

Granny lächelte müde. »Wenn du meine Gesundheit ansprichst, es geht mir blendend. Seit ihr beide bei mir seid, fühle ich mich kerngesund. So gesund, dass ich am liebsten sofort nach Australien reisen würde, um meinen Bruder zu sehen.«

Mila musterte ihre Granny entgeistert. »Einmal abgesehen

von deiner Gesundheit – eigentlich habe ich immer gedacht, du fliegst nicht gern«, stieß sie irritiert hervor.

»Ja, ja, ist ja schon gut, Kind, ich kann doch gar nicht weg. Auch wenn Sara gute Arbeit leistet, ich bin hier unabkömmlich. Lass mich doch träumen! Ich werde mich damit begnügen, ihn an Weihnachten anzurufen. Wie Tim sagte, ist er dann ja wieder zuhause. Vielleicht ist er ja so fit, dass er nach Hokitika kommen kann, wenn du mir das Reisen verbieten willst!« Ihre Großmutter stieß einen tiefen Seufzer aus.

»Nein, Granny, das will ich doch gar nicht. Sobald du die OP hinter dir hast und dich von den Strapazen erholt hast, kann ich mir gern mal Urlaub nehmen und dich nach Cairns begleiten«, erwiderte Mila versöhnlich.

»Dann ist es zu spät!«, knurrte Granny Omaka.

»Wie meinst du das denn?«, fragte Mila erschrocken.

»Ich, äh, dann, dann ist das Wetter in Australien nicht so gut, oder?«, stammelte ihre Großmutter.

»Nein, Granny, das ist Unsinn. Und das weißt du auch. Was wolltest du mir damit sagen?«

»Ach, nichts!« Granny Omaka trommelte nervös mit ihren Fingern auf der Tischplatte herum.

»Bitte, mir kannst du doch vertrauen«, erklärte Mila in schmeichelndem Ton, während ihr das Herz bis zum Hals klopfte. Für sie gab es nur eine Erklärung: Ihre Großmutter hatte panische Angst vor der Operation, und das konnte Mila gut verstehen. Ihre Großmutter war immer kerngesund gewesen und hatte nur höchst widerwillig überhaupt ein Krankenhaus betreten. Erst als Manuka schon im Sterben gelegen hatte, hatte sie sich überwunden, sie zu besuchen und hatte Mila unter Tränen gebeten, sie nie in einem Krankenhaus sterben zu lassen.

Granny Omaka machte eine wegwerfende Handbewegung. »Ach, nimm doch eine alte Frau nicht so ernst!«

»So alt bist du noch nicht, dass du dich hinter deinem biblischen Alter verschanzen kannst!«, konterte Mila. »Also, ich höre!«

»Ich hatte letzte Nacht wieder so einen Traum. Du weißt doch.«

»Erzähl!«, entgegnete Mila. Sie war nicht bereit, die Sache auf sich beruhen zu lassen.

»Ich habe von meiner Mutter geträumt. Sie erscheint mir manchmal wie ein Engel und streckt mir die Hand entgegen, als wollte sie mich mitnehmen. Und gestern hat sie gefragt, ob ich bereit sei …«

Mila zuckte vor Schreck zusammen. Ehe sie es sich versah, schossen ihr Tränen in die Augen. »Granny, und das sagst du so ruhig?«

Die Großmutter nahm Milas Hand und streichelte sie tröstend. »Das macht mir keine Angst, mein Kind. Soll ich lügen und behaupten, das wäre ganz schlimm für mich? Nein, Mila, es fühlt sich äußerst wohlig an. Sieh mal, ich weiß doch gar nicht, wie meine Mutter ohne dieses entstellte Gesicht ausgesehen hat, und trotzdem weiß ich, dass sie eine schöne Erscheinung gewesen sein muss.«

»Aber du bist viel zu jung zum Sterben«, widersprach Mila heftig.

»Ich will doch auch noch gar nicht sterben, aber wenn die Ahnen mich zu sich rufen, muss ich gehen«, erwiderte sie mit sanfter Stimme.

»Nein, nein, so haben wir nicht gewettet. Du suchst nur nach Gründen, dich vor der Operation zu drücken, und schiebst die Ahnen vor. Das wird dir alles nichts nützen«, sagte Mila mit strenger Stimme, während sie innerlich bebte. Dass ihre Großmutter die Wahrheit über ihren Traum gesagt hatte, daran hegte Mila keinen Zweifel, aber sie war partout nicht bereit, das als einen Hinweis auf den nahenden Tod ihrer Großmutter zu sehen.

Im Gegenteil, sie sah sich bemüßigt, Granny die Zukunft in den leuchtendsten Farben auszumalen.

»Wir fliegen nach Cairns und besuchen deinen Bruder, sobald du nach der OP wieder fit bist! Okay?«

Ihre Großmutter nickte müde.

13. Kapitel

Als Sophie erfuhr, dass dieser Mr Parker noch diverse Male auf dem Hoteltelefon angerufen hatte, bekam sie leichte Panik. Es hatte wohl keinen Sinn mehr, die Sache auf die lange Bank zu schieben.

Nein, sie musste dringend eine nachhaltige Lösung des Problems finden, doch da gab es überhaupt nur eine einzige: Der Kredit musste abgelöst werden, damit sie von der Last der monatlichen Zahlungen an die Bank befreit war. Doch wie sie es auch drehte und wendete, mit den Einnahmen aus dem Hostel und der Bar kam sie gerade einmal knapp über die Runden. Da fiel ihr Damon ein, jener Finanzjongleur, dem das Hostel inzwischen gehörte. Damon besaß noch ein anderes Hotel in Cairns, eines, das sich nur reiche Amerikaner und Japaner leisten konnten. Dort durfte man für eine Luxussuite locker eine Null an Sophies Übernachtungspreise hängen. Damon war über Monate Sophies Daueraffäre gewesen, bis sie das Ganze vor ein paar Wochen beendet hatte, weil sie ihn auf einem Fest zufällig zusammen mit seiner Frau getroffen hatte. Sophie hatte sich nie sonderlich daran gestört, dass er verheiratet war, weil sie sich ohnehin nicht binden wollte. Doch die Tatsache, dass seine Frau mit Ende dreißig ihr erstes Baby erwartete, was an jenem Abend unübersehbar gewesen war, war für sie ein triftiger Grund gewesen, die Affäre zu beenden. Damon war da längst nicht so moralisch wie sie. Er fand, gerade in der Zeit der Schwangerschaft, in der seine Frau wenig Lust auf Sex hatte, könnten sie doch viel Spaß haben. Sophie aber hatte ihm unmissverständlich zu verstehen gegeben, dass sie ihn nicht mehr treffen wollte. Damon hatte vordergründig so getan, als ob er diese Trennung akzeptierte, und ihr in Aussicht gestellt, ihr finanziell etwas unter die Arme zu greifen, rein freundschaftlich, hatte er geschworen. Daran, dass er trotz seiner Versicherungen, sie nicht anzurühren, einen Preis verlangen würde, hegte Sophie keinen Zweifel. Sie war ziemlich sauer geworden und hatte ihm an den Kopf geworfen, dass sie nicht käuflich sei. Daran, dass sie diese Abfuhr Kopf und Kragen kosten könnte, hatte sie in dem Augenblick nicht gedacht. Leider! Sie schuldete Damon nämlich inzwischen drei Monatsmieten, die er ihr großzügig erlassen beziehungsweise gestundet hatte. »Das zahlst du mir, wenn dein Laden mal besser läuft«, hatte er ihr noch vor der Trennung in einem seiner Touristenapartments zugeflüstert, in dem sie sich mindestens zweimal die Woche heimlich getroffen hatten, und dabei begehrlich ihren nackten schlanken Körper betrachtet. Und statt sein Geld zurückzuverlangen, bombardierte er sie inzwischen mit Liebesnachrichten und beschwor sie jedes Mal erneut, seine finanzielle Hilfe anzunehmen, für die er keinerlei Gegenleistung erwartete. Neulich hatte er ihr sogar geschrieben, dass er wahre Liebe für sie empfinde und das Ganze für ihn keine bloße Sexgeschichte sei. Sophie war klug genug, seine Schwüre realistisch einzuschätzen. Wahrscheinlich hatte er seine sexuellen Träume nie so intensiv ausleben können wie mit ihr und verwechselte das mit Liebe. Sophie wusste allerdings selbst nicht, wie sich die Liebe wirklich anfühlte. Sie hatte schon einige leidenschaftliche Affären in ihrem Leben gehabt, aber sie hatte nie auch nur eine Träne vergossen, wenn es vorüber gewesen war. Wo hätte sie in ihrem Leben auch eine echte Beziehung unterbringen sollen? Wer wollte schon eine Frau, die jede Nacht hinterm Tresen stand? Immer wenn Sophie über ihr Liebesleben nachgrübelte, ahnte sie selbst, dass hinter ihrer lockeren Fassade eine Art Beziehungsstörung lauerte. Sie hatte da auch schon eine Vermutung, wo die herrühren könnte. Wenn sie nur daran dachte, wie oft sie ihre heulende Mutter hatte trösten müssen, nachdem ihr Vater, der auch nur auf einer Weltreise vorübergehend in Cairns gestrandet war, ohne Abschied weitergezogen war. Sie musste damals ungefähr fünf Jahre alt gewesen sein. Niemals wollte sie ihrem Kind eine solche Verzweiflung vorleben. Um das zu vermeiden, so mutmaßte Sophie, ließ sie sich gar nicht erst näher auf einen Mann ein und behauptete, eh keine Kinder zu wollen. Davon abgesehen, war ihr aber auch noch nie ein Kerl begegnet, der sie in der Tiefe ihres Herzens wirklich berührt hätte.

Sophie schüttelte die Gedanken an die Liebe hastig ab, weil es zurzeit dringlichere Fragen zu klären gab. Sollte sie Damons Hilfe nicht doch annehmen? Schließlich war es nur eine Frage der Zeit, wann der Banker oder sein Angestellter, dieser Parker, vor der Tür stand und herausfand, dass ihr Großvater nicht mehr für das Geschäftliche verantwortlich war. Hatte sie überhaupt eine Wahl, wenn sie nicht riskieren wollte, dass sie ihr Dach über dem Kopf sowie ihre gesamte Existenz verlor? Sophie sah sich noch einmal Damons letzte Nachricht auf ihrem Smartphone an. Er wollte sie unbedingt zum Essen einladen. Ganz ohne Hintergedanken, wie er schrieb. Das Ganze hatte er in einem flehenden Ton verfasst.

Bitte, bitte, ich möchte nur einen Abend lang dein schönes Gesicht betrachten, bitte, Prinzessin!

Ein bisschen zu theatralisch für ihren Geschmack. Sophie hatte nicht darauf geantwortet, wie sie überhaupt auf alle seine Avancen nicht reagiert hatte.

Sie zögerte, weil eine innere Stimme ihr dringend davon abriet, wieder Kontakt mit Damon aufzunehmen. Sie machte sich keine Illusionen über seinen Charakter. Er war ein Machtmensch, wie er im Buche stand. Nicht der Typ Mann, mit dem man sich auf Spielchen einlassen sollte. Er war es gewohnt, früher oder später alles zu bekommen, was er wollte. Und genau deshalb warnte ihr Bauchgefühl sie, sein finanzielles Hilfsangebot anzunehmen, wenn sie im Gegenzug nicht bereit wäre, mit ihm ins Bett zu steigen. Sophie neigte nicht dazu, sich grundsätzlich von moralischen Bedenken leiten zu lassen, aber mit einem Mann zu schlafen, dessen Frau ein Kind von ihm bekam, das konnte und wollte sie nicht. Außerdem hatte sie längst eine Affäre mit einem jungen Mann begonnen, der als Skipper Touristen durch das Korallenmeer schipperte, und diese auch schon wieder beendet, nachdem er ihr zu anhänglich geworden war. Nach kurzem Zögern tippte sie eine kurze Nachricht auf ihrem Smartphone.

Okay, ich gehe mit dir essen! Wo und wann? Aber bitte halte dich an deine Versprechen, dass ich dich ganz unbürokratisch um deine finanzielle Hilfe bitten darf, ohne zum Dank in Naturalien zahlen zu müssen.

Sophie hatte die Nachricht gerade abgeschickt, da kam prompt die Antwort.

The Pier, am 28., 20 Uhr. Freue mich auf meine Schöne. Du machst mich glücklich. Kannst du das schwarze Kleid anziehen, das mit dem geilen Dekolleté? Leider erst nach den Festtagen. Bin untröstlich! Gruß und Kuss

Sophie verzog das Gesicht, als hätte sie auf eine Zitrone gebissen. Das klang, wie erwartet, alles andere als nach einem freundschaftlichen Angebot. Das Kleid hatte sie bei ihrem ersten Treffen getragen, als Damon sie in ein Edellokal gelockt hatte mit der fadenscheinigen Begründung, er müsse doch seine neue Mieterin kennenlernen. Es wunderte sie allerdings, dass er sich so lange Zeit ließ mit ihrer Verabredung zum Essen, bis zum 28. immerhin, normalerweise konnte er es kaum erwarten, sie zu sehen. Da fiel ihr ein, dass er die Weihnachtstage sicher in seinem Ferienhaus in Port Douglas verbringen würde. Ein einziges Mal hatte er sie auch dorthin entführt, doch sich mit ihm in einer Atmosphäre zu amüsieren, die ziemlich eindeutig von seiner Frau geschaffen worden war, hatte ihr gar nicht behagt. Sophie schüttelte ihre Gedanken an das Treffen mit Damon energisch ab und redete sich ein, dass nichts Unangenehmes passieren konnte, solange sie konsequent blieb.

An Sophies Tagesablauf würde sich jedenfalls trotz des bevorstehenden Weihnachtsfestes wenig ändern, außer dass sie sich für den Besuch bei ihrem Großvater unbedingt mehr Zeit als sonst nehmen wollte, um an der dortigen Weihnachtsfeier teilzunehmen. Die Festtage bedeuteten für sie nur noch mehr Arbeit, weil sie die Bar noch weihnachtlich schmücken musste. Allein das Aufstellen des künstlichen Weihnachtsbaums mit seiner bunt blinkenden Lichterkette, der schon seit Tagen am Pool stand, hatte einiger Vorbereitungen bedurft. Seit ihrer Zeit in Deutschland fand sie Kunstbäume und diese Lichterketten eigentlich scheußlich. Bei ihrem Stiefvater hatte es einen echten Tannenbaum mit richtigen Kerzen gegeben. Kurz driftete sie in Gedanken an ihre Mutter ab. Sie vermisste sie eher selten, aber gerade in diesem Augenblick verspürte sie einen Anflug von Sehnsucht. Vielleicht war es das Bild ihrer glücklichen Mutter unter dem deutschen Tannenbaum. Seit Sophie das Hostel betrieb, war sie auch zu Weihnachten nicht mehr nach Deutschland geflogen. Vielleicht war es auch nur der geheime Wunsch, einfach am Kamin zu sitzen und sich verwöhnen zu lassen, denn die nächsten

Tage würde es hektisch zugehen im Hostel. Bis einschließlich Silvester gab es an ihrer Poolbar jeden Abend ein kleines Seafood-Buffet, und die Plätze an den Tischen waren seit Tagen fast vollständig ausgebucht.

Und schon war Sophie in Gedanken wieder bei ihrer Liste für den freien Tag, denn für das Buffet musste dringend eingekauft werden. Auf dem Rückweg wollte sie noch einmal schnell bei ihrem Großvater vorbeischauen, um ihm zu versprechen, dass sie am Weihnachtstag dann mehr Zeit für ihn mitbringen würde. Zu ihrem großen Bedauern konnte sie selbst an diesem sogenannten freien Tag entgegen allen guten Vorsätzen nicht mehr als eine Stippvisite bei ihrem Großvater einplanen.

14. Kapitel

Die Stimmung zwischen Mila und ihrer Großmutter war ziemlich getrübt. Mila kam sich vor wie eine strenge Erzieherin, die ihrer Großmutter jeden Spaß verdarb, aber wem nützte es, wenn ihre Granny irgendwelchen Träumen nachjagte? Mila hatte zwar mitgespielt, indem sie ihrer Großmutter versprochen hatte, sie nach der OP nach Australien zu begleiten, aber wenn sie ehrlich war, hatte sie das nur so dahergesagt. Sie glaubte nicht daran, dass Omaka sich ernsthaft auf so eine Reise begeben würde. Auch nicht nach der Operation. In diesem Augenblick trat Tim ins Zimmer. Er grinste über das ganze Gesicht, während er demonstrativ mit ein paar Blatt Papier in der Luft herumwedelte.

»Na, ausgeschlafen?«

»Da hat aber einer gute Laune«, bemerkte Mila. »Hast du vielleicht heute Morgen Onkel Benjamin erreicht und ihn überreden können, in den Flieger zu steigen und nach Hokitika zu kommen?«, scherzte Mila.

»Viel besser«, lachte Tim und legte ihr die Papiere neben den Teller.

Mit äußerster Skepsis nahm Mila sie zur Hand und konnte nicht glauben, was dort Schwarz auf Weiß geschrieben stand. Es war eine Flugbestätigung von Christchurch nach Cairns für den morgigen Vormittag auf ihren Namen.

Mila fehlten die Worte.

»Na, was sagst du dazu, Schwesterherz?«

Mila tippte sich mit dem Finger an den Kopf.

»Was ist das?«, fragte Granny ungeduldig.

»Willst du es ihr sagen?«, fragte Tim seine Schwester grinsend.

Statt ihm eine Antwort zu geben, drückte Mila ihm kopfschüttelnd die Papiere in die Hand. Tim aber ließ sich durch Milas Reaktion nicht die Laune verderben, suchte Grannys Reisebestätigung hervor und reichte sie ihr mit den Worten: »Das ist mein Weihnachtsgeschenk, Granny. Ich habe einfach Angst, dass du uns sonst allein nach Australien entwischst, um dich vor der OP zu drücken. Und dann ist es doch besser, wir passen auf dich auf. Aus aktuellem Anlass muss ich dir das heute schon geben, denn du musst noch packen. Wir starten nämlich morgen früh gegen vier Uhr.«

Fassungslos vertiefte sich die Großmutter in die Flugbestätigung. »Aber mein Junge, das ist ja, nein, das gibt es doch nicht!« Dann sprang sie auf und fiel ihrem Enkel um den Hals. »Du bist verrückt, aber das habe ich mir so gewünscht …« Sie stockte und ließ von Tim ab. »Aber, aber dann sind wir Weihnachten ja in Cairns, was machen wir mit dem vielen Essen, das ich für das Fest eingekauft habe?«

Tim brach in lautes Gelächter aus. Mila meinte auch Erleichterung herauszuhören, weil sein bekloppter Plan Großmutters Zustimmung erfahren hatte. »Das frierst du ein oder spendierst es der Hotelküche. Die Gäste werden es zu würdigen …«

»Überhaupt, die Gäste. Das Hotel ist über Weihnachten ausgebucht. Da kann ich doch nicht wegfahren!«

»Das ist alles schon mit Sara geklärt. Sie freut sich, den Laden mal ganz allein schmeißen zu dürfen, und kann gut darauf verzichten, dass du alle fünf Minuten rein zufällig an der Rezeption vorbeigeschlichen kommst.«

»Du bist verrückt, mein Junge! Wann hast du das alles denn organisiert?«

»Sara und ich haben gestern Abend noch einen Wein getrunken, und sie konnte meinem Charme nicht widerstehen. Du kennst mich doch.« Tim zwinkerte seiner Großmutter verschmitzt zu. Mila hatte ihn lange nicht mehr derart ausgelassen erlebt. Allerdings fragte sie sich, was ihn an der Aussicht, seinen alten Großonkel kennenzulernen, derart in Euphorie versetzte. Doch dann fiel ihr Blick neben ihren Teller. Ein Stück Papier war liegen geblieben. Ein Prospekt über Tauchtouren von Cairns zum Great Barrier Reef. Damit war auch die Frage seiner Motivation geklärt. Er witterte ein aufregendes Urlaubsziel.

»Und was ist mit deiner Wanderung zum Gletscher?«, fragte sie säuerlich.

»Der läuft doch nicht weg, aber ich dachte, ich kann Granny unmöglich allein reisen lassen. Wir müssen doch auf unsere Großmutter aufpassen.«

»Aha, und du findest, dass ein Langstreckenflug für ihre Gesundheit das Richtige ist?«, hakte Mila provozierend nach.

Tim verging das Lachen, und er funkelte Mila wütend an. »Du kannst einem aber auch jeden Spaß verderben. Wenn es nach dir ginge, dürfte Granny keine drei Schritte mehr allein machen!«

»Du kannst ja mal einen Kardiologen fragen, oder informier dich im Netz. Natürlich belastet das Fliegen das Herz zusätzlich.«

»Du bist und bleibst eine notorische Spaßbremse«, zischte Tim. »Ich habe gestern noch mit Leylands Vertreter telefoniert. Und er meint, es wäre letztendlich besser für das Herz, wenn sie psychische Belastungen loswürde. Und das wird sie, wenn sie endlich ihren Bruder treffen kann.«

»Optimist. Was, wenn der Typ ein Zombie ist?«

»Ja, wahrscheinlich frisst er kleine Kinder und killt neuseeländische Verwandte auf der Stelle.«

»Du bist so blöd! Ich meine, wir wissen doch nicht, was er für ein Mensch ist. Und dafür so ein Risiko?«

Tim knallte ihr einen weiteren Zettel auf den Tisch. »So, das müssen wir beim Fliegen beachten, sagt Leylands Vertreter. Und jetzt hör endlich auf, alles schlechtzureden, was ich vorschlage!«

»Du bist unvernünftig!«, giftete Mila ihn an.

»Und du willst Granny unter Quarantäne stellen«, fauchte Tim zurück.

Granny Omaka hob beschwichtigend die Hände. »Kinder, nicht streiten. Das bringt doch nichts. Mila hat bestimmt nicht ganz Unrecht. Fliegen ist sicher nicht unbedingt empfehlenswert, aber wenn ich das abwäge gegen die Vorfreude, dort meinen Bruder kennenzulernen …«

»Auch das kann Stress bedeuten, wenn er nicht der Bruder ist, den du dir jetzt in deiner Fantasie ausmalst!«

Tim rollte genervt mit den Augen. »Klar, und dann trifft ein Asteroid auf Hokitika und zerstört uns alle!«

»Schluss jetzt!«, befahl Granny und sah streng von Tim zu Mila und zurück. »Ich möchte diese Reise antreten, auch wenn es vielleicht ein wenig unvernünftig ist.«

»Das ist es in der Tat!«, schimpfte Mila.

Tim wollte gerade etwas erwidern, doch seine Großmutter warf ihm einen mahnenden Blick zu.

Mila fand dieses Geschenk ihres Bruders mehr als egoistisch. Was sie überdies in Wut versetzte, war die Aussicht, dass Jonah dann wohl eher nicht nach Hokitika kommen würde. Dabei hatte das Chatten bis zum Morgengrauen mit ihm ihre Vorfreude auf seinen Besuch noch enorm gesteigert. Frustriert deutete sie auf den Prospekt. »Du witterst doch bloß eine günstige Chance, tauchen zu gehen!«, fauchte sie.

»Das geht dich gar nichts an, Miss Spielverderber«, zischte er zurück und griff nach dem Prospekt, um ihn unter den Papieren verschwinden zu lassen.

»Kinder, ich gehe jetzt packen, und ich hoffe, ihr habt euren

Kleinkrieg eingestellt, wenn ich zurückkomme. Aber sag mal, Tim, hast du auch daran gedacht, dass an Weihnachten vielleicht sehr viel Betrieb in Cairns sein wird? Ich meine, wenn unser Hotel über die Festtage ausgebucht ist, gibt es ja unter Umständen in Cairns auch keine Fremdenzimmer mehr.« Granny Omaka sprühte vor Unternehmungslust und wirkte jedenfalls gesünder als am Tag zuvor.

»Aber Granny, natürlich habe ich daran gedacht, dass du dein Haupt irgendwo betten musst. Also, ihr werdet es nicht glauben, aber im Lake Hostel gab es, gerade bevor ich angerufen habe, zwei Stornierungen. Die Sache hat nur einen Haken. Die Zimmer sind für Backpacker gedacht, es gibt Etagenbetten.«

»Nicht dein Ernst, oder?«, stieß Mila entsetzt hervor.

»Wieso? Wenn du mich unten schlafen lässt«, lachte die Großmutter. »Früher habe ich das oft gemacht. Da fühle ich mich gleich wieder wie sechzehn.«

»Und Granny, bitte denk beim Packen daran, dass wir in die Tropen reisen. Es kann zurzeit dreißig Grad sein, und ein Schirm wäre gut, denn die Regenzeit hat begonnen«, bemerkte Tim streng.

»Tolle Aussichten. Regen haben wir selber«, murmelte Mila missmutig, aber das überhörte Tim geflissentlich.

Kaum hatte die Großmutter das Esszimmer verlassen, fuhr Mila ihren Bruder wütend an: »Du denkst wirklich nur an dich. Gib wenigstens Jonah Bescheid, dass eure Wanderung ausfällt, bevor er sich noch umsonst auf den Weg macht.«

Seine finstere Miene hellte sich auf, und ein Grinsen umspielte seinen Mund. »Ach, daher weht der Wind. Mein Schwesterherz ist sauer, weil es glaubt, ich hätte ihm ein Wiedersehen mit seinem Schwarm verdorben.«

»Jonah ist nicht mein Schwarm! Aber ich finde es gemein, wenn du ihn im Unklaren lässt. Er freut sich doch so sehr auf seinen Besuch in Hokitika.«

»Aha, und woher weißt du das?«

Mila machte eine wegwerfende Handbewegung. »Wir haben gestern kurz gechattet, und da kam das Thema auf.«

»Habe ich's doch geahnt. Du bist in den guten Jonah verknallt. Das habe ich doch auf dem Fest ganz deutlich gespürt. Meine Güte, die Männerherzen liegen dir im Dutzend zu Füßen, und du hängst dein Herz an Jonah.«

Mila sprang von ihrem Stuhl auf und machte sich zornig daran, den Tisch abzuräumen. »Träum schön weiter!«, knurrte sie.

»Mila, jetzt krieg dich mal wieder ein. Frieden?« Tim streckte seiner Schwester versöhnlich die Hand entgegen.

»Waffenstillstand«, murmelte sie und schlug zögernd ein. »Aber ich kann nur hoffen, dass alles gut geht.«

»Also, wenn du damit meinst, dass ich meinen Kumpel rechtzeitig auslade, kann ich dich beruhigen. Er kommt nämlich mit.«

»Wohin?«

»Nach Cairns natürlich. Wir treffen uns morgen in Christchurch mit ihm, damit wir in einem Flieger sitzen können. Und wir sind ja keine Ewigkeit in der Luft. Wir sind zwar acht Stunden unterwegs, aber wir landen in Sydney zwischen.«

Mila vergaß vor lauter Freude, ihrem Bruder zu erklären, dass das zweimalige Starten und Landen die Sache für ihre Granny nicht besser machte. »Und wie kommen wir nach Christchurch?«, erkundigte sie sich stattdessen.

»Mit Grannys Wagen. Aber ich fahre natürlich und bringe euch am 2. Januar auch wieder heil nach Hokitika zurück. Abends fahre ich in einem Mietwagen noch nach Christchurch zurück, und von dort fliege ich in der Frühe nach Auckland, um morgens wieder im Büro zu sitzen. Jonah habe ich auf dem Rückflug allerdings gleich nach Auckland gebucht. Zufrieden, oder hältst du mich immer noch für einen gnadenlosen Egoisten?«

»Nein, natürlich nicht«, erwiderte Mila schwach.

»Gut, dann kann ich ja auch packen gehen.« Er verließ fröhlich pfeifend das Esszimmer.

Obwohl Mila sich immer noch Sorgen machte, ob ein so langer Flug wirklich gut für Grannys geschwächtes Herz war, musste sie zugeben, dass Tim die Sache selbst sehr umsichtig geplant hatte. Und wollte sie ihm wirklich verübeln, dass er zum Great Barrier Reef wollte, wenn er schon einmal ganz in der Nähe war? Im Gegenteil, das brachte sie auf den Gedanken, vor Ort auch eine Schiffstour dorthin zu unternehmen, vielleicht zusammen mit Granny und ihrem Bruder. Doch wie würde der überhaupt auf diesen Überfall reagieren? Das war typisch für ihre Familie, sich keine Gedanken darüber zu machen, dass der verlorene Sohn vielleicht gar nicht so erfreut sein würde. Mila würde sich allerdings hüten, ihrer Großmutter und Tim mit dieser Frage zu kommen. Dann hätte sie wahrscheinlich endgültig ihren Ruf als notorische Psychotante weg. Granny und ihr Bruder hegten offensichtlich nicht den geringsten Zweifel, dass man sie in Cairns mit offenen Armen empfangen würde. Dabei fand Mila es höchst alarmierend, dass ihr Bruder trotz seiner Hartnäckigkeit keinen Kontakt zu seinem Großonkel hatte herstellen können. Im Gegenteil, nach Milas Dafürhalten schirmte man den alten Herrn regelrecht vor Tim ab. Ob er höchstpersönlich die Order gegeben hatte, dass man ihn verleugnen solle, sobald Fremde mit dem Namen Parker nach ihm fragten? Denn so, wie sie ihren Bruder verstanden hatte, war er derart massiv abgewimmelt worden, dass er seinen Gesprächspartnern weder mitteilen konnte, dass er aus Neuseeland anrief, noch dass es sich um eine Familienangelegenheit handelte. Mila befürchtete, dass die Nennung des Namens allein gereicht hatte, um in Australien in Deckung zu gehen. Eigentlich wäre es nur fair, wenn sie zumindest ihre Großmutter in ihre Gedankenspiele einweihen würde, aber die hatte derart euphorisch auf die bevorstehende Reise reagiert, dass Mila nicht schon wieder ihrer Rolle als unverbesserlicher Schwarzseherin alle Ehre machen wollte. Ihr war es allerdings völlig unverständlich, wie man derart blauäugig an so ein heikles Unternehmen herangehen konnte. Aber auch das war so typisch für Granny und Tim, dass sie gar nicht auf den Gedanken kamen, sich zu fragen, wie der gute Großonkel wohl tickte und warum er noch nie einen Versuch unternommen hatte, Kontakt zu seiner Schwester aufzunehmen.

Mila versuchte, diese argwöhnischen Gedanken abzuschütteln und sich auf die Freude zu konzentrieren, weil sie unverhofft über eine Woche mit Jonah verbringen durfte. Und das, ohne dass er eine seiner Eroberungen im Schlepp hatte. Vielleicht war es ein Wink des Schicksals, dass sie diese Reise gemeinsam unternahmen, eine unverhoffte Chance, einander endlich näherzukommen. Langsam fand sie Gefallen an Tims verrücktem Plan, auch wenn sie die Vorstellung, sich mit Granny ein Etagenbett zu teilen, ganz und gar nicht erotisch fand. Dafür gefiel ihr der Gedanke, mit Jonah ins neue Jahr zu tanzen, umso besser.

Das erinnerte sie daran, dass sie auch noch packen musste. Doch zunächst einmal räumte sie das Frühstücksgeschirr ab und stellte die Lebensmittel zurück in den Kühlschrank.

Als sie wenig später vor ihrem Kleiderschrank stand und sich einen Überblick über die Stücke verschaffte, die sie nicht mit nach Auckland genommen hatte, stellte sie fest, dass ihr ein tropentaugliches Partykleid fehlte, aber nun war es zu spät. In Hokitika waren die Einkaufsmöglichkeiten jedenfalls erheblich bescheidener als in Auckland. Da fiel ihr Blick auf das Kleid, das sie damals zum Abschlussfest der Highschool getragen hatte. Begeistert schlüpfte sie in das rote Miniteil mit den Spaghettiträgern und war glücklich, dass es noch immer passte. Wenn sie erst etwas Farbe an den Beinen bekommen hatte, war es nahezu perfekt, um damit in Jonahs Armen durch die sternenklare Tropennacht zu schweben.

15. Kapitel

Als Tim am nächsten Morgen gegen acht Uhr morgens am Flughafen Christchurch einparkte, war Mila weit davon entfernt, romantischen Gedanken nachzuhängen. Der Aufbruch aus Hokitika zu nachtschlafender Zeit war sehr hektisch gewesen, und die halbe Strecke über hatte es geregnet, sodass Tim langsamer fahren musste als geplant. Außerdem machte sie sich Sorgen um ihre Großmutter, die sehr blass war und das auf eine schlaflose Nacht schob. Mila war allerdings klug genug gewesen, die anstehende Reise nicht noch einmal grundsätzlich in Frage zu stellen. So hatte sie es dabei belassen, die Tipps von Dr. Leylands Vertretung zu befolgen und zusätzlich zu ihren Blutdrucktabletten das pflanzliche Mittel zur Herzstärkung aus der Apotheke zu holen. Im Wagen hatte Mila sich freiwillig nach hinten gesetzt und der Großmutter den Beifahrersitz überlassen. Während der Fahrt war sie ein paar Mal beim Nachdenken eingedöst. Ihre Gedanken kreisten vordringlich um Jonah und die Frage, ob sich durch die gemeinsame Reise wohl endlich etwas mehr als Freundschaft zwischen ihnen entwickeln würde. Allerdings waren ihre Gedanken längst nicht mehr so optimistisch wie am Tag zuvor. Auf der langen Fahrt über den Highway 73 waren sie, je mehr sie sich Christchurch näherten, ins Gegenteil umgeschlagen. Bis sie schließlich der Meinung war, dass sich durch diese Reise gar nichts zwischen ihnen ändern würde und sie endlich aufhören sollte, ihr Herz an einen Mann mit einer amtlichen Beziehungsstörung zu hängen.

Das änderte sich allerdings schlagartig, als sie ihn am vereinbarten Terminal stehen sah. Er strahlte über das ganze Gesicht, als er sie erblickte, und winkte eifrig. Seine Umarmung war so fest und herzlich, dass sie kaum mehr Luft bekam. »Na, bist du jetzt böse auf mich, weil ich dir das gestern Nacht nicht geschrieben habe?«, fragte er lachend und deutete auf seinen Freund. »Tim hatte es mir bei Strafe verboten. Er wollte, dass ihr es von ihm erfahrt.«

Tim zog eine Augenbraue hoch. »So, so, ihr beiden habt euch heute Nacht also geschrieben?«

»Ich werde doch wohl noch mit meiner zukünftigen Frau kommunizieren dürfen, ohne ihren großen Bruder um Erlaubnis zu fragen«, scherzte Jonah, aber Mila fand das gar nicht lustig.

Granny Omaka sah ihre Enkelin verdutzt an. »Habe ich da was verpasst? Oder ist das nur ein dummer Spruch?« Nun funkelte sie Jonah angriffslustig an, denn ihr missfiel die Tatsache, dass ihr Enkel seinen Kompagnon auf diese Reise mitnahm. Aber Tim hatte ihre Einwände völlig überhört.

»Nein, Mrs Parker, das ist so ein Running Gag zwischen Ihrer Enkelin und mir«, erklärte Jonah beinahe entschuldigend. »Wenn ich Mila wirklich heiraten wollte, dann würde ich doch ganz offiziell bei Ihnen um ihre Hand anhalten.«

»Das brauchen Sie gar nicht erst zu versuchen!«, fauchte Granny Omaka.

»Dem stimme ich zu«, sagte Tim.

Mila spürte, wie ihre Wangen glühten. Ein Zeichen, dass sie rot geworden war. Das passierte bei ihr in der Regel weniger aus Verlegenheit als vor Wut. Und sie fand dieses Geplänkel ziemlich dämlich und war vor allem zornig auf Jonah, weil er diesen Jux mit der Heirat ausgeplaudert und damit deutlich gemacht hatte, dass es für ihn wirklich nur ein Spaß war.

»Keine Sorge, Granny. Ich plane in absehbarer Zeit keine Hochzeit, und vor allem sollte ich erst einmal den Mann für so ein Abenteuer finden«, bemerkte sie bemüht locker. Sie wollte vor Jonah auf keinen Fall in den Verdacht geraten, humorlos zu sein.

»Die stehen bei dir in Auckland doch Schlange«, witzelte Jonah. Zu einem anderen Zeitpunkt hätte Mila das wahrscheinlich sogar charmant gefunden, aber nicht jetzt, wo Granny davon ausging, dass sie demnächst in Hokitika leben würde.

»Tja, das wird in Hokitika nicht anders sein«, ergänzte Granny fröhlich.

»Setzt euch doch eben auf die Bank und wartet auf uns. Wir drucken mal die Tickets am Automaten aus. Gebt mal eure Zettel wegen der Buchungsnummern.« Tim wurde, während er ihre Unterlagen verlangte, sehr hektisch. Mila vermutete, dass er einen Grund suchte, mit Jonah unter vier Augen zu sprechen, um ihn davor zu warnen, Milas neuen Job in Auckland vor Granny anzusprechen.

»Dieser Jonah ist gar nicht so übel, wie ich dachte«, brummte Granny Omaka, während sie den beiden jungen Männern hinterhersah. »Aber ich weiß nicht, ob du dich wirklich auf eine Wochenendbeziehung einlassen solltest. Hokitika und Auckland, das ist doch eine ziemliche Entfernung.«

Mila schüttelte unwirsch den Kopf. »Granny, ich habe nichts mit Jonah. Wir sind Freunde und frotzeln uns gern an. Das ist alles!«

Die Großmutter musterte ihre Enkelin mit schiefgelegtem Kopf. »Eigentlich habe ich ein gutes Näschen, wenn es darum geht, herauszufinden, ob zwei Menschen mehr verbindet als Freundschaft. Und wie ich dich kenne, meine Kleine, ist da auf jeden Fall mehr. Jedenfalls von deiner Seite.«

»Unsinn, das bildest du dir nur ein. Jonah ist genauso ein Don Juan wie dein Enkel. Das hast du selber mal über ihn gesagt! An jedem Finger eine, aber bitte jede Woche im fliegenden Wechsel«, konterte Mila.

Omaka widersprach ihrer Enkelin nicht, obwohl sie ihr kein Wort glaubte. Mila konnte sich nur schwer vor ihr verstellen. Sie war wie ein offenes Buch, jedenfalls für ihre Großmutter. Und wenn sie es noch so vehement leugnet, sie ist bis über beide Ohren in Tims Kompagnon verliebt, dachte Omaka. Natürlich wünschte Omaka ihrer Enkelin von Herzen, dass sie glücklich würde, aber sie bezweifelte, dass ihr das mit diesem Mann gelingen würde. Mit ihrem Faible für Schürzenjäger schien Mila ganz nach ihr zu kommen. Omaka hatte sich auch ausschließlich in Männer verliebt, die nicht wirklich treu sein konnten und wollten. Wie immer in dem Zusammenhang fiel ihr als Erstes ihre große Liebe Thomas ein, der ihr vorgeschwindelt hatte, dass er in Scheidung lebte. Seine vier Kinder hatte er ihr gleich ganz unterschlagen, und auch die Tatsache, dass er seine Frau gar nicht verlassen konnte, weil ihr die Farm gehörte, ohne die er vor dem Nichts gestanden hätte. Sein Lügengebilde war wie ein Kartenhaus in sich zusammengefallen, als Omaka mit Klara schwanger gewesen war. Da hatte der Mann Panik bekommen. Nein, ihrer Enkelin wünschte sie auf jeden Fall mehr Glück in der Liebe, als sie es gehabt hatte. Wenn sie ehrlich war, schwebte ihr da auch schon ein passender Kandidat vor, Dr. Trevis, der junge Doktor, der einmal Doc Leylands Praxis übernehmen würde. Der junge Mann sah gut aus und war, wenn Omaka richtig informiert war, noch Single. Omaka hatte bereits geplant, den sympathischen Arzt einmal nach Pounamu einzuladen, wenn Mila erst bei ihr lebte.

Doch dann schloss Omaka die Augen und schweifte in Gedanken zu ihrem bevorstehenden Abenteuer ab. Ihre gestrige Euphorie war wie weggeblasen, seit sie fieberhaft darüber nachgrübelte, ob sie in Cairns wohl überhaupt willkommen sein würden. Sie hatte noch einmal in den Dokumenten gekramt in der Hoffnung, noch weitere Informationen über ihren Bruder und vor allem die Motive ihres Vaters zu finden, den Jungen in so ein schreckliches Heim zu geben. Vergeblich! Immerhin hatte sie anhand eines Datenvergleichs herausgefunden, dass Benjamin seit Januar 1951 in dem Heim lebte, sie aber erst im Juni 51 geboren worden war. Das sprach gegen ihre anfängliche Vermutung, ihre Geburt könnte etwas damit zu tun haben, dass der Vater seinen Sohn weggegeben hatte. Im Zug der nächtlichen Gedanken war ihr auch immer wieder die Geschichte mit dem Unfall ihrer Mutter in den Sinn gekommen, und sie zermarterte sich das Hirn, ob er wohl vor ihrer Geburt oder erst danach passiert war. Aber so intensiv sie die Unterlagen auch durchkämmt hatte, sie hatte keine Schriftstücke gefunden, die sich mit dem Unfall befassten. Weder polizeiliche noch medizinische Berichte. Natürlich hoffte sie inständig, dass ihr Bruder diese biografischen Lücken mit Inhalt füllen würde, aber was, wenn er seine Schwester gar nicht kennenlernen wollte? Was, wenn ihr Vater dem Jungen ein Unrecht angetan hatte und ihr Bruder die von ihm verhätschelte Schwester schon allein deshalb ablehnte? Trotz dieser bohrenden Fragen überwog immer noch ihre grundsätzliche Bereitschaft zu dieser Reise. Sie barg immerhin eine zumindest vage Chance in sich, diesen Geheimnissen auf die Spur zu kommen. Wovor sie sich allerdings am meisten fürchtete, war die Tatsache, dass sie in Sydney einen Zwischenstopp einlegen und in eine andere Maschine umsteigen mussten. Sie wusste, dass ihre Angst schon an Hysterie grenzte, denn es wäre wirklich ein unglaublich dummer Zufall, am Flughafen ausgerechnet Raffael über den Weg zu laufen. Außerdem würden sie einander vielleicht gar nicht mehr erkennen. Nein, das war ein Hirngespinst, in das sie sich völlig unnötig hineinsteigerte. Und trotzdem keimte eine diffuse Panik in ihr auf. Die Vorstellung, Raffael würde sie erkennen und vor ihren Enkeln mit der Frage konfrontieren, warum sie ihm das angetan hatte, ließ sie erschaudern. Dann würden Mila und Tim erfahren, dass sie keinesfalls nur die gute Samariterin gewesen war, als sie ihre Enkel aus den Klauen der Sekte befreit hatte, sondern dass sie dabei auch eine gewisse Schuld auf sich geladen hatte. Lieber Gott, bitte erspare mir so ein blödes, zufälliges Zusammentreffen, betete sie leise. Dann versuchte sie, sich mit dem Gedanken zu beruhigen, dass es wahrscheinlicher wäre, von einem Blitz erschlagen zu werden, als Raffael am Flughafen von Sydney über den Weg zu laufen. Doch es half alles nichts. Ihre Angst, gepaart mit dem schlechten Gewissen, war stärker als alle Wahrscheinlichkeitsrechnungen.

»Granny, ist dir nicht gut?«, hörte sie Tim wie von ferne fragen. Sie öffnete die Augen und blickte in seine besorgte Miene.

»Alles gut, ich bin bloß ein wenig eingenickt«, schwindelte sie, während sie sich von der Bank erhob und nach ihrem Rollkoffer griff.

16. Kapitel

Wenn Not am Mann war, war sich Sophie für keine Arbeit im Hostel zu schade. Deshalb fegte und wischte sie am Abend vor Weihnachten nur mit Shirt und Shorts bekleidet durch die stornierten Zimmer, für die am selben Tag noch neue Gäste erwartet wurden, obwohl sie noch unendlich viel anderes zu tun hatte. Aber nun war die Putzhilfe ausgefallen, und ihr Personal war in andere Abläufe eingeplant. Ihr lief der Schweiß in Strömen den Rücken hinunter, sodass sie eine kurze Pause einlegen musste. Ihre Gedanken schweiften nach Hamburg ab. An diesem Abend würden ihre Mutter und der Stiefvater wie jedes Jahr feierlich unter dem Tannenbaum sitzen, und er würde sie mit Geschenken überhäufen. Doch das größte Geschenk war für ihre Mutter immer noch der Anruf ihrer Tochter, den sie auf keinen Fall vergessen durfte. So wenig wie die Zeitumstellung. Im vergangenen Jahr hatte Sophie am Heiligabend nämlich schon mittags dort angerufen, nachdem sie es im Jahr zuvor völlig vergessen hatte. Und da hatte sie ihren Stiefvater und die Mutter aus dem Tiefschlaf geholt, weil die Zeit in Cairns der in Hamburg um acht Stunden voraus war. Das sollte ihr heute nicht passieren. Deshalb hatte sie sich diesen Termin vorsichtshalber auf ihrem Smartphone eingespeichert. Wenn sie nachts um eins anrief, dann war es in Deutschland siebzehn Uhr, und sie würde die beiden unter dem Tannenbaum erwischen. Heute Nacht würde die Party am Pool sicher länger als sonst dauern, allein schon deshalb, weil viele deutsche Backpacker dabei sein würden, die den Heiligabend gebührend feiern wollten.

Eigentlich hatte Sophie diese beiden Zimmer hinten im Gartenhaus nicht mehr vermieten wollen, weil es nur zwei winzige Räume waren, in die nicht mehr als die Etagenbetten und ein paar klapprige Stühle passten. Dafür gehörte ein großer Vorraum dazu mit einem geräumigen Kleiderschrank und einer Sofaecke. Dass sie nicht längst ein großes Zimmer daraus gemacht hatte, lag an den Stammgästen, die das Gartenhaus so liebten, wie es war. Schön war das Gemeinschaftsbad für beide Zimmer. Es besaß eine Wanne und eine Extradusche, die mit edlen alten Armaturen ausgestattet waren.

Während Sophie sich kritisch umsah, nahm sie sich fest vor, gleich im neuen Jahr damit anzufangen, Wände herauszureißen, damit sie das Ganze dann als Apartment teuer vermieten konnte.

Ein Blick auf die Uhr zeigte ihr, dass es an der Zeit war, sich für ihren Bardienst umzuziehen. Als sie an der Rezeption vorbeikam, erkundigte sie sich nach dem Eintreffen der neuen Gäste. Sie wurden erst gegen zweiundzwanzig Uhr erwartet. Sophie drückte ihrer Mitarbeiterin einen frisch ausgedruckten Zettel in die Hand, auf dem die kleinen Speisen aufgeführt waren, die es an diesem Abend an der Bar gab. Falls die Spätankömmlinge noch etwas essen und sich nicht mehr in das nächtliche Getümmel im Ort stürzen wollten, fügte Sophie hinzu, bevor sie die steile Treppe zu ihrem Schlafzimmer hinaufging. Dort hatte sie sich ein luftiges Minikleid bereitgelegt, denn die Temperaturen sanken im Dezember auch nachts selten unter dreiundzwanzig Grad, was immer noch heiß genug war, wenn man die ganze Zeit in der stickigen Bretterbude Drinks zubereitete.

Als sie gerade fertig war und sich im Spiegel betrachtete, kam eine Nachricht. Sophie griff nach ihrem Telefon. Sie war von Damon.

Kann es kaum abwarten, dich nach Weihnachten zu treffen. Ich bin zu allen Schandtaten bereit und träume jede Nacht davon, was du mit mir anstellen wirst. Rein platonisch. D

Sophie stieß einen tiefen Seufzer aus. Damit war der Fall klar. Er wollte Sex mit ihr, und zwar heftig. Offenbar war er sich so sicher, dass sie auf seine Unterstützung angewiesen war, dass er gar nicht mehr versuchte, seine Absichten zu kaschieren. Ob er als guter Kunde der Bank von Mr Parker die einschlägigen Informationen erhalten hatte, dass ihr das Wasser bis zum Hals stand? Vielleicht hatte sich dieser angebliche Bankangestellte auch nur so vehement nach ihrem Großvater erkundigt, um ihr Angst zu machen … Vielleicht war dieser Parker nur einer von Damons Leuten … Bei ihm war alles möglich, wenn er damit seine Ziele erreichte. Er war ein knallharter Geschäftsmann, der auch vor Erpressungen und Drohungen nicht zurückschreckte. Sie bereute zutiefst, sich überhaupt an ihn gewandt zu haben. Aber gab es denn Alternativen zu Damon Fullers »selbstlosem Angebot«?, fragte sie sich bekümmert. Wäre es wirklich unverzeihlich, wenn sie als kleines Dankeschön noch einmal mit ihm ins Bett stieg? Doch sie hatte den Gedanken noch nicht zu Ende geführt, als ihr das Bild von seiner hübschen, nicht mehr ganz jungen Ehefrau mit dem Babybauch vor Augen stand. Die Antwort war: NEIN!

Verärgert löschte sie seine Nachricht.

Noch war alles relativ ruhig an der Bar. Ein paar Gäste drehten noch ihre Runden im Pool, und die Tische waren nur vereinzelt besetzt.

Sophie bereitete alles vor, damit ihr Mitarbeiter Sam aus Namibia und sie loslegen konnten, sobald der Betrieb begann. Sie machte schließlich noch einen Kontrollgang. Alles war bereit, und man wartete nur noch auf die Gäste.

Um sich die Zeit zu vertreiben, bis es richtig losging, kümmerte sich Sophie um die Musik. Morgen und Silvester würden sie einen DJ haben, aber heute musste sie für die Beschallung sorgen. Für diese Abende um Weihnachten herum hatte sie auf ihrem Rechner ein abwechslungsreiches Programm zusammengestellt, das sie nonstop abspielen lassen konnte. Dazu gehörten auch Weihnachtssongs, allerdings verzichtete sie auf die abgedroschenen Lieder, die momentan in jedem Kaufhaus des Kontinents dudelten.

Ein Blick auf ihren blinkenden Weihnachtsbaum ließ sie noch einmal wehmütig an ihre Mutter denken, aber nun begann sich die Bar zu füllen. Ihr Publikum bestand vorwiegend aus sehr jungen Leuten, aber um die Weihnachtszeit waren auch ältere Touristen aus Deutschland unter den Gästen. Sie übernachteten in der Regel zwar nicht im Hostel, aber es hatte sich herumgesprochen, dass die Besitzerin perfekt Deutsch sprach, Kerzengestecke auf den Tischen dekorierte und hin und wieder deutsche Weihnachtslieder spielte.

Als die Sonne um kurz vor sieben untergegangen war, wurde die Bar schlagartig voll, sodass Sophie und Sam alle Hände voll zu tun hatten. Zwischendurch erfrischte sich Sophie immer mal wieder mit Bier. Sie trank nicht übermäßig, aber auch nicht gerade wenig, und sie kannte die Menge, mit der sie noch voll arbeitsfähig war. Der Vorsatz, sich das Rauchen abzugewöhnen, verflüchtigte sich an so einem Abend ebenfalls relativ schnell. Außer als Barkeeperin war sie auch immer wieder als Kummerkasten gefragt. Am Tresen saßen dicht gedrängt etliche Männer, die Sophie ihr Herz ausschütten wollten. Sie verstand es gut, ihnen mit hilfreichen Tipps zur Seite zu stehen, ohne dass sie dabei zu viel von sich selbst preisgab. Das war für Sophie ein absolutes Tabu. Sie hatte noch nie viel über ihr Privatleben gesprochen. Dinge wie ihre Ex-Affäre mit einem verheirateten Mann und dass ihr die Schulden bis zum Hals standen, gingen keinen Fremden etwas an. Allerdings checkte sie regelmäßig ab, ob interessante Kerle dabei waren. Sie machte keinen Hehl daraus, dass sie den einen oder anderen attraktiven Gast auch gern mal mit in ihr Schlafzimmer nahm. Sie war in der glücklichen Lage, dass sie sich aussuchen konnte, wem sie ihre Gunst schenkte, weil sie enorm Schlag bei den Männern hatte. Doch Sophie war nicht der Typ Frau, der sich erobern ließ, sondern sie wählte ihre Kandidaten ziemlich direkt aus. Sophie war dabei »das ganze romantische Trallala«, wie sie es nannte, eher lästig. Bei ihr ging es ohne großes Vorgeplänkel zur Sache. Selbst Damon hatte ihr häufig den mangelnden Hang zur Romantik vorgeworfen und behauptet, ein Kühlschrank wäre gar nichts gegen sie. Dabei konnte er sich ihrer Meinung nach nicht beklagen, weil sie wirklich guten Sex miteinander gehabt hatten. Er aber konnte sich über in ihren Augen unwichtige Nebensächlichkeiten aufregen, wenn sie etwa seinen Rosenstrauß achtlos im Wagen liegen ließ.

So gesehen war Sophie eigentlich auch froh, dass die Affäre mit ihm vorbei war, weil er im Laufe der Zeit immer mehr Wert auf das »Trallala« gelegt hatte, während ihr am wichtigsten war, wie es im Bett mit ihnen lief. Sophie war, wenn sie es recht überlegte, noch nie unsterblich verliebt gewesen, außer vielleicht in einen Mitschüler in Hamburg, aber damals war sie noch sehr schüchtern gewesen. Auf dem Abiball hatten sie ziemlich leidenschaftlich miteinander getanzt, und als er ihr seine Liebe gestanden hatte, hatte sie in jener Nacht den ersten Sex ihres Lebens gehabt. Natürlich hatte sie kurz mit dem Gedanken gespielt, ihr geplantes soziales Jahr in Brisbane abzusagen und in Hamburg zu bleiben, aber Leo wollte das nicht, weil er nicht bereit war, ihretwegen sein geplantes soziales Jahr in Südamerika ausfallen zu lassen. So waren die beiden nach zwei Monaten großer Liebe in unterschiedliche Kontinente gereist. Und ihr anfänglicher Kontakt, den sie trotz der Distanz aufrechterhalten hatten, war nach ein paar Monaten eingeschlafen.

Sophie wusste auch nicht, warum sie ausgerechnet jetzt an Leo denken musste, während ihr Blick an einem dunkelhaarigen Mann hängen blieb, der offensichtlich nach einem freien Platz suchte und nun zielstrebig zu ihr an die Bar kam. Sie hatte ihn nie zuvor hier gesehen. Er war auch nicht mehr ganz so jung wie viele der Rucksackreisenden. Sie schätzte ihn auf Anfang dreißig. Sie hatte zwar kein festgelegtes Beuteschema, aber große, gut gebaute Männer mit markanten Gesichtszügen, denen man auf den ersten Blick ansah, dass sie auch etwas im Kopf hatten, hatten große Chancen, bei ihr im Schlafzimmer zu landen. Sie hasste nichts mehr, als wenn sie nicht wusste, worüber sie nach dem Sex mit einem Mann reden sollte. Dabei wollte sie kein romantisches Trallala, sondern ernste Gespräche. Gern auch über die politische Weltlage oder den Sinn des Lebens.

Der Fremde war jetzt mit Bestellen dran. »Ich hätte gern einen Gin Tonic«, sagte er, während er sie interessiert musterte.

»Broadside Navy Strength oder Ink Gin?«

Er zuckte die Schultern, ohne den Blick von ihr abzuwenden. »Keine Ahnung. Ich trinke nur Lighthouse Hawthorn und Black Robin Gin.«

»Dann würde ich sagen, probier erst mal den Ink und beim zweiten Drink den Navy Strength.«

Er musterte sie noch intensiver, aber gar nicht so, als würde er sie toll finden, sondern eher skeptisch.

»Habe ich was auf der Nase, oder warum guckst du mich so kritisch an?«, erkundigte sich Sophie in burschikosem Ton.

»Nein, nein, alles in Ordnung. Ich frage mich nur, ob du wohl die abweisende Lady bist, die mich mehrfach abgewimmelt hat, als ich mich nach Benjamin Bedford erkundigt habe?«

Sophie goss vor Schreck mehr in das Glas als beabsichtigt. Das war ein Schock in der Abendstunde. Mr Parker war also doch echt. Jetzt schickte Miller seine Kettenhunde auch schon nachts los. Es würde ihr allerdings wenig helfen, in dieser Situation die Identität einer Mitarbeiterin anzunehmen und zu versuchen, ihn in der bereits erprobten Weise abzuwimmeln. Da ging sie doch lieber gleich in die Offensive.

»Hören Sie mal, Mr Parker, ich finde das überhaupt nicht in Ordnung, dass Sie sich hier einschleichen. Bestellen Sie Ihrem Boss mal einen schönen Gruß. In diesem Jahr ist mein Großvater nicht mehr zu sprechen, und seine blöde Rate bekommt er dann schon«, fauchte Sophie.

»Was hast du denn für ein Problem?«, entgegnete er grinsend. »Oder meinst du mit dem Boss meine Granny?«

»Ihre was?«

Sophie sah ihn irritiert an, während sie ihm den Drink servierte.

»Macht elf Dollar.«

»Kann ich das auf mein Zimmer schreiben lassen?«

»Sie wohnen hier im Haus?«

»Ja, im Gartenhaus, um genau zu sein. Hatte lange kein Zimmer mehr mit Etagenbett. Ich glaube, das letzte Mal in einer Jugendherberge.«

»Tja, geschieht Ihnen recht, wenn Sie zum Schnüffeln kommen.«

»Ja, ich weiß, wir hätten uns anmelden sollen, aber ich habe es doch versucht. Und da habe ich gedacht, es ist vielleicht einfacher, ich buche den Flug und wir klären alles Weitere vor Ort.«

»Flug? Moment mal, Sie hat aber schon der Miller von der Bank hergeschickt, oder?«

»Nicht dass ich wüsste. Ich kenne keinen Miller, höchstens meinen Zahnarzt, aber der weiß gar nicht, dass ich nach Cairns geflogen bin. Sag mal, könnten wir vielleicht mal eben unter vier Augen reden?«

Sophie überlegte kurz. Abgesehen davon, dass dieser Mr Parker überaus attraktiv und kein Mitarbeiter der Bank war, hatte er ihre Neugier geweckt. Was wollte der Mann von ihr? Und wer waren »wir«?

Sie wandte sich an Sam. »Meinst du, du kommst mal ein Stündchen allein klar?«

»Natürlich. Geh nur!«, sagte er in süffisantem Ton.

Sophie wusste auch, warum. Sam dachte offensichtlich, dass sie sich den Mann für später klarmachen wollte, doch selbst wenn sie auf den ersten Blick kurz an eine heiße Nacht gedacht haben sollte, ihre innere Stimme sprach eine klare Warnung aus: Das war kein Mann, den sie einfach so abschleppen konnte. Er löste in ihr etwas aus, was sie so noch nicht erlebt hatte, jetzt, wo sie wusste, dass er nicht vom Banker geschickt worden war, um ihr Schwierigkeiten zu machen. Er strahlte eine Intensität aus, die sie als angenehm und spannend empfand.

»Wir können auf meine Dachterrasse gehen. Da ist es nicht so laut«, schlug sie vor und trat aus ihrer Bar hinaus ins Freie.

17. Kapitel

Als die Frau hinter der Bar hervortrat, stutzte Tim. »Das ist irre. Auf den ersten Blick könnte man meinen, ihr seid Schwestern wegen des hellen dicken Haars, aber ansonsten habt ihr kaum etwas gemeinsam«, murmelte er.

»Bitte? Wovon redest du?«

»Meine Schwester hat genau so eine blonde Mähne wie du.«

»Na und?«, unterbrach sie ihn ungeduldig. »Wenn du dich in Cairns umguckst, wirst du ein Dutzend Blondinen finden.«

Er deutete genervt auf die Box hinter ihm, aus der gerade »Mary's Boy Child« von Harry Belafonte ertönte.

»Sagtest du nicht, wir könnten auf deine Dachterrasse gehen? Ich würde ungern etwas aus dem Zusammenhang reißen und dir lieber chronologisch erklären, was uns hierherführt.«

»Okay, dann komm.« Sophie griff sich ihre Zigarettenschachtel und eine volle Flasche Bier vom Tresen und steuerte auf das Haupthaus zu.

Tim folgte ihr die steile Treppe hinauf nach oben, während er überlegte, wie er am besten anfangen sollte. Offenbar hatte die Frau keinen Schimmer, wer er sein könnte. Dieser Verdacht bestätigte sich, als er sich ihr noch einmal namentlich vorstellte und hinzufügte, er käme aus Hokitika.

Ihrem fragenden Gesichtsausdruck konnte er entnehmen, dass sie von diesem Ort zum ersten Mal in ihrem Leben hörte.

»Und wo bitte liegt dieses Hoki-Dings?«

»An der Westküste von Neuseelands Südinsel«, erwiderte er.

Ein Lächeln huschte über ihr Gesicht. »Ich hätte es am I hören müssen, dass du ein Kiwi bist. Das ist viel zu kurz für einen Aussie.«

»Also, du sprichst jetzt aber auch nicht gerade das typische ultralange I.«

»Ich habe auch länger in Deutschland gelebt, und da sprechen alle das Oxford-Englisch. Da habe ich mein Aussie-I etwas verlernt.« Sie öffnete die Terrassentür und bot ihm einen der Korbsessel an. Tim setzte sich und nahm erst einmal einen kräftigen Schluck von seinem Gin Tonic, den er bisher noch nicht angerührt hatte.

»Tja, wo soll ich jetzt anfangen?«, stöhnte er und konnte sich kaum von ihrem Anblick losreißen. Er fand sie außerordentlich anziehend. Ihn faszinierte und schreckte zugleich ab, dass sie etwas Männermordendes an sich hatte. Aber nicht so eine Femme fatale mit Highheels und Minirock, sondern mädchenhaft und scheinbar unschuldig verkleidet in einem süßen Sommerkleid und barfuß. Sie wirkte sehr unkonventionell, ja beinahe wie ein Hippie-Girl, das er aus den Sechzigerjahre-Filmen kannte. Und trotzdem schien sie die Klaviatur der Verführung bis zum letzten Ton perfekt zu beherrschen. Vor dieser Frau sollte ich mich in Acht nehmen, ging ihm durch den Kopf, als sie sich eine Zigarette anzündete und ihn provozierend musterte. Nicht dass sie den Spieß umdrehte und mit ihm spielte. Das war normalerweise sein Part – einen unverbindlichen Flirt bis an die Grenze ausreizen und dann zu beenden, bevor sein Herz in Gefahr geriet. Er war sehr darauf bedacht, sich nicht zu verlieben, wie verführerisch sich die Frauen ihm gegenüber auch gaben. Und diese Frau war brandgefährlich. Das spürte er mit jeder Faser seines Körpers. Das Schlimme war, dass ihn ihre Gegenwart erregte, was er sich keinesfalls anmerken lassen wollte.

»Wie heißt du eigentlich?«, fragte er betont lässig.

»Ich heiße Sophie, aber lange halte ich es jetzt nicht mehr aus. Was willst du von mir? Wer seid ihr? Wenn du zu meinen Gästen im Gartenhaus gehörst, seid ihr nämlich vier Leute. Wieso kommt ihr aus Neuseeland hergeflogen? Und vor allem, was wollt ihr von meinem Großvater?« Sie holte kurz Luft und wollte ihm eigentlich noch weitere Fragen stellen, doch Tim bremste sie aus. »Wir, das sind meine Großmutter, meine Schwester Mila und mein Kompagnon und Freund Jonah. Wir wollten eigentlich ganz friedlich Weihnachten zusammen in Hokitika verbringen, doch kürzlich fand meine Granny in alten Unterlagen ihres Vaters die Geburtsurkunde eines ihr unbekannten Bruders namens Benjamin …«

»Stopp mal. Solltest du glauben, mein Großvater wäre dieser Bruder, muss ich dich enttäuschen. Mein Vater war Einzelkind und ist Australier. Er ist in diesem Haus aufgewachsen, was damals noch kein Hotel war!«

»Sophie, auch wenn ich dir nur ungern widerspreche, aber wir haben Beweise, dass Benjamin Parker dein Großvater ist.«

»Bedford. Mein Großvater heißt nicht Parker!«

Tim konnte sich nicht helfen. Ihm gefiel diese kratzbürstige Vehemenz, mit der Sophie sich gegen die Wahrheit stemmte.

»Ich bin nicht dein Feind. Wir waren doch selbst erschüttert, als wir erfahren mussten, dass es da irgendwo in Australien einen Großonkel gibt. Und meine Granny hat nichts von der Existenz ihres Bruders geahnt. Er wurde von seinem Vater als Kind ins Heim gegeben, als meine Urgroßmutter mit unserer Granny schwanger war.«

Sophie war leichenblass geworden. Mit zittrigen Fingern griff sie erneut nach einer Zigarette und nahm einen tiefen Zug, bevor sie Tim angriffslustig musterte. »Pass mal gut auf, mein Lieber, hier gibt es nichts zu erben, falls ihr so eine Betrugsnummer abziehen wollt nach dem Motto: Verlorene Verwandtschaft!«

»Wow, aus welchem Krimi hast du das denn? Sehe ich etwa aus wie ein krimineller Erbschleicher?«

Sophie gab einen verächtlichen Zischlaut von sich. »Glaubst du, solchen Typen steht auf die Stirn geschrieben, dass sie Verbrecher sind? Das ist doch der Trick, dass sie smarte Kerle wie dich vorschicken«, zischte Sophie.

»Gut, wenn du mir nicht glaubst, dann zeigt Granny dir morgen die Papiere!«

»So was kann man fälschen.«

»Du hast wirklich die falschen Bücher gelesen, meine Liebe. Woher sollte ich wohl wissen, dass Benjamin von einem Ehepaar Bedford adoptiert wurde?«

»Weil ich dir den Namen eben genannt habe«, fauchte sie.

»Dann würde ich dich bitten, morgen den Direktor des Heims in Auckland anzurufen, denn der hat meiner Großmutter den Aufenthalt deines Großvaters bestätigt!«

»Morgen ist Weihnachten. Da rufe ich gar keinen an!«, schnaubte sie.

»Gut, dann habe ich noch eine viel bessere Idee: Wir fragen morgen einfach deinen Großvater, denn dann wird er doch von seiner Reise zurück sein.«

»Welcher Reise denn?«, fragte sie aufgebracht.

»Habe ich doch geahnt, dass du mich belügst. Du brauchst auch gar nicht mitzukommen. Du sagst mir einfach, wo er wohnt, und dann besuchen wir ihn!«

»Nein, das werdet ihr schön sein lassen! So, und jetzt muss ich zurück an die Arbeit.«

Sophie sprang von ihrem Stuhl auf. In ihrem Kopf schwirrte alles durcheinander. Das Schlimme war: Sie ahnte, dass an der Geschichte etwas dran sein musste, denn wie das Mitglied einer kriminellen Bande wirkte dieser Tim wirklich nicht. Doch selbst wenn das, was er da behauptete, tatsächlich zutreffen sollte, würde sie niemals zulassen, dass diese Sippe ihren Großvater aufsuchte. Das würde er sicher nicht verkraften. Wenn er wirklich ein gebürtiger Neuseeländer war, hatte er dies sicher aus gutem Grund ein Leben lang vor seiner Familie verheimlicht. Sie hatte jedenfalls nie auch nur ansatzweise gehört, dass der Großvater ein neuseeländisches Heimkind gewesen sein könnte. Sie hatte seine Eltern zwar nicht mehr kennengelernt, aber ihre Mutter hatte stets in höchsten Tönen von ihren Großeltern väterlicherseits geschwärmt. Das wiederum sprach dafür, dass das Ganze wahrscheinlich ein riesiger Irrtum seitens der Familie Parker war und ihr Großvater Opfer einer Verwechslung geworden war. Und damit sollte der alte Herr auf keinen Fall belastet werden. In dem Zustand, in dem ihr Großvater sich befand, würde so eine Aufregung alles nur noch schlimmer machen. Um jeden Preis würde sie ihn vor einem Überfall durch Tims Sippe beschützen müssen.

»Kommst du?«, fragte sie in schroffem Ton und eilte aus der Wohnung. Tim folgte ihr irritiert. Vor der Haustür angekommen, drehte sie sich noch einmal zu ihm um. »Mir wäre es lieb, wenn ihr morgen aus dem Hostel ausziehen würdet. Und komm ja nicht auf den Gedanken, mir deine Großmutter zu schicken. Ich habe Respekt vor älteren Menschen und möchte ihr gegenüber nicht unhöflich sein. Aber ich wäre gezwungen, sie ebenfalls abzuwimmeln. Und damit du siehst, wie verdammt ernst mir das ist, kümmere ich mich um eine alternative Übernachtungsmöglichkeit für euch. Warte bitte hier.«

Sophie raste noch einmal die Treppe hinauf. Selbst wenn an dieser Räuberpistole etwas dran war, ihr Großvater durfte nichts davon erfahren. Dann regte er sich womöglich auf, und sein Zustand verschlimmerte sich. Nein, diese Leute mussten schleunigst verschwinden, wenngleich sie nicht leugnen konnte, dass dieser Tim als Mann attraktiver war, als sie zugeben wollte.

Tim fühlte sich wie vor den Kopf geschlagen. Er hatte mit allem gerechnet, aber nicht mit dieser vehementen Abfuhr. Wovor hatte Sophie Angst? Litt der alte Mann vielleicht unter Herzproblemen wie Granny? Dann hätte er für ihre Abwehr zumindest ein wenig Verständnis gehabt, aber das hätte sie ihm doch ganz sachlich erklären können. Nein, da musste etwas anderes dahinterstecken. Er wurde nicht schlau aus der Frau. Und was das Schlimmste daran war: Das machte sie in seinen Augen nur noch interessanter.

Da hörte er sie bereits wieder die Treppe hinunterkommen. Sie hielt einen Zettel in der Hand. »So, hier ist noch ein Apartment frei. Zwei Schlafzimmer, Blick aufs Wasser, alles vom Feinsten, natürlich nicht so billig wie bei mir. Ich habe einfach mal zugesagt, dass ihr morgen nach dem Frühstück dort eincheckt. Ich hoffe, das ist okay für dich.«

Tim holte tief Luft. »Sophie, pass mal auf. Das war vielleicht nicht meine beste Idee, dich derart zu überfallen, aber jetzt, wo wir schon in Cairns sind, sollten wir wenigstens Gelegenheit bekommen, deinen Großvater zu fragen, warum ihn sein Vater in ein Heim gegeben hat.«

»Schluss mit diesem Unsinn!«, unterbrach ihn Sophie energisch. »Mein Großvater ist Australier, verdammt! Das ist eine dumme Verwechslung.«

»Ach ja? Und warum hatte der einstige Direktor des Waisenheims die Adresse deines Großvaters in Cairns und behauptet, bis vor ein paar Jahren jedes Weihnachten einen Gruß von ihm bekommen zu haben?«, fragte er in scharfem Ton.

»Keine Ahnung, wer hier rumspinnt«, fauchte Sophie.

»Meine Granny hatte kürzlich einen Herzinfarkt. Das Ganze regt sie entsetzlich auf, weil sie sich nicht erklären kann, wieso es da plötzlich einen Bruder geben soll, den man ihr zeitlebens unterschlagen hat. Gib doch wenigstens ihr die Chance, mit ihrem Bruder zu reden …«

Sophie aber musterte ihn mit eiskalter Miene. »Wollt ihr das Apartment jetzt, oder soll ich meiner Freundin absagen?«

»Nein, wir ziehen morgen früh gleich um. Aber denke ja nicht, dass die Sache damit ausgestanden ist. Ich werde bestimmt nicht unverrichteter Dinge zurückfahren und zusehen, wie meine Großmutter daran zugrunde geht!« Plötzlich überfiel ihn ein schlimmer Verdacht. »Sag mal, kann es sein, dass dein Großvater längst tot ist und du das vor den Behörden verheimlichst, um seine Rente zu kassieren?«

Sophie sah ihn fassungslos an. »Du hast ja wirklich eine blühende Fantasie.«

»Ach ja, wer hat denn mit diesen Räuberpistolen angefangen?«, konterte er.

Sophie aber drehte sich nur wortlos auf dem Absatz um und eilte in Richtung der Bretterbude. Tim blieb noch eine Weile mit gemischten Gefühlen vor dem Eingang stehen. Er war fest entschlossen, den Aufenthaltsort von Benjamin Bedford herauszubekommen, gleichzeitig war er schwer verwirrt von der Faszination, die Sophie auf ihn als Mann ausübte.

18. Kapitel

Stöhnend sah Mila sich in dem Verschlag um, den man ihrer Großmutter und ihr als Fremdenzimmer verkauft hatte. Wenn das Problem nur diese Schuhschachtel wäre, in der ein altmodischer Ventilator seine geräuschvollen Runden drehte, dachte sie genervt, aber hinzu kam der Lärm, der von der Poolbar zu ihnen herüberschallte, als würde die Party in ihrem Zimmer stattfinden. Darüber hinaus war ihre Großmutter erschöpft auf dem unteren Etagenbett eingeschlafen und schnarchte nun ganz fürchterlich. Wenngleich Mila ziemlich müde von der Reise war, wollte sie partout noch nicht schlafen gehen. Daran waren nicht nur die äußeren Umstände schuld, sondern auch ihre kreiselnden Gedanken, die sich abwechselnd um die Frage drehten, ob diese anstrengende Reise für ihre Granny wirklich sinnvoll war, und um ihr Verhältnis zu Jonah. Er hatte sich während der Reise wirklich rührend um sie gekümmert, aber tat er das nicht nur, weil er rein brüderliche Gefühle für sie hegte?

Mila atmete ein paar Mal tief durch und beschloss dann, nicht in die obere Etage des Bettes zu kriechen, um dort bis zum Morgengrauen zu grübeln. Erst einmal würde sie unter die Dusche gehen, denn die Reisekleidung klebte ihr beinah am Körper. Es war ein kleiner Schock gewesen, in Cairns aus dem Flughafengebäude zu treten. Der feuchtwarme Tropenhauch hatte ihr förmlich die Luft zum Atmen genommen. Nach ein paar Schritten zum Taxi war sie schweißgebadet gewesen.

Es tat gut, sich die verschwitzten Klamotten vom Leib zu reißen und ein Handtuch umzuwickeln. Sie war froh, dass sie ihr eigenes mitgenommen hatte. Das, was da auf ihrem Bett bereitlag, schien zwar sauber, aber trotzdem hätte sie es ungern benutzt.

Das Badezimmer war erstaunlich geschmackvoll eingerichtet, wie Mila vorhin schon mit großem Erstaunen festgestellt hatte, ebenso die Lounge vor den Zimmern. Sie war hocherfreut, dass ein kräftiger Strahl aus dem Duschkopf kam und sie sich ausgiebig erfrischen konnte. Danach fühlte sie sich wie neugeboren und kein bisschen müde. Im Gegenteil. Ihr stand der Sinn danach, noch einen Spaziergang zu unternehmen. Zu der Poolbar, von der die Musik und das Gelächter sogar bis in die Dusche drangen, zog es sie weniger, obwohl sie dort mit Sicherheit auf Tim und Jonah treffen würde. Sie aber wollte lieber noch ein bisschen durch den Ort wandern, auch wenn es dort wohl auch nicht unbedingt ruhiger sein würde. Auf der Hinfahrt war das Taxi an der Lagune entlanggefahren, und dort hatten sich Hostels und Bars wie auf einer Perlenkette aneinandergereiht. Vielleicht konnte sie da noch einen Schlaftrunk nehmen.

Als sie ins Zimmer zurückkehrte, schien die Großmutter gerade aufgewacht zu sein. »Machst du das Licht aus?«, bat sie ihre Enkelin.

»Gern, und macht es dir was aus, wenn ich mir noch ein wenig die Füße vertrete?«, fragte sie.

»Nein, meine Süße, aber lass dich von den Jungen begleiten. Das ist ja ein Moloch, dieser Ort.«

»Keine Sorge, Großmutter, ich bleibe an der Rennstrecke«, lachte Mila, machte das Licht aus und gab ihrer Großmutter einen Kuss auf die Stirn. »Geht es dir gut?«

»Ich bin nur entsetzlich müde, aber ansonsten geht es mir blendend«, entgegnete ihre Granny.

Mila versuchte im Schein des Mondes, der nun die einzige

Lichtquelle war, in ihrem Koffer, den sie auf einem der beiden klapprigen Stühle deponiert hatte, etwas zum Anziehen zu finden. Beim Gedanken an Jeans fing sie gleich wieder zu schwitzen an. Also entschied sie sich für das schöne, rote Kleid, das sie eigentlich zum Feiern mitgenommen hatte, aber es war in so einer Tropennacht nun einmal das einzig Passende. Sie zog es an und steckte sich zum Abschluss das noch feuchte, frisch gewaschene Haar hoch, denn die Vorstellung, jetzt mit einem Fön zu hantieren, trieb ihr sofort erneut den Schweiß in die Augen. Dazu zog sie ihre Flipflops an und schlich auf Zehenspitzen aus dem Zimmer, um ihre Granny nicht zu wecken, die bereits wieder laut schnarchte.

Als sie das Gartenhaus verließ, hörte sie Schritte hinter sich. Mila wandte sich um und blickte in Jonahs lachende dunkelgrüne Augen. »Willst du dich etwa ins Partygetümmel stürzen?«

»Nein, ich wollte nur einen Bummel durch den Ort machen. Nach Party ist mir gerade nicht, aber ich dachte, du feierst da längst mit …«

»Tim ist vorhin allein losgegangen, weil ich zu müde war, aber ich konnte nicht schlafen. Ich muss mich erst einmal an dieses Klima gewöhnen. Habe das Leichteste aus dem Koffer gezerrt, das ich auf die Schnelle finden konnte.« Er deutete entschuldigend auf seine Shorts und sein Muskelshirt. Mila fand, dass ihm das großartig stand und er selbst in diesem Shirt noch eine verdammt gute Figur machte. Er aber grinste verlegen. »Also, ich würde dir ja anbieten mitzukommen, aber dazu müsste ich mir ein Hemd holen, wenn ich so eine feine Dame begleite.« Mila zuckte verlegen mit den Schultern. »Es war das einzige Kleidungsstück aus meinem Koffer, das man in dieser Waschküche tragen kann. Aber ich würde dir auch gestatten, mich so, wie du bist, zu begleiten.«

»Kommt gar nicht in Frage«, erwiderte Jonah und eilte ins

Haus zurück. Als er Minuten später wiederkam, trug er Bermudashorts und ein Hemd, bei dem er die oberen Knöpfe aufgelassen und die Ärmel hochgekrempelt hatte.

»Besser?« Er drehte sich kokett einmal um die eigene Achse.

»Vorsicht, keine überflüssigen Verrenkungen bei dieser Hitze!«, bemerkte Mila verschmitzt.

Er reichte ihr übermütig seinen Arm. »Oder ist es dazu zu heiß?«

Mila grinste leise in sich hinein. Zu heiß war es bestimmt, aber anders, als Jonah vielleicht gerade dachte. Jede körperliche Berührung mit ihm brachte sie in Wallung. Und das nicht nur in den Tropen. Ungeachtet dessen hakte sich Mila bei ihm ein. Täuschte sie sich, oder hatte er auch noch schnell ganz dezent ein betörendes Rasierwasser benutzt? Er roch auf jeden Fall umwerfend.

»Und wir wollen nicht wenigstens mal gucken, was Tim dort auf der Party treibt?«

Sie schüttelte heftig den Kopf. »Kein Interesse. Jedenfalls heute Abend nicht mehr. Morgen werden wir da wohl oder übel Weihnachten verbringen müssen.«

Arm in Arm wanderten sie schließlich die Straße entlang, bis sie an die Esplanade gelangten, in der das Partyleben in vollen Zügen tobte.

Mila schlug vor, die Straße zu überqueren und weiter am Wasser entlangzugehen in Richtung des Yachthafens. Kaum waren sie an der anderen Seite angelangt, wurde es ein wenig ruhiger. Zwar herrschte in den Grünlagen und auch in den Restaurants am Pier reges Leben, aber es war weitaus entspannter als auf der Partymeile. Je weiter sie am Wasser entlangschlenderten und sich von den Lokalen entfernten, desto ruhiger wurde es. Auf einer Bank, von der aus sie das Feiervolk nur noch von weitem hörten, setzten sie sich hin, und Jonah reichte ihr eine von den beiden Bierflaschen, die er unterwegs in einer Bar gekauft hatte. Er prostete ihr zu. »Schön, dass wir noch ein wenig nach draußen gegangen sind.«

»Ja, hier am Wasser ist es auch viel frischer.« Mila spürte, wie er den Arm um sie legte und sie näher zu sich heranzog.

»Ich bin sehr gespannt, ob euer Großonkel sich auch wirklich über euren Besuch freut und es würdigen kann, dass eure Großmutter diese weite Reise auf sich genommen hat.«

»Das hoffe ich allerdings sehr«, gab Mila seufzend zurück. »Ich habe da allerdings meine Bedenken, denn wenn er gewollt hätte, hätte er doch längst Kontakt zu seiner neuseeländischen Familie aufnehmen können. Er weiß doch bestimmt, dass er aus Hokitika stammt. Vielleicht will er mit unserer Sippe gar nichts zu tun haben.« Sie war erleichtert, dass sie endlich mal mit jemandem offen über ihre Bedenken reden konnte.

»Aber andererseits, Tim hat ja versucht, telefonisch in Kontakt mit dem Mann zu treten, was aber nicht geklappt hat. Für eure Granny wäre das auch belastend, wenn sie nun nicht mehr erfahren würde, warum ihr der Bruder verschwiegen wurde«, sinnierte Jonah.

»Ich bin sehr gespannt, ob Tim schon was rausgefunden hat«, entgegnete Mila.

»Um das zu erfahren, müssten wir uns dann später doch noch ins Gewühl stürzen.«

»Auf keinen Fall. Ich finde es gerade so schön hier«, murmelte Mila verträumt.

»Tja, es ist wunderschön, aber die Sache hat einen Haken. Es ist viel zu romantisch, die milde Luft, der Geruch von Salzwasser, die Lichter der Boote dort draußen, da komme ich auf dumme Gedanken …«

Milas Herzschlag beschleunigte sich bei seinen Worten. Sie würde nichts tun, um ihm ›diese dummen Gedanken‹ auszutreiben! Im Gegenteil, sie wandte sich ihm direkt zu und schenkte ihm ein Lächeln.

»Mein Gott, wenn du wüsstest, wie gut dir dieses Kleid steht«, stöhnte er und wollte zunächst den Kopf abwenden, doch dann näherten sich seine Lippen Milas Gesicht. Sie zögerte nicht, sondern umfasste seinen Kopf mit beiden Händen und zog ihn sanft zu sich heran.

Er widersetzte sich nur für den Bruchteil einer Sekunde. »Wenn das Tim erfährt«, raunte er.

»Siehst du ihn irgendwo?«, fragte sie lächelnd zurück, während Jonah nun sämtliche Bedenken über Bord zu werfen schien. Sobald seine Lippen zart ihre berührt hatten, bot sie ihm den Mund zu einem leidenschaftlichen Kuss. Als sich ihre Münder wieder voneinander gelöst hatten, blickte Jonah Mila beinahe entschuldigend an. »Ich sollte das wirklich nicht«, flüsterte er, doch immer wieder küssten sie einander und wurden dabei immer wilder. Selbst als Jonah sie erst am Knie berührte und die Hände dann unter ihr Kleid gleiten ließ, befeuerte sie ihn noch, indem sie leicht aufstöhnte. Mila hätte nicht garantieren können, dass es auf der Parkbank nicht noch zu sehr viel mehr zwischen ihnen gekommen wäre, wenn nicht plötzlich wie aus dem Nichts eine Gruppe betrunkener junger Männer aufgetaucht wäre, die lärmend an der Bank vorbeizog. Danach war Mila die Lust, weiter mit Jonah auf der Bank zu knutschen, vergangen. Sie brauchte einen gewissen romantischen Vorlauf, um derart in Fahrt zu kommen, und den hatten die grölenden Party-Jungs zunichtegemacht.

Jonah schien es ähnlich zu gehen. »Was meinst du, sollen wir mal zurück ins Hostel gehen? Allmählich spüre ich die Müdigkeit«, stieß er heiser hervor.

»Wird wohl das Beste sein«, erwiderte sie, während sie sich erhob und ihr Kleid glattstrich.

Schweigend schlenderten sie zum Hotel zurück. Jonah machte keinerlei Anstalten mehr, sie zu umarmen oder ihre Hand zu nehmen. Das stimmte sie zwar traurig, aber sie wurde auch in keiner Weise aktiv. Erst als sie vor dem Eingang des Hotels ankamen, nahm er sie in den Arm und gab ihr einen flüchtigen Kuss auf den Mund. »Ich verabschiede mich lieber hier von dir. Tim muss das ja wirklich nicht mitkriegen«, raunte er.

»Du zitterst doch nicht wirklich vor meinem großen Bruder, oder?«, spottete sie.

Jonah verzog keine Miene und zuckte mit den Schultern. »Es ist nicht okay, wenn ich so heiß mit dir knutsche«, entgegnete er ernst.

»Jonah, ich bin erwachsen und weiß, was ich tue«, widersprach Mila heftig.

»Klar, aber sollte ich dich je unglücklich machen, würde ich tatsächlich meinen besten Freund verlieren«, bemerkte Jonah verlegen.

Am liebsten hätte Mila ihn gefragt, wie er denn nach ihrer heißen Knutscherei darauf kam, dass er sie unglücklich machen könnte, doch da dämmerte es ihr. Sie löste in ihm auch nichts anderes aus als all die anderen Frauen, mit denen er sich reihenweise vergnügte. Lust und Leidenschaft, aber keine Liebe. Während ihr Herz sich wie erwartet für ihn erwärmte, blieb seines kalt wie Eis. Das jedenfalls schloss sie aus seinen Worten. Hastig befreite sie sich aus seinen Armen. »Schlaf gut!«, brachte sie noch knapp hervor, bevor sie sich auf dem Absatz umdrehte und in Richtung Gartenhaus eilte. Aus den Augenwinkeln meinte sie, ihren Bruder allein auf einem Stuhl unter einem Baum im Garten sitzen zu sehen, aber sie tat so, als ob sie ihn nicht bemerkte. Tim war der Letzte, dem sie ihre Tränen offen zeigen wollte.

»Mila? Hast du noch einen Augenblick Zeit? Ich muss was

mit dir besprechen«, hörte sie ihn nun aus dem Dunkel des Gartens bitten, aber sie eilte davon, als hätte sie seine Worte nicht gehört. Stattdessen flüchtete sie in das winzige Zimmer, riss sich das schöne Kleid förmlich vom Leib und kletterte nur mit einem Slip bekleidet in ihr Etagenbett. Dort weinte sie leise in ihre Kissen in der Hoffnung, dass ihre Großmutter nichts davon mitbekam. Sie verstand ja selbst nicht, was da draußen gerade geschehen war. Schließlich hatte ihr Jonah zum Abschied nicht gesagt, dass er nicht in sie verliebt sei, sie hatte das in seine Worte hineininterpretiert. Aber was sollte das denn wohl sonst heißen, dass er einen Freund verlöre, wenn er sie unglücklich machte? Das konnte doch nur bedeuten, dass er befürchtete, sie könnte sich einseitig in ihn verlieben. Immerhin schien er noch nicht annähernd begriffen zu haben, dass das längst geschehen war.

Mila kam sich plötzlich so dumm vor, dass sie ihn einfach vor der Tür des Hotels hatte stehen lassen. Sie nahm sich fest vor, sich gleich morgen bei ihm dafür zu entschuldigen und das Ganze herunterzuspielen.

Noch während sie darüber nachgrübelte, wie sie ihm das am besten erklären sollte, überfiel sie eine bleierne Müdigkeit, und sie schlief tief und fest ein.

19. Kapitel

Mila erwachte von einem Klopfen an der Tür. Sie schoss hoch und wusste zunächst nicht, wo sie war.

»Hallo, ich soll die Zimmer saubermachen«, rief eine weibliche Stimme von draußen.

»Um Himmels willen, wir haben verschlafen«, hörte sie von unten ihre Großmutter murmeln. In dem Moment war Mila alles klar. Sie befand sich in einem australischen Schuhkarton und teilte dort ein Etagenbett mit ihrer Großmutter. Ein Blick auf ihre Armbanduhr zeigte ihr, dass es halb elf Uhr vormittags war. Und warum wurden sie jetzt aus den Betten geworfen, fragte Mila sich erbost und hangelte sich die Leiter nach unten. Dort griff sie nach einem T-Shirt und öffnete die Tür. Vor ihr stand eine junge Frau, die sie auf nicht viel älter als achtzehn schätzte, und musterte sie verlegen. »Es tut mir leid, aber Ihre Zimmer sind ab zwölf wieder belegt. Deshalb wollte ich sie noch putzen.«

»Unsinn, wir bleiben noch ein paar Tage«, erwiderte Mila genervt.

»Nein, die zwei Gartenhauszimmer werden ab heute neu vermietet. Das hat die Chefin mir gerade noch gesagt, bevor sie weggefahren ist.«

Mila atmete schwer. »Das muss ein Irrtum sein. Ist mein Bruder denn schon auf?« Sie deutete auf Tims und Jonahs Zimmer.

»Da tut sich gar nichts. Ich habe mehrfach geklopft, aber es antwortet keiner.«

»Tun Sie mir einen Gefallen? Kommen Sie in fünf Minuten wieder. Mein Bruder ist für die Buchungen zuständig. Ich kläre das eben mal.«

»Okay, aber dann müsste ich wirklich …«

»Ja, ja«, schnitt Mila der jungen Frau ungeduldig das Wort ab, knallte ihr die Tür vor der Nase zu und wandte sich irritiert an ihre Großmutter. »Die wollen uns rausschmeißen«, sagte sie kopfschüttelnd.

»Nein, dein Bruder hat sicher inzwischen andere Zimmer für uns gebucht, weil du dich gestern über die Jugendherbergsatmosphäre aufgeregt hast.«

»Gut, das werden wir hoffentlich gleich erfahren.« Mila kramte in ihrem Koffer nach Shorts und eilte, kaum dass sie die angezogen hatte, zum Zimmer der beiden Männer. Auf ihr Klopfen blieb alles totenstill, aber sie gab nicht auf. Noch einmal klopfte sie an die Tür und rief Tims Namen. Endlich hörte sie Geräusche, die unwirsch klangen, aber zeigten, dass die beiden noch lebten. Schließlich wurde die Tür geöffnet, und Jonah stand vor ihr, mit verstrubbeltem Haar und nur mit einem knappen Slip bekleidet. Hastig wandte sie den Blick von ihm ab und starrte an ihm vorbei ins Zimmer, dessen Fußboden mit Flaschen übersät war.

»Um Gottes willen, was ist das denn?«, stieß Mila entsetzt hervor.

»Frustsaufen!«, knurrte er. »Und an meinem Part bist du schuld.«

Mila konnte sich nicht helfen. »Ach, du Armer«, sagte sie spöttisch und strich ihm kumpelhaft über die Wange, während sie sich an ihm vorbeidrückte und über die Flaschen stieg, um zu dem unteren Bett zu gelangen, in dem ihr Bruder lag und schnarchte. Sie musste Tim kräftig schütteln, bevor er sie endlich wahrnahm.

»Was willst du denn mitten in der Nacht hier?«, brummte er.

»Aufwachen! Es ist gleich elf, und da war jemand vom Hotel da, der uns rauswerfen wollte, weil die Zimmer angeblich neu belegt sind!«

Tim setzte sich stöhnend auf und fasste sich an den Kopf. »Scheißzeug, dieser Aussie-Gin!«, fluchte er.

»Tim? Jetzt sag mir doch bitte mal, wohin Granny und ich jetzt gehen sollen! Vor unserer Tür steht eine junge Frau, die unbedingt das Zimmer putzen möchte, weil wir offenbar nicht mehr dort übernachten werden.«

Tim nickte. »Ja, ja, wir müssen das Hotel verlassen. Die liebreizende Sophie hat uns rausgeschmissen!«

»Wie bitte? Und wer ist Sophie?«

»Unsere neue australische Verwandtschaft möchte, dass wir schleunigst verschwinden, und zwar, ohne den Onkel kennenzulernen.«

»Okay, okay, und warum hast du mir das nicht schon gestern Nacht gesagt?«

»Ich wollte dich doch sprechen, als du spät in dein Zimmer zurückgeflitzt bist, aber du hat ja nichts um dich herum wahrgenommen.«

»Ist jetzt auch egal. Wir beeilen uns und treffen euch gleich im Vorraum«, sagte Mila hastig, bevor ihr Bruder noch auf den Gedanken kam, sie zu fragen, wo sie sich herumgetrieben hatte. »Und nun? Übernachten wir im Busch, oder hast du schon den Rückflug gebucht?«, fügte sie in spitzem Ton hinzu.

»Nein, wir haben ein Superapartment. Das hat uns die liebe Sophie noch gebucht, aber jetzt mach dich vom Acker. Ich will mich eben mal frischmachen!«

Als Mila das Zimmer verlassen wollte, stand Jonah immer noch wie angewurzelt an der Tür. »Ich muss mit dir reden«, flüsterte er ihr im Vorbeigehen zu.

Mila nickte. »Nachher!«, raunte sie zurück.

Die Großmutter saß bereits fertig angezogen auf einem der klapprigen Stühle und begrüßte ihre Enkelin mit den Worten: »Na, habe ich Recht, hat er was Schöneres für uns gebucht?«

»Ja, hat er wohl, wir brechen gleich auf, sobald die Herren fertig sind. Die haben wohl eindeutig zu viel Aussie-Schnaps genossen.« Mila packte nun hektisch ihren Koffer, nachdem sie sich einen kurzen Rock und ein T-Shirt herausgesucht hatte.

In dem Augenblick klopfte es auch schon wieder. Dieses Mal sehr zaghaft. Etwas verschüchtert stand die junge Frau vor der Tür.

»Sie können die Zimmer jetzt putzen. Wir checken aus«, erklärte Mila ihr knapp, bevor sie sich die beiden Koffer schnappte und gehetzt das Zimmer verließ, gefolgt von ihrer Großmutter. Im Vorraum setzten sich die beiden Frauen auf das Sofa.

»Mila, jetzt sag mir aber bitte, was Tim geplant hat. Wieso checken wir hier aus? Das ist doch das Hotel meines Bruders. Wir müssen so lange bleiben, bis er wiederkommt«, hakte die Großmutter irritiert nach.

»Das musst du bitte deinen Enkel fragen«, entgegnete Mila ausweichend, als die zwei verwuschelten Gestalten um die Ecke geschlurft kamen.

»Um Himmels willen, Tim, was ist denn mit euch passiert?«, stieß Granny Omaka fassungslos hervor.

»Keine Sorge, Mrs Parker, das war nur zu viel Gin«, erwiderte Jonah mit einem schrägen Grinsen.

»Und warum müssen wir hier raus?«

Milas und Tims Blicke trafen sich. Daran, dass sie der Großmutter die Wahrheit sagen mussten, gab es keinen Zweifel, aber war der Zeitpunkt wirklich günstig? Mila hoffte insgeheim, dass Tim so nüchtern war, um sich diplomatisch aus der Affäre zu ziehen.

»Granny, hier können wir nicht bleiben. Ich darf dich doch

nicht in einem Etagenbett schlafen lassen. Ich habe eine andere Adresse bekommen, und dort haben wir ein großes Apartment mit allem Komfort.«

»Wie ihr meint. Ich fand es hier gar nicht so schlimm«, entgegnete Granny Omaka vergnügt. »Ich habe lange nicht mehr so herrlich geschlafen.«

Tim ließ die Begeisterung seiner Großmutter unkommentiert, griff sich ihren Koffer und ging voraus.

Jonah folgte ihm in einem gewissen Abstand zusammen mit Mila, deren Gepäck er ihr abgenommen hatte. »Schade, dass unser schöner Abend gestern so abrupt geendet hat. Ich hätte gern noch einen Absacker mit dir genommen und überhaupt. Wenn ich dir irgendwie zu nahe getreten sein sollte, dann entschuldige bitte!«

Mila war so verblüfft, dass ihr die Worte fehlten. Er glaubte doch nicht etwa, dass ihr die Knutscherei zu weit gegangen war?

»Quatsch, du küsst wunderbar«, erwiderte sie kokett und fragte sich, wie blöd sie eigentlich gewesen sein musste, seine Worte mal wieder nur negativ zu interpretieren. Darin war sie wirklich Expertin, Tim hatte schon Recht. Sie sah grundsätzlich das halbleere statt das halbvolle Glas.

»Und warum hast du mich dann stehen lassen wie einen Deppen?«, erkundigte er sich verunsichert.

»Weil ich dachte, das wäre dir alles zu weit gegangen«, entgegnete sie verunsichert.

»Nein, es ist doch nur wegen Tim«, raunte er zurück, weil sich Milas Bruder in diesem Augenblick zu ihnen umdrehte und ihnen einen missbilligenden Blick zuwarf.

An der Rezeption blieben sie alle vier stehen, um ihre Schlüssel abzugeben und weil Tim bezahlen wollte.

Der junge Mann an der Rezeption winkte ab. »Sie müssen nichts bezahlen für die Zimmer. Das geht aufs Haus. Hat die Chefin angeordnet«, erklärte er eifrig.

»Das kommt gar nicht in Frage«, widersprach Tim und verlangte in scharfem Ton die Rechnung, die er sogleich in bar zahlte, bevor er den jungen Mann bat, ihnen ein Taxi zu rufen.

Im Hinausgehen wandte sich Tim noch einmal um und zischte dem jungen Mann zu: »Bestellen Sie Ihrer Chefin einen schönen Gruß. So schnell geben die Kiwis nicht auf!«

Mila, die das gehört hatte, musterte ihn erstaunt. »Du willst also wirklich weitermachen?«

Tim nickte entschlossen.

20. Kapitel

Der Eingang des Pflegeheims in Westcourt, einem Vorort von Cairns, war weihnachtlich geschmückt. Sogar ein eigener Tannenbaum stand im Vorgarten. Sophie nahm dieses festliche Lichtermeer allerdings nur ganz nebenbei wahr. Die Aufregung über die neuseeländische Verwandtschaft saß ihr mächtig in den Knochen. Auch die Tatsache, dass sie, um ihren Großvater vor dieser Sippe zu schützen, darauf verzichtete, Tim noch einmal wiederzusehen, trug nicht gerade zu besserer Laune bei. Es war doch verrückt, dass erst ein angeblicher Verwandter um hundert Ecken aus Neuseeland kommen musste, um ihr näheres Interesse an einem Mann zu wecken, dachte sie. Wirklich schade, dass er kein simpler Tourist war, den sie unkompliziert näher hätte kennenlernen können. Aber Tim konnte und wollte sie nicht wiedertreffen, solange er darauf bestand, ihren Großvater zu überfallen, und das mit seiner gesamten Verwandtschaft. Nein, das durfte sie auf keinen Fall zulassen. Sie war an diesem Tag aber nicht nur erbost über die aufdringlichen Neuseeländer, sondern auch über ihre Mutter, die noch kein einziges Mal nach Australien gekommen war, seit der Großvater erkrankt war. Nicht mal über Weihnachten. Und gerade in diesem Jahr hätte sie eine Entlastung bei der Betreuung ihres Großvaters gut gebrauchen können. Schöne Unternehmungen und Ausflüge mit ihm konnte sie aus Zeitgründen so gut wie nie machen. Selbst am heutigen Weihnachtstag würde sie nicht länger als eine Stunde bei ihm verbringen können, weil sie im Hostel unabkömmlich war. Sophie konnte sich sehr gut vorstellen, warum ihre Mutter sich nicht darum riss, die weite Reise auf sich zu nehmen, um sich um ihren Vater zu kümmern. Die beiden hatten nie eine besonders innige Beziehung gehabt. Sophies Mutter Susan hatte ihrem Vater verübelt, dass er sie gleich nach ihrem Schulabschluss von früh bis spät im Hotelbetrieb eingespannt hatte. Eigentlich hatte Susan zum Studium nach Brisbane gehen wollen, aber dann war sie in Cairns geblieben, weil ihr Vater nach dem Tod seiner Frau dringend Unterstützung gebraucht hatte. Obwohl er Susan nicht gedrängt hatte, ihm zu helfen, machte sie ihn insgeheim doch dafür verantwortlich, dass sie weder eine Berufsausbildung abgeschlossen noch studiert hatte. Sophie hatte als Kind am meisten darunter gelitten, dass ihre Mutter Tag und Nacht in der Küche gestanden und nie Zeit für sie gehabt hatte. Damals hatte es noch keine Bar gegeben, aber ein Restaurant, in dem ohne ihre Mutter nichts gegangen wäre, während ihr Großvater das Hotel gemanagt hatte, was zu den Zeiten noch ein gehobenes Haus und kein Hostel gewesen war.

Trotzdem fand Sophie es nicht richtig, dass ihre Mutter sich bis auf gelegentliche Anrufe gar nicht um ihren Vater kümmerte. Sie wusste doch, wie krank er war, ging es Sophie missmutig durch den Kopf. Plötzlich fand sie die Vorstellung, ihre Mutter würde unter dem fernen Tannenbaum sitzen und sich verwöhnen lassen, nicht mehr ganz so romantisch. Sie war kein missgünstiger Mensch und auch keiner, der herumjammerte, aber sie hatte ihrer Mutter gestern Nacht beim pünktlichen Heiligabendanruf ganz deutlich gesagt, sie solle in absehbarer Zeit einmal nach Cairns kommen, weil der Großvater auch nicht jünger und klarer würde. Sophies Mutter hatte diesen Wink mit dem Zaunpfahl einfach ignoriert und ihr von dem wunderbar geschmückten Tannenbaum vorgeschwärmt. Als ihre Mutter den Hörer dann rasch an Clemens weitergegeben hatte, war Sophie ihm gegenüber deutlicher geworden und hatte klipp und klar gesagt, bald könnte es für Besuche zu spät sein. Der Ehemann ihrer Mutter hatte betont, das täte ihm wirklich leid, wenn es dem Großvater nicht so gut ginge, aber das wäre doch eine kleine Weltreise, die gut geplant werden müsste. Daraufhin hatte Sophie es aufgegeben, ihrer Mutter und deren Mann die Dringlichkeit eines zeitnahen Besuchs in Cairns bewusst zu machen. Doch der Groll, der fraß weiterhin an ihr, zumal sie heute Morgen um fünf Uhr aufgestanden war, damit sie es sich überhaupt erlauben konnte, den Großvater auf ein Stündchen zu besuchen. Nun war sie wie immer gespannt darauf, in welchem Zustand sie ihn vorfinden würde, denn das war jedes Mal anders. Manchmal konnte sich sein Befinden binnen weniger Stunden komplett ändern.

Die Ärzte bezeichneten seine Schübe als vaskuläre Demenz. Dass diese Krankheit in wesentlich unvorhersehbareren Bahnen verlief als eine Alzheimer-Erkrankung, hatte Sophie erst mühsam begreifen müssen. Der Zustand ihres Großvaters schwankte zwischen einer nach außen wirkenden geistigen Klarheit und einer kompletten Desorientierung. Wenn er einen klaren Tag hatte, konnte man den Eindruck gewinnen, dass er in diesem Heim völlig fehl am Platz war, weil er weitgehend allein zurechtkam und das Personal mit der Frage nervte, warum er mit all diesen alten verrückten Leuten unter einem Dach leben musste. In solchen Phasen ging es ihm sogar auf die Nerven, dass er auf seiner Station der Hahn im Korb war. In der Mehrzahl wohnten Frauen in diesem Heim, und die meisten von ihnen schwärmten für Benjamin Bedford, der sie, wenn er sich in einem desorientierten Zustand befand, mit seinem Charme geradezu einwickelte. Die Damen verstanden dann die Welt nicht mehr, warum er von einem Tag auf den anderen nur noch seine Ruhe haben und von ihnen nichts mehr wissen wollte. Dass er im halbwegs klaren Zustand eher griesgrämiger Natur war, konnten die alten Damen, die selbst geistig nicht mehr ganz auf der Höhe waren, kaum nachvollziehen. Wenn er sich in dieser Phase befand, war es selbst für Sophie schwerer, mit ihm umzugehen, als bei einem dementen Schub. Er wirkte dann zwar nach außen klar, aber wenn Sophie nachbohrte, wies er auch dann klaffende Gedächtnislücken auf, die er nur besser verbergen konnte, weil er in solchen Phasen im Alltag besser funktionierte.

Zu Sophies großer Erleichterung hatte das Personal volles Verständnis dafür, warum Sophie ihn zuhause nicht mehr hatte betreuen können. Dieser Schritt, ihn in ein Heim zu geben, war ihr sehr schwer gefallen, aber nachdem er mehrfach ihre Gäste rausgeworfen hatte mit der Begründung, sie würden nicht in dem Hotel wohnen, hatte sie keine andere Wahl gehabt. Überdies hatte er immer wieder das Personal an der Rezeption weggeschickt und den Posten selbst übernommen und dann alles durcheinandergebracht. Schließlich hatte sich Sophie keinen Rat mehr gewusst und großes Glück gehabt, eine geeignete Unterbringung für ihn zu finden, weil die Mutter einer Freundin gerade Leiterin des neu errichteten Heims in Westcourt geworden war. Mrs Warden hatte den alten Benjamin Bedford an den Wartelisten vorbei ganz unbürokratisch aufgenommen, obwohl er nicht katholisch war. Das katholische Heim lag ideal in dem ruhigen Vorort und nur sieben Autominuten von der Lakestreet entfernt. Ihr Großvater besaß ein hübsch eingerichtetes kleines Zimmer, in dem Sophie einige seiner Lieblingsmöbel hatte unterbringen können. Das Schönste für ihn war jedoch der riesige Flachbildfernseher, der zu dem Zimmer gehörte. Die Unterkunft war nicht billig, aber Sophies Großvater hatte ein wenig Geld gespart, das noch für ein paar Monate reichen würde. Wie sie danach zu allem Überfluss auch noch die Heimkosten aufbringen sollte, wusste Sophie nicht, aber den Gedanken wollte sie auch noch gar nicht an sich herankommen lassen. Sie war ein Mensch, der Probleme lieber löste, wenn sie anstanden, und sich nicht schon im Vorwege den Kopf darüber zerbrach.

Im Augenblick wusste sie nicht, was sie unternehmen sollte, um an Geld zu kommen, sondern nur das, was sie nicht tun würde!

Aus dem Gemeinschaftsraum erklangen helle Kinderstimmen. Neugierig warf Sophie einen Blick durch die Tür. Andächtig lauschten die Bewohner dem Carol-Singen der örtlichen Grundschule. Sie hätte sich gern dazugesetzt und den Weihnachtsliedern gelauscht, aber ihren Großvater entdeckte sie zu ihrem großen Bedauern nicht unter den Anwesenden. Dafür traf sich ihr Blick mit dem von Schwester Valerie, die für ihren Großvater zuständig war. Valerie winkte Sophie zu, stand von ihrem Stuhl auf und kam sichtlich erfreut auf sie zu. Sie war eine große, kräftige Person, in deren Gesichtszügen ihre Aborigines-Herkunft erkennbar war.

»Frohe Weihnachten«, begrüßte sie Sophie fröhlich.

»Dir auch frohe Weihnachten. Warum ist Großvater denn nicht beim Singen?«

Valerie verdrehte die Augen. »Er hat sich beleidigt in sein Zimmer zurückgezogen, weil er Weihnachten nicht nachhause darf.«

»O je, wie kommt er denn jetzt darauf? Ich hatte doch ganz ausführlich mit ihm besprochen, dass im Hostel nur Party ist und er bei euch wesentlich besser versorgt ist. Ich könnte ihm nicht mal sein geliebtes Lamm zubereiten«, seufzte Sophie.

»Tja, über den Truthahn, den es heute Abend geben soll, hat er sich auch schon mokiert. Wahrscheinlich hat er vergessen, dass du mit ihm darüber geredet hast, aber ansonsten ist er wohl einigermaßen klar und wahnsinnig schlecht gelaunt. Hat schon zum Frühstück einige Damen vor den Kopf gestoßen, weil er ihre Geschenke nicht wollte.«

»Die armen Frauen. Dass sie auch immer wieder auf seinen Charme reinfallen.«

Valerie lachte herzlich über Sophies kleinen Scherz.

»Bleibst du zur Bescherung?«

»Wann ist die denn?«

»Nach dem Singen. Wäre schön, wenn er dabei sein könnte. Und wenn du ihn an die Hand nimmst, geht er vielleicht mit«, schlug Valerie ihr vor.

»Gut, dann werde ich mal versuchen, ihn zu seinem Glück zu überreden«, sagte Sophie und setzte ihren Weg fort. Ihr Großvater wohnte am Ende des Flurs. Sie klopfte an seine Tür, denn er konnte es nicht leiden, wenn jemand einfach so in sein Zimmer kam. Das konnte Sophie sehr gut verstehen.

Erst als er mit seiner immer noch klaren und durchdringenden Stimme »Herein!« rief, betrat sie sein Zimmer. Er sah blendend aus, wie immer, wenn er sich in einer einigermaßen guten Verfassung befand. Benjamin Bedford war sehr groß, schlank, hatte schlohweißes volles Haar und eine sonnengebräunte Haut, die ihn immer gesund wirken ließ. Das lag daran, dass er manchmal stundenlang draußen im Park saß, ohne sich mit einem Sonnenhut zu schützen. Wenn Sophie ihn ermahnte, das sei total ungesund und würde Hautkrebs befördern, pflegte ihr Großvater in schallendes Gelächter auszubrechen und dann darauf hinzuweisen, dass er zu alt für solche Ermahnungen sei. Hier sei es nicht die Frage, ob er den Hautkrebs überlebe, sondern der Krebs ihn.

Trotzdem kaufte ihm Sophie zu Weihnachten jedes Jahr einen neuen Sonnenhut, denn die alten waren stets auf dubiose Weise unauffindbar. Auch in diesem Jahr hatte sie eine Kopfbedeckung für den Sonnenanbeter dabei. Dieses Mal eine Baseballkappe in der Hoffnung, dass er die eher aufsetzen würde als so einen komischen Hut.

Aus dem laufenden Fernseher dröhnte eine der zahlreichen billigen Weihnachtsshows.

»Darf ich den Fernseher ausstellen?«, fragte Sophie, denn diese Sendungen konnte sie nicht mal dem Großvater zuliebe ertragen.

»Meinetwegen«, brummte er. »Und warum kommst du erst jetzt? Wir müssen noch so viel vorbereiten zuhause.«

Sophie wollte schier das Herz brechen. Sie nahm seine Hand und streichelte sie. »Gramp, ich kann dich nicht mit nachhause nehmen. Das haben wir doch alles besprochen. Ich muss ganz viel arbeiten. Und hier ist gleich Bescherung, und es gibt tolles Essen.«

Sophies Großvater verschränkte abwehrend die Arme vor der Brust. »Und wer macht mir Lamm? Wenn ich mein Lamm nicht bekomme, will ich auch keine Geschenke«, erklärte er trotzig.

»Ach, Gramp, nun sei doch nicht so stur. Kein Mensch außer dir will an Weihnachten Lamm …« Sie hielt inne. In der Tat, schon als Kind hatte sie sich darüber gewundert, dass es bei ihren Großeltern zu Weihnachten Lamm gegeben hatte, und plötzlich fiel ihr die neuseeländische Sippe ein. Dahin würde so ein Brauch passen, dachte sie und fügte in Gedanken hinzu, dass es dort ja wohl nichts anderes zu essen gab. Das war natürlich übertrieben, und das wusste sie auch. Viele ihrer Freunde waren über die Feiertage schon einmal nach Neuseeland gereist und hatten von dem guten Essen geschwärmt. Außerdem kamen immer wieder neuseeländische Gäste in ihr Hostel. Sie selbst war zu ihrem großen Bedauern noch nie in Neuseeland gewesen, wie sie überhaupt in den vergangenen Jahren eigentlich gar nicht mehr im Urlaub gewesen war. Trotzdem war es ungewöhnlich, dass man in Cairns Lamm statt Truthahn zu Weihnachten aß.

»Sag mal, Gramp, wieso isst du an Weihnachten eigentlich so gern Lamm?«, fragte sie lauernd.

»Warum wohl? Weil man das zu Weihnachten eben isst. Deine

Granny Charlotte hat auch immer behauptet, dass zu Weihnachten Truthahn gehört, aber Mum, die wusste, was richtig ist, die konnte den besten Lammbraten der Welt zubereiten, mit Minzsoße und Süßkartoffeln. Und das hat so gut gerochen …« Ihr Großvater hielt inne und blickte schwärmerisch in die Ferne, während Sophie kurz der Atem stockte.

»Wen meinst du denn mit Mum? Granny Charlotte war doch deine Mutter, oder?«, hakte sie nach. Wenn sie recht überlegte, hatte er in der Vergangenheit schon öfter einmal von Mum gesprochen, aber Sophie hatte stets vermutet, dass er von ihrer Urgroßmutter Granny Charlotte redete. Und noch etwas fiel ihr siedend heiß ein. Dass er sie in verwirrten Phasen manchmal mit »Mum« ansprach, was er aber jedes Mal sofort unterließ, wenn sie ihm sagte, dass sie seine Enkelin Sophie sei. Sie hatte sich stets darüber gewundert, weil sie so gar keine Ähnlichkeit zwischen sich und Granny Charlotte entdecken konnte. Sie kannte ihre Urgroßmutter zwar nur von Fotos, aber sie glichen einander nicht annähernd. Nicht einmal auf Fotos, auf denen die Urgroßmutter noch jung war. Granny Charlotte war schon immer eine kräftige Person mit gekräuseltem Haar gewesen. Doch nun sah Sophie diese Sache auf einmal mit ganz anderen Augen.

»Wenn du von Mum sprichst, meinst du doch Granny Charlotte, oder nicht?«, fragte sie noch einmal provozierend nach.

»Unsinn! Granny Charlotte ist doch nicht Mutter. Mum ist …« Er kämpfte mit den Tränen. Um Gottes willen, was habe ich da bloß angerichtet, fragte sich Sophie und bedauerte zutiefst, dass sie ihrer Neugier nachgegeben hatte. Hektisch holte sie eines ihrer Mitbringsel hervor und drückte es ihm in die Hand.

»Schau mal, Gramp, was ich hier für dich habe«, flötete sie in der Hoffnung, dass sie ihn damit ablenken konnte. Er aber würdigte das Geschenk keines Blickes. »Mum hat mir einmal ein Schaukelpferd geschenkt. Dabei war ich schon viel zu groß dafür, aber ich habe so getan, als wäre es das schönste Geschenk der Welt«, sagte er mit leuchtenden Augen.

Sophie kämpfte mit sich. Sollte sie ihn jetzt krampfhaft ablenken oder es riskieren, weiter nachzufragen, auch auf die Gefahr hin, dass ihn dieses Thema emotional derart aufwühlte, dass ihm die Tränen kamen? Sie entschied sich für Letzteres.

»Wo ist denn das Schaukelpferd geblieben? Ist es vielleicht auf unserem Dachboden? Soll ich mal nachschauen?«, fragte sie lauernd.

Ihr Großvater warf ihr einen unwirschen Blick zu. »Nein, es ist in Pounamu geblieben.« Seine Miene wurde plötzlich abweisend. »Ich will gar nichts mehr davon hören! Pounamu ist gestorben! Sie ist nicht wiedergekommen. Verstehst du?« Wie erstarrt sah er durch sie hindurch, während sein Kiefer mahlte und er die Hände zur Faust ballte.

Sophie wurde mulmig zumute. Zu gern hätte sie ihn gefragt, was sich hinter diesem Pounamu verbarg, das er zuvor noch nie erwähnt hatte, aber das würde ihn sicherlich nur noch mehr aufregen.

In dem Augenblick erhellte sich die Miene ihres Großvaters, und er griff nach dem Geschenk.

»Ich weiß, was das ist«, lachte er. »Du gibst wohl nie auf, oder?«

Sophie hatte einige Schwierigkeiten, diesem Stimmungswechsel ihres Großvaters zu folgen, aber sie rang sich zu einem Lächeln durch.

»Dann pack es aus!«, ermunterte sie ihn.

Ihr Großvater riss das Papier wie ein ungeduldiges Kind in Fetzen und hielt triumphierend die Baseballkappe hoch.

»Und die soll ich nun aufsetzen?«, fragte er schelmisch.

»Nur, wenn du in die Sonne gehst. Komm, probiere sie mal aus.«

Der Großvater setzte sich die Kappe umgedreht auf den Kopf und grinste. »Guck mal, das machen doch die jungen Burschen so gern. Na, wie sehe ich aus?«

»Zwanzig Jahre jünger. Die Damen werden dir zu Füßen liegen«, lachte Sophie.

»Dann nehme ich sie schnell wieder ab«, entgegnete er, während sich seine Miene verfinsterte. »Bitte nimm mich mit nachhause. Ich mache auch keinen Unsinn mehr«, bat er nun so flehend, dass Sophie Mühe hatte, nicht selbst in Tränen auszubrechen.

»Gramp, das geht doch nicht. Ich habe so viel Arbeit, dass ich mich gar nicht um dich kümmern kann.«

»Aber ich will nicht ins Heim. Ich verspreche, dass ich schweigen werde. Ich, ich …« Er begann am ganzen Körper zu zittern. Sophie fröstelte, obwohl es draußen nach einem morgendlichen Regenguss wieder dreißig Grad hatte und es auch im Zimmer ihres Großvaters trotz Klimaanlage nicht gerade kühl war.

Doch auch diesen Ausbruch ihres Großvaters betrachtete Sophie nun mit ganz anderen Augen. Er hatte in der Vergangenheit schon öfter mal unter Tränen gesagt, dass er nicht ins Heim wolle. Sie hatte das bislang ausschließlich auf das Pflegeheim bezogen, aber vielleicht war ja auch das Waisenhaus gemeint.

»Gramp, hast du Angst vor dem Kinderheim?«, fragte Sophie, während ihr das Herz bis zum Hals klopfte. Sie kam sich gerade ein wenig heuchlerisch vor, dass sie ihm nun dieselben Fragen stellte, die sie Tim und seiner Familie verwehrte, damit ihr Großvater sich ja nicht aufregte. Und nun konfrontierte sie ihn ganz direkt damit, obwohl sie doch sah, wie sehr ihn die Erinnerung daran aufwühlte.

Ihr Großvater nickte eifrig. »Ich habe doch nichts getan. Wenn ich nur bei Mum bleiben darf, dann verrate ich keinem, was er getan hat. Er kann mich doch nicht einfach in der Fremde lassen. Hier sind so viele Kinder, und es ist so laut.«

Mit diesem Gespräch verflüchtigte sich Sophies allerletzter Hoffnungsschimmer, ihr Großvater wäre nur das Opfer einer Verwechslung geworden. Sie musste sich wohl mit dem Gedanken abfinden, dass ihr australischer Großvater in Wahrheit ein Neuseeländer war, der ein dunkles Geheimnis mit sich herumtrug. Durfte sie trotz dieser Gewissheit wirklich Schicksal spielen und der alten Dame, die wohl tatsächlich seine Schwester war, einen Besuch bei ihrem Großvater verweigern? Als sie zu ihrem Telefon griff, war sie nicht ganz sicher, welches Motiv bei ihrer Entscheidung überwog, den Parkers den Aufenthaltsort ihres Großvaters zu verraten: das Mitgefühl mit der alten Dame oder der Wunsch, Tim noch einmal wiederzusehen. An der Rezeption des Hostels teilte man ihr allerdings mit, dass die Gäste aus dem Gartenhaus gerade eben ausgecheckt hätten, doch das konnte Sophie nicht von ihrem Entschluss abhalten. Schließlich wusste sie, wo sie die neuseeländische Verwandtschaft finden würde. Zunächst einmal musste sie ihren Großvater jedoch dazu bewegen, mit ihr zur Bescherung zu gehen. Sie hoffte, dass ihn die Gesellschaft der anderen darüber hinwegtrösten würde, dass sie ihn bald verlassen musste. Dafür wäre es allerdings von Vorteil, wenn er ins Hier und Jetzt zurückkehren würde. Ihr Großvater starrte nämlich geistesabwesend ins Leere. Sie vermutete, dass er in Bildern seiner Vergangenheit gefangen war.

»Gramp, woran denkst du gerade?«, erkundigte sich Sophie vorsichtig.

Ein Lächeln huschte über sein Gesicht. »Ich bin gespannt, was du zu meinem Geschenk sagst.«

Sophie fiel ein Stein vom Herzen, denn das klang danach, als wüsste er wieder, dass Weihnachten war.

»Willst du mir das nicht gleich bei der Bescherung geben?«

Seine Miene verfinsterte sich. »Müssen wir dahin? Dann schenken mir alle was, und ich habe doch gar nichts für sie.«

»Das erwartet auch keiner von dir. Aber deine Nachbarinnen würden sich ganz sicher freuen, wenn du ihre Präsente annimmst. Komm.« Sophie reichte ihm den Arm, um ihm aus dem Sessel zu helfen. Ihr Großvater ließ sich von seiner Enkelin unterstützen und ging dann zu seinem Schrank. Er holte ein kleines Säckchen hervor, das Sophie wohlbekannt war. Darin bewahrte er wunderschöne dunkelgrüne Jadesteine auf, die sie schon als Kind bewundert hatte. Er hatte sie stets wie einen Schatz gehütet und die Steine seiner Enkelin hin und wieder voller Stolz gezeigt, um das Säckchen dann wieder in den Tiefen seines Schranks verschwinden zu lassen. Sophie wäre niemals auf den Gedanken gekommen, ihm diese Steine mit ins Heim zu geben, doch er war an dem Tag des Umzuges ins Heim sogar noch einmal ins Haus zurückgegangen, um den Beutel zu holen. Sophie hatte sich manches Mal gewünscht, er würde ihr wenigstens einen davon schenken, aber sie hatte sich nicht getraut, ihn darum zu bitten. Deshalb freute sie sich umso mehr, dass er ihr zumindest einen davon nun zu Weihnachten schenken würde.

Er ließ das Säckchen verstohlen in seiner Hosentasche verschwinden, bevor er sich bei ihr unterhakte.

»Nun lass uns endlich Weihnachten feiern«, sagte Benjamin Bedford mit einem Ausdruck von kindlicher Vorfreude in der Stimme.

Arm in Arm schlenderten Sophie und ihr Großvater zu dem Gruppenraum, in dem die Kinder der Grundschule gerade ihr letztes Weihnachtslied »Hark, the Herald Angels Sing« zum Besten gaben. Die beiden blieben in der Tür stehen, um nicht zu stören. Sophie drückte gerührt die Hand des alten Mannes, der den Kindern gebannt zuhörte.

Als der letzte Applaus verklungen war, bedankte sich Mrs Warden bei dem Schulchor und leitete zur Bescherung über, die sie damit eröffnete, dass sie jedem Heimbewohner ein Geschenk des Hauses überreichte. In den liebevoll verpackten Tüten befanden sich selbstgebackene Weihnachtskekse.

Während ihr Großvater damit beschäftigt war, sich einen in den Mund zu stecken, holte Sophie ihr zweites Geschenk für ihn aus der Tasche. Es war ein Bildband über eine Reise durch den Regenwald mit der Eisenbahn. Ihr Großvater liebte Züge über alles und war diese Strecke mehr als einmal mit ihr zusammen gefahren.

Die Heimleiterin forderte nun die Bewohner auf, sich ihre Geschenke gegenseitig zu überreichen, und machte den Anfang, indem sie ihre Mitarbeiter beschenkte. Es herrschte eine sehr harmonische Atmosphäre im Raum, die sich auch auf das Gemüt von Benjamin Bedford positiv auswirkte. Er rang sich sogar ein Lächeln ab, als seine Nachbarin Elly auf ihn zustürzte und ihm ein selbstbesticktes Kissen überreichte. Doch das war erst der Anfang. Von allen Seiten kamen die Damen, die noch laufen konnten, herbeigeeilt und beschenkten den lieben Benjamin. Sophie musste sich ein Grinsen verkneifen, als sie ihren Blick über die diversen Handarbeiten schweifen ließ. Von einem Kunstblumengesteck bis zu einem selbstgenähten Teddybären war alles dabei, und ihr Großvater zeigte sich überaus dankbar, worüber sich die alten Damen riesig freuten. Sophie hätte auch nichts dagegen einzuwenden, wenn sich ihr Großvater mit einer seiner Mitbewohnerinnen enger zusammentun würde, aber eine derartige Verbindung wies er weit von sich. Wenn überhaupt, dann käme nur Elly in Frage, weil sie ihn entfernt an seine Frau erinnerte. Für ihn hatte es nur eine Frau gegeben, Sophies viel zu früh verstorbene Großmutter Lilly.

So niedlich Sophie die Geschenkarie der Mitbewohnerinnen auch fand, langsam geriet sie ein wenig unter Druck. Wenn sie die Neuseeländer noch kontaktieren wollte, blieb ihr nicht mehr allzu viel Zeit bei ihrem Großvater. Deshalb schob sie ihm, kaum dass sich die letzte Dame entfernt hatte, ihr Präsent hin, das er mit sichtlicher Freude öffnete. Dieses Mal riss er das Papier auch nicht wie ein ungeduldiger Junge herunter, sondern ließ sich Zeit. Als er das Buch in den Händen hielt, begannen seine Augen zu leuchten, bevor er sie gerührt in die Arme schloss. »Du bist die beste Enkelin«, flüsterte er ihr zu.

»Du hast nur die eine«, raunte sie lachend zurück.

Mit feierlicher Miene holte er nun das Säckchen hervor und reichte es ihr. Sophie strahlte ihn an. »Was meinst du, wie oft ich schon einen davon klauen wollte«, scherzte sie.

»Ich konnte dir die Steine nicht früher geben, weil ich sie doch für Mum aufbewahren sollte, aber sie kommt nicht mehr«, erklärte er ernst.

Sophie wusste nicht so recht, was sie dazu sagen sollte. Vor allem konnte sie nicht beurteilen, ob er fantasierte oder die Wahrheit sagte.

Behutsam öffnete sie das Säckchen und nahm einen der Steine heraus. »Ist der schön«, rief sie begeistert aus. »Und du willst mir wirklich alle schenken?«

Er nickte. »Sie kommt nicht mehr aus dem Krankenhaus zurück. Jetzt gehören sie dir.«

»Wer kommt nicht mehr zurück, Gramp?«, fragte sie leise.

»Mum«, erwiderte er wie in Trance.

Sophie nahm sich fest vor, ihn nicht mit weiteren Fragen zu quälen. Sie hielt stattdessen den Stein ins Licht. »Er ist wirklich wunderschön.«

»Sie wachsen im Fluss hinter dem Haus, weißt du? Und Mum hat mit mir welche vom Grund gepflückt und gesagt, sie will mit mir weit fortgehen und ich soll im Wagen warten. Und die Steine darf ich nur ihr geben, hat sie gesagt. Ich habe sie dann in meinem Anorakfutter versteckt. Mr Warner hat sie später dort gefunden, aber er hat sie für mich aufbewahrt. Aber den hier …«, er holte feierlich ein fast schwarzes Amulett aus der Hosentasche, das wie eine halbierte Acht aussah, und zeigte es ihr, ohne es aus der Hand zu geben. »Das habe ich auf dem Boden der Werkstatt noch gefunden. Schau, das Lederband ist zerrissen, meine Mutter hat es getragen an dem Tag, an dem ich sie das letzte Mal gesehen habe, und es wird bald dir gehören und dir hoffentlich mehr Glück bringen als ihr, wenn ich tot bin.«

»Gramp, was redest du denn da für dummes Zeug? Du wirst nicht so bald sterben.«

Der Großvater beugte sich zu ihr hinüber und flüsterte ihr etwas ins Ohr, von dem sie nur ein paar Brocken verstand wie: »Mum hat im Traum nach mir gerufen, und sie sah aus wie ein Engel.« Mit diesen Worten küsste er das Amulett und ließ es hastig wieder in der Hosentasche verschwinden. Sophie rieselte ein kalter Schauer über den Rücken.

Sie griff nach seiner Hand und drückte sie fest. »Gramp, du hast schlecht geträumt.« Es tat ihr in der Seele weh, dass sie ihn nun verlassen musste, wenn sie der neuseeländischen Sippe noch einen Überraschungsbesuch abstatten wollte. Und das erschien ihr nach allem, was der Großvater in der letzten Stunde von sich gegeben hatte, mehr als vernünftig.

Sie küsste und herzte den alten Mann, aber sie vermied es, ihm in die Augen zu sehen, denn der Schmerz, der aus ihnen sprach, würde sie arg in Versuchung bringen, das Hostel Hostel sein zu lassen und sich lieber einen schönen Abend mit ihrem Großvater zu machen.

Nachdem sie sich von ihm verabschiedet hatte, nahm sie sich fest vor, sich in der Tür nicht noch einmal umzudrehen, aber sie konnte nicht anders. Es fiel ihr förmlich ein Stein vom Herzen, als sie beobachtete, wie die gute Elly sich nun neben ihn setzte und seine Hand nahm. Und das Tröstliche daran war, dass der ganze Schmerz aus seinem Gesicht wich und er sie anlächelte.

21. Kapitel

In einem Punkt waren sich Granny Omaka, Mila, Tim und Jonah einig: Das neue Apartment war um Längen besser als die Schuhbox, wie Mila das Zimmer im Hostel getauft hatte.

Die Wohnung war geräumig, besaß eine offene moderne Küche und einen lichten Wohnraum, von dem zwei Doppelzimmer mit eigenen Bädern abgingen. Der Hit aber war ein großer Balkon mit Blick auf das Wasser. Nachdem sie ihre Sachen ausgepackt hatten, machten sie es sich draußen an einem Tisch gemütlich, um zu beratschlagen, wie es weitergehen sollte. Dazu aßen sie die Sandwichs, die sie sich auf dem Weg hierher gekauft hatten, weil sie ja das Frühstück im Hostel verpasst hatten, und tranken Tee.

»Also, was machen wir heute?«, fragte Mila in die Runde, wobei ihr Blick etwas länger als nötig bei Jonah verweilte.

»Was für eine Frage. Wir treffen meinen Bruder. Was sonst?«, rief Granny Omaka wild entschlossen aus.

Daraufhin warf Mila Tim einen aufmunternden Blick zu nach dem Motto: Nun müssen wir es ihr sagen!

Tim räusperte sich ein paar Mal, bevor er seiner Großmutter von der Begegnung mit Sophie berichtete. Er versuchte es in einem möglichst neutralen Ton, um sich nicht anmerken zu lassen, was für einen Eindruck die ferne Verwandte auf ihn gemacht hatte. Er spürte allerdings selbst, dass ihm das nicht ganz gelingen wollte.

Granny Omaka aber schnaubte nur abfällig: »Eure neue Cousine kann uns gar nichts verbieten!«

»Sie ist nicht unsere Cousine«, gab Tim irritiert zurück.

»Was denn?«, fragte Jonah.

»Das ist doch ganz einfach. Unsere Großeltern sind Geschwister. Das heißt, Sophie und wir sind Cousinen und Cousins zweiten Grades«, erklärte ihm Mila ungerührt.

»Dürfte er sie denn heiraten?«, fragte Jonah grinsend.

»Du stellst Fragen. Mein Bruder und heiraten«, entgegnete Mila kopfschüttelnd.

»Es dürfen sogar Cousin und Cousine ersten Grades heiraten«, mischte sich Granny Omaka ein. »Aber statt darüber zu grübeln, wer wen heiraten darf, sollten wir lieber überlegen, wie wir herausbekommen können, wo mein Bruder sich befindet. In dem Hotel ist er nicht. Das hätte ich gespürt.«

»Das glaube ich auch nicht. Dann hätte mich Sophie nicht auf ihre Terrasse eingeladen«, bemerkte Tim nachdenklich.

»Und wie sieht sie aus? Ist sie hübsch, oder gilt das Verbot, mich deinen weiblichen Verwandten zu nähern, auch für die Seitenlinien? So, wie du von ihr schwärmst, scheint sie sehr attraktiv zu sein«, scherzte Jonah.

Obwohl das offenbar witzig gemeint war, fand Mila das nach allem, was gestern zwischen ihnen auf der Parkbank vorgefallen war, ganz und gar nicht lustig. Sie spürte sofort, wie sie eifersüchtig auf die unbekannte Verwandte zweiten Grades wurde.

»Sie hat dasselbe blonde Haar wie Mila«, entgegnete Tim ausweichend.

»Das spricht für sie«, scherzte Jonah, der nicht merkte, dass seine Späße gerade bei keinem der Anwesenden gut ankamen. Besonders bei Tim nicht, dachte Mila. So nett, wie er über diese Cousine sprach, die ihnen doch immerhin den Kontakt zu Grannys Bruder verwehren wollte, schien sie als Frau für seine Verhältnisse mächtig Eindruck bei ihm hinterlassen zu haben. Das hatte Jonah offenbar durchaus richtig erkannt.

»Kinder, jetzt lasst uns doch mal überlegen, wie wir ohne diese wenig hilfsbereite junge Dame Kontakt zu meinem Bruder aufnehmen können. Ich habe die weite Reise nicht gemacht, um unverrichteter Dinge zurückzukehren«, erklärte Granny Omaka nun mit Nachdruck.

»Wir sollten abwechselnd in dem Hostel aufkreuzen und beobachten, wer ins Haus geht oder es verlässt. Ich meine, es ist Weihnachten, da wird sie ja wohl mal ein paar Stunden mit ihrem Großvater verbringen«, schlug Jonah vor.

»Ach ja, und den Anfang machst du, um dir ein persönliches Bild von ihr zu machen, oder?«, erwiderte Mila spitz.

Jonah warf ihr einen erschrockenen Blick zu. »Sorry, ich drängele mich ganz bestimmt nicht vor. Du kannst auch den Anfang machen!«

»Kein Bedarf. Ich bin nicht scharf darauf, die blöde Kuh kennenzulernen.« Mila konnte sich nicht helfen, aber sie verspürte aus diversen Gründen eine gewisse Abneigung gegen diese Frau. Ganz besonders, weil Jonah sich so interessiert nach ihr erkundigt hatte. Das ärgerte sie maßlos, vor allem, nachdem sie so heftig miteinander geknutscht hatten.

»Ich kann sie sogar irgendwo verstehen, dass sie uns nicht zu ihm lässt«, bemerkte Tim mit Nachdruck. »Weißt du, ob wir Granny nicht auch vor einer Invasion australischer Verwandter beschützen würden? Vielleicht hat sie einfach Angst, dass es ihn zu sehr aufregt, wenn plötzlich eine angebliche Schwester bei ihm auftaucht.«

»Junge, Junge, du legst dich für diese Cousine aber so richtig ins Zeug«, bemerkte Jonah grinsend.

»Unsinn! Ich war auch sauer, als sie mich weggeschickt hat. Aber deshalb ist sie noch lange keine blöde Kuh.«

»Das hat Mila doch gar nicht so gemeint«, versuchte Jonah sie zu verteidigen.

»Doch, doch, das habe ich genauso gemeint, wie ich es gesagt habe. Wie kommt sie dazu, über den Kopf ihres Großvaters hinweg zu bestimmen, dass er seine neuseeländische Familie nicht sehen darf? Das kann ich überhaupt nicht nachvollziehen. Sie weiß doch wohl, dass wir die weite Reise extra deshalb gemacht haben und dass wir auch geschockt sind. Ich meine, sie kann doch unsere Granny nicht einfach wegschicken.«

»Ach, meinst du wirklich? Stell dir doch mal vor, es wäre umgekehrt. Ich möchte dich mal erleben, meine liebe Schwester, wenn Weihnachten plötzlich ein paar Australier vor der Tür stehen und behaupten, Großmutter hätte einen Bruder. So wie ich dich kenne, hättest du sie keinen Schritt über die Schwelle machen lassen aus lauter Sorge, Granny könnte einen neuerlichen Infarkt erleiden.«

»Das kannst du doch nicht vergleichen. Granny hatte wirklich gerade einen Infarkt, und das wäre ja wohl ein komischer Zufall, wenn dieser Bruder auch akut was mit dem Herzen hätte!«

»Aber der Mann ist ein paar Jährchen älter als unsere Granny. Da kann man schon mal Sorge haben, wenn sich so ein älterer Herr womöglich über die Maßen aufregt!«

Mila musterte ihren Bruder angriffslustig, obwohl sie insgeheim ahnte, dass ihr Zorn mehr Jonah galt als ihrem Bruder, denn natürlich hatte er ins Schwarze getroffen. Wahrscheinlich hätte sie solchen Störenfrieden tatsächlich die Tür vor der Nase zugeknallt, aber ihr ging das Getue der beiden Männer um diese Sophie nun einmal mächtig gegen den Strich.

»Hat sie dich als Anwalt engagiert, oder was?«, fragte sie bissig.

»Kinder, jetzt hört endlich auf zu streiten. Ich finde Jonahs Idee, Benjamins Enkelin zu beschatten, gar nicht so verkehrt, und wenn ihr euch nicht einigen könnt, wer den Anfang macht, übernehme ich das jetzt.«

»Kommt gar nicht in Frage«, widersprachen ihr Mila und Tim wie aus einem Mund.

Ohne sich um den Protest ihrer Enkel zu kümmern, stand die Großmutter auf und verließ entschlossen den Balkon.

Jonah blickte zwischen Mila und Tim hin und her. »Tja, wenn ihr mich fragt, wir sollten sie nicht allein gehen lassen. Dann werde ich sie wohl mal begleiten, solange ihr euch die Köpfe einschlagt.«

»Du kannst es wohl gar nicht mehr erwarten, unsere Cousine kennenzulernen«, stichelte Mila.

»Genau, du bleibst schön hier! Das ist allein meine Sache, mich um meine Granny zu kümmern!«, fauchte Tim seinen Freund an.

Die drei waren so mit ihrem kleinen Geplänkel beschäftigt, dass sie gar nicht mitbekamen, wie es an der Tür ihres Apartments klingelte.

22. Kapitel

Mila erblickte den Gast als Erste und ahnte, dass die junge Frau, die plötzlich auf dem Balkon auftauchte, gefolgt von einer blassen Granny Omaka, keine Geringere als jene Sophie sein musste. Sie fand allerdings, dass die Besucherin keine Ähnlichkeit mit ihr besaß. Allenfalls stimmte die Haarfarbe überein, ein helles Weizenblond.

Jonah fraß Sophie mit seinen Blicken förmlich auf, während Tim ihrem Blick krampfhaft auswich.

»Darf ich euch Sophie vorstellen?«, fragte die Großmutter sichtlich aufgeregt. »Sie ist gekommen, um mit uns zu reden.«

»Willst du uns erklären, warum wir Grannys Bruder nicht sehen dürfen?«, fragte Mila spitz, was ihr von allen Seiten mahnende Blicke einbrachte. Sie kam sich ja selber ein wenig überspannt vor, dass sie so zickig auf ihre entfernte Cousine reagierte, aber sie traf bei ihr nun einmal einen wunden Punkt, und Mila ahnte auch schon, wie dieser Punkt hieß: Eifersucht!

»Ich habe es mir anders überlegt«, erwiderte Sophie und musterte Mila kühl. »Und wer bist du?«

»Ich bin Mila, Tims Schwester.«

»Und ich bin Jonah, Tims bester Freund«, stellte sich Jonah ungefragt vor. Tims bester Freund, dachte Mila erbost. Gut, sie erwartete nicht, dass Jonah sich Sophie gegenüber outete als jener Mann, der gestern noch heiß mit ihr geknutscht hatte, aber ein *Freund der Familie* hätte netter geklungen.

»Tim, kannst du mal einen fünften Stuhl von drinnen holen, damit sich Sophie zu uns setzen kann?«, fragte die Großmutter, woraufhin Tim sofort aufsprang. Er vermied immer noch, Sophie anzusehen, was Mila äußerst verdächtig vorkam. Tim scheute sich ansonsten nicht, Frauen in die Augen zu sehen.

Offenbar hatte sie nicht nur Jonah den Kopf verdreht, sondern auch ihrem Bruder, mutmaßte Mila. Dabei ärgerte sie sich am meisten über sich selbst und ihre negativen Gefühle. Diese Sophie hatte ihr doch gar nichts getan. Warum musste sie sich so stutenbissig benehmen? Das war doch sonst nicht ihre Art! Zumal sie sich schon von Kindesbeinen an eine Schwester gewünscht hatte und nun wenigstens eine Cousine bekam. Doch ihre Abneigung gegen diese Fremde war so intensiv, dass sie nichts dagegen ausrichten konnte. Besonders als Sophie sich jetzt wie selbstverständlich auf Tims Stuhl und neben Jonah setzte, der sie immer noch anhimmelte.

»Ihr beiden könntet glatt als Schwestern durchgehen«, bemerkte er schließlich zu Milas großem Ärger. War er so dumm, oder tat er nur so? Sie hatten völlig unterschiedliche Gesichtszüge: Sophie hatte eine Stupsnase, Mila dagegen eine recht große Nase, Sophie hatte helle blaue Augen, Mila braune, Sophies Lippen waren eher schmal, Milas Mund war herzförmig.

Auch Sophie warf ihm einen kritischen Blick zu und runzelte die Stirn. »Vielleicht sieht man das bei sich selbst nicht so, aber ich finde, außer der Haarfarbe haben wir nichts gemeinsam, oder?«

Wenigstens in diesem Punkt herrscht Übereinstimmung zwischen uns, dachte Mila grimmig.

»Nichts würde ich so nicht sagen«, widersprach Jonah grinsend.

»Da spricht aber der Spezialist in Frauenfragen«, erwiderte Mila in scharfem Ton und rang sich schnell zu einem Lächeln durch, denn sie wollte unbedingt vermeiden, dass die anderen sie für zickig hielten.

»Also, ich kann mich Jonahs Meinung nicht anschließen. Ich finde, ihr beiden habt kaum Ähnlichkeit«, bemerkte Tim.

»Was für ein blödes Thema«, schimpfte Mila.« Viel interessanter ist doch, was dich zu uns führt. Hast du eingesehen, dass dein Großvater nicht dein Eigentum ist, sondern dass meine Granny und wir ein Recht haben, ihn kennenzulernen?« Mila wusste schon, kaum dass sie den Satz beendet hatte, dass sie sich im Ton vergriffen hatte, aber sie schaffte es nicht, sich zu bremsen.

»Ich habe ihn niemals als mein Eigentum betrachtet, sondern hatte lediglich Sorge, dass ihn euer Besuch zu sehr aufregen würde, zumal ich meine Zweifel hatte, ob ihr ihn nicht vielleicht doch verwechselt habt«, entgegnete Sophie in sachlichem Ton.

Mila wiederum regte diese Coolness ihrer Cousine fürchterlich auf. Ihr wäre lieber, sie würde den Fehdehandschuh aufnehmen und zurückschießen. Aber es wäre wohl ganz gleich, wie Sophie reagiert, dachte Mila bekümmert, diese Frau nervte sie durch ihre bloße Anwesenheit.

»Und die hast du nicht mehr? Deine Zweifel? Du glaubst uns? Hältst uns nicht mehr für kriminelle Erbschleicher?«, hakte Tim nach, nachdem er Mila einen warnenden Blick zugeworfen hatte.

»Nein, tut mir auch leid, dass ich so misstrauisch war, aber was würdest du wohl denken, wenn plötzlich ein paar Australier vor deiner Tür stehen und behaupten würden, sie seien deine Verwandten?« Sie schenkte Tim ein warmes Lächeln, das er zu Milas Verwunderung in einer Art erwiderte, wie sie es bei Tim noch nie zuvor erlebt hatte. Keine Frage, ihr Bruder stand auf Sophie, und was viel wichtiger war, sie offenbar auch auf ihn! Ein Grund, sich zu entspannen, schoss es ihr durch den Kopf, als sie Jonahs Jägerblick, wie Tim das Taxieren seines Freundes zu nennen pflegte, auffing. Mila fand allerdings, dass sich die Freunde in dem Punkt in nichts nachstanden. Tim beherrschte diesen Blick auch perfekt, aber bei ihm war es ihr egal. Und auch bei Jonah konnte sie ansonsten damit umgehen. Warum das bei Sophie anders war, konnte sie sich beim besten Willen nicht erklären.

»Ich hätte meine Großmutter auch vor potenziellen Kriminellen beschützt«, erklärte Tim. »Aber wodurch hast du deine Zweifel verloren? Hast du deinen Großvater gefragt oder Dokumente gefunden, die das beweisen?«

»Nein, ich kann mit Gramp, also meinem Großvater, nicht mehr vernünftig reden …« Sie stockte. »Er leidet an Demenz und lebt in einem Heim. Dort habe ich ihn eben besucht, und plötzlich bekamen Dinge, die er in seinen Schüben schon öfter von sich gegeben hat und die ich bislang für Fantasie gehalten habe, eine völlig andere Bedeutung.«

Die Großmutter war bei diesen Worten noch blasser geworden und atmete schwer. Doch Mila hatte das Gefühl, sie war die Einzige am Tisch, die das überhaupt registrierte, während Tim und Jonah Sophie förmlich an den Lippen hingen.

Als Sophie weitersprechen wollte, unterbrach Mila sie schroff. »Leute, ich glaube, das hier ist für Granny zu viel auf einmal. Wir sollten das hier abbrechen und uns an einem anderen Tag wiedersehen.«

»Auf keinen Fall«, widersprach die Großmutter heftig. »Ich bin völlig in Ordnung und will alles wissen, mein Kind. Ich sollte nur ein paar von den Tropfen nehmen, die mir der Doktor verschrieben hat für den Fall, dass ich mich aufrege. Mila, holst du mir bitte meine Handtasche und ein Glas Wasser?«

Widerwillig stand Mila auf und tat, was die Großmutter verlangte. In ihr brodelte es. Sie fand es ziemlich rücksichtslos von Tim und Jonah, dass sie nur Augen für Sophie hatten und sich nicht die Spur um den Zustand der Großmutter sorgten.

Als Mila auf den Balkon zurückkehrte, lauschten die anderen

gespannt Sophies Worten. Selbst die Großmutter hatte offenbar vergessen, dass sie nach ihren Tropfen verlangt hatte.

»Das ist aber sehr nett, dass du mit deinen Schilderungen angefangen hast, während ich drinnen war«, giftete Mila.

»Ich habe nur erzählt, dass Gramp heute wieder einmal von seiner Mum gesprochen und auf meine Nachfrage versichert hat, meine Urgroßmutter, Granny Charlotte, sei nicht seine Mutter.«

»Und was soll das beweisen?«, hakte Mila nach.

»Was das beweisen soll? Dass mein Großvater tatsächlich adoptiert worden ist. An Demenz erkrankte Menschen reden selten kompletten Unsinn. Vieles, was sie von sich geben, hat einen Bezug zu ihrer eigenen Geschichte. Wir als Angehörige können das aber nicht erkennen, weil wir nicht wissen, was der wahre Kern daran ist«, entgegnete Sophie erneut in sachlichem Ton, was Mila wiederum als totale Provokation empfand.

»Du musst mir keine Demenz erklären. Ich weiß, was das ist«, entgegnete Mila in scharfem Ton.

Alle Blicke waren nun auf Mila gerichtet, und das war ihr unendlich peinlich. Denn wer wusste besser als sie, dass sie sich gerade unmöglich verhielt. Und vor allem völlig untypisch. Mila war in der Regel alles andere als eine Zicke. Sie konnte sich ihre Entgleisungen wirklich nur mit ihrer Eifersucht auf Sophie erklären, denn diese schmachtenden Blicke, die Jonah ihr die ganze Zeit zuwarf, verletzten sie zutiefst. Da gab es nur zwei Möglichkeiten: Sie schaffte es, ihre Eifersucht in den Griff zu bekommen, oder sie knutschte in Zukunft nicht mehr mit Jonah auf dunklen Parkbänken herum!

23. Kapitel

Sophie fühlte sich zunehmend unwohl in ihrer Haut. Obwohl sich die Granny und die beiden jungen Männern, vor allem Tim, von ihrer besten Seite zeigten, war diese neue Cousine die Pest. Und sie hatte überhaupt keine Lust, sich von dieser Frau weiter anzicken zu lassen.

»Ich denke, es ist besser, wenn ich jetzt gehe«, seufzte Sophie. Ihren Worten folgte von drei Seiten lautstarker Protest. Bis auf Mila. Die presste trotzig die Lippen zusammen.

»Bitte erzähl mir alles über deinen Großvater«, bat die Großmutter sie inständig.

Da konnte sie gar nicht anders, als zu bleiben. Allerdings überlegte sie kurz, ob sie ihrer neuseeländischen Cousine erst einmal die Meinung geigen sollte, doch dann entschied sie sich dafür, Milas latente Aggression weiterhin zu ignorieren.

Als Sophie schilderte, wie ihr Großvater sie angeflcht hatte, ihn nicht ins Heim zu bringen, schluchzte die Großmutter laut auf. Vielleicht hatte ihre Cousine doch Recht und sie sollten an einem anderen Tag weitermachen. Sie hatte den Gedanken noch gar nicht zu Ende geführt, da fauchte Mila schon: »Schluss jetzt. Granny hatte kürzlich einen Herzinfarkt, und mehr Informationen kann sie einfach nicht verkraften.«

»Doch, ich möchte alles wissen, und zwar jetzt!«, befahl die alte Dame unter Tränen und nahm zur Bekräftigung dieser Worte

Sophies Hand und drückte sie fest. »Ich bin dir dankbar, dass du uns das alles mitteilst. Du hättest ja auch schweigen können.«

»Das finde ich aber auch!«, bemerkte Tim mit Nachdruck.

»Ich finde es großartig von dir, dass du dich hergewagt hast«, ergänzte Jonah.

Sophie warf einen flüchtigen Blick auf die Uhr. »Ich muss aber leider wirklich gehen. Heute ist der Teufel los im Hostel, denn dort haben sich gleich zwei Servicekräfte spontan entschieden, lieber noch einen Dschungeltrip zu machen, als mehr Kohle zu verdienen. Und das heute, wo alles bis auf den letzten Platz besetzt ist«, stöhnte sie.

Tim stieß seinen Freund an. »Was meinst du, Jonah, das wäre doch was für uns. Kannst du dich noch erinnern, wie wir damals in der Bar gearbeitet haben?«

»Und ob! Das müssen wir unbedingt auffrischen.«

»Da hast du es gehört, wir helfen dir heute Abend und sind überdies vom Fach«, lachte Tim.

»Das ist total süß von euch, aber ich zahle nicht gut.« Natürlich würde sie sich riesig darüber freuen, den heutigen Abend mit Tim zu verbringen, aber sie konnte ihnen doch unmöglich den Lohn anbieten, den die Backpacker bekamen.

»Wir wollen doch kein Geld von dir«, widersprach Tim energisch.

»Ich schließe mich meinem Freund an. Eine warme Mahlzeit, das wäre Lohn genug«, fügte Jonah breit grinsend hinzu.

»Leute, habt ihr vergessen, dass heute Weihnachten ist und wir das Fest zusammen feiern wollten?«, mischte sich Mila aufgeregt ein.

Sophie hatte den Eindruck, dass die Cousine um Fassung ringen musste. Dem ersten Eindruck nach schien sie eine etwas spießige Person zu sein und eine, die gern das Sagen hatte. Wahrscheinlich war sie Lehrerin oder arbeitete in der Verwaltung. Jedenfalls legte sie Wert auf ein gemeinsames Weihnachten, was Sophie sogar ein wenig verstehen konnte.

»Wenn ihr mögt, kann ich euch noch einen Tisch dazustellen lassen, denn es ist alles reserviert. Wir bieten ein Seafood-Buffet an, und ihr seid natürlich eingeladen«, bot sie den Neuseeländern in freundlichem Ton an.

»Um Himmels willen, wird das etwa wieder so eine nervige Party wie gestern Nacht? Nee, kein Bedarf, und das ist auch überhaupt nichts für meine Großmutter«, unterbrach Mila ihre neue Verwandte unwirsch.

»Im Gegenteil. Ich finde, das ist eine reizende Idee«, widersprach die Großmutter ihrer Enkelin. »Ich finde es ausgesprochen nett, wenn die beiden Sophie helfen. Schließlich sind wir jetzt eine Familie. Und wenn wir beide uns ein bisschen amüsieren können.« Sie warf Mila einen liebevollen Blick zu.

»Granny, bitte, das ist grausam, da dröhnt aus sämtlichen Boxen ›Jingle Bells‹ und dieses unsägliche ›Last Christmas‹, dass einem die Ohren abfliegen!«

Jetzt musste sie sich wehren, dachte Sophie entschieden.

»Ich weiß nicht, was du gestern gehört hast, aber ›Last Christmas‹ kann nicht dabei gewesen sein, denn es war mein eigener Songmix, und heute kommt eh ein DJ. Dem kannst du ja sagen, was du alles nicht willst. Besser wäre natürlich, du würdest ihm vorab sagen, was du möchtest!« Sophie hatte sich zwar bemüht, das ohne zickigen Unterton rüberzubringen, weil sie ahnte, dass das ihre Cousine nur noch mehr ärgern würde, aber langsam hatte sie die Nase voll von dieser angriffslustigen Person.

Diese Mila rang um ihre Fassung, während sich Tim und Jonah ein Grinsen verkneifen mussten.

»Okay, okay, dann macht ihr mal die Hilfskellner, und ich trink mir den Abend schön. Aber wahrscheinlich habt ihr gar keinen genießbaren Weißwein, sondern nur irgendeine Aussie-

Plörre …«, zickte ihre »neuseeländische Cousine um tausend Ecken«, wie es Sophie verächtlich durch den Kopf schoss.

»Schwesterherz, kommst du mal mit, ich muss mal eben mit dir unter vier Augen sprechen.« Milas Protest nützte wenig, weil ihr Bruder sie grob am Arm hochzog und vor sich her in die Wohnung außer Hörweite schob.

»Das war sicher nicht persönlich gemeint, Sophie«, sagte Omaka entschuldigend. »Ich befürchte, meiner Enkelin ist das gerade alles ein bisschen zu viel. Unsere überstürzte Australienreise und die letzte Nacht. Es war wirklich ein wenig laut für uns. Wir hatten wenig Schlaf.«

»Genau, sie ist sonst ganz anders. Ich glaube auch, dass sie einfach übermüdet ist, und außerdem fühlt sie sich für Ihre Gesundheit verantwortlich und hat wohl das Gefühl, dass alles außer Kontrolle gerät«, pflichtete Jonah ihr eifrig bei. Dabei lächelte er Sophie gewinnend an.

Da fiel es Granny Omaka wie Schuppen von den Augen. Ihre stets vernünftige und auf moralische Integrität bedachte Mila war eifersüchtig auf die neue Cousine, weil Jonah offenbar Feuer gefangen hatte. Einmal abgesehen davon, dass Omaka diesen jungen Mann aus Auckland sowieso nicht für den richtigen Partner für ihre Enkelin hielt, sondern ihr lieber einen Mann aus Hokitika wünschte, hielt sie ihn für genauso einen Don Juan wie ihren geliebten Enkel. Für diese Männer hatte Omaka einen Blick. Genau auf solche Kerle war sie ihr Leben lang hereingefallen, ein Schicksal, das sie ihrer Enkelin ersparen wollte. Sie musste ihr dringend ins Gewissen reden, kein Herzblut mehr auf diesen Kerl zu verschwenden, auch wenn er ihr zugegebenermaßen immer sympathischer wurde. Es lohnte sich nicht. Obwohl Omaka Milas Benehmen nicht guthieß, hatte sie das Bedürfnis, sie zu verteidigen.

»Gut, wir sollten hinter Milas Rücken nicht weiter über ihre missliche Stimmung spekulieren. Das passiert ja wohl jedem einmal. Was mich viel mehr interessiert, ist die Frage, was schlägst du vor? Soll ich deinen Großvater vielleicht zusammen mit dir aufsuchen?«

Sophie überlegte. »Tja, das wäre vielleicht das Beste, aber ich habe so wenig Zeit. Ich könnte dich mitnehmen und euch einander vorstellen. Anschließend würde ich euch dann allein lassen, wenn es dir nichts ausmacht.«

»Nein, das macht mir gar nichts aus«, schwindelte Omaka, während ihr das Herz bis zum Hals pochte. Sie war nur froh, dass sie ihre Tropfen eingenommen hatte.

»Aber sei nicht enttäuscht, wenn er in einer ganz anderen Welt lebt und du ihn nicht erreichst«, hörte sie ihre Großnichte in dem Augenblick sagen, was ihre Aufregung nicht eben verminderte.

»Das Risiko gehe ich gern ein, wenn ich nur die Chance habe, meinen Bruder einmal zu sehen«, sagte Omaka mit fester Stimme und versuchte, ihr Herzklopfen zu verbergen.

24. Kapitel

In diesem Augenblick kamen Mila und Tim zurück auf den Balkon. »Sorry, dass ich so unfreundlich war, aber ich hatte mir unser Weihnachten anders vorgestellt«, knurrte Mila, und ihr war deutlich anzusehen, dass sie diese halbgare Entschuldigung nur abgab, weil Tim sie dazu genötigt hatte.

»Alles gut«, entgegnete Sophie knapp und musterte Mila durchdringend. Ihr war ja auch nicht ganz wohl im Kreis ihrer neuen Verwandtschaft, obwohl alle außer Mila ihr gegenüber sehr zugewandt waren. Was hatte sie eigentlich mit diesen Leuten zu tun? Einmal abgesehen davon, dass sie die Granny wirklich mochte, Tim mehr in ihr auslöste, als sie zugeben wollte, und dieser Jonah ein attraktiver Bursche war, mit dem sie sich unter anderen Umständen gern einmal eine nette Nacht gemacht hätte. Vielleicht sollte man einvernehmlich beschließen, die alte Geschichte auf sich beruhen zu lassen, dachte sie seufzend.

»Vielleicht hat Mila Recht und ihr feiert euer Weihnachten woanders. Ich gehe in meine Bar, und wir belassen es bei dem Wissen, dass du einen Bruder hast, und gut ist. Ich meine, du hast von seiner Existenz doch bislang auch nichts gewusst, oder?«

»Nein. Nicht einmal eine vage Ahnung«, entgegnete Omaka.

»Und was, wenn Gramp auch nichts von deiner Existenz weiß? Habt ihr nicht gesagt, er kam vor deiner Geburt ins Heim? Dann weiß er doch bestimmt auch gar nichts von dir, und es würde ihn nur noch mehr verwirren, wenn du bei ihm auftauchst. Vielleicht ist es wirklich besser, wenn wir das Ganze im Dunkeln lassen und nicht daran rühren. Wer weiß, auf was für Abgründe wir dabei stoßen könnten«, gab Sophie zu bedenken.

»Na, in dem Punkt passt du ja ganz hervorragend in unsere Familie«, mischte sich Mila aufgebracht ein. »Bloß keinen Geheimnissen auf die Spur kommen, die über dieser Familie lasten. Ich habe nur vorgeschlagen, es zu verschieben, nicht, es ganz aufzugeben, denn Nichtwissen heißt noch lange nicht, dass es einem nicht auf der Seele brennt. Dein Großvater wurde in ein Heim gegeben, obwohl er Eltern hatte. Warum? Vielleicht platzt auch bei ihm ein Knoten, wenn er endlich darüber reden darf!«

»Mila, er leidet an Demenz!«, unterbrach Sophie Mila unwirsch.

»Hast du nicht vorhin selbst behauptet, dass Demente nicht nur Unsinn reden, sondern vieles aus ihrer Jugend hochkommt, das in Wahrheit sogar einen Sinn hat?«

»Na und? Das heißt noch lange nicht, dass er deiner Granny in logischem Ablauf berichten kann, wie er im Heim gelandet ist.«

»Aber alles, was wir in Erfahrung bringen, auch wenn es nur bruchstückhaft ist, wird auch für uns entlastend sein«, insistierte Mila.

»Wieso für uns? Was haben denn wir damit zu tun?«, mischte sich Tim gereizt ein. »Welche Psychotante hat dir denn das erzählt?«

Mila wurde rot vor Verlegenheit, denn das Wissen, dass Traumata über Generationen vererbt werden konnten und es immer besser wäre, die Geheimnisse zu lüften, als sie zu verdrängen, hatte sie in der Tat von Dr. Ryan. Von dieser Therapie hatte sie allerdings weder ihrer Großmutter noch Tim je etwas erzählt.

»Ich habe das gerade neulich in einem Fachartikel gelesen«, schwindelte sie und fügte hastig hinzu: »Also, macht, was ihr wollt, aber ich glaube, es wäre sowohl für Granny als auch deinen Großvater besser, sie bekämen die Chance, der Geschichte auf den Grund zu gehen, selbst auf die Gefahr hin, dass dein Großvater sich an gar nichts mehr erinnern kann.«

»Du hast völlig Recht, Mila, solange es die Hoffnung gibt, dieses Geheimnis zu lüften, sollten wir es versuchen«, bekräftigte die Großmutter ihre Worte. »Also, Sophie, ich wäre dir sehr dankbar, wenn du mich das nächste Mal mitnehmen würdest.«

»Du willst allein mit Sophie ins Heim gehen?«, unterbrach Mila sie empört.

»Ja, das ist das Beste«, erwiderte Granny.

»Nein, das lasse ich nicht zu. Ich werde dich begleiten!«

»Ich weiß nicht«, stöhnte die Großmutter. »Meinst du, das können wir ihm zumuten?«

»Meinetwegen soll sie mitkommen. Ob du jetzt allein versuchst, was herauszubekommen oder mit ihr zusammen, ist auch schon egal«, zischte Sophie. »Aber nur, wenn du dich dezent im Hintergrund hältst und Gramp nicht mit deinem oberschlauen Wissen überfällst«, fügte sie hastig an Mila gewandt hinzu.

Mila schluckte die heftige Gegenrede hinunter, die ihr auf der Zunge lag, denn irgendwie konnte sie sogar verstehen, dass Sophie langsam der Kragen platzte. Sie sah ein, dass es sehr unklug wäre, sich weiter mit der Cousine anzulegen. Also hielt sie den Mund und murmelte nur ganz leise: »Ich sage gar nichts!«

»Dann ist ja alles geklärt. Ich hole euch beide dann morgen ab, aber jetzt muss ich mich wirklich beeilen.«

»Ich würde dazu auch gern noch was sagen«, warf Tim ein. »Vielleicht ist es wirklich besser, wenn Mila als stille Beobachterin mitgeht, aber das klärt noch nicht, was wir heute Abend machen. Ich für meinen Teil werde Sophie in der Bar helfen und würde mich freuen, wenn ihr als Gäste kommt, damit wir nicht ganz so verstreut in Cairns Weihnachten feiern. Und ich bin dafür, dass wir gleich bei einem schönen Wein und Sonnenschein die Bescherung machen …« Er stockte, denn in diesem Augenblick ging ein Regenguss auf die Erde hinab, als würde jemand im Himmel kübelweise Wasser auskippen. Sie hatten die Wolke gar nicht bemerkt, weil der Balkon überdacht war. Der tropische Regenguss kühlte auch Milas erhitztes Gemüt ein wenig ab. Sie beschloss, einen geräuschintensiven Abend mit Granny und Jonah am Pool zu verbringen, während sich Tim als Hilfskellner versuchte. Doch in dem Augenblick, in dem der Regenguss so abrupt aufhörte, wie er begonnen hatte, hörte sie Jonah begeistert sagen: »Natürlich helfe ich auch mit. Aber nur, wenn du dann auch mal Pause machst und mit uns einen trinkst.«

»Alles, was ihr wollt. Selbst auf die Gefahr hin, dass ihr mir zu später Stunde ausfallen solltet. Es würde mir echt helfen.«

Mila ging Jonahs anbiedernde Bemerkung entschieden gegen den Strich. Sollte sie seine offen zur Schau gestellte Begeisterung für Sophie nicht endlich als Zeichen nehmen, keinen Gedanken mehr an ihn zu verschwenden? Und damit endgültig ihre Hoffnung begraben, dass sie die richtige Frau wäre, die seine Bindungsstörung tatsächlich heilen könnte? Nach allem, was sie gestern Abend mit ihm erlebt hatte, tat ihr das zwar in der Seele weh, aber anscheinend hatte er ihre leidenschaftlichen Küsse längst vergessen.

Mit einem Anflug von Neid musterte sie Sophie, der offenbar die Herzen der Männer zuflogen, ohne dass sie auch nur irgendetwas unternehmen musste. Und das, obwohl sie ziemlich nachlässig gekleidet war. Ihre Jeans-Shorts hatten mit Sicherheit schon bessere Zeiten gesehen, und das weiße Muskelshirt sah auch nicht gerade aus wie frisch aus der Waschmaschine. Allerdings war Mila der Zustand ihrer Kleidung erst auf den zweiten Blick aufgefallen, weil auch sie bei Sophie nur auf die makellosen, schlanken, gleichmäßig gebräunten Beine, die gut trainierten Arme und die unfrisierte lange Strubbelmähne geachtet hatte. Oder war es gerade diese beinahe stilisierte Natürlichkeit, die den beiden Kerlen eine gewisse Sinnlichkeit verhieß? Mila wusste es nicht, aber insgeheim wünschte sie sich, wenigstens etwas von der Lockerheit ihrer Cousine zu haben.

»Ich danke euch, Jungs«, flötete Sophie. Erneut beneidete Mila sie um ihre unverkrampfte Art, Männer um den Finger zu wickeln, aber sie rang sich zu einem gequälten Lächeln durch. »Gut, Granny, dann lassen wir es heute Abend krachen!«

Sophie stand nun auf und grüßte in die Runde. »Ich freue mich riesig, dass wir uns heute Abend wiedersehen. Passt es euch gegen sechs Uhr?« Sie wandte sich an die beiden Männer, die eifrig nickten. »Und ihr kommt so gegen acht?«

»Sehr gut, dann kann ich mich noch einmal hinlegen«, sagte Omaka.

»Gut, ich muss jetzt wirklich …« Sie stockte. »Da wäre noch etwas«, bemerkte sie zögerlich und holte aus ihrer Tasche einen Beutel heraus. »Das hier hat mir Gramp zu Weihnachten geschenkt! Angeblich stammen die Steine aus Neuseeland. Wisst ihr, was das für Steine sind?« Mit diesen Worten schüttete sie den Inhalt des Beutels aus. Die Steine kullerten geräuschvoll über den Tisch.

»Das gibt es doch nicht«, stieß Mila fassungslos hervor. »Ein Marsden-Jadestein. Ich habe mir zwar sagen lassen, dass sich so einer immer mal wieder in den Arahura verirrt, aber ich habe noch nie einen gefunden. Woher hat dein Großvater den?«

»Keine Ahnung. Das wollte ich ja gerade von euch erfahren. Wisst ihr etwas über diese Steine? Aber wenn er dir so gefällt, schenke ich ihn dir.« Sophie reichte ihn Mila, die den Grünstein wie ein Weltwunder anstarrte, aber nicht danach griff.

»Das ist der schönste und wertvollste unter den Jadesteinen. Den solltest du behalten«, sagte Mila hastig, obwohl sie ihn liebend gern an sich genommen hätte.

»Das finde ich auch«, bekräftigte Tim, während Granny wortlos ins Haus eilte und mit einem ähnlichen Stein zurückkehrte. »Ich habe ihn immer bei mir. Ich habe ihn aus unserem Flussarm, aber das ist der einzige Marsden, den ich je dort gefunden habe. Für uns Maori ist der Pounamu, wie wir den Grünstein nennen, äußerst kostbar, ein wahrer Schatz. Wir glauben, dass der Stein Macht und Ansehen in sich trägt, weshalb Schmuckstücke aus Pounamu hochgeschätzte Erbstücke sind«, erklärte die Großmutter Sophie, während sie ihren Stein umklammert hielt. »Umschließe deinen Stein mit deiner Hand und spüre hin. Merkst du etwas?«

»Ja, es wird ganz heiß«, gab Sophie zögernd zu.

»Du hast eben auch Maori-Gene in dir wie alle deine Ahninnen und wie meine Mutter, die deinem Großvater diese Steine einst gegeben haben muss, es sei denn, er hat sie selbst aus dem Fluss gefischt. Du musst uns unbedingt besuchen und das Haus deiner Familie kennenlernen. Es ist nach dem Grünstein benannt«, erklärte die Großmutter schwärmerisch.

Sophie öffnete nun die Hand und betrachtete den Stein andächtig. »Gut, wenn ihr das sagt, dann behalte ich alle Jadesteine, die mein Großvater mir heute geschenkt hat«, murmelte sie, sammelte die Steine ein und füllte sie zurück in den Beutel.

Mila konnte förmlich sehen, wie es in Sophies Hirn arbeitete. Wahrscheinlich denkt sie, dass sie eine spannende neue Familie dazugewonnen hat – bis auf die zickige Cousine. Mila rang sich dazu durch, Sophie wenigstens halbwegs höflich zu verabschieden.

25. Kapitel

Als Mila aufwachte, wusste sie zunächst nicht, wo sie war. Auch nicht, als sie mit brummendem Schädel hochfuhr und sich verwirrt umsah. Sie befand sich in einem gepflegten kleinen Raum, der nach einem Hotelzimmer aussah, aber es war mit Sicherheit nicht – und das konnte sie selbst mit ihrem verkaterten Hirn erkennen – das Apartment-Zimmer, das sie mit ihrer Großmutter teilte.

Erschrocken tastete sie die andere Seite des Doppelbettes ab, aber dort lag außer einer zerwühlten Decke nichts. Trotzdem war unverkennbar, dass dort jemand geschlafen hatte. Erschrocken sah Mila flüchtig an sich hinunter und war einigermaßen beruhigt, dass sie zumindest einen Bikini trug, obwohl sie sich fragte, warum sie gestern keine Dessous angezogen hatte.

Sie wollte gerade aus dem Bett springen, um herauszufinden, wo sie hier gelandet war und vor allem, mit wem, als Jonah fröhlich pfeifend mit zwei Bechern Kaffee auf einem Tablett ins Zimmer trat. Er war nur mit Boxershorts bekleidet, was seine gut trainierten Muskeln an Bauch, Brust und Armen freigab, die Mila aber nur recht verschwommen erkennen konnte.

»Na, meine kleine Saufnase, alles wieder klar?«, fragte er kumpelhaft und setzte sich auf ihre Bettseite, während er ihr einen Kaffee reichte, den sie schroff ablehnte. Allein der Gedanke daran brachte ihren Magen zum Rotieren.

»Aber das würde dir bestimmt helfen, wieder auf die Beine zu kommen.« Er nahm einen kräftigen Schluck aus seinem Becher. Mila wurde allein vom Zugucken leicht übel.

»Was, was hat das alles zu bedeuten?«, fragte sie sichtlich durcheinander und zog sich die Bettdecke bis zum Hals.

»Wir haben uns eine heiße Nacht gemacht, Baby«, erwiderte er.

Wie oft hatte sie im nüchternen Zustand davon geträumt, dass ihr Jonah nach einer Liebesnacht halbnackt den Kaffee ans Bett bringen würde, doch das hier kam ihr eher wie ein schlechter Traum vor.

»Jonah, was war los?«, wiederholte sie energisch.

»Willst du das wirklich wissen?« Mila merkte sehr genau, dass er nach Kräften bemüht war, sich ein Grinsen zu verkneifen.

»Nein«, fauchte Mila ihn an, ließ sich stöhnend zurück in ihre Kissen fallen und schloss die Augen. Sie wünschte sich von Herzen, aus diesem Traum rasch zu erwachen und festzustellen, dass sie brav neben ihrer Großmutter … um Gottes willen, Granny!

Sie fuhr erneut hoch und blickte Jonah erschrocken an. »Was ist mit Granny? Wo ist sie? Wer kümmert sich um sie?«

»Ich nehme mal an, dein Bruder. Wir haben uns aufgeteilt. Einer musste deine Granny zurück zum Apartment bringen und einer dich sicher ins Bett. Na ja, kannst dir ja vorstellen, dass Tim nicht unbedingt ein Bett mit dir teilen wollte. Also habe ich mich geopfert.«

Das sollte sicher ein Scherz sein, aber Mila fand das alles gerade gar nicht komisch. Wenn sie geahnt hätte, wie unromantisch es wäre, mit Jonah in einem Zimmer aufzuwachen, sie hätte es sich niemals so gewünscht. Entweder hatte sie sich ihre Gefühle für Jonah in der vergangenen Nacht weggetrunken, oder sie war so schockiert darüber, dass sie sich gerade an nichts mehr erinnern konnte. Es kostete sie einige Mühe, sich zumindest zu entsinnen, wie der gestrige Abend begonnen hatte: Granny und sie hatten an einem schönen Tisch direkt am Pool gesessen, gut getrunken und gegessen. Die Musik war auch nicht so mies gewesen, wie Mila es befürchtet hatte. Im Gegenteil, der DJ hatte nur Songs aufgelegt, die Mila auf die Tanzfläche getrieben hatten. Dunkel erinnerte sie sich an einige Männer, mit denen sie getanzt hatte. Und ihr fiel plötzlich ein, dass sie sogar mit Jonah getanzt hatte, während neben ihnen auf der Tanzfläche Sophie und Tim gewesen waren.

Und auch ein Kuss fiel ihr ein, aber ihr Gegenüber war nicht Jonah gewesen, sondern so ein junger Surferboy, der ihr mit seinen platten Komplimenten schon den ganzen Abend auf die Nerven gegangen war. Und den hatte sie geküsst? Gott, wie peinlich war das denn, schoss es ihr durch den Kopf.

»Mist, nun sag schon, was ist passiert?«, fuhr sie Jonah heftig an, so als ob er das ganze Desaster zu verantworten hatte, was ja, wie Mila in Gedanken hinzufügte, auch irgendwie stimmte: Hatte sie nicht angefangen, den Wein wie Wasser hinunterzuschütten, als sie Jonah und Sophie ganz innig miteinander hinter der Bar hatte reden sehen? O ja, das Bild kam ihr in aller Deutlichkeit wieder in den Sinn und auch, wie sie daraufhin mit dem Surferboy aus Kalifornien getanzt hatte und dann … ja, dann hatte er sie geküsst, und um Jonah eifersüchtig zu machen, hatte sie voll mitgemacht, obwohl der junge Mann so feucht küsste, wie sie es partout nicht leiden konnte. Und was ihr noch einfiel, war die Tatsache, dass Jonah den Blick kein einziges Mal in Richtung Tanzfläche gewandt hatte, während ihr der Surferboy immer näher gekommen war.

»Du weißt nichts mehr von deiner Pool-Einlage, oder? Wundert mich, im Wasser wird man ja eigentlich eher nüchtern«, lachte er.

»Was redest du da? Was für eine Pool-Einlage? Du nimmst mich doch hoch! Das finde ich gar nicht nett«, keifte sie.

»Du glaubst mir nicht?« Er drehte sich um, zog ihr rotes Kleid von einem Stuhl und drückte es ihr in die Hand. »Igitt, das ist ja ganz nass«, entfuhr es ihr erschrocken.

»Genau, weil du damit in den Pool gesprungen bist.«

Mila weigerte sich immer noch, ihm das zu glauben, zumal sie ja einen trockenen Bikini … da fiel ihr siedend heiß wieder ein, dass sie zu dem Kleid passende rote Dessous angezogen hatte und keinen – sie ließ einen verstohlenen Blick unter die Bettdecke gleiten – und keinen blauen Bikini mit weißen Punkten. So ein Teil besaß sie nämlich gar nicht.

Sie funkelte Jonah wütend an. »Wem gehört dieser Bikini, und wo sind meine Dessous?«

Er griff ungerührt noch einmal hinter sich und reichte ihr Slip und Büstenhalter. Beides war noch feucht.

Erneut ließ sie sich stöhnend zurück in die Kissen gleiten.

»Das sind die Sachen von …«, wollte Jonah ihr erklären, aber Mila hielt sich die Ohren zu. »Mein Gott, das will ich gar nicht wissen. Wie konnte das passieren?«

Jonah grinste sie frech an und wartete, bis sie die Hände wieder sinken ließ,

»Na ja, also bei den Mengen, die du da für deine Verhältnisse geschluckt hast, ist das kein Wunder, dass du blau warst. Tim und ich sind ein paar Mal an euren Tisch gekommen und haben dir Wasser hingestellt, aber du wolltest nur Wein. Deine Granny wusste sich auch keinen Rat mehr. Tja, aber nachdem du in den Pool gesprungen bist, haben Sophie und ich dich in dieses Zimmer gebracht, das zum Glück kurzfristig frei geworden war.«

Angewidert blickte Mila noch einmal unter die Decke. »Das Teil gehört Sophie?«

»Ja, sie war so nett, dir Klamotten zu leihen, aber du wolltest nichts außer einem Bikini und wieder schwimmen gehen. Da habe ich es übernommen, bei dir zu schlafen, damit du keinen Unfug mehr anstellst. Du hast mir ganz schön den Abend versaut, denn da ging die Party erst richtig los. Tim war auch richtig sauer, dass er Granny sicher ins Apartment bringen musste und vorsichtshalber dann auch dortgeblieben ist. Er hatte nämlich Sorge, die ganze Aufregung könnte ihr aufs Herz schlagen.«

Mila atmete einmal tief durch. »Ich habe euch also den ganzen Abend versaut? Na toll, dass du mir das gleich brühwarm unter die Nase reibst!« Sie versuchte forsch zu klingen, während sie gegen die Tränen ankämpfte. Noch nie zuvor hatte sie mehr als einen kleinen Rausch gehabt, so wie neulich nach dem Fest, als sie ein wenig geschwankt war, doch dass sie sich nicht mehr an alles erinnern konnte, war ihr peinlich. Noch peinlicher war ihr allerdings die Vorstellung, dass Sophie und Jonah sie zusammen ins Bett gebracht hatten. Sie wünschte sich, dass sich ein Loch in der Erde auftun und sie verschlingen würde.

In dem Moment griff Jonah vorsichtig nach ihrer Hand und drückte sie sanft. »Mila, tut mir leid, wenn ich es zu dramatisch dargestellt habe. Die Versuchung, dir so einen Fehltritt wie den mit dem Surferkid und dem Pool so richtig aufs Brot zu schmieren, war zu groß, weil du doch sonst immer so beherrscht bist und weißt, was richtig oder falsch ist. Sorry, ich wollte dich nicht wirklich ärgern. Das kann doch jedem einmal passieren. Was meinst du, in was für Betten ich mich schon wiedergefunden habe! Da kannst du froh sein, dass wir dich nur eine Treppe hochhieven mussten und ein Mann bei dir war, der deine Lage nicht ausgenutzt hat. Ich schwöre!« Er hob die Hand zum Schwur.

Das war kein Kunststück, dachte Mila bitter, wenn Sophie, auf die er offenbar sehr scharf war, in der Nähe gewesen war.

»Zieh nicht so ein Gesicht. Du warst supersüß. Hast immerzu gemurmelt: *Ich liebe dich!* Leider hast du keinen Namen genannt. Sonst müsste ich womöglich noch eifersüchtig auf den Kerl sein. Ich hoffe nur, dass das nicht diesem braungebrannten Blondschopf galt, der es mit dir am liebsten direkt auf der Tanzfläche getrieben hätte. Allerdings hatte ich eher den Eindruck, dass du dich vor seinen Zudringlichkeiten nur noch mit einem beherzten Sprung in den Pool retten konntest«, lachte er.

Mila hätte sich am liebsten die Decke über den Kopf gezogen vor lauter Scham. Dass Jonah nach der Parkbank-Geschichte nicht einmal annähernd auf den Gedanken kam, dass diese lallende Liebeserklärung ihm gegolten haben könnte, sagte alles. Jonah schien keine Ahnung zu haben, wie es in ihr brodelte, denn er fuhr fort, ganz locker über den gestrigen Abend zu plaudern.

»Na ja, so sind Tim und ich wenigstens nicht allzu spät ins Bett gekommen. Wer weiß, ob du nicht sogar ein gutes Werk getan hast. Sonst hätten Tim und ich uns noch um dieselbe Frau geprügelt.«

»Du kannst sie ruhig mit Namen nennen«, unterbrach sie ihn in scharfem Ton. »Du sprichst von Sophie, oder?«

Er nickte eifrig. »Ich weiß, dass du Probleme mit ihr hast. Aber glaub mir, sie hat sich rührend um dich gekümmert.«

»Ach ja? Sophie als Mutter Theresa. Das passt überhaupt nicht zusammen!«

»Doch, sie hat viele Seiten. Einerseits eine Lebefrau, wie sie im Buche steht. Echt Hammer. Allein, wie die den Laden schmeißt. Und ich glaube, sie hätte sich noch auf beiden Beinen gehalten, wenn sie das getrunken hätte, was du zu dir genommen hast. Diese Frau strotzt nur so vor Sinnlichkeit. Andererseits ist sie liebenswert und … Sie ist so total anders als die Frauen, auf die ich zuhause abfahre, aber ich fürchte, wenn sie die Wahl hätte, würde sie Tim den Vorzug geben.«

Mila war fassungslos, dass Jonah sie nach allem, was auf der Parkbank passiert war, gerade wie seinen besten Kumpel behandelte. Und er schien es nicht einmal zu merken.

»Was meinst du? Steht sie auf Tim?«, hakte er aufgeregt nach.

Mila war so geschockt, dass es ihr kurz die Sprache verschlug.

Der Mann, mit dem sie noch vorgestern Nacht beinahe im Bett gelandet wäre, fragte sie wegen einer anderen Frau um Rat. Aber woher sollte er auch wissen, dass sie nicht länger bereit war, die coole Ratgebertante zu spielen, wenn es um andere Frauen ging? Doch dann kam die blitzartige Einsicht: Auf einen Mann, für den selbst leidenschaftliche Küsse nichts änderten, konnte sie nicht länger bauen. Ihre einseitige Fixierung auf Jonah musste ein Ende haben, und zwar sofort! Noch tat es ihr ein wenig weh, all die Illusionen loszulassen, die sie sich über ihn gemacht hatte. *Jonah, du bist nicht der Mann, mit dem ich glücklich werde*, wiederholte sie ein paar Mal in Gedanken. Das fühlte sich noch nicht wirklich befreiend an, aber immerhin war sie bereits in der Lage, das zu denken, ohne in Tränen auszubrechen.

»Ist dir nicht gut? Brauchst du den Eimer? Soll ich dir aufhelfen?« Und schon hielt Jonah ihr einen Putzeimer hin, der offenbar die ganze Nacht vor ihrem Bett gestanden hatte.

»Nein, danke«, fauchte sie. »Meinem Magen geht es hervorragend. Und ja, sie steht auf Tim. Das ist wohl kaum zu übersehen«, fügte sie mit Nachdruck hinzu.

»Dann bleibt mir ja noch die Cousine«, lachte er und gab ihr einen Kuss auf die Nase. Deutlicher hätte er Mila nicht zeigen können, dass sie für ihn nie mehr sein würde als Tims kleine Schwester. Oder allenfalls ein Trostpflaster, wenn es mit den echten Frauen mal nicht klappte. Sie warf ihm einen prüfenden Blick zu und konnte kaum fassen, was da mit ihr geschah. Das Prickeln ließ tatsächlich nach! Ihre Affirmationen schienen wohl einen gewissen Erfolg zu haben. In diesem Augenblick sah sie in ihm nur Jonah, Tims Freund, und, wenn man so wollte, ihren guten Kumpel, aber nicht mehr! Das war ein Lichtblick! Was für eine Befreiung, dass sie nun doch nicht zu langem Leiden verdammt war, weil sie sich diesen Mann unter Tränen aus dem Herzen reißen musste. Nein, ihre Fixierung auf den, wie sie bislang geglaubt hatte, einzigen Mann, mit dem sie die Zukunft teilen wollte, war dabei, sich in Luft aufzulösen. Noch mit einem Hauch von Wehmut, aber als sie sich noch einmal in Gedanken versicherte, er wäre nicht der Mann ihres Lebens, empfand sie das tatsächlich genauso.

Mila verspürte den Impuls, ihn spontan zu umarmen und sich für seine Hilfe zu bedanken, vor allem, um daran zu überprüfen, ob ihre momentanen Gefühle Bestand hatten oder sie erneut unerfüllbare Sehnsüchte bei ihr auslösten, doch da klingelte sein Telefon.

Offenbar war der Anrufer ihr Bruder, denn die beiden schienen über ihren Zustand zu sprechen. Oder redete er etwa mit Sophie?

»Mir geht es wieder gut, falls es jemanden interessiert, was ich persönlich dazu zu sagen habe«, rief Mila wütend in Richtung des Telefons.

»Da hörst du es, Tim, sie ist wieder ganz die Alte. Willst du sie mal kurz sprechen?«

Jonah reichte ihr sein Telefon. Mila befürchtete nun eine Moralpredigt ihres Bruders, aber der versicherte ihr, er wäre doch sehr froh, dass sie auch mal Unsinn machen würde, bevor er sich erkundigte, ob nicht lieber er die Großmutter ins Heim begleiten sollte, falls ihr Zustand das noch nicht erlaubte. Dagegen protestierte sie energisch und versprach, sich sofort auf den Weg zum Apartment zu machen.

Nachdem sie Jonah das Telefon zurückgegeben hatte, sprang sie mit einem Satz aus dem Bett. »Liegen hier irgendwo noch die Klamotten, die Sophie mir netterweise leihen wollte?«, fragte sie und erblickte im nächsten Augenblick Shorts und ein Muskelshirt in der Art, wie Sophie es offenbar so liebte. Ohne zu zögern, griff sie danach und zog die Sachen an.

»Steht dir auch!«, rief Jonah bewundernd aus.

Als sie ihr eigenes Spiegelbild sah, erschrak sie ein wenig. Mit dem Aussie-Look und der ungekämmten Mähne sah sie Sophie tatsächlich ein bisschen ähnlich, wenn man nicht so auf das Gesicht schaute. Statt gereizt darauf zu reagieren, grinste sie ihr Spiegelbild an. »Wenn ich jetzt noch wie eine australische Barfrau rede, dann könnte ich tatsächlich als Sophie durchgehen, wenn man mir nicht ins Gesicht, sondern nur auf den Hintern guckt …«

In dem Augenblick klopfte es an die Zimmertür.

»Herein!«, rief Mila und begann ihre Sachen zusammenzupacken.

Sophie starrte sie verblüfft an. »Schön, dass du wieder auf den Beinen bist. Ich wollte nur nachsehen, ob du so weit fit bist, deine Granny und mich zum Heim zu begleiten.«

Sophie hörte nicht auf, Mila anzustieren, auch als diese ihr versicherte, dass sie sich gleich auf den Weg machen würde.

»Sag schon, was du denkst«, lachte Mila und drehte sich demonstrativ einmal um die eigene Achse.

»Wenn man nicht genau hinguckt, könntest du in dem Outfit glatt als mein Double durchgehen«, entgegnete Sophie und fiel in Milas Gelächter ein.

»Ach ja, ich soll dir von Tom ausrichten, dass er dich gern wiedersehen würde«, kicherte Sophie.

»Ist das der süße Surferboy, der gerade die Highschool abgeschlossen hat?«

Sophie nickte grinsend.

»Okay, dann würde ich vorschlagen, du gehst hin, wo wir uns doch so ähnlich sehen«, feixte Mila.

»Nein, so ähnlich sind wir uns denn doch nicht. Der Junge fällt bei mir unter Welpenschutz.«

Wie aus einem Mund prusteten die beiden erneut los.

»Und du fühlst dich wirklich in der Lage, mit ins Heim zu

kommen?«, hakte Sophie noch einmal nach, nachdem der Lachanfall vorüber war.

»Ich bleibe ja nur im Hintergrund«, erklärte Mila und fragte sich, ob es Sophie wohl lieber wäre, wenn Tim mitkäme, damit sie ihn auf diese Weise wiedersehen könnte.

»Wir haben beschlossen, dir heute Abend wieder in der Bar zu helfen«, bemerkte Jonah, der sich inzwischen angezogen hatte.

»Ihr habt das so toll hingekriegt. Wie die Profis. Aber wollt ihr nicht lieber mal ein bisschen Urlaub machen? Heute ist nicht ganz so viel Betrieb. Da würde es genügen, wenn mir einer von euch zur Hand geht«, erwiderte Sophie.

»Dann bin ich spätestens um sieben drüben.« Das kam wie aus der Pistole geschossen. Mila fragte sich, was ihr Bruder wohl dazu sagen würde, dass sein Freund mit allen Bandagen um Sophies Gunst kämpfte. Sie meinte auch, in Sophies Miene eine gewisse Enttäuschung zu erkennen, so als ob sie sich auf einen Abend mit Tim allein gefreut hätte. Erst in diesem Augenblick wurde Mila klar, dass sie Jonahs Bemühungen um Sophies Gunst überraschend kaltließen. Sie hatte es tatsächlich geschafft, in ihm keinen Prinzen mehr zu sehen, den sie nur noch wachzuküssen brauchte. Mila war natürlich erleichtert, aber andererseits hegte sie auch ihre Zweifel, ob das nicht auch ein Zeichen dafür sein konnte, dass sie in Wahrheit gar nicht fähig war, Männern gegenüber tiefe, nachhaltige Gefühle zu entwickeln. Und dass sie diese unmögliche Liebe wie ein Schutzschild vor sich hergetragen hatte nach dem Motto: der oder keiner, in den Tiefen ihrer Seele wohlwissend, dass Jonah sich niemals in sie verliebt hätte!

26. Kapitel

Omakas Herzklopfen verstärkte sich mit jedem Schritt, dem sie sich dem Pflegeheim näherte. Sie befürchtete, Mila könnte das mitbekommen und in letzter Sekunde aus Sorge um sie beschließen, dass der Besuch bei Benjamin zu aufwühlend wäre. Doch ihre Enkelin schien mit den Gedanken ganz woanders zu sein. Ob das dem Kater geschuldet war? Omaka hatte ihre Enkelin noch nie so aufgedreht wie gestern und auch noch nie so betrunken erlebt. Ihr schien es, als wäre die Spannung zwischen Mila und Sophie nicht mehr ganz so bedrückend wie gestern. Mila hatte ihr gestern mehrfach versichert, dass sie diesen australischen Vamp gar nicht leiden könne. Omaka vermutete, dass Mila sich nur deshalb betrunken hatte, weil nicht nur Tim um Sophies Gunst buhlte, sondern auch sein Freund. Aber sie würde sich hüten, ihre Enkelin mit dieser Vermutung zu konfrontieren. Sie war froh, dass Mila sie überhaupt so tapfer begleitete, auch wenn ihr die Kleidung, mit der ihre Enkelin vorhin aus dem Hostel zurückgekehrt war, überhaupt nicht zusagte. In Australien mochten solche kurzen Hosen und diese scheußlichen Shirts der Mode entsprechen, und bei Sophie hatte sie sich an den Anblick gewöhnt, aber bei Mila, die doch sonst sehr darauf bedacht war, sich stilvoll zu kleiden? Das hatte ihre Enkelin wohl selbst eingesehen und sich zum Besuch bei ihrem Bruder noch schnell umgezogen.

Omakas Herz drohte förmlich zu zerbersten, als sie schließlich vor dem Zimmer standen und Sophie an die Tür klopfte. Das anschließende Schweigen kam ihr vor wie eine Unendlichkeit. Nach gefühlten Stunden ertönte von innen eine laute und wohlklingende Männerstimme. Omaka straffte die Schultern und versuchte, ihren fliegenden Atem zu beruhigen, doch als Sophie die Tür öffnete und Omaka in einem Sessel einen gut aussehenden Herrn sitzen sah, der mit wachen Augen zur Tür sah, wurde sie mit einem Mal ganz ruhig.

Natürlich hatte sie sich alles Mögliche vorgestellt, was sie da wohl erwarten würde. Vom sabbernden Greis bis zu einer Kopie ihres Vaters, wäre er je so alt geworden wie sein Sohn, hatte sie sich alles ausgemalt. Doch beim Anblick dieses attraktiven weißhaarigen Herrn löste sich nicht nur ihre Anspannung in Wohlgefallen auf, sondern auch alle ihre Pläne, was sie ihn wohl fragen würde. Plötzlich hatte sie das Gefühl, es würde alles seinen Gang gehen.

Die erste Überraschung war die, dass der alte Mann weder Omaka noch seine Enkelin wahrnahm, sondern wie gebannt Mila fixierte. »Mum?«, fragte er schließlich.

»Nein, Gramp, das ist nicht deine Mum, das sind Freunde von mir aus Neuseeland«, mischte sich Sophie energisch ein.

»Aber das ist Mum«, wiederholte er mit weinerlicher Stimme. »Warum kommst du nicht her zu mir?« Er streckte die Hand nach Mila aus.

Omaka stockte schier der Atem. Kam Mila wohl nach ihrer Mutter Hine? Sie kannte ja nur deren zerstörtes Gesicht mit der schrecklichen Narbe über dem Auge und dem immer trüben Blick. Einmal hatte sie ihren Vater gefragt, ob er alte Fotos ihrer Mutter hätte, aber das hatte er verneint. Es hatte in ganz Pounamu kein einziges Bild gegeben, das die Mutter in jungen Jahren zeigte, doch Omaka erinnerte sich, dass in Hokitika einmal eine alte Frau ihren Vater auf der Straße angesprochen hatte mit den

Worten: »Gott wird dich bestrafen dafür, dass du ihr die Schönheit und die Würde gestohlen hast, denn wir wissen, dass du es gewesen bist.« Omaka – damals noch ein Kind – hatte die Frau für einen bösen Geist gehalten und ihr die Zunge herausgestreckt, während der Vater sie hektisch mit sich fortgezerrt hatte. Omaka hatte den Vorfall verdrängt – bis jetzt. Die Erinnerung berührte sie unangenehm, weil sie sich unwillkürlich wieder jene Frage stellte, die sie nicht losließ, seit sie von Benjamins Existenz erfahren hatte: War ihr Vater wirklich nur der liebenswerte Dad gewesen oder hatte er doch eine andere, dunkle Seite besessen? Sie konzentrierte sich nun auf ihre Enkelin, der ins Gesicht geschrieben stand, wie sehr sie das Verhalten Benjamins befremdete.

Mila warf Sophie einen fragenden Blick zu. Die nickte ihr aufmunternd zu. Daraufhin näherte sich Mila dem alten Mann beherzt und nahm seine Hand.

»Ich wusste, du würdest mich holen. Neulich im Traum habe ich dich gesehen, aber da hast du wie ein Engel ausgesehen. Wenn du mich jetzt mitnehmen willst, ich bin bereit«, raunte er.

Omaka ging der Schrecken bei seinen Worten durch Mark und Bein. Wenn das nicht seiner Fantasie entsprungen war, hatte er einen ähnlichen Traum gehabt wie sie. Tief im Herzen ahnte sie, dass es genauso gewesen sein musste. Sie glaubte nämlich fest an den Ruf der Ahnen, wenn sich das Leben dem Ende entgegenneigte.

»Nein, ich wollte dich nur besuchen und schauen, wie es dir geht«, erwiderte Mila mit klarer Stimme.

»Gut, aber ich bin bereit, mit dir zu gehen«, stöhnte der alte Mann. »Mum, ich schwöre dir, ich bin im Wagen geblieben, obwohl ich gesehen habe, dass er dich verfolgt hat, aber dann hat er mich spät in der Nacht an den Haaren aus dem Wagen gezogen. Und ich habe deine Schatzkiste gefunden, aber ich konnte sie nicht retten, weil er mich fortgebracht hat. Ich konnte sie doch nicht auch noch im Anorakfutter verstecken wie die Steine. Ich habe sie in deinem Versteck gelassen. Verzeih mir.«

Mila musste ihre ganze Kraft aufwenden, um sich nicht anmerken zu lassen, wie sehr sie das Verhalten des alten Mannes irritierte. Es war gar nicht so sehr die Tatsache, dass er sie für seine Mutter hielt, die sie verwirrte, sondern vielmehr seine Worte, so als würde er sich tatsächlich an das erinnern, was er von sich gab. Sie warf ihrer Großmutter einen hilfesuchenden Blick zu, aber die machte selbst den Eindruck, als würde sie jeden Augenblick zusammenbrechen. Das schien auch Sophie bemerkt zu haben, die Granny Omaka in diesem Moment unterhakte und zu einem Sessel begleitete. Dann trafen sich die Blicke der entfernten Cousinen. Sophie schien ebenso geschockt wie Mila.

»Soll ich versuchen, ihn aus diesem Film herauszuholen?«, fragte sie Mila heiser.

Mila nickte und befreite sich sanft aus dem Griff, mit dem Benjamin ihre Hand nun umklammert hielt. »Wenn du das kannst, gern«, raunte sie und trat einen Schritt zurück, während Sophie ihren Platz einnahm und die Hand des Großvaters in ihre nahm und sanft streichelte.

»Gramp, ich bin es doch, Sophie. Wie geht es dir heute? Hast du die Mütze schon getragen?«, fragte sie ihn in lockerem Plauderton.

Ihr Großvater aber stierte weiter teilnahmslos ins Leere. Sophie überlegte fieberhaft, wie sie ihn wieder ins Hier und Jetzt zurückholen konnte. Schließlich stand sie auf, griff sich das Buch, das sie ihm geschenkt hatte, und fing an, daraus vorzulesen. Nach wenigen Sätzen unterbrach ihr Großvater sie unwirsch. »Also, lesen kann ich noch allein. Sag mir lieber, warum du nicht früher gekommen bist. Ich warte schon den ganzen Tag auf dich. Du warst lange nicht mehr da.«

»Gramp, ich habe dich erst gestern besucht, und heute komme ich außerplanmäßig, weil ich dir jemanden mitgebracht habe.« Sie deutete auf Omaka und winkte sie heran.

Bei ihrem Anblick erhellte sich seine Miene. »Endlich mal eine hübsche alte Dame«, bemerkte er und reichte ihr lächelnd die Hand. »Und Sie wohnen jetzt auch hier im Heim? Das ist schön. Kommen Sie, nehmen Sie Platz.« Granny Omaka setzte sich vorsichtig neben ihn.

»Sind Sie auch aus Cairns, und hat man Sie auch gegen Ihren Willen ins Heim gesteckt?«, erkundigte er sich neugierig.

»Nein, ich bin nur zu Besuch in Cairns. Ich komme aus Neuseeland. Aus einem kleinen Ort mit dem Namen Hokitika.«

Benjamin sah sie mit großen Augen an. »Das kenne ich. Da habe ich auch mal gewohnt. Kennen Sie vielleicht Pounamu? Das ist wunderschön. Hinter dem Haus fließt ein kleines Flüsschen, wo der Grünstein wächst«, schwärmte er.

Omaka klopfte das Herz bis zum Hals. Was sollte sie sagen? Zugeben, dass das ihr Zuhause war? Auf das Risiko hin, dass er diese Information nicht verkraften würde? Aber sollte sie ihm lieber etwas vorlügen? Dann würde sie allerdings niemals herausbekommen, was hinter dieser unheimlichen Geschichte wirklich steckte.

»Ja, ich kenne Pounamu. Dort bin ich aufgewachsen. Das ist meine Heimat«, stieß sie heiser hervor.

Benjamin schenkte ihr daraufhin ein seliges Lächeln. »Kennen Sie auch den Wald auf der anderen Seite des Flusses? Dort hatte ich eine Höhle zusammen mit meinen Freunden.«

Omaka musste schlucken, bevor sie in der Lage war, ihm zu antworten.

»Ich habe dort auch gern gespielt. Auch mit den älteren Jungen, die mich einmal nachts mit zum Wasserfall genommen haben. Und dann haben wir uns heillos verirrt, doch mein Vater hat uns gefunden. Er hat sich, nachdem er mein leeres Bett entdeckt hatte, auf die Suche nach mir gemacht. Ich hatte Sorge, dass er schimpft, aber er hat mich das letzte Stück getragen, weil ich so übermüdet war.«

»Sie haben einen lieben Vater. Mein Vater war böse. Er hat mich oft geschlagen, wenn meine Mutter nicht in der Nähe war. Aber sie war ein Engel und …« Er stockte und starrte ins Leere.

Omaka war froh, dass er an dieser Stelle nicht weitersprach, denn sie hegte mittlerweile keinen Zweifel mehr daran, dass sie von demselben Vater sprachen, aber mehr Informationen konnte sie nicht verkraften. Ihr Vater war stets ihr Ein und Alles gewesen, und nun sollte er sich als prügelnder Sadist entpuppen, der seinen Sohn misshandelt hatte? Nein, das konnte und wollte sie nicht an sich heranlassen.

Sie stand hektisch auf und eilte auf die beiden jungen Frauen zu. »Ich glaube, es ist besser, wenn wir jetzt gehen«, krächzte sie, denn ihre Stimme war mit einem Mal sehr rau geworden, weil sie gegen die Tränen ankämpfen musste.

»Okay!«, erwiderte Sophie und ging rasch zu ihrem Großvater.

»Gramp, wir müssen wieder gehen. Ich denke, ich komme morgen wieder.«

»Aber nur, wenn du die schöne Frau mitbringst!« Ihr Großvater deutete auf Granny Omaka. »Sie soll morgen wiederkommen. Bitte!«

»Klar, die Dame kommt mit«, versprach Sophie.

Sie nahm ihren Großvater in den Arm und genoss diese Nähe, die für einen winzigen Moment nicht beschwert war von der Anwesenheit der neuseeländischen Verwandtschaft. Auch an Sophie ging diese ganze Geschichte nicht spurlos vorüber. Die Tatsache, dass ihr Großvater ein neuseeländisches Heimkind gewesen war, hatte sie mittlerweile einigermaßen verkraftet, aber die Vorstellung, dass er womöglich von seinem leiblichen Vater misshandelt worden war, nahm sie doch sehr mit. In diesem Augenblick kamen ihr Zweifel, ob es wohl richtig gewesen war, den Neuseeländern einen Besuch bei ihrem Gramp zu ermöglichen, doch jetzt war es zu spät. Kaum hatten sie ihre Umarmung gelöst, fragte der Großvater, wohin die wunderschöne Frau mit dem hübschen dunklen Haar entschwunden sei.

»Omaka wird dich wieder besuchen«, entgegnete Sophie, während sie ihren Großvater erneut umarmte, aber er entwand sich unwirsch dieser Nähe.

»Omaka ist ein Maori-Name. Weißt du das?«, fragte er. Als Sophie nur den Kopf schüttelte, sah er an ihr vorbei zu Omaka. »Wissen Sie das? Omaka ist ein Maori-Name!«

Omaka nickte und kam zögernd näher. »Ich weiß, denn wir tragen mütterlicherseits Maoriblut in uns.«

»Kennen Sie die Legende vom Grünstein?« Ohne ihre Antwort abzuwarten, erzählte er ihr von dem Wassergeist Poutini, der seine Geliebte in einen Grünstein verwandelte, um sie vor der Rache des Ehemanns zu schützen. »Mum hat mir diese Geschichte oft erzählt«, fügte er eifrig hinzu. »Und dass der Grünstein eine große Macht besitzt.«

Omaka hatte sich erneut neben ihn gesetzt und ihm schweigend zugehört. Es fiel ihr schwer zu begreifen, dass er offenbar von derselben Frau sprach, die auch ihre Mutter gewesen war. Er hatte eine schöne Frau in Erinnerung, die ihm Geschichten vorgelesen hatte, während sie stets bemüht gewesen war, der stummen und blinden Frau nicht in das verunstaltete Gesicht zu sehen. Sie wagte kaum, sich klarzumachen, was das konkret bedeutete. Der Unfall musste, wenn sie richtig rechnete, kurz vor ihrer Geburt geschehen sein. Unvorstellbar, dass sie damals im Bauch dieser armen Frau gewesen war. Nein, das konnte und wollte sie nicht an sich heranlassen.

»Ich kenne die Geschichte. Mary hat sie mir oft vorgelesen«, raunte die Großmutter.

»Mary ist aber kein Maori-Name«, erwiderte er.

»Nein, sie war mein Kindermädchen und die zweite Frau meines Vaters, aber sie kannte alle möglichen Legenden der Maori.«

»Sie sind eine große Dame«, stieß Benjamin da bewundernd hervor.

»Danke«, erwiderte Omaka verhalten.

»Ich muss jetzt zum Mittagessen gehen. Kommen Sie mit?«, fragte er sie.

»Nein, ich glaube, wir müssen zurück in unser Hotel«, entgegnete Granny Omaka mit belegter Stimme.

»Schade, aber Sie kommen wieder, oder? Denn Sie sind so hübsch. Hübscher als alle Frauen hier.« Er lachte laut.

»Ja, ich komme wieder«, sagte Omaka, und das meinte sie auch so. Natürlich würde sie ihren Bruder noch einmal besuchen, ganz gleich, was er von sich gab. Allein, um wiedergutzumachen, was ihrem Bruder für ein Leid geschehen war, wenngleich sich alles in ihr sträubte zu glauben, dass ihr geliebter Vater ein derart böser Mensch gewesen sein sollte. Vielleicht war das alles nur Benjamins krankem Hirn entsprungen, dachte sie entschieden.

Mila hatte sich inzwischen wortlos aus dem Zimmer geschlichen und wartete auf dem Flur auf Sophie und die Granny. Ihr saß die Begegnung mit dem alten Mann noch immer in den Knochen. Dennoch war sie fest entschlossen, ihn noch einmal zu besuchen. Dann wäre sie immerhin darauf vorbereitet, dass er sie für seine Mutter hielt. Eben war das Ganze etwas plötzlich über sie hereingebrochen, zumal sich ihr Körper noch nicht ganz von den Strapazen der vergangenen Nacht erholt hatte. Natürlich fragte sie sich auch, ob diese Begegnung wirklich so gut für das schwache Herz ihrer Granny war, denn der Vater, von dem dieser alte Herr sprach, hatte gar nichts von dem fürsorglichen Dad, den ihre Großmutter so geliebt hatte.

Ihre Großmutter war jedenfalls leichenblass, als sie an Sophies Arm aus dem Zimmer kam.

»Und, was hat er noch gesagt?«, fragte Mila.

»Er hat mir die Legende vom Grünstein erzählt, die ihm seine Mutter vorgelesen hat«, stieß Omaka sichtlich betroffen hervor.

»Aber deine Mutter war doch blind und taub.«

»Ja, meine Mutter schon, aber seine Mutter nicht«, entgegnete die Großmutter, bevor sie sich an Sophie wandte. »Wie schätzt du das ein? Ist das alles nur seiner Fantasie entsprungen, oder kann er sich wirklich erinnern?«

Sophie zuckte die Schultern. »Wenn ich das wüsste. Aber mein Gefühl sagt mir, das hat er wirklich erlebt. Das hat mir auch sein behandelnder Arzt einmal geraten. Ihn viel aus seiner Kindheit und Jugend erzählen zu lassen, weil die Region im Hirn, in der das Langzeitgedächtnis liegt, meist weniger betroffen ist als das Kurzzeitgedächtnis. Und bei ihm scheint das tatsächlich noch zu funktionieren, während er Dinge des Alltags von einer Sekunde zur nächsten völlig vergessen kann.«

»Und nun? Willst du es dabei bewenden lassen?«, hakte Mila nach, die sehr gut verstanden hätte, wenn ihre Großmutter den Besuch nicht unbedingt wiederholen wollte. Und wie sie ihre Granny kannte, wollte sie sich lieber das Bild ihres wunderbaren Vaters bewahren, das wahrscheinlich Schaden nehmen würde, wenn sie womöglich noch weitere Einzelheiten erfuhr.

»Wo denkst du hin? Ich kann Benjamin doch jetzt nicht so enttäuschen. Er braucht mich«, erklärte sie entschieden.

»Tja, vielleicht hat er deinen Besuch aber morgen auch schon wieder vergessen«, warf Sophie ein.

»Mag sein, aber das werde ich dann ja sehen. Wenn du erlaubst, gehe ich gleich morgen früh wieder zu ihm. Und ich wäre sehr froh, wenn zumindest eine von euch beiden mitkommen würde.«

»Das mache ich schon. Sophie hat schon genug Zeit für uns geopfert. Ich begleite dich«, entgegnete Mila, was ihr einen dankbaren Blick Sophies einbrachte.

»Kommt ihr noch auf einen Kaffee mit ins Hostel?«, fragte Sophie.

»Wenn Granny Lust hat, dann gern«, erwiderte Mila. »Allerdings habe ich ein bisschen Sorge, dass mich das Personal wiedererkennt«, fügte sie scherzhaft hinzu.

»Mal abgesehen davon, dass jetzt am Tag eine andere Crew Dienst hat, fanden sie dich alle nur entzückend«, lachte Sophie.

»Das glaube ich dir nicht. Dass mich alle entzückend fanden. Zumindest bei meinem Bruderherz bezweifle ich das.«

»Na ja, er hat zwar versucht, dir Wasser einzuflößen, aber er fand das Ganze gar nicht schlimm, denn du warst äußerst unterhaltsam.«

»Okay, dann zurück an den Ort meiner Schandtaten«, lachte Mila und hakte Granny an der einen Seite ein, während Sophie es an der anderen Seite tat. Mit der Großmutter in der Mitte verließen sie das Heim. Und Mila konnte gar nichts dagegen tun, dass sie ihre entfernte Verwandte in diesem Augenblick richtiggehend sympathisch fand.

27. Kapitel

Das Dinner im Prawn Star war Tims Weihnachtsgeschenk für seine Schwester. Sie hatten sich im Vorwege darauf geeinigt, keine Geschenke aus Neuseeland nach Australien zu transportieren, sondern sich vor Ort etwas auszudenken. Nur Granny hatte etwas aus Neuseeland bekommen: Milas Prüfungsstück, die selbst entworfene und hergestellte Halskette aus dem dunklen Jadestein. Ein besseres Geschenk hätte Mila ihrer Großmutter nicht machen können. Sie hatte vor Freude geweint und Mila versichert, sie würde die beste Schmuckdesignerin sein, die Hokitika je gesehen hätte. In dem Augenblick war Mila schmerzlich klar geworden, dass sie ihr gleich nach der Rückkehr die Wahrheit würde sagen müssen. Doch sie dachte auch daran, dass zumindest ein Grund, in Auckland zu bleiben, inzwischen weggefallen war.

Nachdem Mila und die Granny aus dem Heim ins Apartment zurückgekehrt waren, hatten sie jedenfalls zu viert noch ein schönes Weihnachtsfest verbracht. Tim und Jonah hatten die beiden mit einem üppigen Frühstück empfangen und ihnen ihre Geschenke überreicht. Für Omaka hatte Tim einen hübschen Strohhut gekauft und für Mila den Gutschein für ein Dinner mit ihm im Prawn Star, einem Seafood-Restaurant, das sich auf einem Kutter befand. Jonah hatte Granny Omaka einen Reiseführer über Cairns geschenkt und Mila ein Strandtuch. Mila hatte für Jonah und ihren Bruder Tickets für einen Tauchausflug zum Great Barrier Reef besorgt.

Ihrem ersten Besuch im Heim waren noch zwei weitere gefolgt, die ihnen aber keine neuen Erkenntnisse gebracht hatten, obwohl Benjamin Mila zunächst wieder für seine Mutter gehalten hatte. Er hatte jedoch nur wiederholt, was er schon beim ersten Mal zu ihr gesagt hatte. Und dann hatte er sich lange mit Granny Omaka unterhalten, aber auf eine Weise, als wäre er nicht im Geringsten dement. Er hatte ihr von seinem Hotel berichtet und sie eingeladen, es sich einmal anzusehen. Granny Omaka war jedenfalls nach den beiden Besuchen lange nicht mehr so aufgewühlt gewesen wie beim ersten Mal. Allerdings hatte sie ihn auch einfach reden lassen und keine Themen angesprochen, die bei ihm Kindheitserinnerungen freisetzen konnten. Nun wollte Omaka es wagen, ihn das nächste Mal ohne Begleitung aufzusuchen.

Mila und Tim hatten ein leicht schlechtes Gewissen, die Großmutter an diesem Abend allein im Apartment zurückzulassen, doch sie erklärte zu ihrer großen Überraschung, dass sie zusammen mit Jonah ins Hostel gehen würde, um dort eine Kleinigkeit zu essen und sich einen Gin Tonic zu genehmigen. Mila hatte allein bei der Nennung dieses Getränks eine gewisse Übelkeit verspürt. Obwohl ihr Besäufnis nun schon über zwei Tage her war, reagierte ihr Magen immer noch empfindlich auf alles, was sie daran erinnerte. Selbst heute Abend konnte sie sich kaum vorstellen, Wein zu trinken, aber Tim hatte gemeint, das sollte sie erst vor Ort entscheiden, denn ein Weißwein zu Seafood wäre ein großer Genuss.

Tim schien im Übrigen etwas genervt von der Bereitschaft seines guten Freundes, ständig in der Bar auszuhelfen. Bei ihm hatte Jonahs Übereifer das Gegenteil zur Folge. Er hatte sich Sophie nicht mehr als Servicekraft angedient, sondern sich lieber zu ihr als Gast an die Bar gesetzt. Und heute Abend hatte Jonah sehr zu Tims Schadenfreude ein Eigentor geschossen, als er sich bei

Sophie wieder einmal beflissen zum Abenddienst gemeldet hatte. Sie war ihm nämlich überaus dankbar gewesen, dass sie in ihm an ihrem freien Abend eine zuverlässige Vertretung gefunden hatte. Mila tat es beinahe leid, dass ihr Bruder ausgerechnet an Sophies freiem Abend mit ihr verabredet war, denn den hätte er bestimmt lieber mit Sophie verbracht, aber auf ihr Geschenk wollte sie ungern verzichten. Überdies hatte Tim keinerlei Anstalten gemacht, sie auf einen anderen Termin zu vertrösten.

Mila wartete immer noch darauf, dass sie in Sachen Jonah einen Rückfall erleiden würde, aber bis jetzt hatte sie keinen einzigen Gedanken mehr an die Knutscherei mit ihm verschwendet. Er sprach sie als Mann merkwürdigerweise immer weniger an. Sie fand die Art und Weise, wie er Sophie erobern wollte, fast ein wenig zwanghaft. Das verlieh ihm in ihren Augen die Aura eines pubertierenden Jungen. Und es war so offensichtlich, dass Jonahs Interesse an Sophie von seinem Jagdtrieb gesteuert war, während bei Tim etwas anderes im Spiel war. Sie hatte nur Sorge, dass die Männerfreundschaft zwischen Tim und Jonah einen Knacks bekommen könnte, weil sie um Sophie konkurrierten, wobei Tim das auf eine eher zurückhaltende Art tat, was auch keine Kunst war, da Sophie ziemlich deutlich zeigte, wie sehr sie ihn mochte. Allerdings konnte Mila schwer einschätzen, ob sich die beiden inzwischen nähergekommen waren, denn sie hatte die vergangenen Abende ganz solide mit ihrer Großmutter auf der Terrasse des Apartments verbracht. Vielleicht würde sie im Prawn Star etwas herausbekommen.

Ihr Bruder stieß einen anerkennenden Pfiff aus, als Mila fertig gestylt aus dem Schlafzimmer kam.

»Wow, ein echtes Tropengirl«, lachte er.

»Das habe ich mir vorhin extra für dich noch gekauft«, erwiderte sie. »Du siehst aber auch top aus!«, fügte sie hinzu und hakte ihn unter.

»Ihr gebt ein wirklich schönes Paar ab«, bemerkte ihre Großmutter begeistert.

»Das wäre natürlich jammerschade. Dann wird mich kein fremder Mann ansprechen, aber vielleicht könnte ich dich ganz laut Bruderherz nennen«, scherzte Mila.

»Ich weiß gar nicht, was du hast. Bin ich dir etwa nicht gut genug?«

»Als Bruder allemal. Heißes Teil, aber so ein netter Australier?«

»Den hattest du doch schon. Ich sage nur Surferboy.«

»Du kannst aber auch gemein sein. Der Junge war gerade mal achtzehn und kam aus Kalifornien. Das zählt nicht. Ich möchte mich heute Abend mal richtig verlieben.«

»In einen Australier? In fünf Tagen sitzen wir im Flieger gen Auckland. Das ist für eine Wochenendbeziehung etwas zu weit.« Das klang aus seinem Mund gar nicht mehr witzig. Offenbar sprach er damit durch die Blume über seinen eigenen Frust, dass zwischen Cairns und Auckland über zweitausend Meilen lagen. Mila konnte sich gerade noch beherrschen, ihn daran zu erinnern, dass ihm das doch bislang die angenehmsten Begegnungen mit Frauen gewesen waren. Kurz, heftig und maximale Distanz, am besten Frauen aus Europa.

»Habt einen schönen Abend, ihr beiden. Und danke«, sagte Granny Omaka leicht melancholisch.

»Wofür ist das Dankeschön?«, wollte Tim wissen.

»Dafür, dass ihr beiden mir in dieser ganzen seltsamen Lage beisteht. Ohne euch wäre ich niemals so weit gegangen, meinen Bruder zu suchen.«

»Das machen wir doch gern«, beeilte sich Mila zu sagen, und Tim pflichtete ihr eifrig bei. Mila nahm die Großmutter noch einmal in den Arm, bevor sie sich auf den Weg machten.

Tim hatte auf seinem Telefon die Navigations-App eingeschaltet, und so schlenderten sie zu Fuß in Richtung Hafen. Obwohl Mila einen leichten und kurzen Neckholder trug, lief ihr der Schweiß in den Nacken. Auch gegen Abend herrschten in Cairns Temperaturen, die es in Hokitika selbst im Hochsommer in der Mittagssonne nicht gab. Und selbst in Auckland, wo es wesentlich milder als an der Westküste der Südinsel war, wurde es nie so drückend schwül wie hier in den Tropen. Mila wunderte sich, dass die Regengüsse, die zurzeit mehrmals täglich die Stadt überschwemmten, die Luft nicht nachhaltig abkühlten. Auch Tim, der in Neuseeland nur am Strand kurze Hosen trug, obwohl der neuseeländische Business-Dresscode knielange Shorts sogar auch im Büro erlaubte, hatte sich vor Ort dunkelblaue Bermudas gekauft, zu denen er ein weißes Hemd mit kurzen Ärmeln trug. Da er sofort braun wurde, wenn er die Sonne nur ahnte, und ohnehin einen eher dunklen Teint besaß, wirkte er noch südländischer. Wahrscheinlich würde er mal wieder problemlos als Italiener durchgehen.

Als sie schließlich die Pier erreichten, wehte dort ein angenehmes Lüftchen vom Meer her, und Mila hörte sofort auf zu schwitzen. Sie war sehr gespannt auf das Lokal, das Plätze auf einem Kutter und weitere direkt an der Pier besaß.

Das Schild am Anfang des Stegs pries fangfrischen Hummer an. Mila lief das Wasser im Mund zusammen, aber sie hatte sich jüngst entschieden, keine Tiere mehr zu essen, die man bei lebendigem Leib ins kochende Wasser warf und die elendig verbrühten. Das fiel ihr immer wieder schwer, weil sie den Geschmack von Hummer über alles liebte und eine wahre Meisterin im Umgang mit der Hummergabel war.

»Witziger Laden«, raunte sie ihrem Bruder zu, während sie über einen Steg an Bord der Prawn Star gingen. Mila konnte sich allerdings nicht so recht vorstellen, dass sie auf dem Boot wirklich noch einen Platz bekommen würden, denn es gab nur zwei Tische, um die die zahlreichen Gäste dichtgedrängt saßen. Aber die Tische draußen an der Pier, an denen man auf Kühlkisten saß, waren auch allesamt besetzt. Doch schon wurden sie in das lärmende Gedränge an einen der Tische auf dem Kutter geschoben. Durch die Enge auf der Bank kam man sofort mit den anderen Gästen ins Gespräch. Milas Sitznachbar war, wie sich schnell herausstellte, Mitglied einer neuseeländischen Freundesclique aus Dunedin, die jedes Jahr über die Feiertage gemeinsam verreiste, weil sie alle noch keine Familie hatten.

Mila war nur mäßig erfreut über die unfreiwillige Kontaktpflege mit ihren Landsleuten. Sie hätte gern unter vier Augen mit Tim geredet, aber das schien inmitten all der lärmenden Neuseeländer ein schier unmögliches Unterfangen. Das Prawn Star war für Vieraugengespräche offenbar ungeeignet.

Ihr Nachbar, ein Anwalt mit einem Traumhaus, das einen direkten Blick auf die Otago Bay besaß, wie er ihr bereits voller Stolz erzählt hatte, schien absolut entzückt von seiner Landsmännin, denn er machte ihr unverhohlen Komplimente und raunte ihr zu, wie schade er es fände, dass sie mit ihrem »Italiener« hier sei. Da Mila dieser Kerl ein wenig zu aufdringlich war, unterließ sie es, ihn über seinen Irrtum aufzuklären. Die Gruppe aus Dunedin war überaus kontaktfreudig, denn auch Tim war inzwischen von einer nicht gerade unattraktiven Dame in seinem Alter in ein angeregtes Gespräch verwickelt worden.

Von dem dampfplaudernden Anwalt gelangweilt, ließ Mila den Blick über die ganze Truppe gleiten, als ein Mann ihre ganze Aufmerksamkeit auf sich zog. Er hatte dunkles Haar und strahlend blaue Augen, über denen ein Schleier der Melancholie lag, was ihn für Mila nur noch interessanter machte. Doch er schien so in Gedanken versunken, dass er nicht einmal bemerkte, wie fasziniert Mila ihn anstarrte.

»Keine Chance«, flüsterte ihr der Anwalt ins Ohr, der offenbar sehr wohl gemerkt hatte, an wem ihr Blick hängen geblieben war.

»Das ist unser Trauerkloß, der Herzexperte Brian Morris. Er musste erst kürzlich seinen Großvater zu Grabe tragen, bei dem er aufgewachsen ist. Die Eltern im diplomatischen Dienst waren nie da. Er hat den alten Haudegen wirklich geliebt.« Mila beschlich der Verdacht, dass ihr Nachbar schon ein paar Bier zu viel intus hatte, denn sonst würde er ihr wohl kaum derart indiskret die Lebensgeschichte eines völlig fremden Mannes anvertrauen. Die Gesellschaft des redseligen Advokaten aus Dunedin wurde ihr langsam ein wenig lästig, und so versuchte sie nun, Tims Aufmerksamkeit zu erringen. »Schatz, wir sollten endlich bestellen?«, sagte sie so laut, dass es der ganze Tisch hören konnte. Sogar der traurige Herzexperte blickte nun in ihre Richtung. Was das wohl im Klartext bedeutete? Ein Herzexperte?, fragte sich Mila. Dass gerade er den »Schatz« mitgehört hatte, war ihr natürlich gar nicht recht, denn nun musste er ja glauben, Tim wäre ihr Mann. Aus der Nummer kam sie nicht mehr ohne Gesichtsverlust heraus, vor allem, weil ihr Bruder auch noch mitspielte. Offenbar kam ihm das sehr gelegen, um seinerseits das Gespräch mit der Nachbarin zu beenden.

»Ja, das sollten wir, mein Liebling«, entgegnete er beinahe ebenso laut. Damit hatte sich auch das Interesse seiner Banknachbarin erübrigt. Die Dame fing ganz demonstrativ ein Gespräch mit dem Herzexperten an, der Mila jetzt einen derart durchdringenden Blick zuwarf, dass sie am liebsten aufgestanden und sich neben ihn gedrängelt hätte.

Doch nun kam der Kellner und nahm ihre Bestellung auf. Mila bestellte schweren Herzens Riesengarnelen, obgleich sie nicht ausschließen konnte, dass mit ihnen auf dieselbe Art verfahren wurde wie mit den Hummern, aber sie fragte vorsichtshalber nicht nach. Als ihr Bruder ein Bier orderte, wurde Mila schwach und tat es ihm gleich, denn der Mann mit den traurigen Augen wollte ihr partout nicht aus dem Sinn gehen. Während des nun folgenden Gesprächs versuchte sie noch mehrfach einen Blick von ihm zu erhaschen, aber er sprach jetzt intensiv mit der Dame, die ihm schräg gegenübersaß. Und zwar schien es eine ernsthafte Unterhaltung zu sein, in der nicht gelacht wurde, während sich die restlichen Mitglieder der circa zehnköpfigen Truppe grölend auf die Schenkel schlugen. So auch der übergriffige Anwalt, der am Nachbartisch ein neues Opfer gefunden hatte.

Nach etlichen vergeblichen Versuchen, noch einen Blick von dem Herzexperten zu erhaschen, dessen sonore Stimme wohltuend aus dem allgemeinen Lärm herausstach, gab sie es auf und konzentrierte sich ganz auf ihren Bruder und ihr ursprüngliches Vorhaben, mit ihm ein paar persönliche Worte zu reden.

Sie prosteten einander zu und unterhielten sich erst einmal über den neuen Großonkel und ob das für Granny wirklich gut war, dass sie ihn getroffen hatte. Tim hegte nicht den geringsten Zweifel daran, dass es für die Großmutter besser sei, ihn wenigstens persönlich kennengelernt zu haben, als weiterhin völlig im Trüben zu fischen. Mila hatte nur Bedenken wegen Granny Omakas Gesundheit, doch Tim vertrat die Auffassung, dass sie viel frischer aussah als vor der Abreise, woraus er schloss, dass ihr der Kontakt sehr gut tat.

Mila überlegte noch, wie sie unauffällig auf das Thema Sophie kommen sollte, als Tim sie durchdringend musterte. »Deine Glut für meinen lieben Freund Jonah ist offenbar erloschen. Wie kommt das?«

Mila spürte, wie sie rot wurde, denn sie fühlte sich ertappt. »Ich, äh, habe doch nicht, da war doch nichts, äh …«

»Das kannst du nicht mal unserer Großmutter erzählen. Als du neulich Nacht an mir vorbei ins Gartenhaus geschlichen bist, bist du noch wie auf Wolken geschwebt, und als dann drei Minuten später mein lieber Freund Jonah mit zerzauster Mähne folgte, war doch alles klar.«

»Unsinn!«

»Ach, Süße, Leugnen zwecklos. Jonah hat mir zu später Stunde gestanden, dass er dich geküsst hat, und hoch und heilig geschworen, dass es ein Ausrutscher war und er es niemals wieder tun würde.«

»Das hat er dir so gesagt? Ein Ausrutscher?«, fragte Mila fassungslos nach.

»Das waren seine Worte, aber jetzt mal ehrlich, er hatte dir doch hoffentlich nicht den Kopf verdreht, oder?«

Mila stieß einen tiefen Seufzer aus. »Richtig! Hatte! Er hatte mir den Kopf verdreht, aber das hat sich inzwischen erledigt. Ich finde die Art und Weise, wie er Sophie zu beeindrucken versucht, ein bisschen albern ...« Mila unterbrach sich hastig. Das wollte sie Tim natürlich nicht so offen gestehen. Er aber grinste breit.

»Da sind wir beide ausnahmsweise einmal einer Meinung. Er macht sich echt zum Affen. So kenne ich ihn gar nicht.«

»Kein Wunder. Er ist es nicht gewohnt, dass er sich groß anstrengen muss, weil er solche Konkurrenz wie dich hat. Oder habt ihr beiden schon mal so um ein und dieselbe Frau gekämpft?«

»Ich kämpfe nicht um Sophie, falls du das denken solltest. Wir sind in fünf Tagen wieder zuhause. Das lohnt sich nicht.«

»Und das aus deinem Mund? Wie lautet deine Devise noch? Ach ja, am besten Europäerinnen, weil deren Urlaub in Neuseeland auch einmal zu Ende geht?«

»Sophie ist etwas Besonderes, weißt du. Sie ist so ...« Weiter kam er nicht, weil ihnen jetzt das Essen serviert wurde. Mila hatte nun nur noch Augen für ihre leckeren Riesengarnelen. Während des Essens schwiegen sie bis auf ein paar begeisterte Kommentare über die überraschend gute Küche.

»Lassen Sie es sich gut schmecken«, hörte sie plötzlich hinter sich eine männliche Stimme, die Mila durch und durch ging. Sie fuhr herum und blickte in ein Paar blauer strahlender Augen, so als hätte sie jemand von dem melancholischen Schleier befreit.

»Danke, das ist nett von Ihnen. Wollen Sie schon aufbrechen?«, fragte Tim freundlich, weil sich nun die Plätze neben ihnen leerten, während Mila ihn nur wie verzaubert anstarrte. Jetzt sah sie erst, dass er recht groß war und eine ziemlich gute Figur besaß.

»Ja, meine Bezugsgruppe ist im Aufbruch begriffen. Die wollen jetzt erst richtig loslegen. Ich bin aber durch für heute Abend«, sagte der Herzexperte aus Dunedin höflich.

Mila war versucht, die Wahrheit laut herauszuschreien, dass ihre attraktive Begleitung nur ihr Bruder war, aber sie spürte, dass sie keinen einzigen Ton herausbringen würde.

»Wie lange bleiben Ihre Frau und Sie noch?«, fragte der Landsmann nun nach.

»Wir fliegen am ersten Januar zurück, was ich sehr bedauere. Hätte ich geahnt, wie traumhaft schön das hier ist, ich hätte drei Wochen Urlaub genommen«, sagte Tim in lockerem Ton, während Mila darum kämpfte, nicht völlig die Fassung zu verlieren und wenigstens einen ganzen Satz herauszubringen.

»Ich werde auch noch mal wiederkommen, habe ich mir überlegt. Vielleicht ohne …«, er senkte die Stimme, »… meine Clique aus Dunedin.« Während er das sagte, lächelte er. Auch das noch. Mila durchfuhr es heiß und kalt zugleich, sein Lächeln war unwiderstehlich. Wenn sie doch wenigstens mit ihm flirten könnte so nach dem Motto: *In Dunedin wollte ich immer schon mal einen Kurzurlaub machen, können Sie mir nicht mal Ihre Adresse geben?* Aber er hielt sie ja für Tims Frau. Mist, Mist, Mist, dachte sie.

»Vielleicht sehen wir uns im Flieger, falls Sie auch den Flug morgens nach Christchurch nehmen.«

»Ja, das ist unser Flug. Und wenn wir uns zufällig auf dem Flughafen treffen, könnten wir beiden ja mal einen Kaffee zusammen trinken«, brachte Mila mit Mühe hervor, was ihr nicht nur einen verwunderten Blick ihres Bruders einbrachte, nein auch der melancholische Mann mit dem bezaubernden Lächeln und der umwerfenden Stimme musterte sie irritiert.

»Also, schöne Tage noch«, sagte er und folgte hastig seinen Kollegen, die bereits auf der Pier auf ihn warteten.

»Sag mal, Schwesterherz, ist dir das eine Bier zu Kopf gestiegen?«, fragte Tim entgeistert.

»Wieso, ich weiß gar nicht, wovon du sprichst«, entgegnete Mila ausweichend.

»Hast du das gar nicht gemerkt, wie du den Typen angemacht hast?«

»Ich habe doch kein Wort mit ihm geredet!«

»Und ob! Du hast ihm angeboten, mit dir am Flughafen einen Kaffee trinken zu gehen!«

»Na und? Sophie ist auch nicht gerade schüchtern, und bei ihr findest du das ganz toll, oder?«

»Hallo, Schwesterchen. Der Mann denkt doch, wir sind ein Paar, und fand das bestimmt zum Fremdschämen, dass du deinen armen Gatten so bloßstellst.«

Mila rollte mit den Augen.

»Das war eine total dämliche Idee, Ehepaar zu spielen.«

»Moment, du hast damit angefangen, um deinen Verehrer loszuwerden.« Um seine Lippen zuckte es verdächtig. »Dir gefällt der Typ, oder?«

»Ja, ich finde den ganz attraktiv. Na und? Ich bin Single, frisch entliebt und habe mir was von der Cousine abgeguckt. Von Sophie lernen heißt siegen lernen.« Sie kicherte laut.

»Du hast ihn mit deinen Blicken förmlich aufgefressen.«

»So ein Quatsch kann auch nur dir einfallen, aber wenn ich ihn am Flughafen wiedersehen sollte, dann werde ich die Sache richtigstellen und ihm verraten, dass du nur mein Bruder bist.«

»Okay, und dann werde ich das kleine Tête-à-Tête stören und empört nach meiner Frau rufen.«

»Untersteh dich!«

In diesem Moment kam der Kellner und fragte, ob sie noch Wünsche hätten, aber Mila wollte eigentlich nur noch zurück in ihr Apartment, sich in ihr Bettchen legen und von dem Herzexperten aus Dunedin träumen.

28. Kapitel

Als Mila und Tim wenig später Arm in Arm entlang der Pier durch die milde Tropennacht schlenderten, vernahm Mila plötzlich ein surrendes Geräusch über sich, und sie blickte nach oben. Sie wollte ihren Augen nicht trauen, denn auf einem Baum waren Hunderte von schwarzen Vögeln gelandet.

»Schau mal!« Sie deutete auf die Baumkrone. »Alles voller Krähen.«

Tim brach in lautes Gelächter aus. »Das sind Fledermäuse«, verbesserte er sie und weidete sich an ihrem entsetzten Gesicht.

Er deutete auf weitere Bäume. »Die machen gerade einen Gruppenausflug«, lachte er, doch dann verfinsterte sich seine Miene. Mila folgte seinem Blick und verstand sofort, was ihm so schlagartig die Stimmung verdorben hatte. An einem der Bäume lehnte Sophie in einem atemberaubenden Kleid, und ein drahtiger dunkelhaariger Mann mit grauen Schläfen versuchte gerade, sie zu küssen.

»Komm«, raunte Tim heiser, hakte Mila unter und wechselte die Richtung, doch in dem Moment drang Sophies wütende Stimme bis zu ihnen. »Lass das sein! Ich will das nicht! Nicht küssen! Das war unsere Vereinbarung!«

Die Worte des Mannes konnten sie nicht verstehen, aber da hatte sich Tim schon umgewandt und ging auf die beiden zu. Mila hätte ihn gern zurückgehalten, weil es schwer zu beurteilen war, in was für einem Verhältnis die beiden zueinander standen. Sie folgte ihrem Bruder in einigem Abstand und beobachtete zu ihrem großen Entsetzen, dass Tim den Mann mit den Worten: »Nein heißt nein, oder ist das noch nicht bis Australien durchgedrungen?« zur Seite schubste.

»Bitte, Tim, misch dich nicht ein«, flehte Sophie ihn an.

»Du kennst diesen Idioten?«, brüllte der Mann, der außerordentlich elegant gekleidet war und auch sonst, wie Mila feststellte, recht attraktiv war, wäre sein Gesicht nicht wutverzerrt gewesen.

»Tim, bitte, geh weiter, das schaffe ich schon allein«, bat Sophie ihn, aber er rührte sich nicht vom Fleck.

»Verpiss dich!«, pöbelte Sophies Begleiter und trat bedrohlich einen Schritt auf ihn zu.

»Aber nur, wenn Sophie mit uns kommt«, erklärte Tim mit fester Stimme, doch kaum hatte er das ausgesprochen, als der Mann die Faust erhob und ihm einen Schlag ins Gesicht versetzte.

»Um Himmels willen, was hast du getan?«, schrie Sophie, während sie ein Papiertaschentuch hervorkramte und Tim das Blut von der aufgeplatzten Lippe zu wischen versuchte.

Mila stand regungslos da und kämpfte mit sich, ob sie sich einmischen oder lieber zurückhalten sollte, da brüllte der Schläger in ihre Richtung: »Los, haut ab, ihr beiden! Das geht euch einen feuchten Dreck an!«

Nun konnte sie sich nicht länger heraushalten. Kämpferisch baute sie sich vor dem Typen auf. »Sophie, komm mit uns! Und wir gehen jetzt direkt zur Polizei und zeigen den Kerl an wegen Körperverletzung!«

»Ach, wen haben wir denn da?«, fragte er spöttisch.

»Ich bin ihre Cousine und werde sie jetzt mitnehmen, um sie vor Ihren Zudringlichkeiten zu schützen.«

»Und ist der Held da vielleicht der Cousin?«, unterbrach er sie spöttisch.

»Sophie, jetzt komm einfach mit!«, zischte Tim.

Der Mann legte nun demonstrativ den Arm um Sophie. »Nein, das glaube ich kaum, dass sie mich einfach so stehen lässt, denn wir haben noch einiges zu besprechen, nicht wahr, Schatz?«

Mila sah Sophie förmlich an, wie sie um ihre Fassung rang, doch dann sagte Sophie energisch: »Bitte geht nachhause. Alles in Ordnung. Ihr stört nur!«

»Ach ja. Und was war das eben? *Lass das sein! Ich will das nicht?*«, hakte Tim in scharfem Ton nach.

»Da müssen Sie etwas missverstanden haben. Wir beiden verstehen uns prächtig! Wir kennen uns nämlich schon länger«, entgegnete der Typ feixend und gab Sophie demonstrativ einen Kuss auf die Wange. Mila bemerkte an seiner Stimme, dass er nicht mehr ganz nüchtern war. Aber was sollten sie tun, wenn Sophie es offensichtlich vorzog, mit einem betrunkenen Schläger mitzugehen, statt ihre Hilfe anzunehmen?

»Sophie, ich frage dich jetzt zum letzten Mal: Kommst du mit uns mit oder nicht?«, fragte Tim. Er war kalkweiß im Gesicht geworden.

»Und ich sage Ihnen zum letzten Mal im Guten, werter Cousin, dass sie mit mir mitgeht.«

Mit diesen Worten zerrte der Kerl Sophie grob am Arm fort. Sie drehte sich noch einmal um und warf den beiden einen hilflosen Blick zu, bevor sie sich widerstandslos von dem Typen mit sich ziehen ließ.

»Tim, wir können sie doch nicht mit dem Arsch mitgehen lassen«, stieß Mila entsetzt hervor. »Soll ich es noch einmal versuchen?«

»Wir können sie auch nicht zwingen, mit uns zu kommen«, entgegnete Tim kühl, doch sie sah ihm an, wie sehr es ihn schmerzte, Sophie ihrem Schicksal zu überlassen.

»Wenn du willst, dann gehen wir den beiden hinterher«, raunte sie ihm zu. »Vielleicht hat er sie mit irgendetwas in der Hand. Es war doch wohl mehr als offensichtlich, dass sie seine Annäherungsversuche abgewehrt hat.«

»Ich wusste schon, warum ich mein Herz niemals an eine Frau verlieren wollte. Weil es zu nichts führt außer dazu, sich lächerlich zu machen«, murmelte Tim und fuhr sich vorsichtig mit der Hand über die Lippe.

Die Resignation, die aus den Worten ihres starken Bruders sprach, erschreckte Mila und bewies ihr zugleich, dass Sophie etwas anderes in ihm berührt hatte als all die anderen Frauen zuvor.

»Tim, das ist doch kein Grund, gleich aufzugeben. Am besten fragst du sie morgen, was das zu bedeuten hatte, und dann wird Sophie dir mit Sicherheit erklären können, was es mit diesem Typen auf sich hat.«

»Nein!«

»Was heißt nein?«

»Dass ich Sophie gar nichts mehr frage, weil ich sie nämlich nie wiedersehen werde.«

»Was für ein Unsinn. Dann frage ich sie eben selber!«, widersprach Mila ihrem Bruder trotzig.

»Das wirst du schön bleiben lassen. Wenn sie uns diesen Rambo-Auftritt erklären möchte, kann sie das von sich aus tun. Aber dazu müsste sie zu mir kommen und sich entschuldigen. Ich werde mich jedenfalls im Hostel nicht mehr blicken lassen.«

Mila konnte seine Enttäuschung darüber verstehen, dass seine Traumfrau mit einem ungehobelten Kerl abzog, der ihm die Faust ins Gesicht gedonnert hatte. Aber ihre Intuition sagte ihr, dass Sophie nicht freiwillig mit dem Typen abgezogen war. Es kam ihr seltsam vor, dass ausgerechnet sie die Cousine, die sie anfangs nicht hatte ausstehen können, verteidigte. Es wäre doch ein Leichtes, in dasselbe Horn wie Tim zu tuten und sie zu verteufeln, aber das widersprach komplett ihrem Gefühl, dass ihr Bruder Sophie Unrecht tat.

»Tim, gib Sophie doch wenigstens eine Chance«, hörte sie sich da bereits bitten.

»Sophie? Wer war noch mal Sophie? Am besten erwähnst du den Namen nicht mehr!«, bemerkte Tim in schneidendem Ton. »Und kein Wort zu Granny oder Jonah über das, was da passiert ist!«

Mila zuckte zusammen. Sie kannte ihren Bruder und wusste, wie hart er gegen sich und andere sein konnte. Schade, dachte sie, selten hatte sie ihn so weich und offen erlebt wie hier in Cairns. Sie machte sich aber keinerlei Illusionen, diese neue Mauer, die er nach dem Zwischenfall mit Sophie um sich herum errichtet hatte, so ohne Weiteres überwinden zu können.

Den Rest des Weges legten sie schweigend zurück. Um sich nicht weiter den Kopf darüber zu zerbrechen, wie sie ihren sturen Bruder vor einem großen Fehler bewahren könnte, ließ sie ihre Gedanken noch einmal zu dem Herzexperten schweifen und nahm sich vor, gleich in die Suchmaschine ihres Rechners spaßeshalber einmal Brian Morris, Herzexperte, einzugeben.

29. Kapitel

Omaka hatte sich auf eine Parkbank vor dem Heim gesetzt, um ihre Kräfte zu bündeln. An diesem Tag brauchte sie für ihren Besuch bei Benjamin besonders viel Energie. Ihre neuen und alten Verwandten hatten es ihr gar nicht leichtgemacht, ihn allein aufzusuchen. Sophie hatte am Telefon gemeint, sie könnte ja auch draußen warten, und Mila fand, dass sie doch gar nicht weiter stören würde.

Das sah Omaka allerdings ganz anders, denn sie hatte ihre eigenen Pläne, die sie nur ohne Aufsicht umsetzen konnte. Die jungen Frauen würden sie doch nur bremsen. Sophie hatte ständig Angst, dass es für Bens kranken Kopf zu viel würde, und Mila hatte große Sorge um sie und dass ihr armes Herz aufgeben würde. Dabei hatte sich Omaka lange nicht mehr so gesund und stark gefühlt. Trotzdem durfte sie auf keinen Fall nach Hokitika zurückfahren, ohne herauszubekommen, was damals wirklich geschehen war. Dabei war ihr durchaus bewusst, dass es nicht so einfach sein würde, Ben zum Reden zu bringen. Doch sie wollte es immerhin versucht haben, und da waren die Aufpasser im Hintergrund eher hinderlich.

Sie hoffte insgeheim immer noch, die Rolle ihres Vaters wieder in einem positiveren Licht zu sehen, wenn sie erfuhr, was ihr Bruder damals wirklich gesehen hatte. Die wenigen Bruchstücke, die Ben bislang preisgegeben hatte, ließen ihren Vater wie den personifizierten Teufel dastehen. Das konnte und wollte Omaka nicht akzeptieren, weil das ihrer eigenen Erfahrung komplett widersprach. Sie konnte doch nicht tatenlos zusehen, wie das Denkmal ihres Vaters brutal vom Sockel gestoßen wurde! Vielleicht waren die Worte ihres Bruders wirklich nur die Fantasiegebilde eines zerstörten Hirns.

Omaka war sich ganz sicher, dass sie der Wahrheit eher auf die Spur käme, wenn sie mit ihm allein wäre.

»Darf ich?«, hörte sie von Ferne eine Frauenstimme fragen.

Omaka erlaubte der weißhaarigen Dame, sich neben sie zu setzen, und tauchte sofort wieder in ihre Gedanken ab, bis die Dame sich so laut räusperte, dass Omaka genervt aufblickte.

»Darf ich Sie was fragen?« Die Dame beugte sich vertraulich zu Omaka herüber.

Bevor sie etwas sagen konnte, fing die Frau zu reden an. »Woher kennen Sie Ben? Sie wohnen doch gar nicht im Heim. Kennen Sie sich von früher?«

Omaka wollte nicht unhöflich sein, der Dame aber auch nicht ihre Lebensgeschichte erzählen.

»Das ist eine lange Geschichte«, sagte sie ausweichend.

»Verzeihen Sie meine Neugier, aber ich bin seine Nachbarin Elly, und Ben hat noch nie so viel Damenbesuch gehabt. Und Sie vorher nie erwähnt. Sind Sie seine Freundin?«

Omaka lachte laut auf. »Nein, um Himmels willen. Ich bin seine Schwester«, sagte sie, ohne sich etwas dabei zu denken. Auch nicht, als die weißhaarige Dame daraufhin grußlos aufstand und verschwand.

Omaka atmete noch ein paar Mal tief durch, bevor sie sich erhob und zu Benjamins Zimmer schlenderte. Die Tür war nur angelehnt, und aus dem Inneren hörte sie seine aufgebrachte Stimme brüllen: »Raus hier! Sofort!«

Omaka betrat das Zimmer und erschrak. Wie Kampfhähne standen sich Elly und Ben gegenüber. »Gut, dass Sie kommen.

Er behauptet, Sie sind nicht seine Schwester. Sagen Sie ihm bitte, dass das stimmt.«

Der Schreck fuhr Omaka in alle Glieder. Jetzt war diese Klatschbase gleich zu Ben gerannt. Ihr Bruder war knallrot im Gesicht und zitterte vor Aufregung. In diesem Zustand konnte sie ihm doch unmöglich die Wahrheit sagen.

»Schwester?«, wiederholte Omaka kühl. »Wie kommen Sie denn darauf?«

Elly musterte Omaka fassungslos. »Aber das haben Sie mir doch eben selber gesagt«, stieß sie empört hervor.

»Aber doch nur, weil Sie mich ausfragen wollten, in welchem Verhältnis ich zu Benjamin stehe, und ich meine Ruhe haben wollte. Am besten, Sie lassen uns jetzt allein«, sagte Omaka mit klarer Stimme, während sie Bens Hand nahm und fest drückte.

»Ich habe keine Schwester«, jammerte er. »Ich habe keine Schwester!«

»Natürlich nicht.« Omaka wandte sich an Elly, die wie angewurzelt stehen geblieben war. »Es ist wirklich besser, wenn Sie jetzt gehen.«

Elly schnaufte wie eine altersschwache Dampflok, schoss auf einen der Sessel zu, griff nach einem bestickten Kissen und hielt es demonstrativ hoch. »Das brauchst du ja jetzt nicht mehr. Soll dir deine neue Freundin doch was sticken«, zischte Elly und verschwand samt ihrem Kissen.

»Komm, setz dich lieber«, bat Omaka ihren völlig aufgelösten Bruder und führte ihn zu einem Sessel, in den er sich stöhnend fallen ließ. »Ich habe keine Schwester«, wiederholte er mit irrem Blick.

»Alles gut«, sprach Omaka besänftigend auf ihn ein und strich ihm zart über die Wangen. Dieser Körperkontakt beruhigte ihn allmählich. Schließlich ging sein Atem wieder gleichmäßig, und er musterte Omaka voller Dankbarkeit.

»Wenn ich noch einmal heirate, dann dich. Du bist schön und klug und nicht so verrückt wie die anderen«, sagte er plötzlich.

Omaka erstarrte. Nun war sie vom Regen in die Traufe gekommen. Ein wenig bedauerte sie, dass sie keine Aufpasser dabei hatte. Mit Sophie und Mila im Hintergrund wäre die Lage nicht so eskaliert.

»Möchtest du mich heiraten?«, wiederholte er.

Omaka aber spürte, wie ihr plötzlich enger im Brustkorb wurde. Sie brauchte dringend frische Luft.

»Ben, bitte verzeih, aber ich muss mal eben frische Luft schnappen«, murmelte sie und verließ hektisch sein Zimmer. Da sie auf keinen Fall dieser Elly begegnen wollte, verließ sie das Gebäude durch einen Seiteneingang, der direkt in den Park führte. Dort atmete sie so lange gleichmäßig ein und aus, bis die Enge in ihrer Brust verschwunden war. In dem Moment näherte sich ihr Schwester Valerie, was Omaka gar nicht recht war, aber vor der netten Pflegerin konnte sie schlecht flüchten.

»Hallo, Mrs Parker. Schön, dass Sie Benjamin so regelmäßig besuchen. Sie tun ihm so gut«, sagte sie zur Begrüßung.

Omaka nickte ihr freundlich zu und hoffte, sie würde rasch an ihr vorbeigehen, ohne sie in ein Gespräch zu verwickeln, aber der prüfende Blick, mit dem die Pflegerin sie musterte, machte ihre Hoffnung zunichte.

»Darf ich Sie mal was fragen?«

»Ja, aber ich muss gleich zu Benjamin zurück. Er wird schon auf mich warten«, erwiderte Omaka.

»Ich mache es kurz. Mir ist eben eine völlig aufgelöste Elly begegnet, die behauptet, Sie hätten ihr draußen auf der Parkbank vorgelogen, dass Sie Bens Schwester seien. Wie soll ich Ihnen das sagen? Seien Sie bloß vorsichtig mit unseren alten Herrschaften. Die stecken das nicht mehr so gut weg. Ich kann Sie ja sogar verstehen. Wahrscheinlich hat Elly Sie ausfragen wollen, oder?«

Omaka zögerte einen Augenblick, aber dann beschloss sie, Schwester Valerie die Wahrheit zu sagen. In knappen Worten weihte sie die Pflegerin in ihr Familiengeheimnis ein.

Nachdem Omaka fertig war, legte ihr Valerie mitfühlend die Hand auf den Unterarm. »Ich kann nur hoffen, dass Sie etwas klarer sehen, wenn Sie zurück nach Neuseeland reisen, aber vergessen Sie bitte nicht, Ben schonend darauf vorzubereiten, dass Sie bald weg sein werden. Er hat Ihnen sein Herz geöffnet. Das habe ich bei ihm so noch nicht erlebt, solange er bei uns ist. Weiß er schon, dass Sie bald abreisen?«

Omaka schüttelte betroffen den Kopf. »Nein, ich weiß nicht, wie ich es ihm sagen soll. Überhaupt, werde ich wohl je herausbekommen, was damals geschehen ist? Oder muss ich mit dieser Ungewissheit sterben?«, stieß sie verzweifelt hervor.

»Wollen Sie meinen Rat, Mrs Parker?«

Omaka nickte.

»Versuchen Sie, Benjamins Erinnerung mit Reizen aus seiner Jugend zu stimulieren. Vielleicht gibt es einen Geruch oder ein Lied.«

»Tja, wenn ich das nur wüsste, aber ich werde ihn auf jeden Fall schonend darauf vorbereiten, dass ich bald abreise. Das verspreche ich Ihnen«, versicherte Omaka der Pflegerin.

»Ich wünsche Ihnen viel Erfolg«, erwiderte Valerie und klopfte ihr zum Abschied aufmunternd auf die Schulter. »Ihre Besuche haben Ben wrklich gugetan.«

Als Omaka zurück in Benjamins Zimmer kam, saß er in seinem Lieblingsstuhl und starrte ins Leere. Vorsichtig setzte sich Omaka neben ihn und nahm wortlos seine Hand. So saßen sie eine ganze Weile schweigend nebeneinander.

»Wer bist du?«, fragte er plötzlich wie aus heiterem Himmel.

»Ich, äh, ich bin Omaka Parker aus Hokitika. Das weißt du doch.«

»Was machst du hier? Warum bist du aus Neuseeland hergekommen?«

Omaka liefen kalte Schauer über den Rücken, weil er in diesem Moment völlig klar wirkte. Sie kämpfte mit sich, ob sie ihm weiterhin Theater vorspielen oder die Chance nutzen sollte, sich vorsichtig an die Wahrheit heranzutasten.

»Ich habe jemanden gesucht«, erwiderte sie mit pochendem Herzen.

»Du hast mich gesucht, oder? Warum?«

»Weil ich kürzlich erfahren musste, dass ich einen Bruder habe, den man in ein Heim gebracht hatte.«

»Ich habe aber keine Schwester.« Seine Stimme klang entschieden.

»Du kannst auch nichts von meiner Existenz wissen, denn unsere Mutter war schwanger mit mir, als dich unser Vater fortgegeben hat«, fuhr Omaka heiser fort.

Benjamin sah sie aus großen Augen an und fing an, das Wiegenlied »Hine e Hine« zu singen, das Omaka gut kannte, denn Mary hatte es ihr oft vorgesungen. Ohne zu überlegen, sang sie mit. Als der letzte Ton verklungen war, drückte Ben ihre Hand ganz fest. »Du singst wie ein Engel. Du singst wie sie«, raunte er ergriffen.

»Ben, was ist mit ihr geschehen?«, fragte Omaka und betete, dass er jetzt nicht den Faden verlieren möge.

»Es war alles voller Blut«, flüsterte er wie in Trance. »Die Hinterbank des Wagens war immer noch voller Blut, als er mich fortgebracht hat.«

»Und wie ist das Blut dort hingekommen?«

Er zuckte mit den Schultern. »Ich sollte mich doch im Wagen verstecken. Aber ich dachte, ich müsste sie beschützen. Da kam er aus der Haustür mit einem Hammer in der Hand und verfolgte sie.«

Omaka presste sich vor Schreck die Hände vor den Mund, um nicht laut loszuschreien.

»Und dann?«

»Ich habe den Wagen nicht verlassen, doch dann kam er mit meiner blutenden Mutter auf dem Arm zum Wagen, hat sie auf dem Rücksitz abgelegt und mich aus dem Auto gezerrt, um mich in die Werkstatt zu sperren. Es war alles so schrecklich kalt. Ich hatte Hunger und Durst, aber er kam nicht zurück. Ich hatte entsetzliche Angst, und ich konnte doch die Kiste nicht mitnehmen, dann hätte er sie doch gesehen. Aber das Amulett, das habe ich eingesteckt. Es lag am Boden. Ich wollte es Mum geben, wenn sie endlich wiederkommen würde. Und den Beutel mit den Steinen, den habe ich im Anorak versteckt …«

Omakas Mund war so trocken, dass sie befürchtete, ihre Zunge würde am Gaumen festkleben. Es kostete sie große Mühe zu sprechen, aber sie schaffte es schließlich.

»Und was hast du mit dem Amulett gemacht?«

Benjamin holte den Grünstein aus seiner Hosentasche und reichte ihn ihr.

»Ich kenne Pikorua-Amulette. Sie stehen für die ewige Liebe. Obwohl sich zwei Menschen im Laufe ihrer Zeit immer wieder voneinander entfernen, treffen sie doch irgendwann wieder zusammen, um eins zu werden. Aber wo ist die andere Hälfte?«

Benjamin schien Omaka jedoch überhaupt nicht zuzuhören, sondern in seinem eigenen Film gefangen zu sein. Das Amulett, das Omaka ihm zurückgegeben hatte, hatte er hastig wieder in der Hosentasche verschwinden lassen.

»Und dann?«, fragte Omaka.

»Vater hat die Tür aufgerissen und mit einer Taschenlampe in die Werkstatt geleuchtet. Er befahl mich ins Haus, gab mir zu essen und trinken und dann hat er mich zum Auto getrieben. Im Wagen hat er dann versprochen, dass ich wieder nachhause kommen kann, wenn Mum aus dem Krankenhaus zurück ist. Aber nur, weil ich so geweint habe. Ich wollte wissen, was geschehen ist. Er behauptete, Mum hätte einen Unfall gehabt und dass sich keiner um mich kümmern könnte, solange sie im Krankenhaus sei. Irgendwann bin ich eingeschlafen, aber es war eine lange Fahrt. Wir sind auch mit der Fähre gefahren, aber sonst hat Vater nur angehalten, um zu tanken. Es war schon wieder Abend, als wir vor diesem Heim ankamen. Ich wurde in einen Schlafsaal gebracht. Vater hat sich nicht einmal von mir verabschiedet, aber Mr Warner hat sich um mich gekümmert. Er war wie ein Vater für mich und hat mich sowohl vor einigen Lehrern als auch vor Mitschülern geschützt. Und er hat die Bedfords für mich interessiert, denn die wollten natürlich wie alle anderen ein jüngeres Kind.« Erschöpft hielt er inne.

Omaka verspürte den Impuls, ihren Schmerz herauszuschreien. Das war also die Wahrheit über ihren wunderbaren Vater. Er hatte seine Frau zum Krüppel gemacht, mit einem Hammer, und den einzigen Zeugen beseitigt. Ihr war schlecht. Sosehr sie sich auch wünschte, das alles möge nur einem kranken Hirn entsprungen sein, so sicher war sie sich inzwischen, dass es die grausame Wahrheit war. Aber wenn ihr Vater die Mutter fast umgebracht hatte, bedeutete das ja, dass sie diese Tat im Bauch der Mutter überlebt hatte. Und wenn er seine Frau so gehasst hatte, warum hatte er sie denn so abgöttisch geliebt?

Erst jetzt merkte sie, dass er ihre Hand wie einen Schraubstock umklammert hielt, sie aber keine Spur von Schmerz empfand.

»Ben, bist du in Ordnung?«, erkundigte sie sich mit belegter Stimme.

»Wenn du bei mir bist, ist alles gut. Du darfst mich nicht verlassen. Hörst du? Niemals!«

»Aber, Ben, ich muss doch wieder nachhause zurück.«

»Bitte bleib bei mir, bis ich sterbe. Das dauert nicht mehr lange. Mutter hat mich schon gerufen. Sie sah aus wie ein Engel.«

»Ich hatte denselben Traum. Das hat doch gar nichts zu bedeuten«, versuchte sie ihn zu beruhigen, obwohl sie das selbst nicht glaubte.

»Versprichst du mir, dass du bei mir bleibst?«, wiederholte er und presste ihre Hand noch mehr zusammen.

In Omakas Kopf wirbelte alles wild durcheinander. Würde sie es wirklich übers Herz bringen, ihn zurückzulassen, obwohl er sie so dringend brauchte? Und wäre das nicht eine Art Wiedergutmachung für die Grausamkeiten, die er durch den Vater hatte erleiden müssen, während der Vater sie auf Händen getragen hatte?

»Ich bleibe bei dir«, murmelte sie heiser.

»Danke«, raunte er und musterte sie intensiv. »Mum wollte ihn verlassen und mit mir weit fortgehen«, fügte er seufzend hinzu.

Warum, durchfuhr es Omaka eiskalt. Warum hatte sie ihn verlassen wollen?

»Warum hat Mum mich nicht zurückgeholt?«, fragte Benjamin verzweifelt.

»Sie konnte nicht. Mutter war krank …« Sie wollte ihm die Einzelheiten ersparen und das Bild der schönen Mutter, mit der er aufgewachsen war, nicht zerstören, doch Benjamin blickte sie fragend an.

»Was war mit Mum?«

»Sie, sie war blind und hat nicht gesprochen …« Ein durchdringender Schrei ihres Bruders ließ Omaka innehalten. Sie erschauerte. »Er hat sie zum Krüppel gemacht. Damit sie ihm nicht mehr weglaufen konnte«, stieß er schließlich verzweifelt hervor.

»Ich weiß nicht, ich kenne keine andere Mutter als die stumme Person in dem Sessel, doch … einmal hat Vater ihr Grünsteine und das Werkzeug in die Hand gegeben und sie hat blind, wie sie war, ein Amulett gezaubert.«

»Ja, Mum konnte wie keine Zweite mit den Grünsteinen umgehen. Jetzt, wo du bei mir bleibst, bekommst du das …«, er holte erneut das Amulett aus der Hosentasche, »… wenn ich tot bin. Wir müssen es nur noch Sophie sagen, aber sie wird es verstehen, dass du das Amulett unserer Mutter bekommst.«

»Ben, nun sprich doch nicht so viel vom Tod. Du bist doch so gesund. Noch will sie dich ganz sicher nicht holen!«, sagte sie mit Nachdruck, während sie sich zum Gehen bereitmachte. Sie hatte das dringende Bedürfnis, Sophie und auch Mila und Tim in ihre Pläne einzuweihen. Denn wenn sie bleiben wollte, wäre es schön, wenn Sophie ihre Entscheidung gutheißen und Mila in Hokitika ein Auge auf das Hotel haben würde. Die Arbeit würde zwar Sara machen, aber trotzdem war es beruhigend, Mila auch vor Ort zu wissen. Sie machte sich allerdings keine Illusionen darüber, was die Begeisterung ihrer Enkel für diesen Plan betraf. Mila würde womöglich durchschauen, dass sie außer dem Wohl ihres Bruders noch einen anderen Grund hatte, vorerst in Cairns zu bleiben. So konnte sie die Operation, die in Neuseeland auf sie wartete, noch ein wenig hinauszögern.

Sie gab Benjamin zum Abschied Küsse auf die Wange und versprach ihm, in Zukunft jeden Tag zu ihm zu kommen. Er freute sich wie ein Kind darüber und fragte treuherzig, ob sie ihn denn nun heiraten würde.

Es fiel Omaka nicht leicht, sich mit der Vorstellung anzufreunden, dass sie seine wechselnden Zustände in Zukunft hautnah mitbekommen würde. Sie hatte das dumpfe Gefühl, dass sich diese lichten Momente, wie sie gerade einen bei ihm erlebt hatte, nicht zwangsläufig wiederholen würden. Doch den Zahn, dass sie seine Frau werden könnte, wollte sie ihm nachhaltig ziehen. Sie blickte ihn mit ernster Miene an.

»Ben, ich bin eine gute Freundin, und das bleibe ich auch, aber ich kann nicht deine Frau werden.«

»Schade«, sagte Benjamin.

Bevor Omaka das Heim verließ, traf sie noch einmal Valerie, weil sie sich im Büro ein Taxi bestellen lassen wollte, und berichtete ihr in knappen Worten, was geschehen war, und dass sie vorerst in Cairns bleiben würde. Die Pflegerin war ganz glücklich über Omakas Entscheidung.

30. Kapitel

Im Taxi kamen Omaka Bedenken, ob sie nicht doch lieber erst mit den jungen Leuten hätte sprechen sollen, statt Benjamin ihren Entschluss als gegeben mitzuteilen. Was, wenn Mila ihre Entscheidung nicht mittrug und von ihr verlangte, dass sie, wie besprochen, am zweiten Januar in die Herzklinik ging? Sie hoffte, dass sie sich nach der Rückkehr von ihrem Besuch bei Ben erst einmal ein wenig würde ausruhen können, bevor sie ihre Enkelin vor vollendete Tatsachen stellte, aber schon als sie die Tür des Apartments aufschloss, hörte sie, dass drinnen eine hitzige Diskussion tobte.

Zögernd betrat sie den Wohnraum. Tim erspähte sie als Erster. »Granny, nur damit du es weißt, wir werden zu dritt zurückfliegen. Mein lieber Freund Jonah verlängert seinen Urlaub noch ein bisschen.«

»Ja, ich, ich dachte, ich nutze die Gelegenheit und schaue mir noch mal den Dschungel an und überhaupt …«

»Genau, einer muss ja der armen Sophie in der Bar helfen«, fügte Tim spöttisch hinzu.

»Lass ihn doch«, mischte sich Mila ein. »Soll er sich doch in Zukunft mit ihrem Typen prügeln.«

»Was soll das denn heißen?«, wollte Jonah daraufhin wissen.

»Das heißt, dass Tim sich fast eine gebrochene Nase geholt hätte, als wir gestern Nacht versucht haben, sie vor so einem Kerl zu retten, der ihr an die Wäsche wollte, obwohl sie ganz laut nein gesagt hat.«

»Leute, ich bleibe doch nicht wegen Sophie hier, sondern weil ich noch Urlaub habe und nun schon mal in Australien bin«, stieß Jonah empört aus.

Tim zischte verächtlich. »Wer's glaubt!«

»Kinder, bevor ihr euch weiter streitet«, unterbrach die Großmutter den erregten Disput. »Ich bleibe auch in Cairns.«

»Auch wegen Sophie?«, rutschte es Mila spöttisch heraus.

»Nein, wegen meines Bruders. Er hat mich darum gebeten, und ich kann ihm den Wunsch einfach nicht abschlagen«, seufzte sie.

»Und was ist mit der OP?«, hakte Mila prompt nach.

»Ich bleibe doch nicht für immer. Sobald ich nach Neuseeland zurückkehre, lasse ich mir diese Dinger einpflanzen. Das verspreche ich dir.«

»Und wann wird das sein?«

Die Großmutter zuckte mit den Schultern. »Ich weiß es nicht. Es kommt darauf an, wie es Ben geht.«

»Geschickt eingefädelt«, seufzte Mila. »Und nun setz dich erst mal und erzähl. Was gibt es Neues von Onkel Benjamin?«

Erleichtert darüber, dass die größte Hürde genommen war, gesellte sie sich zu den jungen Leuten und berichtete mit geröteten Wangen von ihrem intensiven Gespräch mit ihrem Bruder, bis Jonah und Tim zu dem Tauchausflug ans Great Barrier Reef aufbrachen.

Obwohl Mila skeptisch war, dass die Kampfhähne diese gemeinsame Unternehmung richtig genießen konnten, war sie froh, mit ihrer Granny unter vier Augen sprechen zu können. Denn die große Frage war doch, wie sich ihre Großmutter den Betrieb im Pounamu vorstellte, wenn sie auf unbestimmte Zeit abwesend war. Diesen Entschluss hatte die Großmutter mit Sicherheit getroffen, weil sie glaubte, Mila würde dann in Hokitika leben.

Mila fiel es nicht leicht, dieses Thema anzusprechen, denn nun musste sie endlich beichten, dass sie in Auckland unterschreiben würde. Bevor Mila dieses leidige Thema überhaupt ansprechen konnte, kam ihr die Großmutter zuvor.

»Sag mal, Mila, meinst du, dein neuer Job bei der Jade Factory lässt es zu, dass du nebenbei noch ein Auge auf den Hotelbetrieb werfen könntest? Ich meine, die Arbeit macht Sara, aber es gibt hin und wieder Stammgäste, die gern mal einen Tee mit mir trinken würden und bei denen du mich dann vielleicht vertreten könntest. Und dann gibt es dieses Kursangebot im Umgang mit dem Jadestein, und da kennt sich Sara gar nicht aus. Könntest du vielleicht meine Kurse im Jadeschnitzen übernehmen?«

Mila wurde ganz mulmig zumute, aber nun duldete die Beichte keinerlei Aufschub mehr. Wie immer, wenn sie Unterstützung brauchte, fasste sie an ihr eigenes Amulett, das sie stets um den Hals trug. Sie hatte dieses klassische Koru-Symbol aus dem heimischen Grünstein selbst angefertigt und trug es, seit sie Pounamu verlassen hatte. Das Koru-Symbol stellte die Spirale eines jungen Farnwedels dar. Es galt als Zeichen von Harmonie, Ruhe und Frieden im Zusammenhang mit einem neuen Lebensabschnitt und symbolisierte den kraftvollen Rückhalt durch die Familie. Als Mila es berührte, durchzuckte sie ein Strahl heißer Energie.

»Granny, ich, ich muss dir was sagen, ich werde nicht bei der Jade Factory unterschreiben, sondern in Auckland bei der Kiwi Jewellery.« Sie atmete tief aus, nachdem es endlich vollbracht war. »Ich wollte es dir schon die ganze Zeit sagen, aber dann kam die Sache mit deinem Herzen dazwischen, dann die Geschichte mit deinem verschollenen Bruder und unsere Reise nach Cairns. Es war nie der richtige Zeitpunkt.«

Ihre Großmutter sah sie fassungslos an. »Du wärest also nach unserer Reise gar nicht mit mir nach Hokitika zurückgekommen?«

»Jedenfalls nicht gleich«, erwiderte Mila ausweichend.

Granny Omaka legte die Stirn in grüblerische Falten. »Gut, dann komm ich mit euch nachhause. Wir können Sara nicht mit allem allein lassen.« Das sagte sie ohne jeglichen Vorwurf. Trotzdem fühlte sich Mila miserabel, zumal sie zunehmend an ihrer Entscheidung zweifelte, seit Jonah, ihr Herzensgrund, in Auckland zu bleiben, weggefallen war. Ja, sie hatte sogar schon einmal davon geträumt, doch mit nach Pounamu zu gehen. Ihr Herzschlag beschleunigte sich merklich bei dem Gedanken. Wo zog ihr Herz sie denn wirklich hin, fragte sie sich. Keine Frage, es war der Ort, an dem der Grünstein im Garten wuchs. Aber würde sie sich dann nicht um den Glanz des Erfolges bringen, eine so begehrte Jungdesignerin zu sein? Das alternative Bild von ihrem Leben in Hokitika war in der Tat weniger glanzvoll, aber ehrlich. Sie sah sich frei und ungebunden den schönsten Schmuck entwerfen. Eigentlich hatte sie es tief im Inneren längst gewusst. Sie wollte nachhause zurück, und zwar aus eigenem Antrieb und nicht um Granny Omakas willen. Das war kein Opfer, das sie schweren Herzens bringen würde, sondern ihr eigener Weg. Ihr wurde ganz feierlich zumute, als ihr in den Sinn kam, dass es eine Berufung wäre. Auch auf die Gefahr hin, dass dort alles in ruhigeren Bahnen verlief und sie nicht mehr Stammgast im Harbourside Ocean Grill sein würde. Das schillernde gesellschaftliche Leben der Stadt hatte bei ihrer Entscheidungsfindung ohnehin nie eine große Rolle gespielt. Außerdem hatte ihre Freundin Ruby ihr von einem neuen Seafood-Restaurant in Hokitika vorgeschwärmt und ihr versichert, so ganz abgelegen wie zu ihren Jugendtagen sei der Ort nicht mehr. Doch das waren alles nur Randgedanken, denn ihr Herz zog sie dermaßen intensiv nach Pounamu, dass sie gar nicht anders konnte. Und das Berühren ihres Amuletts hatte ihre Sehnsucht bestätigt.

»Granny, nein, bitte bleib bei deinem Bruder. Ich habe es mir anders überlegt. Ich sage in Auckland ab.«

Die Großmutter starrte sie ungläubig an. »Aber das musst du nicht. Es ist *dein* Leben. Ich verstehe doch, dass du dich nicht getraut hast, es mir zu sagen. Für mich war das alles so klar, dass du nach Hokitika zurückkommst. Ich bin egoistisch und habe keinen Gedanken daran verschwendet, du könntest ebenso wie dein Bruder lieber in der großen Stadt leben. Vielleicht ist das ein Wink des Schicksals, dass ich doch jetzt schon zurückfliege.«

»Granny. Ich meine das ganz ernst. Ich habe mich für mein Zuhause entschieden. Ich gehöre nach Pounamu und bin die Hüterin des Grünsteins in unserem Fluss. Willst du den Grund wissen, warum ich trotz dieses inneren Wissens, wo ich hingehöre, in Auckland bleiben wollte?«

Die Großmutter nickte verunsichert. Sie schien noch Zweifel daran zu haben, dass sich bei ihrer Enkelin binnen so weniger Minuten ein derart bedeutender Sinneswandel vollzogen haben konnte.

»Ich war rettungslos in Jonah verknallt.«

Die Miene der Großmutter erhellte sich. »Das habe sogar ich gemerkt.«

»Ja, aber das ist einfach wie weggeblasen. Ich mag ihn, wenngleich ich sein Getue um Sophie albern finde, zumal sie eh lieber Tim …« Mila stockte. Sie wollte ihren Bruder auf keinen Fall bloßstellen, doch ihre Granny lächelte nur wissend.

»Hoffentlich schlagen sich die beiden Jungs nicht noch die Köpfe ein«, murmelte sie. »Und du würdest wirklich allein fahren?«

»Ja, es ist nicht verkehrt, wenn ich mich wieder in Pounamu eingewöhne, ohne dass du ständig um mein Wohl besorgt bist.«

»Das ist doch wohl eher umgekehrt. Du wirst mich bemuttern und ständig mit dem Blutdruckmesser hinter mir herrennen«, lachte die Großmutter erleichtert.

»Ach ja, und was ist mit Dr. Trevis, den du mir seit Monaten andrehen willst?«, gab Mila grinsend zurück.

»Das ist wirklich ein netter junger Mann. Mit dem könntest du dich mal treffen, sollte dir in unserem verschlafenen Örtchen langweilig werden.«

»Das wird es ganz sicher nicht«, erwiderte Mila entschieden. »Aber glaub ja nicht, dass du hier freie Bahn hast. Ich werde Sophie bitten, gleich im neuen Jahr mit dir zu einem Kardiologen zu gehen, um mal zu checken, wie es deinem Herzem geht.«

»Das habe ich befürchtet, dass ihr jetzt gemeinsame Sache gegen mich macht«, sagte die Granny lachend und wurde sofort wieder ernst. Und was ist, wenn der Job in der Jade Factory inzwischen vergeben ist?«

»Ich habe ja noch gar nicht abgesagt! Aber wenn mir das nicht gefällt, dann, dann … mache ich meinen eigenen Schmuck und eröffne auf dem Grundstück meinen eigenen Laden«, erwiderte Mila voller Elan.

»Das wäre ein Traum!«, stieß Granny Omaka verzückt hervor.

»Ach, Granny, komm einfach gesund zurück, und dann werden wir sehen, ob ich das schaffe! Aber für dich geht es vom Flieger, wann immer du zurückkommst, direkt in die Klinik. Das musst du mir versprechen. Ich werde dich abholen und deine Tasche für das Krankenhaus gleich mitbringen.«

»Gut, gut, versprochen!«, stöhnte Granny Omaka. Die beiden Frauen umarmten sich herzlich.

31. Kapitel

Mila hatte Cairns wider Erwarten nicht ohne eine gehörige Portion Abschiedsschmerz verlassen. Die Silvesterparty in Sophies Poolbar war wesentlich netter gewesen als das feuchtfröhliche Weihnachtsfest dort. Jedenfalls war Mila bester Laune gewesen. Ganz im Gegensatz zu Tim, der an diesem Abend mindestens genauso heftig getrunken hatte wie sie an Weihnachten und überdies mit zahlreichen jungen Damen geflirtet hatte, was ihn aber nicht glücklicher gemacht hatte. Mila hatten nur die Frauen leidgetan, die eine nach der anderen hatten feststellen müssen, dass der attraktive Mann sie ganz offensichtlich nicht meinte.

Auch mit Sophie hatte Mila ein wenig Mitgefühl gehabt, denn Tim war ihr gegenüber sehr abweisend gewesen und hatte allenfalls ein paar Sätze über seine Bestellungen mit ihr gewechselt, während Jonah an diesem Abend einen erstklassigen und gut gelaunten Hilfskellner abgegeben hatte. Letzteres hatte Mila amüsiert, aber in keiner Weise verletzt. Sie hielt es nur für unverzeihlich, dass Tim nicht einmal den Mumm hatte, Sophie auf ihre befremdliche Begegnung neulich Abend anzusprechen. Er betonte, dass er mit ihr fertig sei. Ein hartes Urteil, wie Mila fand, denn schließlich hatte er sich in seinem Leben Frauen gegenüber wesentlich mehr geleistet als Sophie ihm gegenüber an jenem Abend. Aber auch Mila traute sich nicht, mit ihrer Cousine unter vier Augen zu sprechen, obwohl sich ihr Verhältnis gebessert hatte. Sie waren zwar noch weit davon entfernt, gute Freundinnen zu werden, aber Mila empfand nicht einmal mehr die Spur dieser brennenden Eifersucht auf die Lebenskünstlerin Sophie.

Mila hatte Silvester um Mitternacht inmitten eines gigantischen Feuerwerks an den Herzexperten und sein Lächeln denken müssen. Sie hatte sich sogar dabei ertappt, wie sie den Hals reckte, um ihn in der feiernden Menschenmenge zu entdecken. Leider vergeblich, aber sie hatte zumindest auf ein zufälliges Wiedersehen auf dem Flughafen in Cairns gehofft. Dort hatte sie ihn auch tatsächlich erblickt, aber nur in der Ferne inmitten seiner Reisegruppe. Leider hatte er nicht in ihre Richtung gesehen. Beim Einchecken hatte er ganz vorne in der Schlange gestanden. Immerhin hatte er sich in dem Moment, als er die Sperre passiert hatte, kurz umgewandt und ihr zugewinkt. Im Flieger selbst hatte sie ihn nicht entdeckt, auch nicht beim Umsteigen in Sydney. Selbst dem mies gelaunten Tim war irgendwann aufgefallen, dass sie sich ständig nervös umsah, und hatte sie direkt gefragt, ob sie jemanden Spezielles suchte, was sie natürlich vehement verneint hatte.

Milas Gedanken wanderten zurück zur Silvesterfeier. Granny Omaka hatte den letzten Abend des Jahres jedenfalls auch in vollen Zügen genossen, nachdem sie nachmittags zusammen mit Sophie bei ihrem Bruder im Heim gewesen war. Voller Stolz hatte sie ihrer Enkelin vor dem Beginn der Party ein hübsches Zimmer im Hostel gezeigt, das auf den Garten hinausging und ein eigenes Bad besaß. Das hatte Sophie ihrer Großtante kostenlos für die Dauer ihres Aufenthalts in Cairns angeboten. Sie war sehr glücklich über Granny Omakas Entscheidung, Ben zuliebe noch ein wenig in Cairns zu bleiben, weil sie das natürlich ungemein entlastete. Die Großmutter aber hatte Sophies Angebot, dort umsonst zu wohnen, ausgeschlagen und zahlte ihr die Miete, die das Zimmer normalerweise gekostet hätte. Mila war fast ein wenig eifersüchtig auf das gute Verhältnis der beiden Frauen, aber das konnte sie gut verbergen. Sie war vernünftig genug, sich zu sagen, dass es so besser sei, als wenn Sophie ihnen den alten Ben vorenthalten hätte. Sie hatte sich einen Tag zuvor von ihrem Großonkel verabschiedet, der sie wieder als Mum bezeichnet und ihr versichert hatte, dass er die Kiste unter den Bodenbrettern versteckt habe. Diese Information hatte sich inzwischen in Milas Hirn förmlich eingebrannt, und sie hatte sich fest vorgenommen, nach ihrer Rückkehr nach dem Versteck zu suchen. Sie hoffte, durch den Inhalt der Kiste mehr zu erfahren, und sie hatte da auch schon ihre Vermutungen. Welcher halbwegs zivilisierte Mann richtete seine Frau so brutal zu, weil sie ihn verlassen wollte, wenn kein anderer Mann im Spiel war? Sie vermutete mittlerweile, dass ihre Urgroßmutter einen Geliebten gehabt hatte, und hoffte, die verborgene Kiste würde etwas diesbezüglich Aufschlussreiches enthalten. Ihre Großmutter hatte von diesem Verdacht allerdings nichts wissen wollen. Offenbar war ihr Aufklärungsbedarf an dem großen Geheimnis gestillt. Ihrer Granny machte an der ganzen Sache am meisten zu schaffen, dass ihr Vater zu so einer Grausamkeit in der Lage gewesen sein sollte. Deshalb klammerte sie sich nun an die Hoffnung, dass sich ihr völlig verängstigter Bruder schlichtweg geirrt und ein Fremder ihre Mutter so zugerichtet hatte. Das wiederum hielt Mila für unwahrscheinlich, deren Forschergeist in dieser Angelegenheit gerade erst richtig erwacht war. Sie war fest davon überzeugt, dass ihre Granny tief im Herzen selbst nicht daran glaubte, ihr Vater könnte sich noch als guter Mensch entpuppen, der einer bedauerlichen Verwechslung zum Opfer gefallen war. Ihre Bereitschaft, das geliebte Hokitika zum Wohl ihres Bruders hintanzustellen, sprach in Milas Augen für ihr schlechtes Gewissen. So als ob sie die Schandtat ihres Vaters, den sie so sehr geliebt hatte, auf diese Art wiedergutmachen könnte.

Mila zuckte zusammen, als der Kapitän nun den Landeanflug auf Christchurch ankündigte. Obwohl sie überhaupt nicht geschlafen hatte, kam ihr der Rückflug verhältnismäßig kurz vor. Plötzlich fiel ihr der Hinflug ein, den sie nur mit Hilfe von Dr. Ryans Notfallmittel unbeschadet überstanden hatte. Wenn sie so darüber nachdachte, musste sie mit Erstaunen feststellen, dass das vorerst ihr letzter Zustand innerer Unruhe gewesen war. Als ob in Cairns ein Schalter umgelegt worden war.

Na ja, es war ja auch tatsächlich etwas Derartiges geschehen, dachte sie belustigt, der Jonah-Knopf hatte sich ausgeschaltet, und sie war frei!

»Bruderherz, wir landen gleich«, raunte sie Tim zu, der mit geschlossenen Augen zusammengesunken auf seinem Sitz kauerte, als würde er schlafen.

»Bin nicht taub«, entgegnete er unwirsch. Auch wenn sie ahnte, warum er derart übel gelaunt war, hielt sich ihr Mitgefühl in Grenzen. Es wäre für ihn ein Leichtes gewesen, Sophie zur Seite zu nehmen und nach der Nummer mit dem übergriffigen Kerl zu befragen, aber dazu war er viel zu stolz. Sophie schien allerdings ähnlich gepolt zu sein wie er, denn sie hatte Silvester wiederholt in seine Richtung geguckt, sich aber jedes Mal hastig abgewandt, bevor sich ihre Blicke hätten treffen können.

»Du musst deine schlechte Laune nicht an mir auslassen«, knurrte sie zurück.

»Sorry, aber ich bin froh, gleich wieder neuseeländischen Boden unter den Füßen zu haben«, brummte er.

Mila unterdrückte die provokante Erwiderung, die ihr auf der Zunge lag, nach dem Motto: *Erzähl doch nichts!*

Der Kapitän legte eine ausgesprochen sanfte Landung hin, bei der nichts wackelte oder hart aufsetzte. Bevor Mila sich nach der Landung in die Schlange gen Ausgang einfädelte, schaute sie sich noch einmal neugierig um. In dem Moment traf sich ihr Blick mit dem des Herzexperten. Sie hätte so gern seine Telefonnummer, aber wie sollte sie es wohl anstellen, ihm das in diesem Trubel zu signalisieren? Er lächelte, doch bevor sie sein Lächeln erwidern konnte, wurde sie im Gang unsanft nach vorne geschoben. Nachdem sie das Flugzeug verlassen hatte, überlegte sie kurz, ob sie nicht einfach auf den Mann warten sollte, doch sie traute sich nicht. Überdies forderte Tim sie in diesem Moment ungeduldig auf, sich ein bisschen zu beeilen, weil er noch den ganzen Weg nach Hokitika und zurück fahren musste. In dem Augenblick erhellte sich seine Miene. »Sag mal, jetzt, wo Großmutter in Cairns geblieben ist, könnten wir doch eigentlich gleich den nächsten Flieger nach Auckland zurücknehmen, und ich müsste dich nicht mit dem Wagen an die Westküste bringen, oder?«

Da fiel Mila ein, dass sie ihrem Bruder noch gar nicht verraten hatte, dass sie ihre Pläne inzwischen geändert hatte.

»Mach das, wenn du es eilig hast. Ich kann auch eine Inlandmaschine nach Hokitika nehmen«, entgegnete sie vorsichtig.

»Wieso? Was willst du da? Du kannst doch jetzt ohne Umwege mit nach Auckland kommen, oder?«

»Nein, kann ich nicht. Ich, ich habe mich anders entschieden«, erklärte sie zögerlich.

»Verstehe ich nicht. Was heißt das?«, fragte er in schroffem Ton nach.

»Ich werde nach Hokitika zurückgehen. Einer muss doch ein Auge auf alles haben.«

»Wie jetzt? Heißt das, du sagst Pit ab? Aber das geht nicht mehr. Du hast einen Vertrag unterschrieben.«

Das war typisch für ihren Bruder. Er ging alles im Leben äußerst rational an und konnte sich wohl kaum vorstellen, dass man so sprunghaft sein konnte. Dabei war sie alles andere als das. Es hatte für ihr Verbleiben in Auckland genauso gute Gründe gegeben wie für ihren Entschluss, nachhause zurückzukehren. Aber sollte sie ihm wirklich gestehen, dass ein wichtiges Argument für ihre Entscheidung, in Auckland zu bleiben, Jonah gewesen war?

»Ich habe noch gar nicht unterschrieben«, entgegnete sie hastig. »Und es wäre nett, wenn du mir meine Sachen demnächst vorbeibringen könntest, denn ich muss ja nun auch Granny vor Ort vertreten.«

Tim blieb abrupt stehen, während sich die Fluggäste, die ihnen folgten, mehr oder minder genervt an ihnen vorbeidrückten.

»Sag mal, hast du sie nicht alle? Du willst Pit, der so große Stücke auf dich hält und dir diese Superchance bietet, wirklich absagen?« Während er das in nicht gerade leisem Ton sagte, überholte sie der Herzexperte und schenkte ihr im Vorübergehen einen warmen, mitfühlenden Blick. Offenbar glaubte er, ihr Mann hätte sich gerade ihr gegenüber etwas im Ton vergriffen. Sollte sie jetzt rufen: *Hallo Sie, der Spinner ist nur mein Bruder*?

Nun ist die letzte Chance, an seine Telefonnummer zu kommen, an mir vorbeigezogen, dachte sie resigniert.

»Ja, Tim, ich werde vorerst absagen und zumindest in Hokitika bleiben, bis Großmutter zurück ist«, erwiderte sie mit fester Stimme. »Einer muss ja unser Erbe bewahren. Und da du dich rechtzeitig abgesetzt hast, bleibt alles an mir hängen«, schnaubte sie, wobei ihr Zorn weniger seinem Ärger über ihre vermeintliche Sprunghaftigkeit galt als vielmehr der Tatsache, dass er ihr die letzte Chance, den Herzexperten zu kontaktieren, verdorben hatte.

Tim machte eine wegwerfende Handbewegung. »Was willst du da bewahren? Wenn Großmutter stirbt, werde ich das Anwesen eh zu allerbesten Konditionen verkaufen, oder willst du etwa ein Hotel an der Westküste?«

»Nein, das Hotel interessiert mich nicht, aber der Grünstein.«

»So was wie den Stein auf unserem Grundstück bekommst du überall. Pit würde dir das Material tonnenweise liefern.«

»Glaube ich dir, aber das ist nicht unsere Jade. Ich denke, wir dürfen unseren Grünstein niemals in fremde Hände geben.«

»Okay, okay, lass uns das Gepäck holen, und dann bringe ich dich nach Hokitika!« Mit diesen Worten eilte er so schnell in Richtung Gepäckausgabe, dass sie ihm kaum folgen konnte.

Sie ließ sich Zeit, weil sie aus Erfahrung wusste, dass es in Christchurch in der Hochsaison länger dauern konnte mit dem Gepäck.

»Haben Sie Streit?«, fragte da eine männliche Stimme neugierig hinter ihr. Mila fuhr herum und blickte in die strahlend blauen Augen des Herzexperten, über denen keine Spur des melancholischen Schattens mehr lag. »Ich wollte Sie eben nicht ansprechen«, fügte er entschuldigend hinzu.

»Das habe ich wohl gemerkt«, gab sie grinsend zu und fragte sich, wie er das wohl angestellt hatte, sie erst zu überholen und jetzt wieder hinter ihr zu sein. »Denn ich wollte noch etwas richtigstellen. Nicht dass Sie mich für eine frustrierte Ehefrau halten, die in Gegenwart ihres Gatten andere Männer anflirtet.«

»Soll ich nicht?«, fragte er irritiert, denn in diesem Moment kam Tim auf sie zugeschossen. »Wo bleibst du denn? Ich habe nicht ewig Zeit!« Er stockte, und ein Grinsen umspielte seinen Mund. »Ach, Sie sind das. Jetzt verstehe ich, warum meine herzallerliebste Ehefrau sich seit Cairns die Augen aus dem Kopf guckt …«

»Tim!«, fuhr Mila ihren Bruder peinlich berührt an.

»Gut, ich will auch nicht weiter stören«, stieß der Herzexperte verunsichert hervor.

»Ob Sie mir Ihre Telefonnummer geben könnten?«, fragte Mila ihn jetzt direkt, was ihn nur noch mehr zu verwirren schien. Mila wandte sich demonstrativ an Tim. »Du kennst doch meinen Koffer. Der schwarze Rimowa mit dem rosa Bändchen am Griff. Ob du den schon mal vom Band nehmen könntest, wenn das Gepäck kommt?«

»Ach, ja, ich muss dann auch mal zum Gepäck«, beeilte sich der Herzexperte zu sagen und wollte die Flucht ergreifen.

»Warten Sie. Ich gebe Ihnen gerne ein paar Minuten mit meiner liebsten Gattin allein«, flötete ihr Bruder, gab dem verdutzten Herzexperten die Hand und ging.

»Spinner!«, rief Mila ihm nach. Tim drehte sich noch einmal um. »Vielleicht sieht man sich mal wieder!«

Der Herzexperte schüttelte den Kopf. »Wie heißt das Spiel, das Ihr Mann und Sie da veranstalten?«

»Wie ärgere ich meine Schwester!«, erwiderte Mila.

»Moment, Sie wollen mir jetzt weismachen, der Mann ist Ihr Bruder?«

»Genau, der Depp ist mein Bruder Tim.«

»Aber auf dem Kutter war er noch Ihr Ehemann«, wandte der Herzexperte ein.

»Das habe ich nur gesagt, damit Ihr aufdringlicher Anwaltsfreund mich in Ruhe lässt«, sagte sie grinsend. Ihm war die Erleichterung über die wahren Familienverhältnisse förmlich anzusehen.

»Ach, Sie meinen Frank, unseren Möchtegern-Ladykiller? Er ist nicht mein Freund, sollte ich vielleicht dazusagen. Wir sind eine Clique, die sich aus der Studienzeit kennt. Wir haben in Dunedin alle im selben Wohnheim gelebt und sind der Rest der Truppe, der noch keine Familie hat. Deshalb verreisen wir über die Festtage immer gemeinsam, also ich für meinen Teil bin das erste Mal dabei, weil ich sonst immer mit meinem Großvater gefeiert habe.« Seine Miene verdüsterte sich.

»Ich habe schon gehört. Ihr Großvater ist erst kürzlich verstorben, oder? Das tut mir leid.«

»Wenn Ihnen unsere Tratschtante Frank schon meine ganze Lebensgeschichte erzählt hat, kann ich mir ja die weitere Vorstellung sparen«, stöhnte er.

»Nein, er ist leider nicht weitergekommen, weil ich dann schon meinen Mann um Hilfe gebeten habe. Mich würde brennend interessieren, was sich hinter der Bezeichnung Herzexperte verbirgt. Schreiben Sie Liebesromane?«

»Um Himmels willen, nein, ich bin Kardiologe.«

»Das kann kein Zufall sein«, entfuhr es Mila aufgeregt. »Dann würde ich Sie wirklich gern einmal anrufen, denn da hätte ich ein paar Fragen an den Experten.«

»Sie haben es doch hoffentlich nicht am Herzen.«

»Nein, es geht um meine Großmutter, aber das erzähle ich Ihnen lieber am Telefon. Sonst verpassen Sie noch Ihren Koffer.«

»Es würde mich außerordentlich freuen, von Ihnen zu hören. Warten Sie, ich gebe Ihnen meine Karte. Das ist zwar nur meine Kliniknummer, aber da bin ich besser zu erreichen als zuhause, zumal ich gerade dabei bin, den Hausstand meines Großvaters aufzulösen, bei dem ich zuletzt gewohnt habe, weil ich das Haus verkaufen werde.«

Mila spürte deutlich, wie sich ihr Herzschlag beschleunigte, während er in seiner Jackentasche nach einer Visitenkarte kramte. Zumindest schien das Interesse auf Gegenseitigkeit zu beruhen, doch als er ihr die Karte geben wollte, stockte ihr schier der Atem. Er hielt nicht nur die Karte in der Hand, sondern auch ein halbes Amulett aus Grünstein, ein Pikorua, das Zeichen der ewigen Liebe. Sie starrte es an, als hätte sie noch nie zuvor einen Grünstein gesehen.

»Sorry, das hat meinem Großvater gehört. Das Amulett wollte ich gar nicht aus der Tasche ziehen«, erklärte er beinahe entschuldigend. Bevor er es wieder in der Tasche verschwinden lassen konnte, fragte sie ihn, ob sie es wohl einmal berühren dürfte. Verwundert reichte er Mila den Stein.

Als sie ihn berührte, lief ihr ein heißer Strahl durch den ganzen Körper, genau wie wenn sie besondere Grünsteine anfasste.

»Wahnsinn!«, murmelte sie wie in Trance.

»Entschuldigen Sie, ist was mit dem Amulett?«

Mila blickte ihn verzaubert an. »Ich habe als Schmuckdesignerin beruflich mit Grünsteinen zu tun. Und manche sprechen zu mir.«

»Und was hat es Ihnen verraten?«

»Das weiß ich leider noch nicht, aber sobald ich es herausgefunden habe, sind Sie der Erste, der es erfährt. Es ist aus Marsden-Jade, und die ist wirklich selten«, teilte sie ihm in lockerem Plauderton mit, um zu überspielen, wie tief diese Hälfte des Pikorua-Amuletts sie berührte. »Wissen Sie, woher Ihr Großvater das hatte und wieso es nur eine Hälfte gibt?«, fügte sie hastig hinzu.

»Nicht wirklich. Großvater hat es zeitlebens bei sich getragen als Glücksbringer und als Erinnerung an seinen Vater. Der ist nämlich eines Tages spurlos verschwunden, als mein Großvater noch ein kleiner Junge war. Aber alles, was ich noch darüber weiß, sollte ich Ihnen wirklich zu einem späteren Zeitpunkt am Telefon erzählen. Wegen meines Gepäcks. Ich befürchte nur, dass wir die Flut der Informationen gar nicht am Telefon bewältigen können. Wo wohnen Sie denn?«

»In Hokitika.« Es war noch etwas befremdlich, ihren alten und nun auch neuen Wohnort zu nennen.

»Oh«, stieß er erstaunt hervor.

»So schlimm?«, versuchte sie zu scherzen.

»Im Gegenteil, ich habe dort einen ehemaligen Studienkollegen und werde demnächst ganz in der Nähe ein berufliches Gespräch haben.«

Milas Herz klopfte bei seinen Worten bis zum Hals. Sie war so aufgeregt angesichts der Vorstellung, ihn bald wiederzusehen, dass sie sogar vergaß nachzufragen, wo dieses Gespräch denn stattfinden sollte.

»Dann sollten wir mal zu den Koffern gehen«, schlug sie stattdessen vor.

»Ist das alles, was Sie dazu zu sagen haben?«, erkundigte er sich zweifelnd.

»Nein, nein, Sie haben Recht. Wir sollten das alles lieber persönlich besprechen«, sagte sie hektisch und wollte gerade sein Amulett einstecken. »Sorry, ich wollte Ihnen das nicht klauen«, erklärte sie entschuldigend, während sie ihm das Amulett in die Hand drückte. »Ja, dann auf bald«, fügte sie hinzu und wollte schon kopflos davoneilen.

»Halt. Die Visitenkarte. Die haben Sie vergessen. Sonst können Sie mich gar nicht anrufen.« Er drückte ihr die Visitenkarte in die Hand. »Und dürfte ich noch erfahren, wer mir den Start ins neue Jahr derart versüßt hat?«

»Mila. Mila Parker«, stellte sie sich lächelnd vor, bevor sie einen Blick auf die Karte warf. »Das gebe ich Ihnen doch glatt zurück, Brian, ich meine Dr. Morris. Bis bald!«

Obwohl sie denselben Weg zum Gepäckband hatten, schwebte sie wie auf Wolken davon. Mehr als das, was eben zwischen ihnen beiden geschehen war, hätte Mila in diesem Augenblick einfach nicht verkraftet, ohne dass Brian ihr an der Nasenspitze angesehen hätte, dass Amors Pfeil sie geradewegs ins Herz getroffen hatte.

2. Teil

Das Erbe von Pounamu

Auch das Zufälligste ist
nur ein auf entfernterem Wege
herankommendes Notwendiges.
Arthur Schopenhauer

32. Kapitel

Die vergangenen Wochen waren für Mila wie im Fluge vergangen. In Hokitika war so viel zu tun gewesen, dass sie kaum eine freie Minute gehabt hatte. Zwar erledigte Sara die Arbeit im Hotel weitgehend allein, aber wegen der Hochsaison waren nicht nur sämtliche Zimmer belegt, sondern auch die Kurse im Grünsteinschleifen ausgebucht, die Omaka ihren Gästen in einem Extraprospekt großzügig angepriesen hatte. Die hatte nun alle Mila übernommen. Inzwischen hatte sie beschlossen, nach den Ferien die alte Werkstatt abreißen und eine neue bauen zu lassen. Sie hatte sogar schon mit Tim über Details gesprochen, nachdem sie sich das Okay ihrer Großmutter eingeholt hatte. Die neue Werkstatt war allerdings nicht ihre einzige Idee, wie man Pounamu noch attraktiver gestalten konnte. Sie würde nicht in der Jade Factory anfangen, sondern gleich ihren Traum vom eigenen Laden verwirklichen. Auch darüber hatte sie schon mit Tim gesprochen, der zwar immer noch verschnupft über ihre Entscheidung war, Pit abzusagen, ihr aber dennoch jegliche Unterstützung zugesagt hatte. Außerdem war er damit beschäftigt, in Greymouth eine Dependance seines Architektenbüros aufzubauen, weil dort ein Großbauprojekt in Planung war. Und er hatte auch bereits entschieden, wer dieses Büro leiten würde: Jonah! Er hatte Mila nicht offen gesagt, dass er ihn loswerden wollte, aber das lag ziemlich auf der Hand. Mila war gespannt, ob Jonah sich darauf einlassen oder Tim die Partnerschaft aufkündigen würde. Jedenfalls schien es so, als hätte die Männerfreundschaft den Konkurrenzkampf um Sophie nicht unbeschadet überstanden, wobei Tim weit von sich wies, dass er auch nur einen Gedanken an die australische Ferncousine verschwendete.

Gerade am Abend zuvor hatte Mila länger mit ihrer Großmutter telefoniert und sie gefragt, wann sie wieder nachhause kommen wollte. Granny Omaka hatte zugegeben, dass sie unter wahnsinnigem Heimweh litt, aber in Cairns gebraucht würde. Sowohl von ihrem Bruder als auch von Sophie, der im Hostel wieder einmal diverse Hilfskräfte fehlten. Mila war gar nicht recht, dass ihre Granny Mädchen für alles im Hostel spielte, seit Jonahs Urlaub zu Ende gegangen war. Sie fand es nicht angemessen, dass ihre herzkranke Großmutter bei der Hitze in Sophies Hostel schuftete. Ihre Großmutter hatte daraufhin versichert, der Kardiologe vor Ort hätte ihr versichert, dass ihr Herz sich sichtlich erholt hätte. Und sie hatte ihr hoch und heilig versprochen, kürzerzutreten, aber Mila glaubte ihr kein Wort. Sie zweifelte selbst daran, dass Sophie in all ihrem Stress wirklich die Zeit gefunden hatte, mit Omaka zum Arzt zu gehen, aber sie ging nicht so weit, ihrem Misstrauen Ausdruck zu verleihen. Allerdings hatte sie ihrer Granny versichert, dass sie auch in Hokitika dringend benötigt würde. »Heißt das, ich muss nicht in die Klinik, wenn ich zurückkomme?«, hatte sie daraufhin hoffnungsfroh nachgefragt. Damit hatte ihre Großmutter Mila unabsichtlich bestätigt, dass sie nicht nur wegen Benjamin immer noch nicht nach Neuseeland zurückgekehrt war. Der andere Grund war ihre Angst vor der Operation! Am Ende des gestrigen Telefonats hatte ihre Großmutter zumindest zugesagt, noch im Februar zurückzukehren, also in spätestens vier Wochen.

Wie so oft ertappte sich Mila auch an diesem kühlen Sommerabend dabei, dass sie an Brian dachte und vor allem an die

Tatsache, dass sie ihn immer noch nicht angerufen hatte. Langsam ahnte sie, dass es außer profanen Zeitgründen eventuell noch einen weiteren Grund geben könnte, der sie davon abhielt, seine Nummer zu wählen: Sie wollte nicht aufdringlich sein. Wenn sie daran dachte, wie offensiv sie sich am Flughafen ihm gegenüber verhalten hatte, wurde ihr noch im Nachhinein ganz schummrig. Immerhin wusste sie inzwischen einiges über seine medizinischen Zauberkünste. Im Internet wimmelte es von positiven Erlebnisberichten über seine Tätigkeit als Kardiologe. Es wurde also allerhöchste Zeit, dass sie ihn aus rein professionellen Gründen kontaktierte. Wenn ihre Großmutter zurückkehrte, wollte sie alles vorbereitet haben für die Operation. Sie konnte sich kaum vorstellen, dass er von einer sofortigen OP abraten würde. Sicherlich kannte er die besten Adressen im Land, wo Granny diese OP durchführen lassen konnte. Und er wusste bestimmt auch, ob es vernünftig wäre, sie vom Flughafen direkt in ein Krankenhaus zu bringen, um den Eingriff vornehmen zu lassen.

Entschlossen holte Mila seine Visitenkarte hervor. Zum Telefonieren machte sie es sich auf ihrem Bett bequem. Doch während sie seine Nummer wählte, fiel ihr Blick auf die Uhr. Es war bereits nach neun Uhr, da würde er sicher nicht mehr in der Klinik sein. Dennoch tippte sie die Nummer bis zum Ende ein.

Als er sich wenig später wider Erwarten meldete, war Mila so erschrocken, dass sie das Gespräch um ein Haar beendet hätte, bevor es überhaupt begonnen hatte. Sie holte einmal tief Luft.

»Hallo, Brian. Hier spricht Mila. Die Ehefrau aus Cairns, wenn Sie, ich meine du, dich noch erinnerst.«

»Du! Du bist mir eine. Wie lange wolltest du mich noch zappeln lassen? Ich hätte beinahe sämtliche Parkers an der Westküste durchgerufen, weil ich dich so gern treffen wollte, als ich neulich in Greymouth gewesen bin. Das hätte ich wirklich getan, wenn ich nicht nur für ein paar Stunden zu dem Gespräch rübergeflogen wäre.«

»Ach, der Termin ist schon vorbei?«, fragte sie enttäuscht.

»Leider, aber wer weiß, wahrscheinlich muss ich noch mal dorthin. Übrigens schön, deine Stimme zu hören.«

»Das finde ich auch«, pflichtete sie ihm aus vollem Herzen bei. »Aber dann müssen wir meinen Fragenkatalog wohl doch per Telefon abarbeiten.«

»Nicht unbedingt. Wenn du noch ein paar Wochen warten kannst, bis ich Großvaters Haus verkauft habe und umgezogen bin, können wir das gern persönlich bereden. Dann kann ich auch mal einen Wochenendtrip einlegen. Aber im Moment weiß ich nicht, wo mir der Kopf steht, vor allem habe ich zurzeit überall Bewerbungen laufen. Ich könnte also auch in Auckland landen.«

»Gefällt es dir denn nicht mehr in Dunedin? Das ist doch die schönste Stadt Neuseelands, wenn du mich fragst, wobei ich bisher nur ein paar Mal kurz dort war.«

»Ich liebe meine Stadt, aber ich brauche dringend mal eine Luftveränderung. Ich habe mein ganzes Leben hier verbracht und bin Großvater zuliebe sogar zum Studium in der Stadt geblieben. Deshalb muss ich jetzt weg, möglichst weit. Ich habe mich sogar in Sydney beworben«, erwiderte er fröhlich. Mila aber stockte förmlich der Atem. Sydney war zu weit weg, um einander näher kennenzulernen, dachte sie enttäuscht.

»Tja, dann muss ich dir wohl die Daumen drücken«, entgegnete sie verhalten.

»Das ist nett. Also, womit fangen wir an? Mit deinen medizinischen Fragen oder beim Amulett?«

Das mit seiner Bewerbung in Sydney war Mila mächtig auf das Gemüt geschlagen. Es kostete sie sehr viel Kraft, sich locker zu geben.

»Ich fange mal mit der Medizin an, aber ich hoffe, du hast so viel Zeit.«

»Tja, ich bin nur noch in der Klinik wegen eines Artikels in einer Fachzeitschrift, aber der kann bis morgen warten. Also, was kann ich für dich tun?«

Zögernd begann Mila ihm von der Herzgeschichte ihrer Großmutter zu erzählen und fragte ihn zum Schluss ihrer Schilderung, die er nicht ein einziges Mal unterbrach, ob man ihr die Operation wohl doch ersparen könnte.

»Nein, Mila, wenn deine Großmutter nichts unternimmt, wird das ihre Lebenszeit unweigerlich verkürzen. Aber wenn sie solche Angst davor hat, komm doch mit ihr zu einem Gespräch nach Dunedin. Und wenn ich sie von der Notwendigkeit der Stents überzeugen kann, würde ich die OP auch selber vornehmen.«

»Meine Großmutter ist in Cairns bei unseren Verwandten geblieben, wer weiß, ob du noch in Dunedin arbeitest, wenn sie zurückkommt«, bemerkte Mila skeptisch.

»So schnell geht das auch nicht, zwei Monate bin ich mindestens noch in Dunedin, aber das Angebot gilt auch für alle meine potenziellen neuen Arbeitsplätze.«

»Auch für Sydney?«, fragte sie in spitzem Ton, was sie schon im selben Moment bereute. Was fiel ihr eigentlich ein, einem völlig fremden Mann durch die Blume vorzuwerfen, dass er vielleicht bald nach Australien gehen würde?

Brian aber schien das überhört zu haben. Jedenfalls ließ er sich nichts anmerken. »Nein, für Sydney würde das nicht gelten, weil ich einer Patientin nach einem erst kürzlich erlittenen Infarkt von einer unnötigen Flugreise abraten würde, es sei denn, sie käme direkt aus Cairns dorthin. Aber mal ganz im Ernst, ich bin der Meinung, man sollte die Operation nicht mehr auf die lange Bank schieben, und ich finde deine Idee, sie direkt vom Flughafen in eine Klinik zu bringen, sehr vernünftig. Also, sobald du weißt, wann sie nach Neuseeland zurückkommt, sag mir Bescheid. Ich bin bereit, deine Großmutter zu beraten und bestenfalls auch gleich zu operieren.«

Mila dachte an die vielen Empfehlungen, die sie über Dr. Brian Morris im Netz studiert hatte.

»Das würde mich wirklich beruhigen«, entgegnete Mila, denn sie konnte sich gut vorstellen, dass er es schaffen würde, ihrer Großmutter die Ängste vor dem Eingriff zu nehmen. Und dass er die Operation sogar selbst vornehmen wollte, war mehr, als sie erwartet hatte. Und natürlich spukte ihr im Hinterkopf auch die verlockende Aussicht auf ein Wiedersehen herum …

»Darf ich dich jetzt was fragen, was nicht auf der Agenda steht?«, fragte er nun.

»Klar, was willst du wissen?«

»Nichts gegen Hokitika, aber es ist ja unbestritten ein kleinerer Ort. Und du machst mir eher den Eindruck einer sehr weltoffenen Frau, und da frage ich mich …« Er schien nach den richtigen Worten zu suchen, um seiner Verwunderung darüber Ausdruck zu verleihen, dass eine Frau wie sie an der Westküste leben konnte, dachte Mila amüsiert.

»Ich bin dort aufgewachsen und zum Studium nach Auckland gegangen, quasi meinem Bruder gefolgt, der schon Jahre zuvor in die Stadt geflüchtet ist. Und eigentlich wollte ich dortbleiben, ja, ich hatte sogar schon eine wirklich spannende Stelle bei einem bekannten Juwelier, aber dann durchkreuzte der australische Bruder meiner Großmutter, von dessen Existenz wir bislang nichts ahnten, meine Pläne. Wir suchten diesen Mann in Cairns auf, und Großmutter ist nun vorerst bei ihm geblieben. Tja, und dann musste sich jemand um das Hotel kümmern.«

»Ihr habt auch ein Hotel? Gut zu wissen, dann werde ich natürlich dort übernachten, wenn ich das nächste Mal ein Bewerbungsgespräch an der Westküste habe«, unterbrach er sie begeistert.

»Ich denke, das hattest du schon?«

»Wenn ich Glück habe, wird demnächst noch eine weitere passende Stelle in Greymouth frei. Aber du hast mir noch gar nicht erzählt, warum du dich nun gegen Auckland entschieden hast.«

»Ich habe tief im Inneren gespürt, dass Pounamu, wie sowohl unser Anwesen als auch das Hotel heißen, mein Zuhause ist. Weißt du, ich arbeite ja vorwiegend mit Grünsteinen, und über das Grundstück fließt der Nebenarm eines Flusses, in den die Steine gespült werden, man kann sie einfach selber vom Grund sammeln. Für meine Maori-Ahninnen war das der größte Schatz, und obwohl der Grünstein inzwischen das Eigentum des Stamms ist, zu dem meine Vorfahrinnen gehören, sehen die Maori unsere Familie als Hüterin der Jade an, die sich auf unserem Anwesen befindet. Es ist wie eine Berufung, mich um unsere Steine zu kümmern. Das klingt für dich wahrscheinlich ziemlich verschroben, oder?«

»Nein, ganz im Gegenteil. Ich finde es faszinierend, wenn man weiß, wohin man gehört, und dafür auf die Annehmlichkeiten der großen Stadt verzichtet«, erklärte er derart bewundernd, dass es ihr fast ein bisschen unangenehm war.

»Aber jetzt erzähle mir doch bitte noch mehr über das halbe Amulett. Ich habe öfter daran gedacht, warum es nur eine Hälfte hat. Eigentlich gibt es nur eine Erklärung. Die andere Hälfte hat die Frau getragen, die deinen Urgroßvater geliebt hat.«

»Das hätte eine gewisse Logik, ist aber nicht der Fall. Wie mein Großvater seine Mutter beschrieben hat, hätte sie im Leben kein Maori-Symbol getragen. Sie war eine Pakeha durch und durch. Ach, das ist überhaupt eine ganz merkwürdige Geschichte. Hast du noch Zeit?«

»Natürlich, ich bin sehr gespannt.«

»Eigentlich ist sie sehr traurig, denn mein Urgroßvater ist eines Tages spurlos verschwunden. Mein Großvater erzählt, sein Vater wäre zu Bankkunden an die Westküste gefahren, um die Raten für einen Kredit einzutreiben, weil die Leute nicht zahlten, aber er wäre nie von dort zurückgekommen. Jedenfalls soll sein Vater ihn vor der Abreise immer wieder in den Arm genommen haben, als könnte er ihn nicht loslassen. So als hätte er gewusst, dass er nicht mehr zurückkehren würde. Und die Mutter meines Vaters soll am Tag der Abreise ihres Mannes rotgeweinte Augen gehabt haben. Nach ein paar Tagen ist dann die Polizei gekommen und hat ihr erzählt, dass sein nagelneuer roter Wagen ausgebrannt in der Nähe des Arthur's Pass in einer Schlucht gefunden wurde. Sie hat den Kindern dann erzählt, er sei auf der Höhenstraße am Pass verunglückt.«

»Und hat man ihn je gefunden?«

»Nein, es hieß, er sei in seinem Fahrzeug verbrannt. Mein Großvater hing jedenfalls abgöttisch an seinem Vater und hat sein Leben lang schwer an diesem Verlust getragen. Deshalb, und jetzt kommen wir zum Amulett, hat er die ersten Wochen nach dem Tod seines Vaters jeden Tag in der Bank verbracht in der Hoffnung, er käme wieder. Auf dem Schreibtisch häufte sich die ungeöffnete Post, die nach seinem Fortgang dort angekommen war, und dabei lag ein kleines Päckchen, das an seinen Vater adressiert war und keinen Absender trug. Mein Großvater hat es lange nur von außen betrachtet, es aber schließlich aus lauter Neugier geöffnet und das Amulett vorgefunden. Ohne Brief, ohne ein Zeichen des Absenders. Und er behauptete, er habe so etwas wie Trost empfunden, als er den Stein schließlich berührt habe. Von dem Tag an hat er ihn wie einen Talisman stets bei sich getragen. Tja, und auf dem Sterbebett hat er mir das Amulett gegeben. Und ich fühlte mich sonderbarerweise auch durch das

Ding getröstet, und deshalb habe ich es jetzt ständig bei mir. Erst dachte ich, ich spinne, aber als du am Flughafen in Christchurch wie selbstverständlich behauptet hast, die Steine könnten reden, hat mich das sehr entspannt. Denn du machst mir nämlich nicht gerade den Eindruck einer abgehobenen Esoterikerin.«

»Um die Wirkung der Steine zu spüren, muss man gewiss keine besondere spirituelle Veranlagung haben. Ich glaube, sie reden mit jedem, der sie nur gut behandelt. Die Geschichte mit deinem Urgroßvater ist aber ganz schön schaurig. Meine Großeltern sind auch bei einem Unfall umgekommen, aber das führt jetzt zu weit. Es ist schon spät«, seufzte Mila. Ein flüchtiger Blick auf ihre Uhr verriet ihr, dass sie bereits über eine Stunde telefonierten.

»Nein, meinetwegen können wir gern die ganze Nacht reden. Damit hast du mich neugierig gemacht. Erzähl von dem Unfall.«

»Da gibt es nicht viel zu erzählen. Es heißt, die Großeltern meiner Granny seien von einer Fahrt in die Berge nicht zurückgekehrt, und man vermutet, dass der Wagen in einem unzugänglichen Gebiet in eine Schlucht gestürzt ist.«

»Tja, dann haben unsere Vorfahren wohl dasselbe traurige Schicksal erlitten. Aber sag mal, was könnte denn der Grund sein, dass man jemandem ein halbes Amulett schickt?«

»Brian, da gibt es kaum andere Gründe als den, den ich dir bereits genannt habe. Dass nämlich die andere Hälfte bei einer Frau geblieben ist. Sieh mal, das Pikorua ist das Symbol der ewigen Liebe. Es vereint Menschen, die zusammengehören. Jemand hat das Amulett ganz bewusst geteilt, denn das ist harte Arbeit. Das muss man können. Vielleicht sollte es später wieder zu einem Ganzen zusammengefügt werden.«

»Das würde aber bedeuten, dass mein Urgroßvater irgendwo eine Geliebte gehabt haben muss«, folgerte Brian.

»Genau, das wollte ich damit sagen. Und vielleicht ist er gar nicht verunglückt, sondern mit der Frau seines Herzens auf und davon.«

»Die Geschichte gefällt mir im Grunde besser, aber gut, dass mein Großvater das nicht mehr hören kann. Für ihn war sein Vater ein wahrer Held, und dass er seine Familie und vor allem ihn, den kleinen Kronprinzen, wegen einer anderen Frau verlassen hätte, hätte nicht ins Bild gepasst. Und außerdem ist ja sein Wagen gefunden worden.«

»Gut, dann sollten wir uns nicht weiter den Kopf zerbrechen darüber, was das halbe Symbol zu bedeuten hat.« Mila unterdrückte ein leichtes Gähnen. Nicht, weil sie das Gespräch langweilte, sondern weil sie schon wieder vor sieben Uhr aufgestanden und den ganzen Tag auf den Beinen gewesen war. Als könnte Brian Gedanken lesen, sagte er nun: »Wir müssen uns unbedingt wiedersehen. Morgen früh warten mehrere OPs auf mich. Auch wenn ich gern noch stundenlang mit dir sprechen möchte, sollte ich vernünftig sein.«

»Dann wünsche ich dir viel Erfolg.«

»Und du meldest dich, sobald du weißt, wann deine Großmutter aus Australien zurückkehrt. Ich würde mich dann um ein Bett auf meiner Station bemühen.«

»Mache ich, aber wenn du magst, kannst du mich auch gern mal anrufen. Meine Nummer siehst du ja auf deinem Display, oder?«

»O ja, warte, die notiere ich mal eben. Ich rufe dich ganz bestimmt an. Und ich gebe dir meine Privatnummern. Schreibst du sie auf?«

Eifrig notierte Mila die Kontaktdaten von Brians Privatanschluss und seinem Mobiltelefon. Nachdem sie alles aufgeschrieben hatte, wiederholte sie die Nummern noch einmal.

»Alles korrekt. Bis bald«, sagte Brian. »Es war zauberhaft, deine Stimme zu hören«, fügte er leise hinzu.

»Bis bald«, seufzte Mila zum Abschied und legte auf. Sie blieb noch eine ganze Weile regungslos auf ihrem Bett sitzen und ertappte sich dabei, wie sie kleine Herzen in die Luft malte. Ihr Gespräch hatte sie wirklich berührt. Noch nie zuvor hatte sie mit einem Fremden auf Anhieb so vertraut geredet. Erst der Gedanke an seine Bewerbung in Sydney holte sie von ihrer rosaroten Wolke auf die Erde zurück. Doch dann gewann ihre Vorfreude darauf, Brian bald wiederzusehen, die Oberhand.

Mila überlegte, ob sie ins Bett gehen sollte, aber ihre Müdigkeit war verflogen, und sie ahnte, dass sie sich wild im Bett herumwälzen würde, weil sie von dem Telefonat so aufgedreht war. Ihre kleinen Pillen hatte sie seit dem Hinflug nach Australien nicht mehr angerührt. Plötzlich verspürte sie große Lust, noch ein wenig an einem Schmuckstück zu arbeiten, an dem sie seit ihrer Ankunft herumwerkelte, aber immer wieder unterbrochen worden war. Es sollten Ohrringe für ihre Freundin Ruby werden, die demnächst Geburtstag hatte und Mila zu Recht übelnahm, dass sie seit ihrer Rückkehr nach Hokitika noch keinen Abend Zeit für sie gefunden hatte. Deshalb hatte Mila ihr hoch und heilig versprochen, zu ihrer Party am Wochenende zu kommen.

Mila verließ wenig später das Haus und nahm einen tiefen Atemzug der frischen und würzigen Nachtluft. Sie blieb stehen und blickte verträumt zum Himmel hinauf, wo das Kreuz des Südens leuchtete, ein kleines, aber besonders helles Sternbild. In Auckland hatte sie die Sterne nie so deutlich sehen können wie hier an der Westküste, wo nicht die Lichter einer Millionenstadt in den Himmel schienen. Sie schlenderte zum Fluss, auf dem das Mondlicht sanft glitzerte, und weiter zur Werkstatt, die nicht mehr war als ein großer baufälliger Schuppen. Mila sah vor ihrem inneren Auge bereits das neue Gebäude entstehen, in dem sie, wie sie hoffte, vielleicht bald ganz autark arbeiten würde. An Ideen für neue Kollektionen mangelte es ihr nicht. Sie wusste nur nicht, ob sie eine gute Geschäftsfrau wäre, der es gelingen würde, ihren Schmuck auch zu vermarkten. Vielleicht sollte sie doch Pits Angebot annehmen, der nach der ersten Enttäuschung über ihre Absage vorgeschlagen hatte, dass sie ihm jedes Jahr ein gewisses Kontingent ihrer Produkte exklusiv verkaufte. Mila hatte ihm versprochen, darüber nachzudenken und ihm ihre Entscheidung möglichst bald mitzuteilen. Doch auch dazu war sie noch nicht gekommen. Nun musste sie erst einmal Rubys Geschenk fertigstellen, dann würde sie weitersehen.

Sie öffnete die knarrende Tür und schaltete das Licht an. Ein Ohrring war fast fertig. Er erinnerte entfernt an den Hei Matau der Maori, den Angelhaken, das Zeichen der Stärke und des Friedens. Sie schätzte, dass sie ihr Werk in zwei Stunden vollendet haben könnte, jetzt, zu nachtschlafender Zeit, in der sie keiner störte – außer ihre eigenen Gedanken, und die schweiften sofort zu dem Herzexperten aus Dunedin ab.

33. Kapitel

Sophie war gar nicht wohl, als sie mit dem Fahrstuhl in die obere Etage des Apartmenthauses fuhr und vor der Tür mit der Nummer 530 einen Schlüssel unter der Fußmatte hervorzog. Sie hatte sich innerlich damit abgefunden, dass Damon sie an diesen Ort nicht nur zum Reden bestellt hatte. Nach dem übergriffigen Erlebnis im Dezember hatte sie endgültig die Gewissheit gewonnen, dass seine Ankündigung, ihr auch ohne Gegenleistung jegliche Unterstützung zu gewähren, hohles Gerede war. An dem Abend hatte sie nach der unsäglichen Begegnung mit Mila und Tim auf der Pier jede weitere Annäherung gerade noch abbiegen können. Sie hatte Damon geschworen, sie wüsste auch nicht, warum sich Tim wie ein eifersüchtiger Ehemann aufführte, und er hatte ihr schließlich geglaubt und Verständnis dafür gezeigt, dass ihr der Abend damit verdorben war. Sie nahm es Tim bis heute übel, dass er sie danach quasi ignoriert hatte.

Sophie versuchte, die Gedanken an den neuseeländischen Sturkopf zu verscheuchen, denn immer wenn sie an Tim dachte, wurde sie übellaunig. Und gerade in diesem Augenblick passte es überhaupt nicht, einen Gedanken an den Mann zu verschwenden, der ihr wirklich etwas bedeutete, während sie fest entschlossen war, gleich mit dem völlig falschen Kerl ins Bett zu steigen. Die Würdelosigkeit, sich für einen Kredit zu verkaufen, machte ihr mächtig zu schaffen. Sie fühlte sich wie eine Frau, die sich für Sex bezahlen ließ, denn um nichts anderes ging es an diesem Abend als um seine Zusicherung, ihre Kredite abzulösen, ihr einen privaten Kredit zu gewähren und ihr bis auf Weiteres die Miete zu erlassen. Zu ihrer großen Erleichterung war er nach seinem übergriffigen Verhalten im Dezember mit seiner Familie fünf Wochen im Urlaub gewesen. Erst gestern hatte er ihr wieder eine Nachricht geschrieben mit dem Tenor, dass er sie unbedingt sehen wolle. Sophie war sich sicher, sie hätte das komplett ignoriert, wenn am Vormittag nicht ausgerechnet Mr Miller bei ihr angerufen und sie davon in Kenntnis gesetzt hätte, dass der Kredit mit sofortiger Wirkung gekündigt sei, weil die Bank sich getäuscht fühle. Man habe den Beweis, dass Benjamin Bedford in einem Pflegeheim sei und sie das Hostel faktisch allein betreibe. Ihr habe man aber keinen Kredit in dieser Höhe gewährt.

Leugnen war völlig zwecklos gewesen. Die Bank hatte sehr gründlich recherchiert und nahm die Ergebnisse zum Anlass, ihr Geld in einer Summe zurückzufordern. Damit wäre sie ruiniert. Nun blieb ihr wirklich nur noch Damons Hilfe, und zwar zu dem Preis, den er diktierte.

Missmutig betrat sie das Edelapartment und konnte sich weder an dem traumhaften Ausblick auf das Meer noch an der äußerst geschmackvollen Einrichtung freuen. Gänzlich die Laune verdarb ihr der Anblick eines Champagnerkübels auf einem Tisch neben dem Außenwhirlpool auf der Terrasse. Das roch geradezu nach billiger Verführung, und ihr sexuelles Interesse an Damon, das ohnehin nicht vorhanden war, sank nun noch weiter unter den Nullpunkt.

Frustriert warf sie einen Blick in den Kühlschrank, in dem zwei Flaschen besten Champagners standen. Um ihre Stimmung zu heben, öffnete sie eine Flasche und goss sich ein Glas ein, mit dem sie sich auf die Terrasse setzte. Sie nahm die offene Flasche gleich mit, weil sie ahnte, dass sie viel von dem guten Tropfen brauchte, um das abgeschmackte Revival mit Damon unbeschadet zu überstehen.

Nach dem ersten Glas stieg ihre Stimmung ein wenig, und sie versuchte sich an die guten Zeiten mit ihrem Exliebhaber zu erinnern, doch das wollte ihr beim besten Willen nicht gelingen. Sie konnte sich nicht annähernd in eine erotische Stimmung versetzen. Und das Fünkchen Begierde, das im Verborgenen in ihr glimmte, galt ganz bestimmt nicht Damon, sondern Tim. Sie wunderte sich selbst, wie hartnäckig sie noch immer an ihn dachte, obwohl er sich so dämlich verhalten hatte und sie durch seinen quasi heldenhaften Auftritt beinahe schon an jenem Abend in den finanziellen Ruin getrieben hätte. Wäre sie mit ihm nachhause gegangen, Damon hätte ihr sofort den Mietvertrag für das Hostel gekündigt und ihr keinen Cent mehr gegeben. Es war aber auch ein blöder Zufall gewesen, dass die beiden ausgerechnet in dem Augenblick vorbeigekommen waren, als Damon ihr einen Kuss hatte aufzwingen wollen. Natürlich konnte sie auch Tim verstehen, denn schließlich hatten sie beide sich erst in der Nacht zuvor leidenschaftlich geküsst. Der Gedanke daran ließ ihr Herz höher schlagen. Und die Erinnerung daran war so intensiv, dass dieser Abend vor ihrem inneren Auge noch einmal wie ein Film ablief:

Sie hat es endlich geschafft, sich mit Tim nach Barschluss allein zu verabreden. Das war gar nicht so einfach gewesen, weil Jonah auch bis zum Schluss geblieben ist. Aber dann schwindelt sie ihm vor, sie müsse ins Bett. Jonah versichert ihr, dass er das verstehen könne. Nun geht er höchst ungern allein in die dunkle Nacht. Sie wartet, bis er weg ist, und rennt los. Zu dem Treffpunkt auf der Pier. Ihr Herz klopft heftig, als sie ihn unter einer Palme stehen sieht. Sie schlendern händchenhaltend durch die warme, tropische Nacht und erzählen sich aus ihrem Leben. Es prickelt zwischen ihnen. Sie fragt sich, wann er sie endlich küssen wird, aber Tim lässt sich Zeit. Erst zum

Abschied vor dem Hostel nähern sich seine Lippen ganz vorsichtig ihren. Noch nie zuvor hat ein Mann sie derart leidenschaftlich und zärtlich zugleich geküsst. Noch nie hat sie beim Küssen so etwas wie Liebe empfunden. Sie schwankt. Einerseits würde sie ihn gern auf der Stelle mit in ihre Höhle schleppen, andererseits möchte sie diesen magischen Kuss so stehenlassen, weil sie in diesem Moment glaubt, noch alle Zeit der Welt zu haben, um mit ihm zu schlafen. Tim macht seinerseits keine Anstalten, mit ihr in die Wohnung zu gehen. Stattdessen flüstert er ihr ins Ohr, dass er sich in sie verliebt habe und nun befürchte, dass das verfliegen würde, wenn er jetzt mit nach oben komme und alles so ablaufe wie sonst mit den Frauen in seinem Leben. Er fügt hinzu, dass sie alle Zeit der Welt haben. Zwei Menschen, ein Gedanke. Sophie verrät ihm nicht, wie intensiv er sie mit diesen Worten berührt hat. Sie glaubt, in ihm eine Zwillingsseele gefunden zu haben, eine herumirrende Seele, die sich lebendig fühlt, solange sie der Bewunderung des anderen Geschlechts sicher sein kann, die aber nicht zur Ruhe kommen will. In seinem Arm spürt sie so etwas von der Geborgenheit, die sie ansonsten in Panik versetzt.

Sophie lächelte in sich hinein, bis ihr Blick auf den Champagnerkübel sie in die schmutzige Realität zurückkatapultierte, in eine widerliche Welt, in der sie sich verkaufte, statt der Stimme ihres Herzens zu folgen.

Und sofort stieg der Zorn auf Tim in ihr auf. Er hatte mit seinem kleingeistigen Auftritt alles zerstört. Er hätte doch wissen müssen, dass mit diesem Mann nichts lief! Er hätte ihr vertrauen müssen, statt sich mit Damon anzulegen! Wenn er ihr wenigstens noch eine Chance gegeben hätte zu erklären, warum sie seine Hilfe an der Pier partout nicht hätte annehmen können.

Jetzt war alles egal, sie würde ihn niemals wiedersehen. Und trotzdem hatte sie nicht einmal mit Jonah ins Bett gehen können, der keinen Zweifel daran gelassen hatte, wie sehr er sie begehrte. Ja, er war extra in Cairns geblieben, um freie Bahn zu haben. Das war Sophie natürlich nicht entgangen, aber dass sie ihn abgewiesen hatte, hatte nichts mit Moral zu tun gehabt. Nein, sie hatte es einfach nicht gekonnt. Nicht dass sie Jonah unattraktiv gefunden hätte. Im Gegenteil, er gefiel ihr, sie schätzte ihn und war ihm unendlich dankbar, dass er sie so intensiv unterstützt hatte. Vielleicht hätte sie sich eher mit einem Fremden von ihrem Liebeskummer ablenken können, aber nicht ausgerechnet mit Tims bestem Freund! Dabei hatte Jonah wirklich alle Register gezogen, nachdem Tim abgereist war.

Ja, er hatte ihr sogar angeboten, vorerst in Australien zu bleiben. Nachdem sie ihm schließlich in aller Deutlichkeit zu verstehen gegeben hatte, dass ihr Herz besetzt sei, ohne Namen zu nennen, war Jonah frustriert abgereist. Es tat ihr in der Seele weh, dass von ihrer Freundschaft mit den zwei jungen Neuseeländern nichts übriggeblieben war als verbrannte Erde. Wobei Jonah offenbar noch nicht aufgegeben hatte. Er schrieb ihr ständig scheinbar unverfängliche Nachrichten.

Wenn er erführe, dass sie sich nun auch noch prostituierte, würde er damit sicher aufhören. Aber was wussten die beiden Neuseeländer schon? Sie besaßen eine gut gehende Firma, während sie um ihre Existenz kämpfte.

So konnte es jedenfalls nicht weitergehen. Allein dass sich Granny Omaka, wie sie Tims Großmutter mittlerweile mit Erlaubnis der alten Dame nennen durfte, im Hostel unentbehrlich machte, das konnte so nicht weitergehen. Sie war eine wirklich erstklassige Hilfe, weil sie vom Fach war. Die Rezeption hatte sie inzwischen schon in Eigenverantwortung übernommen, und seit sie dort tätig war, hatte es keine Probleme mit Doppelbuchungen oder Ähnlichem gegeben. Trotzdem durfte sie die alte Dame nicht ausnutzen oder sollte ihr zumindest die Wahrheit über ihre wirtschaftlichen Schwierigkeiten sagen. Dass das Hostel nämlich kurz vor dem Aus stand und die Mitarbeiter gar nicht erkrankt waren, sondern sie diese schlichtweg nicht mehr bezahlen konnte. Granny Omaka konnte wahrscheinlich gar nicht ermessen, was für eine ungeheure Hilfe sie für Sophie war, einmal davon abgesehen, dass es dem Großvater durch ihre Besuche seelisch viel besser ging als zuvor und er über weite Strecken geistig relativ gut beisammen war.

Ein Geräusch an der Tür schreckte Sophie aus ihren niederschmetternden Gedanken auf. Sie fuhr herum und sah, wie Damon mit geröteten Wangen das Apartment betrat. Ihm war die Vorfreude auf das Schäferstündchen regelrecht anzusehen. Hastig leerte Sophie ein weiteres Glas. Nüchtern würde sie das ganz sicher nicht ertragen. Es war ganz seltsam. Sie konnte nicht einmal mehr nachvollziehen, warum sie sich überhaupt jemals auf eine Affäre mit einem so windigen Typen wie Damon eingelassen hatte. Der Mann genoss in Cairns nicht den besten Ruf. Seine fragwürdigen Methoden, mit denen er sich immer mehr Immobilien unter den Nagel riss, trugen auch nicht gerade zu seiner Beliebtheit bei, doch das hatte sie vorher überhaupt nicht gesehen. Sie war schlichtweg blind gewesen, was seinen Charakter betraf.

Diese Erkenntnis machte ihr diese Sache auch nicht einfacher. Im Gegenteil, ihr wurde leicht übel, als er ihr einen feuchten Kuss in den Nacken gab und sie »mein Mädchen« nannte. Er baute sich nun vor ihr auf. Ihr war so, als würde sich ein Vorhang heben und statt des erwarteten virilen Lovers für gewisse Stunden stand ein alternder, eitler Kerl vor ihr. Als er sie grinsend aufforderte, doch einmal seine Vorfreude zu fühlen und ihre Hand ungefragt an seinen erigierten Schwanz presste, zuckte sie förmlich zurück, woraufhin seine Züge entgleisten.

»Was war das denn? Es ist doch hoffentlich nicht wieder deine prüde Verwandtschaft im Anmarsch, die uns den Spaß verdirbt, oder?« Das sollte ein Scherz sein, aber Sophie konnte partout nicht darüber lachen. Die Lage, in die sie sich gebracht hatte, war nahezu absurd. Es war müßig, sich zu fragen, was sie vorher bloß an diesem Mann gefunden hatte. Und wie sie es überhaupt in der Vergangenheit fertiggebracht hatte, ohne ein tiefes Gefühl von Zärtlichkeit und Liebe mit Männern zu schlafen. Schon wieder waren ihre Gedanken bei Tim, und sie wünschte sich von Herzen, er würde noch einmal vorbeikommen, um sie zu retten. Dieses Mal würde sie mit ihm gehen, dessen war sich Sophie in diesem Augenblick ganz sicher.

»Sag mal, was ist denn mit dir los? Du guckst wie ein vertrocknetes Palmenblatt. Hey, lächle mal. Damon ist da, um dich zu beglücken«, säuselte er, während er ihr mit den Fingerspitzen durchs Haar fuhr.

Sophie rang sich ein Lächeln ab. Es half alles nichts. Wenn sie ihr Hostel retten wollte, musste sie diese Angelegenheit möglichst schnell über die Bühne bringen. Also stand sie auf und wollte ihn umarmen, aber er starrte nur ungläubig auf ihre Kleidung. Sie hatte sich absichtlich unsexy angezogen, was Damon nun zu bemerken schien. »Was trägst du denn da für einen Jutesack?«

»Ich bin direkt von der Arbeit hergekommen«, versuchte sie sich herauszureden.

»So stehst du hinter der Bar? Kein Wunder, dass du finanzielle Probleme hast.« Er ließ sich auf einen der Terrassenstühle plumpsen, füllte sich ihr Glas voll Champagner und trank es hektisch aus.

»Und wie viel könntest du mir leihen?«, fragte sie ihn ohne Umschweife.

»So viel du brauchst, aber es hängt davon ab, wie das mit uns beiden so läuft.«

»Dein Versprechen, mir Geld zu geben, ohne mir an die Wäsche zu gehen, war also leeres Geschwätz?«, entfuhr es Sophie.

»Baby, ich bin Geschäftsmann. Da gibt es nichts umsonst. Komm, mach dich locker und zieh dieses Ding aus! Außerdem weißt du doch, dass ich dich aufrichtig liebe und nicht bereit bin, dich aufzugeben, oder?«

Sophie stand etwas unschlüssig vor ihm, doch dann tat sie, was er verlangte. Sie kniete sich vor ihn hin und zog ihm die Hose herunter, um ihn mit dem Mund zu befriedigen. Spaß ist etwas anderes, schoss ihr durch den Kopf, und sie wünschte sich ihre alte Coolness zurück.

Damon aber schob sie genervt weg.

»Du wirkst auf mich wie ein kleines Mädchen, das nicht weiß, was der Onkel mit ihm vorhat. Mensch, ich steh nicht auf so was. Ich brauche eine richtige Frau, verstehst du? Komm, lass uns erst mal in den Whirlpool gehen.« Mit diesen Worten zog er sich aus. Er war wirklich gut durchtrainiert, aber seine Männlichkeit hatte sich inzwischen merklich verkleinert.

»Weg mit der Wäsche«, befahl er, woraufhin sich Sophie zögerlich auszuziehen begann.

»Und nun komm ins Wasser!«, befahl er mit einem begehrlichen Blick auf ihre Blöße.

Sophie stieg widerwillig in den Whirlpool.

Doch kaum saßen sie einander in dem Becken gegenüber, fasste er ihr grob zwischen die Schenkel, was ihn offenbar anmachte, denn er fing an zu stöhnen. Das war der Punkt, an dem Sophie mit jeder Faser ihres Körpers spürte, dass sie es nicht schaffen würde, sich zu verkaufen. Allein die Vorstellung, er würde früher oder später in sie eindringen, verursachte ihr Übelkeit.

»Sorry, ich kann das nicht«, murmelte sie, während sie aufstand und aus dem Whirlpool steigen wollte.

»Bist du bescheuert?«, fragte er, griff nach ihrem Arm und zog sie ins Wasser zurück. »Pass mal auf, Baby, jetzt krieg dich mal wieder ein. Ich bin es. Dein Damon. Oder willst du es etwa auf die harte Tour?« Er musterte sie erregt.

»Nein, ich möchte es gar nicht. Es war ein Fehler, herzukommen«, widersprach sie energisch, aber er hielt das für ein Spiel. Ehe sie sichs versah, war er aufgesprungen und hatte sie aus dem Pool gezerrt. Sie wollte sich aus seinem eisernen Griff befreien, aber er zog sie bis in eines der luxuriösen Schlafzimmer und schubste sie auf das Bett. Dabei beschimpfte er sie fortwährend mit anzüglichen Worten, wobei »geile Schlampe« noch das harmloseste war. Zu ihrem großen Entsetzen stellte Sophie fest, dass ihn ihr Widerstand nur noch mehr erregte. Wie von Sinnen versuchte er, ihre Schenkel zu spreizen. Wenn sie es nicht schaffte, sich von ihm zu befreien, würde er sie gegen ihren Willen nehmen, dachte sie entsetzt, und sie fasste den Entschluss: Das durfte nicht geschehen! Dieser Gedanke verlieh ihr übermäßige Kräfte, und sie schaffte es, Damon, der gerade versuchte, in sie einzudringen, so kräftig von sich zu stoßen, dass er aus dem Bett fiel. Dieses Überraschungsmoment nutzte Sophie, sprang auf, griff sich Kleid und Handtasche und rannte, ohne sich noch einmal umzusehen, nackt aus dem Apartment. Vorsichtshalber nahm sie die Treppe und warf sich erst auf dem nächsten Treppenabsatz hektisch das Kleid über.

34. Kapitel

Als Sophie unten auf der Straße angekommen war, blieb sie kurz stehen, um Luft zu holen, bevor sie durch das nächtliche Cairns zum Hostel zurückeilte. Sie traute sich überhaupt nicht, darüber nachzudenken, dass sie soeben ihre Zukunft verspielt hatte, aber sie bereute ihren Mut nicht eine Sekunde. Selbst wenn sie dadurch das Hostel verlor, sie hatte ihre Selbstachtung behalten. Ihr war natürlich klar, dass sie sich dafür im Ernstfall nichts kaufen konnte.

Erst als sie die Treppen zu ihrer Wohnung nach oben hetzte, spürte sie den brennenden Schmerz am ganzen Körper. Entsetzt betrachtete sie, kaum dass sie in ihren sicheren vier Wänden angekommen war, die blau, lila, grünlich schimmernden Hämatome an beiden Armen und den Innenseiten der Oberschenkel. Sie ging unter die Dusche, um sich den Ekel abzuwaschen, den sie bei dem Mann empfunden hatte, mit dem sie vor nicht allzu langer Zeit freiwillig ins Bett gegangen war. Wenn sie sich recht entsann, hatte er nie zuvor derart dominante Anwandlungen an den Tag gelegt, aber sie hatte sich ja auch noch nie gegen irgendwelche Zudringlichkeiten wehren müssen.

Unter dem erfrischenden Strahl des kühlen Wassers wurde ihr klar, dass sie sich nie wieder auf solche Affären würde einlassen können. Obwohl es zwischen Tim und ihr zu nicht mehr als diesem unvergesslichen Kuss gekommen war, ahnte sie, wie erfüllend es wohl sein müsste, mit ihm die Wonnen der körperlichen Liebe zu teilen. Allein bei dieser Vorstellung ging ein Beben durch ihren Körper.

Sophie gab sich redlich Mühe, dieses Gefühl abzuschütteln, weil sie überzeugt war, dass sie es nie erleben würde. Tim würde ihr bestimmt für alle Zeiten aus dem Weg gehen. Dessen war sie sich zumindest zu diesem Zeitpunkt sicher. Nach dem Duschen fühlte sie sich etwas besser und schlüpfte in ihre geliebten Shorts und ihr Shirt, um die Aushilfskraft an der Bar abzulösen.

Auf dem Weg dorthin schaute sie kurz in der Rezeption vorbei, um sich zu vergewissern, dass ein entfernter Bekannter Granny Omaka zur Nachtschicht auch wirklich abgelöst hatte. Allerdings überraschte es sie kaum, die agile alte Dame hinter dem Tresen zu erblicken.

»Du sollst doch nicht so viel arbeiten«, stöhnte Sophie.

»Aber wenn es mir doch Spaß macht«, widersprach Granny Omaka empört. »Ich habe den jungen Mann an die Bar geschickt. Dort war viel los. Und wieso bist du schon zurück? Du hast doch deinen freien Abend.«

In diesem Augenblick kam der junge Mann vorbei, der eigentlich die Rezeption machen sollte.

»Kannst du übernehmen?«, fragte ihn Sophie.

»Gern, wenn Granny Omaka mich lässt«, entgegnete er lachend.

»Für dich heißt die Dame Mrs Parker«, korrigierte sie ihn.

»Nein, nein, ich habe ihm erlaubt, mich so zu nennen«, mischte sich Omaka ein.

»Okay, aber jetzt kannst du Feierabend machen.«

»Aber nur, wenn wir beide noch einen Wein am Pool nehmen.«

Sophie nickte schwach. »Gut, wenn ich nicht gebraucht werde, dann gern.«

Gemeinsam schlenderten Sophie und Omaka zu einem

freien Tisch. Nachdem sich Sophie davon überzeugt hatte, dass sie wirklich im Service entbehrlich war, konnte sie sich entspannen. Die Geschichte mit Damon existierte für sie nur noch als ein dunkler Schatten, und sie wollte sich dadurch partout nicht den Abend verderben lassen. Wer weiß, dachte sie versonnen, wie lange sie noch an diesem Pool sitzen würde. Wenn sie ihren Exlover richtig einschätzte, würde es nicht lange dauern, bis er sie vor die Tür setzte. So eine Abfuhr würde er mit Sicherheit nicht verkraften, ohne Rachepläne zu schmieden. Allerdings wollte Sophie unbedingt vermeiden, dass ihre neuseeländische Großtante ihren Niedergang hautnah miterlebte. Deshalb wollte sie ihr jetzt nahelegen, nach Neuseeland zurückzukehren, so schwer ihr das auch fiel.

»Du siehst blass aus. Ist etwas geschehen?«, fragte Granny Omaka und musterte Sophie besorgt.

»Nein, nein, alles gut. Ich denke nur, dass ich deine Hilfe nicht länger in Anspruch nehmen sollte. Du hast so viel für mich getan, aber du hast schließlich noch dein Hotel in Hokitika, und ich glaube, du hast für Gramp jetzt so viel Gutes getan, dass er ohne dich auskommen muss«, stieß Sophie mit Nachdruck hervor.

»Tja, was soll ich dazu sagen? Du hast Recht. Ich werde zuhause gebraucht. Mila ist Schmuckdesignerin und keine Hotelfachfrau. Ich glaube, es ist an der Zeit, zurückzukehren, aber …« Granny Omaka stockte. »So eine engagierte Person wie dich könnte ich in Hokitika durchaus gebrauchen. Also, wenn du mal Luftveränderung brauchst …«

»Alles gut. Ich gehöre hierher, und dann ist da ja auch noch Gramp, der mich braucht.«

»Das stimmt allerdings«, pflichtete Granny Omaka ihr bei. »Ich dachte ja auch nur, weil ich zufällig mitbekommen habe, was du gerade für Schwierigkeiten mit dem Hostel hast.«

»Das kennst du doch sicher«, versuchte Sophie abzuwiegeln. »Mal geht es super, und mal läuft es nicht so gut.«

»Darf ich dich etwas Persönliches fragen?«, fragte Omaka.

»Okay«, murmelte Sophie.

»Was ist da zwischen meinem Enkel und dir?«

Sophie zuckte die Schultern. »Was soll zwischen uns sein? Gar nichts!«

»Und warum werde ich das Gefühl nicht los, dass ihr beide euch sehr gern habt?«

»Keine Ahnung.«

»Hast du etwas mit Jonah angefangen, um ihn zu vergessen?«

Sophie atmete schwer. Sie mochte die alte Dame von Herzen, aber das ging zu weit.

»Wie kommst du darauf, dass ich mit Jonah etwas hatte?«, fragte sie ausweichend, um nicht unhöflich zu werden.

Granny Omaka lachte. »Jonah hat es mir selbst durch die Blume erzählt. Ich mag ihn wirklich gern, aber ich hatte den Eindruck, dass dies eine Botschaft an meinen Tim sein sollte, und an den werde ich das bestimmt nicht weitergeben. Ich liebe meinen Enkel nämlich und werde nichts tun, um ihn zu verletzen.«

»Und warum meinst du, dass es Tim verletzen könnte?«, hakte Sophie nach, obwohl sie die Antwort tief im Herzen kannte.

»Weil ich meinen Enkel kenne. Er ist ein Filou, aber ich habe ihn selten so erlebt wie im Kontakt mit dir. Der Junge ist verliebt, keine Frage. Und nur deshalb würde ich gern wissen: Liebst du ihn auch?«

Sophie wand sich. Eigentlich wollte sie der Granny auf keinen Fall ihr Herz ausschütten, andererseits verspürte sie die Verlockung, sich endlich ihre Gefühle für Tim von der Seele reden zu dürfen.

Mit gesenktem Kopf offenbarte sie Granny Omaka, dass noch kein Mann sie so tief berührt hatte wie Tim, aber dass sie sich unrettbar überworfen hätten. In der Art und Weise, wie sie das berichtete, ließ sie keinen Zweifel daran, dass sie nicht bereit war, Einzelheiten auszuplaudern. Das schien Omaka ohne große Worte zu akzeptieren.

»Schade, ich glaube, ihr beide passt wirklich gut zusammen. Ich würde mir so wünschen, dass meine Kinder schaffen, was mir nicht vergönnt war, weil ich kein gutes Händchen bei meiner Partnerwahl hatte«, murmelte Granny Omaka.

»Kinder? Ich denke, die beiden sind deine Enkelkinder?«, hakte Sophie verwundert nach.

»Stimmt, sie sind die Kinder meiner Tochter Klara, aber da ich sie aufgezogen habe, fühlt es sich ebenso an, als wären es meine Kinder«, sagte Omaka leise.

»Sind ihre Eltern gestorben?«

»Nicht wirklich, aber sie waren Sektenmitglieder und haben sie im Stich gelassen«, entgegnete Omaka knapp. »Und deine Eltern?«

Sophie verdrehte die Augen. »Über meinen Vater weiß ich kaum etwas, aber meine Mutter Susan hat später einen Deutschen geheiratet, Clemens, mit dem wir, als ich zwölf war, nach Hamburg gezogen sind. Doch nach dem Abitur bin ich zurück nach Australien und dann nach Cairns zu meinem Großvater.«

»Da hast du natürlich schon viel erlebt. Das erklärt auch, dass du älter als unsere Mila wirkst, obwohl ihr beiden doch wohl gleichaltrig seid, oder?«

»Ich denke, sie ist tatsächlich zwei Jahre jünger als ich, aber sie wirkt doch auch sehr erwachsen«, murmelte Sophie, der dieser Vergleich mit Mila gar nicht behagte.

»Ja, aber ihr beiden würdet euch hervorragend ergänzen. Du hast gelernt, auf eigenen Beinen zu stehen, während Mila immer noch versucht, mir alles recht zu machen. Das würde sie allerdings niemals zugeben. Aber würde sie sonst zurück nach Hokitika kommen, obwohl ihr Herz doch für Auckland schlägt?«, fragte Omaka zögernd.

»Sie wollte in Auckland bleiben?«

»Ja, sie hat sich meinetwegen entschieden, nach Hokitika zurückzukehren, auch wenn sie behauptet, das sei eine Herzensentscheidung. Ich glaube, sie steckt meinetwegen ihre Bedürfnisse zurück. So war sie immer schon. Immer mein Wohl und das von Tim im Sinn.«

Sophie spürte in jeder Pore, dass ihr dieses Gespräch gerade zu viel wurde, denn sie sehnte sich in diesem Augenblick so sehr nach Tim, dass es kaum zum Aushalten war.

»Ach, ihr beide wärt ein Traumteam …« Omaka unterbrach sich hastig. »Jetzt meinte ich Mila und dich. Mila mit ihrem Schmuck und du mit dem Hotel, ich müsste mir keine Sorgen mehr um das Pounamu machen.«

»Ich bin sehr müde. Vielleicht können wir morgen weiterreden«, schlug Sophie vor und gähnte demonstrativ. »Aber, nur für das Protokoll, ich war nicht mit Jonah im Bett!«, fügte sie grinsend hinzu.

»Das geht mich doch auch gar nichts an«, wiegelte Omaka verlegen ab.

Sophie umarmte die alte Dame zum Abschied. Ihre Gedanken auf dem Weg nach oben kreisten um die Frage, ob sie sich überhaupt vorstellen konnte, nach Neuseeland zu gehen, einmal abgesehen davon, dass es wegen des Hostels und des Großvaters praktisch unmöglich wäre. Sophie wusste es nicht. Nur eines, das wusste sie genau: Würde Tim sie bitten, zu ihm zu kommen, sie würde es tun, wenn sie keine Verpflichtungen in Cairns hätte.

35. Kapitel

Als Mila aufwachte, wusste sie zunächst nicht, wo sie war, doch dann dämmerte es ihr. Sie war in der Werkstatt über ihrer Arbeit am Ohrring eingeschlafen, und ihr Kopf war auf die Tischplatte gesackt. Sie spürte die Folgen der unbequemen Schlafhaltung am ganzen Körper und versuchte, mit ein paar Dehnübungen gegen den Schmerz anzugehen. Dabei fiel ihr Blick auf ein Bodenbrett, das etwas heller war als die anderen. In dem Augenblick fiel ihr die versteckte Kiste ein, von der ihr Großonkel gesprochen hatte, und sie bückte sich, um auszuprobieren, ob sich das Brett lösen ließ. Zu ihrer großen Enttäuschung bewegte sich beim ersten Versuch gar nichts, und Mila wollte schon aufgeben. Wenn es nicht dieses Brett war, unter dem sich das Versteck ihrer Urgroßmutter befand, benötigte sie mehr Zeit, um sich an jedem einzelnen zu schaffen zu machen. Doch beim zweiten Versuch lockerte es sich dann. Und tatsächlich, dort befand sich ein Hohlraum, in dem eine Kiste versteckt war, die halb im Wasser stand. Offenbar hatte es so stark durch das zerborstene Seitenfenster geregnet, dass es sogar unter dem Holz nass geworden war, oder das Wasser war von unten hochgestiegen. Mila konnte jedenfalls nicht erkennen, was die Ursache für diese Wasseransammlung unter den Bodenbrettern war, aber das interessierte sie in diesem Augenblick auch gar nicht. Ihr ganzes Interesse galt der rostigen Blechkiste. Vorsichtig holte sie sie aus dem übel riechenden

Wasser hervor und stellte sie auf ihren Arbeitstisch. Sie hoffte, dass sich die Kiste einfach öffnen ließ, aber sie war verschlossen. Hektisch sah Mila sich nach geeignetem Werkzeug um. In einer dunklen Ecke stieß sie auf einen Korb voller Werkzeuge. Sie griff sich eine Zange und einen Hammer. In dem Augenblick fiel ihr wieder ein, was ihr die Großmutter in Cairns unter Tränen erzählt hatte. Dass ihr Vater wohl auf die Mutter mit einem Hammer eingedroschen hätte. Jedenfalls hatte es der Großonkel so in Erinnerung. Ob dies das Werkzeug seiner verwerflichen Tat war? Sie ließ den Hammer angewidert fallen und versuchte es mit einer Zange. Es war nicht einfach, sie damit zu öffnen, aber schließlich gelang es ihr.

Gespannt machte sie sich daran, den Inhalt zu erkunden, der zu ihrer großen Erleichterung nicht nass geworden war. Sie zog ein kleines Heft, einen Brief und eine Dose hervor, in denen vor dem Zeitalter der digitalen Fotografie Filme zum Entwickeln gebracht wurden. Allerdings fehlte der Deckel der Filmdose. Mila holte den Film hervor, ging damit zum Fenster und hielt ihn gegen das Licht, aber sie konnte nichts erkennen. Sie bezweifelte, ob nach dem Entwickeln der Fotos mehr zu sehen sein würde, aber sie nahm sich vor, die Bilder zu dem einzigen Fotoladen zu bringen, den es noch in Hokitika gab. Das Letzte, was sie aus der Kiste hervorholte, war ein Schlüssel. Er war nicht gerade klein und zierlich wie der Schlüssel zu einem Tagebuch oder Ähnlichem. Ein Hausschlüssel, mutmaßte Mila.

Sie warf einen flüchtigen Blick auf ihre Uhr. Es war sieben Uhr morgens, und die Frage war nun, ob sie sich noch ein Stündchen ins Bett legen oder die Dokumente sichten sollte. Ihre brennende Neugier siegte über ihre Müdigkeit, und sie beschloss, sich mit den Schriftstücken an das Flussufer zu setzen, um sie zu studieren. Als Mila ins Freie trat, atmete sie tief die würzige Luft ein, die vom Meer kam. Es war ein wunderschöner Morgen ohne ein

Wölkchen am Himmel, von dem bereits die Sonne strahlte und das Anwesen in einen warmen Goldton tauchte.

Mit ihrer Beute in der Hand suchte sie ihren Lieblingsplatz am Flussarm auf. An dieser Stelle gab es ein winziges Stück Strand, an dem Granny Omaka einen Liegestuhl und einen Tisch aufgestellt hatte. Von dieser Stelle aus konnte man auch ins Wasser gehen und die Jadesteine sammeln. Das Wasser war klar und rein, und auf dem Grund schimmerte es grünlich. Dieser Anblick machte Mila noch einmal bewusst, dass Pounamu der richtige Platz für sie war. Ein Lächeln huschte über ihr Gesicht, als sie an das gestrige Telefonat mit Brian dachte, besonders an seine Verwunderung darüber, dass sie freiwillig in dieses Kaff zurückgegangen war. So hatte er ihren Ort zwar nicht genannt, aber so etwas in der Art gemeint.

Seufzend betrachtete sie den Brief und das kleine Heft in ihrer Hand. Sie war sich nicht sicher, was sie zuerst anschauen sollte. Sie entschied sich für das Heft, das sie für ein Tagebuch hielt. Doch kaum hatte sie die erste Seite geöffnet, wollte ihr schier der Atem stocken. Es war die Zeichnung einer Kette aus Grünstein, die ihrem viel gelobten Examensstück zum Verwechseln ähnlich sah. Sie konnte kaum den Blick davon wenden. So verwirrt war sie über die Tatsache, dass vor ihr schon jemand ihr Schmuckstück entworfen hatte, jedenfalls auf dem Papier. Mit zitternden Fingern blätterte sie um. In einer kunstvoll geschwungenen Schrift stand dort geschrieben. *Hine-Kollektion, entworfen von Hine Parker, im Jahre 1949 oder Maata-Kollektion, der besondere Maorischmuck?*

Auf der nächsten Seite folgten Zeichnungen von Schmuckentwürfen, die alle von Mila hätten stammen können. Sie war wie elektrisiert, und das Schicksal ihrer Urgroßmutter, das sie bislang allein aus der Neugier an Familiengeheimnissen verfolgt hatte, bekam eine ganz andere Dimension. Sie fühlte sich geradezu magisch mit ihrer Urgroßmutter verbunden, denn mit diesem Büchlein war sie auf eine Art Vermächtnis gestoßen. Sofort kam ihr der Gedanke, ihr neues Geschäft mit der Produktion einer Hine-Maata-Kollektion zu beginnen. Da ihre Urgroßmutter sich nicht hatte entscheiden können, welchen Namen sie wählen sollte, fand Mila die Kombination beider Doppelnamen genial. *Hine-Maata-Kollektion.*

Aufgeregt begann sie, den Brief laut zu lesen.

Geliebte,
ich zähle die Stunden, bis ich wieder bei Dir sein kann. Unser Häuschen wartet bereits auf uns, hat es mir im Traum zugeflüstert. Ich spüre Dich schon jetzt mit jeder Faser meines Körpers. Deinen süßen Duft, Deinen weichen Mund und Deine begehrenswerten Brüste …

Mila musste bei diesen nach ihrem Geschmack viel zu kitschigen Worten erst einmal kurz Luft holen. Das war der Beweis für die Existenz eines anderen Mannes, der Hine heiße Briefe geschrieben hatte! Wenn Granny Omaka das erfuhr, würde sie das Bild, das sie von ihrer armen, kranken Mutter hatte, wohl revidieren müssen. Hine war vor der Geburt ihrer Tochter Omaka offenbar eine schöne und sehr sinnliche Frau gewesen. Rasch las Mila weiter. Die Einzelheiten über die himmlische Nacktheit ihrer Urgroßmutter überflog sie hastig und las sich erst an der Stelle wieder fest, als der Fremde den »armen Mann« erwähnte. Offenbar hatten die beiden Liebenden vereinbart, keine Namen zu nennen, aber Mila konnte sich gut denken, von wem die Rede war.

… wenn Du Angst hast, dass der arme Mann Dich nicht ziehen lassen wird, nimm doch meinen Vorschlag an, dass ich ihm von Mann zu Mann erkläre, dass wir beide längst Mann und Frau wären, wenn

meine Mutter Dich nicht fortgeschickt hätte. Vielleicht versteht er es aus meinem Mund, dass ich ihm nicht die Frau nehme, sondern dass Du schon immer meine Frau gewesen bist. Ich möchte ihm persönlich danken, dass er Ben wie einen eigenen Sohn großgezogen hat, aber wenn Du sagst, es wäre zu gefährlich, dann werde ich mich fügen, mein Lieb. Aber sei immer auf der Hut, bis unser Tag gekommen ist. Schwöre mir das. Tausend Küsse an Stellen, an denen Du mich spüren möchtest. Auf ewig Dein! A.

Mila schnappte erneut nach Luft. Durch diese wenigen Zeilen bekam die Vergangenheit plötzlich greifbare Konturen. Hine hatte geplant, ihren Mann wegen eines anderen zu verlassen, der glaubte, ältere Ansprüche auf sie zu haben. Aber warum? War er Hines Jugendliebe, die sie nicht hatte heiraten dürfen? Mila las die letzten Zeilen noch einmal und entdeckte etwas Entscheidendes, das sie beim ersten Mal überlesen hatte. *Dass er Ben wie einen eigenen Sohn großgezogen hat.* Das hieß ja wohl im Klartext, dass der Verfasser des Briefes Bens leiblicher Vater gewesen war, was wiederum erklärte, warum ihr Urgroßvater seine ganze Wut an dem armen Kind ausgelassen und es ins Heim gesteckt hatte.

Aber was genau hatte Omakas Vater mit seiner untreuen Frau gemacht? Und warum war er dafür nie zur Rechenschaft gezogen worden?

Mila fühlte sich durch die Schmuckentwürfe, die ihre eigenen hätten sein können, so verbunden mit Hine, dass sie nicht ruhen würde, bis sie herausbekommen hatte, was damals wirklich geschehen war.

36. Kapitel

Mila konnte sich im weiteren Verlauf des Tages auf nichts anderes konzentrieren als auf die spannende und zugleich unheimliche Geschichte ihrer Urgroßmutter, und so beschloss sie, dem Bruder ihrer Freundin Ruby einen kleinen spontanen Besuch abzustatten. Er arbeitete als Polizist bei der örtlichen Polizeistation und versicherte Mila jedes Mal, wenn sie ihm im Ort begegnete, er würde sie gern mal auf einen Kaffee einladen. Pete hatte früher einmal für Mila geschwärmt, aber er war ein paar Jahre jünger als Ruby und sie, weshalb sie den »Kleinen« nie so ganz ernst genommen hatte. Aber der Dreikäsehoch, wie Ruby und sie ihn manchmal scherzhaft genannt hatten, hatte inzwischen eine Familie mit zwei süßen Kindern und ein eigenes Haus. In dem Punkt war er Mila und Ruby um einiges voraus.

Sie hoffte, dass Pete ihr einen Hinweis geben konnte, wo man alte Akten finden könnte, denn wenn Hine wirklich so schwer verletzt worden war, mussten doch zu dem Vorfall irgendwelche Unterlagen existieren.

Entschlossen ging Mila mit ihren Fundstücken ins Haus und duschte erst einmal ausgiebig. Dann zog sie sich an, band ihr Haar zu einem Pferdeschwanz zusammen und suchte Sara im Büro auf. Sie wollte wissen, wann ihr nächster Kurs anstand, aber die junge Frau hatte in dieser Woche keine Termine mehr für Mila notiert.

»Meinst du, ich kann mal kurz in den Ort fahren?«, erkundigte sich Mila.

»Na klar, du kannst auch mal einen Tag Urlaub nehmen. Es haben sich gerade zwei neue Hotelfachfrauen vorgestellt, von denen ich die bessere nehmen soll, sagt deine Großmutter.«

»Ach, das wäre schön, wenn ich mich demnächst ganz und gar auf mein Projekt stürzen könnte. Ich brauche alle meine Kraft für meine Selbständigkeit. Und möchte lieber heute als morgen mit meiner ersten eigenen Kollektion beginnen, der *Hine-Maata-Kollektion*. Wie hört sich das an?«

»Spannend. Außerdem strahlst du über das ganze Gesicht. Das ist schön«, bemerkte Sara lächelnd. »Ich habe schon befürchtet, du würdest über kurz oder lang doch wieder nach Auckland zurückkehren, weil du hier unglücklich bist.«

»Nein, Pounamu ist meine Heimat, aber ich bin leider keine Hotelfrau und freue mich über jede Entlastung …«

»Na ja, die Chefin wird doch auch bald aus Australien zurückkommen, oder?«, fragte Sara erwartungsfroh.

Mila zuckte die Schultern. »Versprochen hat sie es, aber du kennst doch meine Granny. Die hat ihren eigenen Kopf. Ich habe ihr die baldige Rückkehr jedenfalls auch nahegelegt. Und da ist noch etwas, was sie dir sicher noch nicht verraten hat. Sie wird nach ihrer Rückkehr sofort in die Klinik gehen, um sich Stents setzen zu lassen…«

»Omaka legt sich freiwillig in eine Klinik?«

»Nein, sie will sich mit allen Mitteln davor drücken, aber in dem Punkt hat sie keine Chance, denn ich kann auch stur sein«, lachte Mila.

Nach einem kleinen Umweg über das Fotogeschäft, in dem sie den Film abgeben wollte, wo man ihr jedoch keinerlei Hoffnungen machte, dass die Fotos noch brauchbar waren, und sie, als sie nicht aufgeben wollte, an eine alte Fotografin verwies, stieg sie vor der Polizeistation aus Omakas altem Wagen. Pete war hocherfreut, dass sie ihr Versprechen endlich wahrmachte. Er war gerade ganz allein in der Station, weil seine Kollegen zu einem Unfall unterwegs waren. Es fiel Mila nicht leicht, ihre Ungeduld zu zügeln, um nicht gleich mit der Tür ins Haus zu fallen, sondern erst über Haus, Garten und Kinder zu plaudern.

»Soll ich dir mal eine Führung unserer Station geben?«, fragte er sie schließlich.

»O ja«, entgegnete sie begeistert. Das war die Chance, das Thema zu wechseln. Es war wirklich übersichtlich, was er ihr vorführte. Büroräume, eine kleine Zelle und dann ein Raum voller Aktenordner, der Mila hoffen ließ, dass das Archiv bis in die Fünfzigerjahre reichte.

»Wie lange bewahrt ihr solche Akten denn auf?«, fragte sie scheinbar beiläufig.

»Keine Ahnung, ich glaube, hier ist sämtliche Kriminalität der Gegend seit dem Goldrausch gespeichert.«

»Und wonach ist das geordnet?«

»Na ja, zum einen nach Jahreszahl und dann nach Alphabet. Das sollte eigentlich schon alles digitalisiert sein, aber bisher ist nichts geschehen.«

Mila überlegte, ob sie den netten Pete weiter im Unklaren lassen oder ihm ihr Anliegen konkret vortragen sollte. Er schien bereits zu ahnen, dass sie etwas Spezielles im Sinn hatte.

Er zog ein übertrieben trauriges Gesicht, nachdem sie ihm gesagt hatte, dass sie eine Akte suchte. »Habe ich mir doch gedacht, dass du was von mir willst.«

»Nur eine Kleinigkeit«, gab sie zähneknirschend zu.

»Um welche Akte geht es? Ich freue mich doch, wenn ich etwas für dich tun kann.«

Sie überlegte kurz. »Es müsste das Jahr 51 gewesen sein, und der Name ist Parker.«

»Wow, ein altes Familiengeheimnis?«

»Ja, es heißt, mein Urgroßvater sei mit einer Waffe auf meine Urgroßmutter losgegangen. Und wenn dem wirklich so sein sollte, müsste das wohl aktenkundig geworden sein, oder?«

»Das ist nicht unbedingt gesagt. Du kennst ja unsere Dorfpolizei. So etwas lässt man auch gern als Familienangelegenheit unter den Tisch fallen.«

»Auch wenn meine Urgroßmutter danach blind und geistig behindert war?«

»Warte, ich sehe mal nach.« Pete bückte sich und zog schließlich eine verstaubte Akte hervor.

»Das Jahr 1951, Buchstabe P. Willst du das mal in Ruhe durchblättern? Ich muss wieder nach vorn. Setz dich an den Tisch da.«

»Danke. Ich hoffe, du bekommst keinen Ärger.«

»Nicht, wenn du dich beeilst, die Jungs sind nämlich in Richtung Pass unterwegs. Bevor sie zurückkehren, solltest du fertig sein. Wenn du willst, kopiere ich dir das.«

Mit diesen Worten ließ Pete Mila allein in diesem fensterlosen Raum mit künstlicher Beleuchtung zurück. Ihr Herzschlag beschleunigte sich, während sie nach ein paar harmlosen Berichten auf ein Dokument stieß, auf dem der Name ihrer Urgroßmutter prangte. *Hine Parker.*

Mila überflog aufgeregt den Bericht, in dem kurz und bündig geschrieben stand, dass man die Strafanzeige der Klinik in Greymouth überprüft habe und zu dem Ergebnis gelangt sei, kein Verfahren gegen den Ehemann zu eröffnen, weil es sich um eine familiäre Angelegenheit gehandelt habe. Der Sohn der Geschädigten habe seine Mutter versehentlich mit einem Hammer getroffen. Der Vater habe den Jungen daraufhin in die Obhut eines

Heimes in Auckland gegeben. Damit sei die Angelegenheit aus polizeilicher Sicht erledigt.

Mila konnte sich nicht helfen. Das war eine dreiste Lüge, denn wenn dies der Wahrheit entsprechen würde, warum hatte der Urgroßvater das im Heim gegenüber Dr. Warner nicht ebenfalls so geschildert? Wenn sich Mila recht erinnerte, hatte dieser Warner davon gesprochen, dass der Vater mit dem Jungen überfordert gewesen sei und dass die Mutter einen Unfall erlitten habe.

Ihr Urgroßvater war ganz offensichtlich nicht nur ein brutaler Mistkerl gewesen, sondern auch ein verdammter Lügner. Wie sollte sie das alles nur schonend ihrer Großmutter beibringen, die diesen Mann über alles geliebt hatte?

37. Kapitel

Mila befand sich mittlerweile regelrecht im Recherchefieber und wünschte sich im Grunde genommen nur noch einen handfesten Beweis dafür, dass ihr Urgroßvater nicht nur ein brutaler Schläger gewesen war, sondern die Sache auch noch seinem kleinen Sohn in die Schuhe geschoben hatte. Obwohl ihr allein der Gedanke an diesen Widerling körperliches Unwohlsein bereitete, grübelte sie darüber nach, wo sie so einen Beweis wohl herbekommen könnte. Nur um ihrer Großmutter Fakten vorlegen zu können. Sonst hieß es bloß wieder, Mila würde immer nur das Negative denken und wie ein Trüffelschwein in der Vergangenheit wühlen. Da fiel ihr die Klinik ein. Dort gab es bestimmt ein Archiv, aber die Frage war, ob man sie da auch einfach in den Dokumenten würde stöbern lassen.

Sie musste es zumindest versuchen. Daher stellte sie die Akte zurück in den Schrank, allerdings ohne diese Seite zu kopieren. Was in dem mageren Bericht geschrieben stand, konnte sie sich auch so merken.

»Bist du fündig geworden?«, fragte Pete neugierig, als Mila ohne die Akte in der Hand mit missmutiger Miene vor ihm stand.

»Du hattest Recht. Man hat es auf die Familienschiene geschoben und die Augen vor der Wahrheit verschlossen.«

»Und nun?«

»Jetzt fahre ich in die Klinik, die damals Anzeige erstattet hat«, seufzte sie.

»Sehen wir uns bei Ruby?«

Mila nickte und umarmte ihn zum Abschied.

Die Strecke von Hokitika nach Greymouth kannte sie in- und auswendig und schaffte den Weg in weniger als dreißig Minuten. Ein bisschen mulmig war ihr schon zumute, als sie ihren Wagen auf dem Klinikparkplatz abstellte und zum Eingang eilte. Der Mann am Empfang schickte sie zur Verwaltung, weil ihm keine Abteilung »Archiv« bekannt war. Ihre Hoffnung sank, die alte Anzeige der Klinik aus dem Jahr 1951 zu finden, zumal die alten Gebäude längst abgerissen worden waren und man alles neu gebaut hatte.

Die Dame in der Verwaltung winkte gleich ab, als Mila fragte, ob sie wohl im Archiv alte Dokumente einsehen dürfte. »Erstens haben wir kein Archiv mehr im Keller, sondern alles digitalisiert, und zweitens benötigen Sie eine Zugangsberechtigung, um an den Rechner zu kommen, die Sie als Externe aber nicht erhalten.«

Milas Miene verfinsterte sich. Offenbar war hier bereits die Endstation ihrer kleinen Rechercheisereise.

»Schade, ich hätte zu gern gewusst, warum seitens Ihrer Klinik im Jahr 1951 eine Anzeige erstattet wurde, die die Polizei damals dann mehr oder minder unter den Teppich gekehrt hat.«

Die Dame wurde hellhörig. »Um welchen Vorwurf geht es denn?«

»Schwere Körperverletzung. Meine Urgroßmutter hat aufgrund eines brutalen Übergriffes ihres Mannes wohl in dieser Klinik um ihr Leben gekämpft. Die Polizei hat das Verfahren eingestellt. Und besonders perfide war, dass meine Urgroßmutter damals schwanger gewesen ist.«

»So ein Schwein!«, entfuhr es der Dame, bevor sie sich emsig an ihrem Rechner zu schaffen machte.

Mila war verunsichert. Sollte sie sich dezent zurückziehen oder warten, ob da noch etwas Erhellendes seitens der Verwaltungsdame folgte?

»Name und Jahr wüsste ich gern«, sagte sie, ohne aufzublicken.

»Parker, 1951«, erwiderte Mila.

Nachdem sich die Frau durch etliche Seiten gescrollt hatte, vertiefte sie sich in einen Text. »Schweinerei!«, wiederholte sie ein paar Mal. Mila konnte nur hoffen, dass sie den Fall ihrer Urgroßmutter vor sich hatte.

Plötzlich sah die Dame auf. »Können Sie mit Rechnern umgehen?«

Mila nickte.

»Gut, dann setzen Sie sich einfach mal kurz auf meinen Platz und halten hier die Stellung. Ich muss mal nach nebenan. Aber nicht, dass Sie in meinem Rechner herumschnüffeln.« Die Dame zwinkerte Mila im Hinausgehen zu.

Mila zögerte nicht, ihren Platz einzunehmen und starrte wie paralysiert auf den Bildschirm. Es wimmelte nur so von medizinischen Fachbegriffen, die ihr alle nicht viel sagten, aber unter dem Schädelhirntrauma konnte sie sich etwas vorstellen. Auch darunter, dass es der Patientin mit einem brachialen Schlag auf den Kopf beigebracht worden war. Dann folgte ein Text, der an die Polizei adressiert war.

Wir, die Unterzeichnenden, erstatten Anzeige gegen Jack Parker, den Ehemann der Patientin. Es gibt keinen Zweifel, dass er unserer Patientin Hine Parker die durch beigelegtes ärztliches Gutachten dokumentierten Verletzungen zugefügt hat.

Der Ehemann brachte die Patientin in seinem eigenen Wagen aus Hokitika zu uns und gab vor, es sei ein Unfall gewesen. Den Hergang des Unfalls konnten wir anhand der Verletzungen nicht rekonstruieren. Es blieb der Verdacht, dass man ihr vorsätzlich den Schädel einschlagen und ihr Gesicht zerstören wollte. Die Patientin war nicht ansprechbar, aber befand sich nicht im Koma. Sie hat mehrfach panisch geschrien, weil der Mann sich ihr genähert hat. Er machte ei-

nen alkoholisierten und aggressiven Eindruck. Von ihm erfuhren wir, dass die Frau schwanger war. Dem Leben des ungeborenen Kindes haben wir zu dem Zeitpunkt wenig Chancen gegeben, aber wir haben es schließlich retten können. Der Ehemann war danach spurlos verschwunden und tauchte erst am dritten Tag wieder auf, nachdem wir die Patientin operiert hatten. Er schien nun zumindest nüchtern. Eine unserer Schwestern hat ihn ein Geständnis murmeln hören. »Ich habe es für unser Kind getan. Das kannst du mir doch nicht wegnehmen. Siehst du das nicht ein?« Da die Patientin bei diesem Besuch wieder panisch gebrüllt hat, haben wir ihm jeden weiteren Besuch verboten und uns zu dieser Anzeige entschieden. Wir halten es nicht für vertretbar, dass der potenzielle Täter mit seinem Opfer allein in seinen häuslichen Bereich zurückkehrt, zumal es zu befürchten steht, dass unsere Patientin geistig behindert bleiben und zu einem Pflegefall wird. Sie hat überdies ihr Augenlicht eingebüßt.

Um Gottes willen, durchfuhr es Mila eiskalt, wenn das Granny erfährt, das wird ein Schock für sie! Stöhnend warf Mila noch einen Blick auf den Entlassungsbericht. Dort stand geschrieben, dass die Frau drei Wochen später von ihrem Ehemann abgeholt worden war, nachdem die Polizei die Ermittlungen gegen ihn eingestellt hatte.

Er war in Begleitung eines Polizisten aus Hokitika, der uns mitteilte, dass wir den Ehemann fälschlich verdächtigten und die Schläge von dem siebenjährigen Sohn der Patientin ausgeführt worden seien. Auf unser Eingreifen bei der vorgesetzten Dienststelle teilte man uns mit, der Junge sei bereits in Heimaufsicht, man möge ihn in seinem Interesse nicht weiter als Zeugen befragen. Wir bemühten uns, den Ehemann davon zu überzeugen, dass die Patientin in einer Pflegeeinrichtung besser untergebracht wäre, aber er lehnte ab. Damit wurde die Akte Parker geschlossen.

Mila hatte gar nicht gemerkt, dass ihr stumme Tränen über die Wangen liefen. Erst als eine auf die Tastatur tropfte, rieb sie sich mit dem Ärmel ihres Sweatshirts die Augen trocken. In dem Augenblick kehrte die hilfsbereite Dame zurück.

»Kann ich das wohl ausdrucken?«, fragte Mila mit belegter Stimme.

Bedauernd schüttelte die Frau den Kopf. »Nein, das kann ich Ihnen nicht gestatten, aber Sie wissen, was sich hier in meinem Rechner befindet. Und wenn Sie es benötigen sollten, wenden Sie sich bitte an mich.«

»Danke.« Mila machte der Dame ihren Arbeitsplatz frei und verließ nachdenklich das Büro. Sie versuchte, zu rekapitulieren, was sie nun sicher wusste: Ihre Urgroßmutter hatte mit ihrem Ehemann das Kind eines anderen großgezogen und wollte ihren Mann verlassen, obwohl sie schwanger von ihm war. Das hatte ihr Urgroßvater brutal verhindert, indem er seine Frau beinahe umgebracht und zum Krüppel gemacht hatte. Die Polizei vor Ort hatte ihn vor einer Strafverfolgung bewahrt, und er hatte den einzigen Zeugen weit weg ins Heim abgeschoben. Und dieser Mann war der Vater ihrer Großmutter, ihr Urgroßvater. Mila schüttelte sich bei dem Gedanken vor Abscheu.

38. Kapitel

Als könnte sie Milas Gedanken lesen, rief Granny Omaka genau in dem Moment an, als Mila die Klinik verließ. Mila überlegte kurz, ob sie das Gespräch besser nicht annehmen sollte. Granny würde an ihrer Stimme sofort erkennen, dass etwas nicht in Ordnung war, aber sie konnte die Großmutter nicht einfach wegdrücken. Nachher war es etwas Wichtiges, was sie ihr zu sagen hatte. So versuchte Mila zumindest, besonders fröhlich zu klingen.

»Granny, schön, dass du anrufst«, flötete sie ins Telefon.

»Kleine, hast du getrunken?«, lachte die Großmutter.

»Nein, ich hatte nur einen glänzenden Einfall, womit ich meine Selbständigkeit beginne«, gab Mila zurück, denn Zukunftspläne waren gut geeignet, von der familiären Gruselgeschichte abzulenken.

»Du gehst doch zurück nach Auckland? Ich habe es geahnt.«

»Nein, im Gegenteil, ich werde in Hokitika mein eigenes Business mit einer *Hine-Maata-Kollektion* eröffnen. Wie hört sich das an?«

»Hine? Wie meine Mutter?«, fragte Omaka skeptisch.

»Ich erzähle dir das alles, wenn du zurück bist«, entgegnete Mila hastig, bevor Omaka noch weitere Fragen stellen und sie sich verplappern konnte.

»Deshalb rufe ich an. Ich denke, ich werde am Mittwoch zurück sein. Die genauen Daten gebe ich dir noch durch.«

»Dein armer Bruder«, rutschte es Mila heraus, und sie fragte sich, wie ihre Großmutter wohl reagieren würde, wenn sie erfuhr, dass Ben gar nicht der Sohn ihres Vaters und damit nur ihr Halbbruder war.

»Ja, der Abschied liegt mir schwer im Magen, aber eines Tages muss es doch sein. Ich möchte schließlich nicht in Australien begraben werden!«

»Granny! Das werden wir zu verhindern wissen. Aber du weißt schon, dass wir eine Vereinbarung getroffen haben, oder?«

»Ja, ja, ich lege mich gleich nach meiner Ankunft unters Messer«, stöhnte Omaka.

»Genau, ich werde heute noch mit deinem neuen Arzt sprechen und einen verbindlichen Termin vereinbaren, und dann begleite ich dich nach Dunedin.«

»Dunedin? Ich denke, ich soll nach Christchurch.«

»Eigentlich war das auch so geplant, aber ich habe einen Herzspezialisten kennengelernt, der auf Stents spezialisiert ist. Also keine Panik, Granny, der Mann ist ein Meister seines Fachs. Das Netz ist voller Lobpreisungen auf die Künste des Wunderdoktors.«

»Wie gut kennst du diesen Wunderdoktor denn?« In ihrer Stimme schwang Skepsis mit.

»Ganz flüchtig nur«, schwindelte sie und war froh, dass die Großmutter ihr Herzklopfen nicht durch das Telefon hören konnte.

»Und wo hast du ihn kennengelernt?«, hakte die Großmutter nach.

»In Cairns.«

»Und dann seid ihr euch schon so vertraut, dass ihr über die verengten Koronargefäße deiner Großmutter sprecht?«

»Granny! Er ist Kardiologe. Mit wem sollte ich wohl sonst über deinen Zustand reden? Und vor allem besitzt er genügend

Fachwissen, um dich von der Notwendigkeit der Operation zu überzeugen. Außerdem nimmt er den Eingriff dann auch höchstpersönlich vor.«

»Das hört sich doch gut an. Dann können wir ja irgendwann mal zu diesem Wunderdoktor nach Dunedin fahren.«

»Nicht irgendwann, du kannst nach dem Gespräch gleich in der Klinik bleiben. Er kümmert sich um ein Bett für dich. Und bitte teile Tim deine Ankunftsdaten für Auckland mit. Er wird dich in Auckland abholen und dich in den Inlandflieger setzen, und ich werde dich dann in Dunedin abholen.«

»Mila, der Junge muss arbeiten. Ich werde es doch wohl schaffen, in Auckland in die Maschine nach Dunedin umzusteigen«, widersprach Granny Omaka entrüstet. »Ich bin doch kein kleines Kind, und tot bin ich auch noch nicht!«

Mila lag eine deftige Erwiderung auf der Zunge, aber die behielt sie lieber für sich. Gegen Grannys Sturheit war kein Kraut gewachsen, dachte sie. »Gut, dann brauche ich deine Ankunftszeit in Dunedin.«

»Okay, meine Kleine, wenn du meinst, dass ich ein Kindermädchen brauche, aber mein Herz hat sich komplett erholt. Glaube es mir. Wahrscheinlich brauche ich diese Dinger gar nicht!«

»Granny! Fang nicht wieder von vorne an!«

»Gut, die Entscheidung überlassen wir deinem Herzspezialisten. Und sonst alles in Ordnung auf Pounamu?«

»Alles bestens«, säuselte Mila und wollte sich hastig verabschieden. Nicht dass ihre Granny noch merkte, dass sie ihr etwas verheimlichte. Aber wem würde es etwas nützen, wenn sie ihr am Telefon erzählte, dass ihr Bruder der Sohn eines anderen Mannes war und nicht der ihres Vaters, des brutalen Kerls? Andererseits war das vielleicht die letzte Gelegenheit, dass Granny Omaka ihrem Bruder die Wahrheit sagen konnte, die zu erfahren den armen alten Mann sicher erleichtern würde, wenn er das in seinem Zustand überhaupt begreifen konnte. Mila holte noch einmal tief Luft. »Du, Granny, da wäre noch etwas, was du vielleicht wissen solltest, bevor du abreist.«

»Hab ich es doch geahnt. Du verheimlichst mir was«, erwiderte die Großmutter.

»Ich weiß auch nicht, ob ich es dir sagen soll oder nicht. Es betrifft deinen Bruder.«

»Natürlich muss ich es wissen. Vielleicht sehe ich ihn zum letzten Mal in meinem Leben.«

»Aber ich weiß nicht, ob du es ihm sagen solltest.«

»Mila, was ist los?«

»Ich habe in der Werkstatt einen Brief gefunden, der an deine Mutter gerichtet war.«

»Was für einen Brief?«

»Einen Liebesbrief von einem Mann, aus dem eindeutig hervorgeht, dass Benjamin nicht der Sohn deines Vaters ist und sie deinen Vater wegen Bens Dad verlassen wollte.«

»Du musst wohl auch jeder Sache auf den Grund gehen«, schimpfte die Großmutter.

»Ich bin zufällig auf das Versteck unter den Bodenbrettern gestoßen, das dein Bruder übrigens auch in deiner Gegenwart erwähnt hat. Ist doch logisch, dass man da mal reinguckt, oder?«, versuchte Mila sich zu entschuldigen, obwohl sie es eigentlich ungerecht fand, dass ihre Großmutter ihr nun Vorwürfe machte. »Das ändert doch nichts an den Fakten.«

»Doch, das ändert eine Menge. Ich habe fast schon selber geglaubt, dass mein Vater ein Monster gewesen ist. Dabei hat er sie bloß zurückhalten wollen, damit sie nicht zu dem fremden Kerl gehen kann. Nicht mit seinem Kind, mit mir, im Bauch! Das war bestimmt keine Absicht, sondern ein Unfall«, schimpfte die Großmutter aufgebracht.

»Sorry, nur weil er nicht sein Vater war, ist das in meinen Augen noch lange keine Entschuldigung dafür, den armen Ben ins Heim abzuschieben! Und auch nicht dafür, seine Frau zum Krüppel zu machen«, widersprach Mila energisch.

»Was weißt du denn schon davon, was meine Mutter ihm zuvor angetan hat? Das können wir doch gar nicht mehr beurteilen …«

Mila atmete tief durch. Von ihren weiteren Recherchen durfte sie ihrer Großmutter nun auf keinen Fall am Telefon berichten, ermahnte sie sich. Eigentlich hatte sie schon viel zu viel verraten, aber das hatte sie für den armen Ben getan. Vielleicht erbarmte sich ihre Granny und befreite den armen alten Mann von seiner Seelenpein, von seinem eigenen Vater derart gehasst worden zu sein.

»Ich weiß nur, dass Benjamin das Opfer in dieser Geschichte bleibt. Und ich habe dir das nur erzählt, damit du ihn ein bisschen entlasten könntest, wenn du ihn jetzt verlässt. Wenn er das erfahren würde, würde ihm das vielleicht den Schmerz nehmen, sich von seinem eigenen Vater derart gehasst zu fühlen …«

Mila unterbrach sich. Sie hatte genug gesagt. Es war allein die Entscheidung ihrer Großmutter, was sie mit dieser Information anfing. Sie hätte allerdings nicht damit gerechnet, dass ihre Großmutter die Wahrheit nur dazu nutzen würde, um eine Entschuldigung für das Verhalten ihres heißgeliebten Vaters zu finden. Granny würde wohl nach jedem Strohhalm greifen, um ihn zu entlasten, aber das durfte sie Benjamin gegenüber unmöglich durchblicken lassen.

»Bitte tu mir den Gefallen, fang nicht an, deinen Vater vor Ben zu verteidigen. Ich weiß ja auch gar nicht, in welchem Zustand er sich gerade befindet. Ob er überhaupt verstehen würde, dass ihr unterschiedliche Väter habt.«

»Er ist über weite Strecken ziemlich klar im Kopf, aber ich

kann es ihm trotzdem nicht sagen. Nicht jetzt, wo bei ihm angekommen ist, dass ich seine Schwester bin.«

»Aber du bleibst seine Schwester, denn ihr habt dieselbe Mutter!«, erwiderte Mila energisch.

»Vielleicht biologisch, aber er vergöttert sie, während mir diese Frau nie viel bedeutet hat, und jetzt, wo ich weiß, dass sie meinen Vater hintergangen hat …«

»Granny, jetzt wirst du verdammt ungerecht. Diese Frau, wie du sie nennst, hat dich trotz der schlimmen Verletzungen, die sie erlitten hat, gesund zur Welt gebracht!«

»Willst du sie damit etwa verteidigen, dass sie meinem Vater so übel mitgespielt hat?«, fauchte Granny Omaka.

Mila atmete tief durch. Beinahe hätte sie ihrer Großmutter doch noch die ganze Wahrheit durchs Telefon offenbart. Das wäre fatal gewesen. So, wie Granny sich an die Hoffnung klammerte, dass das Ganze doch nur ein Unfall gewesen war. Das Gegenteil konnte sie ihr nur Auge in Auge schonend beibringen.

»Nein, nein, auf keinen Fall, Granny, ich freue mich auf jeden Fall, dich bald wiederzusehen. Und grüß alle!«

Nachdem Mila das Gespräch beendet hatte, ging sie nachdenklich zu ihrem Wagen. War es wirklich richtig, dass sie sich berufen fühlte, die schmutzige Wahrheit aufzudecken?

39. Kapitel

Dieser letzte Gang ins Pflegeheim fiel Omaka wahnsinnig schwer. Sie hatte große Sorge, dass sich der Zustand ihres Bruders wieder rapide verschlechtern würde, wenn sie ihn damit konfrontierte, dass ihre gemeinsame Zeit in Cairns nun vorüber wäre. Ben hatte während ihrer vielen Besuche zwar auch immer mal wieder die Orientierung verloren, aber er vergaß selten, dass sie seine Schwester war. Außerdem betrübte sie der Gedanke, dass es wahrscheinlich ein Abschied für immer sein würde, denn es war äußerst unwahrscheinlich, dass sie noch einmal die weite Reise wagen würde. Sie fühlte sich zwar im Prinzip gesund, spürte jedoch die Strapazen dieser Reise auch körperlich, nur behielt sie das schön für sich. Nicht auszudenken, wenn Mila davon erfuhr, dass sie sich öfter einmal schwach auf der Brust fühlte. Aber der Gedanke, Ben nie wieder zu sehen, war ihrer Gesundheit auch nicht gerade förderlich. Am liebsten würde sie nicht nur ihren Bruder mit nach Neuseeland nehmen, sondern auch ihre Großnichte, nachdem diese über Nacht ihre Existenz in Cairns verloren hatte.

Omaka hatte das Spektakel, das ihr Vermieter aufgeführt hatte, leider mit eigenen Augen mit ansehen müssen. Sie war morgens von lautem Getöse geweckt worden und hatte kaum ihren Augen trauen mögen, als sie aus dem Fenster geschaut und einen Trupp junger Männer dabei beobachtet hatte, wie er sich an der Bar zu schaffen machte und die Hütte binnen kürzester Zeit in ihre Einzelteile zerlegte. Es hatte ihr einen Stich im Herzen gegeben, dass Sophie, blass und stumm an eine Palme gelehnt, diesem Akt der Zerstörung hatte zusehen müssen.

Omaka war nur mit Nachthemd bekleidet nach unten geeilt, um zu erfahren, was das zu bedeuten hatte. Erst hatte ihre Großnichte gemurmelt: »Gar nichts!« Doch das hatte Omaka so nicht akzeptiert und Sophie in den Arm genommen. Zu ihrer großen Überraschung war die stets so stark wirkende Sophie weinend in ihren Armen zusammengebrochen. Erst nachdem sie sich einigermaßen beruhigt hatte, konnte sie der Großmutter die Fakten mitteilen, dass ihr der Vermieter fristlos gekündigt und damit ihren Traum vom Hostel mit der besten Poolbar zerstört hatte. Der Mann war in Omakas Augen ziemlich brutal vorgegangen. Er hatte Sophie aufgefordert, ihre Privaträume binnen einer Woche zu verlassen. Omaka war eigentlich nicht sonderlich überrascht, dass Sophie wirtschaftlich am Ende war, aber dass sie das Feld ohne Widerstand räumte, passte gar nicht zu ihrer sonst so taffen Großnichte.

Omaka war schließlich von ein paar vierschrötigen Typen höflich aufgefordert worden, umzuziehen, man hatte ihr sogar angeboten, sie in ein anderes Hotel zu bringen. Omaka aber weigerte sich, Hilfe von den Schergen dieses Kerls anzunehmen.

Am Rande des Überfalls durch den Abrisstrupp hatte Omaka nämlich eine recht unschöne Szene zwischen Sophie und dem Vermieter beobachtet. Er hatte ihre Großnichte in eine Ecke gedrängt und sie offenbar wüst beschimpft, bis eine nicht mehr ganz blutjunge Frau mit einem Säugling auf dem Arm aufgetaucht war, woraufhin der Vermieter Sophie sofort losgelassen hatte und der Frau entgegengeeilt war. Ihre Großnichte hatte ihm einen gestreckten Mittelfinger hinterhergeschickt. Es bedurfte keiner allzu großen Fantasie, um sich vorzustellen, dass der Mann, der Sophies Vater hätte sein können, einmal ein Verhältnis mit ihr gehabt hatte.

Um ihre Großnichte von den unschönen Vorkommnissen an diesem Morgen abzulenken und sich selbst den Abschied von ihrem Bruder etwas leichter zu machen, hatte sie Sophie, die gerade dabei gewesen war, persönliche Dinge aus den Trümmern zu bergen, gebeten, mit ins Heim zu kommen.

Sophie aber hatte das vehement abgelehnt. Und ein wenig konnte Omaka sie auch verstehen. Wahrscheinlich stand es der jungen Frau bevor, ihrem Großvater irgendwann beichten zu müssen, dass sie es nicht geschafft hatte, seine Herberge wieder in die schwarzen Zahlen zu bringen.

Omaka hätte natürlich zu gern gewusst, was nun letztendlich zu der brutalen Kündigung des Vermieters geführt hatte, aber sie hatte Sophie nicht mit neugierigen Fragen löchern wollen.

Das alles ging Omaka durch den Kopf, während sie auf der Bank vor dem Heim saß und versuchte, Kraft für den Abschied zu schöpfen. Auf keinen Fall würde sie ihm erzählen, dass er wohl einen anderen Vater hatte als sie. Sie war sich auch unsicher, ob er diese Information in seinem Zustand überhaupt würde aufnehmen können.

40. Kapitel

Omaka war gerade vor Bens Tür angekommen, als sie Sophies Stimme hinter sich rufen hörte: »Granny, warte! Ich habe es mir anders überlegt.« Und schon kam ihre Großnichte keuchend angerannt. »Ich weiß auch nicht, aber ich halte es im Hostel nicht aus. Die Ratte lässt keine Gelegenheit aus, mich zu provozieren. Wir müssen Gramp ja nicht gleich mit der Neuigkeit überfallen, dass ich sein Lebenswerk in den Sand gesetzt habe.«

Omaka griff nach Sophies Hand. »Mach dir keine Vorwürfe. Ich denke, du hast von deinem Großvater keinen Luxusschuppen übernommen. Angesichts dessen, was ich in diesen Wochen gesehen habe, habe ich große Achtung vor deiner Power. Du hast sicher alles versucht. Über meine Lippen wird diesbezüglich kein Wort kommen.«

Sophie umarmte die Granny stürmisch. »Du weiß schon, dass du nicht nur ihm fehlen wirst, oder?«

Omaka nickte. »Ach, es ist so schade, dass du nicht einfach mitkommen kannst. Ich könnte so eine wunderbare Mitarbeiterin wie dich wirklich gebrauchen. Ich weiß, das geht nicht, aber mal ernsthaft, was willst du jetzt eigentlich machen?«

»Ich werde in einer der vielen Bars kellnern. Die kennen und schätzen mich alle, wenn die Ratte nicht …« Sie stockte.

»Kann es sein, dass dieser Schmierlappen von heute Morgen einen persönlichen Rachefeldzug gegen dich führt?«

»Geschenkt«, lachte Sophie, aber Omaka entging nicht, dass die Augen ihrer Großnichte nicht mitlachten. »Wollen wir?« Sie klopfte an die Zimmertür, und schon erklang die kräftige Stimme des alten Mannes: »Herein!«

Omaka fürchtete jedes Mal den Moment, wenn sie zu ihrem Bruder ins Zimmer trat, denn sie wusste ja nie, was sie erwartete. An guten Tagen blinzelte er aus seinen wachen Augen erwartungsvoll in Richtung der Tür, aber es kam auch vor, dass er zusammengesunken in seinem Sessel saß und erst einmal unverständliches Zeug vor sich hin brabbelte. Heute war ein guter Tag.

»Hey, Gramp, wie geht es dir?«, fragte Sophie und gab ihm Küsschen auf beide Wangen.

»Mum war wieder da«, raunte er geheimnisvoll und winkte Omaka, die sich etwas im Hintergrund gehalten hatte, zu sich heran. »Sie hat uns gerufen. Es dauert nicht mehr lange. Sie freut sich besonders, dass du mitkommst, denn sie hat dich immer sehr geliebt«, raunte er.

Omaka lief ein eiskalter Schauer den Rücken hinunter, weil sie in der vergangenen Nacht selbst wieder von dieser merkwürdigen Engelsgestalt geträumt hatte, die ihr verkündet hatte, es sei alles für sie vorbereitet. Aber sie behielt diesen Traum für sich, obwohl er ihr keine Angst eingeflößt hatte. Im Gegenteil, sie war mit einem Gefühl von innerem Frieden aufgewacht. Also nickte sie nur, während sie zärtlich seine Hand nahm. Er aber schien gerade in einer völlig anderen Welt zu sein. Wie in Trance deutete er mit dem ausgestreckten Finger zur Tür. »Ich wollte ihr doch nachgehen, aber da kam er schon aus dem Haus. Er sah schrecklich finster aus. Und er hat gebrüllt, dass ich auch noch drankomme …«

Obwohl Omaka ahnte, von wem die Rede war, fragte sie leise: »Wer?«

»Unser Vater, und er hatte etwas in der Hand. Ich glaube,

es war ein Hammer. Dann ist er ihr zur Werkstatt gefolgt, und dann …« Obwohl Omaka diese Geschichte schon kannte, wurde ihr ganz flau im Magen.

Der alte Mann hielt sich nun die Augen zu, als könnte er damit verhindern, dass ihn die Erinnerung übermannte.

»… kam er mit ihr zurück. Sie hing leblos in seinem Arm. Alles war voller Blut. Er legte sie auf der Kühlerhaube ab und öffnete die Wagentür. Als er mich zusammengekauert auf dem Rücksitz entdeckt hat, schrie er: »Raus hier!« Ich verließ den Wagen. Er hob unsere Mutter behutsam auf den Rücksitz und versicherte ihr, es würde alles gut, aber sie winselte nur wie ein verletztes Tier. Ich wollte zu ihr, aber er zerrte mich brutal am Arm bis zur Werkstatt und hat mich dort eingesperrt.«

Obwohl Omaka Fragmente dieser ganzen Geschichte schon einmal aus seinem Mund gehört hatte, beschleunigte sich ihr Herzschlag. Vor allem drückte er sich plötzlich so gewählt aus, als wäre er völlig klar im Kopf.

»Warum bist du nicht nach Hokitika zurückgekommen, als du groß und stark warst, um deine Mutter aus seinen Klauen zu retten?«, fragte sie mit bebender Stimme, um seine Schilderung des Gemetzels zu unterbrechen, denn je intensiver er darüber sprach, desto weniger schaffte sie es, an einen Unfall zu glauben.

»Weil ich alles vergessen hatte, bis, bis …« Er verstummte, und seine Augen wurden feucht. » … bis meine Lilly starb. Sie hatte mit dem Wagen einen blöden Zusammenstoß mit einem Känguru gehabt. Das Tier war durch die Scheibe gesaust und mit ihrem Kopf zusammengeknallt. Man hat sie noch lebend ins Krankenhaus gebracht, aber es war alles voller Blut, und sie war nicht mehr bei Bewusstsein. Da sah ich dort meine Mutter liegen, und ich habe nicht aufgehört zu schreien. Ein Seelsorger hat sich meiner angenommen, und plötzlich wusste ich wieder alles, was ich damals an jenem Tag gesehen hatte, aber ich wollte es loswerden. Es war so unerträglich, dass ich am liebsten tot gewesen wäre. Ich wollte das alles nicht wissen, ich dachte, ich werde verrückt. Aber ich habe mich nicht aufgegeben, denn da waren ja die kleine Sophie und ihre unglückliche Mutter, deren Leben ich zerstört habe, weil sie nun noch mehr im Hotel schuften musste. Aber sie hat ihr Glück gefunden und sich gerettet.« Er hielt inne, blickte sich suchend nach seiner Enkelin um und streckte die Hand nach ihr aus. Sophie nahm seine Hand und drückte sie liebevoll. »Ich hätte dir gern Reichtümer hinterlassen, mein Kind, damit du nicht immer so schrecklich schuften musst.« Während er das sagte, lief ihm eine Träne über die Wange.

»Aber Gramp, ich habe doch alles, was ich brauche«, erwiderte Sophie.

Angesichts dieser berührenden Begegnung von Großvater und Enkelin wurde Omaka bewusst, was für eine enorme Sehnsucht sie nach ihren beiden »Kindern« hatte. Und plötzlich musste sie daran denken, wie schwer sie besonders Mila manchmal das Leben machte. Allein die Vehemenz, mit der sie sich der Operation verweigert hatte. Sie nahm sich fest vor, das Unrecht, das sie ihrer Enkelin mit ihrem erbitterten Widerstand gegen das Notwendige zufügte, wiedergutzumachen.

Die Stimme ihres Bruders riss sie aus ihren Gedanken, und sie lauschte wie elektrisiert seinen Worten.

»Eines Tages – Jahre später – habe ich mich einmal dazu durchgerungen, in Hokitika anzurufen. Es war ein Hotel. Dort hat man mir gesagt, dass Hine und Jack Parker schon lange verstorben seien. Wie ist Mum gestorben?«

Omaka atmete tief durch, bevor sie ihrem Bruder berichtete, dass sie eines Tages tot in ihrem Sessel gesessen hätte. Sie selbst hatte sie gefunden und war gar nicht wirklich erschrocken. Im Gegenteil, ihre Mutter hatte damals seltsam friedlich ausgesehen, und ihr entstelltes Gesicht hatte plötzlich ganz entspannt gewirkt und allen Schrecken verloren. Nie zuvor hatte Omaka ihren Vater so außer sich erlebt. Er hatte stundenlang zu den Füßen seiner toten Frau gehockt und geweint. Dann hatte er sich derart betrunken, dass Mary mit Omaka zusammen fluchtartig das Haus verlassen hatte und erst nach Tagen zurückgekehrt war.

Benjamin atmete schwer, während Omaka ihm ihre Erinnerungen offenbarte.

»Und er? Hat er in der Hölle geschmort?«

»Ja, er hatte einen Schlaganfall, den er knapp überlebt hat. Er hat dann ein paar Monate vor sich hin vegetiert. Ich hatte eine Pflegerin für ihn engagiert, aber er war nicht mehr ansprechbar …«

»Das war die Rache der Ahnen«, flüsterte er Omaka triumphierend zu.

Ihr missfiel seine Genugtuung angesichts der Qualen ihres Vaters.

»Lass die Vergangenheit ruhen, Benjamin«, stöhnte sie. »Er hat uns beiden etwas genommen. Uns beiden auf recht unterschiedliche Weise die Mutter, mir den Bruder, und dir die Schwester. Aber wer weiß, welche bösen Geister ihn gequält haben. Er war sicherlich kein Sadist.«

»Du verteidigst ihn?«, fragte er in scharfem Ton und blickte sie so durchdringend an, dass sie am ganzen Körper zu zittern begann.

»Ben, natürlich nicht. Aber hast du nicht selbst einmal gesagt, sie wollte ihn verlassen?«

»Sie musste ihn verlassen. Er hätte mich eines Tages zu Tode geprügelt. Mein Vater hat mich gehasst!«

»Ben, er war nicht dein Vater! Der Mann, zu dem unsere Mutter gehen wollte, das war dein Vater!«, stieß Omaka, ohne nachzudenken, hervor, was sie schon in demselben Augenblick bitter bereute. Sie konnte nur hoffen, dass diese Information gar nicht wirklich zu ihm durchgedrungen war.

Ängstlich blickte sie in seine Richtung und atmete erleichtert auf. Benjamin machte den Eindruck, als hätte er ihre Worte gar nicht aufgenommen. Er deutete in Richtung eines Sonnenstrahls, der vorwitzig ins Zimmer fiel.

»Es war unser Vater, Alexander, sie hat gesagt, er soll wissen, wenn ihr etwas zustößt. Alexander …«, erwiderte er wie in Trance, während er die Hälfte des Liebesamuletts aus seiner Hosentasche holte und es ihr reichte. »Du kannst noch nicht mitkommen. Eine Kleinigkeit hast du noch zu erledigen. Mum kann dich nicht mitnehmen. Noch nicht, aber sie liebt dich und holt dich dann, wenn der richtige Zeitpunkt gekommen ist. Das soll ich dir von ihr sagen.«

Wie betäubt nahm Omaka die Hälfte des Amuletts entgegen und spürte, wie sich ein aus dem Inneren ihres Körpers aufsteigendes Licht in jede Pore ausbreitete und sie schließlich wie eine Wolke einhüllte. Sie hatte schon oft erlebt, wie sie die Berührung mit den Amuletten in andere Sphären katapultierte, aber so intensiv hatte sie es noch nie zuvor gespürt.

»Um Gottes willen, Gramp«, hörte sie Sophies entsetzte Stimme rufen. »Wo willst du hin?«

Mit ausgestreckten Armen und einer verzückten Miene ging Benjamin der Sonne entgegen. »Siehst du, wie schön sie ist. Sie lächelt mir zu …«

Er stöhnte ganz leise auf, bevor er lautlos zusammenbrach.

Sophie war die Erste, die bei ihm war. »Gramp, Gramp«, schrie sie in Panik und tastete nach seinem Puls, aber sie konnte nichts mehr spüren. Da war auch Omaka aus ihrer Erstarrung erwacht, kam herbeigeeilt, beugte sich über ihn und wollte seinen Herzschlag fühlen. Vergeblich!

Omaka strich ihrem Bruder liebevoll über das Haar und schloss ihm die Augen für immer. Sie konnte nicht glauben, dass ihr Bruder einfach fortgegangen war, aber sie hatte mit einem

Mal die Gewissheit, dass sie sich nicht länger gegen die Macht des Schicksals sträuben konnte. Und sie ahnte, was das wohl für eine Kleinigkeit sein mochte, die sie noch zu erledigen hatte. Allein bei dem Gedanken daran, ihren Enkeln die Wahrheit über ihren Vater und vor allem über das Unrecht, das sie nicht nur ihm, sondern auch den Kindern einst angetan hatte, sagen zu müssen, wurde ihr ganz anders. Aber sie hatte keine Wahl!

Omaka wurde durch ein lautes Schluchzen aus ihren Gedanken gerissen, und sie nahm die verzweifelt weinende Sophie in den Arm und wiegte sie sanft wie ein Baby.

41. Kapitel

Der Garten war mit bunten Lampions geschmückt, und polynesische Rhythmen schallten durch die milde Nacht, als Mila mit ihrem Rad etwas verspätet vor Rubys Haus hielt. Sie hatte bis zur letzten Sekunde an dem Ohrring gearbeitet. Sie war überrascht, wie viele Autos vor der Tür parkten. Hinzu kamen etliche Fahrräder, die an Zäune und Bäume gelehnt waren.

Es gab ein großes Hallo, als Mila sich mit ihrem Geschenk in der Hand ins Partygetümmel stürzte. Sie war verwundert, wie viele ihrer Exmitschüler es möglich gemacht hatten, zu diesem Fest zu kommen. Ruby war zwar immer sehr beliebt gewesen, aber Mila war davon ausgegangen, dass alle bis auf Ruby Hokitika verlassen hatten. Doch offenbar hatte sie dabei von sich auf andere geschlossen.

Ruby freute sich riesig über die Ohrringe und probierte sie gleich aus. »Danke, und das von der besten Grünstein-Designerin Neuseelands«, lachte sie und zog Mila gleich mit zu einem Stehtisch mit lauter Frauen, an dem schon eine ausgelassene Stimmung herrschte.

»Ich hätte nie gedacht, dass du in unser Kaff zurückkehrst«, begrüßte Karen, die ehemals Klassenbeste, Mila lachend. »Du hattest immer schon was vom Flair der großen weiten Welt. Ich dachte, du wirst mal bei Tiffany landen.«

»Ich glaube kaum, dass man in New York auf Nephrit-Jade

steht«, gab Mila belustigt zurück, während sie ihrer Freundin Ruby mit dem Sekt zuprostete, den diese ihr inzwischen eingegossen hatte.

»Du hast aber ganz recht, Karen, Mila ist klasse, man hatte sie auch schon fast nach Auckland abgeworben. Sie hatte ein Angebot bei der Kiwi Jewellery«, erklärte Ruby voller Stolz auf die Freundin und deutete auf ihre Ohrringe, die von allen Seiten Bewunderung ernteten.

»Wow, die Jewellery, das ist das Tiffany der Kiwis«, stieß Karen bewundernd hervor. »Und warum in aller Welt hast du das nicht angenommen?«

»Ich werde auf Pounamu meine eigene Kollektion designen und herstellen«, erwiderte Mila ausweichend und war erstaunt, wie leicht ihr das über die Lippen ging. Wenn sie daran dachte, wie sie vor kurzem noch mit ihrer Selbständigkeit gehadert hatte! »Aber warum bist du hiergeblieben, Karen? Du hättest doch alles studieren können bei deinen Noten!«

»Habe ich auch. Medizin in Dunedin, aber dann habe ich dort ausgerechnet jemanden kennengelernt, der mal eine Praxis in Hokitika übernehmen will und schon für Dr. Leyland als Vertretung arbeitet.«

Mila konnte sich ein Grinsen kaum verkneifen. »Da bin ich aber froh, dass Dr. Trevis schon eine Liebste hat.«

»Genau! Aber woher kennst du Adam?«

»Bevor ich mich entschieden hatte, nach Hokitika zurückzukommen, hat meine Großmutter versucht, mir unser Kaff, wie du so schön sagst, anhand der jungen Männer vor Ort schmackhaft zu machen. Und dein Doc stand ganz oben auf der Liste.«

»Da habe ich aber Glück gehabt, dass du ihn mir nicht weggeschnappt hast. Apropos, wie geht es deiner Großmutter? Ich habe sie noch gut in Erinnerung. Sie war immer total interessiert an uns dummen Hühnern. Und vor allem wusste sie immer, wen sie gerade trösten musste.«

»Trösten?« Mila konnte sich nicht daran erinnern, dass Karen und sie sich einmal besonders nahegestanden hätten, doch da fiel bei ihr der Groschen. Karen war eines der Mädels gewesen, die ihre Freundschaft gesucht hatten, um an Don heranzukommen.

»O ja, das konnte sie gut. Sie fand es immer unfair von mir, dass ich kein Herz für die enttäuschten Seelen hatte. Das hat sie dann mit viel Verve übernommen und natürlich, ohne ihren Enkel in die Pfanne zu hauen.«

»Wie geht es Tim?«, fragte Karen überaus interessiert.

»Gut, er ist Architekt in Auckland, und wir waren gerade zusammen im Urlaub in Australien.«

»Und, ist er inzwischen verheiratet oder immer noch so ein Frauenheld?«

Mila hütete sich, durchblicken zu lassen, dass das Schicksal inzwischen böse zurückgeschlagen und er sein Herz an die falsche Frau verloren hatte. In diesem Augenblick trat ein sympathisch aussehender Mann mit schütterem blondem Haar an den Tisch. Bevor Karen ihn ihr vorgestellt hatte, wusste sie, dass das nur Dr. Trevis sein konnte.

Er schien ehrlich erfreut, Mila kennenzulernen. Offenbar hatte Granny ihm bereits einiges von ihr erzählt, denn er wusste sogar, dass sie demnächst in der Jade Factory anfangen würde.

»Das hat sich inzwischen erübrigt, weil ich mich selbständig machen will«, entgegnete sie, und es kam ihr diesmal noch lockerer über die Lippen.

»Wie geht es ihr? Hat sie sich erholt und war sie schon in … na, Sie wissen schon?«, raunte er ihr zu. Offenbar wollte er Granny Omakas Infarkt nicht zum Partygespräch machen. Das war ganz in Milas Sinn. Sie hatte auch wenig Lust, die Krankheitsgeschichte ihrer Großmutter öffentlich auszubreiten. »Meinst du, ich darf dir deinen Freund …«, wandte sie sich an Karen.

»Verlobten, bitte«, korrigierte Karen sie grinsend und streckte ihr die Hand entgegen, an deren Ringfinger ein in ihren Augen recht geschmackloser Klunker prangte. Das brachte Mila prompt auf eine weitere Geschäftsidee. Neben der *Hine-Maata-Kollektion* würde sie spezielle Trauringe anfertigen. Sie zwinkerte Karen übermütig zu, bevor sie sich mit Dr. Trevis in eine ungestörte Ecke im Garten zurückzog.

»Sorry, dass ich Sie darauf angesprochen habe. Ich hoffe, das war Ihnen nicht unangenehm so in aller Öffentlichkeit? Ich bin übrigens Adam.« Der junge Arzt streckte ihr die Hand entgegen.

»Ich bin Mila, aber das wird dir meine Großmutter sicher bereits gesagt haben, denn offenbar wollte sie mich mit dir verkuppeln.«

»Ach, deshalb hat sie immer so von dir geschwärmt«, lachte er. »Eigentlich geht es ihr besser. Sie wird sich auch gleich die Stents setzen lassen, sobald sie aus Cairns zurückkommt.«

»Ist sie immer noch da? Dein Bruder hat sich im Dezember bei mir Tipps geholt, was er für den Flug bedenken sollte.«

Mila nickte schwach. »Das ist eine lange Geschichte.«

»Tja, aber nach ihrer Rückkehr lässt sie sich doch hoffentlich gleich operieren, oder? Ich frage deshalb, weil ich den Eindruck habe, dass sie sehr störrisch sein kann. Sie wollte dem Chef und mir weismachen, sie hätte nur was Falsches gegessen, als sie im Hotel zusammengebrochen ist.«

»Ach, du warst dabei?«

Er nickte. »Es ist ja noch mal gut gegangen«, murmelte er.

»Was möchtest du damit sagen? Dass es knapp war?«

»Sagen wir mal so, sie hat wirklich Glück gehabt. Deshalb sollte man die Operation auch nicht unnötig aufschieben.«

»Also, du kannst mir glauben, dass ich alles daransetze, sie so bald wie möglich in die Klinik zu bringen. Und wenn ich es nicht schaffe, sie zu überzeugen, wie wichtig diese Operation ist, dann wird es der Arzt schaffen, der sie operiert.«

»Hast du denn schon einen? In welche Klinik geht ihr denn? Greymouth oder Christchurch?«

»Nein, wir haben das Vorgespräch in Dunedin«, entgegnete sie leicht verlegen.

Adam überlegte. »Da seid ihr in allerbesten Händen. Da habe ich als Student einmal Praktikum auf der Kardiologie gemacht.«

Mila nickte zustimmend in der Hoffnung, dass er nicht weiterfragen würde.

»Darf ich fragen, wie der Kollege heißt? Seid ihr bei Professor Sinner?«

»Nein, bei Dr. Morris.«

»Bei Brian? Super! Er ist ein Studienkollege von mir. Einen Besseren hättet ihr gar nicht nehmen können. Aber sag mal, bist du dir sicher, dass er dann noch in Dunedin ist?«

Mila zuckte die Schultern. Ihr war dieses Gespräch zutiefst unangenehm.

»Warum?«, fragte sie rasch.

»Weil er wohl schon in ein paar Wochen für eine Vertretung nach Sydney gehen wird. Dort haben sie ihm ein wunderbares Angebot gemacht, aber er will erst mal nur sechs Monate zur Probe arbeiten und noch nicht endgültig unterschreiben. Aber ich denke, das ist nur noch eine Formalie. Vor allem, wenn die Alternative zu Sydney Greymouth heißt.« Er lachte laut.

»Vielleicht wusste er das ja noch nicht, als wir unseren Termin vereinbart haben«, erklärte Mila steif.

»Wann war das denn?«

Mila tat, als müsste sie überlegen. Dabei wusste sie es ganz genau. Ihr Telefongespräch war genau drei Tage her, denn seit drei

Tagen sprang sie bei jedem Anruf zum Telefon in der Erwartung, dass der Anrufer Brian sein könnte.

»Das ist noch gar nicht so lange her. Noch nicht mal eine Woche.«

»Das kommt hin. Ich habe nämlich erst gestern mit ihm telefoniert. Da hat er mir erzählt, dass er die Zusage für Sydney gerade erst bekommen hat. Und dass er das andere Vorstellungsgespräch in Greymouth absagt. Ursprünglich wollte er nämlich zu dem Anlass sogar ein paar Tage bleiben und bei uns wohnen.«

»Ist doch verständlich, dass er eine Stellung in Sydney vorzieht«, heuchelte Mila. »Aber gut, dass ich das weiß. Dann werde ich mit meiner Großmutter wohl doch nach Christchurch gehen müssen.«

»Da seid ihr auch in guten Händen«, versicherte er ihr. »Aber auch mit Greymouth wärt ihr gut beraten. Wollen wir wieder zu den anderen?«

»Geh nur, ich komme gleich nach.« Mila war nach Kräften bemüht, ihre Enttäuschung vor ihm zu verbergen.

Erst als er sie allein zurückgelassen hatte, ließ sie an sich herankommen, was Adams Worte für sie bedeuteten. Ganz einfach, dachte sie bitter, die Sache mit Brian hatte sich erledigt, bevor sie überhaupt begonnen hatte. Wahrscheinlich hatte er sich deshalb nicht mehr bei ihr gemeldet, weil er sich inzwischen entschieden hatte, nach Sydney zu gehen. Damit hatte sich sein Angebot, Granny zu operieren, wohl erledigt, dachte sie und fügte bitter hinzu: und damit auch ihr Wiedersehen!

42. Kapitel

Mila hatte das Gespräch mit Adam so auf die Stimmung geschlagen, dass sie keine Lust mehr auf die Party hatte. Sie musste sich nur noch einen triftigen Grund ausdenken, um Rubys Fest verlassen zu können, ohne dass ihr die Freundin das übelnahm. Da ihr beim besten Willen keine Ausrede einfallen wollte, beschloss sie, sich wieder ins Getümmel zu stürzen und noch ein wenig zwischen den gutgelaunten, feierfreudigen Partygästen auszuharren. Vielleicht würde sie das auch ablenken von der großen Enttäuschung darüber, dass Brian nach Sydney gehen würde. Ihre Großmutter würde sie dann wohl in Christchurch zur Operation anmelden, denn selbst wenn Brian dann noch in Dunedin tätig wäre, wäre sie sicher besser beraten, ihn nicht noch einmal zu sehen. Sie hoffte, dass sie ihn sich so leichter aus dem Herzen würde reißen können.

Mila wollte gerade zu den anderen zurückkehren, als ihr Telefon klingelte. Sie wollte den Anruf ignorieren, aber dann sah sie, dass es ihre Großmutter war.

Das Erste, was sie hörte, als sie das Gespräch annahm, war ein verzweifeltes Schluchzen.

»Granny, was ist passiert?«

»Mein Bruder, mein Bruder, er ist tot, das Herz, er musste nicht leiden. Er ist einfach umgefallen. Es war sein Herz«, stammelte die Großmutter.

»Soll ich kommen, Granny?«, fragte sie mitfühlend.

»Nein, bleib du nur auf Pounamu. Ich habe doch Sophie.«

Trotz Milas Schmerz über den Tod des alten Herrn versetzte es ihr einen Stich, dass ihre Großmutter sie ganz offensichtlich nicht brauchte, um sie zu trösten.

»Gut, aber kannst du denn deinen Flieger am nächsten Mittwoch trotzdem nehmen?«

»Ja, die Beerdigung wird schon am Montag sein. Ich komme auf jeden Fall wie besprochen nachhause, aber wäre es nicht besser, ich würde erst nach Hokitika kommen, um mich von dem Schock zu erholen?«

»Granny! Du willst doch nicht, dass es dir ergeht wie deinem Bruder, oder?«, widersprach Mila heftig. »Lass dich sofort operieren. Bitte! Nimm einen Flug nach Christchurch!«

»Also wenn, dann nach Dunedin. Wenn überhaupt, will ich zu deinem Wunderdoktor!«

Mila schluckte. Es war jetzt nicht der Zeitpunkt, der Großmutter zu erklären, dass sie nun doch nicht mehr von dem Wunderdoktor operiert werden sollte. Sie überlegte fieberhaft. Was war schon das Risiko, Brian nach einem Wiedersehen noch schwerer loslassen zu können, gegen die Sicherheit, ihre Großmutter bei ihm in guten Händen zu wissen? Dann konnte sie nur noch hoffen, dass er die Operation noch vornehmen würde, bevor er nach Australien ging.

»Natürlich, Granny, natürlich kommst du nach Dunedin. Wie besprochen. Und Kopf hoch. Es tut mir so leid für Onkel Benjamin, aber sieh es einmal anders. So hast du ihn wenigstens noch kennengelernt.«

»Und ich war dabei, als sie ihn zu sich gerufen hat.«

Mila zuckte bei diesen Worten zusammen. Wahrscheinlich sprach sie schon wieder von der Gestalt der Ahnin, die die Menschen vom Leben in den Tod abrief, aber sie fragte nicht nach. »Und bitte richte Sophie mein Beileid aus. Wie geht es ihr?«

»Sie kann es noch nicht fassen. Aber ich bin ja da, um sie zu trösten.«

»Und ich soll wirklich nicht zur Beerdigung kommen?«

»Nein, mir wäre es lieber, du hältst auf Pounamu die Stellung. Das ist doch auch viel zu anstrengend für dich.«

»Und Tim? Soll der vielleicht nach Cairns kommen?«

»Er hat keine Zeit.«

»Wie? Du hast schon mit ihm gesprochen?«

»Ja, nachdem ich dich zuhause nicht erreicht habe, habe ich erst ihn angerufen. Aber er sagt, er habe wichtige Arbeitstermine.« Das klang enttäuscht.

»Granny, sei nicht traurig. Ich glaube, er hat seine Gründe, warum er nicht nach Cairns kommen will.« Sie war bemüht, ihre Enttäuschung darüber, dass ihre Großmutter Tim offenbar gebeten hatte, nach Cairns zu kommen, auf ihre Anwesenheit aber problemlos verzichten konnte, zu verbergen.

»Ich weiß, Kleines. Sophie hat mich auch gebeten, ihn nicht zu fragen, aber das Mädchen bräuchte jetzt wirklich eine starke Schulter, und zwar nicht irgendeine …«

»Du kennst doch deinen Enkel. Er ist genauso stur wie du!«

»Da kenne ich aber noch jemanden in der Familie. In dem Punkt stehen wir drei uns in nichts nach.«

»Und wir drei haben noch etwas gemeinsam: Wir haben alle kein Glück in der Liebe!«, fügte Mila resigniert hinzu.

»Sag das nicht. Noch ist nicht alles verloren. Ihr seid noch so jung, und ihr werdet beide mehr Glück haben als ich. Das spüre ich ganz tief in mir.« Wenn Mila geahnt hätte, dass ihre Großmutter in diesem Augenblick mit der freien Hand in ihrer Rocktasche die Hälfte eines Pikorua-Amuletts aus Grünstein umklammert hielt, sie hätte vielleicht an ein Zeichen geglaubt, aber so stimmten sie diese gut gemeinten Worte ihrer Großmutter nur noch trauriger.

»Gut, dann mache ich jetzt einen OP-Termin fest«, sagte Mila.

»Nein, Kindchen, nichts überstürzen. Ich möchte nur mit ihm reden und einen Termin vereinbaren, und dann nach Hokitika.«

»Nein, das kommt gar nicht in Frage. Du wirst sofort operiert.«

»Jawohl, Chef!«, entgegnete die Großmutter genervt.

»Granny, denk an deinen Bruder. Der ist auch einfach tot umgefallen«, gab Mila nicht minder genervt zurück. Obwohl sie ihre Großmutter gern ein wenig getröstet hätte, hatte sie wenig Lust, die Diskussion um die Operation wieder von vorne zu beginnen, und beendete das Gespräch rasch.

Entschieden wählte sie anschließend Brians Nummer mit dem festen Vorsatz, ihn ausschließlich als behandelnden Arzt ihrer Großmutter zu betrachten.

Als er sich nach dem ersten Klingeln bereits meldete, klang seine Stimme so unfreundlich, dass sie am liebsten gleich wieder aufgelegt hätte, aber ihr Anliegen duldete keinen Aufschub.

Und kaum hatte sie sich mit Namen gemeldet, war alle Unfreundlichkeit aus seiner Stimme wie weggeweht.

»Ach, wie schön, dass du dich meldest. Ich wollte schon seit Tagen bei dir anrufen, aber hier haben sich die Ereignisse überstürzt«, sagte er entschuldigend.

Ich weiß, dachte Mila grimmig und schilderte Brian, ohne auf seine warmen Worte einzugehen, dass ihre Großmutter sich entschlossen hatte, am Mittwoch nächster Woche aus Cairns zurückzukehren und ihr Okay zu einem Vorgespräch und einer anschließenden Operation gegeben habe.

Brian hörte ihr eine Zeitlang zu, bis er sie ungeduldig unterbrach. »Kriegen wir alles hin. Ich kümmere mich darum, dass sie ein Bett bekommt. Ich hätte mich auch schon längst bei dir gemeldet, wenn nicht …«

»Danke, das ist toll. Es genügt allerdings, wenn sie am Donnerstag in die Klinik kann, weil sie Mittwoch so spät landet, dass sie die eine Nacht im Hotel übernachten wird«, fiel Mila ihm hastig ins Wort.

»Gut, dann werde ich ihr am Donnerstag einen Gesprächstermin geben, und wenn alles gut geht, liegt sie am Freitag unterm Messer. Sag mal, kommst du dann mit?«

»Ja, ich werde sie vom Flieger in Dunedin abholen. Danke übrigens, dass du dir die Zeit für uns nimmst.«

»Für dich doch immer. Ich hätte dich schon angerufen, wenn ich Zeit gefunden hätte, aber ich muss Großvaters Haus nun noch schneller leerräumen als geplant, weil ich Dunedin früher als erwartet verlassen werde. Und leider hat sich nun auch mein Termin in Greymouth zerschlagen. Umso praktischer, dass wir uns noch einmal in Dunedin sehen, bevor …« Er stockte.

Feigling, dachte Mila erbost, nun sag doch schon, dass du nach Sydney gehen wirst, doch Brian wechselte rasch das Thema.

»Ich gebe euch einen Gesprächstermin um zehn Uhr. Okay?«

Mila missfiel außerordentlich, dass er sich offenbar davor drückte, ihr von seinem bevorstehenden Job in Sydney zu berichten. Wahrscheinlich war ihm genauso wie ihr klar, was das bedeutete, mutmaßte sie: dass sie erst gar keine Beziehung anfangen sollten, die sowieso keine Perspektive hatte.

»Ich hoffe, du hast deiner Großmutter nur Gutes von mir berichtet«, fügte er scherzend hinzu.

»Na ja, so vertraut bist du mir ja noch nicht, aber da du der einzige Kardiologe bist, den ich persönlich kenne, habe ich dich natürlich als Herzexperten angepriesen«, erwiderte sie flapsig.

»Tja, ob ich wirklich ein Herzexperte bin, wage ich manchmal arg zu bezweifeln«, seufzte er.

Keine Frage, das meint er nicht beruflich, dachte Mila, und sie wusste überhaupt nicht, wie sie auf diese Anspielung reagieren sollte. Also tat sie so, als hätte sie den Subtext nicht verstanden.

»Ich habe großes Vertrauen in deine Arbeit, und das habe ich meiner Großmutter auch vermittelt. Und ich habe inzwischen eine Bestätigung von dritter Seite bekommen, dass du kardiologisch die richtige Adresse bist. Außerdem ist das Internet voller Lob für deine Arbeit«, erklärte sie in förmlichem Ton.

»Mit wem hast du denn persönlich über mich gesprochen? Außer mit unserem Frauenversteher Frank in Cairns?«, hakte er neugierig nach.

»Ich bin gerade auf dem Geburtstag einer Freundin und habe eben den Verlobten meiner ehemaligen Mitschülerin Karen kennengelernt, einen Arzt …«

»Das hätte ich mir denken können, dass es Querverbindungen zwischen Adam und dir gibt. So groß ist Hokitika ja auch wieder nicht«, lachte er. »Aber wie schmeichelhaft, dass ihr gleich über mich geredet habt.«

»Das war mehr ein Zufall. Adam arbeitet in der Praxis unseres Hausarztes und kennt den Fall. Wir kamen auf meine Granny zu sprechen«, entgegnete Mila kühl.

»Ach ja, ich habe gerade erst gestern mit ihm telefoniert. Er hatte mir nämlich ein neues Vorstellungsgespräch in Greymouth verschafft, und eigentlich wäre das nächste Woche gewesen. Ich hatte mich schon so gefreut, dich bei der Gelegenheit zu treffen. Das wäre lustig geworden. Dann hätten wir ja zu viert ausgehen können.«

Mila verdrehte die Augen. Warum sagte er ihr nicht endlich, was seinen Entschluss, nach Greymouth zu kommen, durchkreuzt hatte?

»Prima. Dann haben wir ja alles geklärt. Und ich weiß gar nicht, wie ich dir danken soll, dass du dich so für meine Granny einsetzt.«

»Mila, das mache ich wirklich gern. Darf ich dich was Persönliches fragen?«

»Meinetwegen.«

»Habe ich dir irgendetwas getan? Du bist so anders.«

»Anders? Wie meinst du das?«, fragte sie scheinheilig.

»Unser Telefonat neulich Abend, das war so persönlich. Ich habe noch lange darüber nachgedacht, wie anregend es war, mich mit dir zu unterhalten. Es fühlte sich an, als wärest du körperlich anwesend. Am liebsten wäre ich bei dir gewesen …«

Normalerweise wäre sein zartes Geständnis, dass er mehr für sie empfand als Freundschaft, für Mila ein Grund zur Freude über den Gleichklang ihrer Emotionen gewesen, aber sie sah in diesem Augenblick nur noch das Trennende zwischen ihnen, und das hieß Sydney.

»Sorry, aber ich habe eben erst erfahren, dass mein Großonkel aus Cairns gestorben ist, und obwohl ich ihn noch nicht lange kenne, geht mir das doch näher, als ich dachte.« Sie erwähnte mit keinem Wort, dass sie nach dem Telefonat mit ihm genau denselben Wunsch verspürt hatte, nämlich, ihn in den Arm zu nehmen.

»Das tut mir leid. Ich wollte auch nur wissen, ob es an mir liegt, dass du heute so reserviert bist.«

»Ja, du, äh, danke noch mal für alles«, sagte sie ausweichend.

»Ja, gern geschehen«, entgegnete er sichtlich irritiert.

Nachdem Mila das Gespräch ziemlich überstürzt beendet hatte, fragte sie sich, warum sie sich eigentlich wie ein verstockter Teenie aufführte, statt die Hand zu nehmen, die er ihr ganz offenbar reichte, und ihn direkt auf Sydney anzusprechen. Plötzlich musste sie an Sophie denken und die Geschmeidigkeit und Lockerheit, mit der sie Männer um den Finger wickelte. Ihr schien die Flirtkunst in die Wiege gelegt worden zu sein. Wahrscheinlich könnte sie sich gar nicht so uncharmant verhalten, wie Mila es eben getan hatte. Aber der Gedanke daran, dass Sophie ein Naturtalent im Umgang mit Männern war, stimmte sie nur noch missgelaunter. Ihr hatte Jonah regelrecht zu Füßen gelegen, eben weil sie dieses gewisse Etwas besaß. Dessen war sich Mila in diesem Augenblick ganz sicher und auch, dass ihr dieses Etwas völlig fehlte. Wie konnte sie sich nur ausgerechnet dem Mann gegenüber so schrecklich zugeknöpft verhalten, der ihr Herz intensiver berührte als alle anderen zuvor? Und das nur, weil sie von seinen beruflichen Plänen wusste. Nur, weil er sich offenbar nicht traute, ihr zu sagen, dass er den Job in Sydney angenommen hatte. Mila bereute zutiefst, dass sie nicht ein bisschen zugewandter gewesen war. Warum hatte sie ihm nicht offen gezeigt, wie traurig sie darüber war, dass er nach Sydney ging?

»Hier steckst du. Ich habe dich schon überall gesucht«, hörte sie Rubys besorgte Stimme hinter sich sagen, und sie fuhr herum. »Sorry, dass ich mich zurückgezogen habe, aber ich hatte einen Anruf aus Cairns. Der Bruder meiner Großmutter ist gestorben.«

»Ich wusste gar nicht, dass du Verwandte in Australien hast«, bemerkte die Freundin erstaunt.

»Das habe ich auch erst kürzlich erfahren. Wir sind so überstürzt dorthin geflogen, dass ich gar nicht mehr dazu gekommen bin, dich in meine neuen Verwandtschaftsverhältnisse einzuweihen«, sagte sie entschuldigend.

»Das scheint dir aber mächtig nahezugehen. Du bist ganz blass.«

Mila wusste natürlich, dass der Grund, warum ihr jegliche Farbe aus dem Gesicht gewichen war, woanders lag, aber es war jetzt keine günstige Gelegenheit, der Freundin von ihrer verpatzten Liebesgeschichte mit Brian Morris zu erzählen. Mila hielt mitten in dem Gedanken inne. Sie sollte besser sagen, von der noch gar nicht begonnenen Liebesgeschichte …

»Willst du nicht trotzdem noch ein bisschen mit uns feiern?«, fragte Ruby.

»Nein, ich fühle mich nicht gut. Ich glaube, es ist besser, wenn ich mich diskret zurückziehe. Nicht, dass ich euch mit meiner Laune die Stimmung verderbe.«

»Aber nur, wenn du mir versprichst, dass wir uns demnächst mal ausführlich ausquatschen.«

»Auf jeden Fall.« Das kam ihr aus dem Herzen, denn Ruby war die Einzige, mit der sie offen über Brian sprechen würde. »Aber vielleicht warten wir bis nach der Operation meiner Granny.«

»Um Gottes willen, was ist denn mit ihr?«

»Sie hatte einen Infarkt, und ihr werden, sobald sie nächste Woche aus Cairns zurückkommt, in Dunedin Stents eingesetzt. Ich hole sie Mittwoch in Dunedin vom Flieger ab, und dann wird sie dort operiert.«

»In Dunedin? Warum nicht in Christchurch oder Greymouth? Da wurden eigentlich alle behandelt, die ich kenne und die was am Herzen hatten.«

»Ach, Süße, wir hätten uns schon längst mal treffen sollen. Ich kenne da jemanden in Dunedin, der so was macht. Ich habe gerade mit Adam über den Kardiologen gesprochen. Der ist wirklich gut. Er ist ein Studienkollege von ihm.«

Ruby legte wissend den Kopf schief. »Und du kennst ihn wirklich nur rein beruflich?«

Mila musste wider Willen lächeln. Wenn jemand sie kannte, dann war es Ruby. »Nein, natürlich nicht, und ich schwöre, ich werde dir alles haarklein beichten.«

»Bitte! Wir könnten uns in eine ruhige Ecke zurückziehen, denn du darfst noch gar nicht gehen. Mir fällt nämlich gerade ein, mein kleiner Bruder kommt später und hat mir ausdrücklich aufgetragen, dir auszurichten, dass er noch etwas Wichtiges für dich hat!«

Mila stieß einen tiefen Seufzer aus. »Ich schwöre, ich erzähle dir alles, aber lass mich erst einmal mit Granny zurück sein. Und dann bringst du mir das mit, was dein Bruder für mich hat. Ich ahne schon, worum es geht, aber das muss jetzt warten.«

»Und du willst mir nicht zufällig erzählen, worum es da geht, oder?«

»Doch, natürlich, es ist eine alte Familiengeschichte, und ich werde dich in alles einweihen. Versprochen!«

»Aber dann treffen wir uns noch, bevor du fährst, oder?«, insistierte Ruby ungeduldig.

»Lass uns lieber noch warten, bis ich mit Granny aus Dunedin zurück bin. Ich bin bestimmt entspannter, wenn sie gesund in Dunedin gelandet ist und sich endlich operieren lässt.«

»Okay, okay, dann könnte ich ja bei euch vorbeikommen. Dann sehe ich auch endlich mal die Granny wieder.« Ruby war die einzige ihrer Freundinnen, die ihre Großmutter so nennen durfte.

»Versprochen!«

Die Freundinnen umarmten einander herzlich, und Mila nahm einen Schleichweg zu ihrem Rad, damit sie nicht mehr an den fröhlich feiernden Gästen vorbeigehen musste.

43. Kapitel

Sophie sah sich noch einmal wehmütig in ihrem leergeräumten Zimmer um und setzte dann ihren Rucksack auf, der das Hab und Gut enthielt, das sie mit in ihr neues Leben nehmen wollte. Alles andere hatte sie entsorgt und verschenkt. Zum Ausräumen am Wochenende waren viele Helfer erschienen, die alle von Herzen bedauerten, dass dies das Ende des Lake Hostels war, das für viele von ihnen jahrelang ein zweites Zuhause gewesen war. Granny Omaka hatte sich erbarmt, den alten Schreibtisch ihres Bruders auszuräumen. Die Frage war nur, wo sollte man die Sachen unterbringen? Sophie jedenfalls weigerte sich, alte Dokumente mit in ihr neues Leben zu schleppen. Und Granny Omaka konnte so viel Zeug nicht im Flieger transportieren. Schließlich suchten sie gemeinsam nur die allerwichtigsten Erinnerungsstücke an Benjamin aus dem Wust heraus und teilten sie unter sich auf.

Sophie wusste nicht, wie sie das alles ohne Granny Omaka hätte überstehen sollen. Damon rannte wie ein Diktator über das Gelände und schien nur noch von einem Gedanken getrieben zu sein: Womit er seine einstige Geliebte am schlimmsten treffen konnte. Die Zerstörung der Bar war nur eine der sinnlosen Aktionen gewesen. Das hätte er alles später erledigen können, aber er wollte eben, dass sie mit ansehen musste, wie ihr Werk zerstört wurde.

Um diesem Hass zu entfliehen, hatte sie die Wohnung auch

bereits vor dem Stichtag ausgeräumt und würde die verbleibenden Tage im Apartment bei Granny Omaka übernachten. Überdies würde ihr heute Abend nach der Beerdigung sicher die Kraft fehlen, noch einmal ins Lake Hostel zu gehen.

Als Sophie unten in der Lobby ankam, stellte sie mit Grauen fest, dass Damons Helfer gerade dabei waren, aus dem Tresen der Rezeption Kleinholz zu machen. Bei diesem Anblick musste sie tief durchatmen, denn sie konnte sich noch sehr gut daran erinnern, wie sie den gemeinsam mit ihrem Großvater zusammengezimmert hatte, als er noch Herr im Hostel gewesen war. Bis zuletzt hatte das gerahmte Bild von ihm aus jungen Jahren an der Wand neben dem Schlüsselschrank gehangen. Zumindest das wollte sie noch als Erinnerung mitnehmen, doch von dem Bild war nur noch ein heller Fleck an der Wand übrig geblieben.

»Wo ist das Bild meines Großvaters?«, fragte sie einen der Arbeiter. Der zuckte nur mit den Achseln und arbeitete ungerührt weiter. Da verschaffte sich Sophie durch einen schrillen Schrei Aufmerksamkeit. Die vier jungen Männer musterten sie entgeistert. »Wo ist das Bild meines Großvaters?«, wiederholte sie in scharfem Ton.

»Die Bilder sind alle am Pool gestapelt. Die sollen auf den Müll. Der Chef sagte, Sie hätten kein Interesse an den Bildern«, gab einer von ihnen zögernd zu.

»Und wo ist euer Chef jetzt?« Sophie bebte förmlich vor Zorn. Sie hatte seine Gemeinheiten bisher eher stoisch erduldet, weil sie ahnte, dass er nur auf ihren Widerstand wartete, um den ganzen Konflikt eskalieren zu lassen. Natürlich hätte sie sich gleich einen Anwalt nehmen und zumindest erreichen können, dass gewisse Fristen eingehalten wurden, aber ihr fehlte die Kraft, sich mit »dieser Ratte«, wie sie ihn nur noch nannte, auseinanderzusetzen. Immer noch saß ihr der Ekel in den Knochen, dass sie mit diesem Mann einmal freiwillig ins Bett gegangen war. Und auch ihre Panik, dass er sie um ein Haar vergewaltigt hätte. Sie war sich sicher, dass sie diesem Übergriff nur durch ihre beherzte Flucht entkommen war. Deshalb hatte sie in den vergangenen Tagen auch bewusst darauf geachtet, sich mit ihm nicht aus Versehen allein in einer dunklen Ecke des Hauses wiederzufinden. Sogar ihre Wohnung hatte sie nachts verschlossen, weil sie Sorge hatte, dass er die Niederlage einfach nicht akzeptieren wollte. Egal, jetzt verließ sie ihr Haus, ohne auch nur ein winziges Teil der Einrichtung mitzunehmen. Das hatte sie einem Deal mit dem Bankmenschen zu verdanken. Sie hatte ihm geschworen, dass sie keinen Cent mehr besaß, und angeboten, dafür das ganze Interieur im Hostel zu belassen. Wahrscheinlich hatte Mr Miller inzwischen alles an Damon übergeben, der es jetzt roh herausbrechen ließ, so als ob er Sophies Existenz damit ausradieren könnte. Natürlich blutete ihr das Herz, aber ihr kam zugute, dass sie in tiefster Seele ein Freigeist war, der sich niemals an materielle Dinge in einer Weise band, dass der Verlust sie nachhaltig schmerzen konnte. Nein, ihr Herz war allein mit den Menschen verwoben, und deshalb war es in diesem Augenblick nicht die Tatsache, dass Damon sich an ihrem Eigentum vergriffen hatte, die sie in rasende Wut versetzte, sondern dass er auf so primitive Art und Weise Rache übte.

Mit geballten Fäusten eilte sie nach draußen und sah, wie er sich gerade das Bild ihres Großvaters aus dem Stapel griff. Sie raste ungebremst auf ihn zu und hätte ihn wahrscheinlich ins Wasser gestoßen, wenn dann nicht auch das gerahmte Foto dort gelandet wäre.

Erst im letzten Moment sah sie, dass er nicht allein war, sondern dass in einiger Entfernung seine Frau, die ihr Baby in einem Tuch vor ihrer Brust trug, auf ihn wartete. Normalerweise hätte sie sofort den Rückzug angetreten, weil sie sich der Frau gegenüber so unendlich schuldig fühlte, dass sie ihr nicht in die Augen sehen konnte. Aber in diesem Augenblick ging es um die Würde ihres Großvaters, und da mussten ihre eigenen Bedürfnisse zurückstehen.

»Mr Fuller, ob Sie so nett wären, mir das Bild meines Großvaters wiederzugeben?«, fragte sie bemüht höflich, um sich nicht derart im Ton zu vergreifen, sodass sie den Argwohn seiner Frau erregte. »Sie haben Ihren Mitarbeitern irrtümlich mitgeteilt, dass ich kein Interesse an den Bildern habe. Das trifft auf die Poster von Cairns durchaus zu, aber das Foto hier hätte ich gern.« Sie streckte fordernd die Hand danach aus.

Damons Augen verengten sich zu Schlitzen. »Sorry, aber die Bank hat mir alles übertragen, was sich auf diesem Schrottgelände befindet. Jeden einzelnen Nagel«, zischte er verächtlich.

Aus den Augenwinkeln nahm Sophie den fassungslosen Blick seiner Frau wahr, und da wusste sie, dass sie aus diesem Duell als Siegerin hervorgehen würde.

»Das ist mir durchaus bekannt, Mr Fuller. Aber ich habe gehofft, Sie könnten eine kleine Ausnahme machen und mir das einzige Foto überlassen, das mir von meinem verstorbenen Großvater noch geblieben ist«, sagte sie in demütigem Ton.

»Verschwinden Sie, Miss Bedford!«

»Mr Fuller, wenn es Ihnen um den Rahmen geht, dann nehmen Sie ihn ruhig an sich, aber das Foto hat doch gar keinen Wert für Sie.«

»Hauen Sie ab!«

»Damon, Schatz, was ist denn in dich gefahren?« Seine Frau war inzwischen neugierig näher gekommen. »Du kannst Miss Bedford doch nicht das Foto ihres Großvaters wegnehmen. Bitte, gib es ihr zurück, und den Rahmen brauchen wir weiß Gott auch nicht.«

Damon funkelte Sophie mit einem Blick an, als würde er sie am liebsten auf der Stelle umbringen, aber sie blieb ganz in ihrer Rolle und bat ihn inständig, auf seine Frau zu hören.

»Hauen Sie endlich ab!«, brüllte Damon, während er den Rahmen nur noch enger an sich drückte.

»Entschuldigen Sie, Mr Fuller, aber ich glaube, Sie sollten auf Ihre Frau hören«, flötete sie erneut.

»Das finde ich aber auch.« Seine Frau streckte fordernd die Hand aus. »Komm, gib her! Du hast dich da in etwas verrannt, Schatz. So kenne ich dich gar nicht!«

Damon aber zögerte, bevor er das Bild wütend auf den Boden warf. Dabei zersprang der Rahmen in tausend Scherben. »Sag mal, Damon, hast du nicht mehr alle Tassen im Schrank?«, schimpfte seine Frau, während Sophie das Foto behutsam aus dem Rahmen holte.

»Danke, Mrs Fuller«, sagte Sophie, bevor sie sich auf dem Absatz umdrehte, ohne Damon auch nur noch eines Blickes zu würdigen.

»Sie werden in Cairns kein Bein mehr auf die Erde bekommen, meine Liebe. Dafür werde ich sorgen!«, hörte sie Damon hinter sich noch brüllen.

Sophie hegte nicht den geringsten Zweifel daran, dass das kein leeres Gerede war. Ihr klopfte das Herz bis zum Hals, als sie begriff, dass dies das Ende ihrer Zeit in Cairns bedeutete, denn sein langer Arm reichte selbst in die kleinsten Bars. Hasserfüllt wie er war, würde er es nicht zulassen, dass ihr auch nur irgendjemand einen Job gab.

44. Kapitel

Die Beerdigung ihres Großvaters zog an Sophie vorbei, als wäre sie ein schlechter Traum. Die vielen Menschen, die sich von ihrem Gramp verabschieden wollten, die wie Witwen trauernden alten Damen aus dem Heim und die Urne, das alles kam gar nicht richtig an Sophie heran. Erst als Ben neben seiner Frau Lilly die letzte Ruhe fand, schluchzte sie sich die Seele aus dem Leib. Irgendwann nahm Granny Omaka ihre Hand, und als sich Sophie wieder beruhigt hatte, wunderte sie sich, dass sie sie ihr nicht zerquetscht hatte vor Kummer und Schmerz. Im Heim fand danach noch eine kleine Trauerfeier statt, die sie am liebsten geschwänzt hätte, aber Schwester Valerie zuliebe, die selber so unendlich traurig war über den plötzlichen Tod ihres Lieblingsbewohners, ließ sie auch diese Zeremonie noch über sich ergehen.

Nachdem alles vorüber war, räumte sie gemeinsam mit Granny Omaka, die ihr erstaunlich gefasst vorkam, die persönlichen Sachen ihres Großvaters zusammen. Seine Kleidung vermachte sie dem Heim. Nur die Baseballkappe, die sie ihm zu Weihnachten geschenkt hatte und die er in den vergangenen Wochen mit wachsender Begeisterung getragen hatte, nahm sie an sich.

Sie fühlte sich seltsam entwurzelt, als sie schließlich am Abend erschöpft mit Granny Omaka auf dem Balkon des Apartments saß und einen Weißwein auf Bens Wohl trank. Dass sie nicht in Cairns bleiben konnte, hatte ihr der liebe Damon heute recht deutlich gemacht, aber sie hatte keinen Plan, wohin sie sonst gehen sollte. Gut, sie kannte überall in Australien Leute, und man würde sie jederzeit als Kellnerin beschäftigen. Aber wollte sie das wirklich? Für andere Leute schuften, nachdem sie nun einmal daran geschnuppert hatte, wie es war, ihre eigene Herrin zu sein? Es bedeutete zwar viel Arbeit, doch das hatte sie nicht geschreckt. Oder sollte sie nach Brisbane gehen und versuchen, einen Job an der Universität zu bekommen? Diesen Gedanken verwarf sie sofort wieder, denn sosehr die Ethnologie sie auch faszinierte, war sie doch im Herzen eine Hotelfrau.

Als könnte Omaka ihre Gedanken lesen, seufzte sie in diesem Moment: »Ach, es wäre so schön, wenn du mit nach Hokitika kommen würdest. Was, wenn ich mal nicht mehr so kann? Dann hätte ich so gern eine Nachfolgerin, die einen Bezug zu Pounamu hat …«

»Granny, ich bin Australierin und habe nicht den geringsten Bezug zu eurem Land!«

»Aber es hat doch deinen Ahnen gehört«, widersprach Granny ihr energisch.

Sophie zögerte, doch dann machte sie der Großmutter einen Vorschlag, den sie, wie alle ihre Einfälle, nicht lange durchdachte, sondern der ihr eher spontan in den Sinn gekommen war. Mehr aus der Not heraus als nach sorgfältiger Abwägung von Pro und Contra.

»Wenn du möchtest, komme ich für ein paar Monate mit dir, um dein Land kennenzulernen und mich im Hotel nützlich zu machen.«

Und schon hatte die Großmutter sie stürmisch umarmt und an ihren wogenden Busen gepresst. »Du wirst es nicht bereuen und nie wieder fortwollen!«

Als Sophie wieder halbwegs Luft bekam, bat sie die Großmutter inständig, keine allzu großen Hoffnungen in ihre Sesshaftigkeit zu setzen.

»Ich möchte das Land, aus dem Gramp kommt, nur kennenlernen, aber ich habe die Seele einer Vagabundin und kann mir kaum vorstellen, dass ich je etwas wie ein echtes Heimatgefühl entwickeln könnte. Schau, ich bin in Cairns geboren, dann teils in Hamburg aufgewachsen, nach Australien zurückgekommen natürlich auch, weil ich Sehnsucht hatte, aber doch vor allem wegen Gramp und des Hostels. Jetzt, wo es beides nicht mehr gibt, fällt es mir leicht, dich zu begleiten, aber doch nicht für lange. Bitte bau nicht auf mich!«

Omaka schluckte ihre Widerworte hinunter. Sie sah ein, dass es wenig Sinn hatte, Sophie zu versichern, dass sie deren Zukunft auf Pounamu glasklar vor sich sah.

»Und was sagt dein Herz bei dem Gedanken, dass du Tim wiedersehen wirst?«, fragte Omaka stattdessen listig.

Sophie zuckte die Schultern. »Keine Ahnung. Ich nehme mal an, er wird in Zukunft einen Bogen um euer Pounamu machen, solange ich dort bin. Granny, er findet mich unmöglich und denkt, dass ich mich mit jedem x-beliebigen Kerl einlasse. Recht hat er! Ich bin eine Schlampe, wie mich der ein oder andere abgelegte Lover im Nachhinein durchaus schon genannt hat. Ich bringe Männern nur Unglück. Weißt du, warum der Typ mir alles genommen und mir gedroht hat, dass ich in Cairns nicht mal mehr zum Kloputzen angestellt werde? Ich habe mich geweigert, mich an ihn zu verkaufen, nachdem ich vorher über Monate eine Affäre mit ihm hatte.« Statt mit Empörung zu reagieren, zog Granny Omaka zu Sophies großer Überraschung ein Amulett hervor und drückte es ihr in die Hand.

»Ich weiß, du kennst unsere Traditionen nicht. Noch nicht! Aber dieses Amulett ist die Hälfte eines Pikorua, des Zeichens ewiger Liebe. Nimm es an dich und trage es bei dir. Es wird deine tiefsten Sehnsüchte unterstützen.«

Zögernd nahm Sophie es entgegen. »Für mich ist es eher eine schöne Erinnerung an Gramp. Er hat es immer bei sich getragen. Es war sein Talisman«, murmelte Sophie und ließ es in der Hosentasche ihrer Shorts verschwinden.

»Tim und du werdet gar nicht vermeiden können, euch in Bälde zu begegnen«, raunte die Großmutter verschwörerisch.

»Okay, dann schau ich eben mal, ob ich noch einen Flug nach Auckland bekomme, oder wo müssen wir hin?«, sagte Sophie.

»Auckland ist schon richtig, aber wir müssen dann weiter bis nach Dunedin. Soll ich dir meine Flugnummer geben?«, fragte Omaka, doch da war Sophie schon aus dem Zimmer geeilt.

Wahrscheinlich hielt Sophie das Ganze für ein kleines flüchtiges Abenteuer, mutmaßte Omaka, und würde sie mit Sicherheit für eine Spinnerin halten, wenn sie ihr versicherte, dass dies der Wille der Ahninnen war. Omaka war nämlich fest davon überzeugt, dass es kein Zufall war, dass sie nicht nur ihren Bruder in Australien gefunden hatte, sondern auch ihre Nachfolgerin für das Hotel Pounamu.

45. Kapitel

Der Gedanke, Mila die Planänderungen beibringen zu müssen, und das möglichst schonend, bereitete Omaka Unbehagen. Sie kannte ihre Enkelin nur allzu gut und war überzeugt, dass sie nicht begeistert wäre, wenn sie erfuhr, dass sie in Begleitung Sophies nach Neuseeland zurückkehren würde. Neben all den Annehmlichkeiten einer unterhaltsamen Reisebegleitung sowie der Aussicht, eine Nachfolgerin für ihr Hotel gefunden zu haben, brachte das für Omaka noch einen eklatanten Vorteil: Sophie würde sie bestimmt nicht nötigen, sich nach dem Gespräch mit dem Herzspezialisten gleich unters Messer zu legen. Sie ahnte ja nicht, wie dringend das war, und würde bestimmt nichts dagegen haben, wenn sie nach dem Pflichttermin mit einem Mietwagen gleich weiter nach Hokitika fuhren. Wenn sie erst einmal zuhause wäre, würde wohl selbst Mila davon absehen, sie gleich in ein Krankenhaus zu verfrachten. Und wie Omaka es auch drehte und wendete, tief im Innersten war sie so gut wie sicher, dass sie eine Operation mit dem Leben bezahlen würde. Das wollte sie nicht riskieren, obwohl sie keine Angst vor dem Totenreich ihrer Ahninnen hatte. Aber sie musste vorher noch die Karten offen auf den Tisch legen, was den Vater ihrer Enkel anging!

Milas Stimme klang verschlafen, als sie sich endlich meldete. »Granny, endlich, du wolltest mir doch durchgeben, wann ich übermorgen in Dunedin sein soll.«

Omaka stieß einen tiefen Seufzer aus. »Entschuldige, meine

Kleine, wir mussten nach der Beerdigung Benjamins Zimmer räumen, und jetzt ist es sehr spät geworden.«

»Tut mir leid, ich wollte dir gar keinen Vorwurf machen. Ich habe nur schon geschlafen«, erklärte Mila entschuldigend. »Der Termin bei Dr. Morris ist übrigens am Donnerstag um zehn Uhr, und ich habe uns schon ein Hotel gebucht. Du müsstest mir nur noch deine Ankunftszeit in Dunedin durchgeben.«

»Gut, dann, ja, dann, äh, ja, also es hat sich was geändert. Du musst nicht, also du brauchst nicht, also nach Dunedin zu kommen«, stammelte Omaka.

»Was heißt das? Hast du es dir anders überlegt? Granny, nein, das mache ich nicht mit! Willst du wirklich riskieren, morgen wie dein Bruder tot umzufallen?«

»Natürlich nicht. Ich gehe ja zu deinem Wunderdoktor. Das habe ich dir schließlich versprochen, aber ich habe schon eine Begleitung …«

In der Leitung herrschte Schweigen.

»Mila, bist du noch da?«

»Begleitet dich etwa Tim?«

»Nein, ich komme mit Sophie zurück. Sie wird mich vorerst im Hotel unterstützen und dann wäre es ja dumm, wenn du extra nach Dunedin kämst, wenn sie auch da ist, oder?«

»Ja, das wäre dumm«, wiederholte Mila mechanisch.

In diesem Augenblick fiel es Omaka wie Schuppen von den Augen. Sie hatte damit Milas Pläne durchkreuzt, ihre Urlaubsbekanntschaft wiederzusehen, die ihr offenbar mehr bedeutete, als sie zugeben wollte. Also ruderte Omaka schnell wieder zurück, selbst auf die Gefahr hin, dass sie dann definitiv unter dem Messer landen würde.

»Ach, es wäre vielleicht doch ganz schön, wenn ihr beide bei mir seid. Also, wir landen erst um Mitternacht in Dunedin. Ich meine, das ist natürlich hart für dich, mitten in der Nacht.«

»Granny, lass gut sein. Du hast Recht. Du brauchst keine zwei Aufpasser. Das Hotel, das ich gebucht habe, ist das King George. Soll ich dir die Daten durchgeben?«

»Mila, bitte, ich, ich wollte dich nicht verletzen. Ich dachte nur, dass du dich dann nicht auf den weiten Weg machen musst.« Omaka spürte, dass sie einen unverzeihlichen Fehler begangen hatte, aber sie wusste beim besten Willen nicht, wie sie aus der Nummer wieder herauskommen sollte.

»Alles gut, ich schicke dir die Daten aufs Handy. Hotel und Klinik! Ich drücke dir die Daumen!«

Dann brach das Gespräch ab. Omaka war sich nicht ganz sicher, ob ihre Enkelin aufgelegt hatte oder ein technisches Problem schuld daran war. Sie wusste nur eines: Dass sie Mila gerade einen ziemlichen Stich versetzt hatte! Sowohl mit der Ankündigung, dass sie Sophie mitbringen würde, als auch mit der Botschaft, dass ihre Anwesenheit in Dunedin nicht erforderlich war.

Und das alles nur, weil sie Mila hatte austricksen und sich vor der Operation hatte drücken wollen. In dem Augenblick bekam sie eine Nachricht auf ihrem Mobiltelefon. Ohne eine einzige persönliche Bemerkung hatte ihr Mila die Adressen und Telefonnummern von Hotel und Klinik zukommen lassen. Obwohl sie ihrer Enkelin gegenüber ein leicht schlechtes Gewissen verspürte, ärgerte sie sich auch ein wenig über deren trotziges Verhalten. Natürlich wusste Omaka, dass das Verhältnis ihrer Enkelin zu Sophie nicht gerade freundschaftlich war, aber warum wollte sie nicht verstehen, dass sich Omaka nach Bens Tod auch für diese junge Frau ein wenig verantwortlich fühlte? Nicht nur, weil sie Sophie wirklich in ihr Herz geschlossen hatte, sondern auch, weil einst ihr Vater dafür verantwortlich gewesen war, dass man Benjamin und seine Nachfahren ihrer Heimat Pounamu beraubt hatte. Ganz gleich, wie viel Schuld ihr Vater auf sich geladen hatte und wie groß der Anteil ihrer Mutter an dem Drama gewesen war, auch Sophie war eine Erbin von Pounamu. Und das mussten über kurz oder lang sowohl Mila als auch Tim begreifen.

»Ich habe tatsächlich noch einen Platz im Flieger bekommen«, unterbrach Sophie Omakas schwere Gedanken in fröhlichem Ton, doch dann stockte sie. »Granny, was ist passiert? Du siehst nicht gut aus. Brauchst du einen Arzt?«, fragte sie erschrocken.

»Nein, alles gut, aber setz dich. Ich muss kurz mit dir reden. Wie du ja weißt, hatte ich vor kurzem eine kleine Herzgeschichte …«

»Wenn ich mich recht entsinne, sprach Mila von einem Infarkt! Und unser Kardiologe fand, dass das alles recht okay war. Hast du etwa wieder Beschwerden? Dann können wir nicht fliegen«, erwiderte Sophie aufgeregt.

»Nein, aber nun soll ich unbedingt operiert werden, sobald ich wieder in Neuseeland bin. Und Mila hat einen Termin mit einem Wunderdoktor in Dunedin vereinbart. Ich fände es wunderbar, wenn du mich zu dem Gespräch begleiten würdest. Deshalb würden wir eben gleich weiter nach Dunedin fliegen.«

Sophie zuckte die Schultern. »Ich habe keine Termine, wie du weißt. Ich komme gern mit. Ist das weit weg von Hokitika?«

»Na ja, wir nehmen uns dann nachhause zurück einen Mietwagen, und mehr als sieben Stunden brauchen wir nicht von Dunedin nach Hokitika.«

»Und wann wirst du operiert?«, hakte Sophie nach.

»Das besprechen wir mit dem Doktor. Ich muss dich doch erst einmal einarbeiten, bis ich ins Krankenhaus gehen kann, denn wer weiß, ob ich da lebendig wieder rauskomme.«

Sophie stöhnte laut auf. »Du redest wie mein Gramp. Fehlen nur noch die Geschichten vom Engel. Du nimmst doch nicht etwa ernst, was er da zu dir gesagt hat, bevor er gestorben ist, oder?«

»Natürlich nicht!«, schwindelte Omaka und wünschte sich, das wäre die Wahrheit.

46. Kapitel

Ruby hatte nicht eine Sekunde gezögert, ihre Freundin spontan zu besuchen, nachdem sie ihr am Telefon unter Tränen gestanden hatte, dass bei ihr gerade alles aus dem Ruder lief. Als Mila ihr die Tür öffnete, erschrak Ruby ein wenig. Noch nie zuvor hatte sie Mila mit derart verheulten Augen erlebt. Nicht einmal, als sie beschlossen hatte, ihr geliebtes Pounamu zu verlassen und nach Auckland zu gehen. Damals hatten sie sich auch eine ganze Nacht weinselig in den Armen gelegen, und Mila hatte auch die eine oder andere Träne vergossen, aber so?

»Ich sehe schrecklich aus, oder?«, fragte Mila, kaum dass sie die Tür geöffnet hatte.

»Süße, was ist passiert?«

»Komm rein. Ich habe es uns draußen schon gemütlich gemacht. Nächte wie diese muss man ausnutzen.« Mila ging voran und führte die Freundin an ihren Lieblingsplatz direkt am Fluss. Auf dem Tisch brannte ein großes Windlicht, und neben einer Flasche Wein stand einladend eine Käseplatte.

Ruby musste grinsen. »Das ist eine ungewöhnliche Einladung. Da haben wir uns monatelang nicht gesprochen, und jetzt treffen wir uns nach deinem kurzen Auftritt auf meiner Party zum spontanen Mitternachtssnack.«

Mila umarmte die Freundin. »Danke, dass du gekommen bist, aber ich konnte nicht mehr warten. Sonst hätte ich die Kissen noch mehr vollgeheult. »Setz dich.« Mila schenkte Ruby ein Glas ein. »Du schläfst aber hier, oder?«

Ruby nickte. »Du hast Glück, ich muss morgen erst um elf zur Schule. Aber nun sag doch endlich, was passiert ist! Es ist hoffentlich nichts mit deiner Granny, oder?«

»Ja und nein. Also, es geht ihr gut, wenn du das meinst. Ich weiß gar nicht, wo ich anfangen soll.«

»Bei dem Kardiologen vielleicht«, schlug Ruby vor.

»Gute Idee, aber wenn ich fertig bin, erzählst du auch noch von dir, ja? Wie das Fest noch war und so?«, erwiderte Mila beinahe entschuldigend.

»Wenn du nicht bald loslegst, platze ich vor Neugier.« Ruby prostete ihrer Freundin zu, und sie nahmen beide erst einmal einen kräftigen Schluck.

Zögernd begann Mila der Freundin zu erzählen, was sie bedrückte. Ruby hörte aufmerksam zu und hielt sich mit Kommentaren zurück. Nur bei Milas Schilderung, wie sie von der Fixierung auf Jonah geheilt worden war, pfiff sie anerkennend durch die Zähne.

Erschöpft hielt Mila schließlich inne. Sie hatte nichts ausgelassen. Weder die Cousine und die Eifersucht auf Sophie, noch ihre erste Begegnung mit Brian und die Tatsache, dass sie auf Rubys Fest von Adam erfahren musste, dass er sich für einen Job in Sydney entschieden hatte. Als sie zu guter Letzt das heutige Gespräch mit ihrer Großmutter schilderte und die Tatsache, dass sie Brian nun nicht wiedersehen würde, weil sich die Granny von Sophie zum Gespräch begleiten ließ, liefen ihr unentwegt die Tränen über das Gesicht.

Ruby atmete ein paar Mal tief durch. Offenbar wusste sie auch nicht so recht, wo sie mit guten Ratschlägen ansetzen sollte.

»Freu dich doch, dass du dich endlich mal wirklich verliebt

und eingesehen hast, dass du dir bei diesem Jonah was vorgemacht hast«, sagte sie schließlich.

»Na toll, und was habe ich davon? Ich werde ihn niemals wiedersehen, weil er nach Australien geht«, entgegnete sie beinahe trotzig.

»Kein Mensch hindert dich daran, auch nach Dunedin zu dem Termin zu fahren!«

Mila tippte sich gegen die Stirn. »Auf keinen Fall tauche ich da zusammen mit der unwiderstehlichen Sophie auf!«

»Dann sprich mit ihm und bitte ihn, den Job in Greymouth anzunehmen!«, riet ihr Ruby entschieden.

»Ich werde ihm doch nicht vorschreiben, welchen Job er annimmt! Ich bin gar nicht in der Position. Wir haben uns ja noch nicht einmal geküsst!«

»Also, entweder, du triffst ihn noch einmal und wirst dir klar darüber, was du wirklich für ihn empfindest – und vor allem auch, er für dich –, oder du lässt ihn ziehen und schaust dich im schönen Hokitika um.«

»Du hast Recht. Es ist völlig irre, einem Mann hinterherzutrauern, mit dem man noch nicht einmal geknutscht hat«, räumte Mila ein. »Und selbst wenn er je wirklich Interesse an mir gehabt hätte, wäre es damit eh vorbei, wenn er übermorgen Sophie kennenlernt. Sie wickelt alle um den Finger. Mit diesem gewissen Augenaufschlag …« Mila sprang auf und verdrehte derart komisch die Augen, dass Ruby in lautes Gelächter ausbrach. »Also, wenn sie annähernd so aus der Wäsche guckt wie du, geht sie allenfalls als Frankenstein durch!«, »Siehst du, das ist das Problem. Ich kann sie nicht einmal imitieren. Die Frau ist ein männermordendes Phänomen. Da habe ich keine Chance. Die kann saufen wie ein Loch und qualmt wie ein Schlot. Letzteres ist bei Jonah ein absolutes No-Go, aber ihr hätte er noch freiwillig die Kippen angezündet. Sie kann sich alles erlauben. Die Kerle fressen ihr einfach aus der Hand! Und wenn ich ehrlich bin, mochte ich sie schließlich auch ganz gern.«

»Siehst du! Ich glaube, du übertreibst. Und warum musst du dich überhaupt mit ihr vergleichen?«

»Weil ich neben ihr unsichtbar bin!«

Ruby schenkte sich und Mila noch einmal das Glas voll. »Ich kenne sie nicht, aber ich finde, du dämonisierst sie ein wenig und gibst ihr eine Macht, die sie wahrscheinlich gar nicht hat. Vor allem scheinst du vergessen zu haben, dass dich bei deiner Präsenz kein Mensch je übersehen hat!«

»Ich habe es mit eigenen Augen gesehen, wie aus dem souveränen Frauenheld Jonah ihr Schoßhündchen geworden ist.«

Ruby machte eine wegwerfende Bewegung. »Ach, Jonah, der will einfach jede Frau erobern. Der ist da nicht so wählerisch.«

»Okay, nächstes Beispiel. Mein Bruder Tim hat sich unsterblich in sie verliebt.«

»Nein, das glaube ich jetzt nicht!«

»Wenn ich es dir doch sage!«

»Und nun?«

»Er will nichts mehr von ihr wissen, seit sie vor seinen Augen mit einem anderen Kerl abgezogen ist!«

»Und du bist sicher, dass das, was du für Verliebtheit hältst, nicht einfach nur sein gekränktes Ego ist?«

Mila schüttelte den Kopf. »Nein, es hat ihn erwischt.«

»Und nun glaubst du, dein Doc aus Dunedin verfällt ihr auch auf der Stelle und vergisst dich?«

»Ich weiß, das klingt blöd, aber ich bin mir sicher. Vor allem, wenn sie es darauf anlegt, und das wird sie. Jede Wette, die flirtet alles an, was bei drei nicht auf den Bäumen ist.« Schon während Mila das aussprach, wusste sie genau, dass das verdammt ungerecht war. Sophie legte es ja gar nicht darauf an, dass die Männer ihr reihenweise verfielen. Außerdem schienen ihre Gefühle für Tim wirklich echt zu sein. Trotzdem steigerte Mila sich immer mehr in negative Gedanken hinein.

»Aber hast du mir nicht gerade erzählt, dass sie in Tim verknallt ist?«, hakte Ruby nach. »Ich meine, damit wäre sie ja gar keine Gefahr!«

»Nein, er in sie, und sie lässt einfach nichts anbrennen. Verstehst du, Tim hat in ihr seine Meisterin gefunden. Ja, die Frau ist das absolute Pendant zu Don Juan.« Mila redete sich wider besseres Wissen derart in Rage, dass sie sogar verdrängte, wie Sophie in Cairns unter Tims kalter Schulter gelitten hatte.

»Aber ganz ehrlich, Mila, wenn der Typ in Dunedin sich von dieser Sophie erfolgreich anmachen lässt, dann solltest du auch keinen einzigen Gedanken mehr an diesen Kerl verschwenden. Hast du mir nicht gerade vorgeschwärmt, dass du und er ganz ähnlich fühlen? Wenn dem so ist, dann steht der nicht auf deine Cousine. Jedenfalls nicht, wenn sie wirklich annähernd so ist, wie du sie mir gerade geschildert hast.«

»Aber das Schlimme ist, dass es ja eigentlich egal ist, weil er eh nach Sydney abhaut.«

Ruby stöhnte laut auf. »Was soll ich dir Ratschläge geben, wenn du sowieso schon alles weißt.«

»Findest du mich schwierig?« Mila sah ihre Freundin herausfordernd an.

»Was soll ich dazu sagen? Sagen wir mal so: Du hast dein fertiges Urteil oft schon gesprochen und denkst selten darüber nach, ob man daran nicht mit etwas gutem Willen noch etwas ändern könnte. Und ob du nicht zu vorschnell dabei bist.«

»Du meinst, ich sollte erst einmal abwarten, bis Sophie und meine Granny aus Dunedin zurückkommen, und mir dann mein Urteil bilden?«

»Du solltest dir erst einmal darüber klar werden, ob du den

Herrn noch einmal wiedersehen möchtest, bevor er nach Australien verschwindet.«

»Okay, ich bin lernfähig. Das entscheide ich, sobald Granny und Sophie in Hokitika sind und ich mir sicher sein kann, dass Sophie ihn nicht als kleines Dankeschön nach Grannys OP flachgelegt hat.« Befreit lachte sie über ihre maßlose Übertreibung. »Schön, dass du da bist. Ich hab schon so lange nicht mehr mit einer Freundin über das Leben gesprochen.«

»Und ich bin einfach heilfroh, dass du zurückgekommen bist. Was hätte ich nur ohne dich hier anfangen sollen?«

»Und bei dir? Gibt es da was Neues an der Beziehungsfront?«

Ruby grinste. »Nichts von Bedeutung. Ein Kollege, mein Zahnarzt und ein Polizistenkollege von Pete, aber nichts, was mich um den Schlaf bringt …« Sie stockte und holte eine Plastikhülle aus ihrer Handtasche.

»Das soll ich dir von meinem Bruder geben. Er meint, das würde dich brennend interessieren.«

Mila nahm die Mappe entgegen und wollte sie zur Seite legen. »Hat bis morgen Zeit«, murmelte sie. Doch dann blieb ihr Blick an einer Zeile des Protokolls hängen.

Es erschien Elizabeth Richards in Begleitung ihres Ehemanns Walter und zog ihre Aussage vom gestrigen Tag zurück, wonach sie beobachtet haben will, dass Jack Parker einen Fremden mit einer Waffe bedroht habe …

»Warte mal, das würde ich gern mal eben lesen«, bemerkte Mila aufgeregt, nahm das Dokument aus der Hülle und überflog den Text. Diese Elizabeth gab an, eine Freundin von Hine Parker zu sein und sich gewundert zu haben, dass sie diese seit Tagen nicht habe erreichen können. Sie sei zum Hotel gefahren und habe dort beobachtet, wie Jack einen Fremden, der sie kurz zuvor auf der Straße angesprochen und gefragt habe, ob sie wisse, warum die Familie Parker nicht zuhause und das Hotel geschlossen sei, mit einer Waffe in der Hand gezwungen habe, in dessen Wagen, einen schicken roten Wagen, dessen Marke sie nicht kenne, der aber sicher aus Dunedin war, auf die Beifahrerseite zu steigen. Die beiden seien davongefahren. Sie sei dann sofort zur Polizei gegangen …

»Mila? Würde es dir was ausmachen, wenn ich ins Bett ginge? Ich bin todmüde.« Mit diesen Worten stand Ruby auf.

Mila hob irritiert den Kopf. »Sorry, aber das ist unfassbar. Ich habe dir doch erzählt, dass mein Urgroßvater nicht nur seinen Sohn misshandelt hat, sondern auch seine Frau mit dem Hammer lebensgefährlich verletzt haben soll. Offenbar hat er noch jemanden bedroht.«

Ruby stieß ihr glockenhelles Lachen aus, das Mila so an ihr mochte. »Meinetwegen spiel du noch Detektivin, aber ich muss morgen zur Schule. Welches Zimmer bekomme ich?«

»Grannys. Du weißt ja, wo das ist. Und das Bettzeug …«

»… ist in dem großen Schrank im Flur. Ich weiß.« Ruby beugte sich zu Mila hinunter und gab ihr auf jede Wange ein Küsschen.

»Ich komme gleich nach«, versprach Mila, bevor sie sich wieder in das Protokoll vertiefte.

Jack Parker wurde daraufhin am nächsten Tag auf unsere Polizeidienststelle gebeten. Er sagte aus, er sei erst am Abend zuvor aus Auckland zurückgekommen, weil er seinen Sohn dort in die Heimobhut habe geben müssen. Obwohl das Hotel geschlossen war, hätte ein Gast unbedingt ein Zimmer haben wollen. Diesen habe er abgewiesen und ihm, weil er so hartnäckig gewesen sei, angeboten, ihn mit dessen Wagen zu einem anderen Hotel nach Hokitika zu bringen, doch dann habe der Mann sich das anders überlegt, nach Greymouth gewollt und das Steuer wieder selbst übernommen. Jack habe der Mann vor dem Hotel aussteigen lassen. Eine Waffe habe er nicht in der Hand gehabt. Er besäße gar keine.

Diese Angaben hielten wir der Zeugin vor, die nun behauptete, Jack Parker habe auch seiner Frau etwas angetan. Und sie beschwor, eine Waffe gesehen zu haben, und forderte uns auf, nach dem Wagen des Fremden zu suchen.

Wir fuhren zu Mr Parker, der uns freundlich anbot, sein Haus zu durchsuchen. Das taten wir, fanden aber nichts Auffälliges bis auf einen Hammer mit frischen Blutspuren, aber das, so konnte er uns glaubwürdig versichern, sei der Hammer gewesen, mit dem sein Sohn seine Mutter versehentlich schwer verletzt habe.

Wenig später kam dann die Zeugin noch einmal in Begleitung ihres Ehemannes zu uns und widerrief ihre Aussage mit der Begründung, es sei zu dunkel gewesen, um eine Waffe zu erkennen. Sie sei einfach außer sich gewesen, weil sie sich Sorgen um ihre verschwundene Freundin gemacht habe, die aber, wie sie inzwischen wisse, nach einem Angriff durch ihren Sohn in der Klinik sei. Da wir keinerlei sonstige Hinweise auf eine Straftat finden konnten, haben wir die Ermittlungen eingestellt, vor allem, nachdem wir überprüft hatten, dass landesweit kein Mann, auf den die Beschreibung der Zeugin zutrifft, vermisst wurde.

Mila verschwammen die Buchstaben vor den Augen, denn es war sehr anstrengend, im Schein des Windlichts zu lesen, das nun heftig zu flackern begann, weil ein kräftiger Wind aufkam, der sie frösteln ließ. Gleich darauf klatschten auch schon die ersten dicken Regentropfen auf den Gartentisch. Mila nahm rasch das Windlicht, raffte die leere Flasche, die Gläser und die Protokolle zusammen und flüchtete in das Innere des Hauses.

Als sie schließlich unter ihrer warmen Decke im Bett lag, spürte sie die Müdigkeit in allen Knochen. Kein Wunder, denn es war inzwischen wohl weit nach zwei Uhr morgens. Trotzdem war an Schlaf nicht zu denken. Immer wenn sie die Augen schloss, schlug ihre Fantasie Kapriolen. Sie sah ihren Urgroßvater vor sich, wie er seine Waffe auf einen Mann richtete. Und sie glaubte auch zu wissen, wer dieser Fremde gewesen war. Der heimliche Geliebte ihrer Urgroßmutter natürlich. Sie war fest entschlossen, mehr herauszubekommen, und sie hatte auch schon eine Idee: Sie würde schnellstens versuchen, die Bilder entwickeln zu lassen. Und dann war da noch etwas, was sie nicht zur Ruhe kommen ließ: der Schlüssel, den sie in der Kiste gefunden hatte. Was, wenn es der Schlüssel zu dem Haus war, das dieser ominöse A. in seinem Liebesbrief an Hine erwähnt hatte?

Mila war nahezu besessen von dieser Geschichte. Natürlich wusste sie, dass es neben ihrer Neugier einen weiteren Grund gab, warum sie sich derart intensiv auf die Vergangenheit stürzte. Es lenkte sie wunderbar von der Frage ab, ob sie in Sachen Brian tatsächlich in die Offensive gehen oder ihn sich ein für alle Mal aus dem Kopf schlagen sollte. Und schließlich grübelte sie darüber nach, was wohl die Großmutter dazu sagen würde, wenn sie eines Tages erfuhr, dass ihr Vater vielleicht sogar ein Mörder gewesen war. Und ob Tim sich wohl für diese Geschichte genauso interessieren würde, wie sie es tat? Wie sie ihn einschätzte, würde er das Ganze weit von sich weisen mit dem Argument, das sei Schnee von gestern. Überhaupt, wie würde ihr Bruder das wohl finden, dass Granny Omaka mit Sophie im Schlepptau nach Pounamu zurückkehrte?

47. Kapitel

Der erste Eindruck, den Sophie von Neuseeland gewann, war von der für sie ungewöhnlichen Kälte dominiert. Bei der Zwischenlandung in Auckland war ihr das noch gar nicht so aufgefallen, aber da hatten sie das Gebäude auch nur ganz kurz verlassen, um zum Inlandflughafen zu gelangen. Außerdem schienen die Temperaturen im Norden wesentlich höher zu sein. Jedenfalls hatte ihr das Granny Omaka so erzählt, die überhaupt sehr gesprächig war, seit sie neuseeländischen Boden unter den Füßen hatte. Sie pries Sophie ihre Heimat förmlich an und bedauerte, dass der Anschlussflug so zeitig weiterging, weil sie zu gern ihren Enkel zum Airport beordert hätte. Aber sie hatte einsehen müssen, dass die Zeit zu knapp gewesen wäre. Deshalb hatte sie Tim auch gar nicht erst angerufen. Sophie fragte sich, wie er wohl reagieren würde, wenn er erfuhr, dass sie im Lande war.

Bei der Ankunft in Dunedin hatte sie sich wie in Hamburg gefühlt, wo es im Sommer zwar auch recht warm werden konnte, aber selten so heiß wie in Cairns. Und da sie die Tropen gewöhnt war, erschien ihr alles andere als kühl. Sie war sehr froh, dass sie Granny Omakas Rat gefolgt war und sich eine Jeans angezogen hatte. Sie waren allerdings auch erst sehr spät am Abend in Dunedin gelandet, sodass sie sich von der Stadt noch keinen Eindruck hatte verschaffen können. Das Hotel lag an einem Park, und ihr Zimmer bot einen Blick über die Otago Bay, wie

Granny ihr erklärt hatte. Sie war aber auch viel zu erschöpft, um sich sonderlich für ihre neue Umgebung zu interessieren. Ein bisschen befremdlich fand sie es, sich mit der alten Dame ein großes Doppelbett zu teilen, aber offenbar war das für Mila, die das Hotelzimmer ursprünglich für ihre Großmutter und sich gebucht hatte, normal.

Jedenfalls hatte sie tief und fest geschlafen, bis sie von leisem Gemurmel geweckt worden war. Anscheinend telefonierte die Großmutter. Sophie ließ die Augen geschlossen und lauschte Granny Omakas Worten, weil sie sich denken konnte, mit wem sie sprach.

»Ich möchte aber, dass du am nächsten Wochenende nach Hokitika kommst«, hörte sie die Großmutter schimpfen. »Wir haben etwas Wichtiges zu besprechen und ja, Sophie wird auch dabei sein!«

Danach schnaufte die Granny vor sich hin, während sie wohl den Worten ihres Gesprächspartners lauschte.

»Tim! Bitte! Wann habe ich dich schon mal gebeten, nachhause zu kommen? Das lass mal meine Sorge sein. Natürlich wird sich Sophie mit uns an einen Tisch setzen. Das wäre doch gelacht, wenn wir das mit dem Testament nicht friedlich zu viert besprechen könnten. Ja, sie gehört dazu! Keine Diskussion!«

Sophie zuckte zusammen. Testament? Dazugehören? Hieß das etwa, dass Granny Omaka sie beim Erbe berücksichtigen wollte? Da würde Tim bestimmt gleich wieder vermuten, dass sie es von Anfang an darauf angelegt hatte.

Sie setzte sich abrupt auf. Die Großmutter hatte gerade das Gespräch mit ihrem Enkel beendet und wandte sich an Sophie. »Entschuldigung, habe ich dich geweckt?«

»Nein, aber ich konnte nicht umhin zu lauschen. Habe ich das richtig verstanden, dass du mich in deinem Testament berücksichtigen möchtest?«

Granny nickte eifrig. »Gleich wenn wir zurück in Hokitika sind, mache ich einen Termin mit unserem Notar.«

»Das ist wahnsinnig süß von dir, aber du solltest wirklich erst einmal in Ruhe mit deinen beiden Enkeln darüber sprechen. Ich befürchte, die halten mich für eine Erbschleicherin.«

»Das mag sein, aber irgendwer muss doch das Unrecht wiedergutmachen, das deinem Großvater widerfahren ist, als man ihn aus Pounamu gejagt hat. Das Land gehörte ihm genauso wie mir. Und du bist Bens Erbin. Verstehst du?«

»Natürlich, aber ich möchte nicht, dass Tim noch schlechter über mich denkt!«

»Es wäre doch gelacht, wenn wir das nicht wie Erwachsene regeln könnten!«

»Glaub mir. Rede erst einmal ohne mich mit den beiden. Mir ist nicht wohl bei der Sache. Und ich brauche auch gar nichts vom Erbe.«

»Ach ja? Und wovon willst du leben?«

»Ich komme schon wieder auf die Beine. Sieh in mir lieber eine Angestellte, die kommt und dann wieder geht ...«

Granny Omaka verdrehte die Augen. Am liebsten hätte sie den Termin bei dem Herzdoktor abgesagt. Körperlich ging es ihr nämlich so gut wie lange nicht mehr. Nur jedes Mal, wenn sie daran dachte, was sie ihren Enkeln noch zu beichten hatte, spürte sie dieses beklemmende Gefühl in der Brust. Vielleicht hatte Sophie Recht und sie sollte diesen Familienrat erst einmal auf ihre Enkel und sich beschränken.

»Gut, ich werde mich nächstes Wochenende mit meinen Enkeln besprechen. Und, was meinst du, könnten wir den Termin bei dem Doktor vielleicht schwänzen? Dafür, dass ich so einen Flug hinter mir habe, geht es mir doch blendend ...«

»Nein, auf keinen Fall. Mila dreht mir den Hals um, wenn wir ohne OP-Termin in Hokitika aufkreuzen.«

»Okay«, knurrte Granny und war insgeheim sehr froh darüber, nicht mit Mila in Dunedin zu sein. Die hätte sie jetzt genötigt, sich unters Messer zu legen. Allerdings wollte sie sich lieber nicht ausmalen, was ihre Enkelin sagen würde, wenn sie nur mit einem Termin und nicht mit frisch eingesetzten Stents nach Pounamu zurückkehren würden.

Sie hatte ein leicht schlechtes Gewissen, dass sie die ahnungslose Sophie vor ihren Karren spannte, denn die konnte ja nicht wissen, dass es bei diesem Termin um weit mehr als ein Gespräch gehen sollte. Und vielleicht war es doch ganz gut, wenn sie den jungen Doktor einmal unter die Lupe nahm, nachdem Mila ihr Interesse an diesem Herrn schon nicht vor ihr hatte verbergen können, dachte Omaka. Und so entschied sie sich, den Termin wenigstens pro forma wahrzunehmen.

»Wenn wir pünktlich sein wollen, müssen wir uns beeilen«, bemerkte Sophie in ungewohnt strengem Ton. Omaka meinte, Mila reden zu hören.

Wenig später frühstückten sie in einem Raum, der zur Wasserseite offen war. Es war ein sonniger Tag, am Himmel kein Wölkchen, sodass Omaka Sophie überreden konnte, einen Tisch draußen zu nehmen. Sophie fröstelte zwar etwas, aber nachdem sie sich eine Jacke angezogen hatte, konnte auch sie den weiten Blick über die Otago Bay genießen.

»Es ist schön hier«, seufzte sie begeistert, während sie sich das Frühstück schmecken ließ. Omaka entgingen nicht die verstohlenen Blicke einiger junger Männer in Sophies Richtung, was diese aber nicht einmal annähernd wahrzunehmen schien. Ein Kellner kam an ihren Tisch und fragte, ob sie noch Tee wollten. Strahlend nahm Sophie das Angebot an und begann freundlich mit dem hübschen Bengel zu plaudern, nachdem der junge Mann sich erkundigt hatte, woher sie denn käme. Omaka fand das faszinierend, wie herzlich und offen Sophie gegenüber den Herren der

Schöpfung sein konnte, ohne dabei zu flirten. Insgeheim verglich sie Sophies Verhalten mit dem von Mila, die fremden jungen Männern in der Regel selten ein Lächeln schenkte. Für den Hotelbetrieb hätte sie keine bessere Mitarbeiterin als Sophie finden können, einmal abgesehen davon, dass sie Omaka inzwischen regelrecht ans Herz gewachsen war.

»Da hast du aber einen Verehrer gewonnen«, flüsterte Omaka Sophie zu, als sie den Frühstücksraum verließen und sie beobachtete, wie sehnsüchtig der junge Mann ihnen nachsah.

»Ich? Wo?«, fragte Sophie erstaunt, und da begriff Omaka, dass ihre Großnichte sich ihrer Wirkung auf Männer überhaupt nicht bewusst zu sein schien.

»Unseren Kellner«, raunte sie.

Sophie schüttelte den Kopf. »Unsinn, der ist nur freundlich zu den Gästen, weil seine Arbeit dann mehr Spaß macht. Das habe ich mir in der Bar auch angewöhnt. Wenn du freundlich zu den Gästen bist, dann bekommst du das auch zurück.«

Sophie machte nicht einmal Anstalten, einen Blick zurück in den Frühstücksraum zu werfen, wo der junge Mann immer noch wie angewurzelt dastand und ihr hinterherstarrte.

Omaka konnte sehr gut nachvollziehen, dass Tim für die junge Frau entflammt war. Allerdings blieb keine Zeit mehr, über Sophies magische Wirkung auf die Männerwelt zu spekulieren, weil nun ihre diffuse Furcht vor dem Gespräch mit dem Wunderdoktor ihr Denken dominierte. Während sie auf den Mietwagen warteten, den Omaka bereits bei ihrer Ankunft im Hotel bestellt hatte, fiel ihr auf, dass Sophie gar nicht die Chance wahrnahm, schnell eine Zigarette zu rauchen. In Cairns hatte sie das zu Omakas Entsetzen zu jeder passenden und unpassenden Gelegenheit getan.

»Willst du gar keine rauchen?«, erkundigte sie sich neugierig.

Sophie grinste. »Ich habe es mir abgewöhnt.«

»Seit wann?«

»Seit gestern!«, erwiderte sie belustigt. »Ich habe früher nie geraucht, aber dann wurde Gramp so krank, und ich stand Tag und Nacht im Hostel und auch an der Bar. Da habe ich angefangen, aber ich denke, diese Phase ist vorbei.«

»Ich glaube, du kommst nach unserer Ahnin Maata. Die soll auch von einem Tag auf den anderen mit dem Zigarrenqualmen aufgehört haben, als sie ihren Duke von Dingsda geheiratet hat und zur Lady wurde.«

»Das klingt spannend. Von der Tante solltest du mir noch mehr berichten«, entgegnete Sophie grinsend.

»Ich gebe dir mal ihr Tagebuch, wenn wir zuhause sind. Sie hat das Hotel zur Goldgräberzeit gegründet. Damals war Hokitika für ein paar Jahre ein Ort, in dem das wilde Leben tobte, aber das eine kann ich dir schon mal verraten: Hokitika ist nicht annähernd so ein belebtes Touristenmekka wie Cairns.«

Ihr Gespräch wurde von der Ankunft des Mietwagens unterbrochen.

Als Sophie, die darauf bestanden hatte, die Granny zu chauffieren, auf dem Klinikparkplatz einparkte, bereute Omaka, dass sie nicht doch alles versucht hatte, diesem Termin zu entgehen. Schon der Anblick eines Krankenhauses verursachte ihr ein ungutes Gefühl. Sie stellte sich dann immer vor, sie müsste in so einem seelenlosen Bau sterben. Das hatte sie genauso empfunden, als man sie mit dem Notarztwagen nach Greymouth gebracht hatte. Eine derart entsetzliche Vorstellung, die bei ihr einen heftigen Fluchtimpuls auslöste, nur hätte Sophie sie wohl so kurz vor dem Ziel nicht gehen lassen.

Seufzend betrat Omaka die Klinik und erkundigte sich an der Rezeption nach Dr. Morris. Der Mann schickte Omaka und Sophie zu einem Fahrstuhl, weil sich die Kardiologie in der oberen Etage befand. Dort trafen sie auf eine Schwester, die sie in einen Warteraum bat. Omaka atmete ein wenig auf, weil in diesem freundlichen Raum keine typische Krankenhausatmosphäre herrschte, sondern es eher wie bei Dr. Leyland in der Praxis war.

Es dauerte nicht lange, als ein Mann in einem sommerlichen feinen Anzug auf sie zugeeilt kam. Sehr attraktiv, Milas Doktor, war Omakas erster Gedanke. Und er hatte ein strahlendes Lächeln, das allerdings erstarb, als er näher kam.

»Sind Sie Mrs Parker?«, fragte er Omaka höflich und reichte ihr die Hand zur Begrüßung.

»Miss Parker, richtig, und das ist meine Großnichte Sophie aus Australien.«

»Sehr erfreut«, sagte er und gab auch Sophie die Hand. Omaka aber wäre jede Wette eingegangen, dass er bemüht war, seine Enttäuschung darüber zu verbergen, dass sie nicht von Mila begleitet wurde.

»Hat meine Enkelin Ihnen gar nicht mitgeteilt, dass sie doch nicht mit zu diesem Termin kommen wird?«, fragte Omaka neugierig.

»Nein, wir haben in den letzten Tagen nicht miteinander telefoniert, aber das war ja auch nicht nötig, wir hatten schließlich schon alles besprochen. Es geht ja schließlich um Ihr Wohl.«

Omaka glaubte dem netten Arzt kein Wort. Und ob er sich auf ein Wiedersehen mit ihrer Enkelin gefreut hätte. Doch dann schien er sich von dem kleinen Schock erholt zu haben und bat die beiden formvollendet in sein Sprechzimmer.

Bevor er sie über die Operation aufklären wollte, nahm er eine Blutdruckmessung vor und ließ sich ihr Herzmittel zeigen.

»Wollen Sie uns jetzt nicht was über diese Dinger erzählen und warum ich mir die unbedingt implantieren lassen soll?«, unterbrach Omaka ihn schließlich ungeduldig.

»Ein verengtes oder verschlossenes Herzkranzgefäß kann mit

einem Ballonkatheter wieder aufgedehnt werden. In etwa zwanzig bis dreißig Prozent der Fälle verengen sich die Gefäße nach einer Ballondilatation jedoch wieder. Um eine erneute Verengung zu verhindern, wird zusätzlich ein so genannter Stent in das betroffene Herzkranzgefäß eingesetzt. Ein Stent ist eine Gefäßstütze aus einem Metallgeflecht, die das Blutgefäß dauerhaft offen hält.«

Omaka verdrehte die Augen. »Ein Drahtgestell im Körper wollte ich immer schon mal haben«, bemerkte sie spitz.

»Aber es hilft enorm und rettet Leben. Und keine Sorge, man stirbt nicht an der Operation. Allerdings wird sie unter Vollnarkose durchgeführt, was natürlich immer ein Restrisiko birgt.«

»Sehen Sie, es ist doch gefährlich!«

»Also, bei mir ist bei einer Stent-OP jedenfalls noch keiner auf dem Tisch geblieben«, erwiderte der Arzt und warf Sophie einen hilfesuchenden Blick zu.

»Granny, ich glaube, du musst dir keine Sorgen machen. Und ich würde es auf keinen Fall auf die lange Bank schieben. Wissen Sie schon, wann Sie die OP vornehmen könnten?«

Er musterte Sophie irritiert. »Das hatte ich eigentlich schon mit Mila besprochen. Ich denke, das werden wir gleich morgen Vormittag erledigen, und ich plädiere bei der Vorgeschichte Ihrer, Ihrer …«

»Großtante.«

»Genau, also bei der Vorgeschichte Ihrer Großtante würde ich sie auf keinen Fall sofort nach der Operation entlassen, sondern gern noch über das Wochenende in der Klinik behalten und dann am Montag entscheiden, wann sie nachhause darf.«

»Das hört sich gut an. Toll, dass Sie gleich einen freien Termin haben.«

Er rang sich ein Lächeln ab. »Das habe ich doch alles schon mit Ihrer, mit Ihrer …«

»Cousine um hundert Ecken«, entgegnete Sophie grinsend.

»Ja, das habe ich mit Ihrer Cousine bereits besprochen, und es hat auch geklappt, dass sie heute schon das Bett bekommen kann, damit wir morgen gleich operieren können.«

»Also das hat meine Enkelin gar nicht mit mir abgeklärt! Sie hat behauptet, das hier sei nur ein Vorgespräch und nichts weiter«, schwindelte Omaka.

Dr. Morris runzelte die Stirn. »Tja, aber Mila und ich sind uns in dem Punkt völlig einig: Jeder weitere Tag ohne die Stents birgt das Risiko, dass sich Ihre Gefäße dramatisch verengen. Darum ergreifen Sie doch bitte die Chance, dass Ihre Enkelin so umsichtig war, Ihnen gleich einen Termin zu besorgen. Und Sie ersparen es sich, noch einmal nach Dunedin zu kommen.«

Omaka aber sprang hektisch von ihrem Stuhl auf. »Nein, das ist mir zu spontan. Ich habe den Flug nach Cairns und zurück überlebt. Dann werde ich wohl auch noch sechs Wochen Hokitika ohne diese Teile schaffen.«

»Granny, ich finde das sehr vernünftig, was Mila mit dem Doktor ausgemacht hat. Ich bin doch ganz in deiner Nähe. Dir wird schon nichts passieren. Viel gefährlicher ist es, die Sache unnötig aufzuschieben.«

Omaka bemerkte, wie der attraktive Doktor anerkennend den Daumen hob und Sophie ihm ein Lächeln schenkte, das er prompt erwiderte. »Ihre Großnichte hat völlig recht. Seien Sie nicht so leichtsinnig und spielen Sie bitte kein Roulette mit Ihrer Gesundheit.«

Omaka aber war bereits bei der Tür. »Ich danke Ihnen ganz herzlich für dieses Gespräch. Ich melde mich, und dann besprechen wir den Termin am Telefon, ja?«

Sophie und der Doktor warfen sich erneut hilfesuchende Blicke zu.

»Granny, bitte, denk doch an meinen Großvater. Der ist einfach umgekippt, und weg war er.«

»Das hätte ich auch gern so«, entgegnete die Großmutter ungerührt.

»Miss Parker, Sie pokern hoch. Die Befunde, die ich aus Greymouth bekommen habe, sind besorgniserregend. Sie hätten schon längst operiert sein können.«

»Nun haben wir doch alles geklärt, und meine Enkelin wird hoffentlich endlich Ruhe geben«, stöhnte die Großmutter.

»Sie sollen das doch in erster Linie für sich tun und nicht Ihrer Enkelin zuliebe«, ereiferte sich der Arzt. »Aber ich finde es unfair, dass Sie deren Sorge um Sie so wenig ernst nehmen. Mila macht sich wirklich viele Gedanken um Sie, und ich befürchte, sie wird nicht erfreut sein zu erfahren, dass Sie den OP-Termin nicht wahrnehmen wollen!«

»Dr. Morris hat Recht. Das ist absolut unfair, wenn du die Operation nicht machen lässt, obwohl sie alles organisiert hat, nur damit du gesund wirst! Vielleicht sollten wir sie mal anrufen und ihr sagen, was hier los ist.«

Omaka war erschrocken darüber, wie vehement Sophie sich auf Milas Seite schlug.

»Jetzt fängst du auch noch an, mich wie ein unmündiges Kind zu behandeln. Ich gehe jetzt! Kommst du mit? Und entschuldigen Sie die Umstände, Dr. Morris, ich werde wieder auf Sie zukommen.«

Omaka tat es fast ein wenig leid, den netten Doktor derart vor den Kopf zu stoßen. Sie hätte ihn gern unter anderen Umständen kennengelernt, denn dass er ihre Enkelin sehr mochte, das konnte er kaum verbergen. Dieser junge Mann, so vermutete sie, war ein anderes Kaliber als Jonah und spielte mit Sicherheit nicht mit Frauenherzen. Jedenfalls war das ihr erster Eindruck von ihm. Aber nun wollte sie dieses Krankenhaus auf dem schnellsten Weg verlassen, und wenn sie es irgendwie verhindern konnte, auch niemals mehr zurückkehren. Sie hatte so viel in ihrem Leben möglich gemacht. Da würde sie es doch wohl schaffen, auch ohne diese Dinger noch so lange zu überleben, bis sie alles erledigt hatte.

Sie hoffte inständig, Sophie würde nun das leidige Thema auf sich beruhen lassen, aber ihre Großnichte war derart aufgebracht, dass sie auf dem Weg zum Mietwagen immer wieder davon anfing und schließlich meinte, es sei noch nicht zu spät. Der nette Doktor hätte ihr zum Abschied versichert, er würde das Bett noch bis zum Abend freihalten, falls es ihr gelingen sollte, die störrische Patientin doch noch von der notwendigen Operation zu überzeugen. Er hatte sie gebeten, ihm kurz Bescheid zu geben, ob sie es geschafft hatte, die alte Dame zur Vernunft zu bringen.

»Dummes Zeug«, schimpfte Omaka. »Ich glaube nicht, dass Drahtgestelle im Körper wirklich gesund sein können. Und dann diese Vollnarkose. Weißt du, wie viele Menschen aus dieser brachialen Betäubung nicht mehr aufwachen? Nein, ich werde mich doch nicht zum Sterben ins Krankenhaus legen!«

»Ich habe langsam den Verdacht, du hast niemals vorgehabt, dich dieser Operation zu unterziehen, stimmt's? Du spielst deiner Enkelin also was vor, oder? Das ist wirklich so was von unfair«, schnaubte Sophie.

»Ach, lasst mich doch endlich alle mit dieser blöden Operation in Ruhe! Aber bitte, wenn ihr mich loswerden wollt, nur zu. Dann werde ich morgen eben tot sein. Ich weiß, dass ich sie nicht überlebe.«

»Du glaubst also wirklich, dass du bei so einem Eingriff sterben wirst?«, fragte Sophie fassungslos.

»Ich weiß es«, wiederholte Omaka ungerührt und brachte ihre entsetzte Großnichte damit zum Schweigen. Sie waren jetzt beim Wagen angelangt, und Sophie ließ die alte Dame auf der Beifahrerseite einsteigen.

»Entschuldige, ich habe noch was zu erledigen«, sagte Sophie und holte seufzend ihr Telefon hervor.

Mit dem Smartphone entfernte sie sich ein paar Schritte vom Auto, um ungestört reden zu können, und wählte die Nummer des Arztes. Bedauernd teilte sie ihm mit, dass er das Bett freigeben könne, weil Mrs Parker ihre Meinung nicht ändern würde. Fast flüsternd fügte sie hinzu, dass sie mittlerweile den Grund kannte. Ihre Großtante hätte panische Angst, die Operation nicht zu überleben.

Dr. Morris erwiderte ernst, dass es leider umgekehrt sei und die alte Dame das nächste Jahr höchstwahrscheinlich nur mit einer Operation überleben würde. Er legte Sophie noch einmal dringend ans Herz, dafür zu sorgen, dass ihre Großtante nicht nur einen zeitnahen Termin mit ihm vereinbarte, sondern den auch einhielt.

Sophie versicherte ihm eindringlich, sie würde sich darum kümmern, dass die Sache beim zweiten Versuch klappen würde und sie Granny Omaka zur Not eigenhändig nach Dunedin kutschieren würde.

Dr. Morris lachte über ihre drastische Ausdrucksweise und wünschte ihr viel Glück.

»Und bitte grüßen Sie Mila von mir. Ich werde sicher die nächsten Tage mit ihr telefonieren, aber trotzdem«, bat er sie zum Abschied.

»Mit wem hast du denn da hinter meinem Rücken gesprochen? Hast du mich bei Mila verpetzt?«, fragte Granny Omaka neugierig, als Sophie zum Wagen zurückkehrte.

»Ich habe dem Arzt versprochen, dass du ihn umgehend wegen eines Termins kontaktieren wirst. Und ja, ich habe ernsthaft in Erwägung gezogen, Mila anzurufen, aber es wäre unfair, sie am Telefon mit der schlechten Nachricht von deiner gnadenlosen Unvernunft zu überfallen!«, entgegnete sie ungerührt. Oder willst du es dir nicht doch noch überlegen? Dann hast du es ganz schnell hinter dir«, fügte sie beschwörend hinzu.

Statt zu antworten, drehte Granny Omaka ihr den Rücken zu und blickte demonstrativ aus dem Fenster.

48. Kapitel

Mila war mit sich sehr zufrieden, zumindest was die Dinge anging, die sie an diesem Vormittag schon erledigt hatte. Sie hatte die Filmdose zu einer alten Fotografin gebracht, die ihr zwar nichts versprechen wollte, aber immerhin noch ein Labor im Hinterzimmer besaß, in dem sie diese alten Fotos per Hand entwickeln konnte. Außerdem hatte sie versucht, den alten Schlüssel aus der Kiste in sämtliche Türen im Haus und im Hotel zu stecken. Vergeblich! Er schien zu einer anderen Tür zu gehören. Überdies hatte sie Tim eine Mail geschickt mit der Bitte, ihr einen Entwurf für eine neue Werkstatt und einen Laden zu machen. Es hatte sie sehr viel Beherrschung gekostet, ihm nicht zu schreiben, dass Sophie mit der Großmutter in Dunedin war. Natürlich musste sie zwischendurch immer wieder daran denken, dass Granny inzwischen ihr Gespräch mit Brian hinter sich hatte, und nahm sich fest vor, ihn morgen Abend anzurufen und sich bei ihm zu bedanken. Natürlich würde sie später auch noch ihre Großmutter anrufen und ihr viel Kraft für den morgigen Tag wünschen, obwohl sie ihr immer noch nicht gänzlich verziehen hatte, dass sie mit Sophie in die Klinik gegangen war und nicht wenigstens darauf bestanden hatte, dass sie trotzdem auch nach Dunedin kommen sollte. Ihr Zorn auf Sophie hatte sich inzwischen allerdings völlig gelegt. Ruby hatte ihr gestern ziemlich deutlich vor Augen geführt, wie ungerecht es war, Sophie als männermordendes Weib darzustellen, das es nur darauf anlegte, es mit Brian auf dem OP-Tisch zu treiben. Inzwischen sah sie es selber ein: Sie hatte sich da in etwas hineingesteigert, was so gar nicht stimmte! Brian war nicht der Typ, der Frauen wie Jagdtrophäen sammelte. Und Sophie war zweifelsohne in ihren Bruder verliebt, auch wenn sie mindestens genauso stur wie er war. Wilder Sex auf dem OP-Tisch war sicher das Letzte, was Sophie und Brian miteinander im Sinn hatten. Auf jeden Fall wusste Mila nun aus eigener Erfahrung, was für seltsame Blüten Eifersucht treiben konnte. Ein bisschen unheimlich war es ihr schon, derart die Kontrolle zu verlieren.

Das Klingeln ihres Telefons riss sie aus ihren Gedanken. Tims Stimme verhieß nichts Gutes, obwohl er ihr zunächst versprach, ihr einen schicken Entwurf zu machen. Dann jedoch brach es aus ihm heraus. »Sag mal, Schwesterlein, wann wolltest du mir eigentlich stecken, dass die liebreizende Sophie im Lande ist?«

»Sorry, aber ich wollte nicht schon wieder als Petze dastehen. Was meinst du, wie mir das stinkt, dass sie jetzt mit Granny in Dunedin ist.«

»Das ist wohl das geringste Problem«, polterte er ins Telefon. »Dass sie an unser Erbe will, finde ich wesentlich unangenehmer.«

»Wie kommst du denn darauf?«

»Granny hat mich heute Morgen angerufen und mir berichtet, dass sie einen Gesprächstermin bei einem Bekannten von dir in Dunedin … Sag mal, das ist doch nicht diese Urlaubsbekanntschaft aus Cairns, oder?«

»Doch, genau der! Und er wird sie morgen schon operieren.«

»Wie bitte? Und das erfahre ich jetzt erst?«

»Das hat sie dir natürlich verschwiegen, aber keine Sorge, sie ist in guten Händen. Ruf sie doch einfach heute Abend an und wünsche ihr viel Kraft für morgen«, schlug Mila ihrem Bruder vor. »Aber was hat das alles mit unserem Erbe zu tun?«

»Ist nicht so wichtig«, stöhnte Tim. »Sie hat mich nur nächstes Wochenende nach Hokitika zitiert, damit wir uns mit ihr und unserer potenziellen Miterbin an einen Tisch setzen. Das sagte sie wörtlich.«

»Miterbin? Ich habe keine Ahnung, was sie da plant. Aber ich habe kein gutes Bauchgefühl.«

Da war es wieder, das alte Misstrauen gegen Sophie. Und Mila konnte gar nichts dagegen tun!

»Das müssen wir wohl oder übel auf uns zukommen lassen«, stöhnte Tim.

»Ja sicher, aber ich höre immer nur Erbe. Granny lebt und wird uns mit den Stents noch lange erhalten bleiben. Eigentlich möchte ich gar nicht über ihr Erbe sprechen. Und, wirst du am nächsten Wochenende kommen?«

»Ich werde es mir überlegen, und wenn ich es täte, dann nur, weil ich für meinen Entwurf deiner neuen Werkstatt und des Showrooms eh ein paar Maße nehmen müsste. Also, dann buche ich mir für nächstes Wochenende einen Flug.«

»Warte lieber noch, was Brian morgen sagt. Ich denke, Granny wird zwar erst Anfang der Woche entlassen, aber ob sie ein paar Tage später schon Familienrat halten kann, das wage ich zu bezweifeln.«

»Weißt du eigentlich, dass unsere herzallerliebste neue Anverwandte Jonah völlig den Kopf verdreht hat, nachdem ich abgereist bin?«, fragte er plötzlich.

»Nein, aber ich habe mir so was schon gedacht. Allerdings fand ich, dass sich eigentlich er viel mehr zum Narren gemacht hat, während sie ganz klar gezeigt hat, für wen nun ihr Herz schlägt.«

»Jedenfalls geht der Typ mir mit seinem Schmachten auf den Zeiger. Er ist ständig am Telefon und schreibt ihr neckische Nachrichten. Ich habe ihm schon gesagt, dass er unbedingt Greymouth übernehmen soll, damit ich meine Ruhe habe. Er will es sich noch überlegen, aber wenn er jetzt hört, dass Madame in Hokitika ist, wird er sich um das Büro dort reißen. Und ich bin ihn los!«

»Bist du wirklich so cool und würdest Jonah Sophie kampflos überlassen?«

»Ich habe ihm klipp und klar gesagt, dass die Tante für mich gestorben ist. Wenn der wüsste, dass sie überhaupt im Lande ist.«

»Du willst es ihm verheimlichen?«

»Natürlich nicht auf Dauer!«

»Tja, eigentlich müsste ich jetzt in die Kissen heulen, weil die harte Schale von meinem einstigen Herzensmann nun tatsächlich geknackt wurde, aber nicht von mir. Ob er wirklich verknallt ist oder nur nicht verwindet, dass sie ihn nicht gnadenlos anhimmelt?«

»Woher soll ich das denn wissen? Und überhaupt, keine Ahnung, ob die was miteinander hatten oder nicht!«

»Na, wenn Jonah bei ihr gelandet wäre, hätte er dir das doch längst unter die Nase gerieben.«

»Egal, ich date gerade eine Chinesin, die ein Jahr in Auckland studiert, und die ist …«

»Bruderherz, halt, das will ich gar nicht wissen. Vor allem, weil ich dir nicht abnehme, dass du schon über die Enttäuschung mit Sophie weg bist. Du warst so was von verknallt.«

»Ja, ja, du Psychotante, keine Vergangenheitsbewältigung bitte.«

»Apropos Vergangenheit, ich habe rausgefunden, dass Grannys Mutter einen Geliebten hatte und dass der Bens leiblicher Vater war. Und dass Grannys heißgeliebter Dad diesen Nebenbuhler umgebracht haben könnte …«

»Bitte, bitte, verschon mich mit den ollen Geschichten. Und am besten lässt du Granny damit auch in Ruhe. Dass der Mann ihren Bruder ins Heim gesteckt hat, das hat sie schon genügend mitgenommen. Du musst jetzt jede weitere Aufregung von ihr fernhalten!«

Mila atmete tief durch. Wie hatte sie vergessen können, dass ihr Bruder ein Oberverdränger war?

»Gut, Tim, dann melde ich mich, sobald ich weiß, ob Granny nächstes Wochenende schon in der Lage ist, ihr Erbe unter uns dreien zu verteilen«, sagte sie spöttisch.

»Bist du jetzt beleidigt, weil ich es hasse, wenn man sich den Kopf über Dinge zerbricht, die man nicht mehr ändern kann?«, fragte er versöhnlich.

»Nein, nein, ich weiß ja, dass du solche Recherchen verabscheust, aber ich muss jetzt weiterarbeiten. Bin gespannt auf deinen Entwurf.« Mila versuchte, locker zu klingen, obwohl sie sich mit der Familiengeschichte ziemlich allein gelassen fühlte.

Doch nach Beendigung ihres Gesprächs stürzte sie sich wieder in die Arbeit, die darin bestand, im Internet die Materialien zu bestellen, die sie für die Fertigung ihrer *Hine-Maata-Kollektion* benötigte. Danach machte sie sich am Entwurf ihrer eigenen Website zu schaffen. Das hatte sie im Studium gelernt und niemals für möglich gehalten, dass sie das einmal gebrauchen würde.

Der Tag war arbeitsmäßig gerettet, als Pit anrief und sie fragte, ob sie schon fleißig gewesen sei. Zögernd gab sie zu, dass sie an einer Kollektion arbeiten würde, die auf Entwürfe ihrer Urgroßmutter zurückgingen. Pit war sofort Feuer und Flamme und wollte sie ihr exklusiv abkaufen, doch Mila zögerte. Schließlich konnte sie heraushandeln, dass sie ihm ein halbes Jahr Vorlauf gewährte und die Kollektion dann auch selbst verkaufen durfte.

Als sie sich an diesem Abend erschöpft auf ihren Lieblingsplatz fallen ließ, spürte sie eines ganz deutlich: Die Entscheidung für Pounamu war goldrichtig gewesen. Morgen würde sie sich daranmachen, die schönsten Steine aus dem Wasser zu holen, die jetzt im Mondlicht am Grund des Flussarms um die Wette funkelten. Was würde sie darum geben, wenn sie endlich einmal einen Marsden-Jadestein fand! Und dann konnte die Arbeit losgehen! Doch immer wieder schlich sich in ihre Gedanken auch Doktor Brian ein, verbunden mit der Frage, ob sie sich morgen nur nach dem Verlauf der OP erkundigen oder sich trauen sollte, ihm die andere Frage zu stellen, die ihr auf der Seele brannte: Ob sie sich noch einmal treffen wollten, bevor er nach Sydney ging … Da fiel ihr ein, dass sie die Großmutter noch anrufen wollte. Sie hatte das Handy bereits in der Hand, als ihr Blick auf die Uhr fiel, und sie erschrak. Es war bereits weit nach zehn Uhr. Auf keinen Fall wollte sie die Granny wecken. Schweren Herzens entschied sie sich, den Anruf auf morgen früh zu vertagen.

49. Kapitel

Mila war eingenickt und schreckte aus dem Schlaf, als sie Stimmen hörte. Erst glaubte sie, es wären Hotelgäste, die sich in den privaten Teil des Gartens verirrt hatten, doch dann erkannte sie eindeutig Granny Omakas raues Organ, das sie unter Tausenden herausgehört hätte. Sie sprang von ihrem Stuhl auf und rannte zur Terrasse.

»Ist da jemand?«, rief sie und war erleichtert, als sich keiner meldete. Offenbar hatte sie sich getäuscht. Doch in dem Augenblick sagte eine wohlbekannte Stimme hinter ihr: »Nicht erschrecken, wir sind es nur.«

Mila fuhr wie eine Furie herum und wollte nicht glauben, was sie da sah. Omaka und Sophie kamen zusammen aus dem Haus. Sophie trug ein Tablett mit einem kleinen Imbiss, ihre Großmutter hatte eine Weinflasche und zwei Gläser in der Hand.

»Das darf doch nicht wahr sein«, entfuhr es Mila fassungslos. »Hat er dich sofort operiert? Aber du solltest doch auf keinen Fall direkt nach der Operation entlassen werden! Das habe ich doch alles mit Brian besprochen.« Sie würdigte Sophie keines Blickes, weil sie insgeheim ihr die Schuld daran gab, dass Granny Omaka offenbar auf eigenen Wunsch gleich nach der Operation die Klinik verlassen hatte. »Wie kannst du so etwas unterstützen?«, fügte Mila außer sich vor Zorn an die Adresse ihrer Großcousine hinzu.

Granny Omaka trat einen Schritt auf ihre Enkelin zu und hob beschwichtigend die Arme.

»Mila, bitte, es war eine anstrengende Fahrt. Lass uns bei einem kleinen Imbiss über alles reden.«

Mila atmete ein paarmal tief durch. Sie war über diesen Leichtsinn fuchsteufelswild, musste aber zugeben, dass ihre Granny blendend aussah, fast zu gut für eine frisch Operierte.

»Gut, setzen wir uns. Wichtig ist ja nur, dass du alles gut überstanden hast.« Sie trat einen Schritt auf ihre Großmutter zu und umarmte sie, bevor sie Sophie eher kühl begrüßte.

Kaum dass sie am Terrassentisch Platz genommen hatten, wollte Mila wissen, wie die Operation gelaufen war und warum Brian ihre Großmutter entgegen ihren Vereinbarungen frisch operiert entlassen hatte, doch die beiden Frauen schwiegen betreten.

»Gut, wenn ihr beide nicht reden wollt, dann werde ich jetzt Brian anrufen und ihn fragen, wer auf diese hirnrissige Idee gekommen ist, eine frisch Operierte über die halbe Südinsel reisen zu lassen, und warum er sich nicht durchsetzen konnte.« Demonstrativ nahm sie ihr Telefon zur Hand, während sie innerlich vor Zorn vibrierte. Das wäre niemals passiert, wenn sie ihre Großmutter begleitet hätte. Dessen war sich Mila ganz sicher.

»Ruf ihn nicht an«, bat Sophie sie nun. Mila wandte sich um und blickte ihre Großcousine fragend an.

»Brian kann dir doch nichts anderes sagen als wir«, fügte Sophie hinzu.

Mila meinte heraushören zu können, dass Sophie recht vertraulich von Brian sprach. Das nervte sie nur noch mehr.

»Gut, dann erkläre mir bitte, wie das passieren konnte. Wieso hat Brian euch gehen lassen?«

Sophie zögerte und warf Granny Omaka einen hilfesuchenden Blick zu. »Mila, du, du darfst dich jetzt bitte, bitte nicht aufregen«, stammelte Omaka. »Ich, ich, also, ich bin noch gar nicht operiert …«

»Wie bitte?«

»Ich dachte, ich sollte erst einmal ein Vorgespräch führen, und nun habe ich sogar einen Termin«, stieß Omaka in übertrieben fröhlichem Ton hervor. »Er ist wirklich richtig nett, dein Wunderdoktor …« Weiter kam sie nicht, weil Mila so heftig von ihrem Stuhl aufsprang, dass er umkippte und mit Getöse gegen den Tisch knallte, was zur Folge hatte, dass die Flasche Wein umfiel und der Inhalt sich über den Terrassentisch ergoss.

»Ich hole mal einen Lappen«, sagte Sophie schnell und wollte ebenfalls aufstehen, doch Mila schrie: »Sitzen bleiben! Das kann doch wohl alles nicht wahr sein! Wie habt ihr das angestellt, Brian auf eure Seite zu ziehen? Es war doch alles geklärt!« Mit hochrotem Kopf funkelte sie Sophie an. »War das deine Idee? Willst du, dass sie schnell stirbt, damit du was erben kannst?«

»Mila, das geht zu weit!«, mischte sich die Großmutter in strengem Ton ein. »Sophie hat damit nichts zu tun! Es ist allein meine Entscheidung gewesen, mir noch ein bisschen Zeit bis zur Operation zu lassen!«

»Ach ja? Du willst also warten, bis du tot umfällst? Aber dann ist es zu spät! Verdammt, wie kann man nur so unvernünftig sein.« Wieder wandte sie sich an Sophie, die in ihren Augen die Hauptverantwortliche an dieser Geschichte war. »Wie konntest du das bloß zulassen? O Gott, wäre ich doch bloß nach Dunedin gefahren! Und hätte nicht darauf vertraut, dass du auch nur ein Fünkchen Verantwortungsgefühl haben könntest. Ich kann gar nicht fassen, dass Brian das nicht verhindert hat! Oder seid ihr etwa auch gar nicht bei ihm in der Klinik gewesen?«, fragte sie drohend.

»Doch, wir haben deinen netten Wunderdoktor besucht, und er hat mir das mit den Drahtkörben sehr anschaulich erklärt …«

Mila fühlte sich verraten und verkauft, hintergangen, betrogen und konnte die Gegenwart der beiden nicht länger ertragen.

Ohne ein weiteres Wort rannte sie zum großen Fluss, nur weit genug weg, damit sie keiner einholen konnte …

Dort hockte sie sich an einem kleinen Stück Strand, an dem sie früher als Kind oft gespielt hatte, in den kalten Sand und fluchte vor sich hin, aber dann dominierte wieder die Sorge um ihre Großmutter. Seufzend griff sie zu ihrem Smartphone und tippte Brians Privatnummer ein.

Sie wollte schon wieder auflegen, weil sich keiner meldete, als Brian verschlafen seinen Namen nannte.

»Sorry, hier ist Mila. Ich wollte dich auf keinen Fall wecken«, sagte sie entschuldigend. »Aber Sophie und meine Granny sind gerade eben aus Dunedin zurückgekommen, und ich musste erfahren, dass Großmutter sich nicht von dir hat operieren lassen. Das bringt mich derart auf Zinne, vor allem, weil das nie passiert wäre, wenn ich dabei gewesen wäre. Aber dieser Sophie ist das doch nur Recht …«

»Mila!«, unterbrach Brian sie streng. »Ich hatte auch schon überlegt, dich anzurufen, aber ich wollte mich nicht in euren Stress einmischen. Ich war auch nicht erfreut über die Entscheidung deiner Großmutter, die Operation noch einmal zu verschieben, aber was sollten wir denn machen? Sie ist so entsetzlich stur. Wir konnten sie doch nicht zwingen, sich unters Messer zu legen …«

Moment, dachte sie erbost, das hatte sie doch eben gerade wortwörtlich aus Sophies Mund gehört, und vor allem, wer ist »wir«?

»Von wem sprichst du da?«, fragte sie mit eiskalter Stimme.

»Na, von deiner Cousine oder was sie genau ist«, erwiderte Brian verunsichert.

»Du willst mir doch nicht weismachen, dass die liebe Sophie Großmutter zur sofortigen Operation geraten hat, oder?«, schimpfte Mila.

»Ich kann ja verstehen, dass du sauer bist darüber, dass sich deine Großmutter vor der OP gedrückt hat, aber Sophie hat genauso auf sie eingeredet wie ich, die OP sofort vornehmen zu lassen. Also, sie war total solidarisch mit dir, und wir beide haben uns den Mund fusselig geredet.«

Ich höre immer nur »wir«, dachte Mila grimmig.

»Hat sie dir meine Grüße ausgerichtet?«, versuchte Brian das Thema zu wechseln.

»Natürlich nicht. Warum sollte sie? Sie liebt es doch, mit attraktiven Männern zu flirten. Und wie ich höre, hast du dich von ihr einwickeln lassen.« Mila spürte bei jedem Wort, dass sie das lieber sein lassen sollte, weil das nicht den Tatsachen entsprach und sie sich damit nur lächerlich machte.

»Mila? Bist du jetzt fertig? Was ist denn in dich gefahren? Ich verstehe ja deinen Ärger über die Unvernunft deiner Großmutter, aber es ist absolut unfair, deine Cousine dafür verantwortlich zu machen. Sie hat mir hoch und heilig versprochen, dass sie deine Großmutter baldmöglichst zur OP bei mir abliefert …«

»Sie will Großmutter das nächste Mal *wieder* nach Dunedin begleiten? Super, dann ist ja alles geklärt. Und? Hast du ihr denn schon erzählt, dass du bald nach Sydney gehst?«

Mila hörte nur an seinem empörten Schnaufen, dass Brian noch dran war.

»Ich hätte es dir gern persönlich gesagt und dich dazu am liebsten auch gesehen, aber ich wollte den richtigen Zeitpunkt abwarten. Ich bin doch auch hin- und hergerissen zwischen …«

»Du brauchst dich nicht zu entschuldigen. Dann ist es wohl besser, dass wir uns gar nicht mehr wiedersehen. Ist ja dann auch nicht mehr nötig, wenn sich Sophie um alles Weitere kümmert! Dann wünsche ich dir viel Glück in Sydney«, zischte sie mit letzter Kraft, weil ihr die Kehle wie zugeschnürt war.

»Mila, ich glaube, du solltest wissen, dass ich dich …« Das

war das Letzte, was sie von ihm hörte, denn mitten in seinem Satz hatte sie das Gespräch beendet. Erst als plötzlich alles still um sie herum war, begriff sie, dass sie sich unverzeihlich peinlich aufgeführt hatte. Nach diesem Auftritt wollte er mit Sicherheit nichts mehr mit ihr zu tun haben.

Und schon flossen ihr die Tränen nur so die Wangen hinunter, und sie schluchzte laut auf. Sie fühlte sich so schrecklich verlassen, sowohl von Brian als auch von ihrer Granny … Da half es Mila herzlich wenig, dass der Verstand ihr klar signalisierte, dass sie diejenige war, die die anderen gerade vor den Kopf gestoßen hatte. Natürlich war ihre Großmutter unfassbar leichtsinnig, aber berechtigte sie das, so grob mit ihr umzugehen? Wahrscheinlich hatte Sophie tatsächlich vehement auf die Granny eingewirkt, sich operieren zu lassen, und mit absoluter Sicherheit hatten weder Sophie noch Brian die angespannte Situation in Dunedin für einen lockeren Flirt genutzt. Eifersucht war etwas entsetzlich Peinliches, schoss es Mila beschämt durch den Kopf.

Sie erhob sich und blickte eine Weile auf den im Mondlicht magisch funkelnden Arahura-Fluss. Wie gern würde sie ihre Ausfälle ungeschehen machen, aber wie sollte sie das anstellen?

So konnte sie unmöglich zu den beiden Frauen zurückkehren. Sie fühlte sich partout nicht in der Lage, sich bei Granny oder gar bei Sophie zu entschuldigen.

Schließlich schlich sie ins Haus und raffte ein paar Dinge zusammen, um die Nacht bei Ruby zu verbringen. Sie war der einzige Mensch, den sie zu so später Stunde ungestraft überfallen durfte. Natürlich war ihr durchaus bewusst, dass sie den »Beste-Freundinnen-Bonus« zurzeit reichlich strapazierte, aber sie hoffte, dass sie bald einmal die Gelegenheit zur Revanche haben würde.

50. Kapitel

Sophie hatte ein schlechtes Gewissen, obwohl sie sich nichts hatte zuschulden kommen lassen. Trotzdem fühlte sie sich partout nicht willkommen geheißen von Mila. Die war zwar höflich zu ihr, ging ihr aber weitgehend aus dem Weg. Das Gute war, dass sie im Alltag kaum Berührungspunkte hatten. Sophie arbeitete an der Rezeption, um den Ablauf im Pounamu von der Pike auf zu lernen. Für sie eine ziemliche Umstellung zu ihrem Betrieb, weil die Klientel sich doch um einiges von den Gästen ihres Hostels unterschied. Für Rucksackreisende war das Pounamu zu teuer, und so stiegen hier eher ältere und gut betuchte Neuseelandurlauber ab, die eine Jade- und Gletschertour gebucht hatten. Oft auch ganze Gruppen. Mit Sara verstand sie sich wesentlich besser als mit ihrer eigenen Cousine. Abgesehen von dem Wetter und der ständig verspannten Miene ihrer Cousine, wenn sie einander zufällig auf dem Flur begegneten, gefiel es Sophie sehr gut in Pounamu. Sie hatte ein wunderschönes Zimmer im Haus bekommen, das weit genug von Milas Räumen entfernt war. Und es gehörte zweifelsohne Tim, was die Poster der All Blacks, der neuseeländischen Rugbymannschaft, bewiesen. Außerdem hingen in dem Kleiderschrank noch ein paar versprengte Herrenhemden. Sophie konnte nicht leugnen, dass es ein aufregendes Gefühl war, nachts in dem Bett zu schlafen, in dem Tim wahrscheinlich seine Kindheit und Jugend verbracht hatte.

Sophies Gedanken wanderten zurück zu ihrer Cousine. Eigentlich hatte die Granny den Wunsch geäußert, morgens immer mit den beiden jungen Frauen gemeinsam zu frühstücken, aber Mila behauptete, sie würde im Moment morgens nichts essen. Dass ihre Cousine in der Frühe jedes Mal, wenn sie sich zufällig trafen, mit einer Schale Müsli aus der Küche kam, bewies ihr, dass Mila ihr möglichst aus dem Weg ging.

Sophie befürchtete insgeheim, dass seit ihrer Anwesenheit im Haus das Verhältnis zwischen Granny Omaka und ihrer Enkelin etwas getrübt war. Deshalb war sie auch heilfroh, dass ihre Großtante von ihrem Plan Abstand genommen hatte, sie an diesem Wochenende alle an einen Tisch zu zwingen. Ja, sie hatte schon mit dem Gedanken gespielt, einen Ausflug zum Gletscher zu machen, um ihr neues Umfeld besser kennenzulernen, obwohl ihr der Gedanke, das Great Barrier Reef gegen Eisberge ausgetauscht zu haben, immer noch befremdlich erschien. Der einzige Grund, dieses Wochenende im Pounamu zu bleiben, hieß Tim. Sie verspürte das große Bedürfnis, wenigstens noch einen letzten Versuch zu machen, sich mit ihm auszusprechen. Schließlich konnten sie einander nicht für alle Ewigkeit aus dem Weg gehen. Wenn Sophie etwas länger in Hokitika blieb, würde es zwangsläufig zu Begegnungen zwischen ihnen beiden kommen. Sophie war es ein Herzensanliegen, ihm zu versichern, dass sie auf keinen Fall einen Platz in der Familie Parker besetzen wollte und überdies auf keinerlei finanzielle Zuwendungen, wie ein Erbe, spekulierte. Dasselbe würde sie auch gern Mila erklären, aber so abweisend, wie sie war, sah Sophie keine Chance auf ein Gespräch unter vier Augen. Natürlich fragte sich Sophie, womit sie Mila eigentlich so gegen sich aufgebracht hatte. Sie war ihr gegenüber ja schon in Cairns bisweilen etwas zickig gewesen. Sophie hatte allerdings irrtümlich geglaubt, dass sich Milas Antipathie gegen sie bereits in Australien in Wohlgefallen aufgelöst hatte. Wenn sie sich recht erinnerte, hatten sie über Milas Absturz an Weihnachten und ihre Pool-Einlage sogar miteinander lachen können. Und nun herrschte erneut Eiszeit. Wenigstens passte das zu den Temperaturen, dachte Sophie.

Während sie ein paar Anweisungen notierte, um sie später dem Nachtportier zu übergeben, hörte sie ein Räuspern und hob den Kopf.

Tim schien genauso irritiert, als er Sophie an der Rezeption erkannte.

»Hallo, ich bräuchte mal den Schlüssel von dem freien Einzelzimmer. Meine Großmutter hat mir das reserviert«, sagte er förmlich.

»Moment. Ich schaue mal nach«, erwiderte Sophie nicht minder kühl. Sie fand zwar keine Reservierung, aber es gab noch ein Einzelzimmer.

»Das hat Granny wohl vergessen zu notieren, aber die Zehn ist noch frei.« Sophie registrierte aus den Augenwinkeln, dass seine Miene leicht säuerlich wurde, als sie von »Granny« sprach. Egal, sie würde ihm nicht erklären, dass sie die ausdrückliche Erlaubnis zu dieser vertrauten Anrede hatte. Stattdessen reichte sie ihm den Schlüssel, leicht verwundert darüber, dass er im Hotel und nicht im Haus wohnte, doch dann fiel ihr wie Schuppen von den Augen: Sie hatte sein Zimmer okkupiert.

»Tim, sorry, dass ich, ich meine, also, wenn du willst, dann nehme ich das Hotelzimmer und du kannst solange in deinem Zimmer schlafen«, stammelte sie, weil ihr die Tatsache, dass sie sein Reich besetzte, äußerst unangenehm war.

Tim machte eine abwehrende Handbewegung. »Nee, nee, das geht schon für ein Wochenende. Wo du doch jetzt ein Familienmitglied bist.« Letzteres klang sehr zynisch. Eigentlich wollte Sophie nicht gleich mit der Tür ins Haus fallen und ihm ein Gespräch aufzwingen, aber seine latente Aggressivität ließ ihr keine andere Wahl.

»Tim, ich weiß, was du von mir hältst. Ich kann das auch gut verstehen und werde dich weiß Gott nicht überreden, mich nett zu finden, aber ich möchte dich gern unter vier Augen sprechen, bevor ihr diesen Familienrat habt.«

»Ach ja? Soll ich bei meiner Schwester ein gutes Wort für dich einlegen? Damit sie dich als potenzielle Miterbin mit offenen Armen empfängt?«

Sophie atmete einmal tief durch, um eine spontane, aber wenig deeskalierende Antwort zu unterdrücken.

»Nein, Tim, ich kann das mit Mila selbst klären, wenn es so weit ist, aber ich werde dich natürlich zu nichts zwingen. Kann ich auch gar nicht. Ich möchte dich nur um ein Gespräch bitten.«

Tim verdrehte genervt die Augen. »Okay, dann aber zügig. Der Abend gehört eigentlich meiner Granny. Wann hast du denn frei?«

»In einer Stunde.«

»Gut, dann hole ich dich ab. Ich wollte sowieso schwimmen gehen. Also, wenn du auch ins Wasser willst, dann nimm Badesachen mit.«

»Badesachen in dieser Kälte?«, gab sie skeptisch zurück.

»Heute ist Spitzenwetter. Luft zweiundzwanzig und Wasser neunzehn Grad. Das muss man ausnutzen.« Zum ersten Mal, seit er an die Rezeption getreten war, huschte ein Lächeln über sein Gesicht, und Sophie dachte wehmütig an das Strahlen, das er ihr in Cairns geschenkt hatte, bevor sie einander geküsst hatten.

»Du weiß, was bei uns zuhause warmes Wasser bedeutet, oder?«

»Ich kann es mir denken. Wird so knapp unter dreißig Grad liegen.«

Sophie nickte eifrig.

»Okay, dann treffen wir uns am Eingang. Wir fahren mit Grannys Wagen.«

Sophie sah ihm hinterher, bis er auf der Treppe in die erste Etage verschwunden war. Sie wusste nicht so recht, was sie von ihrem Vorstoß halten sollte, aber immerhin besser, als die nächsten Tage unter seinem Blick, in dem geschrieben stand: *Was willst du hier, du Erbschleicherin?* zu leiden.

Als sie nach Arbeitsschluss in ihr Zimmer ging, überlegte sie kurz, ob sie wirklich Badezeug einpacken sollte, und steckte schließlich ihren Bikini ein, weil sie etwas anderes gar nicht besaß. Außerdem beschäftigte sie die profane Frage, was sie zu diesem Gespräch mit ihm anziehen sollte. Auch wenn sie sich keinerlei Hoffnungen machte, dass sie einander noch einmal näherkommen würden, wollte sie zumindest attraktiv aussehen. Sie entschied sich für eine Jeans und eine ärmellose Bluse, eine Kombi, die sie in Cairns für kalte Tage gewählt hätte. Vorsichtshalber nahm sie sich noch eine Wetterjacke mit, die Granny Omaka ihr geschenkt hatte, denn abends wurde es kühl in Hokitika.

Tim sah blendend aus, als er sie vor dem Hotel erwartete, und er lächelte. Am liebsten wäre sie ihm in die Arme gesunken, doch dieses Bedürfnis sollte sie tunlichst vor ihm verbergen, ermahnte sie sich. Also gab sie sich betont sachlich und fragte höflich, ob sie erst reden sollten und dann schwimmen gehen oder umgekehrt.

»Ich denke, wir sollten an den Strand gehen, solange die Sonne scheint. Sobald sie untergegangen ist, ist es selbst mir zu kalt.«

Danach herrschte Schweigen. Sophie sah aus dem Wagenfenster, um sich ein Bild von der Landschaft zu machen. Sie hatte in der ersten Woche ihres Aufenthalts noch nicht einmal das Anwesen verlassen und wusste eigentlich gar nicht, in welcher Umgebung sie lebte. Wild, war der erste Gedanke, der ihr kam, während sie am Ufer des Arahura entlangfuhren, wild und ungestüm. Sie verglich diesen Eindruck mit dem Dschungel, der Cairns umgab, und hatte das Gefühl, in einer völlig anderen Welt gelandet zu sein. Sie fühlte sich merkwürdigerweise an die Schweiz erinnert, wo sie als junges Mädchen einmal einen Urlaub mit ihrer Mutter und Clemens verbracht hatte.

Besonders faszinierend fand sie auch die schneebedeckten Gipfel am Horizont, die sie allerdings nicht unbedingt mit einem Bad im Meer verband.

»Es ist wirklich bezaubernd hier«, rief sie entzückt aus.

»Hast du zum ersten Mal Ausgang?«, erkundigte sich Tim lachend.

»Bislang war so viel zu tun. Ich hatte überhaupt noch keine Zeit, die Gegend zu erkunden.«

»Gut, dann fahren wir durch den Ort zum Strand, damit du einen Eindruck bekommst, was bei uns an der Westküste eine echte Weltstadt ist.«

Sophie musste grinsen. Sie war ja froh, dass Tim versuchte, eine gewisse Lockerheit rüberzubringen.

Ihr gefiel der kleine Ort auf Anhieb, und sie erkannte auf einen Blick, dass sich in Hokitika alles um Jade drehte. An einem grün gestrichenen Gebäude, das die Innenstadt dominierte, stand in großen Buchstaben *Jade Factory* geschrieben.

»Wenn du magst, gehen wir auf dem Rückweg in ein hübsches Café, falls es das überhaupt noch gibt. Ich glaube, ich war dort das letzte Mal vor Jahren.«

»Gern, in einem Café können wir sicher sein, dass wir uns im Streit nicht danebenbenehmen«, entgegnete sie scherzhaft.

»Das habe ich auch gar nicht vor. Wenn es nach mir ginge, gäbe es zwischen uns beiden auch nichts mehr zu klären.«

Das klang abgegrenzt. Zu früh gefreut, dachte sie bekümmert, sein Groll ist offenbar nach wir vor da. Sie hielt es für besser, ihm nichts zu erwidern.

Nun zog das Meer ihre ganze Aufmerksamkeit auf sich. Es

hatte so gar nichts mit dem lieblichen, türkis schimmernden Wasser vor Cairns oder dem Great Barrier Reef weiter draußen gemein, nein, beim Anblick der grauen, aufgewühlten Wogen musste sie an die Nordsee denken, an der sie auch öfter mal mit ihrer Mutter und ihrem Stiefvater gewesen war. Dafür gab es hier keine schmerzhaften bis tödlichen Begegnungen mit Würfelquallen und anderem giftigen Meergetier. Das wusste Sophie aus einem neuseeländischen Reiseführer, den sie sich aus dem Bücherregal in der Lobby geschnappt hatte, um wenigstens theoretisch etwas über die Heimat ihres Großvaters zu erfahren.

Wir haben traumhafte Bedingungen, um schwimmen zu gehen, können aber wegen der Quallen nicht in die Fluten, während das Meer hier ungefährlich, aber alles andere als einladend ist, dachte Sophie, während sie sich vorstellte, in dieses Meer zu springen, während am Horizont der Schnee auf den Gletscherspitzen funkelte. Sofort bekam sie eine Gänsehaut.

Tim schien sich nicht dafür zu interessieren, was Sophie bewegte, denn nachdem er einen Parkplatz gefunden hatte, war er mit seinen Badesachen einfach aus dem Wagen gesprungen. Sophie blieb erst einmal im Auto sitzen, denn unter diesen Umständen hatte sie keine Lust, sich allein zu einem Bad im kalten Meer durchzuringen. Mit ihm gemeinsam hätte sie sich das zumindest überlegt, aber so?

Missmutig stieg sie aus und trottete in Richtung Strand. Der war allerdings beeindruckend. Er schien endlos nach links und nach rechts weiterzugehen. Sophie zog sich ihre Schuhe aus, um barfuß in dem sonnenwarmen weißen Sand zu schlendern. Sie hielt unauffällig Ausschau nach Tim und entdeckte ihn in einiger Entfernung. Er war gerade dabei, sich das Hemd auszuziehen. Obwohl Sophie sich ermahnte, ihn nicht beim Umziehen zu beobachten, konnte sie den Blick nicht abwenden und fragte sich, was das wohl mit ihnen geworden wäre, wenn sie ihn in Cairns nicht derart vor den Kopf gestoßen hätte. Eine Affäre wie viele andere oder mehr? Sie konnte nicht umhin, es zu bedauern, dass sie Damon aus lauter Panik, er könnte ihr seine Hilfe verweigern, nicht schon damals auf der Pier in die Schranken gewiesen hatte, als er sie gegen ihren Willen küssen wollte. Jetzt hatte sie beides verloren, ihr Hostel und Tim, aber ihren Selbstrespekt, den hatte sie behalten.

Dass Tim sie derart ignorierte, fand sie auch nicht besonders nett von ihm. Sie überlegte kurz und entschied sich ganz spontan, die Herausforderung anzunehmen, denn schwimmen konnte sie wie ein Fisch. Als Schülerin war sie sogar in einem Hamburger Verein gewesen. In Windeseile schlüpfte sie aus ihren Sachen und zog den Bikini an, den sie in ihrem Rucksack hatte.

Mit einem flüchtigen Blick hinüber zu Tim stellte sie fest, dass er noch immer nicht fertig umgezogen war. Das sollte ihr nur recht sein. Sonst würde es noch so aussehen, als würde sie ihm folgen. So konnte sie locker an ihm vorbei in Richtung Meer rennen. Sie tat so, als würde sie ihn gar nicht wahrnehmen. Eigentlich hatte sie vor, tapfer und ohne zu zögern ins Meer zu laufen, aber kaum war sie mit den Füßen drin, blieb sie erschaudernd stehen. Gemessen an den Temperaturen, die sie gewohnt war, hatte sie es hier mit Eiswasser zu tun. Im selben Augenblick hörte sie hinter sich Tim feixen: »Ja, weiter. Nicht stehen bleiben!«

Sie drehte sich um und sah in sein grinsendes Gesicht.

»Das ist unmenschlich«, seufzte sie.

»Aber du wirst doch nicht so kurz vor dem Ziel aufgeben, oder?«

»Natürlich nicht, aber …«

»Kein aber!« Und schon spritzte er übermütig Wasser in ihre Richtung.

»Na warte«, schrie sie und tat es ihm gleich.

Sophie wusste auch nicht, wer angefangen hatte, aber plötzlich balgten sie wie die kleinen Kinder im flachen Wasser und landeten zeitgleich mit ganzer Länge im Meer. Sie dachte nur noch an den Spaß. Sophie rappelte sich als Erste wieder auf und rannte vor ihm weg, aber er holte sie ein und packte sie an den Schultern. »Du hast die Wahl: Freiwillig rein, oder soll ich nachhelfen?«

»Gnade«, flehte sie. »Wir laufen gemeinsam rein. Okay?«

»Aber dann wirklich zusammen. Sonst steht zu befürchten, dass du schummelst.« Er griff nach ihrer Hand. Einen winzigen Augenblick dachte Sophie, wie wunderbar es sich anfühlte, aber dann war sie mit den Gedanken wieder ganz bei ihrem Badespaß.

»Auf die Plätze, fertig los!«, rief sie, und tatsächlich rannten die beiden nun ungehemmt ins kalte Meer.

Als sie bis zum Bauch im Wasser war, ließ er ihre Hand los und kraulte davon. Sophie grinste in sich hinein, als sie ebenfalls loslegte und ihn nach ein paar Metern locker überholte.

»Das gibt es doch nicht«, schimpfte er, bevor er sein Tempo erhöhte, doch er konnte sie nicht einholen, sondern blieb eine halbe Länge hinter ihr. Sophie pflügte geradezu durch das Meer, das sich gar nicht mehr so kalt anfühlte. Sie kraulten eine ganze Strecke parallel zum Strand, bis Sophie merkte, dass sie nicht mehr im Training war. Blitzschnell wechselte sie die Richtung und schaffte es mit letzter Kraft, wieder an den Ausgangspunkt zurückzukraulen und dort mit wackeligen Knien aus dem Wasser zu steigen.

Erschöpft ließ sie sich in den Sand fallen, doch als Tim wenig später ebenfalls den Strand betrat, hatte die Kälte sie voll im Griff, und ihr fiel mit Schrecken ein, dass sie kein Handtuch mitgenommen hatte.

»Oh, meine Güte, du hast ja ganz blaue Lippen«, entfuhr es Tim entsetzt. »Wo ist dein Handtuch?«

»Vergessen«, versuchte Sophie zu sagen, aber ihre Zähne klapperten nun unkontrolliert aufeinander.

»Nicht sitzen bleiben«, befahl Tim und griff nach ihrer Hand.

Bei seinen Klamotten angekommen, zog er ein großes Handtuch hervor und machte sich daran, die zitternde Sophie abzurubbeln. »Und nun wickle dich in das Handtuch«, sagte er streng.

»Aber du brauchst doch auch eins.«

»Lass das mal meine Sorge sein und dreh dich mal eben für einen Moment um.«

Sophie tat, was er von ihr verlangte, und spürte, wie ihr, eingewickelt in das flauschige Handtuch, langsam wieder wärmer wurde. Dazu trug auch ein wenig der Gedanke bei, dass sich Tim hinter ihr wahrscheinlich gerade aus- und wieder anzog.

»Kannst dich wieder umdrehen. Sag mal, wo sind denn deine Klamotten?«

Sophie deutete auf einen Kleiderberg. »Ich ziehe mich dann auch mal an«, sagte sie. »Kann ich das Handtuch umbehalten?«

»Ich bitte darum. Sonst erfrierst du noch, aber erst einmal verrätst du mir, wieso du so gut kraulen kannst?«

»Ganz einfach, ich war mal Jugendmeisterin, als ich noch in Deutschland gelebt habe.«

»Dann hast du mich also in eine gemeine Falle gelockt. Na warte, das gibt Revanche«, verkündete er und lachte. Sophie war entzückt von seinem Lachen und wünschte, er würde nie aufhören, höchstens, um sie zu küssen. Aber das war wohl mehr ein frommer Wunsch, denn der ernste Teil ihres Treffens stand ihr noch bevor, das klärende Gespräch. Immerhin hatte er sich nun doch dazu bereit erklärt.

»Vorsicht, ich war auch im Leichtathletikleistungskurs, falls du dachtest, du könntest mich bei einem Wettlauf abhängen«, erwiderte sie feixend.

»Nein, nein, da denke ich mir was Besseres aus«, gab er zurück.

Er war jetzt fertig angezogen und begleitete Sophie zu ihrer Kleidung.

»Soll ich mich umdrehen?«, fragte er.

»Nicht nötig, ich kann mich dank deines Handtuchs elegant und diskret umziehen.« Und schon begann sie, umständlich an ihrem Bikini zu nesteln. Tim beobachtete das Schauspiel amüsiert.

»Elegant würde ich streichen«, schlug er grinsend vor.

»Haha, jetzt dreh dich doch um, bevor ich hier auf einem Bein hüpfend versuche, in meinen Slip zu kommen.«

Sophie wartete, bis er sich abgewandt hatte, bevor sie das Handtuch fallen ließ und sich hastig anzog.

»Wir können«, sagte sie, als sie damit fertig war und sich ihr nasses Haar zu einem Pferdeschwanz gebunden hatte.

»Jetzt siehst du aus, als wärest du gerade mal sechzehn«, bemerkte Tim.

»Ist das ein Kompliment oder eine Beleidigung?«, konterte sie.

»Sagen wir mal so, wenn ich dich nicht kennen würde, ich könnte mich glatt in dich verlieben«, seufzte er.

Sophies Miene versteinerte. Das war gemein, dachte sie, denn das hieß im Klartext: So, wie ich dich kenne, kann ich dich nicht lieben.

Ihrem Gesichtsausdruck konnte Tim wohl entnehmen, dass er sie mit dem Spruch verletzt hatte, denn er versuchte, jetzt alles auf eine sachliche Ebene zu bringen.

»Das war vielleicht nicht die beste Idee, mit dir schwimmen zu gehen. Schließlich wolltest du eine Aussprache mit mir und keinen gemeinsamen Spaß«, sagte er ernst.

»Alles gut«, murmelte sie und ärgerte sich zugleich, dass sie sich dieses dümmsten aller Sprüche bediente, den man gern dann bemühte, wenn eigentlich gar nichts gut war.

51. Kapitel

Die Fahrt nach Hokitika verlief in angespannter Atmosphäre. Weder Sophie noch Tim sagten auch nur ein einziges Wort.

Tim fand die Sprache als Erster wieder. Als er den Wagen parkte, sagte er: »Wir sind da. Glück gehabt, das Café gibt es noch.«

Draußen auf der Terrasse war noch ein Platz. Tim steuerte ihn zielstrebig an, fragte sie dann jedoch höflich, ob das in Ordnung sei oder sie lieber reingehen wolle.

»Der Platz ist okay«, erwiderte sie und zog ihre Jacke an. Ihr Tisch lag windgeschützt und wurde von der Abendsonne beschienen. Als die Bedienung kam, merkte Sophie, dass sie überhaupt keinen Hunger hatte, weil sie so aufgeregt war, und bestellte sich einen Gin Tonic gegen ihre flatternden Nerven.

Tim tat es ihr gleich und betonte, einer würde wohl gehen, auch wenn er noch fahren musste. Plötzlich sah er sie prüfend an.

»Du darfst hier draußen rauchen«, sagte er.

»Danke, aber dieses Laster habe ich in Cairns gelassen. Meine Haut hat mir die Kippen übel genommen …« Sie stockte, atmete einmal tief durch, weil sie plötzlich das Bedürfnis hatte, nicht länger wie die Katze um den heißen Brei zu schleichen.

»Also, wo fangen wir an, Tim? Bei der Sache mit dem Erbschleichen oder bei dem Abend in Cairns, den du mir wohl niemals verzeihen wirst?«

»Letzteres interessiert mich eigentlich nicht mehr sonderlich. Ich dachte, das hätte ich schon rübergebracht.«

Das fühlte sich für Sophie an wie ein Schlag mitten ins Gesicht.

»Darf ich jetzt reden, oder weigerst du dich, mir überhaupt zuzuhören? Ich hatte gehofft, du hättest deine pubertäre Trotzhaltung inzwischen aufgegeben. Natürlich verstehe ich, dass du sauer warst, dass du mich mit einem anderen Typen in so einer Lage erwischt hast, nachdem wir beide uns kurz zuvor geküsst hatten, aber es war nicht so, wie du vermutet hast.«

Tim hob abwehrend die Hände. »Bitte nicht diese Plattheit. *Schatz, es war alles ganz anders, als du denkst.*« Letzteres sagte er, indem er eine hohe Frauenstimme parodierte.

»Hörst du mir jetzt endlich mal zu oder nicht?«, zischte sie wütend.

»Gut, gut, ich höre.« Das klang so überheblich, dass Sophie mit sich kämpfte, ob sie ihm ihre Geschichte wirklich anvertrauen wollte, aber wenn sie jetzt nicht reinen Tisch machte, würde das in Zukunft immer zwischen ihnen stehen. Und schließlich konnte sie ihm kaum aus dem Weg gehen, solange sie im Haus seiner Großmutter wohnte.

Sophie atmete einmal tief durch und erzählte ihm erst zögerlich, dann immer flüssiger von ihrer Geschichte mit Damon, und auch von der prekären Lage, in die sein Auftritt an der Pier sie gebracht hatte.

Auch wenn er kaum eine Miene verzog, erkannte sie daran, wie er nervös die Finger knetete, dass ihm ihre Schilderung näher ging, als er zugeben wollte.

Sophie sparte auch ihre letzten Begegnungen mit Damon nicht aus und schilderte ihm dann, wie sie ihre Existenz schließlich doch verloren hatte.

»Scheiße!«, rutschte es ihm empört heraus. »Tut mir wirklich leid. Hätte ich das geahnt, ich hätte dir doch geholfen. Vor allem hätte ich dem Typen dermaßen die Fresse poliert, dass er gar nicht gewagt hätte, dich so dreckig zu behandeln!«, fügte er emphatisch hinzu.

»Tja, nun ist es zu spät, aber ich bin froh, dass mein Großvater das nicht mehr erleben musste«, beendete sie ihre Schilderung und wischte sich hastig eine Träne aus dem Augenwinkel.

Tim strich ihr behutsam eine Strähne ihres nassen Haars aus dem Gesicht.

»Entschuldige bitte, dass ich dir überhaupt noch nicht mein Beileid ausgesprochen habe. Ich hatte völlig verdrängt, dass dein Großvater gestorben ist, und es tut mir auch aufrichtig leid, dass du das Hostel verloren hast. Hättest du mir nur mehr vertraut. Du hättest dich nicht an diesen Mistkerl hängen müssen. Ich hätte dir das Geld leihen können.«

»Danke, aber das ist Vergangenheit. Und ich wollte damit auch nicht sagen, dass du dich falsch verhalten hast, sondern dir nur erklären, warum ich mich an jenem verflixten Abend nicht in deine Arme werfen konnte, was ich liebend gern getan hätte.« Sophie hatte bei den letzten Worten den Kopf gesenkt aus lauter Angst, Tim könnte ihr womöglich ansehen, dass sie mit den Tränen kämpfte.

»Okay, es tut mir so leid, dass ich mich wie ein eifersüchtiger Irrer aufgeführt habe, aber weißt du, es war hart, dich mit dem Kerl zu sehen, der ganz offensichtlich deine Zuneigung erzwingen wollte, nachdem ich mich dir gegenüber in einer Art und Weise geöffnet hatte, die ich bei mir zuvor nicht gekannt habe.«

»Frieden?«, fragte Sophie und sah ihm direkt in die Augen.

»Frieden«, entgegnete er. Sophie wünschte sich inständig, er würde wenigstens ihre Hand nehmen, aber er tat nichts dergleichen. »Und was das Erbe deiner Granny angeht, ich will nichts davon abhaben. Verstehst du? Gar nichts!«

»Und wovon willst du leben?«

»Das lass mal meine Sorge sein. Vorerst habe ich einen guten Job im Hotel, und den mache ich so lange, wie ich brauche, bis ich mir etwas angespart habe.«

»Ach so! Und dann willst du in dein altes Leben zurück, oder was?«, fragte er unwirsch.

»Es geht immer voran, niemals zurück«, erwiderte sie schwach. Sie hatte überhaupt keine Lust auf eine weitere Auseinandersetzung mit Tim. Es musste ihm doch genügen, dass sie ihm erklärt hatte, wie wenig ihr daran lag, etwas von Milas oder seinem Erbe zu ergattern.

Tim legte seine Stirn in grüblerische Falten. »Ich möchte nicht, dass du verzichtest«, sagte er nach einer ganzen Weile des Schweigens.

»Aber du hattest doch Sorge, ich sei eine Erbschleicherin und …«

»Ich habe das Ganze mit den Augen einer beleidigten Leberwurst gesehen und nicht mit dem Blick der Vernunft. Natürlich steht dir ein Drittel unseres Erbes zu, denn Pounamu gehört genauso dir wie uns. Das habe ich vorher nicht bedacht. Ich möchte, dass du bei unserem Familienrat dabei bist. Das werde ich heute noch meiner Großmutter mitteilen.«

»Und deine Schwester? Was wird die dazu sagen?«

»Mila muss anerkennen, dass dir Pounamu genauso gehört wie uns. Und wenn es eines Tages so weit sein sollte, was ja nun nach Grannys Operation in weiter Ferne …«

»Tim, sie hat sich in Dunedin die Stents nicht implantieren lassen, aber versprochen, dass sie das bald nachholt.«

»O Gott, das hat mir mein Schwesterherz am Telefon vorsichtshalber verschwiegen. Mila muss doch ausgerastet sein!«

»Ist sie auch. Und wie! Nun redet sie kaum mehr mit mir. Offenbar braucht sie einen Schuldigen für die Sturheit eurer Großmutter.«

»Gut, also gut, wir werden ganz vernünftig miteinander reden. Und es gibt dann auch eine optimale Lösung. Im Fall der Fälle wird Mila ein Stück Land behalten samt ihres Grünsteinflusses, und wir verkaufen den Rest und teilen uns das Geld.«

»Du willst das Hotel verkaufen, wenn deine Großmutter mal stirbt?«, fragte Sophie entsetzt.

Er machte eine abwehrende Handbewegung. »Du hast doch wahrscheinlich nicht vor, dein Leben in Hokitika zu verbringen, oder?«

Sicher nicht, wenn es keinen triftigen Grund gibt, in Neuseeland zu bleiben, dachte sie betrübt. Nicht, dass sie erwartet hätte, dass er sie zum Bleiben überreden würde, aber seine Worte hießen so viel wie: Du bist doch eh bald wieder weg!

»Denke eher nicht, aber vielleicht sollte man überlegen, ob man das Hotel nicht lieber verpachtet.«

»Sei mal ganz ehrlich. Bargeld wäre dir doch bestimmt am liebsten. Dann kannst du in eine neue Strandbar investieren.«

Keine Frage, er sah sie bereits zurück in Australien. Eigentlich plante sie ihre Zukunft ja auch in diese Richtung, und trotzdem hatte sie insgeheim gehofft, er hätte ihr seine Heimat etwas schmackhafter gemacht. Denn für ihn würde sie sogar … Sie erschrak und traute sich gar nicht, den Gedanken zu Ende zu führen. Wenn man ihr vor ein paar Wochen erzählt hätte, sie würde auch nur mit dem Gedanken spielen, einem Mann zuliebe ihre Freiheit aufzugeben … Doch jetzt ging es erst einmal darum, ihm den Zahn zu ziehen, dass sie auf den Verkauf von Pounamu scharf war.

»Du, Tim, ich würde ungern über das Erbe deiner Großmutter spekulieren, solange sie noch lebt. Und auch dann. Das solltest du wirklich lieber mit deiner Schwester klären. Vielleicht möchte sie ja nicht, dass das Anwesen geteilt wird. Und noch etwas: Wenn Mila sich gegen meine Anwesenheit bei dem Familienrat sträuben sollte, zwing sie nicht. Das fällt dann allein auf mich zurück. Aber danke dir, dass du deine Meinung geändert hast und mich nicht mehr für eine Erbschleicherin hältst.«

»Ganz sicher nicht. Ich glaube, du bist einfach ein Freigeist, der lieber aus dem Rucksack am Strand leben würde, als sich dem Willen eines anderen zu beugen.«

»Da ist sicher etwas dran, aber ich könnte mir auch vorstellen, etwas davon aufzugeben, wenn es mich glücklicher machen würde.«

Er lachte herzlich. »Ach, Sophie, solche Menschen wie du und ich, die kann man nicht an die Leine legen. Wir sind wahrscheinlich am glücklichsten, wenn wir uns nicht allzu sehr binden. Soll ich übrigens Jonah sagen, dass du im Lande bist?«

Sophie zuckte bei seinen Worten zusammen. So, wie er das sagte, hatte er offenbar gar keine Gefühle mehr für sie, während sie mit jeder Minute, die sie mit ihm verbrachte, heftiger für ihn entbrannte.

»Natürlich kannst du ihm das sagen«, bemerkte sie in schnippischem Ton.

»Und was soll ich ihm raten, wenn er gleich ein Ticket nach Hokitika buchen will?«

»Am besten, du mischst dich da nicht ein. Jonah ist erwachsen, und ich habe ihm klare Ansagen gemacht!«, fauchte sie.

Wütend sprang Sophie auf und legte ihm einen Schein auf den Tisch. »Das müsste für einen Gin Tonic reichen. Ich warte dann am Auto!« Mit diesen Worten schnappte sie sich ihre Handtasche und eilte davon.

Sie nahm sich fest vor, in Zukunft Zweiertreffen mit ihm zu vermeiden. Es war gut, dass sie miteinander gesprochen hatten, und es war auch großzügig von ihm, dass er seine Einstellung bezüglich des Erbes geändert hatte, obwohl es ihr lieber gewesen wäre, er hätte ihr stattdessen noch eine zweite Liebeschance gegeben.

Unter dem Strich war diese Begegnung auf jeden Fall mit mehr Schmerzen verbunden, als sie es auf Dauer ertragen konnte. Dabei hatte es durchaus nahe Momente gegeben. Sie musste nur daran denken, wie zärtlich er sie abgerubbelt und wie fürsorglich er sie in das Handtuch gewickelt hatte, und schon spürte sie, wie ein heißer Schauer durch ihren Körper rieselte. Trotzdem verspürte sie keine Lust, einfach nur mit ihm ins Bett zu steigen, um das Feuer der Begierde zu löschen. Nein, auf so einen unverbindlichen One-Night-Stand würde sie sich mit ihm im Leben nicht einlassen, und das hatte sie bei ihrer ersten Begegnung merkwürdigerweise schon ganz genauso empfunden.

Tim blieb erschrocken zurück. Er konnte gar nicht sagen, wie sehr er sein gespieltes cooles Verhalten ihr gegenüber bedauerte. Seit Cairns war keine Nacht vergangen, in der er nicht an sie gedacht hätte. Und als er sie vorhin an der Rezeption wiedergesehen hatte, hatte sein Herz bis zum Hals geklopft, sodass er schon befürchtete, sie könnte es hören. Wenn er nur an den Anblick der schönen Sophie im Bikini dachte, wurde ihm ganz heiß. Davon abgesehen hatte sie ihm mächtig imponiert mit ihren Kraulkünsten. Ach, er war schlicht verliebt in sie, was er vor sich jedenfalls nicht länger verbergen konnte.

Was würde er darum geben, wenn Sophie in Neuseeland bliebe und sie einander eine zweite Chance geben würden, aber er konnte nicht über seinen Schatten springen. Wahrscheinlich würde sie in schallendes Gelächter ausbrechen, wenn sie erführe, was er vorhin im Wagen gedacht hatte. Dass er sich wünschte, sie würde die Mutter seiner Kinder … Und das ihm, der noch niemals darüber nachgedacht hatte, ob er überhaupt Kinder wollte. Er stieß einen tiefen Seufzer aus, bevor er die Rechnung verlangte. Nein, er würde nichts von dem durchblicken lassen, was er für sie fühlte. Dann, so glaubte er, hätte er schon verloren, aber Tim wusste im Moment partout nicht, wie er ein Pokerface aufsetzen und gleichzeitig freundlich zu ihr sein sollte.

Als er sie dort vor dem Auto im Schein einer Straßenlaterne stehen sah, denn inzwischen hatte sich die Dämmerung über Hokitika gelegt, blieb er abrupt stehen. Sie sah traurig aus, jedenfalls soweit er das an ihrem Profil erkennen konnte.

Er verspürte das dringende Bedürfnis, sie in den Arm zu nehmen und ihr zu versichern, dass ihm nichts ferner lag, als ihr Kummer zu bereiten. In dem Augenblick wandte sie den Kopf in seine Richtung. Ehe sie sich mit dem Ärmel ihrer Jacke hastig über die Augen wischen konnte, hatte er es bereits feucht schimmern sehen. Er blickte sie entgeistert an und wünschte sich, er wäre zartfühlender mit ihr umgegangen. Aber das konnte er sich nicht leisten, denn dann würde sie wissen, wie es um ihn stand. Sophie hielt seinem Blick stand. Wer als Erster wegguckt, hat verloren, hatte er als Kind oft mit Mila gespielt und sie stets um Längen geschlagen. Heute aber war er der Verlierer. Diesen waidwunden Blick hätte er keine Sekunde länger ertragen.

Und nun? Sollte er sich entschuldigen und es zulassen, dass sie ihm so nahekam, dass sein Verstand vor seinen Gefühlen nur noch kapitulieren konnte? Er versuchte an Lin zu denken, seine chinesische Affäre in Auckland, aber er konnte sich nicht einmal ihr Gesicht ins Gedächtnis rufen. Dafür sah er Sophie, wie sie ihm ihre Lippen zum Kuss angeboten hatte.

»Sorry, das war blöd von mir, dass ich Jonah ins Spiel gebracht habe«, sagte er, als er am Wagen ankam.

»Sehr blöd«, zischte sie.

Auf der Rückfahrt herrschte wieder das große Schweigen zwischen ihnen.

52. Kapitel

Mila hatte sich mit Feuereifer an die Herstellung ihrer Hine-Maata-Kollektion gemacht, denn Pit hatte mit ihr vertragliche Lieferzeiten ausgemacht. Natürlich hatte die Tatsache, dass sie sich mit Arbeit zuschüttete, auch einen tieferen Sinn. Das alles tat sie, damit sie nicht allzu viel zum Grübeln über das Leben und besonders über Dr. Brian Morris und ihr peinliches letztes Telefonat kam. Heute hatte ihr Bruder ihr endlich die Entwürfe für ihr Studio und den Laden gezeigt. Die Planung war Tim wirklich gelungen. Trotzdem machte sie sich Sorgen um ihren Bruder, der sehr niedergeschlagen wirkte. Mila vermutete, dass Sophies Anwesenheit ihm auf die Stimmung schlug. In einer Pause, die sie am Fluss bei einem leichten Lunch genossen, konnte sie sich nicht länger beherrschen. Vor allem, weil gleich der Familienrat stattfinden sollte, und da konnte sie Tim kaum darauf ansprechen. Jedenfalls nicht vor Granny.

»Bruderherz, was ist los mit dir? Liegt dir unsere Cousine auf dem Magen? Hast du Sorge, sie wird sich unser Erbe unter den Nagel reißen wollen?« Das sollte ein Scherz sein, denn so wenig es Mila auch gefiel, wie gut sich die Granny und Sophie verstanden, für eine hinterlistige Erbschleicherin hielt sie die australische Cousine ganz sicher nicht, aber Tim reagierte wie angestochen.

»Sophie will gar nichts davon haben. Sie würde am liebsten verzichten, und deshalb ist es wichtig, dass sie gleich dabei ist.«

»Wie, gleich mit dabei ist? Ich denke, wir waren uns einig, dass wir erst einmal zu dritt tagen«, konterte Mila empört.

»Nein, zu viert. Großmutter besteht darauf.«

»Ja, aber wir haben doch auch ein Wörtchen mitzureden, und sie hat doch eingelenkt und eingesehen, dass wir erst einmal unter uns bleiben.«

»Ich habe sie gebeten, Sophie dazu einzuladen«, gab er seufzend zu.

Mila blieb der Mund offen stehen. »Und mich hast du einfach übergangen? Du hättest ja wenigstens fragen können.« Sie atmete einmal tief durch. »Aber gut, da sie verzichten will, ist es ja okay, wenn sie das gleich klärt«, fügte sie versöhnlich hinzu.

»Wir werden sehen«, sagte Tim ausweichend und stand auf. »Danke für den Salat. Bis gleich.«

Bevor Mila noch etwas sagen konnte, war ihr Bruder verschwunden. Merkwürdig, dachte sie, das passt alles gar nicht zusammen. Wenn er wirklich erleichtert wäre, dass Sophie keinen Anspruch auf Pounamu anmeldete, wäre er doch besser gelaunt. Sie konnte sich keinen Reim darauf machen und kehrte mit einem vollgepackten Tablett und den Plänen unter dem Arm ins Haus zurück. Dort traf sie auf ihre Granny, deren ungesunde, blasse Gesichtsfarbe sie erschreckte.

»Granny, ist alles in Ordnung bei dir?«, fragte sie besorgt.

»Mir geht es blendend«, entgegnete ihre Großmutter rasch und lächelte schief.

»Ach, Granny, hör doch auf. Ich sehe dir doch an, dass du dich nicht wohlfühlst.«

»Kind, mir fehlt nichts. Ach, nicht, dass ich es vergesse. Auf dem Anrufbeantworter war Dr. Morris und hat um deinen Rückruf gebeten.«

Mila ließ sich ihre Aufregung nicht anmerken, sondern verließ die Küche, um sich oben noch ein wenig frisch zu machen für den Familienrat, der im Esszimmer stattfinden sollte. Wenn er schon anrief, wäre es jetzt wirklich ihr Part, sich für den peinlichen Telefonauftritt zu entschuldigen. Sie hatte ja auch schon ein paarmal angefangen, seine Nummer einzutippen, es dann aber immer wieder abgebrochen. Sie wusste nicht so recht, wie sie ihm das wohl erklären sollte, dass sie ihrer Cousine gegenüber eine geradezu lächerliche Eifersucht empfand. Und wenn sie diese Hürde genommen hätte, was wollte sie mit der Entschuldigung erreichen? Dass er sie, wenn er in Sydney war, nicht in allzu schlechter Erinnerung behielt? Aber was brachte das? Sie würden einander niemals wiedersehen. Sollte er doch denken, was er wollte! Spätestens an dem Punkt ihres inneren Monologs pflegte sie den Versuch der Kontaktaufnahme hastig zu beenden. Aber nun hatte er den ersten Schritt gemacht, und den durfte sie nicht einfach ignorieren.

Sie schnappte sich ihr Telefon und wählte seine Nummer. Dieses Mal bis zum bitteren Ende. Doch als er sich meldete, verließ sie der Mut, und sie drückte das Gespräch weg. Ihr Herzschlag hatte sich sichtlich beschleunigt, und sie ärgerte sich maßlos über diesen Abbruch, denn er würde an der Nummer erkennen, dass sie die Anruferin eben gewesen war …

Als Mila wenig später ins Esszimmer trat, saßen die anderen drei schon am Esstisch und tranken Tee. Mit einem knappen Gruß setzte sie sich dazu. Sie saß neben ihrem Bruder und spürte seine Angespanntheit körperlich.

Granny blickte sichtlich aufgeregt in die Runde und verteilte an jeden einen großen Umschlag.

»Das ist mein Testament. Öffnet den Umschlag bitte erst, nachdem wir alles mündlich geklärt haben.«

Mila wunderte sich, dass auch Sophie einen Umschlag entgegengenommen hatte, aber vielleicht vererbte die Granny ihr ein paar persönliche Gegenstände, die Sophie an ihren Großvater erinnern sollten. Im Übrigen wurde ihr unwohl bei dem Gedanken, dass ihre Granny schon offiziell ihr Testament gemacht hatte. So als würde sie sich damit abfinden, ohne die OP überraschend zu sterben.

»Ich freue mich sehr, dass Sophie mit uns am Tisch sitzt und dass wir uns alle einig sind, dass ihr ein Drittel meines Vermögens zusteht, weil mein Vater ihren Großvater vom Hof gejagt hat, obwohl Pounamu genauso meinem Bruder gehörte wie mir.«

Mila schluckte. Sie warf ihrem Bruder einen fragenden Blick zu. Hatte er nicht eben noch hoch und heilig versichert, Sophie würde auf ihr Erbe verzichten? Dabei ging es Mila auch gar nicht ums Geld, sondern um die Tradition von Pounamu. Was hatte die australische Sophie mit dem Erbe ihrer Maori-Ahninnen zu schaffen? Und warum hatte er so sang- und klanglos die Seiten gewechselt und offenbar Granny gegenüber auch noch in ihrem Namen gesprochen? In ihrem Kopf ging es zu wie in einem Karussell. Die Gedanken drehten sich schnell und immer schneller, bis sie nicht mehr wusste, wo unten und oben war. Obwohl es ihr wahnsinnig widerstrebte, wieder einmal auf einsamem Posten zu kämpfen, musste sie ihr Veto einlegen, und zwar sofort.

Sie hatte gerade den Mund geöffnet, um loszulegen, als sie beobachtete, wie sich die Granny an die Brust fasste, einmal gequält aufstöhnte und wie in Zeitlupe in sich zusammensank.

»Granny!«, schrie sie. Da war Tim schon bei der Großmutter, während Sophie kalkweiß und wie betäubt sitzen blieb.

»Ruft den Notarzt!«, brüllte er, und Mila wählte die bekannte Nummer, bevor sie ebenfalls zur Großmutter eilte. In diesem Augenblick kam Sophie hinzu und bat die Geschwister, etwas zurückzutreten, was sie im Schock widerspruchslos taten.

»Granny Omaka«, sagte sie und schüttelte sie an den Schultern. Die Antwort war ein leises Stöhnen.

»Leg sie bitte auf den Boden. Tim, lagere den Oberkörper

hoch, lehn ihn gegen den Stuhl und du, halt sie fest, Mila«, befahl sie, öffnete den oberen Knopf von Grannys Bluse, befreite sie von dem Gürtel ihrer Hose und kniete sich, kaum dass die beiden ihren Anordnungen gefolgt waren, neben die Großmutter. Sie legte beide Hände übereinander und begann mit ausgestreckten Armen mit der Herzmassage. Nach ungefähr dreißig Druckstößen beatmete sie Granny zweimal von Mund zu Mund, bevor sie mit der Herzdruckmassage fortfuhr, bis von draußen die Sirene des Notarztwagens ertönte.

Mila eilte zur Tür und kam mit dem Notfallteam zurück, das ihre Großmutter erst einmal an die mitgebrachten Geräte anschloss, um ihre EKG-Kurve zu messen, bevor es ihr einige Mittel einflößte und anschließend auf die Liege hob.

»Ich fahre mit«, sagte Mila.

Tim nickte: »Wir kommen mit dem Wagen nach.«

Granny war bei Bewusstsein, als man sie zum Notarztwagen brachte. Sie versuchte zu sprechen, aber es war kaum verständlich. Das Sprechen schien sie extrem anzustrengen, sodass sich ihrem Mund eher ein Stöhnen entrang als klare Worte. Mila meinte: *Gar nicht so schlimm!* herauszuhören. Das wäre jedenfalls typisch für ihre Granny, aber jetzt war nicht der Zeitpunkt, sich mit ihrer Sturheit zu beschäftigen, sondern ihr Mut zu machen. Mila durfte auf der Fahrt zur Klinik neben ihr sitzen, weil der Arzt sie mit allem versorgt hatte, was die Akutbehandlung erforderte. Mila hatte Grannys Hand in ihre genommen und drückte sie immer wieder sanft.

Was Mila am meisten wunderte, war die Tatsache, dass aus den offenen Augen ihrer Großmutter nicht die geringste Panik sprach. Sie hatte seit Grannys Infarkt alles gelesen, was sie über Herzinfarkte finden konnte, und da wurde stets das Symptom der Todesangst erwähnt. Aber darunter litt ihre Granny ganz offenbar nicht. Milas Gedanken schweiften zu Sophies beherztem Eingreifen, und sie schämte sich ein wenig dafür, dass sie sich stundenlang mit allen möglichen medizinischen Details befasst hatte, aber nicht mit der Frage, wie sie in so einem Fall helfen konnte. Wie sich das mit Sophie auch immer entwickeln sollte, das würde sie ihrer Cousine nie vergessen. Während sie beruhigend auf ihre Großmutter einredete, obwohl die ganz unaufgeregt dalag, betete sie still, dass Granny bitte nicht sterben möge. Voller Unbehagen musste sie immer wieder daran denken, dass Granny ihnen heute ihr Testament überreicht hatte. Mila weigerte sich, darin ein Zeichen ihres bevorstehenden Todes zu sehen, und fuhr fort, für das Überleben ihrer Großmutter zu beten.

Ein ungeduldiges Zupfen an ihrem Ärmel riss sie aus ihren Gebeten. Mila sah ihre Großmutter erschrocken an, die nun erneut versuchte, ihr etwas mitzuteilen, aber auch jetzt stöhnte sie mehr, als dass sie sprach. Nun verstand Mila so etwas wie »Vater«. Als sie merkte, wie sehr die Großmutter das Reden anstrengte, strich sie ihr zart über die Wange. »Erzähl es mir später. Du musst dich jetzt schonen«, flüsterte sie mit sanfter Stimme. Granny schloss den Mund, seufzte tief und blickte ihre Enkelin hilflos an.

53. Kapitel

Die Ärzte hatten Granny Omaka wegen ihres besorgniserregenden Zustands ins künstliche Koma versetzt, aus dem sie schon nach vier Tagen schrittweise wieder zurückgeholt werden sollte. Länger hielten die Ärzte den kontrollierten Tiefschlaf nicht für vertretbar. Zu groß war das Risiko, dass es zu Folgeschäden wie einer Lungenentzündung kam. Und ihr Kreislauf hatte sich so weit stabilisiert, dass die Mediziner diesen Schritt für sinnvoll hielten. Trotzdem hatte sich wenig an Grannys Zustand verändert. Obwohl die Narkosemittel immer mehr reduziert wurden, befand sich die Großmutter weiter im Tiefschlaf.

In den letzten Tagen hatten sich Sophie, Mila und Tim im Krankenhaus abgewechselt, sodass immer jemand an ihrem Bett saß und ihre Hand hielt. Doch Tim war gestern zurück nach Auckland gereist, nachdem die beiden Frauen ihm versichert hatten, dass sie das allein schaffen würden und er lieber seinen unaufschiebbaren beruflichen Termin wahrnehmen solle. Er hatte versprochen, gleich am Wochenende wiederzukommen. Der Umgang zwischen den dreien war seit Grannys erneutem Infarkt sehr umsichtig. Mila aber war in dem ganzen Trubel noch nicht einmal dazu gekommen, Sophie zu danken, geschweige denn mit ihr ein klärendes Gespräch zu führen. Sie wollte ihr doch endlich mitteilen, dass ihr selbstverständlich ein Drittel des Erbes zustand, weil ihr Großvater dort geboren und seine ersten Lebensjahre auf Pounamu verbracht hatte. Er gehörte auf das Land ihrer Ahninnen, und damit auch Sophie. Aber es war einfach zu viel zu tun gewesen. Der Termin mit Pit rückte näher, und wenn sie nicht in der Werkstatt arbeitete, war sie im Krankenhaus. Sophie ging es ähnlich. Sie war im Hotel unabkömmlich oder hielt sich in der Klinik auf.

An diesem Morgen hatte Mila Dienst und sah dem heutigen Besuch mit gemischten Gefühlen entgegen. Natürlich hatte sie, wie es ihre Art war, alle Informationen gesammelt, die sie über mögliche Komplikationen beim Erwachen aus dem künstlichen Koma finden konnte. Ihre größte Angst war, dass Granny einfach nicht mehr erwachen würde, was bei einem künstlichen genauso passieren konnte wie bei einem natürlichen Koma.

Auf dem Weg zu ihrem Wagen begegnete ihr Sophie, die gerade ihren Dienst an der Rezeption antreten wollte. Sophie musterte sie prüfend. »Guten Morgen, du bist ja schrecklich blass. Gibt es schlechte Nachrichten von Granny?«

»Nein, aber ich habe so ein merkwürdiges Gefühl im Bauch. Ich weiß auch nicht, warum«, seufzte Mila.

»Soll ich hinfahren, und du ruhst dich mal aus?«, bot ihr Sophie an.

»Ach was. Das schaffe ich schon. Außerdem zieht es mich ja geradezu ins Krankenhaus …«

In diesem Augenblick kam Sara hinzu. »Neuigkeiten von eurer Granny?«, erkundigte sie sich.

Mila schüttelte den Kopf. »Ich bin auf dem Weg zu ihr. Eigentlich müsste sie langsam mal aufwachen. Ich hoffe sehr, dass sich da heute was in diese Richtung tut.«

»Ich mache dir einen Vorschlag«, mischte sich Sophie ein. »Ich begleite dich.« Sie wandte sich an Sara. »Könntest du so lange an der Rezeption bleiben?«

»Kein Problem.«

Mila zögerte etwas. Natürlich rührte sie das Angebot ihrer Cousine, aber die Vorstellung, gemeinsam mit Sophie darauf zu warten, dass Granny Omaka aufwachte, verunsicherte sie zugleich.

»Willst du dir das wirklich antun? Was, wenn sie wieder nicht aufwacht?«, gab sie zu bedenken.

»Dann sind wir immerhin zu zweit vor Ort. Also, ich hätte wenig Nerv, heute allein hinzufahren, weil endlich etwas geschehen muss. Und da ist das doch besser, wenn wir uns gegenseitig unterstützen können, oder?«

»Okay, vielleicht hast du Recht. Dann lass uns fahren«, seufzte Mila.

Schweigend gingen sie zum Wagen. Wenn Mila sich richtig erinnerte, war sie noch nie mit Sophie allein gewesen, seit diese nach Pounamu gekommen war. Irgendwie fühlte sich das merkwürdig an.

Mila hätte das Schweigen gern unterbrochen, aber sie wusste nicht genau, wie sie das anstellen sollte. Natürlich konnte sie jetzt Floskeln von sich geben über das miese Wetter oder die neue Reisegruppe, die jede Nacht bis in die Puppen auf den Zimmern Partys feierte. Dabei würde sie viel lieber wissen, was zwischen Tim und Sophie ablief. Mila waren die verstohlenen Blicke keineswegs entgangen, die sich die beiden zugeworfen hatten, wenn sie sich unbeobachtet fühlten. Und beide waren gleichermaßen krampfhaft darum bemüht, dass sich ihre Blicke ja nicht trafen. Für Mila ein eindeutiges Indiz, dass die beiden noch nicht fertig miteinander waren, sich aber offenbar sehr schwertaten, dem anderen ihre Gefühle zu zeigen. Tja, Don hatte in Sophie wirklich seine Meisterin gefunden. Hoffentlich schaffen es die beiden, ihre Mauern einzureißen, dachte Mila.

Sie waren jetzt schon in Greymouth und hatten immer noch kein Wort miteinander gewechselt. Da durchbrach Mila das Schweigen.

»Übrigens danke, dass du Granny das Leben gerettet hast«, sagte sie.

»Wieso? Das ist doch nicht mein Verdienst«, widersprach Sophie.

»Doch, das hat mir der Arzt so mitgeteilt. Dass die Notversorgung in den ersten Sekunden entscheidend wäre, ob jemand so einen Infarkt überlebt. Und die hätten wir vorbildlich durchgeführt. Aber das warst du, nicht wir. Woher kannst du das?«

Sophie lächelte verlegen. »Ich wollte damals vor meinem Abi, als ich noch in Deutschland gelebt habe, unbedingt Medizin studieren und habe ein Praktikum an einer Lehrrettungswerkstatt absolviert. Dort werden die Sanitäter ausgebildet. Tja, und die Erstversorgung war natürlich ein Thema.«

»Du hast in Deutschland gelebt?«

»Ja, meine Mutter hat einen Mann aus Hamburg geheiratet, ich bin quasi dort aufgewachsen, aber dann bin ich zum praktischen Jahr nach Brisbane gegangen und in Australien geblieben.«

»Spannend, darf ich dich mal was ganz Persönliches fragen?«

»Nur zu!«

»Könntest du dir für den Fall, dass meine Granny es nicht schafft, vorstellen, hierzubleiben? Ich meine, ich bin Schmuckdesignerin und keine Hotelfachfrau. Das fiele dann in dein Ressort, wenn wir ihr Erbe antreten müssten.«

»Sie wird nicht sterben«, erklärte Sophie mit Nachdruck.

»Nein, natürlich nicht, jedenfalls nicht jetzt, ich meine ja nur, könntest du dir vorstellen, das Hotel zu übernehmen?«

Sophie zuckte die Achseln. »Ich weiß es nicht, da hat ja auch Tim ein Wörtchen mitzureden, der hat da ganz andere Pläne …«

»Was schwebt meinem Bruder denn vor?«, fragte Mila lauernd.

»Ich würde mich ungern in eure Angelegenheiten einmischen«, sagte Sophie ausweichend.

»Von wegen unsere Angelegenheit. Granny hat bestimmt, dass dir ein Drittel von Pounamu gehört, dann übernimm auch die Verantwortung. Also, was will mein Bruder?« Mila merkte, dass sie sich schon wieder im Ton vergriffen hatte, aber es ärgerte sie, dass Sophie anscheinend mehr über Tims Pläne wusste als sie.

Sie waren jetzt auf dem Klinikparkplatz angekommen. Mila parkte den Wagen ein.

»Na ja, er würde dir ein Drittel des Grundstücks lassen und das Hotel samt Haus verkaufen.«

»Bitte? Der hat doch wohl nicht alle Tassen im Schrank. Das kommt gar nicht in Frage!«, zischte Mila. »Dabei machst du doch wohl nicht mit, oder?«

Sophie stieß einen tiefen Seufzer aus. Sie wollte keinesfalls illoyal gegenüber Tim sein, aber vom Gefühl her war sie eher auf Milas Seite. So ein Anwesen konnte man doch nicht einfach in kleine Scheiben schneiden. Es gehörte doch alles zusammen, und es war merkwürdig, dass sie das sogar emotional berührte. Denn wenn sie jemals das Gefühl gehabt hatte, irgendwo heimisch zu sein, dann auf diesem Flecken Erde. Und das, obwohl ihr das Wetter mächtig gegen den Strich ging und ihr der Trubel fehlte, der in Cairns herrschte. Aber wenn sie nach einem Arbeitstag allein durch den Garten bis zu dem Flussarm schlenderte, umhüllte sie jedes Mal das wohlige Gefühl, angekommen zu sein. Und auch das Hotel war ihr sehr ans Herz gewachsen. Sie würde deshalb zwar keinen Schwur abgeben zu bleiben, aber im Moment fühlte sie sich absolut wohl in Pounamu.

»Ich habe ihm gesagt, dass es ja auch andere Möglichkeiten gäbe, das Hotel zu betreiben. Man könnte es verpachten, wenn es in der Familie keinen Nachfolger für Granny Omaka gibt.«

»Sag mal, bist du so naiv, oder tust du nur so? Granny hat längst eine Erbin für das Hotel bestimmt, und das bist du! Da kannst du dir kein Hintertürchen offenlassen. Entweder übernimmst du den Laden, oder du übernimmst ihn nicht. Oder ist es dir im Grunde genommen ganz recht, wenn Tim alles verscherbelt, damit du dir von der Kohle was in Down Under kaufen kannst?«

»Ach, Mila, ich weiß ja, dass du mich nicht sonderlich leiden kannst«, stöhnte Sophie. »Aber ich will euer Geld nicht und ja, ich bin zwiegespalten. Ich, ich fühle mich wohl in Pounamu, aber ich war noch nie der Typ, der sich gern festlegt. Ich möchte die Freiheit haben, morgen meine Koffer zu packen und weiterzuziehen.«

»Würdest du das vielleicht anders sehen, wenn dich noch etwas in Neuseeland halten würde?«

»Reden wir nicht um den heißen Brei herum. Du sprichst von deinem Bruder, oder?«

Mila nickte eifrig.

»Okay, wenn du mir schwörst, ihm das nicht zu verraten, ja, er wäre ein triftiger Grund für mich, sesshaft zu werden.«

Mila sah Sophie groß an. »Du liebst ihn wirklich, oder?«

»Wenn du ihm das steckst, bin ich schon morgen wieder weg, aber das wäre dir ja vielleicht sogar recht.«

»Ich sag nichts. Bin doch nicht lebensmüde«, erwiderte Mila grinsend. »Und was deine Annahme betrifft, ich sei froh, dich nur noch von hinten zu sehen, ja, ich war gar nicht erfreut, dass du mit Granny nach Neuseeland gekommen bist, aber ich glaube, ich war eine ziemliche Zicke.«

»Stimmt«, lachte Sophie.

»Ich war eifersüchtig, nicht nur, weil dir die Männerherzen einfach so zufliegen, sondern auch das Herz unserer Granny, aber das war mein Film, für den du gar nichts kannst. Tut mir leid. Ich würde mich wahnsinnig freuen, wenn du dir nicht alles offenlassen würdest, sondern verbindlich zusagen könntest, wenigstens eine Zeitlang in Pounamu zu bleiben …«

Sophie streckte ihr lächelnd die Hand entgegen. »Drei Jahre verbindlich? Ist das erst einmal okay?« Sie sagte das so locker, während ihr das Herz bis zum Hals klopfte. Noch nie hatte sie ein derart leichtsinniges Versprechen abgegeben, aber auch wenn sie es am liebsten auf der Stelle widerrufen hätte, jetzt, wo es ausgesprochen war, würde sie sich auch daran halten. Außerdem gefiel ihr der Gedanke, mit Mila ein Team zu bilden. Ohne ihre zickige Attitüde schien sie ihr eine reflektierte und durchaus liebenswerte Person zu sein. Und ihr mental näher zu sein, als sie es am Anfang für möglich gehalten hätte.

Mila schlug ein, und auch ihr Herzschlag hatte sich merklich beschleunigt. Sie hatte plötzlich das Gefühl, dass Sophie ihr außerordentlich vertraut war, fast wie eine Zwillingsseele. Sie musste an ihre Kindheitsfantasie denken und wie sie stundenlang mit ihrer imaginären Schwester geredet hatte. Nun war ihr, als wollte das Schicksal ihr diesen Traum erfüllen.

Auf dem Weg zu Grannys Zimmer fühlte Mila sich an Sophies Seite seltsam getröstet. Natürlich kannte sie den Spruch »Geteiltes Leid ist halbes Leid«, aber sie hatte das noch nie empfunden. Bis zu diesem Moment.

Ihr Hochgefühl bekam einen heftigen Dämpfer, als sie der Stationsschwester begegneten, deren Miene nichts Gutes verhieß.

»Sie können jetzt nicht ins Zimmer. Die Ärzte sind bei Ihrer Großmutter.«

»Ist sie inzwischen aufgewacht?«, erkundigte sich Mila aufgeregt.

Die Schwester schüttelte den Kopf. »Nein, leider nicht, es steht zu befürchten, dass sie nicht mehr zurückkommt. Wir müssen mit dem Schlimmsten rechnen, aber die Ärzte tun ihr Möglichstes.«

»Gut, wir warten«, stöhnte Sophie und steuerte auf eine Bank zu. Mila folgte ihr.

Die beiden Frauen hingen eine Weile jeweils ihren eigenen Gedanken nach, bis Mila spürte, wie sich eine Hand in ihre schob. Es war Sophie, der das Warten auch mächtig an den Nerven zu zerren schien.

»Ist das jetzt ein gutes oder ein schlechtes Zeichen, dass sie da so lange drin sind?«, fragte sie ängstlich.

Mila zuckte hilflos mit den Schultern.

54. Kapitel

Nach einer gefühlten halben Ewigkeit ging die Tür von Grannys Zimmer auf, und zwei Ärzte traten auf den Flur. Sie sahen nicht so aus, als wäre ihnen gerade eine Patientin unter den Händen weggestorben. Mila meinte sogar zu verstehen, dass der eine zu seinem Kollegen sagte: »Eine zähe Dame. So was habe ich ja noch nie erlebt.«

Mila und Sophie sprangen hektisch auf und eilten auf die Mediziner zu.

»Wie geht es ihr?«, fragte Sophie.

»Ist sie wach?«, wollte Mila gleichzeitig wissen.

Der eine Arzt hob beschwichtigend die Hände. »Nicht ganz so durcheinander bitte! Ja, sie ist aufgewacht.«

»Und dürfen wir zu ihr?«

Der andere Arzt, ein attraktiver Bursche, blickte prüfend von Mila zu Sophie und zurück. »Sie können jetzt reingehen. Ihre Großmutter ist aufgewacht, und wir haben erwartet, dass sie in ihrem Alter unter den Folgen des Komas zu leiden hat, aber sie ist ganz normal.«

»O danke, das ist eine wunderbare Nachricht. Ich danke Ihnen!«, stieß Mila überschwänglich hervor und wandte sich auch an seinen Kollegen. »Mein Dank gilt natürlich auch Ihnen!«

Die Großmutter hing zwar mit einem Schlauch am Tropf, aber sie blickte äußerst neugierig zur Tür. Ein Strahlen huschte über ihr Gesicht, als die beiden jungen Frauen vereint das Zimmer betraten. Man hatte ihr für die Aufwachphase netterweise ein Einzelzimmer gegeben.

»Wie schön, dass ihr beide da seid, aber wo ist Tim?« Milas Herz tat einen Sprung vor Freude darüber, die Stimme der Großmutter so klar und artikuliert zu hören. Sie hatte schon befürchtet, die Granny könnte nach dem Koma an Sprachstörungen leiden.

»Der hatte eine wichtige Baubesprechung in Auckland«, erwiderte Mila erleichtert, bevor sie sich zu ihrer Granny hinunterbeugte und ihr einen Kuss auf die Wange gab. »Du machst Sachen«, seufzte sie.

»Daran kann ich mich gar nicht mehr erinnern«, gab die Großmutter zurück, während sie Sophie begrüßte.

»Du weißt das nicht mehr?«, hakte Mila nach. Auch das waren typische Folgeerscheinungen eines künstlichen Komas, dass der Patient Gedächtnisprobleme hatte.

Granny schüttelte den Kopf. »Nein, also, die Ärzte haben mir gesagt, dass ich einen Infarkt hatte, aber ich kann mich nicht daran erinnern. Ich weiß nur noch, dass ich mein Testament gemacht habe und es euch vorgestellt habe ...« Sie hielt inne und grinste. »Die Tatsache, dass ihr gemeinsam gekommen seid, heißt ja, dass ihr euch deswegen nicht die Köpfe eingeschlagen habt.«

»Nein, Granny, wir sind mit allem einverstanden«, erwiderte Mila ernst. »Du bist während unseres Gesprächs zusammengebrochen, und wenn Sophie nicht gewesen wäre, die dich sofort professionell versorgt hat, wer weiß, ob wir dann hier sitzen würden.«

»O Gott, Kind, wie kann ich dir das je danken?«, stieß Granny Omaka hervor.

»Du hast schon alles getan, was du für mich tun konntest«, erwiderte Sophie. »Hauptsache ist doch, dass du wieder ganz gesund wirst.«

»Tja, das haben die beiden Jungspunde da eben auch gesagt.

Sie entlassen mich dieses Mal nicht aus der Klinik, bevor ich mir diese komischen Dinger habe legen lassen.«

»Und du wirst dem ärztlichen Rat dieses Mal folgen, statt dich viel zu früh auf eigenen Wunsch entlassen zu lassen?«, fragte Mila skeptisch nach.

»Ja, ich mache das. Versprochen. Wenn mich dieser Infarkt nicht gekillt hat, dann wird das auch keine OP schaffen. Aber ich habe eine Bitte.« Sie griff nach der Hand ihrer Enkelin. »Das soll bitte dein netter Wunderdoktor machen.«

»Brian?«

»Ja, der attraktive Kardiologe aus Dunedin. Das habe ich den beiden Ärzten auch schon gesagt. Die kennen ihn und sind damit einverstanden, dass er operiert. Aber du solltest ihn unbedingt persönlich um diesen Gefallen bitten.«

Mila wurde abwechselnd heiß und kalt. Auch sie würde es beruhigen, wenn Brian den Eingriff vornehmen würde, aber dann müsste sie ihn ja tatsächlich anrufen.

»Ja, mache ich«, entgegnete sie hastig. In diesem Augenblick kam eine Schwester ins Zimmer und bat die beiden, ein wenig vor die Tür zu gehen, weil sie die Großmutter waschen wollte.

»Um Gottes willen, das erledige ich allein«, protestierte Granny Omaka.

»Das sehen wir dann mal«, entgegnete die Schwester mit einem auffordernden Blick zu Sophie und Mila. Die beiden verstanden und verließen das Zimmer, nicht ohne der Granny zu versprechen, dass sie auf dem Flur warten würden.

Kaum hatten sie die Tür hinter sich zugezogen, fielen sich die beiden um den Hals.

»Ein Wunder, dass sie so fit ist«, rief Sophie euphorisch aus.

»Und das in dem Alter«, fügte Mila hinzu.

»Am besten, du rufst Brian gleich an, denn wenn es ihr so gut geht, wird man die Operation umgehend vornehmen.«

»Ja, ja, das erledige ich, gleich, wenn wir zuhause sind«, sagte Mila ausweichend.

Nachdem sie sich auf die Bank im Flur gesetzt hatten, spürte Mila regelrecht Panik in sich aufsteigen bei dem Gedanken, sich bei ihm zu melden und ihn um einen so großen Gefallen zu bitten.

»Sophie, würde es dir etwas ausmachen, wenn du bei Brian anrufst?«, fragte sie und versuchte, dabei einigermaßen entspannt zu klingen.

Sophie musterte Mila durchdringend. »Klar kann ich das machen, aber du kennst ihn doch viel besser als ich. Und ich glaube, er würde sich mehr über deinen Anruf freuen.«

»Tja, aber wir, wir haben uns das letzte Mal am Telefon gestritten, und da weiß ich jetzt nicht, ob es so gut ist, wenn ich ihn frage, ob er Granny operieren kann«, gab sie zögernd zu.

»Mila, ich glaube, es wäre sogar sehr gut, wenn du das übernehmen würdest. Dann könntet ihr euch gleich versöhnen.«

Mila atmete ein paar Mal tief durch. »Okay, ich mache es, aber nur unter einer Bedingung.«

Sophie runzelte die Stirn. »Und was soll das ungefähr sein?«, erkundigte sie sich kritisch.

»Ganz einfach: Du rufst dafür bei Tim an, um ihm mitzuteilen, dass unsere Granny aufgewacht ist und wie gut es ihr geht.«

»Aber es wäre wirklich besser, wenn du ihm das mitteilen würdest«, entgegnete Sophie.

»Ich Brian, du Tim«, lachte Mila und verließ mit ihrem Telefon in der Hand forsch das Krankenhaus.

Der Regen hatte gerade aufgehört, und über den Himmel wölbte sich ein Regenbogen in voller Schönheit. Mit gemischten Gefühlen wählte Mila Brians Kliniknummer, denn um diese Zeit war er sicherlich bei der Arbeit. Sie nahm sich fest vor, sich erst zu entschuldigen, bevor sie ihm Grannys Anliegen vortrug.

Ihr Herzschlag beschleunigte sich merklich, als sich eine Frauenstimme meldete.

»Sorry, ich glaube, ich habe mich verwählt«, stammelte Mila. »Ich wollte mit Dr. Morris, ich meine Brian, verbunden werden …«

»Sie sind ganz richtig. Das ist die Nummer unseres gemeinsamen Besprechungszimmers. Aber leider arbeitet Brian nicht mehr bei uns. Er hat eine neue Stelle angenommen und sich vorher noch seinen Resturlaub genommen. Ich glaube, er wollte zum Arthur's Pass. Ist es denn dienstlich?«

»Nein, nein, ich rufe privat an.«

»Haben Sie seine Mobil-Nummer?«

»Habe ich alles. Herzlichen Dank«, entgegnete Mila und beendete das Gespräch hastig. Ihr Herz klopfte bis zum Hals bei dem Gedanken, dass sie damit ihre Hoffnung, ihn jemals wiederzusehen, begraben konnte. Und die Operation würde er auch nicht durchführen! Sie ärgerte sich maßlos darüber, dass sie sich nicht früher getraut hatte, ihn anzurufen. Jetzt war es zu spät! Sie konnte ihn unmöglich in seinem Urlaub mit der Frage überfallen, ob er ihre Granny operieren würde.

Missgelaunt kehrte sie zum Zimmer der Großmutter zurück. Sophie wartete auf der Bank. »Wir dürfen wieder zu ihr«, sagte sie. »Und? Was sagt er?«

»Er arbeitet nicht mehr in Dunedin«, erwiderte sie knapp.

»Ja und? Ich meine, es ist natürlich viel verlangt, aber ich dachte, er würde dir zuliebe alles tun.«

»Ich denke, die Ärzte vor Ort können das auch. Jedenfalls sollten wir sie in ihrem Zustand nicht nach Christchurch bringen«, erklärte Mila ausweichend.

»Christchurch? Sicher nicht! Aber was hat er denn gesagt?«, fragte Sophie.

»Ich habe ihn gar nicht erreicht. Er ist im Urlaub, bevor er beruflich nach Sydney geht, und da will ich ihn nicht stören. Ich kann ihn doch nicht auf seiner privaten Nummer anrufen.«

Sophie musterte Mila zweifelnd, enthielt sich aber jeglichen Kommentars.

»Tim kommt morgen, soll ich dir ausrichten.«

»Das ist schön«, entgegnete Mila. »Komm, bringen wir es hinter uns und teilen ihr mit, dass ihr Wunschdoktor nicht zur Verfügung steht.«

»Nein, einen Versuch haben wir noch.« Sophie streckte die Hand nach Milas Telefon aus, das Mila ihr irritiert reichte.

»Und jetzt?«

»Unter was hast du ihn abgespeichert?«

»B wie Brian.«

»Okay! Bin gleich wieder da.« Sophie verschwand mit dem Telefon. Mila sah diesen Anruf mit gemischten Gefühlen, aber wenn er auf diesem Wege nach Greymouth zu locken war, wäre Granny sicher beruhigter, was die OP anging.

Sophies Miene verhieß allerdings nichts Gutes, als sie zurückkehrte. »Offenbar hat er eine neue Nummer«, sagte sie enttäuscht.

»Gut, wir haben alles versucht.« Mila hatte große Mühe, ihre persönlichen Gefühle in diesem Augenblick zurückzustellen.

Granny Omaka sah ziemlich erschöpft aus, als sie erneut ihr Zimmer betraten.

Mila zögerte kurz, aber dann sagte sie bedauernd, dass sie Brian nicht hatte erreichen können, er aber auch gar nicht mehr in Dunedin arbeiten würde, weil er eine Stelle in Sydney angenommen habe.

Die Großmutter machte aus ihrer Enttäuschung keinen Hehl. »Schade, ihm hätte ich mich nun freiwillig anvertraut, aber da kann man nichts machen.« Dann bat sie die beiden jungen Frauen, sie ein wenig schlafen zu lassen.

»Sollen wir draußen warten?«, erkundigte sich Sophie.

»Auf keinen Fall. Ihr würdet mir am meisten helfen, wenn ihr eurer Arbeit nachgeht. Wie läuft es denn im Hotel?«

»Sehr gut«, erwiderte Sophie.

»Das heißt, es gefällt dir?«

»Sie macht sich super«, bekräftigte Mila.

»Ihr müsst die nächsten Tage wirklich nicht vorbeikommen. Mir geht es doch gut! Ich verspreche euch hoch und heilig, brav hier liegen zu bleiben, bis ich diese Stents habe.«

»Morgen kommt Tim. Wir rufen dich aber auf jeden Fall an«, versprach Mila, bevor sie sich mit Küsschen auf beide Wangen von ihrer Großmutter verabschiedete.

Als sie vor der Klinik ins Freie traten, verspürte Sophie das tiefe Bedürfnis, ein wenig allein zu sein. Obwohl sie sich fast schon als Teil der Familie fühlte, überkam sie plötzlich die Angst, sich gerade bis ans Lebensende festzulegen.

»Wärest du sehr enttäuscht, wenn ich einen Bus nehme? Ich muss gerade ein bisschen nachdenken«, fragte sie.

Mila schüttelte den Kopf, wenngleich sie nicht verbergen konnte, dass sie dieses Anliegen etwas sonderbar fand. Doch statt Sophie mit Fragen zu bombardieren, beschrieb sie ihr ganz pragmatisch den Weg zum Busbahnhof.

»Und du bist mir wirklich nicht böse?«

»Nein, gar nicht. Ich hoffe nur, das ist nicht wegen Granny. Dass du dir womöglich Sorgen wegen der OP machst. Glaub mir, Brian ist nicht der einzige Kardiologe.«

»Das ist es nicht. Ich habe das manchmal. Dann muss ich allein sein, um nachzudenken.«

»Kenne ich. Aber du solltest dich beeilen. Heute fährt nur ein Bus, aber den müsstest du noch schaffen.« Mit diesen Worten ging Mila zum Parkplatz, während Sophie schnellen Schrittes den Schildern zum Bahnhof folgte.

Der Bus, der an diesem Tag von Greymouth nach Hokitika fuhr, stand schon zur Abfahrt bereit. Sie bekam einen Fensterplatz und nahm sich fest vor, die Aussicht zu genießen, doch kaum hatten sie die Stadt verlassen, war Sophie bereits so tief in Gedanken versunken, dass sie gar nichts von der wilden Natur wahrnahm, die draußen an ihnen vorbeirauschte. Sie war kein Mensch, der gern Trübsal blies und in allem nur das Negative sah, aber in diesem Augenblick erschien ihr die Lage doch recht bedrohlich, weil alle fest mit ihr und ihrer Bereitschaft rechneten, verbindlich auf Pounamu zu bleiben. Ja, sie war jetzt sogar Erbin. Und Erbe verpflichtete! Aber wollte sie sich wirklich an einen Flecken Erde binden, der ihr zwar ein gewisses Heimatgefühl vermittelte, ihr aber trotzdem völlig fremd war? Und wollte sie wirklich ständig Gefahr laufen, Tim zu begegnen, ohne ihm nahe sein zu können? Und dann diese verantwortungsvolle Position als Hotelleiterin. Was, wenn Granny wirklich starb? Dann saß sie in der Falle als ihre Nachfolgerin. Der Gedanke, die alte Dame enttäuschen zu müssen, bereitete ihr Bauchschmerzen, und so beschloss sie, noch so lange zu bleiben, bis die Großmutter gesundheitlich wieder auf dem Damm war, sodass sie in Ruhe nach einer passenden Nachfolgerin suchen konnte. Aber was war mit dem Versprechen, das sie am Morgen Mila gegeben hatte?

Die Frage war überdies, wohin sie gehen sollte. Nach Cairns zurück konnte sie auf keinen Fall, und selbst wenn sie wollte, Damon würde dafür sorgen, dass sie dort kein Bein mehr auf die Erde bekam. Nach Hamburg zog sie auch nichts. Vielleicht würde sie nach Samoa reisen und versuchen, dort eine Strandbar zu eröffnen, allerdings nicht vom Erbe der Granny. Nein, das würde sie unter diesen Umständen ausschlagen.

Als der Busfahrer ankündigte, dass der nächste Halt Hokitika sein würde, schreckte Sophie aus ihren Gedanken. Sie eilte schnell nach vorne zu ihm und fragte ihn, ob er vielleicht für sie an der Straße halten könnte, dort, wo ein Fußweg am Fluss entlang nach Pounamu ging. Der Busfahrer, ein weißhaariger Maori, tat ihr den Gefallen und setzte sie an der gewünschten Stelle ab.

Während Sophie in Richtung des Anwesens schlenderte, genoss sie die wilde Natur, die sie bisher nur aus dem Autofenster hatte vorbeifliegen sehen. Die sattgrünen Wälder, die das Ufer des Flusses, der glasklares Wasser führte, säumten und dann in der Ferne die schneebedeckten Gipfel der Berge, das alles berührte Sophie zutiefst. Und wieder wollte so eine Art Heimatgefühl in ihr aufkommen, das ihr die Tränen in die Augen trieb bei dem Gedanken an ihren baldigen Abschied von diesem Flecken Erde.

55. Kapitel

Mila hatte sich nach ihrer Rückkehr aus Greymouth in die Arbeit vergraben. Bis in die Nacht hinein hatte sie an ihrer Kollektion gewerkelt und ihre Prototypen fertiggestellt. Sie war selbst überrascht, wie schön und wertig Kette, Armband und Ohrringe aussahen. Nun benötigte sie nur noch zwei Nachbildungen dieser ersten Stücke. Pit war der Meinung, dass sich mehr als drei verkaufen ließen. Er hatte auch noch einmal versucht, mit ihr über den Namen der Kollektion zu diskutieren. Ihm hatte etwas Poetischeres vorgeschwebt, aber in diesem Punkt pochte Mila auf ihre Vereinbarung im Vertrag. Und danach lautete der Name dieser edlen Schmuckstücke aus Weißgold und Grünstein Hine-Maata-Kollektion. Pit hatte sie allerdings in einem Punkt zu einer außervertraglichen Leistung überreden können. Er wollte der Kollektion in einem kleinen Booklet die Biografien dieser beiden Frauen beilegen. Deshalb hatte sich Mila die ganze Nacht durch Maatas Tagebuch geblättert. Fasziniert war sie auf die Geschichte gestoßen, wie ihre Ahnin aus Sorge, ihren Liebsten nicht lebend wiederzusehen, ein Pikorua hergestellt hatte, das sie dann in zwei Hälften geteilt hatte, die die Liebenden ein ganzes Leben lang bei sich getragen hatten. Während der Lektüre war ihr eingefallen, dass Brian ihr am Flughafen in Sydney die Hälfte eines Pikoruas gezeigt hatte, und sie schloss daraus, dass auch andere Maorischnitzerinnen auf den Gedanken gekommen sein mussten, sich von einem geteilten Amulett besonderes Glück in der Liebe zu erhoffen.

Auf jeden Fall hatte sie geplant, an diesem Abend früher ins Bett zu gehen, um Schlaf nachzuholen, aber Tim hatte angerufen und sie gebeten, auf ihn zu warten. Er würde mit einem späten Flieger kommen, die Granny besuchen und danach nach Pounamu kommen.

Er musste jede Minute eintreffen. Sie hatte extra einen kleinen Imbiss vorbereitet. An diesem Tag hatte es ganz fürchterlich geregnet, sodass man auch jetzt am frühen Abend nicht draußen sitzen konnte. So hatte sie im Esszimmer gedeckt. Der Tisch war so groß, dass sie sich an der anderen Seite ihren kleinen Schreibtisch für den Abend eingerichtet hatte, denn sie wollte keine Minute ihrer wertvollen Zeit verplempern. Das Booklet hätte Pit gern zusammen mit den ersten Schmuckstücken.

Mila hatte gerade einen Text über Maata verfasst und musste sich nun etwas zu Hine einfallen lassen, was vergleichsweise schwierig war, da sie ganz offensichtlich zwei sehr unterschiedliche Frauen gewesen war: Die Mutter, von der Ben in den höchsten Tönen geschwärmt hatte, und die arme kranke Frau, die Omaka erlebt hatte. Natürlich interessierte sich Mila brennend für die wahre Geschichte dessen, was Hine widerfahren war, doch für das Booklet eignete sie sich kaum. Jedenfalls würde Pit das sicherlich als völlig abschreckend einstufen. Mila brauchte also noch mehr Informationen über die Liebesgeschichte, die dahintersteckte, aber woher sollte sie diese bekommen? Hine hatte leider kein Tagebuch geführt. Und auch in den polizeilichen Akten hatte nichts darüber gestanden, außer dass eine Freundin Hines Mann beschuldigt hatte, den Nebenbuhler getötet zu haben, die Anzeige dann aber wieder zurückgezogen hatte. Aber auch das würde Pit nicht durchgehen lassen. Er hatte ausdrücklich verlangt, sie möge etwas Romantisches über die beiden Frauen schreiben, etwas, das eine Sehnsucht weckte, diese Kollektion zu besitzen und den Zauber der Namensträgerinnen zu spüren.

Mila starrte auf die leere Bildschirmseite, da fielen ihr die Fotos ein. Vielleicht animierten die sie zu einer etwas unblutigeren Biografie ihrer Urgroßmutter. Die Tüte hatte sie schon vor Grannys Herzinfarkt von der Fotografin abgeholt und völlig vergessen. Sie stand vom Esstisch auf und holte sie aus ihrem Zimmer.

Sie war sehr gespannt, ob etwas von den Fotos brauchbar sein würde und wenn ja, was. Ungeduldig riss sie die Tüte auf und zog die Bilder heraus. Sie war sehr enttäuscht, als sie nur drei in der Hand hielt, dafür in Farbe. Beim Anblick des ersten Fotos lief ihr ein wohliger Schauer über den Rücken. Auf dem Foto war das schönste Pikorua abgebildet, das Mila je gesehen hatte, weil es aus einem Marsden-Jadestein, mit einem intensiven Goldtonanteil, gefertigt war. Das zweite Foto war sehr verschwommen. Man konnte erahnen, dass es einen Mann abbildete, der sich vor einem roten Holzhaus in Pose gestellt hatte. Aber nur wegen der Kleidung. Dass er eine Herrenhose trug, war erkennbar, aber seine Züge waren völlig verschwommen. Offenbar hatte ihre Urgroßmutter dieses Foto gemacht. Wahrscheinlich von ihrem Geliebten. Das letzte Bild hingegen war gestochen scharf. Es zeigte eine junge Frau, die dem Fotografen übermütig die Zunge herausstreckte. Ihre Kleidung war wie aus einem Modemagazin der späten Vierzigerjahre entsprungen. Sie trug ein Kostüm mit taillierter Jacke und einem Bleistiftrock. Dazu hatte sie derbe Schuhe an und ein Hütchen auf ihrem Blondschopf. Auch wenn Mila wegen der Fratze, die sie schnitt, wenig von ihren Gesichtszügen erkennen konnte, strahlte aus ihren Augen das pure Glück. Das Haus im Hintergrund war dasselbe wie auf dem verschwommenen Bild. Dass es eine Terrasse hatte und im Hintergrund bewaldete Berge aufragten, wurde erst auf diesem Foto ersichtlich. Ob die beiden sich in diesem Haus heimlich getroffen hatten? Was für eine lebenslustige Ausstrahlung ihre Urgroßmutter auf diesem Bild hatte. Sie musste es unbedingt ihrer Großmutter zeigen, sobald sie wieder zuhause war. Zwar brachten diese Bilder ein bisschen mehr Farbe in Hines Geschichte, aber dass sie sich mit einem Fremden in den Bergen traf, um ihren Ehemann zu betrügen, reichte noch nicht aus, um sie im Booklet vorzustellen. Es blieb ihr wohl nichts anderes übrig, als sich etwas aus den Fingern zu saugen. Es widerstrebte ihr zwar, eine Biografie zu erfinden, aber was sollte sie tun? Keiner würde eine Kollektion kaufen, die nach einer Frau benannt worden war, die von ihrem Mann zum Krüppel geschlagen worden war.

Mila war so in Gedanken versunken, dass sie Sophie nicht hatte ins Esszimmer kommen hören. Erst als sie fragte, ob sie sich etwas von der Pastete in der Küche nehmen dürfe, fuhr Mila erschrocken herum.

»Hast du mich erschreckt. Na klar. Du kannst auch mitessen, wenn Tim gleich kommt.«

»Lieber nicht. Ich bin müde. Habe die letzte Nacht schlecht geschlafen.« Sophies Blick fiel auf das Foto von Hine.

»Darf ich mal?«, fragte sie und nahm es vorsichtig zur Hand.

»Das ist ja nun unverkennbar eine Verwandte von dir. Wer ist das?«

»Hine, die Mutter deines Großvaters und meiner Großmutter.«

»Was für eine tolle Frau!«, stieß Sophie bewundernd hervor. »Und was ist das für ein Haus?«

»Tja, wenn ich das wüsste. Ich würde auch gern erfahren, wer dieser Mann war. Er ist offenbar der Vater deines Großvaters.«

»Das ist der brutale Kerl, der sie zusammengeprügelt und Gramp ins Heim gegeben hat?«

Mila schüttelte den Kopf. »Nein, er war der Geliebte unserer Urgroßmutter! Der ist wohl sein leiblicher Vater gewesen.«

»Das ist ja spannend. Weißt du Näheres darüber?«

Mila musterte ihre Großcousine erstaunt. Noch nie hatte ein Familienmitglied Interesse an den Hintergründen von Hines Geschichte gezeigt.

»Na ja, ich weiß jetzt, dass der Vater meiner Großmutter nicht nur ein ziemliches Arschloch gewesen sein muss, sondern auch aktenkundig.«

»Und woher weißt du das?«

»Willst du das wirklich wissen?«

»Ja klar, mich interessiert brennend, warum mein Großvater von diesem Typen entsorgt wurde wie ein Stück Müll«, erklärte sie energisch.

»Ich frage nur, weil weder Tim noch meine Granny jemals wirklich wissen wollten, was hinter dieser Geschichte steckt.«

»Erzähl!« Sophie setzte sich an den Tisch und sah Mila erwartungsvoll an.

Das ließ Mila sich nicht zweimal sagen, sondern berichtete Sophie von ihrer Recherche bei der Polizei und in der Klinik. Sie verschwieg auch weder den Brief des Geliebten, den sie unter den Bodenbrettern gefunden hatte, noch die Zeugenaussage, wonach ihr Urgroßvater einen Menschen auf dem Gewissen haben sollte.

Sophie hörte ihr aufmerksam zu. »Was für eine gruselige Geschichte. Für so einen Urgroßvater kann man sich ja nur schämen«, bemerkte sie schließlich.

»Du bist fein raus. Du bist mit dem Kerl nicht verwandt. Du stammst von dem da ab.« Mila reichte ihr das verschwommene Bild von dem Mann vor dem Haus.

»Schade, dass man nichts erkennen kann. Es wäre ja mal interessant zu erfahren, wer der Unbekannte ist und wo er abgeblieben ist. Offenbar konnte er unsere Urgroßmutter nicht vor der ungezügelten Gewalt ihres Mannes schützen. Ob er wirklich der Fremde ist, den die Frau gesehen haben will?«

»Das wüsste ich gern, aber mehr als dass er A. heißt, wissen wir nicht.«

»Und du hast keinen Schimmer, was das für ein Haus da auf dem Bild ist?«

»Nein, ich …« Mila stockte. »Moment, der Mann schrieb in seinem Brief was von einem Häuschen, das Sehnsucht nach Hine hätte. Und dann habe ich noch etwas Interessantes gefunden. Warte!« Mila rannte in ihr Zimmer, um den Schlüssel zu holen. Sie konnte nicht leugnen, dass es wesentlich mehr Spaß machte, zu zweit in der Vergangenheit zu wühlen. Wie sehr hatte sie sich gewünscht, dass jemand ihre Neugier teilte!

Als Mila zurück ins Esszimmer kam, las Sophie interessiert in den Aufzeichnungen von Maata. Da hörte sie die Haustür klappen.

»Das wird Tim sein. Das Tagebuch unserer Ahnin Maata kannst du gern mitnehmen und in Ruhe lesen. Ich finde, ihr beiden habt eine gewisse Ähnlichkeit. Jedenfalls, was eure Abenteuerlust angeht. Aber pack es lieber weg. Tim ist gegen Vergangenheitsbewältigung allergisch!«

Sophie steckte das kleine Büchlein hastig in die Tasche ihrer dicken Wolljacke, die sie neuerdings im Haus trug.

»Guten Abend, die Damen«, hörten sie Tim nun gut gelaunt rufen.

»Hallo, Tim«, sagte Sophie freundlich, aber nicht überschwänglich.

Mila fiel ihrem Bruder um den Hals. »Wie geht es Granny?«

»Erstaunlich gut. Sie wird übermorgen schon operiert, hat sie mir eben erzählt.«

»Wahnsinn! Andere in ihrem Alter brauchen Monate, bis sie sich von einem Koma erholt haben.«

»Tja, das sind die guten Gene.« Er lachte. »Aber wartet, ich habe noch eine Überraschung für euch.« Er fixierte bei dieser

Ankündigung besonders Sophie. Dann verschwand er kurz und kam in Begleitung von Jonah zurück. »Er wollte unsere Granny doch auch besuchen«, erklärte Tim beinahe entschuldigend.

»Lass dich mal anschauen, du siehst gar nicht aus wie ein Landmädchen von der rauen Westküste«, sagte Jonah, bevor er Mila in den Arm nahm und ganz fest an sich drückte. Sie hatte das Gefühl, dass er sie gar nicht mehr loslassen wollte. »Du bist so hübsch«, flüsterte er ihr ins Ohr. Mila war sich nicht ganz sicher, ob er gerade eine Show für Sophie veranstaltete oder ob er etwa tatsächlich sein Herz für sie entdeckt hatte.

»Ja, dann hole ich noch einen Wein aus der Küche und die Pastete«, sagte Mila.

»Ich helfe dir.« Jonah folgte ihr hastig, aber nicht, ohne Sophie im Vorbeigehen ein kurzes kühles: »Hallo!« zuzuraunen.

Mila wusste nicht so recht, was sie von Jonahs Anhänglichkeit halten sollte, wobei sie zugeben musste, dass ihm die neue Bescheidenheit, die er ausstrahlte, gut anstand. Statt von sich zu erzählen, fragte er, wie es ihr seit ihrer Rückkehr nach Hokitika ergangen war. Mila berichtete ihm von der Hine-Maata-Kollektion und ihren Sorgen um die Granny.

»Sie sah heute blendend aus«, sagte Jonah, während er sie so intensiv musterte, dass es ihr fast ein wenig unangenehm war. »Mila, ich muss dir was sagen, bevor wir zu den anderen gehen. Ich bin natürlich wegen deiner Granny mitgekommen, aber auch deinetwegen.«

»Ich freue mich auch, dass wir uns mal wiedersehen«, erwiderte Mila.

»Weißt du? Ich habe einen großen Fehler gemacht, dass ich mich in Cairns so blöd verhalten habe. Ich habe so oft an unseren Kuss denken müssen. Du auch?«

Mila hatte es bei seinem Geständnis regelrecht die Sprache

verschlagen. Was sollte sie bloß darauf antworten? Ganz ehrlich gestehen, dass sie kein einziges Mal mehr an ihre Knutscherei auf der Bank gedacht hatte, seit sie Brian begegnet war?

»Alles in Ordnung! Ich habe es überlebt«, versuchte sie zu scherzen. »Und wie steht es um Tim und dich? Ich hatte schon befürchtet, eure Freundschaft wäre Vergangenheit. Ich habe mich sehr gewundert, dass du mitgekommen bist.«

»Dein Bruder hat mir neulich mal den Marsch geblasen und wollte mich nach Greymouth verbannen, aber nun reißt er sich selbst um die Büroleitung dort. Na ja, ich weiß natürlich auch, warum.«

»Ach, Jonah, das ist dumm gelaufen. Warum musstest du ausgerechnet Sophie angraben? Du wusstest doch genau, dass sie auf Tim steht.«

»Ja, vielleicht gerade deshalb? Ich habe mich wie ein Steinzeitmensch benommen. Jäger und Sammler und so. Aber in letzter Zeit habe ich viel nachgedacht. Ich suche doch auch eine echte Beziehung.«

»Das ist doch eine tolle Erkenntnis. Ich hoffe, da gibt es jemanden in Auckland, mit dem du dir das vorstellen kannst.«

»Leider nicht in Auckland«, erwiderte Jonah und musterte sie intensiv. In dem Moment schwante ihr etwas.

»Jonah? Du sprichst doch nicht von mir, oder?« Mila versuchte, das mit einem witzigen Unterton rüberzubringen.

»Warum nicht? Wir haben uns doch immer super verstanden. Ich vermisse unsere Freundschaft. Kannst du dir nicht vorstellen, dass wir beide noch mal neu starten?«

Mila rang immer noch nach Worten. Nichts lag ihr ferner, als Jonah zu verletzen, und das würde sie bestimmt tun, wenn sie ihm aufrichtig antwortete.

»Ach, Jonah, es ist unfair, wenn wir die beiden warten lassen. Tim hat sicher Hunger«, bemerkte sie und zog mit der einen

Hand die Pastete, mit der anderen eine Flasche Wein aus dem Kühlschrank, die sie ihm reichte.

»Dann reden wir später. Ich wollte das nur schon mal gesagt haben«, bemerkte er fast schüchtern.

Mila wusste gar nicht so recht, wie ihr geschah. Was hätte sie darum noch im letzten Jahr gegeben! Nun ließ sie das leider völlig kalt.

Um sich elegant aus der Affäre zu ziehen, ohne Jonah mit ihrer Klarheit zu verletzen, gähnte Mila nach dem Essen demonstrativ. »Sorry, aber ich habe die ganze Nacht an der neuen Kollektion gearbeitet. Mir fallen die Augen zu. Morgen ist ja auch noch ein Tag.«

»Ja, morgen kannst du mal ausschlafen. Ich übernehme die Granny bis Sonntag. Montag muss ich leider in Auckland sein. Und Granny bittet darum, dass ihr beide am Montagmorgen in die Klinik kommt, und zwar vor der Operation, die findet mittags statt. Aber ich würde dann bald zurückkommen, um deinen Umbau zu beaufsichtigen. Wenn es dir recht ist, mache ich die Bauleitung, wenn ich mich in der Zeit von anderen Projekten freischaufeln kann.«

»Das ist ganz lieb von dir, Bruderherz, das wäre natürlich die Garantie, dass es schnell vorangeht. Aber jetzt muss ich wirklich ins Bett. Gute Nacht allerseits.« Während sie ihre Arbeitssachen zusammenraffte, erhob sich Sophie ebenfalls. »Ich muss auch ins Bett. Wir sehen uns morgen.«

Die beiden Frauen gingen gemeinsam in die obere Etage, wo ihre Zimmer lagen.

»Wow, Jonah frisst dich mit seinen Blicken ja förmlich auf«, sagte Sophie, als sie vor ihrer Zimmertür stehen blieb.

»Tja, was soll ich sagen? Zu spät!«

»Wegen Brian, oder?«

Mila zuckte die Schultern. »Ich werde Brian nicht wiedersehen«, erwiderte sie ausweichend. »Aber du hast schon registriert, dass mein Bruder plant, sich eine Zeitlang bei uns einzunisten, oder? Er übernimmt freiwillig die Dependance in Greymouth, die er bislang als Verbannung für Jonah vorgesehen hatte.«

»Aber doch nur, um dir eine neue Werkstatt und einen schönen Laden zu bauen.«

»Ich kenne ihn ein paar Jahre länger. Nein, nein, er möchte in deiner Nähe sein.«

»Träum schön weiter! Und, ich, ach, Mist, ich muss, also, ich muss dir dringend was sagen«, druckste Sophie nun herum und war ganz blass um die Nase geworden. Mila musterte Sophie erschrocken. Ihr Bauch signalisierte ihr, dass ihr nicht gefallen würde, was Sophie ihr mitzuteilen versuchte. »Mila, wenn Granny wieder in der Lage ist, ihren Laden selbst zu übernehmen – und das wird sie mit den Stents sicher schaffen –, dann gehe ich weg. Weißt du, mir ist es hier viel zu kalt.«

Mila sah sie fassungslos an. »Aber du hast mir doch gerade hoch und heilig versprochen, drei Jahre zu bleiben!«

»Ich weiß, aber mir ist klar geworden, dass ich meine Freiheit brauche.«

»Und wohin zieht es dich jetzt?«, fragte Mila enttäuscht.

»Ich weiß es nicht. Wenn es so was wie Heimatgefühle gibt, dann empfinde ich sie tatsächlich hier, aber sieh mal, ich will doch nicht ständig Tim begegnen!«

Mila nahm Sophie fest in den Arm, statt ihr Vorhaltungen darüber zu machen, dass sie ihr Versprechen brach.

»Sophie, ich möchte so gern, dass du bleibst!«, raunte sie ihr zu.

»Das weiß ich doch. Ich werde dich auch ganz schrecklich vermissen, aber ich kriege Tim nicht aus dem Kopf. Natürlich könnte ich versuchen, meine Gefühle in schwesterliche Bahnen zu lenken, aber ich befürchte, das klappt nicht. Nein, ich muss gehen, sobald ihr mich nicht mehr braucht. Mein Entschluss steht fest.«

Sophies Augen waren feucht, als sie das sagte.

»Aber Großmutter hat dich zu ihrer Hotelerbin erkoren.«

»Genau, und das macht mir Druck. Eure Großmutter wird noch lange leben und jemand Geeigneten finden. Ich verzichte auf das Erbe.«

Mila lag auf der Zunge, dass das nicht fair wäre, aber sie unterdrückte ihre Widerworte. Trotzdem würde sie alles in ihrer Macht Stehende tun, um Sophie zum Bleiben zu bewegen, selbst auf die Gefahr hin, dass sie sich an Tims Sturheit die Zähne ausbeißen würde.

56. Kapitel

Sophie hatte alles versucht, um Tim möglichst aus dem Weg zu gehen, seit er auf Pounamu eingetroffen war, was gar nicht so einfach war, denn Mila sorgte dafür, dass sie gemeinsam frühstückten. Für den Abend hatte sie ein spontanes Barbecue im Garten organisiert, nachdem es an diesem Wochenende an der Westküste außergewöhnlich sonnig werden sollte. Mila hatte dazu noch ihre Freundin Ruby eingeladen, die aber erst später dazukommen würde.

Sophie war Mila unendlich dankbar, dass sie sie nicht unter Druck setzte zu bleiben. Eigentlich hatte sie erwartet, die korrekte Cousine würde ihr jede Menge Vorhaltungen machen, aber sie verhielt sich wirklich freundschaftlich, und das, obwohl ihr sichtlich anzumerken war, dass sie ungern auf sie verzichten würde.

Beim Frühstück hatten sich Tims und Sophies Blicke ein paar Mal getroffen. Wenn sie es nicht besser wüsste, sie hätte eine gewisse Sehnsucht seinerseits hineininterpretiert. Sie zweifelte inzwischen ein wenig an ihrem Entschluss, Pounamu zu verlassen, ohne es ihm mitzuteilen.

Im Augenblick war Tim noch zusammen mit Jonah bei Granny Omaka, aber sie wurden jeden Moment zurückerwartet.

Die Temperatur auf der Terrasse war so angenehm, dass Sophie sogar ihre dicke Jacke ausgezogen hatte, während sie den Tisch deckte. Sie hatte einen Kartoffelsalat zum Barbecue gemacht, wie sie ihn aus Hamburg kannte. Mila, die kurz gekostet hatte, war schier begeistert von der Zubereitung mit Gurken, Äpfeln und Zwiebeln.

Mila hatte das Fleisch mit Kräutern und Limonenöl mariniert und war nun dabei, den Grill aufzustellen. Sophie staunte immer wieder über den edlen Grill der Parkers, der sogar das professionelle Teil, das sie in ihrer Strandbar besessen hatte, in den Schatten stellte.

Nachdem Sophie und Mila mit den Vorbereitungen fertig waren, genehmigten sie sich schon ein Glas Wein vorab. Ohne großes Vorgeplänkel waren sie schnell beim Thema *Männer*. Sophie erkundigte sich vorsichtig, ob Mila Jonah inzwischen gebeichtet habe, dass er bei ihr nicht mehr landen könne.

Mila schüttelte den Kopf. »Ich hoffe, er merkt es selber! Und was ist mit Tim und dir?«

»Gar nichts ist. Das ist vorbei.«

Milas Gedanken schweiften zu ihrem morgendlichen Gespräch mit Tim ab. Sie hatte ihren Bruder nämlich nach dem Frühstück abgefangen und ihm entgegen ihrer Absprache gesteckt, dass Sophie nach Grannys Genesung Pounamu auf Nimmerwiedersehen verlassen würde und auch nichts von dem Erbe haben wollte. Obwohl Tim sehr bemüht gewesen war, ihr gegenüber die Contenance zu wahren, hatte sie es hinter seinem Pokerface zucken sehen. »Reisende soll man nicht aufhalten«, hatte er gemurmelt. »Du gibst ihr also keine Chance mehr?«, hatte sie insistiert. Tim hatte abgewinkt. »Sophie ist wie ein Paradiesvogel. Die kannst du nicht einsperren. Lass sie fliegen. Sie passt nicht hierher!« Das hatte verbittert geklungen. »Ach ja? Deshalb übernimmst du das Büro in Greymouth? Und deshalb hast du mir auch angeboten, die Bauleitung für meine Werkstatt zu machen?«, hatte sie provozierend hinzugefügt. »Du vergisst den

Laden. Das ist ein Prestigeobjekt«, hatte er spitz bemerkt. Mila hatte sich das Lachen verbeißen müssen. Der Stararchitekt aus Auckland sah sicher in vielem ein Prestigeobjekt, aber bestimmt nicht in einem Schmuckladen an der Westküste. Aber sie hatte an dieser Stelle aufgegeben. Die Mauer, mit der sich ihr Bruder schützte, war einfach zu hoch.

»Ach, Sophie, ich finde, ihr beiden würdet ein tolles Paar abgeben«, murmelte Mila.

»Das sag mal deinem Bruder«, seufzte Sophie.

»Ganz ehrlich, Sophie? Hast du ihm denn schon mal gesagt, dass du ihn liebst?«

Sophie musterte Mila erschrocken. »Natürlich nicht! Das habe ich noch keinem Mann gesagt!«

»Vielleicht solltest du mal neue Wege einschlagen«, erwiderte Mila grinsend.

»Ach, ich verstehe, jetzt versuchst du, mich über die Hintertür in Pounamu zu halten.«

»Ja, mir wäre jedes Mittel recht«, entgegnete Mila mit ernster Miene.

Sophie legte stöhnend die Hand auf Milas Arm. »Ich habe mich entschieden«, versicherte sie mit Nachdruck.

»Ich weiß, du hast es bereits mehrfach betont …« Sie stockte und winkte Tim und Jonah zu, die sich der Terrasse durch den Garten näherten. Die Miene ihres Bruders verhieß nichts Gutes, während Jonah lächelnd zurückwinkte.

»Ob was mit Granny ist? Tim guckt so besorgt«, raunte Mila Sophie zu. Bevor die beiden Männer auch nur einen Fuß auf die Terrasse gesetzt hatten, rief Mila ihnen schon zu: »Ist was mit Granny?«

Jonah winkte ab. »Sie ist das blühende Leben und wäre am liebsten mit uns nach Pounamu gekommen.«

Mila wartete, bis Tim sich stöhnend auf einen der Sessel hatte fallen lassen. »Und welche Laus ist dir über die Leber gelaufen?« Mila musterte Tim fragend.

»Ach, nichts«, sagte er.

»Na, dann könnte mal einer von euch mit dem Grillen beginnen.«

»Das mache ich doch gern, vor allem mit diesem Luxusteil.« Jonah krempelte eifrig die Ärmel seines weißen Hemdes auf und machte sich an die Arbeit. Er sah wesentlich wohler aus als am Tag zuvor bei seiner Ankunft. Jetzt konnte Mila wieder nachvollziehen, warum sie so auf ihn abgefahren war. Nur in ihrem Herzen tat sich nichts. Ein attraktiver Freund war er. Mehr nicht!

Tims Laune hatte sich immer noch nicht gebessert. Er warf Sophie einen beinahe feindseligen Blick zu. »Hast du das angezettelt?«

»Wovon sprichst du?«

»Dass Granny das Testament um einen kleinen Zusatz erweitern möchte«, entgegnete er mit finsterer Miene.

»Keine Ahnung, was du meinst«, konterte Sophie.

»Pounamu darf von uns nicht verkauft werden, auch nicht in Teilen, sondern soll als Ganzes an unsere Kinder vererbt werden. Da frage ich mich nur, welche Kinder. Sieht ja nicht so aus, als würde hier so schnell einer Nachwuchs bekommen«, schimpfte er.

»Und warum sollte ich das deiner Großmutter eingeflüstert haben?«

»Weil ich dich als Einzige in meine Verkaufspläne eingeweiht habe. Mit Mila habe ich bislang noch gar nicht darüber reden können!«

»Ich habe es Granny geraten«, entgegnete Mila rasch, um Sophie aus der Schusslinie zu nehmen, aber die winkte nur müde ab. »Ich habe mit Mila darüber gesprochen, und wir waren beide der Meinung, dass Pounamu nicht filetiert werden sollte«, erklärte sie entschieden.

Tim funkelte sie wütend an. »Und was geht es dich überhaupt noch an? Wo du eh auf dem Absprung bist?«, fuhr er sie an.

Sophie stand auf und verließ fluchtartig die Terrasse in Richtung des Flusses.

»Was soll das denn? Sie hat sich eingemischt in Dinge, die sie nichts angehen«, fauchte Tim.

»Hornochse!«, zischte Mila.

»Bitte?«

»Du hast schon richtig gehört. Du bist so zugemauert, dass man einen Schlagbohrer braucht, um zu dir durchzudringen. Wenn du auch nur ein Fünkchen für sie empfindest, dann geh ihr hinterher.«

Tim aber verschränkte trotzig die Arme vor der Brust.

»Wie komme ich dazu? *Sie* will doch abhauen!«

»Hast du dich mal gefragt, warum?«

»Ist das Fleisch fertig?« Tim wandte sich an Jonah, der gerade ein paar Lammsteaks umdrehte.

»Nein, es ist noch genügend Zeit, Sophie hinterherzugehen und ihr zu gestehen, dass du sie liebst, Mann!«, sagte Jonah trocken. »Sei nicht so blöd. Sie liebt dich auch, wer wüsste das besser als ich?«

»Warum lasst ihr mich nicht in Ruhe?«, knurrte Tim.

»Pass mal auf, Bruderherz. Du kannst gern auf deinem Hintern hocken bleiben, aber dann ist sie wirklich weg. Willst du das?«

Tim sprang fluchend auf. »Ja, ja, ich geh ja schon.«

Kaum war Tim im Dickicht des Gartens verschwunden, stellte sich Mila zu Jonah an den Grill, reichte ihm ein volles Weinglas und prostete ihm zu. Sie hatte das nicht geplant, aber sie fühlte, dass es an der Zeit war, Jonah gegenüber Farbe zu bekennen. Den richtigen Zeitpunkt für solche Geständnisse gab es ohnehin nie.

»Jonah, ich habe dich wirklich sehr gern«, begann sie.

»Das will ich hoffen«, erwiderte er lächelnd.

»Aber wie einen guten Freund«, fügte sie hinzu.

»Nur? Ich dachte immer, du stehst auf mich?«

»Ach, Jonah, wenn du wüsstest, wie verknallt ich in dich gewesen bin. Ich habe mir eingebildet, dass ich dich retten kann vor den Barbies dieser Welt.«

»Das hast du auch.«

»Aber ich … ich liebe einen anderen.«

»Du hast einen Freund? Warum hat mir Tim denn nichts von ihm erzählt?«

»Nein, ich habe keinen Freund. Das habe ich auch gar nicht behauptet, aber ich habe mich verliebt.«

»Das verstehe ich nicht. Wo ist denn dein Traummann?«

»Auf dem Weg nach Sydney. Er wird dort leben, und wir werden uns nie wiedersehen.« Mila wunderte sich, dass ihr das über die Lippen kam, ohne dass sie einen Kloß im Hals spürte.

»Aber du wirst doch nicht wegen eines Mannes, den du nie wiedersehen wirst, auf Männer überhaupt verzichten?«

Mila musste wider Willen grinsen, weil sie nach langer Zeit wieder so locker mit Jonah umgehen konnte. »Das lass mal meine Sorge sein. Aber ich bin gern bereit, mit dir nach der richtigen Frau zu suchen, denn jetzt, wo du so nachgereift bist, könnte das ja mal eine etwas weniger modelmäßige Bella sein.«

Jonah riss Mila in seine Arme. »Weißt du, wie ich dich vermisst habe? Bevor ich dich ganz verliere, nehme ich die Freundin.«

»Ach, Jonah, ich habe dich auch noch lieb …«

»… aber den anderen hast du lieber. Hat er auch einen Namen, der Mistkerl?«

»Komm, wir warten mit dem Grillen, bis die beiden zurückkommen, und ich erzähle dir alles. Dann ist sicher auch Ruby da.«

»Ist sie hübsch?«

»Sie ist umwerfend, aber wenn du ihr das Herz brichst, drehe ich dir den Hals um. Aber eigentlich habe ich keine Sorge, dass dir das gelingen könnte. Sie ist immun gegen notorische Frauenhelden.«

»Ach ja?«

»Ja, sie war die einzige meiner Freundinnen, die sich nicht vom Don hat becircen lassen.«

»Du sprichst da nicht etwa von meinem besten Freund, oder?«

Mila nickte eifrig, bevor sie Jonah ausführlich von Brian berichtete. Sie merkte nicht einmal, dass ihre Wangen zu glühen begannen und in ihren Augen kleine Sternchen funkelten.

57. Kapitel

Sophie hatte sich an Milas Lieblingsplatz am Ufer des kleinen Flussarmes gesetzt und betrachtete fasziniert die Steine, die auf dem Grund des klaren Wassers in der Abendsonne funkelten. Der Gedanke, das alles zu verlassen, versetzte ihr einen Stich, obwohl ihr Entschluss nach Tims Auftritt eben noch fester stand als zuvor. Offenbar hatte ihm Mila gesteckt, dass sie Pounamu verlassen würde. Was sie ihr nicht wirklich übelnehmen konnte.

Sie hörte ein Geräusch hinter sich und fuhr herum. Hinter einem der Bäume am Ufer trat etwas verlegen Tim hervor.

»Darf ich mich setzen?«, fragte er vorsichtig.

Sophie deutete wortlos auf den Stuhl neben sich.

»Ich wollte mich bei dir entschuldigen«, murmelte er leise.

»Wofür?«

»Dass ich dir vorgeworfen habe, dich einzumischen. Ich hätte es Mila selber sagen müssen, dass ich das Hotel gern versilbert hätte, aber einmal abgesehen davon, dass Granny dem nun einen Riegel vorgeschoben hat, das geht aus einem ganz anderen Grund nicht …« Er stockte.

»Und magst du mir den Grund verraten?«, fragte sie in leicht angezicktem Ton.

»Ja, Granny hat längst ihre Nachfolgerin bestimmt. Das Hotel soll in der Familie bleiben, und ich glaube, sie hätte keine bessere Wahl treffen können.«

»Tim, ich denke, Mila hat es dir gesagt: Ich verlasse Pounamu, sobald Granny wieder auf den Beinen ist. Und das ist hoffentlich bald.«

»Tja, aber es gibt ein kleines Problem. Sie wird sich nach der Operation aus dem Hotelgeschäft zurückziehen.«

»Wie kommst du denn darauf?«

»Das hat sie mir heute selber gesagt. Sie sagte wörtlich: ›Und spiel gar nicht erst mit dem Gedanken, das Hotel nach meinem Tod zu verkaufen, du Lausebengel, es gehört ab sofort Sophie, denn ich werde mich zur Ruhe setzen, wenn ich die Operation mit den Drahtgestellen überlebe, aber jetzt, wo der Wunderdoc sie einsetzt, bin ich zuversichtlich …‹«

»Moment, das hat sie wörtlich gesagt?«

»Ja, sie meint es ernst mit dem Ruhestand.«

»Nein, ich meine, das mit dem Wunderdoc. Hast du das Mila schon erzählt?«

»Wann sollte ich?«

»Dann lass es auch! Sonst kommt sie am Montag womöglich nicht mit nach Greymouth. Du musst es für dich behalten. Versprochen!«

»Ist sie immer noch in den Kerl verknallt? Armer Jonah. Aber okay, ich schweige wie ein Grab. Aber hast du nicht gehört, was ich sonst noch gesagt habe?«

»Ich nehme deine Entschuldigung an«, sagte Sophie leise. »Ich möchte doch auch nicht im Streit mit dir gehen. Aber du verstehst sicher, dass ich unter diesen Bedingungen nicht in Pounamu bleiben kann. Wir laufen uns doch zwangsläufig immer wieder über den Weg, und ich ertrage es nicht, dass der Mann, den ich liebe, mir ständig zu verstehen gibt, dass ich nichts anderes als eine hergelaufene Schlampe bin, die mit jedem Kerl ins Bett steigt.«

Sophie sah ihn zur Bekräftigung ihrer Worte direkt an und bemerkte, dass ihm sämtliche Farbe aus dem Gesicht gewichen war.

»Sophie, ist das wahr?«

»Nein, ich bin keine Schlampe!«, entgegnete sie prompt.

»Ich meine doch das andere!« Natürlich ahnte Sophie, worauf er da anspielte, aber sie war nicht bereit, es ihm noch leichter zu machen. Dass sie ihm eine Liebeserklärung gemacht hatte, ohne rot zu werden, hatte sie nur Milas forschem Tipp von vorhin zu verdanken, sie solle mal neue Wege einschlagen. Nun war es passiert, und Sophie war sehr gespannt, ob ihr Mut belohnt würde.

»Du hast eben gesagt, dass du mich liebst. Ist das wirklich wahr?«

»Ich habe noch nie einen Mann so geliebt wie dich. Warum, weiß ich allerdings nicht. Du bist ein furchtbar zugeknöpfter und nachtragender Egomane, an dessen selbst errichteter Mauer man sich den Kopf einrennen kann und …«

Tim verschloss ihr den Mund mit einem Kuss. Sie erwiderte ihn leidenschaftlich. Als sie ihre Lippen wieder voneinander gelöst hatten, musterte er sie kopfschüttelnd. »Und du bist eine, eine …« Nun küsste Sophie ihn, damit er gar nicht erst anfangen konnte, sie zu beleidigen.

»Ich hab mir so gewünscht, dass eine Frau kommt, die meine Mauern einreißt. Und ich habe es irgendwie geahnt, als ich dich zum ersten Mal gesehen habe. Da ist sie, und ich bin verloren! Aber damit muss ich jetzt leben.«

»Und wenn ich dir verrate, dass ich deinetwegen auch damit leben könnte, nun so eine verdammte Verantwortung zu tragen, die ich nicht einfach abstreifen kann wie ein Sommerkleid, bei dem mich gerade die Farbe langweilt?«

»Sophie, ich kann dir nichts versprechen. Ich werde bestimmt nicht für immer nach Pounamu zurückziehen, aber auf jeden Fall das Großprojekt in Greymouth annehmen, das man mir gerade angetragen hat, auch wenn so ein Shoppingcenter nicht gerade mein Ding ist. Und dann übernehme ich natürlich die Bauleitung bei Milas neuem Geschäftsgebäude.«

Sophie verdrehte die Augen. »Du musst mir gar nichts versprechen. Ich glaube, es kommt einfach so, wie es kommen soll.«

»Nein, nein, so locker möchte ich es dann auch nicht«, widersprach er grinsend. »Eine gewisse Verbindlichkeit wünsche ich mir schon von meiner Freundin. Mindestens jedes zweite Wochenende, wenn nicht jedes …«

»Das ist aber ein bisschen weit zwischen Australien und Neuseeland«, entgegnete sie ganz ernst.

»Wie, Australien? Du spinnst wohl. Wir reden schlimmstenfalls von der Entfernung zwischen Hokitika und Auckland, wenn meine Projekte an der Westküste durch sind!« Er wirkte sichtlich erschrocken.

»Ja, aber ich habe dir doch gesagt, dass ich fortgehe …« Sophie hatte große Mühe, sich ein Lachen zu verkneifen. »Du hast mich ja noch nicht gefragt, ob ich bleiben möchte.«

Jetzt fiel bei Tim der Groschen. »Schlange!« Er lachte. »Aber gut, dann will ich dir deinen Wunsch erfüllen. »Sophie, ich bitte dich von Herzen, bitte bleib in Neuseeland. Es gibt außer dem Pounamu nämlich noch einen triftigen Grund zu bleiben. Der Mann, der dich aufrichtig liebt, ist Neuseeländer.«

Sophie und Tim fielen sich stürmisch in die Arme und küssten sich. »Ich würde dir so gern mal unsere Luxus-Suite zeigen«, raunte Tim, als er einmal Luft holte.

»Später, Liebster, später folge ich dir, wohin du immer mit mir gehen willst. Aber jetzt gehen wir zurück und tun so, als wäre nichts geschehen …«

»Du hältst es doch keine drei Minuten aus, ohne es Mila brühwarm zu berichten.«

»Irrtum! Ich kann Pokerface.« Sie sprang von ihrem Stuhl auf. »Folgen Sie mir dann, Mr Parker?«

»Natürlich, Mylady, aber nur, wenn wir uns im Schutz des Baumes noch einmal küssen.«

Der Kuss wurde lang und intensiv, doch nachdem sie sich aus ihrer innigen Umarmung gelöst hatten, liefen sie brav nebeneinander her zur Terrasse zurück.

Mila reckte neugierig den Hals, um die Stimmung zwischen den beiden zu erfassen. Sie brauchte keine Minute, bis sie wusste, dass etwas Wunderbares zwischen den beiden vorgegangen war. Noch nie hatte Mila bei ihrem Bruder einen solch weichen Blick wahrgenommen, und Sophie hatte ungewöhnlich gerötete Wangen. Sie zog es allerdings vor, sich nichts anmerken zu lassen. Schließlich traf auch Ruby ein, und Mila nahm belustigt wahr, wie der angeblich geläuterte Jonah wieder zu alter Höchstform auflief und die schöne Lehrerin nach allen Regeln der Kunst anflirtete. Ruby aber enttäuschte Milas Erwartungen nicht. Sie war äußerst charmant, aber auch sehr auf der Hut. Ruby würde jedenfalls niemals einem Heiratsschwindler auf den Leim gehen. Dessen war sich Mila völlig sicher. Selbst als sie schon ein bisschen viel Wein getrunken hatte, schien sie Jonahs geballter Charmeoffensive noch mit relativ kühlem Kopf zu begegnen. Allerdings waren die beiden so miteinander beschäftigt, dass keiner von ihnen die Blitze bemerkte, die zwischen Sophie und Tim hin und her flogen.

Als Mila zu später Stunde in die Küche ging, um noch eine Flasche gekühlten Sauvignon zu holen, war ihr Sophie gefolgt.

»Danke für deinen Tipp, mal andere Wege einzuschlagen«, sagte sie mit strahlender Miene.

»Du hast ihm gesagt, dass du ihn liebst?«

»Ja, mein Herz hat bis zum Hals geklopft. Aber das hat sich wirklich gut angefühlt.«

Und er?«

»Liebt mich auch. Mila, ich bleibe!«

»Ich freue mich riesig«, rief Mila begeistert aus und umarmte Sophie stürmisch. »Dann sind wir ja bald eine richtige Großfamilie.«

»Du schon wieder. Wir wollen alles ganz ruhig angehen lassen, und es fühlt sich wunderbar an. Du, Mila, ich habe was für dich. Mir hat es Glück gebracht, aber ich habe im Tagebuch unserer Ahnin Maata gelesen, dass man es auch weitergeben kann, wenn es seinen Zweck erfüllt hat.« Sophie holte aus ihrer Hosentasche ein halbes Grünsteinamulett hervor und reichte es Mila.

Mila stockte förmlich der Atem, als sie es zur Hand nahm. Ein heißer Schauer durchflutete ihren Körper, und sie musste sofort an Brians Hälfte denken. Die beiden halben Amulette waren einander so ähnlich, dass es kaum zu glauben war. Allein, dass sie beide aus Marsden-Jade gefertigt waren. In ihrem Kopf ging alles durcheinander. War das ein Zeichen, dass sie Brian zu früh aufgegeben hatte? Doch je intensiver sie es betrachtete, desto mehr drängte sich ihr ein ganz anderer Verdacht auf. Ihr Puls begann so zu rasen, dass ihr ganz schummrig wurde.

»Woher hast du das?«, fragte sie Sophie.

»Mein Großvater hat es stets bei sich getragen, und er hat es vor seinem Tod an Granny weitergegeben. Sie hat es mir dann geschenkt.«

Mila versetzte es einen leichten Stich, dass ihre Großmutter die Hälfte des Pikorua-Amuletts nicht ihr geschenkt hatte, sondern Sophie, aber das war nur ein flüchtiger Gedanke. Viel mehr interessierte sie, woher Sophies Großvater dieses Amulett hatte.

»Und wie ist dein Großvater zu dem halben Pikorua gekommen?«

»Er hat es, glaube ich, von seiner Mutter, aber so genau weiß ich es auch nicht. Gramp hat ja vor eurem Auftauchen in Cairns seine leibliche Mutter nie auch nur mit einem Ton erwähnt. Offenbar hatte er bis dahin verdrängt, dass sein Vater die Mutter zum Krüppel gemacht und ihn ins Heim abgeschoben hat.«

Mila war sich fast sicher, dass dies die eine Hälfte jenes Amuletts war, von dem Hine offenbar ein Foto gemacht hatte, bevor sie es geteilt hatte. Sie fröstelte, als sich ihr erneut der Gedanke aufdrängte, dass Brian womöglich die andere Hälfte besaß. Und nicht nur die zwei Hälften schienen sich zu einem Amulett zusammenzufügen, sondern auch das, was Brian ihr zu dem Schmuckstück erzählt hatte, passte verdammt gut zu den Fragmenten von Hines Geschichte, die sie inzwischen herausgefunden hatte. Einen Brief mit dem halben Amulett darin hatte Brians Großvater auf dem Büroschreibtisch seines Vaters gefunden, doch da war der Mann bereits tot. Sein roter Wagen ausgebrannt in der Schlucht am Arthur's Pass. Hines Freundin hatte in ihrer ersten Aussage zu Protokoll gegeben, Jack hätte einen Fremden mittels einer Waffe auf den Beifahrersitz eines roten Wagens aus Dunedin gezwungen. Hatte er ihn vielleicht umgebracht und ihn in seinem Wagen in die Schlucht gestürzt? Was, wenn Hines unbekannter Liebhaber wirklich dieser Mann gewesen war?

»Träumst du?«, hörte Mila Sophie von ferne fragen.

»Nein, nein, ich, ich freue mich sehr über dein Geschenk«, stammelte sie und fragte sich, wie sie wohl Kontakt mit Brian aufnehmen konnte, jetzt, wo sie keine Telefonnummern mehr von ihm besaß.

58. Kapitel

Mila und Sophie warteten schon eine ganze Weile auf der Bank vor Granny Omakas Zimmer. Eine Schwester hatte sie gebeten, das Zimmer nicht zu betreten, solange die Patientin ein Vorgespräch mit dem Arzt führte, der nachher die Operation vornehmen würde.

Mila war ein wenig neidisch darauf, dass Sophie ihr Strahlen selbst in der Klinik nicht ausschalten konnte. Es kam von innen und schien sie förmlich zum Leuchten zu bringen. Natürlich gönnte Mila den beiden ihr Glück. Vor allem hatte sie ihren Bruder noch nie so ausgelassen erlebt wie heute beim Frühstück. Die beiden hatten sich offenbar letzte Nacht eines der Hotelzimmer genommen, um ihre Leidenschaft ungehemmt ausleben zu können.

Dann wanderten Milas Gedanken zu der Hälfte des Pikorua-Amuletts und vor allem zu der Frage, wie sie Brian kontaktieren sollte.

In diesem Augenblick trat die Schwester aus dem Zimmer und bat sie hinein. Der Arzt wolle auch gern noch kurz mit ihnen sprechen, sagte sie.

Als Mila den ihr wohlbekannten dunkelhaarigen Arzt am Bett ihrer Großmutter erblickte, blieb sie wie angewurzelt stehen. Entgeistert sah sie zwischen ihrer Granny und Brian hin und her.

»Du?«, fragte sie schließlich. »Aber du bist doch im Urlaub, hat man mir in Dunedin gesagt. Und dein Telefon, das funktioniert nicht mehr und …«

»Stimmt, ich mache noch ein paar Tage Ferien, bevor ich nach Sydney fliege, und habe schon eine neue Nummer«, entgegnete er gut gelaunt. Fehlt ja nur noch, dass er einen Freudentanz aufführt, weil er endlich nach Sydney gehen kann, dachte Mila empört, bevor sie sich recht steif auf ihn zubewegte und ihm förmlich die Hand zur Begrüßung reichte. »Und darf ich fragen, wieso du jetzt hier in Greymouth bist?«

»Ich hatte hier in der Klinik noch etwas zu erledigen, und da hat mich mein Freund Gordon, der behandelnde Arzt deiner Großmutter, gefragt, ob ich nicht einen Tag früher kommen könne, weil eine Patientin gern von mir operiert werden möchte.«

»Ist das nicht schön? Ich musste ihm versprechen, dass ich ihm nicht unter den Händen wegsterbe. Nun habe ich ja gar keine andere Wahl, als die Operation zu überleben«, mischte sich die Granny aufgedreht ein.

Sophie begrüßte Brian herzlich. »Schön, dass du das doch machst. Wir sind alle beruhigter, seit wir das wissen.«

Mila fuhr herum. »Was heißt das denn? Wieso? Ich meine, seit wann wisst ihr das denn schon?«, stammelte sie.

»Tim hat es mir vorgestern erzählt. Ich habe total vergessen, dir das zu sagen«, heuchelte Sophie. Mila aber durchschaute das Spiel und warf Sophie einen grimmigen Blick zu.

»Gut, ich wollte dir eigentlich noch ein paar Details zu den Stents sagen, weil ich Sophie ja bereits in Dunedin darüber aufgeklärt habe.«

»Das ist nicht nötig. Ich weiß inzwischen so viel über Stents, dass ich selbst operieren könnte«, entgegnete Mila hastig, bevor sie sich ein Herz fasste. »Aber ich würde dich trotzdem nachher gern noch einmal kurz unter vier Augen sprechen«, fügte sie hinzu.

»Tja, Frau Kollegin, leider operiere ich jetzt deine Großmutter, dann habe ich einen wichtigen Termin, aber danach wäre ich dann frei. Um drei Uhr auf dem Parkplatz?«

»Um drei Uhr auf dem Parkplatz«, echote sie.

»Gut, dann bis nachher. Und ihr müsst euch wirklich keine Sorgen machen. Jedenfalls nicht, solange ich operiere.« Er zwinkerte Mila amüsiert zu, bevor er gut gelaunt das Zimmer verließ.

Kaum hatte er die Tür des Krankenzimmers hinter sich zugezogen, überschlugen sich Sophie und Granny mit Kommentaren.

»Da hat die Hütte aber gebrannt. Mila, der Mann liebt dich«, kreischte Sophie.

»So einen Mann habe ich mir immer für dich gewünscht, mein Kind«, bemerkte die Granny gerührt.

Mila aber hörte gar nicht mehr zu. Sie war wie betäubt von dieser überraschenden Begegnung, aber sie konnte sich nicht wirklich von Herzen freuen, denn der Wermutstropfen hieß Sydney. Daran hatte sich offenbar nichts geändert. Trotzdem war dies ein klares Zeichen gewesen, die beiden Pikorua-Hälften miteinander zu vergleichen, um herauszufinden, ob Mr Morris der große Unbekannte in Hines Leben gewesen war. Obwohl sich nichts an der fehlenden Zukunftsperspektive geändert hatte, klopfte ihr das Herz bis zum Hals bei dem Gedanken, ihn nachher unter vier Augen zu sprechen.

»Mila, Sophie, ich muss euch etwas Wichtiges sagen. Ich habe gestern schon mit Tim gesprochen. Auch wenn ich die Operation überlebe, ich würde mich gern aus dem Hotelbetrieb zurückziehen und das Hotel an Sophie übergeben.«

»Es ist mir eine Ehre, Granny, ich hoffe, ich enttäusche dich nicht«, sagte Sophie.

»Und ich würde sehr gern das Unterhaltungsprogramm für die Hotelgäste ausweiten, wenn es die Chefin befürwortet, denn natürlich will ich nicht im Garten sitzen und stricken. Ich könnte mir vorstellen, Goldgräberabende zu veranstalten mit Lesungen aus Maatas Tagebuch …«

»Toll, Granny, du hast den Job«, lachte Sophie.

»Ja, und Tim hat mir berichtet, dass er demnächst deine neue Werkstatt und den Laden bauen will. Das ist wunderbar. Ich würde sehr gern den Rest der Zeit für dich arbeiten, Mila.«

»Ich höre immer nur arbeiten, aber den Job hast du. Eine bessere Mitarbeiterin kann ich mir gar nicht wünschen.«

»Und ich würde liebend gern in Pounamu bleiben, aber wenn ihr die Zimmer braucht …«

»Unsinn, natürlich bleibst du. Es ist dein Haus«, protestierten die beiden wie aus einem Mund.

»Ich möchte aber wirklich nur noch ein Zimmer für mich. Das genügt, und ich finde, ihr seid in dem Alter, wo ihr vielleicht mal mehr Raum braucht, falls ihr …«

»Du planst also schon Familienzuwachs für uns?« Mila grinste breit.

»Und dann habe ich noch etwas für dich, Mila.« Die Großmutter holte einen Umschlag aus der Nachttischschublade und reichte ihn stöhnend ihrer Enkelin. »Da gibt es noch etwas, was … ja, das musst du wissen. Ich kann es dir aber nicht sagen. Das schaffe ich nicht, aber ich möchte nicht mehr ständig Angst haben, du könntest es … ach, ich sollte nicht so viel reden. Lies es in Ruhe durch, und wenn du fertig bist, gib es Tim.«

Mila nahm den Umschlag misstrauisch entgegen. Sie hatte keine Ahnung, was ihrer Großmutter solche Angst machte, dass sie nicht einmal darüber reden konnte. Hastig ließ sie den Umschlag in ihrer Handtasche verschwinden. Jetzt war ganz bestimmt nicht der richtige Augenblick, ein Geheimnis zu lüften. Nun ging es allein darum, der Großmutter jegliche Angst vor der bevorstehenden Operation zu nehmen.

»Hast du Granny nicht auch noch was zu sagen, was sie so freuen wird, dass sie sich mit einem Lächeln auf den Lippen in den OP schieben lässt?«, flötete Mila nun und blickte Sophie aufmunternd an.

»Mila hat Recht. Du sollst wissen, dass ich einen Freund habe«, scherzte Sophie.

»Um Gottes willen. Ich mag Jonah wirklich, aber der ist doch kein Mann für dich, solange du einen anderen liebst«, stieß die Großmutter empört aus.

Sophie gab ihr übermütig einen Kuss auf die Wange.

»Es ist der andere!«

»Tim und du? Ach, dass ich das noch erleben darf«, freute sich die Granny. »Was habe ich nur für ein Glück. Mein Lieblingsenkel mit meiner liebsten Großnichte, und meine Lieblingsenkelin mit meinem Lieblingsdoc.«

Natürlich lag Mila auf der Zunge, dass Letzteres leider ein Wunsch bleiben würde, aber sie wollte die Großmutter jetzt um keinen Preis aus ihrem Wolkenkuckucksheim holen. Sie lächelte nämlich immer noch selig, als die Schwester Mila und Sophie erneut aus dem Zimmer schickte, um die Großmutter für die Operation vorzubereiten.

59. Kapitel

Mila war sehr erleichtert, als sie die Klinik kurz vor drei Uhr in Richtung Parkplatz verließ. Sie war eben noch bei ihrer Granny gewesen, die die Operation gut überstanden hatte. Sie war so fit, dass sie gleich mit Mila nach Pounamu fahren wollte.

Mila war über die Maßen aufgeregt – ihr Mund war ganz trocken, das Herz klopfte ihr bis zum Hals, die Knie wurden ihr weich –, als sie Brian lächelnd vor seinem alten Holden stehen sah. Er winkte ihr freundlich zu. Nachtragend war er wohl offensichtlich nicht, wenn sie da an ihr letztes Telefonat dachte.

»Danke, dass du meine Granny operiert hast«, sagte sie zur Begrüßung.

Er machte eine abwehrende Handbewegung. »Das war doch selbstverständlich. Ich war quasi schon in der Gegend. Wie gut, dass eure alte Dame doch noch vernünftig geworden ist, denn noch einen Infarkt würde sie wohl kaum überleben.«

»Ja, so schlimm es ist, aber das war wohl auch ein heilsamer Schock für sie. Stell dir vor, sie will sogar in Ruhestand gehen.«

Brian musterte Mila mit ernster Miene.

»Das ist sehr vernünftig, denn die Stents sind keine Garantie, dass sie künftig von einem Infarkt verschont bleibt.«

Mila hörte zwar, was er da sagte, aber sie war zu erleichtert, dass ihre Granny den notwendigen Eingriff hatte vornehmen lassen und ihn auch noch unbeschadet überstanden hatte, um den warnenden Unterton in seiner Stimme wahrzunehmen.

Mila wagte gar nicht, ihn direkt anzusehen, aus lauter Sorge, ein Blick in seine blauen Augen würde sie vollständig aus dem Konzept bringen. »Ich wollte mich noch entschuldigen für den Unsinn, den ich bei unserem letzten Telefonat von mir gegeben habe. Das war nur meine dumme Eifersucht auf Sophie. Natürlich freue ich mich für dich, dass du den Job in Sydney bekommen hast.«

»Dann können wir das ja zusammen feiern gehen«, entgegnete er ungerührt.

Mila hob irritiert den Blick. Zu ihrem Entsetzen grinste er sie frech an.

»Ich will das aber nicht mit dir feiern. Ich wollte mich eigentlich nur entschuldigen und bei dir bedanken. Mehr nicht«, schnaubte sie.

»Du bist so süß, wenn du dich in Rage redest.« Er lächelte.

Mila tippte sich gegen die Stirn. »Ich bin nicht süß. Ich bin stocksauer, dass du einfach nach Syd…« Sie unterbrach sich hastig. »Ach, lass uns einfach wie Erwachsene auseinandergehen!«

»Okay«, murmelte er und trat einen Schritt auf sie zu. Ehe sie sichs versah, hatte er sie geküsst. Im ersten Moment wollte sie sich wehren, nicht, weil sich seine Lippen auf ihren nicht wunderschön anfühlten, sondern aus Angst, ihn dann gar nicht mehr aus dem Kopf zu bekommen. Ihr Widerstand schmolz allerdings dahin, kaum dass sich ihre Zungen zart berührten. Mila konnte sich diesem zärtlichen und zugleich fordernden Spiel nur noch hingeben. Sie wünschte, es würde niemals enden.

Als sich ihre Lippen nach einer halben Ewigkeit voneinander lösten, sahen sie sich verwundert an.

»Das war schöner, als ich es mir in meiner Fantasie ausgemalt habe«, murmelte Brian versonnen.

Mila konnte kaum glauben, was sie da aus seinem Mund hörte. Er hatte sich vorgestellt, wie sie sich küssten? Das würde ja bedeuten … Aber selbst in diesem magischen Moment drängte sich plötzlich Sydney zwischen sie und ihn.

»Brian, das war wunderbar, und ich werde es nie vergessen. Aber ich kann das nicht, so über eine Distanz von fast tausendfünfhundert Meilen, das kann nicht gutgehen. Das hat keine Zukunft.«

Täuschte sie sich, oder zuckte es leicht um Brians Mund? Er schien das ja alles wahnsinnig lustig zu finden, im Gegensatz zu ihr. »Ich würde das wohl riskieren«, erwiderte er. »Du gehst mir nämlich nicht mehr aus dem Kopf, seit ich dich auf dem Kutter in Cairns gesehen habe. Ich weiß noch genau, wie du mich angesehen hast und wie ich gedacht habe, Mist, jetzt erwischt es mich schon mal auf den ersten Blick, und dann ist die Dame verheiratet.«

Die Erinnerung an ihre erste Begegnung zauberte auch auf Milas Gesicht ein Lächeln. »Ja, und ich habe gedacht, Mist, wie komme ich charmant aus der Nummer wieder raus, dass Tim mein Ehemann ist.«

»Siehst du, und das können wir doch wegen der paar Meilen nicht einfach vergessen, oder?« Brian sah sie so liebevoll an, dass ihr ganz warm ums Herz wurde. Wie gern würde sie mit ihm gehen, aber ihr Zuhause war nun einmal Pounamu, und sie lebte mit und für den Grünstein.

»Selbst wenn ich wollte, Brian, ich gehöre hierher.«

»Das weiß ich doch. Ich will dich gar nicht verpflanzen, aber wir könnten uns doch gegenseitig besuchen.«

»Brian, so was geht vielleicht ein Jahr gut, aber auf Dauer ist das doch keine Perspektive!«

»Sechs Monate müsste man das wohl schaffen, oder?«

»Natürlich, Brian, wenn es sechs Monate wären, hätte ich damit nicht das geringste Problem. Das wäre so ideal, dann könnte ich dich erst einmal aus der Ferne kennenlernen …«, entgegnete Mila eifrig, doch dann unterbrach sie sich, und ihre Miene verdunkelte sich erneut. Als sie Brian jetzt lachen hörte, wollte sie wütend werden, doch dann fiel es ihr wie Schuppen von den Augen. Sie gab ihm einen zärtlichen Stoß in die Rippen. »Kann das sein, dass du mich die ganze Zeit hochnimmst?«

»Nein, ich wollte nur testen, ob du mich so gern magst wie ich dich, dass du trotz meines halben Jahres in Sydney eine Beziehung mit mir wagst.«

»Ja, ich will«, rief Mila und umfasste ihn stürmisch. »Aber wieso machst du nun doch nur die Vertretung und nimmst den Job nicht an?«

»Weil es mich unbändig an die wilde Westküste zieht, wo eine ganz bezaubernde Frau lebt.«

»Du hast einen Job hier in Greymouth?«, fragte sie fassungslos.

Brian nickte.

»Aber, aber du konntest doch gar nicht wissen, ob ich deine Gefühle erwidere, und überhaupt …«, stammelte sie.

»Doch, ich habe das Amulett gefragt. Du hast mir ja gesagt, dass die Dinger sprechen. Und Großvaters Amulett hat behauptet, du wärest die Frau meines Lebens.«

Obwohl Mila wusste, dass das nur ein Scherz war, weil Brian sich sicherlich nicht mit Grünsteinen unterhielt, wurden ihr die Knie so weich, dass sie sich an ihn klammern musste.

»Um Gottes willen, was ist mit dir?«, fragte er erschrocken und zog sie ganz fest an seine Brust.

»Es ist nichts, oder doch, da ist was, aber das kann ich dir nicht auf dem Parkplatz erzählen.«

»Sag jetzt nicht, es gibt einen anderen Mann.«

»Lass uns irgendwo hinfahren, wo es schön ist.«

»Also ich wollte heute Nachmittag mal zum Arthur's Pass. Weißt du, ich habe neulich den Anruf eines Notars bekommen, der beim Ausmisten des Kellers uralte Dokumente gefunden hat, die einen Vermerk enthielten, dass man sie nicht der Familie aushändigen dürfe. Aber der Mann wusste nicht, wohin damit, und fand, jetzt wäre der Vermerk verjährt und ein Nachfahre die richtige Adresse. Und stell dir vor, mein Urgroßvater besitzt wohl ein kleines Haus am Arthur's Pass, von dessen Existenz niemand etwas geahnt hat. Ich will einfach mal schauen, ob das Haus noch steht. Ist sicher nicht mehr als so eine Ferienhütte, aber wer weiß ...«

Mila musste einmal tief durchatmen. Nun gab es kaum mehr Zweifel, dass Mr Morris der Unbekannte A. war. Natürlich könnte sie Brian auf der Stelle von ihrem Verdacht berichten, aber eine innere Stimme signalisierte ihr zu warten, bis sie das Haus gefunden hatten.

»Das ist eine schöne Idee. Ich begleite dich, aber ich würde gern auf dem Weg noch etwas in Hokitika holen.«

Brian sah sie verliebt an. »Aber du brauchst dich nicht umzuziehen. Du bist wunderschön.«

Mila ließ sich ihr Vorhaben allerdings nicht ausreden und dirigierte ihn geradewegs nach Pounamu. Er war etwas pikiert, dass sie ihn im Wagen sitzen ließ, aber sie hatte nur einen Gedanken: den Schlüssel und das Foto vom Haus zu holen. Und wenn dann die Amulette noch zusammenpassten ...

60. Kapitel

Von Hokitika zum Pass war es über den Highway eine gute Autostunde. Mila und Brian unterhielten sich die ganze Zeit so angeregt, dass sie wenig von der berauschenden Natur draußen mitbekamen. Mila redete die ganze Zeit gegen ihre immer stärker werdende Anspannung an und erzählte ihm von ihrer Kollektion und ihren Umbauplänen.

Brian hörte ihr interessiert zu und berichtete seinerseits davon, dass er den Hausstand seines Großvaters aufgelöst und sein Haus verkauft hatte. Auch von den gemischten Gefühlen, mit denen er Dunedin verlassen hatte. Mit einem weinenden und einem lachenden Auge.

Mila hoffte, dass er ihr nicht anmerkte, unter welchem Druck sie stand. Ein paar Mal war sie versucht, ihn anhalten zu lassen und ihm alles zu erzählen, was sie wusste, aber sie konnte sich immer wieder gerade eben noch beherrschen.

Oben am Pass schien die Sonne. Die malerische Berglandschaft war in ein magisches Licht getaucht.

Brian hatte die Adresse aus dem Kaufvertrag in sein Navigationsgerät eingegeben, aber das führte sie immer wieder auf Schotterpisten, die im Nirgendwo endeten. Schließlich fragte Brian an der Rezeption eines Motels oben in Arthur's Pass Village an, wie man wohl dort hinkäme, doch den Weg kannte keiner. Offenbar gab es diese Adresse nicht mehr.

Damit sank Milas Hoffnung, dass das Haus überhaupt noch existierte. Vielleicht war es in all den Jahren derart verfallen, dass die Gemeinde es hatte abreißen lassen, weil man den Eigentümer nicht hatte ermitteln können.

»Vielleicht liegt es an der anderen Seite des Passes. Lass uns einfach mal weiterfahren«, schlug Brian vor.

Mila hatte die Scheibe runtergelassen und ließ ihren Blick schweifen. Überall in den Bergen waren kleine Ferienhäuser versteckt. Wenn es die vielen Jahre überlebt hatte, war es vielleicht an seiner auffälligen Farbe zu erkennen. Sie hatte den Gedanken noch gar nicht zu Ende geführt, als sie ein Haus sah, das rot in der Sonne leuchtete.

»Brian, bieg ab«, befahl sie aufgeregt.

»Wo?«

»Das da könnte es sein. Das rote dort hinten.«

»Aber woher willst du wissen, wie es aussieht?«, fragte er verwundert.

»Vertrau mir«, bat sie.

»Okay, ich mag geheimnisvolle Frauen«, flachste er und nahm den Schotterweg, der hinauf in die Berge führte.

Nach etwa einer halben Meile tauchte hinter einer Kurve das rote Haus auf, das sie von der Straße aus gesehen hatten. Es lag märchenhaft am Waldrand und hatte mit Sicherheit schon bessere Tage gesehen. Aber dafür, dass sich über sechzig Jahre kein Mensch darum gekümmert hatte, hatte sich die alte Hütte gut gehalten, wie Mila erstaunt feststellte, denn daran, dass es sich dabei um das Haus vom Foto handelte, gab es nicht den geringsten Zweifel.

»Brian, das ist es«, sagte Mila mit belegter Stimme.

Er hielt irritiert an, doch bevor er ausstieg, wollte er wissen, wie sie auf diesen Gedanken kam.

»Du wirst es gleich erfahren, aber erst einmal brauche ich den

Beweis, dass ich recht habe.« Mit zitternden Händen holte Mila den Schlüssel aus ihrer Tasche. »Komm, wir werden gleich wissen, ob es so ist, wie ich es vermute.«

Brian hatte es die Sprache verschlagen. Er folgte ihr stumm.

Von Nahem betrachtet sah man schon, dass der Zahn der Zeit am Anstrich genagt hatte. Als sie einmal um das Haus herumgingen, mussten sie feststellen, dass die Farbe auf den anderen drei Seiten vorwiegend Grau war und sich überall Risse zeigten. Nur in den Fugen und unter dem Dach konnte man das ursprüngliche Rot noch erkennen. Auch das kleine Häuschen hinter dem Haus, in dem sie den Sanitärbereich vermuteten, war komplett grau.

An der Haustür gab es ebenfalls einige Stellen, die schon grau und verwittert waren.

Mila war sich sicher, dass sie das Haus niemals erkannt hätte, wenn die Farbe zur Straße hin nicht wie durch ein Wunder erhalten geblieben wäre.

Sie holte noch einmal tief Luft, um sich zu beruhigen, und steckte den Schlüssel in das rostige Schloss. Er passte, aber er ließ sich nicht bewegen.

»Darf ich?«, fragte Brian und versuchte sein Glück. Als es auch ihm nicht gelang, bat er sie, aus der Kiste im Kofferraum ein Ölfläschchen zu holen. Mila war so aufgedreht, dass sie beinahe über den kleinen Mooshügel gestolpert wäre, der sich zwischen den Steinen gebildet hatte. Als sie sich dem Wagen näherte, saß ein Kea auf dem Dach und wollte sich gerade mit seinem scharfen Schnabel an der oberen Dichtung eines der Fenster zu schaffen machen. Mila hatte schon viele Geschichten von diesen Papageienvögeln gehört, die mit Vorliebe Dichtungsgummis von Autos anfraßen oder sich an den Rucksäcken von Touristen bedienten. Sie selbst hatte noch keine so nahe Begegnung mit einem Kea gehabt, doch nun blieb ihr nur eines: ihn mit lautem Geschrei zu verjagen. Der Kea flog davon, und Mila hoffte, dass er nicht noch einmal zurückkehrte, um sich weiter an den Dichtungen des schönen alten Autos zu betätigen.

Als sie mit dem Ölkännchen zurückkehrte, war es Brian immer noch nicht gelungen, den Schlüssel zu drehen. Ein paar Tropfen Öl wirkten allerdings Wunder. Der Schlüssel bewegte sich.

Sie schlug die Hände vor den Mund, als sich die Tür quietschend öffnen ließ.

Brian drehte sich zu ihr um und nahm sie in den Arm. »Willst du mir jetzt endlich sagen, was das alles zu bedeuten hat? Wie kommst du darauf, dass dies das Haus meines Urgroßvaters ist?«

»Wie hieß er eigentlich mit Vornamen?«, fragte sie, statt ihm seine drängenden Fragen zu beantworten.

»Alexander, aber wollen wir nicht erst mal reingehen?«

»Klar. A. Nein, ich brauche erst Gewissheit. Hast du dein Amulett bei dir?«

»Natürlich, immer.«

»Kannst du es mir noch einmal zeigen?«

Brian holte das Amulett aus der Tasche und wollte gerade etwas erwidern, als auch Mila die Hälfte eines solchen Amuletts in der Hand hielt.

»Was ist das?«, fragte er verwirrt.

Mila aber nahm ihm sanft seine Pikorua-Hälfte aus der Hand und wollte sie mit ihrer zusammenfügen, doch ihre Hand zitterte so, dass Brian das für sie übernahm. Die Hälften passten perfekt zusammen!

»Wahnsinn, und woher hast du die andere Hälfte?«

»Die Geliebte deines Urgroßvaters war meine Urgroßmutter Hine«, stieß Mila nun aufgeregt hervor.

»Bis du dir sicher?«

»Jetzt ja!« Sie deutete auf das zusammengesetzte Amulett in

seiner Hand. »Komm, ich erzähle dir alles Weitere drinnen im Liebesnest unserer Vorfahren.«

»Du meinst, die beiden haben hier …?«

»Ich weiß es. Und nun komm!«

Schweigend betraten sie Arm in Arm das kleine Haus. Der muffige Geruch, der ihnen aus dem Inneren entgegenschlug, nahm ihnen fast die Luft zum Atmen. Mila steuerte, ohne nach links und rechts zu sehen, auf das Fenster zu und riss es auf, um die frische Bergluft einströmen zu lassen.

Dann erst sahen sich die beiden neugierig um. Die Hütte war sehr einfach. Sie bestand nur aus einem großen Raum, mit einer Kochecke, neben der eine Tür abging. Daneben war ein Waschtisch eingebaut, auf dem eine Schüssel und ein Krug standen. Da Mila keinen Wasserhahn entdeckte, vermutete sie, die Liebenden hatten sich das Wasser aus dem Becken unter dem kleinen Wasserfall hinter dem Haus geholt. Trotz der spartanischen Einrichtung, die nur aus einem Bett, ein paar kleinen Schränken und einem Tisch mit zwei Stühlen bestand, wirkte der Raum urgemütlich. Überall waren Kerzen verteilt. Es gab sogar einen kleinen Plattenspieler und etliche Schallplatten. Allerdings hatten sich zwischenzeitlich andere Bewohner in dem vergessenen Haus eingenistet, wie die zahlreichen Spinnweben zeigten. Mila nahm einen Besen und zerstörte all die kunstvollen Gebilde.

Brian untersuchte derweilen fachmännisch den Kamin, neben dem ein Korb mit altem Holz stand, bevor er den Raum hinter der einzigen Tür inspizierte.

»Wow«, rief er begeistert aus. »Sie haben wirklich an alles gedacht.« Er kehrte mit einer Flasche Whisky in der Hand zurück, die er ihr triumphierend entgegenhielt. »Zwei Gläser, bitte!«

Mila machte sich daran, die Schränke zu durchforsten. Neben einem Stapel Briefe, der mit einer roten Schleife zu einem Packen zusammengebunden war, fand sie zwei Gläser.

Brian hatte die Flasche bereits geöffnet und goss ihnen beiden einen beachtlichen Schluck ein.

»Whisky. Das gibt es doch nicht!«, rief Mila begeistert aus.

»Doch, unsere Altvorderen waren Genießer, aber nun spann mich nicht länger auf die Folter und verrate mir endlich, warum du einen Schlüssel zu meinem Haus hast«, sagte er grinsend.

»Diesen Schlüssel habe ich zusammen mit einem Brief eines gewissen A. an meine Urgroßmutter gefunden …«, begann sie und erzählte ihm alles, was sie über diese Geschichte wusste. Sie ließ nichts aus außer der Tatsache, dass gegen ihren Urgroßvater wegen des Verschwindens eines Fremden ermittelt worden war. Das erschien ihr zu heikel, wenn sie ihm offenbarte, dass womöglich ihr Urgroßvater seinen Urgroßvater auf dem Gewissen hatte, doch kaum hatte sie ihre Schilderung beendet, da runzelte Brian die Stirn und murmelte: »Grausame Geschichte. Dann muss mein Urgroßvater ja auf dem Hinweg zu ihr verunglückt sein. Stell dir das vor. Sie gesteht ihrem Ehemann die Liebe zu Alexander, der auf dem Weg zu ihr ist, aber er kommt niemals bei ihr an …«

Mila kämpfte mit sich. Eigentlich hätte sie ihm in diesem Moment die Wahrheit sagen müssen, aber noch war es ja nur eine Vermutung. Natürlich würde sie Brian auch die nicht auf Dauer verheimlichen, aber sie wollte diesen Augenblick nicht zerstören, in dem sie erkennen mussten, dass Hine und Alexander einander geliebt hatten.

»Das werden wir wohl auch noch herausbekommen«, sagte sie ausweichend.

»Eine irre Geschichte jedenfalls. Und glaubst du, dass uns das Amulett zusammengebracht hat?«, fragte er und nahm ihre Hand.

»Wer sonst?«

»Aber unseren Urgroßeltern hat es kein Glück gebracht. Alexander hat das Amulett niemals bekommen, doch wir haben es nun zusammengefügt zu einem.« Er stand auf, umrundete den Tisch und küsste sie.

Ihr Kuss war so leidenschaftlich, dass ihr Körper nach mehr schrie. Als sie kurz Luft holte, warf sie einen prüfenden Blick auf das Bett und vor allem die bunte Überdecke. So groß ihre Lust auch war, wild mit ihm zu schmusen und mehr, die alte Decke machte keinen einladenden Eindruck.

»Denkst du, was ich denke?«, fragte er heiser.

»Ich glaub schon, aber ich befürchte, wir müssen hier erst einmal eine Menge tun, bevor wir die Hütte einweihen können.«

Brian trat näher an das Bett heran und roch daran. Er schreckte förmlich zurück. »Tja, das muss wohl erst gewaschen werden«, sagte er grinsend. »Aber die Hütte machen wir uns richtig schön, oder?«

»Meinst du, wir könnten hier auch so was wie Wasser und Strom bekommen?«

»Das wird unser großes gemeinsames Projekt, wenn ich aus Sydney zurück bin.«

»Dann fahren wir jetzt also«, entgegnete Mila enttäuscht, als ihr der Packen mit den Briefen einfiel. »Hast du was dagegen, wenn ich die Briefe mitnehme, die sich die beiden geschrieben haben? Wir können sie auch gern zusammen lesen.«

»O ja, und zwar in der Lodge, in der wir nach dem Weg gefragt haben«, gab er entschieden zurück.

Mila holte rasch die Briefe hervor, stopfte sie in ihre große Handtasche und griff nach Brians Hand. »Kannst du mich mal kneifen? Sonst glaube ich, ich träume.«

»Ich weiß was Besseres«, raunte er und küsste sie erneut, und zwar mit solcher Leidenschaft, dass sie daran zweifelte, ob sie es noch in das frisch duftende Bett des Berghotels schaffen würden, doch da ließ er abrupt ab von ihr. »Wenn wir jetzt nicht aufhören, landen wir noch auf den Dielen«, japste er.

Mila warf einen Blick auf den schmutzigen Holzfußboden. »Später!«, sagte sie grinsend und zog ihn mit sich aus dem Haus, nachdem sie das Fenster wieder geschlossen hatte.

»Wir kommen wieder, altes Haus«, flüsterte sie und schloss die Tür hinter ihnen ab.

Als sie wenig später im Berghotel nach einem Zimmer fragten, erkundigte sich der Mann an der Rezeption, ein junger Maori, neugierig, ob sie denn das Haus gefunden hätten, wonach sie gesucht hatten.

Mila berichtete eifrig, dass sie es an der roten Restfarbe erkannt hätten, was der junge Mann mit großem Interesse zur Kenntnis nahm.

»Wenn Sie gesagt hätten, dass sie das Haus von Hinenuitepo suchen, dann hätte ich sie doch gleich dort hingeschickt.«

»Hinenuitepo?«, wiederholte Brian zögernd.

»Das ist nach der Maori-Mythologie die Göttin der Nacht, die Hüterin der Unterwelt«, erklärte Mila ihm, doch dann wandte sie sich an den jungen Mann. »Und warum heißt das Haus so?«

»Nur bei uns Maori. Es geht seit Generationen das Gerücht, dass die beiden Liebenden, die sich in diesem Haus getroffen haben sollen, gestorben sind, ohne dass sich jemand ihrer Seelen annahm, und dass die Göttin sie deshalb besonders beschützen muss.«

»Eine schöne Vorstellung«, seufzte Mila. »Wir sind die Nachfahren dieser beiden Menschen und werden das Haus wieder zum Leben erwecken. Und wir werden alles tun, damit Hine und Alexander in Frieden ruhen können. Die Göttin der Unterwelt wird sicher ein neues Zuhause finden«, fügte sie hinzu. Bei ihren Worten spürte sie, wie sich eine Hand in ihre schob und sie zärtlich drückte.

61. Kapitel

Die zwei Wochen bis zu Brians Abreise nach Sydney waren wie im Fluge vergangen. Mila hatte sich, nachdem sie die vertraglich vereinbarten Schmuckstücke an Pit geschickt hatte, Urlaub genommen und die verbleibende Zeit mit Brian verbracht. Sie waren zusammen in Dunedin gewesen, hatten einen Abstecher nach Queenstown gemacht und dann noch ein paar Tage auf einer einsamen Insel in den Marlborough Sounds verbracht.

Mila schwebte im siebten Himmel, denn aus der Verliebtheit war durch die gemeinsamen Erlebnisse schnell eine große Liebe geworden. Und das beruhte auf Gegenseitigkeit. Selbst Brian schien mittlerweile komplett davon überzeugt, dass der Zauber der Amuletthälften, die sie stets bei sich trugen, tatsächlich wirkte.

Die letzten Tage waren allerdings von dem bevorstehenden Abschied überschattet gewesen. Brian hatte es Mila ausreden können, ihn zum Flughafen nach Auckland zu begleiten. Er war der Meinung, es wäre das Beste, sie würden sich am Flughafen in Hokitika verabschieden.

So hatten sie den gestrigen Abend mit Granny und Sophie bei einem gemeinsamen Essen verbracht und sich dann das schönste Zimmer im Hotel genommen.

Mila, die nach dem tränenreichen Abschied am frühen Morgen noch seinen Duft überall auf ihrem Körper spürte, konnte an diesem Vormittag nicht wirklich etwas mit sich anfangen. Immer wieder schweiften ihre Gedanken zu ihren leidenschaftlichen Küssen ab. Jedes Mal, wenn sie an seine forschenden Hände dachte und wie er ihren ganzen Körper immer wieder neu erkundet hatte, wurde ihr ganz heiß. Dass sie einander erst in sechs Wochen wieder in die Arme sinken würden, wenn sie ihn in Sydney besuchte, kam ihr wie eine Ewigkeit vor. Es glich dem Gefühl, das sie als Kind empfunden hatte, wenn es hieß, dass sie schon in vier Wochen Geburtstag habe, die ihr damals dann wie eine halbe Unendlichkeit vorgekommen waren. Sie hoffte, dass der Alltag und ihre Arbeit ihr die Wartezeit entsprechend verkürzen würden und sie dann doch im Fluge vergehen würde.

Mila war mit Brian aufgestanden und hatte ihn noch zum Flughafen nach Hokitika gebracht. In dem Zimmer, in dem sie eine unvergessliche Liebesnacht verbracht hatten, hatte sie auf keinen Fall allein bleiben wollen. So war sie nach ihrer Rückkehr gleich in die Werkstatt gegangen, aber nicht zu viel mehr in der Lage gewesen, als immer wieder ihre Hälfte des Amuletts in den Händen zu kneten. Bis ihr plötzlich ein aufregender Gedanke kam: Teilbare Amulette herzustellen, damit sich Liebende in Zeiten der Trennung durch die Hälften verbunden fühlten. Die Idee inspirierte sie dermaßen, dass sie bis zum Mittag ihren Abschiedsschmerz vergaß. Mit Feuereifer suchte sie im Flussarm nach passenden Steinen und fand, ohne explizit danach zu suchen, einen Stein aus Marsden-Jade. In diesem Augenblick war sie vollständig davon überzeugt, dass die Macht des Amuletts mit ihnen war.

Doch gegen Mittag war sie sehr erschöpft, weil sie so wenig geschlafen hatte, und begab sich ins Haus, um etwas zu essen. Im Esszimmer fand sie Sophie und Tim turtelnd vor. Sie fuhren hastig auseinander, als Mila ins Zimmer trat.

»Ist er gut weggekommen?«, fragte Sophie mitfühlend.

Mila nickte schwach. »Und was treibt dich schon wieder hierher?« Sie wandte sich an ihren Bruder.

»Was wohl?«, lachte der und legte den Arm um Sophie.

»Aber mitten in der Woche?«, fragte Mila skeptisch.

»Ich dachte, ich fange morgen mit der Werkstatt an. Das Problem ist nur, ich müsste sie natürlich erst einmal abreißen, bevor ich dort eine neue errichten kann. Die Frage ist, kannst du solange im Haus arbeiten?«

»Ich denke, wenn ich die Werkbank und die Werkzeuge herhole, dann könnte ich das im Esszimmer machen.«

»Super, dann werde ich meinen Jungs Bescheid sagen, dass sie dir alles rüberbringen.«

In diesem Augenblick kam Granny hinzu, die aussah wie das blühende Leben, seit sie nicht mehr von morgens bis abends schuftete. Doch an diesem Tag gefiel sie Mila nicht so ganz. Sie sah aus, als hätte sie Sorgen.

»Na, meine kleine Mila, ist er gut weggekommen?«, fragte Omaka mitfühlend.

»Ja, ja, ich habe ihn pünktlich zum Flieger nach Hokitika gebracht.«

»Hättest du dann mal eine Sekunde für mich?«, fragte die Granny und eilte hektisch auf den Flur, wohin Mila ihr folgte. Granny schien nach Worten zu ringen, aber dann fragte sie Mila direkt, ob sie inzwischen schon einmal einen Blick auf den Brief geworfen hätte, den sie ihr vor der Operation ausgehändigt hatte. Mila fühlte sich ertappt, denn sie hatte das Schreiben absichtlich ungelesen in den Tiefen ihrer Schreibtischschublade verschwinden lassen. Und zwar nicht nur aus Zeitmangel, sondern vor allem, weil ihr dieser Brief vom ersten Moment an ein ganz unangenehmes Gefühl verursacht hatte.

»Ja, ja, ich mache das schon, wenn ich mal Zeit dazu finde«, versicherte sie ihrer Großmutter ausweichend. »Aber warum kannst du mir eigentlich nicht sagen, was in dem Brief steht?«

Granny räusperte sich, bevor sie mit heiserer Stimme erwiderte: »Weil er nicht von mir verfasst ist.«

»Von wem denn?«

»Es ist ein Brief deines Vaters an mich«, gab die Granny zögernd zu und atmete dabei so schwer, dass Mila Angst um ihre Großmutter bekam. Ihr Vater war ihr bislang als hergelaufener Mistkerl ohne Namen präsentiert worden. Wieso hatte er Granny einen Brief geschrieben? Und wieso schien der Granny Omaka so massiv unter Stress zu setzen?

»Gut, wenn dir das so wichtig ist, lese ich ihn sofort«, erwiderte sie und versuchte dabei, ihre eigene Aufregung angesichts dieser überraschenden Information im Zaum zu halten.

»Ich würde dich nicht darum bitten, wenn es nicht so wichtig wäre«, sagte die Großmutter flehend. Mila war entsetzt darüber, wie grau die Granny im Gesicht geworden war, seit sie sie auf den Brief angesprochen hatte.

»Und bitte, du musst mir eines glauben. Es ist mir nicht leichtgefallen, ihn all die Jahre in einem Banksafe vor euch zu verstecken.«

»Du hast den Brief vor uns versteckt. Wieso? Und wann hast du ihn denn bekommen?«

Die Großmutter stöhnte laut auf. »Das ist weit über fünfundzwanzig Jahre her. Ich hatte beschlossen, dieses Geheimnis mit ins Grab zu nehmen. Deshalb habe ich extra für den Brief ein Bankfach angemietet mit der Maßgabe, es nach meinem Tod aufzulösen und den Inhalt dann zu vernichten, denn wegwerfen konnte ich ihn nicht. Ich weiß auch nicht, warum. Ich habe wohl befürchtet, dann in der Hölle zu schmoren, obwohl es doch völlig gleichgültig gewesen wäre, ob er nach meinem Tod vernichtet worden wäre oder ich es gleich damals getan hätte.« Die Granny schnaufte nun wie eine alte Dampflok.

»Granny! Tust du mir einen Gefallen? Legst du dich jetzt erst einmal hin? Was mich da auch erwartet, ich verspreche dir, ich verzeihe dir alles, nur deinetwegen konnten Tim und ich ein unbeschwertes Leben führen.«

»Apropos Tim, ich schaffe es nicht, es ihm beizubringen. Würdest du den Brief dann wie besprochen an ihn weitergeben? Und wenn ihr mich dann hasst, dann nehme ich mir eine Wohnung in Hokitika, aber verschweigen kann es ich es euch einfach nicht mehr. Die Tage, nachdem ich aus dem Koma erwacht bin, haben mir gezeigt, es ist nichts so schlimm im Leben wie die Angst vor der Angst. Ich hatte Angst, mit diesem Geheimnis zu sterben. Dabei war ich bereit zu gehen, aber du glaubst gar nicht, wie glücklich ich war, als ich nach der Operation den ersten Sonnenstrahl gesehen habe, der auf mein Bett geschienen hat. Da wusste ich, ich kann erst gehen, wenn ich mein Gewissen erleichtert habe.« Sie stockte, weil ihr die Stimme versagte. Stumme Tränen liefen ihr die Wangen hinunter. »Bitte, lies ihn erst und komm zu mir, wenn du fertig bist. Ich werde dir alle Fragen beantworten! Und ich werde mich meiner Verantwortung stellen.«

Obwohl Mila innerlich so angespannt war, dass sie fröstelte, nahm sie die Großmutter in den Arm und versicherte ihr, was auch immer in diesem Brief stünde, sie würde sie immer lieben und könnte sich kaum vorstellen, dass es etwas gäbe, was sie ihr nicht verzeihen würde.

Doch dann ging sie schnellen Schrittes zu ihrem Zimmer, um den Brief hervorzuholen, denn natürlich waren ihre Nerven zum Zerreißen gespannt, und durch ihren Kopf tobte der Gedanke, wie sie es doch von jeher geahnt hatte, dass es da irgendwo in ihrer Kindheit noch ein dunkles Geheimnis geben musste.

Mit zitternden Händen holte sie den Brief hervor und riss den

Umschlag auf. Sie zog einen zweiten Umschlag heraus, der in einer ihr unbekannten Schrift an ihre Großmutter adressiert war. Ihr Herzschlag beschleunigte sich, als sie den Brief aus dem Umschlag holte. Er war in derselben Schrift verfasst wie die Anschrift auf dem Umschlag. Mila setzte sich auf ihr Bett und begann zu lesen:

Miss Parker,
nun ist einige Zeit vergangen, seit Sie mir zwei meiner Kinder genommen haben. Ich habe all mein Geld Anwälten in den Rachen gesteckt, aber sie sind sich einig: Auf legalem Weg werde ich meine Kinder nicht wiederbekommen. Im Gegenteil, da ich mit Ihrer Tochter nicht verheiratet gewesen bin, habe ich keine Rechte. Ich kann meine Kinder nicht einmal entführen, denn Sie haben ein Einreiseverbot gegen mich erwirkt. Gut, Sie haben es so gewollt. Dann behalte ich die Kleine, und Sie können sicher sein, und wenn Sie eine ganze Armada von Anwälten beschäftigen und das verdammt unmenschliche Recht auf Ihrer Seite haben … Sie sehen sie nicht wieder. Australien ist groß. Oder ich gehe mit ihr nach Europa. Nein, Julia sehen Sie nie wieder.

Mila las diese Zeilen noch einmal. WER WAR JULIA? Auch wenn es eigentlich kaum eine andere Erklärung geben konnte, als dass es sich um ein weiteres Kind ihrer Mutter handelte, weigerte sich Mila, das zu glauben. Stattdessen fuhr sie mit dem Lesen fort.

Hätte ich Ihnen bloß nicht vertraut. Als Klara mir sagte, Sie würden uns bei meiner Flucht mit den Kindern helfen, war ich Ihnen sehr dankbar. Wenn ich geahnt hätte, dass Ihre Tochter und Sie mich verarschen wollten, meine Kinder wären schon lange in Australien in Sicherheit. Aber Ihre Tochter hat Himmel und Hölle in Bewegung gesetzt, dass wir hier nicht rauskommen. Erst

als der Oberpsycho uns Tim weggenommen hat, da war sie endlich bereit abzuhauen, obwohl er sie mit Drogen vollgepumpt hatte. Ich konnte ihr in einem lichten Moment verständlich machen, dass ich meinen armen Tim auf dem Gelände mit einer Platzwunde am Kopf gesehen habe. Da erst hat sie zugestimmt, dass ich mit den Kindern fliehe, und hat behauptet, das würde ich nur mit Ihrer Unterstützung schaffen. Schöne Unterstützung! Einen Polizeiwagen haben Sie mir geschickt, der draußen auf mich gelauert hat! Doch da hatte ich Ihnen Tim und Mila bereits übergeben. Ich hatte die Kleine in ihrer Tragetasche im Wagen gelassen, weil sie gerade geschlafen hat. Ich wollte sie auch noch holen, doch da habe ich begriffen, dass die Cops mich festnehmen und in den Flieger nach Australien setzen wollten. Ohne Kinder! Da wusste ich Bescheid. Sie wollten erst die Kinder haben und mich dann elegant loswerden, aber Julia gebe ich nicht her!
Ersticken Sie an Ihrem schlechten Gewissen! Meiner Tochter die Großmutter zu verschweigen kann niemals so ein Verbrechen sein, wie den Kindern den eigenen Vater zu nehmen. Oder wollen Sie die beiden genauso belügen, wie Sie die Behörden belogen haben? Ich war zu keinem Moment eine Gefahr für meine Kinder. ICH war es, der dafür gesorgt hat, dass der Irre sich nicht noch an meinen Töchtern vergeht. War schon schlimm genug, dass er Tim geschlagen hat. Los, erklären Sie meinen Kindern, warum Sie ihnen diesen Vater nehmen mussten! Ich werde aus Rücksicht auf das Glück meiner Tochter Julia niemals einen Ton über ihre Herkunft verlauten lassen. Sie wird glauben, ihre Mutter sei nach der Geburt gestorben. Aber in Gedanken werde ich jede Minute meines restlichen Lebens auch bei Julias Bruder Tim und ihrer Schwester Mila sein.
Raffael

Milas Herz pochte während des Lesens so heftig, dass ihr regelrecht übel wurde. Beim letzten Satz hätte sie sich beinahe übergeben müssen. Dank der Atemübungen, mit denen Dr. Ryan sie in ihrer Therapie vertraut gemacht hatte, schaffte sie es, das Schlimmste zu verhindern. Rita, schoss es ihr durch den Kopf, und es war ihr, als würde sich ein Schleier lüften. Das erklärte die Tatsache, dass sie als Kind und Jugendliche Selbstgespräche mit der imaginären Schwester geführt hatte. Ihr zweiter Gedanke galt Tim. Würde er diese Wahrheit überhaupt ertragen können?

Zunächst aber musste sie mit Granny Omaka sprechen, obwohl sie noch nicht so genau wusste, wie sie das anstellen sollte, ohne auszurasten. Sie verspürte eine mörderische Wut auf ihre Großmutter. Gar nicht so sehr, weil sie damals offenbar gemeinsam mit ihrer Tochter beschlossen hatte, den Kindsvater auszutricksen und ihre Kinder in Pounamu aufwachsen zu lassen, sondern dass sie ihr später, als Mila nachgebohrt hatte, nicht die Wahrheit gesagt hatte. Warum hatte Granny ihr nicht schon viel früher verraten, dass sie noch eine kleine Schwester hatte? Mit einem Seufzer dachte Mila daran, dass ihre Großmutter die Antwort bereits selbst gegeben hatte. Die Angst hatte sie daran gehindert, die Angst, womöglich auch noch ihre zweite Enkelin zu verlieren. Aber hätte sie deshalb den Kontakt zu ihrer Großmutter abgebrochen?, fragte sich Mila in schierer Ratlosigkeit. Sie kam schließlich zu dem Ergebnis, dass es sicherlich einen Riesenkrach im Hause Parker gegeben hätte, aber es wäre niemals das Ende ihrer Beziehung zu ihrer geliebten Granny gewesen.

Während Mila darüber nachdachte, kamen ihr die Tränen. Ich muss sofort zu ihr, dachte Mila. Sie konnte sich noch so viel vornehmen. Ob sie die Fassung verlieren würde oder nicht, würde sie erst wissen, wenn sie ihrer Großmutter in die Augen sah.

Auf dem Flur begegnete ihr Sophie. »Auf wen willst du denn los?«, fragte sie belustigt. »Muss ich deinen Bruder beschützen?«

»Nein, nein, es ist, Scheiße, ich kann nicht, ich kann dich nicht belügen. Du bist mir so nah.« Mila stürzte sich an Sophies Brust und schluchzte laut auf.

»Du musst es mir nicht erzählen, aber es geht nicht um Flugzeuge, die nicht in Sydney angekommen sind, oder?«

In diesem Augenblick meldete sich ihr Telefon mit dem Zeichen, dass sie eine Nachricht bekommen hatte. »Warte«, sagte Mila unter Tränen und sah auf ihr Display. »Nein, Brian ist gut gelandet und liebt mich immer noch.«

»Gut, möchtest du mir verraten, warum du so neben der Spur bist?«

Mila dachte kurz nach. »Komm mit!« Sie lotste Sophie zu ihrem Zimmer und drückte ihr den Brief in die Hand. »Den hat Granny mir eben gegeben, nachdem wir seit unserer Kindheit in dem Glauben leben, dass unser Vater ein namenloser Nobody war. Und dann das! Granny wollte das Geheimnis eigentlich mit ins Grab nehmen, aber nach dem Koma hat sie es sich anders überlegt.«

Sophie nahm den Brief zur Hand und begann zu lesen. Bis auf »Mein Gott!«, was sie in einer Tour stöhnte, sagte sie nichts. Erst als sie fertig war, sah sie Mila fassungslos an. »Das ist hart.«

»Finde ich auch.«

»Aber ich rechne es Granny hoch an, dass sie es euch doch noch verraten hat. Ich meine, ihr hättet davon sonst im Leben nichts erfahren!«

»Okay, das ist natürlich mutig, aber kannst du verstehen, dass ich mich fühle wie von einer Walze überfahren, und dass ich eine Wut im Bauch habe?«

»Und wie! Ich kenne das, weil mein leiblicher Vater auch angeblich keinen Namen hatte, bis ich mal meine Geburtsurkunde gefunden habe und dann immerhin wusste, dass er Neuseeländer …« Sophie stockte. »Daran habe ich noch gar nicht gedacht, dass ich damit ja tatsächlich eine halbe Kiwi bin.«

Mila merkte genau, dass Sophie sie aufzuheitern versuchte. »Tja, und welche Nationalität hat Raffael wohl?«

»Das hört sich italienisch an. Wow, ich wollte immer schon mal einen Italiener, aber Spaß beiseite. Wenn es dir recht ist, würde ich Tim schonend in diese Geschichte einweihen, damit du nicht auch noch seinen Frust abbekommst.«

»Das würdest du tun? Aber du sollst eines wissen: Er hasst Familiengeheimnisse und spielt gern Vogel Strauß.«

»Weiß ich, aber das funktioniert in diesem Fall nicht. Und was wirst du unternehmen? Vater und Schwester aufspüren?«

Mila zuckte die Schultern. »Erst einmal muss ich versuchen, Granny nicht so rundzumachen, dass sie uns umfällt.« Sie stöhnte auf. »Die sah eben schon aus wie der Tod.«

»Schaffst du das?«

»Ich gebe mir Mühe, aber, wenn du mir mein Bruderherz abnimmst, wäre das schon mal die halbe Miete.«

»Ich werde es nicht auf die lange Bank schieben.«

»Du bist toll.«

»Und du bist wie eine Schwester. Nicht, dass ich jetzt Konkurrenz bekomme, wenn deine echte Schwester auftaucht«, seufzte Sophie.

»Ich weiß nicht, ob ich dieses Fass aufmachen und sie suchen werde. Das warten wir mal ab. Ich habe noch keine Meinung dazu. Und wenn Tim sich sperrt, unseren Vater überhaupt kennenzulernen, bin ich mir nicht sicher, ob ich mal wieder mit dem Kopf durch die Wand will. Gegen Grannys und Tims Willen werde ich das wohl eher nicht durchziehen.«

»Gut, dann lass die alte Dame heil. Ich denke, sie hatte nur euer Wohl im Sinn«, sagte Sophie, bevor sie mit dem Brief in der Hand Milas Zimmer verließ. Mila folgte ihr, um es endlich hinter sich zu bringen.

An der Tür zum Zimmer ihrer Großmutter zögerte sie kurz,

doch dann drückte sie beherzt den Griff herunter. Als sie das Zimmer betrat, war alles ruhig. Ihre Großmutter lag auf dem Bett und schien zu schlafen. Auf Zehenspitzen trat Mila näher heran, doch die Granny bewegte sich nicht. Plötzlich durchfuhr Mila ein eisiger Schreck. Hatte sie die Sache so mitgenommen, dass sie … Mila beugte sich ganz dicht über sie, doch da spürte sie zu ihrer großen Erleichterung, dass die Granny ganz ruhig atmete.

In dem Augenblick hatte Mila die Gewissheit, dass sie schonend mit ihrer Großmutter umgehen würde, was auch immer sie getan haben mochte. Sie schlich sich zur Tür, um die alte Dame noch ein wenig schlafen zu lassen, da hörte sie hinter sich eine ängstliche Stimme fragen: »Kannst du mir verzeihen?«

Mila fuhr erschrocken herum. Ihre Granny hatte sich aufgesetzt und blickte sie aus großen Augen schuldbewusst an.

Seufzend setzte sich Mila neben ihr Bett auf einen Stuhl.

»Natürlich kann ich das. Du wirst es sicher gut gemeint haben.«

»Das kannst du glauben. Aber eigentlich wundere ich mich, dass ich wieder aufgewacht bin. Ich dachte, nun, wo ich dir die Wahrheit über euren Vater gesagt habe, werde ich endlich zu meiner Mutter gehen. Sie hat mich doch schon mehrfach gerufen und mir signalisiert, dass ich zu ihr kommen werde, nachdem ich noch etwas Wichtiges erledigt habe.

»Granny, nun lass sie noch ein bisschen warten. Vielleicht hat sie was ganz Pragmatisches gemeint. Hochzeiten, Urenkel …«

Die Augen der Großmutter wurden noch wacher. »Das hört sich gut an. Gibt es da eventuell Neuigkeiten?«

»Nein, sicher nicht, aber wer weiß. In den nächsten Jahren irgendwann.«

»Meinst du, ich muss noch so lange warten mit dem Sterben?«

»Vielleicht heißt das aber auch, dass du dich mit meinem Vater versöhnen sollst.«

»Um Himmels willen, der Kerl bringt mich um«, jammerte die Granny.

»Warum wollte meine Mutter, dass du uns zu dir nimmst und wir nicht zu unserem Vater kommen?«

»Sie glaubte damals, sie würde eines Tages wieder nachhause kommen, und dann wollte sie ihre Kinder haben. Raffael hätte euch ihr nie zurückgegeben. Er nahm ihr übel, dass sie die Hauptfrau des Sektengurus geworden war und wollte seine Kinder vor ihm in Sicherheit und außer Landes bringen. Klara ist zum Schein darauf eingegangen und hat dann mich eingeschaltet und mich angefleht zu verhindern, dass ihr im australischen Busch landet. Wahrscheinlich hat sie mir gegenüber auch ein bisschen übertrieben, was die Ausgeflipptheit eures Vaters angeht. Und da er der Mann war, der sie von zuhause weggelockt hat, um mit ihr in eine Wohngemeinschaft in die Northlands zu ziehen, als sie mit Tim schwanger war, habe ich dem Kerl alles zugetraut. Und er war den Drogen auch nie ganz abgeneigt. Das eine Mal, als ich ihn gesehen habe, hat er die ganze Zeit nur gekifft.«

»Und deshalb hast du entschieden, dass du der bessere Vater für seine Kinder bist?«, bemerkte Mila tadelnd.

»Ja, ich wollte, dass ihr friedlich in Hokitika aufwachst«, gab sie zerknirscht zu. »Er hatte doch solche Flausen im Kopf, eine Aussteigerkommune im Busch zu gründen.«

»Und deshalb hast du der Polizei gesteckt, dass er ein Spinner ist, der seine Kinder entführen will?«

»Ich weiß, das war unverzeihlich, aber ich konnte mir doch mit dem Mann keinen Boxkampf liefern! Ich brauchte Unterstützung. Tja, und da habe ich dafür gesorgt, dass man ihn ausweisen würde, nachdem er mir die Kinder gebracht hatte.«

»Toller Plan. Und du bist nicht auf den Gedanken gekommen, dass er Lunte riechen würde? Warum hat er Julia …« Der Name kam Mila gar nicht so leicht über die Lippen. »Hast du nie bereut, dass wir für immer getrennt wurden? Hast du nie versucht, Julia auf offiziellem Weg zurückzubekommen?«

Omaka stieß einen tiefen Seufzer aus. »Nein, ich hatte es ja ihm zu verdanken, dass ihr überhaupt da rausgekommen seid. Klara hat im letzten Moment einen Rückzieher gemacht und wollte dich behalten, weil es der Guru so wollte.«

»Und dann?«

»Raffael hat gesagt, er holt dich raus, und wenn es das Letzte ist, was er in diesem Leben macht. Und wie ich später von der Polizei erfahren habe, hat er drei Männer niedergeschlagen, um dich zu retten. Ich habe natürlich gehofft, sie würden ihm am Flughafen das Kind abnehmen und ihn dann in den Flieger setzen. Aber er hat es irgendwie geschafft, mit Julia nach Australien auszureisen.«

»Weißt du eigentlich, wie hart das ist, wenn man eine Schwester hat, die einem verschwiegen wird? Ich habe mein Leben lang gespürt, dass etwas nicht stimmt«, brach es aus Mila heraus. »Und das musst du doch gemerkt haben. Manuka hat es jedenfalls erkannt und mich sogar darauf angesprochen.«

»Ich weiß. Was meinst du, warum ich deine Fragen nach Geheimnissen stets so grob abgebügelt habe? Ich hatte Panik, dass du mir auf die Schliche kommst.«

»Und Tim hat das abgewehrt, weil er verdrängt hat, was ihm dort als Knirps widerfahren ist? Granny, du hättest es uns viel früher sagen müssen.«

Mila bereute ihren scharfen Ton, als ihre Granny in Tränen ausbrach.

»Ich hatte Angst, euch zu verlieren«, schluchzte sie.

Mila ließ sie weinen, weil ihr gerade wenig tröstende Worte einfielen. Da muss sie jetzt durch, dachte Mila entschieden, sonst würde diese Sache immer zwischen ihnen stehen.

»Kannte Manuka die Wahrheit?«

»Nein, sie war eine durch und durch ehrliche Haut. Sie hätte das nie für sich behalten können. Dein Wohl hat ihr viel zu sehr am Herzen gelegen. Deshalb habe ich ihr die Geschichte von meiner Heldentat aufgetischt, die sie so gern an dich weitergegeben hat. Dabei habe ich gar nichts Heroisches geleistet, sondern einem Vater die Kinder gestohlen. Es war jedes Mal wie ein Messerstich, wenn du mir deine Dankbarkeit gezeigt hast für das, was ich vermeintlich für euch geleistet habe. Dabei habe ich euch belogen! Nein, ich habe euch nichts Gutes getan.«

»Granny, du hast uns eine wunderbare Kindheit geschenkt. Vergiss das nicht! Wir werden nicht mehr herausfinden, ob wir im australischen Busch mit Kängurus gespielt oder normal in einem Haus aufgewachsen wären.« Mila musterte ihre Großmutter ganz ernst. »Und wenn du es möchtest, verzichte ich darauf, Kontakt zu meinem Vater und meiner Schwester aufzunehmen.«

»Mila, das wäre zu viel verlangt. Jedenfalls von dir, die du alles hinterfragst und jeder Sache auf den Grund gehen möchtest.«

»Weißt du was? Ich überlasse Tim die Entscheidung. Wenn er eine Kontaktaufnahme wünscht, bin ich natürlich dabei. Wenn nicht, verzichte ich. Ich habe meine Schwester im Herzen gefunden. Eine bessere Schwester als Sophie kann ich gar nicht bekommen.«

»Das ist wohl wahr«, sagte Omaka leise. Mila aber fragte sich indessen, wie ihr Vater wohl aussehen mochte, und vor allem ihre Schwester. Wollte sie wirklich dem Familienfrieden zuliebe darauf verzichten, die beiden je kennenzulernen? Ungern, dachte sie, aber dieses Opfer würde sie in diesem Fall bringen. Tim und ihrer Großmutter zuliebe!

In diesem Augenblick klopfte es an der Tür. Als Granny »Herein!« rief, standen Sophie und ein sichtlich blasser Tim davor. Hand in Hand.

In dieser Beziehung war Sophie wirklich aus demselben Holz

geschnitzt wie sie, ging es Mila durch den Kopf. Die Klärung solcher Dinge duldete keinen Aufschub.

»Ihr sprecht sicher gerade über die Sache, oder?«

Typisch für Tim, das Problem nicht beim Namen zu nennen, dachte Mila.

»Granny, ich bin dir nicht böse, ihr habt uns in jedem Fall gerettet, mein Vater und du, ihr beide, denn …« Er unterbrach sich und warf Sophie einen hilfesuchenden Blick zu. Sie nickte ihm aufmunternd zu. »Ich kann mich schemenhaft erinnern. Es sind nur Bilder. Ein Mann wirft mir schlimme Vergehen vor und schlägt mich dafür. Ich sei schlecht und verdorben, sagt er. Die Bilder trage ich seit Jahren mit mir herum. Sie haben mich manche Nacht wachgehalten, aber nun weiß ich, dass ich kein schlechter Mensch bin, sondern das Opfer eines Sadisten. Und ich will nicht mehr und nicht weniger, als einmal im Leben die Hand des Mannes zu drücken, der mich aus dieser Hölle befreit hat, und ihm danken.«

Noch nie zuvor hatte Mila ihren Bruder weinen sehen, aber nun nahm er mit Tränen in den Augen Grannys Hand. »Ich muss ihn kennenlernen, verstehst du?«

Die Großmutter war zwar ziemlich grau im Gesicht geworden, aber sie nickte zustimmend. Mila konnte ihr Glück gar nicht fassen, dass Tim und sie zum ersten Mal an einem Strang zogen, wenn es um die Geheimnisse in der Familie ging.

»Aber vielleicht müsst ihr ihn gar nicht persönlich treffen, schreibt ihm doch einen Brief, er heißt Raffael Ferretti, und wenn ihr vielleicht an die Adresse auf dem Umschlag schreibt.«

Das war wieder typisch für die Großmutter, dachte Mila mit gemischten Gefühlen. Sie versuchte, ihnen eine Begegnung mit ihrem Vater sanft auszureden.

»Nein, Granny, ich will meinem Vater in die Augen sehen und mich bei ihm bedanken, dass er mich da rausgeholt hat. Und außerdem würde ich gern mal einen Blick auf meine Schwester werfen. Vielleicht ist sie nicht so eine Kratzbürste wie du, Mila.«

Mila stürzte sich spielerisch auf ihn und versetzte ihm einen sanften Stoß in die Seite.

»Heißt das, ich kann trotz allem hier im Haus wohnen bleiben?«, fragte Granny vorsichtig.

»Nein, ich bau dir zur Strafe eine Hütte im Garten«, entgegnete Tim trocken, bevor er in lautes Lachen ausbrach. Einer nach dem anderen fiel in das befreiende Gelächter ein.

62. Kapitel

Mila machte sich mit gemischten Gefühlen auf die Reise nach Sydney. Einerseits war sie überglücklich, Brian so schnell wiederzusehen, andererseits war die Nachricht, die sie ihm zu überbringen hatte, alles andere als erbaulich.

Statt einer Zeitschrift hatte sich Mila die Hälfte der Briefe, die sie in der Hütte am Arthur's Pass gefunden hatten, als Lektüre ins Handgepäck gesteckt, weil sie es immer noch nicht geschafft hatte, sie zu lesen. Die letzten Wochen waren wie im Fluge vergangen. Mila hatte einen Versuchsballon gestartet und ihre teilbaren Liebesamulette im Internet angeboten. Die Resonanz war überwältigend, sodass sie noch zwei Schnitzerinnen eingestellt hatte, die sie bei der Produktion unterstützten. Niemals hätte sie mit diesem Erfolg gerechnet. Sobald Tim ihre neue Werkstatt fertig gebaut hatte, würde sie noch weitere Frauen einstellen. Ihre fleißigste Mitarbeiterin hieß allerdings Omaka, die sich mit wahrem Feuereifer in die Arbeit gestürzt hatte. Diese neue Tätigkeit hatte sie rundherum glücklich gemacht, bis, ja, bis Tim beim Abriss der Werkstatt diesen schrecklichen Fund gemacht hatte.

Mila schüttelte es allein bei dem Gedanken und vor allem bei der Vorstellung, wie sie Brian schonend beibringen sollte, dass neben der ehemaligen Werkstatt einst sein Urgroßvater verbuddelt worden war, und zwar von ihrem Urgroßvater. Daran gab es keinen Zweifel mehr. Nachdem Tim ihr den gruseligen Fund gezeigt hatte, hatte Mila nicht gezögert, zum Vergleich des Genmaterials einen der Knochen und eine Zahnbürste von Brian einzuschicken. Inzwischen hatte sie die erwartete Antwort bekommen. Über das Y-Chromosom konnte die Verwandtschaft eindeutig verifiziert werden. Sie hatten dann das Skelett von dem örtlichen Beerdigungsunternehmer abholen lassen, der den Sarg gegen einen kleinen Betrag bei sich im Institut lagern würde, bis Brian das nächste Mal nach Hokitika kam.

Mila hatte es nicht über sich gebracht, ihm davon am Telefon zu berichten oder gar eine WhatsApp zu schreiben. Das musste sie ihm persönlich und pietätvoll beibringen. Natürlich machte ihr das auch Angst. Was, wenn Brian nicht mit der Urenkelin des Mörders seines Urgroßvaters liiert sein wollte? Das konnte sie sich zwar nicht vorstellen, aber schön war der Gedanke nicht. Auch nicht für sie. Doch ihre leichten Schuldgefühle waren nichts gegen das, was dieser Fund bei Granny hervorgerufen hatte. Sie war tagelang wie im Schockzustand über das Anwesen gelaufen, denn dies war der Beweis, dass ihr geliebter Dad seinen Nebenbuhler, Benjamins Vater, umgebracht hatte. Besonders Sophie gegenüber hegte sie immense Schuldgefühle, obwohl Sophie immerzu betonte, dass Granny nichts damit zu tun habe. Jedenfalls war Granny seitdem nicht mehr ganz so fröhlich wie zuvor. Mila hatte bereits mit Sophie und Tim beratschlagt, wie man ihr helfen könnte. Bislang waren jedoch all ihre Beteuerungen, dass Granny für die Verbrechen ihres Vaters nichts konnte, ungehört verhallt. Sie fühlte sich verantwortlich, denn sie hatte ihren Vater nun einmal abgöttisch geliebt und für jede Schweinerei, die peu à peu ans Tageslicht gelangt war, stets Entschuldigungen gefunden. Immer wieder versicherte sie, dass sie den liebevollsten Vater der Welt gehabt habe. Und sie war überzeugt, dass sie seine Schuld wiedergutgemacht hatte, indem sie Sophie ein Drittel von Pounamu vererbt hatte. Das Testament wurde zwar erst bei ihrem Tode wirksam, aber immerhin hatte sie Sophie damit signalisiert, dass das Unrecht, das ihr Vater an Sophies Großvater verübt hatte, damit abgegolten war. Aber der Mord an Alexander Morris fand auch bei Granny keinerlei Vergebung.

Mila war den ganzen Flug über derart in Gedanken versunken gewesen, dass sie ungläubig aufschreckte, als der Kapitän den Landeanflug auf Sydney ankündigte. Das ließ ihre Gedanken sogleich zur nächsten familiären Baustelle wandern, und die hieß Raffael Ferretti. Brian hatte einen Herrn dieses Namens ausfindig machen können und Mila die Nummer geschickt. Sie hatte lange gezögert, doch dann hatte sie ihn angerufen und sich mit ihm für den nächsten Vormittag in einem Café verabredet, das in der Nähe von Brians Apartment lag. Der Klang seiner Stimme hätte bei ihr beinahe Schnappatmung verursacht, denn sie glaubte, Tim zu hören. Sie hatte sich allerdings im nächsten Moment wieder gefangen und sich als neuseeländische Journalistin ausgegeben, die einen Artikel über Sektenaussteiger verfasste. Das war ihr Testballon gewesen, und als er dem Treffen zugestimmt hatte, hatte sie damit die Gewissheit: Sie hatte mit dem richtigen Raffael Ferretti telefoniert. Dass es nicht gerade fair war, ihn unter falschen Voraussetzungen in dieses Café zu locken, war ihr natürlich durchaus bewusst, aber sie wusste sich keinen anderen Rat. Hätte sie ihm am Telefon sagen sollen, wer sie wirklich war? Brian fand diese Trickserei gar nicht nett, vor allem, als Mila offen zugab, dass sie sich unerkannt aus dem Staub machen würde, sollte ihr der Mann unsympathisch sein. Wenn Brian in diesem Punkt schon so streng war, was würde er wohl erst dazu sagen, wenn sie ihm offenbarte, dass sie seit zwei Wochen wusste, dass sein Urgroßvater vor über sechzig Jahren einem Mord zum Opfer gefallen war, und auch, wer der Täter war?

Mit gemischten Gefühlen schlenderte sie wenig später mit ihrem Koffer in Richtung Ausgang. Das bevorstehende Geständnis trübte ihre Wiedersehensfreude ein wenig, doch als sie Brian mit einem Blumenstrauß in der Hand dort stehen sah, waren alle Schatten wie weggeblasen. Sie stellte ihren Koffer ab und fiel ihm um den Hals. »Endlich«, flüsterte er ihr zärtlich zu. Hand in Hand gingen sie zu seinem Wagen. Die Fahrt vom Flughafen bis zu den Rocks, dem alten Hafenviertel, in dem er wohnte, verging schnell, weil sie in einer Tour redeten.

»Jetzt hast du gar nichts von der schönen Stadtrundfahrt gehabt«, erklärte er bedauernd, als er in seine Garage fuhr.

»Ich hoffe, du machst noch eine ganz spezielle für mich.« Er beugte sich zu ihr hinüber, und sie küssten sich endlich. Mit dem Fahrstuhl fuhren sie in die sechste Etage, in der Brians Apartment lag. Der Ausblick aus den riesigen Fenstern war berauschend. Man konnte über die Dächer der alten Bauten bis zum Wasser und zur Harbour Bridge sehen. Mila konnte kaum den Blick abwenden. Als sie das endlich geschafft hatte, erregte ein anderer Ort ihre ganze Aufmerksamkeit: Brians Bett, das in diesem geräumigen Einzimmerapartment stand!

Und schon ließ sie sich mit den Worten: »Mal schauen, ob deine Matratze nicht zu weich ist«, auf das Bett fallen. Brian legte sich sofort neben sie. Und endlich konnten sie sich anfassen und diese Nähe genießen. Es dauerte nicht lange, da hatten sie sich ihrer störenden Kleidung entledigt und feierten gebührend ihr Wiedersehen. Wie hatte sie seine forschenden Hände auf ihrem Körper vermisst! Kaum hatte er sie zwischen den Schenkeln berührt, schrie sie auf vor Lust und wand sich ihm entgegen. Als sie schließlich erschöpft und glücklich nebeneinanderlagen, erkundigte sie sich grinsend, ob das Haus sehr hellhörig sei.

Brian erwiderte frech, dass ihre Wiedersehensfreude jegliche Mauer akustisch durchdrungen hätte, sogar die chinesische.

»Ich habe einen Tisch in einem gemütlichen Restaurant in der Nähe reserviert. Ist dir das recht?«

»Alles, was du willst«, seufzte Mila entzückt, doch in dem Moment kamen die Schatten zurück. Nun rückt der Augenblick der Wahrheit bedrohlich näher, dachte sie, bevor sie aufstand und sich duschte. Schon bei der Ankunft hatte sie bemerkt, dass das, was hier als Herbst bezeichnet wurde, bei ihnen an der Westküste glatt als Sommer durchgehen würde, und sie entschied sich für eines ihrer in Cairns erworbenen Kleider.

Brian trug eine beige Hose und ein weißes Hemd. Erst jetzt nahm sie bewusst wahr, dass er sonnengebräunt war, was ihm sehr gut stand. Arm in Arm schlenderten sie zu einem Italiener, der draußen Tische mit Wasserblick hatte.

Ein wunderschöner Ort, wie Mila fand. Wenn sie es doch bloß schon hinter sich hätte, dachte sie. Nach einem kräftigen Schluck australischen Weißweins fasste sie sich ein Herz.

»Brian, ich muss dir was beichten.«

»Du bist schwanger und bekommst Zwillinge«, lachte er unbeschwert.

»Das zu beichten würde mir in diesem Moment leichter fallen. Nein, es geht um das Schicksal deines Urgroßvaters.«

Schlagartig wurde Brian ernst. Zögerlich begann Mila ihm von dem Knochenfund neben der Werkstatt zu berichten und reichte ihm zur Bestätigung, dass es sich bei dem Skelett um die Überreste seines Urgroßvaters handelte, das Ergebnis des Gentests. Zur Sicherheit drückte sie ihm auch gleich das Dokument mit der Anzeige in die Hand, die damals bei der Polizei eingegangen und dort versandet war.

Brian vertiefte sich in die Lektüre der Schriftstücke und verzog dabei keine Miene.

»Es tut mir so leid. Ich kann mir vorstellen, dass es schwierig ist zu verdrängen, dass ich die Urenkelin eines Mörders bin«, sagte sie entschuldigend, als er schließlich von den Dokumenten aufblickte.

Brian tippte sich gegen die Stirn. »Was kannst du denn dafür? Ich frage mich vielmehr, was wir nun mit ihm machen. Beerdigen wir die Liebenden zusammen, oder kommt mein Urgroßvater in das Familiengrab nach Dunedin?«

Mila fiel ein Stein vom Herzen, dass Brian das Ganze so locker sah. Natürlich wäre es schön, wenn man die beiden in einem Grab beerdigen könnte, aber dazu hätte man Hine ausgraben müssen, und das missfiel Mila zutiefst.

»Was hältst du davon, wenn wir deinen Urgroßvater in Dunedin beerdigen und den beiden im Garten unseres Hauses am Arthur's Pass einen kleinen Gedenkstein widmen?«

»Ach, du bist genial. Das machen wir so.«

Mila nahm seine Hand und drückte sie sanft. »Und ich dachte schon, dass du gegen die Urenkelin des Mörders deines Urgroßvaters vielleicht Vorbehalte haben könntest.«

»Unsinn! Es ist mir ein Vergnügen, die Urenkelin der Geliebten meines Urgroßvaters Alexander zu lieben.«

Als sie nach dem Essen zurück zum Apartment schlenderten, war Mila rundherum glücklich. Selbst das morgige Treffen mit ihrem Vater belastete sie nicht mehr so.

63. Kapitel

Nachdem Mila und Brian noch einmal gebührend ihr Wiedersehen gefeiert hatten, standen sie wieder auf und tranken einen Wein in der Sofaecke, von der aus man wegen der tiefen großen Fenster bis zur Brücke gucken konnte. Auch jetzt im nächtlichen Lichtermeer war der Blick beeindruckend. Plötzlich fielen Mila die Briefe ein, die sie eigentlich im Flieger hatte studieren wollen, und machte den Vorschlag, sich ein paar davon im Wechsel vorzulesen, was Brian begeistert aufnahm.

Brian begann, ihr die sehnsuchtsvollen Zeilen der Liebenden zu rezitieren. Auch wenn die Worte vielleicht nicht so ganz dem heutigen Geschmack entsprachen, sondern an einigen Stellen klangen wie Liebesbeschwörungen aus einem Kitschroman des letzten Jahrhunderts, stieß Mila an manchen Stellen zustimmende Seufzer aus. Manchmal schweiften ihre Gedanken auch ab zu ihrem eigenen Glück. Aber je mehr er ihr vorlas, desto klarer wurden auch die Hintergründe dieser Liebesgeschichte. Wenn sie es richtig verstanden hatte, hätte Alexander Hine schon früher geheiratet, wenn seine Mutter keine böse Intrige gesponnen hätte. Jack war also immer nur der Notnagel gewesen. Armer Kerl, dachte sie. Und dann gab es Momente, in denen sie nur dem Klang von Brians Stimme lauschte und gar nicht mehr auf den Wortlaut der Briefe achtete.

»Hast du das gehört?«, fragte Brian plötzlich aufgeregt.

Mila schreckte auf. »Nein, das musst du noch einmal wiederholen«, gab sie zögernd zu.

»Ich habe Angst, Liebster, große Angst, dass es ein Unglück gibt, wenn er erfährt, dass ich dieses Kind von dir unter dem Herzen trage. Er wird es für sich beanspruchen, weil er uns Benjamin neidet. Und das lässt er ihn zunehmend spüren. Wir müssen unsere Omaka oder unseren Jakop schützen und deshalb sage ich Ja zu deinem Wunsch, ein neues Leben mit mir anzufangen. Wir wollen doch wenigstens unser zweites Kind gemeinsam aufziehen. Es wird Jack das Herz brechen, aber das Kind unter meinem Herzen ist mir näher …«

»Aber, aber das würde ja bedeuten, dass mein Urgroßvater dein Urgroßvater Alexander war und nicht … Gott, ist das eine gute Nachricht, aber sind wir dann nicht verwandt?«, stieß Mila fassungslos aus.

»Ja, schon, aber so entfernt, dass es unsere Beziehung nicht weiter tangiert. Dann war also unser gemeinsamer Urgroßvater der Grund, warum Hine ihren Mann endgültig verlassen wollte und dafür so schrecklich büßen musste. Das ist ja Wahnsinn!«

»Das muss ich Omaka sagen, dass ihr Vater kein Mörder war, sondern das Opfer«, rief Mila aus, bevor sie hektisch aufsprang und fragte, ob sie einmal sein Telefon benutzen dürfe.

»Mila, was hast du vor? Es ist gleich elf. Die meisten schlafen schon.«

»Stell dir vor, mein Schatz, in Hokitika ist es jetzt sogar schon ein Uhr nachts, aber jede Wette, meine Granny wälzt sich schlaflos in ihrem Bett vor Gram, dass ihr Vater ein Mörder gewesen ist. Was meinst du, wie gut sie schläft, wenn sie die Wahrheit erfährt.«

»Mila, du bist verrückt«, lachte Brian.

»Schön, dass du das auch mal merkst. Wenn sie das Klingeln nicht hört, schläft sie fest, aber wenn sie rangeht, tue ich ihr einen Gefallen.« Und schon hatte Mila die Nummer ihrer Granny gewählt. Sie war so nervös, dass sie auf ihrem Daumennagel herumkaute. Enttäuscht wollte sie gerade auflegen, als sich ihre Großmutter meldete, mit einer verärgerten Stimme allerdings.

»Granny, bevor du dich über diesen bekloppten Anrufer inmitten der Nacht ärgerst, ich bin es. Hast du schon geschlafen?«

»Nein, meine Süße, ich konnte nicht schlafen. Es geht mir so viel durch den Kopf und …«, sagte sie versöhnlich. Mila reckte triumphierend den Daumen, um Brian zu signalisieren, dass sie die Sache richtig eingeschätzt hatte.

»Granny, liegst du im Bett? Sehr gut. Brian und ich haben eben alte Briefe von deiner Mutter und Alexander gelesen. Und stell dir vor. Er ist auch dein Vater. Deine Mutter wollte Jack damals nur verlassen, damit du die Chance bekommst, mit deinem leiblichen Vater aufzuwachsen. Eine Chance, die Benjamin nicht vergönnt war und dir dann auch nicht, weil Jack deine Mutter zum Krüppel geschlagen und deinen Vater umgebracht hat.«

Es herrschte völlige Stille in der Leitung.

»Granny, bist du noch da?«

»Ich weiß nicht, was ich sagen soll. Es fällt mir eine Last von den Schultern, ich freue mich so, ach, ist das schön, aber mir tut auch Jack leid, verstehst du?«

Mila hatte Mühe, Mitgefühl mit einem Mörder zu empfinden, aber sie spürte, dass ihre Großmutter nach Absolution für den Mann suchte, der sie mit den Möglichkeiten, die ihm zur Verfügung standen, in Liebe groß gezogen hatte.

»Du wirst es mir nicht glauben, aber ich habe doch tief in meinem Inneren gespürt, dass etwas nicht stimmt, aber ich habe dieses Misstrauen völlig verdrängt. Deshalb wollte ich auch nie etwas von den Geschichten aus der Vergangenheit wissen. Ich freue mich, dass ich ein Kind der Liebe bin und dass Ben doch mein echter Bruder gewesen ist.«

»Ach, Granny, ich bin auch so froh, dass du dich nun nicht länger mit Schuldgefühlen quälen musst für etwas, das du nicht zu verantworten hast!«

»Du glaubst gar nicht, wie mich das freut. Ich meine, ich muss es erst begreifen, aber danke, dass du es mir gleich mitgeteilt hast. Nun kann ich endlich friedlich einschlafen.«

»Granny, ich liebe dich«, raunte Mila.

»Ich liebe dich auch, meine Kleine.« Granny schickte noch ein paar Küsse durch das Telefon, bevor sie das Gespräch beendete.

Beseelt ließ sich Omaka zurück in ihre Kissen gleiten. Was für eine entlastende Nachricht, wenngleich sie das gewaltsame Ende ihres leiblichen Vaters zutiefst betrauerte. Sie war plötzlich sehr müde und fiel in einen tiefen Schlaf, aus dem sie nie mehr erwachen sollte. Das Letzte, was sie im Traum sah, war ihre Mutter, wie sie liebevoll und einladend die Arme ausbreitete, um sie in Empfang zu nehmen. Und hinter ihr stand ein dunkelhaariger gutaussehender Mann, der sie warmherzig ansah. Und noch jemand tauchte hinter ihrer Mutter auf. Benjamin, der ihr strahlend zuwinkte.

64. Kapitel

Die Nachricht vom Tod ihrer Großmutter erreichte Mila am nächsten Morgen. Erschrocken fuhr sie auf, als ihr Smartphone in aller Frühe klingelte. Unter Tränen teilte Tim ihr mit, dass die Granny in der vergangenen Nacht friedlich eingeschlafen war.

Mila versprach ihm, einen der nächsten Flieger zu nehmen. Nachdem sie aufgelegt hatte, brach die Trauer aus ihr heraus, obwohl sie es noch gar nicht recht glauben konnte.

»Um Gottes willen, was ist passiert?«, fragte Brian, der von ihrem Schluchzen aufgewacht war, erschrocken.

»Meine Granny ist tot«, wimmerte sie und warf sich an seine Brust. Brian strich ihr beruhigend über das Haar. »Ich begleite dich nach Hokitika«, versprach er ihr. »Ich habe mir doch für deinen Besuch eine Woche Urlaub genommen. Soll ich gleich nach Flügen schauen?«

Mila hob den Kopf und nickte. »Sie hat es gewusst«, sagte sie. »Weißt du, was sie gesagt hat? *Nun kann ich endlich friedlich einschlafen*. Oh, mein Gott, hätte ich ihr das doch bloß nicht gesagt mit ihrem Vater. Aber Tim meinte, sie hätte unfassbar friedlich ausgesehen. Das hätte sie doch nicht, wenn meine Nachricht sie so aufgeregt hätte …« Sie unterbrach sich und sah Brian flehentlich an. »Ich bin nicht schuld, oder?«

»Nein, ganz bestimmt nicht. Im Gegenteil, das hat ihr sicherlich den inneren Frieden gegeben, den sie zum Sterben brauchte.«

»Jetzt hat sie alles so gut überstanden und dann das«, jammerte Mila.

»Liebling, ich weiß nicht, ob du dich erinnerst. Manchmal wollen die Liebsten auch nicht hören, was der Arzt sagt. Die Stents sind keine Garantie, keinen Infarkt mehr zu bekommen. Und immerhin hat es ihr noch ein paar schöne Wochen verschafft.«

»Aber was hat es ihr gebracht? Nicht mal ein Jahr!«, widersprach Mila verzweifelt.

»Es ist manchmal nicht die Quantität, sondern die Qualität. Deine Granny hat noch miterlebt, dass sich Sophie und Tim gefunden haben und dass du einen Mann an deiner Seite hast, der dich immer beschützen wird. Und sie ist ihr quälendes Geheimnis losgeworden, dass sie euch einst euren Vater weggenommen hat.«

»O je.« Mila warf einen Blick auf ihre Uhr. »Mein Vater? Ich bin in einer Stunde mit ihm verabredet. Ich sage ihm ab. Jetzt will ich ihn gar nicht mehr kennenlernen.«

»Sagst du das jetzt nur, weil deine Granny dagegen war, dass ihr euch trefft, oder weil du davon überzeugt bist?«

Mila spürte, dass Brian ins Schwarze getroffen hatte. Sie würde nur Granny zuliebe darauf verzichten. Wenn er um die Ecke wohnen würde, hätte sie ihm jetzt abgesagt und den Termin verschoben. Aber so?

»Okay, ich gehe, aber schau lieber erst nach einem Flug. Nicht dass wir gleich losmüssen.«

Brian ging zu seinem Computer und fand einen Direktflug von Sydney nach Christchurch am frühen Nachmittag. Er gab Mila die Daten durch, und sie bat ihn, den Flieger und einen Mietwagen am Flughafen zu buchen.

Wie betäubt verschwand Mila unter der Dusche und ließ sich das heiße Wasser über den Körper rieseln. Nein, wirklich vorstellen konnte sie es sich noch nicht, dass Granny sie heute Abend nicht in Pounamu begrüßen würde. Sie versuchte sich noch einmal an den genauen Wortlaut ihres Telefonats zu erinnern. Als ihr einfiel, dass Granny und sie einander ihre Liebe versichert hatten, fragte sie sich ernsthaft, warum sie eigentlich nicht einmal annähernd gespürt hatte, dass dies ein Abschied für immer gewesen war.

Brian bot ihr an, sie zu begleiten, falls ihr das alles in ihrer Lage doch zu heftig sein würde, doch Mila fühlte sich stark genug, sich dem Treffen mit ihrem Vater zu stellen. Was für ein Irrsinn, dachte sie, ich begegne meinem Vater an dem Tag, an dem meine Granny für immer von uns gegangen ist. Was, wenn es furchtbar würde? Was, wenn er auf ihre Großmutter schimpfen würde, sobald sie sich zu erkennen gegeben hatte? Trotzdem, sie wollte es ohne Bodyguard hinter sich bringen.

»Wann müssen wir los?«, fragte sie im Gehen.

»Ich denke, es reicht, wenn wir gegen eins aufbrechen. Ich würde gern ohne Auto zum Flughafen.«

»Okay, ich bin spätestens um zwölf zurück«, versprach sie ihm. Brian nahm sie noch einmal fest in den Arm und wünschte ihr viel Glück.

Obwohl Mila das Café nur per Internet ausgesucht hatte, war es tatsächlich nur fünf Minuten von Brians Apartment entfernt.

Sie hatte nicht damit gerechnet, dass auch draußen Plätze waren, die vollbesetzt waren, als sie ankam. Und vor allem hatte sie ja gar nichts mit ihrem Vater ausgemacht, wie man einander erkennen konnte.

Doch dann blieb ihr Blick an einem Mann hängen, der aussah, wie sie sich Tim im Alter vorstellte, nur dass seine Aufmachung anders war. Er hatte graue Locken bis zur Schulter, einen Dreitagebart und trug ein rotes Leinenhemd, etwas, was Tim wohl auch im Alter im Leben nicht anziehen würde. Während sie noch überlegte, ob das ihr Vater sein konnte, hatte er sie erblickt und stutzte. Mila fuhr der Schrecken durch sämtliche Glieder. Wahrscheinlich sah sie ihrer Schwester ähnlich. Trotzdem nahm sie all ihren Mut zusammen und ging auf ihn zu. Von Nahem wirkte er noch mehr wie ein Späthippie. Oder wie ein cooler Künstler.

»Sind Sie Raffael Ferretti?«, fragte sie mit fester Stimme.

»Und Sie die Journalistin, die am Telefon vergessen hat, mir ihren Namen zu nennen?«, konterte er.

Mila nickte und nahm sich vor, die Scharade ziemlich schnell zu beenden.

»Woher haben Sie eigentlich meine Daten?«, fragte er misstrauisch.

»Von meiner Großmutter Omaka Parker aus Hokitika«, erwiderte sie ohne Umschweife. Ihr Vater blickte sie an wie einen Alien. »Oh, mein Gott. Sie sind … Aber das kann doch nicht sein! Sie sind Klara wie aus dem Gesicht geschnitten!«

»Tim sieht jedenfalls Ihnen ähnlich.«

»Ich kann es nicht glauben, die alte Hexe hat geredet, das hätte ich ihr nie zugetraut!«

»Falls Sie damit meine Granny meinen, die ist heute Nacht gestorben. Ich habe es gerade eben erst erfahren«, sagte Mila energisch, aber dann brach sie in Tränen aus. Sie merkte nicht einmal, dass Raffael aufgestanden war und sich neben sie gesetzt hatte. Erst als er ihr zärtlich über das Haar strich, begriff sie, dass ihr Vater sie zu trösten versuchte. Es war verrückt, aber es fühlte sich völlig vertraut an. Schließlich blickte sie ihn mit rotverweinten Augen an. »Es tut mir leid, was Granny Ihnen …«

»… was sie ›dir‹ angetan hat«, korrigierte er mit belegter Stimme.

»Tim will dich auch kennenlernen«, sagte Mila. »Und ich möchte Julia treffen.«

Unter seiner gebräunten Haut wurde Raffael blass. »Sie weiß doch nichts von dir. Lass mir Zeit, damit ich ihr von euch berichten kann. Komisch, ihr seht euch gar nicht ähnlich, aber ihr drei wart ja schon immer so unterschiedlich.«

»Darf ich dich Raffael nennen? Dad kommt mir nicht so über die Lippen«, fragte Mila schüchtern.

»Klar, Mila, das darfst du, wenn du mir versprichst, dass wir uns wiedersehen. Wie habe ich mir das gewünscht, meine anderen Kinder noch einmal in die Arme zu nehmen.«

»Natürlich, du kannst mich jederzeit anrufen und mir mitteilen, wann Julia Bescheid weiß. Sag mal, was macht sie eigentlich beruflich?«

Raffaels Miene erhellte sich sichtlich. »Sie ist Architektin wie ich. Also, ich bin natürlich Architekt. Wir arbeiten sogar in demselben Büro. Sie ist erst kürzlich bei mir eingestiegen.«

Mila lächelte versonnen. »Tim ist auch Architekt.«

Raffael stieß einen tiefen Seufzer aus. »Ob ihr unter meiner Obhut besser gelungen wäret, weiß ich jetzt auch nicht. Du bist eine wunderbare Frau. Ich kann eurer Großmutter gar nichts nachtragen. Aber Julia ist auch sehr speziell.«

»Ich würde sie so gern kennenlernen.«

»Du bekommst eine Nachricht, wenn wir so weit sind, und dann treffen wir uns. Ich verspreche es dir.«

Und dann berichteten sie einander aus ihren Leben. Raffael, wie er als Totalverweigerer doch noch einen Studienplatz bekommen hatte, und Mila, was sie beruflich machte. Die Sekte und die Befreiungsaktion sparten sie erst einmal aus.

Als Mila verstohlen auf die Uhr blickte, war es kurz vor zwölf, und sie verriet ihrem Vater, dass sie noch heute Nachmittag nach Hokitika fliegen würde, um ihre tote Großmutter noch einmal zu sehen.

Zum Abschied drückte Raffael Mila fest an seine Brust. In seinem Arm fühlte sie sich unendlich geborgen und getröstet. Was für ein verrückter Zufall, dachte sie, dass sie an dem Tag, an dem sie ihre Granny verloren hatte, einen Vater dazugewann.

65. Kapitel

Mila und Tim waren sich einig, dass sie Weihnachten nicht in Pounamu verbringen wollten. Das würde sie nur ständig daran erinnern, dass die Granny nicht mehr bei ihnen war.

Es war Tims Idee gewesen, die Hütte am Arthur's Pass bis Weihnachten fertig umzubauen und das Fest dort stattfinden zu lassen.

Mila war ein paar Mal mit oben gewesen, um die Umbauten mit ihrem Bruder zu besprechen, und konnte kaum glauben, was für ein kuscheliges Paradies er aus der Hütte gezaubert hatte, als sie an diesem Vorweihnachtstag mit dem vollbepackten Wagen zum Haus gefahren war. Es gab fließendes Wasser, eine moderne Küchenzeile und inmitten des Raums einen großen Esstisch. Von dem Wohnbereich gingen ein Schlafraum ab, in dem ein breites Bett mit blütenweißer Bettwäsche stand, und ein Badezimmer.

Ungläubig war sie um das Haus herumgegangen und hatte voll Staunen festgestellt, dass alle vier Seiten in dieser wunderbaren roten Farbe glänzten. Die Innenausstattung hatte Sophie übernommen, weil Mila in den vergangenen Monaten kaum eine freie Minute gehabt hatte. Selbst zu Brians Umzug nach Greymouth hatte Mila kaum Zeit gehabt. Inzwischen arbeiteten fünf Schnitzerinnen in der großen, modernen Werkstatt für sie. Dazu hatte sie einen Stab von Verkäuferinnen, die in dem neuen Laden reichlich zu tun hatten. Mila konnte sich jedenfalls vor Arbeit nicht retten.

Sophie war im Hotel zwar auch vollauf beschäftigt, aber sie fand noch die Zeit, das von Tim modernisierte Berghaus einzurichten, und das tat sie mit viel Liebe.

Jedenfalls war Mila hin und weg von dem, was sie geleistet hatte, und freute sich insgeheim über Tims Weihnachtsgeschenk für Sophie. Er hatte sich von Mila ein teilbares Amulett anfertigen lassen. Dass ihr Bruder sich doch noch einmal für die Magie des Grünsteins erwärmen könnte, hätte sie noch vor einem Jahr für unmöglich gehalten.

Mila und Sophie waren mit Feuereifer damit beschäftigt, das vorweihnachtliche Barbecue vorzubereiten, das sie am Nachmittag im Garten veranstalten wollten. Auch dort hatte sich einiges verändert. Es gab eine hintere Terrasse, die man vom Haus aus erreichen konnte. Auf dem Grundstück waren mehrere Gästehäuser entstanden, in denen Besucher übernachten konnten, insgesamt zehn Schlafplätze. Für die heutigen Gäste war diese Anzahl an Betten genau richtig.

Mila fragte sich allerdings, ob es wirklich eine so gute Idee gewesen war, Raffael und Julia zu diesem Fest einzuladen. Tim war von der Idee absolut begeistert und brannte regelrecht darauf, seinen Vater und seine Schwester kennenzulernen. Er konnte sich an beide nicht einmal mehr schemenhaft erinnern. Mila dachte diesbezüglich mehr an die Granny. Hätten sie aus Pietätsgründen nicht lieber noch ein bisschen warten sollen mit dieser Familienzusammenführung? Mila hatte mit Julia zwar schon ein paar Mal telefoniert, und sie machte einen überaus sympathischen Eindruck, aber trotzdem, war das nicht alles ein wenig zu überstürzt?

Als sie Sophie von ihren Bedenken berichtete, war die ganz anderer Meinung. Sie fand, jeder Tag, den man so ein Treffen hinausschob, wäre einer zu viel. Sie brannte ihrerseits auch vor Neugier, besonders auf Julia.

Nun war es ohnehin zu spät, noch etwas zu ändern. Die Gäste

zu diesem Fest reisten alle schon aus unterschiedlichen Himmelsrichtungen zum Berghaus an. Tim und Brian kamen aus Greymouth. Dort teilten sie sich eine Wohnung, in der sie unter der Woche lebten, weil sie die Wochenenden natürlich in Pounamu verbrachten. Tim hatte das Großprojekt in Greymouth angenommen und dort tatsächlich eine Dependance seines Auckländer Büros eingerichtet. Aus Auckland flog Jonah ein, den sie nicht allein in der großen Stadt seinem Schicksal überlassen wollten, zumal er sich offenbar ernsthaft in Ruby verliebt hatte. Die hielt sich zwar nach wie vor vornehm zurück, hatte Mila jedoch gestanden, dass er wirklich bemüht und süß sei. Ruby kam auf jeden Fall direkt aus Hokitika und hatte es übernommen, Raffael und Julia dort am Flughafen abzuholen und mit zum Arthur's Pass zu bringen.

Kaum hatten Mila und Sophie die Vorbereitungen abgeschlossen, trafen Tim und Brian ein. Brian kam aus dem Staunen nicht heraus, als er feststellen musste, was Tim und Sophie aus Hines und Alexanders Liebesnest gemacht hatten. Sie hatten sehr lange darüber beraten, was sie mit Alexanders sterblichen Überresten anfangen sollten. Schließlich hatte Brian eine Alternative zu Dunedin vorgeschlagen: Alexander die letzte Ruhe mit Granny zusammen im Familiengrab der Parkers zu gewähren. In einem Punkt war Mila nicht ganz einverstanden mit der Idee, weil Alexander dann nämlich mit Jack in einer Gruft würde liegen müssen. Tim und Brian waren sich allerdings darin einig gewesen, dass sie die Versöhnung anstreben und nicht im alten Zwist verharren sollten. Die beiden hatten Mila schließlich überstimmt.

Während Brian sich die Wunder des Hauses zeigen ließ, steckte Mila Tim das Amulett zu. »Wer hätte das gedacht. Mein Bruderherz wandelt nun doch noch auf den Spuren der Ahninnen.«

»Tja, wer hätte letzte Weihnachten daran gedacht, dass wir

noch mehr Familienzuwachs bekommen. Sophie ist doch schon ein wahres Wunder.«

In dem Augenblick hörten sie Rubys Wagen, und Tim starrte auf die Tür wie die Schlange auf das Kaninchen.

Als Erste betrat Julia das Haus. Tim wollte seinen Augen nicht trauen. Das war keine Kopie seiner Schwester, sondern von ihm. Sie hatte dieselben dunklen Locken, dieselbe Gesichtsform, dieselben geschwungenen Lippen …

»Wow!«, entfuhr es ihr, als sie Tim wahrnahm.

In dem Augenblick kamen Sophie und Brian dazu und musterten Julia verwundert.

»Danke für die Einladung«, meldete sich nun Raffael zu Wort, der ihr ins Haus gefolgt war. Dann ging er ohne Scheu auf Tim zu und nahm ihn in den Arm. »Mein Junge«, flüsterte er, bevor er sich interessiert in der Hütte umsah. »Super, der gemauerte Kamin.«

»Soll ich dir das ganze Haus zeigen? Wir sind mit der Sanierung gerade erst vor ein paar Tagen fertig geworden«, bot Tim seinem Vater an, woraufhin die beiden Architekten fachsimpelnd nach draußen gingen.

Julia deutete auf die gerahmten Porträts von Hine und Alexander. »Und wer ist das?«

»Das sind meine Urgroßeltern!«, verkündete Mila stolz.

»Und meine«, ergänzte Brian.

»Also auch meine«, lachte Julia.

»Genau, die müssen wir uns nun teilen.«

»Auch mit mir, ihr Lieben, es sind auch meine Urgroßeltern«, bemerkte Sophie.

»Ich hätte nie gedacht, es noch einmal zu einer Großfamilie zu bringen«, sinnierte Julia.

»Ich auch nicht«, pflichtete Mila ihr bei und spürte tief im Herzen, wie vollständig nun alles war. Bis auf die Abwesenheit ihrer Granny, aber Mila war sich sicher, dass sie sich von da oben über das große Glück freuen würde, dass all diese Menschen nun doch noch zueinandergefunden hatten.

Eine wunderschöne Ode an die Liebe

Marcel Vaarmeijer
LOUISE UND DIE LIEBE
Roman
Aus dem
Niederländischen von
Simone Schroth
416 Seiten
ISBN 978-3-404-17732-5

Louise hat ihr ganzes Leben lang nach der Liebe gesucht. Jetzt ist sie neunzig Jahre alt, und sie weiß, dass ihre Tage gezählt sind. Eines Tages schickt ihr ein unbekannter Absender ein Paket ins Altersheim. Darin: ihre alten Tagebücher. Louise weigert sich zunächst, das Paket anzunehmen. Doch es scheint, als wolle das Schicksal, dass sie sich ihr Leben noch einmal vor Augen führt. Schließlich gibt sie nach, und ihr Lieblingspfleger Fabio liest ihr vor, ein Buch nach dem anderen. Louise erlebt durch diese Bücher erneut ihr Leben mit allen Höhen – und den zahlreichen Tiefen. Und am Ende stellt sie sich zwei Fragen: Wer hat ihr das Paket geschickt, und ist ihre Suche nach der Liebe wirklich beendet?

Bastei Lübbe

Taupatiti – Insel der Sehnsucht

Laura Walden
MELODIE DER
ZAUBERBUCHT
Neuseelandroman
512 Seiten
ISBN 978-3-404-17568-0

Stella Wilson ist Muschelzüchterin auf Neuseelands Südinsel. Bei der gestandenen Geschäftsfrau bringt allein ihre Tochter eine weichere Seite hervor, denn Holly ist das Unterpfand einer unvergessenen Jugendliebe. Stella musste den begnadeten Pianisten Oliver zwar damals gehen lassen, doch die Trennung hat sie nur schwer verwunden. Nun endlich, mehr als zwanzig Jahre später, ist sie drauf und dran, dem Charme ihres Nachbarn Jayden zu erliegen – da kündigt Oliver seinen Besuch an. Was will er von ihr? Die alte Liebe zurück? Und wie wird er reagieren, wenn er von Holly erfährt?

Bastei Lübbe